KB186953

일제강점기 일본어교과서 『國語讀本』을 통해 본

식민지조선 만들기

김순전

박제홍 장미경 박경수

사희영 김서은 유 철

제이앤씨

Publishing Company

1. 식민지 일본어교과서 연구에 즈음하여

1.1 왜 지금 일제강점기 『國語讀本』인가?

본 연구서는 일제강점기에 조선 어린이들에게 교육된 조선총독부 편찬 국어(일본어)교과서를 연구 분석하여, 왜곡된 한국근대교육 실태와 조선 식민지 교육 과정을 재조명함으로써 그에 대한 대응논리를 구축하고자 한 것이다.

교과서는 무릇 국민교육의 정화(精華)라 할 수 있으며, 한 나라의 역사 진행과 불가분의 관계를 가지고 있다. 교과서를 통하여 그 교육을 받은 세대(世代)는 어떠한 비전을 가지고 새 역사를 만들어가려 하였는지를 알 아낼 수 있다. 때문에 한 시대의 공교육의 기반이 되었던 교과서를 심도 있게 연구한다는 것은 그 시대상과 국가차원의 교육정책 및 나라의 과거, 현재, 나아가서는 미래에 대한 비전까지도 측량할 수 있는 막중한 작업이 라고 생각한다.

주지하다시피 한국의 근대교육은 일제강점기와 중첩되어 있다. 한국 근대교육이 뿌리도 내리기 전에 모든 교육정책과 교육과정은 물론이고, 교과서 편찬마저 일제에 의해 이루어졌다. 이에 따라 일제강점기 관공립 교과서는 일제의 식민정책을 선전하는 매개체였으며 식민국으로의 동화정책을 수행하는데 매우 중요한 역할을 담당하였다.

일제강점기 조선에서의 일본어교육은 식민지라는 특수한 상황 하에서 실시된 여러 동화정책 중에서도 가장 기본적인 수단으로 중요시되었다. 1905년 〈을사늑약〉에 의해 일제는 조선에 통감부를 설치하고 바로 이듬해 〈보통학교령〉을 공포하였는데, 그 때 처음으로 '국어'라는 명칭을 사용하였다. 물론 이 시기의 '국어'는 '조선어'였다. 그러나 1910년 합병이후부터는 '일본어'가 '국어'의 위치를 차지하게 되었고, 강점기 내내 주요 필수과목이 되었다.

일제의 교육제도 안에서 초등학교 교과는 合科的 성격의 「國民科」, 「理數科」, 「體鍊科」, 「藝能科」, 「實業科」 등 5개의 교과로 구성되었는데, 修身, 國語, 國史, 地理 4과목이 「國民科」에 속해있었다. 여기서 修身을 제외한 國語, 國史, 地理 3과목을 포괄하는 合本的 교과서가 본 텍스트인 『國語讀本』이다. 따라서 「國民科」의 대부분의 수업은 『國語讀本』으로 하였으며, 수업시수 또한 전 과목의 40%에 육박할 정도인 만큼 당시 일제가 매우 중요시여긴 교과서였다.

한국이 일본에 강제 병합된 지 백여 년이 지나버린 오늘날, 그 시대를 살아온 선인들이 점차 유명을 달리함에 따라 민족의 뼈아픈 기억은 점차 희미해져 가고 있다. 국가의 미래를 그려보기 위해서는 지금 우리가 서 있는 시점에서 지나온 길을 되짚어 보는 작업이 우선시되어야 함에도 후세들은 급변하는 세계정세를 따르는 데 급급하여 이러한 작업을 부차적인 문제로 취급할까 우려된다.

실상 이와 같은 '일본어교과서'에 대한 갖가지 문제의식을 인지하고 있으면서도 이에 대한 체계적인 정리조차 되어 있지 않다는 점이나, 지금까지의 연구마저 지극히 부분적이었다는 점은 연구자의 한 사람으로서 매우 부끄러운 일이라 여겨진다. 물론 여기에는 관련 자료 발굴의 어려움이나 일본어 해독의 난해함과 접근성의 어려움 등도 원인으로 작용하였을 것이다. 그러나 급변하는 세계정세와 촌각을 다투어 새로운 문물이 쏟아지는 현 시점에서 과거를 부정하는 미래는 생각할 수 없기에, 이러한 작업은 무엇보다 우선시되어야 할 것이다.

이상과 같은 문제의식에 기초하여 大韓帝國 學部編纂 『日語讀本』(8권)에서 조선총독부편찬 제5기 『ヨミカタ』(2권), 『よみかた』(2권), 『初等國語』(8권)에 이르기까지 총 72권의 일본어교과서를 중심으로 진행한 그간의 연구결과물을 한 권의 연구서로 출판하고자한다.

본 연구의 대상인 '일본어교과서'의 전체적인 연구가 이루어지지 않는 한 그 시대에 대한 객관적 평가는 불가능하다고 본다. 이는 과거의 뼈아픈 역사의 재음미라기보다는 아직까지도 제대로 정리되거나 연구되지 않은 기초학문분야에 대한 정리와, 일본 국수주의자들의 식민지발전론과 같은 논리를 불식시키는 이론적 토대를 확립하고, 그 내용의 허구성을 바로잡을 수 있는 연구라는 점에서 매우 큰 의의가 있을 것이다.

최근 일본에서의 국가주의를 애국심으로 환원하여 찬양하려는 움직임에 감정적인 대응보다는 실증적인 대응의 필요성을 절감한다. 본 텍스트의 집중연구를 통하여 한국의 식민지화 과정, 그간의 왜곡된 한국 근현대의 여러가지 문제점 등을 파악하고, 특히 일제의 유용성에 의한 '식민지 조선·조선인 만들기'가 어떠한 방식으로 진행되어 갔는지에 대한 보다 체계적이고 실증적인 토대를 마련하고자 한다.

1.2 초등학교 일본어교과서『國語讀本』의 위치는?

일제강점기의 일본어 교육은 식민지라는 특수한 상황의 모든 동화정책 중에서도 가장 기본적인 수단으로 중요시되었다. 1905년 〈을사늑약〉에 의해 조선에 통감부를 설치한 일제는 1906년 공포한 〈보통학교령〉에 의하여 '조선어' 대신 '국어'라는 명칭을 사용하였으며, 1910년 강점 이후부터는 '일본어'가 '국어'의 위치를 차지하여 36년 간 필수과목의 역할을 담당하게 되었다.

초등학교 교과는 合科的 성격의「國民科」,「理數科」,「體鍊科」,「藝能科」,「實業科」라는 5개의 교과로 구성되어 있으며, 그 중「國民科」에 속한 과목은 修身, 國語, 國史, 地理의 4과목이다. 앞서 언급한대로『國語讀本』은 修身을 제외한 國語, 國史, 地理의 合本的 텍스트인 까닭에「國民科」의 4분의 3을 차지하는 종합교과서라 할 수 있다.

본 교과목의 중요성은 타 교과목에 비해 현격한 차이를 둔 수업시수에서도 알 수 있다. '國語(일본어)'과목의 주당 수업시수를 '조선어'과목과 대비하여 정리한 <표 1>을 살펴보자.

〈표 1〉 일제강점기 일본어(국어)·수신·조선어·한문의 주당 수업시수

학년	통감부(1907)				제 1기(1912)			제 2기(1922)			제 3기(1929)			제 4기(1938)			제 5기(1942)
	수신	국어(조선어)	한문	일어	수신	국어(일어)	조선어및한문	수신	국어(일어)	조선어	수신	국어(일어)	조선어	수신	국어(일어)	조선어	국민과(수신/국어)
1	1	6	4	6	1	10	6	1	10	4	1	10	5	2	10	4	11
2	1	6	4	6	1	10	6	1	12	4	1	12	3	2	12	3	12
3	1	6	4	6	1	10	5	1	12	3	1	12	3	2	12	3	2 / 9
4	1	6	4	6	1	10	5	1	12	3	1	12	3	2	12	2	2 / 8
5								1	9	3	1	9	2	2	9	2	2 / 7
6								1	9	3	1	9	2	2	9	2	2 / 7
계	4	24	16	24	4	40	22	6	64	20	6	64	20	12	64	16	62

* 제1기(보통학교시행규칙, 1911.10.20), 제2기(보통학교시행규정,1922. 2.15), 제3기(보통학교시행규정, 1929.6.20), 제4기(소학교시행규정, 1938. 3.15), 제5기(국민학교시행규정, 1941.3.31)

위의 〈표 1〉에서 알 수 있듯이 통감부 시기부터 공교육과정에서 실시된 일본어는 당시 주당 6시간이라는 수업시수를 배정받아 강점 이전부터 '조선어'와 동등한 주요 교과목의 위치를 차지하고 있다. 그런데 합병 이후 '國語'는 '조선어'로 바뀌고 대신 일본어가 '國語'로서 주요과목으로 부상하게 되면서 주당수업시수도 10시간을 배정할 정도로 급격히 증가하게 된다.

읽기(読方), 해석, 회화, 암송, 받아쓰기(書取), 작문, 습자를 그 내용으로 하는 「國語(일본어)」과목의 시수는 〈2차 교육령〉 시기에 주당 12시간까지 늘어나게 되고, 초등교육정책으로 '일본어상용'을 내세운 〈3차 교육령〉 시기는 '일본어' 과목에 더욱 비중을 두게 되어 마침내 조선어는 수의(선택)과목으로 전락하게 된다. 그러다가 1941년 이후 마침내 조선어는 삭제되었다. 이는 일제가 창씨개명, 징병제도와 더불어 민족말살정책을 점차 강화하는 과정에서의 또 다른 수단으로 이해될 수 있다.

이처럼 일제강점기 초등교육과정에서 「國語(일본어)」과의 시수가 단연 압도적이었던 것을 감안한다면 일제가 조선인의 일본어교육에 얼마나 큰 비중을 두고 있었는지 쉽게 알 수 있을 것이다.

2. 연구방법 및 내용

2.1 연구의 대상 및 범위

본 연구의 대상을 통감부기~식민통치기 전반에 걸쳐 조선아동에게 교육했던 '일본어교과서'(大韓帝國의 學部編纂 『日語讀本』(8권)과 朝鮮總督府編纂 『訂正普通學校學徒用國語讀本』(8권), 『普通學校國語讀本』(32권: 초선총독부편찬 28권, 문부성편찬 4권), 『初等國語讀本』(12권: 조선총독

부편찬 6권, 문부성편찬 6권), 조선총독부편찬의 『ヨミカタ』(2권), 『よみかた』(2권), 『初等國語』(8권), 총 72권)으로 하고, 그 범위도 통감부기에서 일제강점기까지의 식민지 교육 전반에 관련된 교과서 및 신문, 잡지, 관련서적 등으로 확대하려고 한다.

여기서 통감부기~식민통치기 전반에 걸쳐 조선아동에게 교육했던 〈일본어교과서〉를 '통감부기'와 '일제강점기'로 대별하고, 다시 일제강점기를 '一期에서 五期로 분류하여, '교과서명, 편찬년도, 권수, 초등학교명, 편찬처' 등을 〈표 2〉로 정리해 보았다.

〈표 2〉 통감부기, 일제강점기에 조선에서 사용한 '일본어교과서'

時期	日本語敎科書 名稱			編纂年度 및 卷數	初等學校名	編纂處
統監府期	普通學校學徒用 日語讀本			1907~1908 全8卷	普通學校	大韓帝國 學部
日帝 强占期	訂正普通學校學徒用國語讀本			1911. 3. 15 全8卷	普通學校	朝鮮總督府
	一期	普通學校國語讀本		1912~1915 全8卷	普通學校	朝鮮總督府
	二期	普通學校國語讀本		1923~1924 全12卷	普通學校	(1~8)朝鮮總督府 (9~12)日本文部省
	三期	普通學校國語讀本		1930~1935 全12卷	普通學校	朝鮮總督府
	四期	初等國語讀本		1939~1941 全12卷	小學校	(1~6)朝鮮總督府 (7~12)日本文部省
	五期	ヨミカタ	1學年	2卷	1942 1~4卷	國民學校	朝鮮總督府
		よみかた	2學年	2卷			
		初等國語	3~6學年	8卷	1942~1944 5~12卷		

동 시기의 한일 교과서 비교를 위해서는 일본에서 사용한 문부성편찬의 '일본어교과서'를 살펴보는 것도 매우 중요하다. 이를 〈표 3〉으로 정리하였다.

〈표 3〉일본에서 사용한 문부성편찬 '國語(일본어)교과서'

기수	教科書 名稱			編纂年度 및 卷數	初等學校名	編纂處
一期	尋常小學讀本			1904~1909 12卷	小學校	日本文部省
二期	尋常小學讀本			1910~1917 全12卷	小學校	日本文部省
三期	尋常小學國語讀本			1918~1932 全12卷	小學校	日本文部省
四期	小學國語讀本			1933~1940 全12卷	小學校	日本文部省
五期	ヨミカタ	1學年	2卷	1941 1~4卷	國民學校	日本文部省
	よみかた	2學年	2卷			
	初等科國語	3~6學年	8卷	1941~1945 5~12卷		

2.2 연구의 특징과 그 성과

본 연구는 통감부기~식민통치기 전반에 걸쳐 조선아동에게 교육했던 '일본어교과서'를 그 대상으로 상기한 연구목적에 따라 다음과 같은 주제 성을 가지고 접근하였다.

(1) 조선총독부의 교육정책과 〈일본어교과서〉를 전체적으로 파악하여 각 각의 〈조선교육령〉에 따른 교과서 편찬의도를 유기적으로 고찰함으 로써 식민지화 과정에서 일제가 제시했던 교육정책을 체계적으로 살 펴보았다.

(2) 정치적 '공간'을 규정한 지리 대용 교과서가 포함하는 근대 역사적 정치적 의도에 대해 고찰하였으며, 근대 철도를 통한 근대 일본인의 시간과 지리적 경계에 접근해 보았다.

(3) 〈전쟁〉과 근대인의 '희망'을 이야기하는 〈교과서〉의 역할을 살펴보았 으며, 교과서를 통해 군인으로 훈련되는 '국민'의 정체를 구체적으로 파악하였다.

(4) 교과서에 등장하는 인물 서사를 비교 분석하여 일제가 조선인의 열등 의식을 어떻게 조장하였으며, 그것을 식민통치의 수단으로 어떻게 이용했는지를 파악하였다.

(5) 타교과목과 연계차원에서 일제강점기에 통제수단으로 교수된 체육

(체조)교육과 음악 교육과정을 살펴보았다. 조선아동을 충량한 신민으로 육성하기 위한 신체활동 및 음악교육이 어떻게 전개되어 같으며, 또 그 여파가 어떠했는지에 중점을 두었다.

(6) 童話가 어린이 교육목적을 넘어서서 내선일체, 민족말살 정책과 유기적으로 관련이 있을 것이라는 예측 하에, 조선총독부편찬『國語讀本』일본 문부성편찬『小學讀本』, 대만총독부편찬『國民讀本』을 통해 童畵의 변용과정과 이에 대한 정책적 의도를 분석하였다.

(7) 교육으로 형성된 '식민적 젠더'라는 테마로, 植民地 여성들에게 요구되는 생활상과 일제가 시행한 여성교육정책과 식민지 진행에 따른 여성의 역할에 접근해 보았다.

(8) 일제강점기 전 기간에 걸쳐 조선아동에게 교육된 국어(일본어)교과서를 통해, 식민지기 민족의 장래로 재발견 된 조선의 '어린이'가 '국가(천황) 지킴이'로 재생되어가는 과정을 살펴보았다.

(9) 강점 초기에는 근대화에 따른 '통신의 기수'의 성격을 띤 서간문이 점차 '제국의 확장을 위한 전략적 도구'로 사용되었음에 착안하여, '일본어교과서'인『國語讀本』에 수록된 서간문을 발췌하여 서간의 특성을 활용한 일제의 정책적 의도를 집중적으로 탐구하였다.

(10) '식민지기 경제형 인간 만들기 프로젝트' 라는 주제에 접근하여 교과서에 나타난 근대 실업교육의 실상과, 아울러 일제가 조선에서 일관되게 실시한 농업정책에 대해 심층적으로 연구하였다.

(11) 동화교육의 일환으로 일제는 일본어상용화를 위해 조선에서도 일본어를 '國語'로 장착시키고 일본어로 기술된 교과서를 발행하였는데, 일제말기의 한일 '國語' 교과서의 유사성과 상이점을 분석하여, 일본과 식민지 조선에서 육성하고자 한 각각의 國民像을 비교 고찰하였다.

(12) 교과서에 실린 삽화에는 시대의 흐름과 교육정책 입안자의 강력한 메시지가 반영되어 있다. 본 텍스트인『國語讀本』전권의 '삽화' 구조를 읽어냄으로써 조선아동의 식민화 과정과 일제가 목적한 교육적

효과를 심층적으로 파악하였다.

본 집필진은 일제가 조선의 식민지화를 위하여 치밀하게 기획하고 발간하였던 조선아동용 일본어교과서 『國語讀本』을 통하여 위와 같은 다각적인 연구 성과를 도출해 내었다. 이 연구의 결과물을 집대성한 본 연구서는 식민지교육 연구의 이정표를 제시함으로써 관련 연구자의 연구적 기반이 됨은 물론, 배움 중에 있는 학생이나 일반인들까지도 쉽게 접근할 수 있으리라고 본다. 이로써 그간 단절과 왜곡을 거듭하였던 한국근대사의 일부를 복원·재정립할 수 있는 논증적 자료로서의 가치창출과, 일제에 의해 강제된 한국 근대교육의 실상을 재조명할 수 있음은 물론, 한국학의 지평을 확장하는데 크게 기여할 수 있을 것이다.

2.3 식민지교과서 연구의 확장을 위하여

본 집필진은 통감부기와 일제강점기에 교육된 초등교과서 『國語讀本』을 다각적, 심층적, 종합적으로 분석하는 과정을 통해 한국 근대 공교육의 실태와, 일제에 의해 왜곡 변용된 교과내용에 대한 논리적 근거를 제시함으로써 새로운 가치발견을 시도하였다.

첫째, 본 연구서는 일제강점기 식민지교과서의 흐름과 변용 과정을 파악함으로써, 일제에 의해 기획되고 추진되었던 근대 한국 공교육의 실태와 지배국 중심적 논리에 대한 실증적인 자료로 제시할 수 있다.

둘째, 본 연구서는 한국 근대초기의 실상에 학제적으로 접근함으로써 단절과 왜곡을 거듭하였던 한국 근대사의 일부를 복원하고 재정립할 수 있는 계기를 마련할 수 있을 뿐만 아니라, 근대에 대한 연구방법론을 구축할 수 있다.

셋째, 본 연구서는 일제에 의해 조작된 역사적 허구성까지도 바로잡아 일본 국수주의자들의 식민지발전론과 같은 논리를 불식시키는 이론적 토대를 확립할 수 있다.

넷째, 일제강점기 조선총독부에 의해 편찬된 『國語讀本』은 일본어로 기술되어 있는 관계로 국내 연구자들의 접근을 어렵게 하였으나, 본 연구서의 출간은 여타 외국학 분야 연구자들의 연구영역을 근대 한국학 연구에까지 외연 확장에 일조할 수 있는 典範을 제시할 것으로 본다.

다섯째, 본 연구서는 그간 한국사회가 지녀왔던 문화적 한계를 극복하고 한국학 연구의 지평을 넓히는데 일조할 것이며, 일제강점기 한국 교육의 거세된 정체성을 재건하는데 충분히 기여할 수 있을 것이다.

본 연구서는 조선총독부의 『國語讀本』은 물론이려니와, 동시기 일제의 식민지였던 대만의 『國民讀本』과 식민국 일본의 『小學國語讀本』과의 비교연구로 나아감으로써, 三國에서 행해진 〈일본어교육〉의 실체와 함께 타 교과서와의 비교 연구로까지 확장할 수 있는 기반을 구축하였다고 자부하는 바이다.

본 작업은 反日을 하자는 것도 아니요 親日을 하자는 것은 더더욱 아니다. 실체적 진실을 구명(究明)하여 한일관계의 개선을 추구하려 하였으나, 이제까지 받은 교육의 영향으로 한국인의 시선으로 판독된 것도 상당히 많으리라 사료된다. 앞으로 일본인의 시선으로 판독된 것과 접목하여 선린 우호적 한일관계로 계선되길 희망한다.

2012년 11월

전남대학교 일어일문학과 교수 김순전

Contents

제3장 식민지의 교육적 아포리아

제4장 국가윤리와 전쟁

제5장 '동화'와 '차별'의 교육 프레임

제1장 조선인의 민족적 트라우마

Ⅰ. 『國語讀本』 서간문에 투영된 조선인 敎化樣相*

박경수 · 김순전

1. '서간(書簡)'으로의 접근

본고는 일제강점기 조선의 초등학교 아동에게 교육되었던 일본어교과
서 『國語讀本』에 수록된 서간문에서 일제의 다면적인 조선인 교화양상을
고찰함에 있다.

강점기 내내 사용되었던 교과서 『國語讀本』은 그 시대의 '國語(일본어)
교과서'인 만큼 언어교육에 관한 내용은 물론, 문체에 있어서도 평서문,
일기문, 보고문, 시, 서간문 등등 다양한 장르와 서술 방법으로 구성되어
있다. 그 중에서 서간문만을 발췌하여 연구한다는 것은, 문학화 된 방대한
분량의 서간체소설 연구에 비해 보편적이고 일상적인 편지글이라는 점에

---

* 이 글은 2011년 9월 한국일본어문학회 『日本語文學』(ISSN : 1226-0576) 제50집,
pp.283~304에 실렸던 논문 「『國語讀本』 서간문에 투영된 조선인 敎化樣相」을 수정
보완한 것임.

서 문학성이나 구성 면에서 의미가 축소될 수도 있다. 그렇지만 일제가 식민지교육을 위한 정책적 차원에서 발간한 교과서에 수록된 편지글임을 감안한다면 쉽게 간과해 버릴 수만은 없을 것이다. 일제강점기 정치적 목적이 서간이라는 특수한 양식을 이용하여 효율적으로 진행되고 있었기 때문이다.

한국 근대화 과정에서의 우편행정과 서식은 물론, 편지글의 형식과 문체 그리고 시기별 편지글의 내용을 보면 〈조선교육령〉의 교육목적과 거의 일치하고 있음이 파악된다. 그것을 서간이라는 양식을 통하여 의도하였던 교육적 효과를 극대화하였던 것이다. 이에 본고는 강점 초기부터 1945년 일제가 패전하기까지 조선아동에게 교육되었던 초등교과서인 『國語讀本』[1]에서 편지글만을 발췌하여 시기별 식민지 정책과 관련한 교육정책의 핵심과 특징을 도출하고, 그 내용을 각 기수별 교육목표와 연관하여 세부적으로 접근해 보고자 한다.

2. 서간의 특성과 『國語讀本』

서간은 인간이 사회생활을 영위함에 있어서 의사전달의 한 방법으로 오래 전부터 이용되어왔으며, 문명의 발달과 사회의 변화에 따라 다양한 효용성을 지니고 오늘날까지 그 기능을 유지해 오고 있다. 여기서 서간이 지니고 있는 기능과 특성을 살펴볼 필요가 있을 것이다.

---

1) 본 발표문의 텍스트는 일제 강점이후 발간한 『普通學校國語讀本』으로 함에 있어 시기에 따라 교과서의 명칭에 『初等國語讀本』이나 『初等國語』 등으로 약간의 변화가 있으나, 총칭하여 『國語讀本』으로 하고, 발간 시기는 기수로 구분하였다. 이후 『國語讀本』의 서지사항은 〈기수-권수-과〉 「단원명」으로 표기한다.

서간이란 예상되는 수신자에 대한 보고적 성격을 띤 매개상태로서 발신자의 사상이나 감정 등을 일방적으로 수신자에게 보고하거나 전달하는 기능을 가지고 있다. 뿐만 아니라 서간은 발신자와 수신자 사이에서 공간적 거리, 심리적 거리를 중재하는 중재기능(仲裁機能), 서간 본래의 전달기능을 하면서 다른 역할을 하는 대체기능(代替機能), 발신자에게 자기변호에 대한 카타르시스, 즉 정화기능(淨化機能)을 한다.

이러한 기능과 함께 서간은 3가지 특성을 지니고 있는데, 그 첫째는, 공간적으로 떨어진 수신자와 발신자의 이해를 가능하게 하는 서간은 발신자와 수신자가 전제된다는 것이다. 둘째는, 발·수신자 상호간에 의사전달이 원활히 이루어지면 그 기능은 종료되는 것이므로 서간의 생명이 다른 글에 비해 짧다는 것이며, 셋째는 서간은 사적이고 개인적인 것이므로 비공개성이라는 특성[2]을 지니고 있다.

이같은 기능과 특성을 지닌 까닭에 서간은 사적 영역은 물론, 공적 영역에서도 유용하게 사용되어왔다. 이를테면 통신이 발달하지 않았던 시대에 관청과 관청간의 공문[3]이나, 백성이 임금께 올리는 상소문도 대부분 서간 형식을 취하고 있었다. 당초 인간 상호간에 단순한 의사전달의 수단으로 이용되어진 서간이 이처럼 공적인 면에서 효력을 나타내는가 하면, 근대 자유연애사상이 수용된 이후에는 글쓰기의 소재로, 혹은 글쓰기의 한 장르에 이르기까지 서간의 효용성은 괄목할 만한 증가를 보이게 되었다.

---

2) 李在銑(1977), 『韓國短篇小說의 硏究』, p.152 참조
3) 서간형식이 공문으로 사용된 예로는 신라의 최치원이 당나라에서 지은 편지 형식의 격문 「격황소서(檄黃巢書)」(한국 최초의 문집 「계원필경집(桂苑筆耕集)」 卷11에 소재)와 후백제의 견훤이 고려왕에게 보내는 서간 「대고려왕답견훤서(代高麗王答甄萱書)」가 유명하다. 특히 최치원의 「격황소서」는 당나라 말기에 반란을 일으킨 황소(黃巢)에게 대의명분을 내세워 항복을 종용하는 내용으로, 문체가 논리정연하고 위엄이 있어 최치원이 중국에서 유명해지는 계기가 되었다.

서간이 상대방의 마음을 움직이는데 보다 효과적이라는 점은 소설에 있어서 독자를 감동시키려는 작가의 의도와 일치하며, 서간체 형식을 이용하여 식민지 교육의 핵심을 담아 교육의 장치로 응용하여 조선인을 교화하려던 일제의 의도와도 일치한다 할 수 있다.

일제는 조선 식민지 통치기간 동안 4차례의 〈조선교육령〉을 공포하였으며, 시기별 교육령에 의해 식민지교육 목적을 달성하고자 하였다.

『國語讀本』은 이러한 〈조선교육령〉에 따라 개정이 이루어 졌으며, 그 취지에 맞게 교과서의 내용도 개편되었는데, 교과서에 수록된 서간체 서술 형식과 그 내용을 살펴보면 시기별 식민지 교육정책과 맥을 같이하고 있음을 알 수 있다. 각 교육령에 따른 『國語讀本』의 해당기수와 시기별 초등교육목적을 〈표 1〉에서 살펴보고자 한다.

〈표 1〉 교육령에 따른 시기별 초등교육목적과 『國語讀本』

차 수 (시행년도)	교 육 목 적	『國語讀本』		
		기수	편찬년도	특 징
1차 조선교육령 (1911~1922)	· 충량한 국민의 육성 · 국민된 성격함양 · 생활에 필요한 보통지식과 기능 · 일본어교육 · 아동의 신체발달에 유의	Ⅰ기	1912~1915	근대화와 우월성에 의한 동화정책 시도
2차 조선교육령 (1922~1938)	· 국민으로서의 성격함양 · 덕육 · 일본어 습득 · 아동의 신체발달에 유의	Ⅱ기	1923~1924	일시동인, 내지연장 주의에 의한 학제개편, 동화정책과 실업교육 강조
		Ⅲ기	1930~1935	
3차 조선교육령 (1938~1943)	· 충량한 황국신민의 육성 · 국민도덕 함양 · 국민생활에 필요한 보통지식 · 아동의 건전한 발달에 유의	Ⅳ기	1939~1941	국체명징, 내선일체, 인고단련에 의한 황민화, 정신교육 강조
4차 조선교육령 (1943~1945)	· 황국의 道와 초등보통교육 · 국민의 기초적 연성	Ⅴ기	1942~1944	황국의 道와 전쟁의 당위성 강조

충량한 국민의 육성 차원에서 생활에 필요한 보통지식과 기능에 중점을 두었던 〈1차 교육령〉시기의 『國語讀本』은 문명국의 우월성을 내세우며 동화정책 시도하는 내용이 주를 이룬다. 또 문화정치를 표방하면서 '일시동인'에 중점을 두었던 〈2차 교육령〉시기의 Ⅱ기와 Ⅲ기 『國語讀本』은 대륙침략을 위한 실업교육 강조와 동화를, 〈3차 교육령〉시기인 Ⅳ기 『國語讀本』에서는 충량한 황국신민 육성의 일환으로 도덕, 국가사회에의 봉사, 근로애호에 필요한 지식과 기능 추구하였다. 이어서 〈4차 교육령〉시기의 Ⅴ기 『國語讀本』은 황국신민의 道에 따른 國民의 기초적 연성에 중점을 두고 있다. 각 〈조선교육령〉의 교육목표에 의한 초등교과서의 면면을 살펴보면 이처럼 학습자나 교과를 중심으로 보통의 지식과 기능으로의 접근보다는, 日帝의 유용성에 준거하여 교육의 목적을 두고 있음을 알 수 있다. 이러한 목적에 의하여 발간하여 식민지 전 기간에 걸쳐 교육된 초등학교용 일본어교과서 『國語讀本』에 서술된 내용 중, 서간 형식의 글을 발췌하여 구체적으로 살펴봄으로써 그 시기별 특징을 도출해 보고자 한다.

3. 시기별 서간문의 특징과 조선인 敎化樣相

3.1 '동화정책' 시도와 근대화의 통로 - 제Ⅰ기 -

이 시기의 가장 큰 특징은 동화정책과 실용적인 '편지 쓰는 법'의 교육이었던 듯하다. 이 시기 교육에 있어서 同化의 개념은 '국민정신의 涵養 과 '유용한 지식기능을 얻게 하는 것[4] 이었다. 강점초기 일제가 가장 역점을 두었던 동화정책의 해법을 근대화의 통로가 되었던 제Ⅰ기 『國語讀本』에

---

4) 久保田優子(2005), 『植民地朝鮮の日本語教育』, pp.310~311 참조

수록된 편지글에서 찾아보자.

〈표 2〉제Ⅰ기『國語讀本』의 편지글

권-과	단 원 명	발신자 / 수신자	특 징
6-8	고구마를 보내는 편지 (甘藷を贈る手紙)	金仁孫↔李先吉	날짜, 발신자, 수신자 표기
6-10	오사카에서 온 편지 (大阪からの手紙)	容植→完植	" 겉봉투 쓰는 법 예시.
7-10	출발 날짜를 문의하는 편지 (出立の日取を問い合わせる 手紙)	미상↔미상	
7-16	병문안 편지(病気見舞の手紙)	미상↔미상	
8-12	책을 빌리는 편지 (書物を借用する手紙)	미상↔미상	구어문과 문어체(候文)를 대비하여 서술함.
8-23	은사님께 보내는 편지 (舊師に送る手紙)	제자→옛은사님	候文

단원명에서 확인할 수 있듯이 제Ⅰ기『國語讀本』에 수록된 편지글은 대부분 지극히 일상적인 것을 주제로 하고 있다. 맨 처음 소개된 편지글은 〈Ⅰ-6-8〉「고구마를 보내는 편지(甘藷を贈る手紙)」로, 편지와 그에 대한 답장으로 구성되어 본격적인 서간문의 형식을 갖추고 있어 실용적인 교육에 접근하고 있다. 주목되는 것은 편지 내용이다.

이선길(李先吉) 님께
고구마를 수확하여 조금이지만 보내 드립니다. 이것은 아버지가 일본에서 구한 씨고구마를 조금 받아서 나와 동생 둘이서 재배한 것입니다. 배추도 제법 자랐으니 조만간 또 보내 드리려고 합니다.
11월 1일 김인손(金仁孫)

(답장) 김인손 님께
좋은 고구마를 보내주셔서 감사하게 생각합니다. 빨리 먹어볼 생각입니다. 틀림없이 맛이 좋겠지요? 이렇게 잘 재배된다면 내년에는 저도 종자를 받아서 재배해 보고자 합니다. 조만간 찾아뵙고 인사드리겠습니다.

11월 1일   이선길

〈Ⅰ-6-8〉「고구마를 보내는 편지(甘藷を贈る手紙)」

제시된 인용문은 농산물을 수확하여 이웃과 나누는 조선농민의 훈훈한 마음과 좋은 종자를 받아 재배해보고 싶다는 내용의 답장이다. 불과 3줄의 짧은 내용이지만 여기에 근대 선진문물의 유입을 통한 강점 초기의 식민지 정책이 고스란히 담겨있다. 문제는 개량된 일본 고구마 종자 보급을 통하여 그들의 선진농업에 의한 우월성이 조선인의 입을 통하여 전파되기를 유도하고 있다는 것이다. 농업인구가 70%이상을 차지하는 당시 조선의 실정에서 우량종자의 보급을 내용으로 한 위 글은 농업의 근대화 이면에, 문명국으로의 동화를 염두에 둔 내용이라 할 수 있겠다.

한편 〈Ⅰ-6-10〉「오사카에서 온 편지」는 상업도시 오사카의 이모저모를 상세히 소개하면서 일본 대도시의 발전상을 통하여 조선아동의 근대화를 일깨우는 한편, 발신자, 수신자, 날짜의 위치 등은 물론, 주고받은 편지의 겉봉을 제시하여 겉봉투 쓰는 법, 나아가서는 우편요금을 납부하였음을 증명하기 위해 정부가 발행하는 증표인 우표를 발신자 측에서 붙여야 한다는 것과 그 위치까지 제시하고 있다. 이는 1884년 3월 홍영식(洪英植)에 의하여 우정국이 설립되어 그 해 10월 1일부터 우편업무를 시작한지 불과 2개월만인 12월 4일 갑신정변으로 인하여 우정국이 폐지되어버린 역사를 가지고 있는 한국의 우편제도에 비해, 일본의 체계화된 우편행정과 근대화된 우편제도를 초등교육에서 실시하는 것으로 식민지 초등교육이 '실용 위주의 실생활교육'이었음을 말해주기도 한다.

구어문	문어 편지문(候文)
此の間は参上致し、御馳走になりまし て、有り難う<u>存じ</u>ます。其の時拝見致 しました農業書、只今御不用でござい ますならば、両三日の間、<u>拝借願ひた</u> うございます。<u>お差支</u>がなければ、ど うぞ<u>此の者</u>にお渡し下さい。草々。	此の間は参上致し、御馳走に<u>相成り</u>、 有り難く<u>存じ</u>候。其の節拝見致し候農 業書、只今不用に御座候はば、両三 日の間、<u>拝借願ひたく</u>候。<u>御差支</u>これ なく候はば、何卒、<u>此の者</u>に御渡し下 されたく候。草々。

앞서 살폈듯이 편지글의 효용성은 참으로 다양하다. 그 중 실생활과 밀접하게 관련되어 있는 것은 안부, 소식 및 상거래와 관련된 내용일 것이다. 여기서 발신자, 수신자간의 상호관계성은 중대한 문제이다. 상대방에 따라서 경어의 사용 및 문체에도 신경을 써야 하기 때문이다.

물건을 주문 또는 차용하는 내용의 편지인 〈Ⅰ-8-12〉「책을 빌리는 편지」에서는 앞에서는 볼 수 없었던 '拜啓'를 사용하였음이 눈길을 끈다. 또한 구어문(口語文)과 문어편지문(候文)을 대비하여 서술함으로써 편지글의 형식과 다양한 효용성을 제시하였다.

> <u>拜啓</u>. (삼가 글을 올립니다.) 지난번에는 찾아뵙고 융숭한 대접을 받아 감사히 생각합니다. 그때 보았던 농사책을 지금 읽지 않으신다면, 이삼일 동안 삼가 빌리고자 하옵니다. 지장이 없으시다면 부디 이 사람에게 건네주십시오. 서둘러 적습니다.
> 〈Ⅰ-8-12〉「책을 빌리는 편지(書物を借用する手紙)」, 밑줄 필자 以下 同

또 하나 일본에서 격식을 갖춘 편지글은 '拜啓'로 시작하며 '敬具'로 맺는다. 이 관점에서 볼 때 『國語讀本』에 수록된 편지글 중 형식면에서 볼 때 가장 대표적이라 할 수 있는 단원은 〈Ⅰ-8-23〉「옛 은사님께 보내는 편지」이다. 제자가 옛 은사님께 보내는 안부편지와 그 답장으로 구성된 이 단원은 소로분(候文)을 사용하여 서간문의 품격을 교육하는 한편, 서두에 '拜啓', 문장 말미에 '敬具'를 사용함으로써 정중함을 극대화 한 일본의 '편지 쓰는 법'을 제시하고 있다.

> 謹啓。(삼가 말씀 올립니다.)
> 한기(寒氣)가 극심한 중에도 더욱 더 건강이 좋으심에 경하 말씀 올립니다. 그 후 제 생활도 별고 없이 지내고 있사오니, 송구스럽습니다만 안심하시기 바랍니다. 재학 중에 가르쳐 주신 것은 모두 다 유익한 것으로, 특히 국어는 일상 용무를 처리하는 데에도 대단히 편리하여, 더욱 깊이 선생님의 은혜에 감사함을 느낍니다. 이전부터의 교훈을 지키며, 업무가 한가할 때에는 조금씩이나마 책을 읽고 지식을 닦도록 유념하고 있습니다.
> 時下 몸을 잘 돌보시기를 오직 기원 드립니다. 敬具。(삼가 말씀 올렸습니다.) 〈Ⅰ-8-23〉「옛 은사님께 보내는 편지(舊師に送る手紙)」

이러한 심화된 서간문의 형식과 내용은 4학년 과정에서 교육된다. 이 시기 식민지 초등교육과정이 4년제였기 때문에, 상급학교로 진학하지 못할 경우 4학년은 초등학교 교육의 마지막 과정이 된다. 때문에 사회생활 전단계의 과정에서 익혀야 할 것들을 『國語讀本』에 체계적으로 수록하는 한편, 편지글의 다양한 형식과 상호연관성, 그리고 그 효용성을 제시함으로써 식민지 아동에게 근대화된 교육 및 문명을 전해주는 근대화의 통로를 삼고자 하였음을 알 수 있다.

간과할 수 없는 것은 합병 후 일제가 가장 심혈을 기울였던 정책 중의 하나인 동화정책을 꾀하였음이 편지글의 내용에서 드러나고 있다는 점이다. 다수확 우량 일본고구마 종자의 조선 이식 속에 담겨진 의미는 조선 농업의 근대화라는 유화 제스처와 함께, 이를 통하여 동화정책을 꾀하려는 식민초기의 교육목적이 그대로 함축되어 있다는 것이다. 여기에 그들

의 선진 농업정책을 통하여 우월한 민족임을 과시하는 한편, 그 선진문명
에 동화시키려는 강점초기 식민지정책을 엿볼 수 있다 하겠다.

3.2 '일시동인'과 제국 팽창의 장치 − 제Ⅱ, Ⅲ기 −

표면적으로는 문화정치를 표방하면서 일본 본토의 교육과 차별 없이
실시한다고 하는 '일시동인'에 중점을 두었던 〈2차 교육령〉에 의해 발간된
제Ⅱ기『國語讀本』은 편지글의 내용에 있어서도 일본과 조선의 주요도시
인 도쿄와 경성과의 교류에 주안점을 두었으며, 제Ⅲ기『國語讀本』은 동
화정책과 실업교육 강조는 물론, 팽창하려는 제국의 실상을 알리는데 주
안점을 두고 있다. Ⅱ, Ⅲ기『國語讀本』5)의 편지글을 〈표 3〉으로 정리하
였다.

〈표 3〉 제Ⅱ, Ⅲ기『國語讀本』의 편지글 (●는 심상소학독본, ★는 Ⅱ기와 동일)

기수	권과	단 원 명	발신자 / 수신자	특 징
Ⅱ	6-18	편지(手紙)	이옥순↔최선생	편지글의 형색 갖춤
	7-23	연락선에 탄 아이의 편지 (連絡船に乘った子手の紙)	아이→어머니	형식은 갖추지 않고 내용만 있음
	8-4	편지(手紙)	동생↔형	
	9-2	트럭섬 소식 (トラック島便り)	삼촌→마쓰타로	●
	9-12	동생이 형에게(弟から兄へ)	동생→형	●
	9-23	편지(手紙)	정남→백부, 미요코→백모 외2건	●
	10-13	경성의 친구로부터 (京城の友から)	하라 야스오→ 미즈노 다케지로	●

---

5) 〈2차 교육령〉에 의한 Ⅱ기는 '내지연장주의 교육'이라는 미명 아래 일본의 소학교와
   동일한 학제인 6년제로 개편되어, 5·6학년용 교과서(卷9~12)는 급한 대로 문부성
   발간『심상소학독본』을 그대로 사용하였으며, Ⅲ기에 와서야 12권 전권을 조선총독
   부에서 편찬하여 사용하였다.

	10-20	편지2 (手紙2)	숙모→사치코(さち子) 고바야시 바이기치→오모리 시게루	●
	11-10	편지(手紙)	바바 요스케↔하루타 엔타로	자필그대로 실음 ●
	11-23	남미에서(南米より)	아버지→두 아들	候文 ●
III	5-20	선생님께(先生へ)	제자→선생님	형식 안 갖춤
	6-18	편지(手紙)	이옥순↔최선생	〈II-6-18〉과 동일 ★
	7-17	연락선에 탄 아이의 편지 (連絡船に乗った子の手紙)	아이→어머니	〈II-7-23〉과 동일 ★
	8-2	편지(手紙)	동생↔오빠	
	9-9	가라후토 소식(樺太だより)	형→동생	
	10-6	농업실습생 편지 (農業實習生の手紙)	명길→고선생	
	10-17	타이뻬이 소식(臺北だより)	미상	
	11-12	브라질에서(ブラジルから)	아버지→아들	II기의 「南米より」와 내용은 같으나, 문체에서 候文이 구어문으로 바뀜. ★
	11-15	수해위문편지 (水害見舞の手紙)	충근→숙부	
	12-18	국경소식(國境だより)	오카무라 타로→박안용	

〈표 3〉을 보면 단순히 「편지」라고만 되어있는 단원명이 상당수 눈에 띤다. 〈II-6-18〉「편지」는 옥순이 도쿄에 간 선생님께 보낸 편지와 그 답장이고, 〈II-8-4〉「편지」는 경성의 동생이 도쿄에 유학 간 형에게 보낸 안부편지와 그 답장이다. 그런데 일상적인 안부를 주고받는 편지의 내용에서 상호간 주요도시의 유명지, 풍습, 생활양식 등이 소개될 뿐만 아니라 동봉한 엽서를 통하여 한일간 문화적 교류를 한눈에 읽을 수 있게 한다. 또한 부산에서 시모노세키행 연락선에 탄 아이가 어머니께 보내는 편지인 〈II-7-23〉「연락선에 탄 아이의 편지」는 당시 한일 간 교통의 현주소를

말해주기도 한다.

 "개인의 실제 경험을 믿을 수 있게 이야기하는 것."[6]이라는 영국의 이언 와트(Ian Watt, 1974)의 말처럼 서간체 형식의 이러한 편지글은 실제생활 형식으로 사건전개를 자연스럽게 변화시키며, 사실적 차원에서 인간내면의 심리를 토로하고 전달한다. 당시 생소한 근대문물이나 일본 주요도시의 발전상이 이러한 편지글 형식으로 전달될 때 그 사실감과 함께 미지의 세계에 대한 상상력이 피교육자에게 교육적 효과로 다가올 수 있는 것이다. 지극히 일상적인 내용의 안부편지로 구성되어 있지만, 일본과 조선의 주요도시의 활발한 교류에서 '일시동인', '내지연장주의' 라는 시기적인 특성이 잘 드러나 있음을 알 수 있다.

 한편 일본인과 같은 학제의 교육을 조선에서 실시하고자 하였으나 교과서 행정상 문부성 발간 심상소학독본으로 교육된 5~6학년용(卷9~卷12)에서도 이 시기의 편지글은 일상을 크게 벗어나지는 않는다. 그 중 〈II-9-2〉「트럭섬 소식」과 〈II-11-23〉「남미에서」는 그 양상이 사뭇 다르다. 남태평양 트럭섬(Truk Island)에서 보낸 삼촌의 편지를 살펴보자.

 이 트럭섬에 오고 나서 벌써 3월이 되었는데, (중략) 겨울도 봄도 이곳에서는 마치 일본의 여름 같단다. 더위도 연중 이 정도라 하니 생각했던 것과는 달리 매우 살기 좋은 곳 같다. 게다가 이 주변 일대의 섬들은 일본의 지배에 속해있기 때문에, 일본에서 이주해 온 사람도 많아서 조금도 외롭지는 않단다. 〈II-9-2〉「트럭섬 소식(トラック島便り)」

---

 6) Ian Watt(1974), 「The rise of the novel」, University of California Press, p.27 (authentic account of the actual experience of individuals.....)

섬의 풍물을 소개하는 한편, 트럭섬이 이미 일본의 속국이 되어 일본인 이주민이 많아졌다는 것은 남태평양의 크고 작은 섬들이 일본에 의해 점차 잠식되어가고 있음을 말해주는 부분이다. 더욱이 남미 브라질에서 보낸 아버지의 편지 〈II-11-23〉「남미에서」는 브라질의 이모저모를 소개하는 내용과 특히 밀림개간에 일본이 참여하고 있다는 내용은 제국 일본의 향방이 장차 태평양을 목표로 확장을 시도하고 있음을 짐작케 한다.

이러한 기행문 형식의 서간문 제III기『國語讀本』의 편지글에서 두드러지게 나타난다. 이는 새로운 지역의 풍물이나 여행지에서 느낀 감정을 자연스럽게 전달하는 방법으로, 다른 어떤 장르보다 서간체 형식을 문학적 효과로 나타낸 장르라 할 수 있다. 여기에는 사물을 직접 대하는 듯한 사실감과, 발신자의 마음을 들여다보는 듯한 친밀감이 있는데, 바로 이러한 생동감과 친밀감이 수신자의 마음에 강렬한 인상으로 남게 된다.[7]는 이점이 있다. 사할린에 간 형이 보낸 〈III-9-9〉「가라후토 소식」, 일본화 되어가는 식민지 타이완의 현재를 보여준 〈III-10-7〉「타이뻬이 소식」, 그리고 〈III-11-12〉「브라질에서」가 좋은 예라 할 수 있겠다.

제III기『國語讀本』은 일본의 학제에 맞추어 1학년부터 6학년까지 전권을 1930~35에 걸쳐 조선총독부에서 편찬하여 30년대 말까지 교육된 교과서이다. 여기에는 무엇보다도 만주사변 이후 대륙진출을 향한 제국팽창의 서막을 여는데서 그 특징을 찾을 수 있다. 〈III-12-18〉「국경소식」에서는 대륙과의 경계인 압록강 국경경비대에서 복무하고 있는 병사의 편지에서 국경의 삼엄함과 대륙진출의 긴장감을 엿볼 수 있다. 또한 지리적 여건상 그 전초기지인 조선의 중요성을 인식하고 실업과 근로의 교육에 역점을 두고 있는 면이 두드러진다. 농업과 근로의 중요성은 〈III-10-6〉「농업실

---

7) 윤수영(1990),「韓國近代 書簡體小說 硏究」, 이화여대 석사논문, p.48

습생 편지」에 잘 나타나 있다.

> 요즈음 주인께서는 "가족의 근로가 농가 제일의 자본이다."라 말씀하시
> 는데, 가족 모두가 마음을 합하여 일하는 것은 꼭 배워야 할 미풍이라
> 생각합니다. (중략) 선생님, 앞으로의 내 책임이 점점 무거워집니다. 귀
> 향하게 되면 1년 동안 실습하면서 체득한 농민정신에 입각하여 오직 농
> 사 개량에 힘쓰고 마을의 진흥에 진력하여, 선생님을 비롯 모든 분들의
> 은혜에 보답하고 싶은 마음입니다.
>
> 〈III-10-6〉「농업실습생의 편지(農業實習生の手紙)」

농장실습나간 명길이 실습상황을 선생님께 알리는 위 편지글은 가족
단위로 농업생산력을 증대하는 것이 필수임을 강조하는 내용으로, 앞으로
있을 전쟁에 대비하여 후방에서의 생산력 증대의 중요함을 일깨운다.

이 모든 정책의 기본이 되는 정신교육의 장으로 신사의 건립 또는 신궁
이나 신사의 참배 또한 간과할 수 없는 부분이다. 1925년 10월 경성 남산
에 '조선신궁'이 세워진 이래 1930년대는 1읍면에 1신사주의(총독부령 지
76호)를 강요한 결과[8] 전국 곳곳에 신사가 세워지지 않은 곳이 없을 정도
였다. 그러기에 〈III-10-17〉「타이뻬이 소식」에서는 조선에 앞서 1894년
식민지가 된 타이완(臺灣)의 타이뻬이에 소재한 타이완신사를 세세히 소
개하는 것으로 조선아동이 이를 자연스럽게 수용할 수 있도록 유도하기도
한다.

그리고 보면 II, III기『國語讀本』의 편지글 역시 당시 초등교육정책의

---

8) 1934년 조선 내 신사의 수가 282기였던 것이 1936년 미나미 지로(南次郎) 총독의 1읍
(면) 1신사주의에 의해 조선에 세워진 神宮, 神社의 수는 1,141개에 이르렀다. (박경
수 · 김순전(2007),「동화장치로서『普通學校修身書』의 '祝祭日'서사」,「일본연구」33
호, 한국외대 일본연구소, p.45)

영향이 그대로 반영되었음을 알 수 있다 하겠다.

3.3 '국체명징'과 제국의 확장 - 제Ⅳ기 -

Ⅳ기 『國語讀本』은 〈제3차 교육령〉에 근거한다. 1936년 조선총독으로 부임한 미나미 지로의 강력한 황국신민화정책은 일제의 조선통치에 있어서 이전과는 다른 획기적인 변화를 초래하였다. 1937년 7월의 중일전쟁을 분수령으로 하여 일제는 이듬해 1월부터 전쟁을 위한 각종 법령을 공포9) 하였는데, 동년 4월 공포한 〈3차 조선교육령〉은 국체명징, 내선일체, 인고단련을 3대 교육강령으로 내세운, 조선아동의 황국신민화를 위한 교육이었다. 이에 따른 실천사항 중 하나가 신궁이나 신사참배였는데, 신궁이나 신사의 참배는 이 시기 학교에서 매월 1일과 15일 두 번에 걸쳐 공식화된 아주 중요한 일과 중의 하나로, 조선민중의 황민화를 위한 가장 기본적인 실천요목이었다. 때문에 이 시기 편지글은 신궁이나 신사참배에 관련된 내용이 주류를 이룬다. 다음은 Ⅳ기 『國語讀本』10)에 수록된 편지글이다.

---

9) 1938년 1월 〈육군특별지원병령〉, 동년 5월 〈국가총동원법〉을 통과시킨 후, 6월에 〈근로보국대〉를 조직할 것을 지시하였고, 7월에는 전국규모의 전시동원단체인 〈국민정신총동원조선연맹〉을 창립하는 등 전시동원체제 확립을 시도하였다.

10) 〈제3차 조선교육령〉의 교육목표에 의하여 발간된 Ⅳ기에서도 Ⅱ기와 마찬가지로 1~3학년용은 조선총독부에서 발간하였으나, 4~6학년용은 문부성 발간 『小學國語讀本』을 사용하였다.

<표 4> 제IV기 『國語讀本』의 편지글(●는 小學國語讀本)

권-과	단 원 명	발신자 / 수신자	특 징
5-3	참배소식(參宮だより)	아버지→사치코	
5-6	답례편지(おれいの手紙)	요기치→이치로	문화 이입
6-2	경성에서(京城から)	도시코, 구니오→어머니	
6-12	편지(手紙)	3학년 아동→전쟁터의 병사에게	위문편지
7-12	병영소식(兵營だより)	하루야마 신이치→구니오	●
8-4	대련소식(大連だより)	기무라 세이치→ 4학년 아동	●
9-12	미국소식 (アメリカだより)	초등학교 5학년 아동	발, 수신자 없음 ●
10-6	남태평양 소식 (南洋だより)	초등학교 5학년 아동	발, 수신자 없음 ●

대체적으로 신궁이나 신사에 관한 내용을 보면, 대부분이 참배 이전에 우선 주변의 경관과 그 구조를 세세하게 소개하고 있는데, 그 위치선정과 입지조건에 상당한 사전 역학조사가 있었음을 짐작케 한다. 〈IV-5-3〉「참배소식」과 〈IV-6-2〉「경성에서」를 대비하여 살펴보자.

① 어제 오후 이곳에 도착하여 외궁을 참배하고, 오늘은 내궁을 참배하였다. 우지교(宇治橋)를 건너 경내에 들어서서 조금 가면 천년이나 되었을 것 같은 거목이 늘어서 있어 뭐라 형용할 수 없을 만큼 경건한 마음이 든다. 이스즈강(五十鈴川)의 깨끗한 물에 손을 씻고, 입을 헹구고 문 앞으로 나아가 절을 하였다.

〈IV-5-3〉「참배소식(參宮だより)」

② 밥을 먹고 나서, 조선신궁에 참배하러 갔습니다. 높은 돌계단을 오르니, 정면 소나무 숲 속에, 흰 도리이와 신사가 한눈에 들어왔습니다. 미즈야의 물로 입을 씻고 신전 앞으로 나아가 절을 하였습니다. 아마테라스 오미카미와 메이지천황의 공덕을 기리며, 성스러움에 저절로

머리가 숙여졌습니다. 돌아가는 길은, 동쪽 참배길을 통하여 경성신사와 마주하고 있었습니다. 이곳은 남산 중턱으로, 넓은 경성시가지가 눈앞에 펼쳐져 있고, 아득히 북한산도 보여 전망이 상당히 좋았습니다. 〈IV-6-2〉「경성에서(京城から)」

인용문 ①은 교토로 간 아버지가 이세신궁을 참배한 후 딸 사치코에게 보내는 편지이고, ②는 경성의 숙모 댁에 온 도시코와 구니오 남매가 조선신궁 참배 후의 느낌을 어머니께 보낸 편지글이다. ①에서는 아버지가 교육적 차원에서 딸에게 참배객이 지녀야 할 마음가짐을 서술하였으며, 특히 ②는 아동이 참배를 직접 체험한 글이라는 점이 주목된다. 이는 기성세대와 신세대에 의한 '교육'과 '실천'이라는 점에서 교육적 효과는 물론이려니와, 그 관계가 부모자식간이라는 점에서 접근성은 물론 사실성과 설득력에 있어서 효과를 더한다고 할 수 있겠다.

IV기 『國語讀本』의 卷7~卷12(4~6학년용) 역시 문부성 발간이다. 여기서 재미있는 점은 편지글이 모두 '~~だより'형식을 취하고 있다는 점이다. 일본아동을 대상으로 한 교과서에서는 중국에 이어 일본군이 점령한 남태평양 군도 사이판, 데니안, 얏뿌, 바라오의 현지사정을 소개한 「남태평양소식」을 전함으로써, 확장되어가는 제국일본의 위상을 알리는 것에 큰 비중을 두고 있었다. 이로써 대륙은 물론 남태평양 또한 일본의 패권 안에 있다는 것과, 나아가서는 〈IV-9-12〉「미국소식」을 통하여 세계를 향한 무한한 가능성 제시와 함께 장차 태평양 연안 국가로의 확장을 내비치기도 한다.

한편 이전의 편지글의 인명이 대부분 한국이름(문부성 발간은 예외임)이었던 것과, 편지의 상호관계성에 중점을 둔 것에 비해, 이 시기의 편지글은 이러한 상호관계성이 무시된 채 일방적인 통신으로 일관하고 있으며, 인명 또한 일본식 이름으로 바뀌었다는 점이 흥미롭다. 이는 〈3차 교육령〉 이후 진행된 '창씨개명정책'의 반영과, 또 급변하는 세계 속에서 대중을 향한 문학적 서간의 매스미디어로써의 특성을 잘 활용한 예라 할 수 있겠다.

3.4 대동아공영권을 위한 전쟁의 당위성 – 제Ⅴ기 –

전쟁이 급박해짐에 따라 〈4차 조선교육령〉(1943.4.1)이 발포되고 이에 따라 또 다시 교과서의 개편이 이루어진다. 살펴본바 Ⅴ기 『國語讀本』에 수록된 편지글은 황국신민의 道를 수련하는 내용이나 태평양전쟁의 당위성을 설득하는 내용으로 일관한다.

주지하는 대로 태평양전쟁 시기의 아동교육은 국가를 위하여 전쟁을 감당할 황군육성에 있었다 해도 과언이 아닐 것이다. 여기에 국가 이데올로기 주입이 가장 큰 관건이었는데, 이를 위한 가장 효율적인 공간은 단연 군대와 학교였다. 그 가운데 초등학교는 여러 면에서 더욱 효율적인 공간이 되었다.

조선아동을 황국신민으로 육성하는데 그 목적을 두었던 〈국민학교령〉은 "황국의 道에 따른 국민의 기초적 연성(鍊成)"[11]이 그 실천사항이 된다. 심신과 기예를 훈련하는 일종의 군사용어인 '연성'이란 용어를 사용하고 있다는 것만으로도 〈국민학교령〉에 의한 초등교육은 皇國의 道를 수련하는 장이었으며, 학교는 '황국신민'을 단련시키는 연성도장이 되기에 이르렀다. 이는 제Ⅴ기 『國語讀本』의 편지글에서도 잘 나타나 있다.

---

11) 이는 "국민학교는 皇國의 道에 따라 초등보통교육을 실시하고 국민의 기초적 鍊成함을 목적으로 함."이라는 〈국민학교령 제1조〉(1941. 2. 28), 〈국민학교칙령〉 148호(동년 3. 1)에 근거한다.

〈표 5〉 제V기 『國語讀本』의 편지글

권-과	단 원 명	발신자 / 수신자	특 징
5-2	참배소식(參宮だより)	형→마사오(正男)	
5-6	다로에게(太郎へ)	이사무(勇)→다로(太郎)	문화이입 유도
8-3	싱가폴에서 (シンガポールから)	야마다 타로(山田太郎)→ 이사무(勇)	보낸날짜 명시되어있지 않음
8-19	병영소식(兵營だより)	신이치(新一)→다케오(武男)	
9-4	전선의 형으로부터 (戰線の兄から)	형→이사무(勇)	
9-18	전선소식(戰線だより)	보도반원→초등학교 5학년 아동	보고문 형식을 띰
12-6	소년비행학교소식 (少年飛行學校だより)	나→혼다(本田)	

단원명만 보아도 알 수 있듯이 V기『國語讀本』의 편지글은 태평양전
쟁 막바지 긴박한 시기임을 말해주듯 전쟁과 관련한 내용으로 일관한다.
생사를 보장할 수 없는 전쟁터에서 병사의 투지와 각오가 담긴 편지는
현장감과 설득력 면에서 단연 압도적이다. 그것이 혈육이나 연인사이의
통신이라면 더욱 그러하다. 발신자의 얼굴이 지면에 오버랩 되면서 감동
과 설득력을 더할 수 있기 때문이다.〈V-9-18〉「戰線소식」이나〈V-8-19〉
「兵營소식」은 그 좋은 본보기라 할 수 있다.

입영초기에는 찬바람이 휘몰아치는 연병장에서 교련을 하기도 하고 차
디찬 물로 설거지나 빨래를 하기도 하여 상당히 고생스러웠지만 점점 익
숙해지면서 하루하루가 재미있고 유쾌해지더구나. (중략) 군대는 이를테
면 하나의 큰 가정으로, 중대장님을 비롯 상관 한분 한분은 우리들을 친
동생이나 자식처럼 자상하게 대해준단다. 그래서 모두 서로 격려하며,
매일 교련과 학습을 하여, 멋진 군인정신을 길러가고 있단다. 다케오와

친구들도 머잖아 이런 병영생활을 하게 될 테니까 지금부터 착실히 준비했으면 한다. 〈V-8-19〉「병영소식(兵營だより)」

긴장감이 감도는 병영생활 중에서도 긍정적인 부분을 부각시킴으로써 군인에 대한 희망을 갖게 한다. 뿐만 아니라 병영생활을 하나의 가정으로 비유하여 가족적인 분위기를 이끌어 내는 것으로 국가도 하나의 가정(家)임을 기반으로 한 천황제가족국가관을 암시하기도 한다.

남태평양 전쟁터에 나간 형이 동생 이사무(勇)에게 보낸 편지인 〈V-9-4〉「전선의 형으로부터」도 같은 맥락이다. 남태평양 전쟁터에 출정한 형의 각오와 더불어 후방의 아동들에게 '皇國의 道'를 심어주고 있다.

이사무(勇)! 주민들은 한 사람도 빠짐없이 황실의 은혜에 감격하고 마음에서부터 일본군이 되어 대동아 건설에 협력하고 있단다. 일본어를 배우고 싶다며 형들 있는 곳으로 매일 여러명씩 찾아온단다. 너희들은 모두 형들의 뒤를 이어가리란 것을 절실히 느낀다. 이사무! 너희들이 빨리 어른이 되기를 이 넓은 남태평양 천지와 많은 주민들이 손꼽아 기다리고 있단다. 너희들은 그 날이 오기를 기대하며 몸을 소중히 하며 열심히 공부해야 한다. 〈V-9-4〉「전선의 형으로부터(戰線の兄から)」

한편 하늘을 지키는 멋진 공군을 꿈꾸며 소년비행학교에 입학한 훈련병이 학교의 소개와 훈련과정과 앞으로의 각오를 그린 〈V-12-6〉「少年飛行學校 소식」에서는 6학년 과정에서 그 꿈을 향한 실제 훈련과정을 일깨운다. 자신의 애기(愛機)와 함께 창공을 자유자재로 날며, 때로는 적진을 탐색하고 때로는 적진을 향해 용감하게 공격을 퍼붓는 상상은 전쟁에 어느 정도 익숙해진 아동이라면 누구나 가질 수 있었던 꿈이었을 것이다. 이러한 내용의 글은 '편지'라는 점에서 훨씬 설득력 있게 작용하게 된다. 이로써 창공을 향한 동심을 공군지원병으로의 결심으로 유도하고 있음을 알 수 있다.

Ⅴ기에서도 신궁이나 신사에 관한 내용은 빠지지 않는다. 먼저 〈Ⅴ -8-3〉「싱가폴에서」를 보면, 일제가 다른 나라를 점령함과 동시에 무엇보다도 앞서 착수했던 일이 바로 신궁이나 신사 건립이었음을 일깨우게 한다. 이는 식민지정책에 있어서 무엇보다 중요한 것이 정신교육이었음을 말해준다. 신궁이나 신사에 대한 내용의 편지글은 바로 그런 차원에서였던 것이라 하겠다.

간과할 수 없는 것은 참배관련 편지의 관계성이 부모 자식 간이었던 Ⅳ기에 비해, Ⅴ기에서는 형과 동생의 관계로 설정되어 있다는 점이다. 이는 급변하는 세계정세에 발맞춰 신교육을 받은 신세대의 사고를 부각시키고자 함에 있으며, 아울러 일제의 정신교육이 교육적 차원을 넘어 이제는 황군을 만들어내야 하는 입장에서 보다 현실화하지 않으면 안 되는 필연성을 보여주고 있다 할 것이다.

4. 맺음말

일제의 시기별 식민지교육정책은 서간문의 기능과 언술장치를 통하여 보다 효율적이고 치밀하게 진행되고 있었다. 이를 정리해 보면 〈1차 교육령〉에 의해 발간된 제Ⅰ기『國語讀本』의 편지글은 다양한 형식을 제시하면서 실용교육에 접근하였음이 파악되었다. 특히 농업국인 조선 땅에 우량종자 이식을 소재로 한 내용의 편지글은 강점초기의 同化정책을 절묘하게 제시하였다 할 수 있겠다. 이어서 '일시동인'에 중점을 두었던 〈2차 교육령)의 교육목적대로, 제Ⅱ기와 Ⅲ기『國語讀本』의 편지글은 일본과 조선의 주요도시인 도쿄와 경성과의 교류 및 교통에 주안점을 두고 있었다. 그리고 대륙으로의 확장을 시도하는 제국의 실상과, 실업교육의 중요성을 강조한 내용도 간과할 수 없는 부분이라 하겠다.

〈3차 교육령〉에 의하여 획기적인 변화가 드러나는 Ⅳ기『國語讀本』의 편지글은 강력한 황국신민화 정책의 홍보성이나 전쟁참여의 독려에 보다 비중을 두었음이 파악되었다. 이시기 편지글에서 주목되는 것은 수신자 및 발신자의 이름에서 '창씨개명'이 반영되어 있었다는 것과, 편지글이 상호관계성을 벗어나 일방적 통신, 즉 대중을 향한 매스미디어로서의 활용도 엿볼 수 있었다는 점이다. Ⅴ기『國語讀本』의 편지글은 이러한 변화가 이어지면서 특히 전쟁독려의 편지글이 주류를 이루는데, 이는 전쟁의 참혹함보다는 침략전쟁의 긍정적인 면을 부각시켜 태평양전쟁의 당위성을 설득력 있게 제시하고자 하였던 데 있었음을 말해준다 하겠다.

당초 실생활 위주의 실용교육차원에서 접근하였던 서간문이 국가유용성에 따라 이처럼 변용되어가고 있었던 것은 서간의 특성과 기능을 잘 활용함으로써 목적하였던 식민지교육정책이 보다 효율적으로 이루어져 갈 수 있으리라는 예측의 발로가 아니었을까 여겨지는 것이다.

II. 童話에 표상된 식민지 정책*

장미경 · 김순전

1. 교과서로 본 동화의 인식

본고는 일제강점기의 '일본어교과서'에 나타난 동화(童話)의 변용을 『普通學校國語讀本』(Ⅰ기) 『初等國語讀本』(Ⅳ기)을 중심으로, 조선에서 일제가 제시하는 兒童像을 탐색하고자 한다. 동화가 많은 의미를 담아낼 수 있는 것은 아동들에게 바로 읽혀지고 쉽게 받아들여지기 때문이다. 교과서를 더없이 요긴한 침략수단으로 활용했던 조선총독부는 바로 식민지 어른으로 육성하고픈 조선아동들로 하여금 일본어에 흥미를 유발시키도록 동화의 중요성을 인식하였다.

조선총독부에서는 국어(일본어)교과서를 독자적으로 발간하는데, 시기별로 식민지교육의 목적 달성에 따라 1911년 〈제1차 조선교육령〉 발포

---

* 이 글은 2012년 3월 한국일본어문학회 「日本語文學」(ISSN : 1226-0576) 제52집, pp.275~294에 실렸던 논문 「일제강점기 '일본어교과서' Ⅰ기·Ⅳ기에 나타난 童話의 변용」을 수정 보완한 것임.

이후 제I기부터 제V기로 나누어 구분하였다.[1] 〈1차 조선교육령〉 시기에는 충량한 국민의 육성 차원에 중점을 두고 동화정책을 시도하였는데 당시 일본어교과서는 I기『普通學校國語讀本』이다. 〈3차 조선교육령〉 시기인 1938년에는 무단정치기로 조선어 표기와 그 교과서를 전면 폐지하였으며, '내선학교의 통일' 발표로, '普通學校'의 명칭 대신에 '小學校'로 개칭하였다. 이 시기에 편찬된 IV기『初等國語』에서는 중일전쟁으로 인한 전시동원체제로 황국신민 육성의 일환으로 교육을 추구하였다.

「모모타로(桃太郎)」는 '일본어교과서'에 나오는 동화 중에서도 가장 긴 부분을 차지하고 있다. 따라서 본고에서는 I기와 IV기에 나와 있는 모모타로와 그 외의 동화를 통해 일제가 추구하는 아동상을 살펴보기로 하겠다.

식민지 초기와 막바지에 있는 교과서에서 초등학생들에게 바로 받아들여지는 동화를 매개로 하여 조선의 아동들에게 제시하고자 하는 일제 교육정책 핵심의 변화를 탐색해 보려 한다.

2. '일본어교과서'의 I기와 IV기에 나오는 童話

일제강점기의 교과서 개정은 內鮮一體의 강화라는 이데올로기적 배경과 맞물려서 사회적으로도 비교적 높은 관심이 되었다. 그 개정은 주로 초등학교령의 발포에 따른 학제의 개편이나 창씨개명과 같은 언어 외적인 요인이 개입되어 있으며, 기존의 읽기 중심 교육에서 말하기 듣기 교육으

---

1) 제I기-1912년 이후 1915년까지 간행된 교과서『普通學校國語讀本』
   제II기-1923년 〈제2차 조선교육령〉 이후 간행된 교과서『普通學校國語讀本』
   제III기-1930년 2월 이후 1931년 1월까지 간행된 교과서『普通學校國語讀本』
   제IV기-1938년 3월 〈國民學校規定〉 이후 간행된 교과서『初等國語讀本』
   제V기-1941년 이후 1945까지 간행된 교과서『ヨミカタ』(4권),『初等國語』(8권)

로 전환되었다.

〈표 1〉 '일본어교과서' Ⅰ기와 Ⅳ기에 나와 있는 동화

기수	공통으로 수록된 동화	각각 수록된 동화	편수
Ⅰ기	「토끼와 거북이」, 「모모타로」, 「꽃피우는 할아버지」, 「日本武尊」	「뻔뻔한 사람」, 「효자 만키치(萬吉)」, 「시오바라 다이스케」, 「윤회, 거위를 불쌍히 여기다」, 「알에서 태어난 왕」, 「혹부리영감」 등	11
Ⅳ기		「영토 넓히기」, 「야마다의 큰 뱀」, 「笑顔名」, 「天孫」, 「三姓穴」, 「두개의 구슬」, 「하늘의 바위문」, 「쥐와 사자」, 「혹부리 영감」, 「쥐의 결혼식」, 「호랑이와 곶감」, 「개구리」, 「잇슨보시」 등	18

Ⅰ기보다 Ⅳ기에 동화가 많이 수록된 것은 4년에서 6년으로 늘어난 교육연한의 영향이 있었을 것이다. 공통으로 수록된 4편의 동화는 이솝우화인 「토끼와 거북이」를 제외하고는 모두 일본 동화이다. 각각 수록된 것도, Ⅰ기에는 일본 동화만, Ⅳ기에는 5편의 이솝우화를 제외하고는 대부분 일본 동화로 재미있는 내용과 설화가 두드러지게 많이 있음을 알 수 있다. 岩井良雄는 동화의 변천에 다음과 같이 말하고 있다.

작품이 되는 것에는 반드시 사연이 있고, 사소한 동화일지라도, 작성할 때에는 무언가 근거가 있을 것이다. 어떤 것은 佛說에 나오고, 혹은 국사, 옛이야기 등에서도 얻고, 혹은 중국 사람의 古事에서 취한 것도 있을 것이다. 그러나 시대사상의 변화와 함께 또 설화의 내용 또한 서서히 변화되어 간다.[2]

---

2) 物のなるには必ず由る所あり、些々たる童話と雖も、作成の當初には必ずづ何等か本づく所はあるであらう。或は佛說に出で、或は國史・物語ぶみにより、或は漢士の古事を取つたものもあらう。然し時代思想の推移と共に、又說話の内容は漸次に變改されて行く。(岩井良雄(1926), 『國語讀本國文學敎材の解説』, 東京目黑書店, pp. 236~237)

사소한 동화일지라도, 이야기될 때에는 뭔가의 연유가 있기에 시대사상의 변화와 함께 설화의 내용도 서서히 변용되어 간다는 것은 어찌 보면 당연한 것처럼 여겨질 수 있다. 하지만 실제로 있었다고 믿고 싶었던 것이 무엇인지를 그대로 일러준다는 것은 당연한 것이지만 왜곡해서 싣고 있는 것은 잘못된 역사관인 것이다.

『普通學校國語讀本』편찬취의서 중, "옛날이야기, 전설, 우화 등 사람들에게 회자되는 것 중에서 학생의 흥미를 일으키고, 덕성을 함양시키는데 도움이 되는 것을 채용하고, 예로부터 조선에 널리 퍼진 설화를 첨가했다."[3]고 하는 것은 「알에서 태어난 왕(卵から生まれた王)」, 「삼성혈(三姓穴)」 등을 염두에 두었던 것 같다.

초등학생인 경우에는 처음 듣는 이야기일 수도 있기에, 이미 알려진 설화내용을 왜곡하면서까지 교과서에 싣고 있는 것은 스토리가 신비스러운 환타지적 성격이 강한 동화는 아이들에게 쉽게 다가갈 수 있기 때문이다.

3. 동화의 변용

3.1 교훈의 내면화

동화는 비현실적인 세계를 많이 담고 있어서, 의인화나 은유법 등의 우화적 수법을 많이 활용하여 상상의 세계를 경험할 수 있다. 재미있는 교훈을 느낄 수 있는 것은 '옛이야기'로 재미를 느끼는 아이들 교육에 꼭 필요한 장르라 여겨지며, '일본어교과서'에서는 주로 전래동화나 이솝우화를 많이 채택하여 교훈을 주려 하였다.

---

3) 海後宗臣・仲新編(1969), 『近代日本敎科書總說』, 講談社,

〈Ⅰ-3-28〉「뻔뻔한 놈(おうちやくもの)」에서는 돈을 갚지 않아 벌을 받는 사람이 나온다. 동화에서 흔히 볼 수 있는 나쁜 짓을 하면 벌을 받는 다는 권선징악의 전형적 양상으로 서사되고 있다.

> 옛날에 뻔뻔한 놈이 남에게 돈을 빌렸습니다. 그리고 그 증서에는 자기 기분이 좋을 때에 돌려준다고 써 주었습니다. (중략) 뻔뻔한 놈은 관청에 불려 나와서 관리의 조사를 받았습니다. 그렇지만 "아직 내 기분이 좋을 때가 오지 않아서 돌려줄 수 없습니다."라고 우겨댔습니다. 그러자 관리 는 "좋아, 그렇다면 기분이 좋아질 때까지 감옥에 들어가 있어라"라고 하 였습니다. 그러자 뻔뻔한 놈은 깜짝 놀라 "아, 지금 기분이 좋아졌습니 다."라고 말하였다 합니다. 〈Ⅰ-3-28〉「뻔뻔한 놈(おうちやくもの)」

이외에도 〈Ⅰ-6-25〉「기술경쟁(わざくらべ)」에서, 자기를 골린 사람을 혼내주는 가와나리(河成)가 재치있는 어른으로 등장하기도 한다. 또한 어리석음을 나무라고, 욕심을 부리면 벌을 받는다는 교훈을 제시한 〈Ⅰ-5-12〉「박쥐(コウモリ)」이 있었다.

〈Ⅰ-5-21〉「효자 만키치(孝子萬吉)」에서는 학습하는 어린이와 비슷한 또래의 만키치라는 아이를 등장시켰는데, 효행심이 깊어 결국에 하늘로부 터 상을 받는 모습으로 나온다.

> 옛날 이세지역에 만키치라고 하는 어린이가 있었습니다. 일찍 아버지를 여의어서 어머니와 둘이서 외롭게 살고 있었습니다. (중략) 정부 관리가 이 지역을 지나다 만키치의 효행에 매우 감탄하여 그 집에 들렀습니다. 만키치는 대단히 기뻐하고, 그 돈을 아버지의 위폐에 바쳤습니다.
> 〈Ⅰ-5-21〉「효자 만키치(孝子萬吉)」

관리가 만키치에게 돈을 주면서 "이것은 내가 주는 것이 아니오. 하늘이 주시는 것이오."라며 역시 효를 다하면 하늘도 그 정성을 알아준다는 것을 말함으로 아동들에게 효행을 교육시키려 하였다. 또한 절약정신을 교육시키려는 동화도 있었다.

옛날, 시오바라 다스케라는 마음씨 좋은 남자가 있었습니다. 항상 검약에 유의하여 사소한 물건이라도 결코 소홀히 하지 않았습니다. 사람들이 신고 버린 낡은 짚신 등도 주워 모아 신을 수 있도록 고쳐 두었습니다. (중략) 모두 다스케의 용의주도함에 감탄하였습니다. 다스케는 매일 가마니에서 떨어진 숯 부스러기를 쓸어 모아 두었습니다. 이를 밑천으로 조그마한 숯가게를 시작하였는데 점차 번창하여 나중에는 커다란 가게가 되었습니다. 〈Ⅰ-5-26〉「시오바라 다스케(鹽原多助)」

절약하면 언젠가는 자신의 꿈을 이룰 수 있다는 희망을 암시하고 있다. '티끌모아 태산'이라는 속담을 떠올리게 한 이 동화에서는 사소한 물건도 결코 소홀히 하지 않는 근검정신을 강조하였다.

옛날에 윤회라는 사람이 있었는데, 학문이 넓은데다 동정심이 깊었습니다. 언젠가 여행을 떠나 해질녘이 되어 어느 객줏집에 들어가 하룻밤 묵기를 부탁했으나 거절당했습니다. 아마, 차림새가 좋지 않기 때문이었을 것입니다. (중략) 이 집의 어린아이가 예쁜 구슬을 들고 나왔는데 실수로 이를 떨어뜨렸습니다. 그러자, 마침 옆에 있던 거위가 바로 구슬을 삼켜 버렸습니다. (중략) 윤회는 붙잡혀 갔지만 조금도 저항하지 않고 집주인이 하는 대로 있었는데 다만 "제발 그 거위를 내 옆에 묶어 놓아 주십시오." 라고 말했습니다.
〈Ⅰ-7-17〉「윤회, 거위를 불쌍히 여기다(尹淮鵝鳥をあわれむ)」

자신이 구슬을 갖고 간 범인으로 몰렸음에도 불구하고 거위의 목숨을 구하기 위해 나중에 말한 윤회의 이야기는 많은 아이들에게 침착성의 필요성과, 언제인가는 진실이 밝혀진다는 교훈을 나타냈다. 또한 단지 옷이 허술하다는 이유로 어쩔 수 없이 여관에도 들어가지 못한다는 내용은 아동들에게 겉모습만으로 사람을 판단해서는 안된다는 것도 가르치려고 하고 있다. 이렇게 교훈을 담고 있는 동화에서는 연습문제에 "이 이야기를 읽고 어떻게 생각합니까" 라고 물어서 학생들에게 제시된 교훈을 다시 되새김하고 있었다. 이처럼 교화를 위한 교훈이 두드러지게 나오는 동화는 주로 I기에 집중되어 있음을 알 수 있다. 다음은 I기와 IV기에 공통적으로 들어가는 이솝우화인 「토끼와 거북이」를 살펴보자.

토끼와 거북이가 경주 했습니다. 토끼는 길에서 쉬고 있었습니다. 거북이는 쉬지 않고 갔습니다. 거북이는 이겼습니다. 토끼는 졌습니다.

〈 I -1-46〉「제목없음」

〈 I -1-46〉

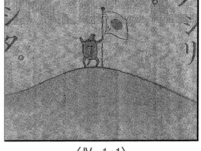

〈 IV-1-1〉

이 동화에서 끈기 있는 자만이 이길 수 있다는 교훈을 말하려고 했는데, IV기에 들어와서 토끼가 우승기로 일장기를 꽂은 삽화로 바뀌었다. 상상력은 하나의 수단으로 연결되어 가는 특성으로 I기에는 없던 일장기가

Ⅳ기에 들어간 것은 정복자의 승리, 정복하는 나라는 일본이라고 암시하고 있다. 당시 전쟁에 광분한 일본의 승리고취가 반영된 것으로 볼 수 있을 것이다. 그런 의미에서 일본의 우월적 입장의 강조로 간접적으로 일장기를 사용하였다.

의인법, 우화의 내용에 상상을 더한 본래 동화의 교훈 목적으로 제시된 내용은 〈표 2〉와 같다.

〈표 2〉 동화로 제시된 교훈의 분류

	선행	근면	효성	지혜	현실만족	동정심	정리정돈	기타
Ⅰ기	2	2	2	2		1	1	1
Ⅳ기	5	2			5	2	2	2

이와 같이 교훈을 주는 내용은 주로 저학년에 많이 실려 있었다. Ⅰ기에는 사람이 주인공으로 하는 동화에서 일본인이 주로 나왔는데, 특이하게도 2학년용에는 모두 어른만 등장을 한다는 것을 알 수 있었다. 교훈도 아동의 기본 교육인 선행, 근면, 효성, 지혜 등 비슷하게 수록되었다.

Ⅳ기에서는 널리 알려진 이솝우화, 일본의 전래동화가 나오며 선행, 현실만족의 교훈이 높은 비중을 차지하고 있음을 알 수 있다. 이솝우화 중에서도 일본을 상징하는 삽화로 정리가 되어 있었으며, 동화라는 특성상 대부분 저학년에 집중되어 있었다.

3.2 공간의 이동

교훈적 요소가 강했던 동화에서 공간은 상상력의 날개를 달고 대안적 현실을 실천할 수 있는 터전의 역할을 하게 된다. 특히 공간은 지배를 할 수 있는 가장 중요한 영역 요소이기 때문에 어느 공간이냐에 따라 아이들은 상상의 나래를 더 펼칠 수가 있는 것이다.

〈Ⅰ-4-22〉「알에서 태어난 왕(卵から生まれた王)」은 신라의 박혁거세의 설화인데 다음과 같이 공간의 이동이 있었다.

　　옛날, 일본의 어느 곳에서 그곳의 우두머리의 아내가 자식을 낳았습니다. 그런데 그것은 커다란 알이었습니다. (중략) 이 아이가 점점 자라서 남들보다 훨씬 큰 사나이가 되었습니다. 얼굴 모습이 품위가 있고, 지혜도 남보다 뛰어났는데 마침내 신라의 왕이 되었다는 것입니다. 이 사람의 신하에 호공이라는 자가 있었습니다. 이 사람도 일본 사람으로 커다란 표주박을 허리에 차고 바다를 건너왔다는 것입니다.
　　　　　　　　　〈Ⅰ-4-22〉「알에서 태어난 왕(卵から生まれた王)」

　이미 신라 출신이라고 알려져 있는 박혁거세가 일본여인에 의해 탄생했다는 것은, 혈통 교류의 증거를 비현실적인 동화형태로 제시하여 신라왕의 원태생지는 일본이었다는 作話를 실은 것이다.
　동화에서 탄생이 비현실적 구성으로 되어 있는 것은, 환타스틱한 비현실성이 아동에게 좀 더 신비로운 존재로 접근할 수 있기 때문일 것이다. 이런 비현실적 탄생의 허구성은 주로 설화에서 자주 등장을 하고 있는데 모모타로에서도 나타난다.

　　복숭아를 둘로 쪼개자 안에서 커다란 사내아이가 나왔습니다. 할아버지는 그 아이에게 모모타로라고 이름 붙였습니다. 모모타로는 부쩍부쩍 커서 대단히 강해졌습니다. 〈Ⅳ-1-〉「모모타로(ももたろう)」

　탄생부터가 평범하지 않지만 그러기에 오히려 남과 다른 역할이 기대되는 대목이기도 하다. 탄생에 관해서는 Ⅰ기나 Ⅳ기에는 별다른 변화가 없었지만, Ⅰ기의 삽화에서보다 Ⅳ기의 삽화에서 복숭아의 크기가 확대되어 있었다. 아동들에게 스토리에서, 비현실적 신비로운 영웅의 탄생 스토리로 호기심을 유발시키고, 상상의 세계를 경험하게 한다고 볼 수 있다.

박혁거세는 일본에서 조선 해안으로 흘러들어와 신라의 왕이 된 것처럼, 호공이라는 자도 일본인이지만 표주박을 차고 신라에 왔던 것으로, 일본에서 조선으로 이동공간이 설정되어 있다.

> 옛날, 하테비란 사람이 천황의 사자로서 일본에서 조선으로 왔습니다. (중략) 애석하게도 아이는 벌써 잡아 먹혀버린 것입니다. 하테비는 "이놈 우리 애의 원수." 라 하며 공격하여 호랑이를 죽여 버렸습니다.
>
> 〈Ⅰ-4-24〉「하테비(巴提使)」

천황의 사자로 일본에서 조선으로 온 하테비는 어린이가 호랑이에게 잡혀먹자 그 호랑이를 죽여 원수를 갚은 용감한 인물로 그려져 있다.

> 옛날 일본에 백제에서 간 사람의 자손으로 구다라노가와나리라 하여, 대단히 그림을 잘 그리는 사람이 있었습니다.
>
> 〈Ⅰ-6-25〉「재주 겨루기(わざくらべ)」

〈Ⅰ-6-25〉「재주 겨루기」에서는 백제에서 일본을 간 자손이 화가로 설정되어 있다. 이렇게 Ⅰ기에서는 일본 → 조선, 일본 → 신라, 백제 → 일본이라는, 공간이동으로 두 나라 사이의 친밀감이 숨은 그림으로 암시되어 있음을 알 수 있다. 이전부터 두 나라 사이에 왕래가 있었으며 조상이 같은 나라라는 인식을 심어주기 위함으로 여겨진다. 나라별 이동이 Ⅳ기에서 어떻게 변화되었나 살펴보자.

> 거북이는 점점 바닷속으로 들어갔습니다. 조금 가자 저쪽에 빨갛고, 파랑

고, 노랗게 칠해진 훌륭한 문이 보였습니다. 거북이는 "우라시마씨, 저것이 용궁의 문입니다."라고 말했습니다.

〈IV-3-25〉「우라시마타로(浦島太郞)」

일본의 옛날이야기 중에서 오래된 우라시마타로 이야기이다. 우라시마타로는 인간에게 잡혀 눈물을 흘리고 있는 거북이를 구해 준 다음날, 거북이의 등을 타고 용궁에 들어가게 된다. 용궁에 도착해서 극진한 대접을 받지만 시간이 지나자 집으로 돌아오게 된다. 공간이동이 육지 → 바다 → 육지로 옮겨진다.

잇슨보시가 열세 살이 되었습니다. 어느 날, 할아버지와 할머니에게 "도시에 가서 훌륭한 사람이 되고 싶습니다. 잠시 시간을 주십시오"라고 말했습니다. 〈IV-3-17〉「잇슨보시(一寸ボウシ)」

IV기에서는 이처럼 시골→ 도시, 육지→ 바다로의 이동이 있었다. I기에서는 공간이 나라별 이동으로 설정이 되어 있는 것은 일본의 조선침략의 정당성을 조상들의 이동경로로 정당화시켰다. 조선의 아동들에게 국토를 달리하는 것도 어린이 마음에 새로운 건설 이미지를 전달해 주려고 하고 있다. IV기에 이르러서는 한지역 내에서의 이동영역이 좁아지고 있음은 조선도 일본의 한 영토라는 인식이 심어졌다 판단되어 국가 이동을 굳이 내세우지 않았다.

옛날의 일입니다. 신은 어떻게 해서든지 이 나라를 더욱 넓히고 싶다고 생각하셨습니다. 나라를 넓히기 위해서는 어딘가의 남은 땅을 가지고 와서 서로 붙이면 좋을 거라고 생각하셨습니다. 신은 바다 위를 죽 살펴보셨습니다. 그러자 동쪽에 먼 나라가 있는 것이 보였습니다. (중략) 신은 그 나라를 더 넓게 만들었습니다. 이번에는 서쪽을 보았습니다. (중략) 신은 이렇게 해서 일본을 넓게 만들었다는 것입니다.

〈IV-3-11〉 「나라 넓히기(國ビキ)」

일본영토가 대만과 조선 등으로 더욱 확대됨을 의미하는데, 지엽적인 공간 이동에서 공간 확대로 연결되어 있었다. 교과서의 동화로 일본이 조선을 식민지화한 정당성을 제시하고, 이어서 공간을 확대하고 싶다는 영토에 대한 욕망을 솔직하게 보여준다.

3.3 보물 그리고 천황

동화 중에는 노력의 대가가 반드시 따른다는 식으로 전개가 이루어지는데, 그 대가는 대부분 보물로 설정되어 있다. 보물은 자기의 생활을 변화시킬 수 있는 누구나가 갖고 싶은 것, 자기의 꿈을 이루게 할 수 있는 것이라 여겼기에 주인공들은 보물을 손에 얻기 위해 많은 노력을 기울이게 된다. 〈IV-3-25〉 「우라시마타로(浦島太郞)」에서는 공주를 구해준 대가로 결국 보물상자를 얻게 된다. 하지만 약속을 어겼기에 그 보물로 인해 과거로 돌아가게 되고 만 것이다. 개인에게 부과된 보물은 무용지물이 되었지만 이 보물이 천황 등 높은 분에게 갔을 때는 상황이 바뀌는 것이다.

왕자는 코끼리의 무게 때문에 배가 물에 잠긴 곳에 표시를 하고나서 코끼리를 물에 내리도록 했습니다. 그리고 이번에는 배가 정확히 앞에 표시한 곳에 잠길 때까지 돌을 많이 싣게 하였습니다. 그리고 나서 그 돌을 들어내어 하나하나 저울에 달아 재도록 하였습니다. 그리하여 그 합계를 내게 하여 종이에 몇 백 몇 십 몇 관 몇 돈이라 썼습니다. 왕자는 그것을 국왕에게 바치며 "이것이 이 코끼리의 무게이옵니다."라고 아뢰었습니다.

〈Ⅰ-5-16〉 「코끼리의 무게를 잰 어린이(象ノ重ヲハカッタ子供)」

〈Ⅰ-5-16〉「코끼리의 무게를 잰 어린이(象ノ重キヲハカッタ子供)」에서는 왕자의 지혜가 더욱 빛을 발하도록 비중 있게 그려내고 있지만 결국에는 자기가 이룬 것을 맨 먼저 천황께 바친다.

「모모타로(ももたろう)」에서도 괴물에게서 받은 보물을 천자에 돌려준 모모타로가 나온다.

> 도깨비들은 무서워서 보물을 남김없이 내놓고 항복하였습니다. 모모타로는 그것을 수레에 싣고 와서 개랑 원숭이랑 꿩에게 끌게 하여 돌아왔습니다. 그리고 그 보물을 남기지 않고 天子님께 바쳤습니다. 天子님은 모모타로에게 상을 주셨습니다. 〈Ⅰ-2-31〉「모모타로(ももたろう)(3)」

여기에서도 '天子'가 등장을 한다. '일본어교과서'에서는 매 과가 끝나면 후반부에 〈練習〉이 부과되는데 역시 모모타로에서도 "모모타로는 그 보물을 어떻게 하였습니까?"와 같은 질문이 다분히 의도적으로 '천황'을 개입시켜, "좋은 것은 천황에게 바쳐야 한다"는 답을 유도하고 있다. ("하테비는 그 호랑이의 가죽을 가지고 돌아와 천황께 바쳤습니다."〈Ⅰ-4-24〉「하테비(巴提使)」에서도 역시 맨 마지막에는 천황께 바치는 것으로 결론을 맺고 있다. 일제시대에 어른들도 즐겨 읽었다는 모모타로가 영웅으로 칭송받는 이유는 괴물을 물리치고 보물을 뺏어온 것, 뺏어온 것을 개인이 가지는 것이 아닌 천자에게 바친다는 것이다. 신이나 천황께 바치는 것은 당연한 일로 국가는 중요하며 부모보다 우선시해야 하는 분이라는 마음을 심어주어, 결국 개인이 취득한 것도 결론에는 국가에 헌납해야만 한다는 식으로 전개되는 것이다. 어렵게 획득한 보물일지라도 나보다는 국가, 혹은 천황께 바쳐야 한다는 논리로 서사되어 있다. 이런 의식은 Ⅳ기보다는 Ⅰ기에서 강조를 하였는데 조선의 어린이들에게 천황의 존재를 강하게 각인시키려 하였음을 알 수 있다.

임금님은 "그렇다면, 나는 무슨 界이지?"라고 물으셨습니다.

임금님은 마음속으로, 틀림없이 "동물계"라 할 것이라고 생각하고 계셨습니다. (중략) 소녀는 임금님의 얼굴을 우러러 보고 "폐하는 천상계의 분이십니다" 라고 답을 아뢰었습니다. 임금님은 무의식중에 다가가서 소녀의 머리를 쓰다듬으시며, 그 현명함에 깊이 감탄하셨습니다.

〈Ⅰ-5-8〉「소녀의 대답(少女の答)」

〈Ⅰ-5-8〉「소녀의 대답(少女の答)」에서는 왕을 단지 동물계로 보지 않고 "천상계의 분"이라는 대답을 하는 소녀의 말로써 임금(천왕)을 더욱더 신성스런 존재인 현인신으로 각인시켜, 학습 중에 저절로 家族國家의 家長으로 인식시키고 있다.

3.4 영웅의 귀결 - 정복

영웅은 초인적인 능력을 가진 존재라는 점에서, 그 자체로 어린이의 호기심을 불러일으킬 수 있음이 틀림없다. 영웅은 지배하려는 습성이 있고, 자신의 욕망을 채우기 위해서는 영토를 얻어야 한다. 그 영토를 얻기 위해서는 침략이라는 방법을 대부분 하게 된다. 일본이 내세우고자 하는 영웅인 모모타로가 섬에 간 목적과 관련된 내용을 살펴보자.

그 즈음, 어느 섬에 나쁜 도깨비가 있어서 자주, 사람을 잡아갔습니다. 모모타로는 할머니와 할아버지에게 "저는 도깨비섬에 정벌하러 가고 싶습니다. 부디 보내주십시오." 할아버지와 할머니는 흔쾌히 승낙하였습니다. 그리고 할머니는 맛있는 수수경단을 만들어 주었습니다.

〈Ⅰ-2-30〉「모모타로(ももたろう)(2)」

어느 날, 모모타로는 할머니와 할아버지에게 "저는 도깨비섬에 정벌하러 가니까 수수경단을 만들어 주십시오." 라고 말하였습니다." 할아버지와 할머니는 수수경단을 만들어 주었습니다.

〈IV-1-〉「모모타로(ももたろう)」

Ⅰ기에서는 할머니와 할아버지가 모모타로의 장도를 기다렸다는 듯이 기뻐하며 승낙한 후 수수경단을 만들어준다. 그러나 IV기에서는 허락이라는 과정도 없이 모모타로는 자기의 결심을 통보하기에 이른다. 침략이라는 것은 허락을 받지 않아도 되는 아주 당연한 일로 여겨지는 것이다.

침략이라는 목적에 맞게 개, 꿩, 원숭이는 모모타로의 장도에 함께 할 것을 부탁하며 어떤 갈등도 없이 흔쾌히 받아들여졌다. 이러한 것들은 일본적 애니미즘일 수도 있을 것이다. 작은 배를 탔지만 "모두들 교대로 노를 저어" 드디어 섬에 도착하게 된다. 여기에서도 여럿이 도와 함께 하면 뭐든지 할 수 있다는 상부상조 정신이 강조된다.

모모타로가 도깨비섬에 도착하자 도깨비들은 문을 닫아 들어갈 수 없었습니다. 그때 꿩은 맨 먼저 밖에서 안으로 날아들어 갔습니다. 그리하여 도깨비들과 싸움을 시작하였습니다. 그러는 사이에 원숭이는 벽을 타 넘어가서 안에서 문을 열었습니다, 모모타로는 개를 데리고 쳐들어갔습니다. 〈Ⅰ-2-31〉「모모타로(ももたろう)(3)」

모모타로는 개, 원숭이, 꿩을 데리고 괴물들이 사는 섬으로 데리고 갔습니다. 괴물은 서서 문을 잠그고 영역을 지키고 있었습니다. 모모타로는 문을 부수고 쳐들어갔습니다. 꿩은 뛰어 들어가 괴물의 눈을 쪼았습니다. 원숭이와 개는 붙잡아 물고 늘어졌습니다.

〈IV-1-〉「모모타로(ももたろう)」

여기서 모모타로는 자기가 일본 제일의 무사라는 것과 자기에게는 세 부하가 있기 때문에 이 섬에 쳐들어 온 것이라는 명분도 논리도 없는 말을 하고는 인질까지 잡아 가지고 보물을 싣고 고향으로 돌아간다. 이 부분과 관련하여 다음과 같은 내용을 알아본다.

죄를 미워하되 그 사람을 미워하지 않는 맑은 결백한 신의 자세가 모모타로의 자세 안에 있다. 괴물은 그 따뜻한 마음에 넘쳐나, 마음에서 잘못을 뉘우치고 깨달아 그만두고, 끊이지 않은 감사에서, 정 많은 모모타로에게 여러 가지 보물을 주었다는 행동까지 하게 된다. 장황한 설법이나 요구를 하지 않는 것은 그 괴물섬의 정벌이 인류를 위해, 정의를 위해 끊이지 않는 결과임을 알 수 있다. 침략이 아닌, 영토적 야심이 아닌 신의 명령이었다.[4]

위 인용문은 일제강점기라고 하는 시대적 배경을 염두에 둔 언급이라고 볼 수밖에 없을 것이다. 즉 모모타로에 빗대어 조선을 식민지한 것은 '인류'를 위하고 '정의'를 위한 어쩔 수 없는 결과였으며 또한 그것은 '침략이 아닌, 영토적 야심이 아닌, 성스런 신의 명령'이라는 점을 주장하였다.[5] 여기서 '신의 명령'은 '천황'의 명령으로 연결되며, '국민성의 도야'라는 근거를 확인할 수 있는 단서를 제공한 것이다. 이렇게 교과서에서는 모모타로가 영웅으로 그려져 있지만 일부 일본인들은 이런 이미지에 반격을 제시하기도 하였다.

탈아론(脱亞論)을 주창한 후쿠자와 유키치(福澤諭吉)는 일본인이면서도

---

4) 민병찬 · 박희라(2007), 「일제강점기 일본어 교과서 속의 모모타로」, 『日語教育』, 한국일본어교육학회, 제41집, p.14
5) 민병찬 · 박희라(2007), 위의 논문, p.15

모모타로를 침략자로 규정했다. 가훈을 통해서까지 자기 아이들에게 "모모타로가 도깨비섬으로 간 것은 보물을 빼앗으러 간 것이니 도둑이나 진배없다"고 가르쳤다. 설령 도깨비들이 세상을 해치는 악한자라고 해도 이들을 응징하는 것은 좋은 일이나 보물을 약탈해 오는 것은 사욕에서 나온 비열한 행위라고 했다. (중략) 아쿠타가와는 "내가 가장 혐오하는 일본인은 모모타로"라는 말을 듣게 된 것이다. 아쿠타가와는 그의 말을 듣고서야 어렸을 때부터 들었던 그 모모타로가 침략의 캐릭터라는 것을 깨닫는다.6)

일본인들이 실제 인물, 살아 있는 일본인보다도 가공의 설화적 인물인 모모타로를 더 혐오하고 있다는 사실은 그들이 모모타로를 침략자로 규정하였기 때문이다. 섬에 부하들을 이끌고 침입한 모모타로는 모든 것을 부수고 살육하고 평화롭던 섬을 초토화하며 보물을 내놓으라고 협박한다. 그런 이미지의 모모타로가 버젓이 식민지 국가의 초등학생들의 교과서에 실려 있음은 일제가 만들려 한 조선에 대한 지배욕구로 적극적인 '모모타로처럼 해외진출적인 경향'을 강조하는 것이라 여겨지지만 결국 그것은 침략의 상징일 뿐이다.

정벌은 〈IV-3-17〉「잇슨보시(一寸ボウシ)」에서도 나와 있지만 여기에서는 상대가 괴물이다.

괴물이 나타나 공주님과 잇슨보시를 납치해 가려고 했습니다. 잇슨보시는 바늘칼로 여기저기 괴물을 향해서 드디어 찔렀습니다.(중략) "아파, 아파," 라고 하면서 말했습니다만 배 가운데를 힘껏 찌르고 눈에서 나왔습니다. 괴물은 항복하고 달아났습니다.

〈IV-3-17〉「잇슨보시(一寸ボウシ)」

---

6) 〈중앙일보〉 2009년 5월 21일

약 3센티미터의 작은 몸의 주인공이 지혜와 용기로 커다란 괴물을 대적해서는 마침내 승리하게 되는 잇슨보시의 용맹성이 드러나는 통쾌한 동화이다.

다음은, I기와 IV기에서 역시 같이 나와 있는 야마노타케루노미코토(日本武尊)의 이야기데 IV기에서 살펴보자.

동쪽지역의 나쁜 자들을 평정하라는 칙명을 받았습니다. 그래서 미코토는 몇 명의 사람들을 데리고 동쪽으로 떠났습니다. 먼저 皇大神宮에 참배하고, 武運을 빌었습니다. (중략) 미코토는 남아 있던 나쁜 무리들을 평정하여 이제는 동쪽지역을 다스리게 되었습니다.

〈IV-6-6〉「야마노타케루노미코토(日本武尊)」

I기에서는 16살인 미코토가 규슈에서 반란이 일어났을 때 나쁜 무리를 죽여 항복을 받은 것으로, IV기에서는 천황에게 받은 검을 가지고 물리친 이야기로 설정되어 있다.

아마테라스오미카미가 하늘의 바위집에 들어가자 바위문이 닫혔습니다. 밝았던 세계가 갑자기 어두워졌습니다. 그러자 지금까지 숨어 있던 나쁜 자들이 난폭하게 장난을 치기 시작하였습니다. 많은 신들이 모여 "어떻게 하면 좋을까" 하고 의논을 하였습니다. (중략) 세계는 원래대로 밝아졌습니다. 많은 신들은 손을 잡고 기뻐하였습니다.

〈IV-5-2〉「하늘의 바위문(天の岩屋)」

신들은 어떤 어려운 일도 가능하게 하는 탁월한 능력의 소유자들이기에 힘을 합하여 괴물을 물리친다는 이야기이다. 신화가 상상력을 바탕으로 만들어졌다지만 국가주의 이데올로기가 담긴 신화들은 지배집단의 이데올로기가 직간접적으로 반영되어 있다.[7] 『國語讀本』에 실린 신화들도 그러한 것들을 염두에 두었는데 Ⅳ기에 집중적으로 정벌에 관한 내용이 수록되었음을 알 수 있다.

4. 동화를 통한 식민지 교육 흐름

동화는 아동들에게 생활의 일부분으로 상상력을 제공하고, 그 속에 담긴 교훈이 서서히 아동들의 의식 속에 자리잡아가는 것은 당연한 사실이다.

일제강점 초기에 편찬된 『普通學校國語讀本』에는 충량한 국민의 육성 차원에서 교훈적인 요소를 많이 내포하며 전래동화나 일본동화가 주로 있었다. 등장인물도 일본인을 많이 하였으며, 어린이도 모두 일본 어린이로 설정하여, 자국민의 우수성을 내세우는 것에 힘을 쓰고 있으며 조선 아이들에게 천황의 존재를 각인시키려 하였음이 파악되었다.

식민지 말기의 〈3차 조선교육령〉 시기에 발간한 『初等國語讀本』에서는 중일전쟁으로 인한 황국신민의 육성의 일환으로 일본의 신화, 일본의 전래동화와 옛이야기를 일본화로 패러디한 내용으로 변화한 것들이 주를 이루었다. 박혁거세의 설화 왜곡이나 침략의 상징인 모모타로 영웅담 등은 백지의 영혼인 아동의 초등교육의 중요성을 인지한 일제로서는, 어렸을 때 고착된 사고가 자라서도 쉽게 변하지 않는다는 것을 염두에 두고 편찬하였을 것이다.

고대로부터 일본이 한국을 지배해 왔다는 일본우월의식의 전제로 이동 공간이 Ⅰ기에서는 일본에서 조선으로 되어 있어 두 나라의 동일조상의

---

7) 유영진(2008), 『몸의 상상력과 동화』, 문학동네, p.53 참조

국가라는 인식을 암시하고 있으며, Ⅳ기에서는 영토 확장이라는 문제에 정당성을 부여하려 하였다. 이것으로 동화가 조선 어린이의 교육이 식민 통치의 역할과 내선일체, 민족말살 정책과 역학적으로 관계하고 있다는 전반적인 구조를 확인하게 된다. 이는 교훈을 통한 자아의 활동을 가능하게 하는 내적 능력을 키워주는 교육이라기보다는 교육내용면에서 줄곧 우민화를 주입시키는 작업의 장치로 역할하고 있다는 것이다.

Ⅲ. 近代 鐵道, '文明'과 '同化'의 시공간*

1. 식민지철도의 목적과 장치

세계적으로 근대국가 형성을 위한 산업구조의 변화 가운데 가장 대표적인 문명의 이기로는 단연 철도를 꼽을 수 있을 것이다. 1825년 처음으로 영국에 부설된 이래, 철도는 시공간의 경계를 초월하여 산업 및 경제에 막강한 힘을 발휘하며 삽시간에 근대문명의 총아로 부상하였다. 이같은 철도의 위력에 서구 열강들은 다투어 철도부설에 진력하여 국가 부흥의 기틀을 마련하였으며, 이를 제국의 연장선으로 삼았다. 메이지기 서양열강과 같은 선진국을 국가적 목표로 삼았던 일본 역시 철도부설에 진력함으로써 자국 경제부흥을 촉발함은 물론, 이를 즉각 식민지경영의 기반을 삼고자 하였다.

---

* 이 글은 2012년 6월 한국일본어문학회 「日本語文學」(ISSN : 1226-0576) 제53집, pp.253~272에 실렸던 논문 「近代 鐵道를 통해 본 '식민지 조선' 만들기 - '文名'과 '同化'라는 키워드를 중심으로-」를 수정 보완한 것임.

19세기말 철도는 실로 동아시아 패권과도 직결되어있어, 당시 영국, 프랑스, 독일, 미국, 러시아 등 서양열강과, 아시아에서의 제국을 꿈꾸던 일본은 동아시아 미개발지에 대한 철도부설권 획득에 혈안이 되어 있었다. 그 중에서도 지정학상 중요한 위치에 있었던 한국 철도부설권은 이러한 열강들의 각축의 장이 되기에 충분했다.

일찍부터 대륙진출을 위한 교두보로서 한반도의 중요성을 인식하고 때때로 침략을 행사하기까지 하였던 일본은 청일전쟁의 승리로 얻은 한반도에 대한 기득권을 내세우며 정치적, 군사적, 경제적 역량을 총동원한 결과 마침내 한국철도부설권은 일본의 차지가 되었다. 이미 사전 조사를 마친 일본은 즉각 철도건설에 착수하여 1899년 경인철도를 개통하였으며, 1905년 경부철도, 1906년 경의철도를 개통하는 등, 한반도를 종관하는 1천여 km에 달하는 철도를 강점 이전에 부설 개통함으로써 한국 식민지화의 기반을 구축하였다. 당시 이러한 과정을 거쳐 개통되었거나 차후 개통예정인 철도에서 제국의 동아시아에 대한 식민지구도를 엿볼 수 있는 것은 철도가 식민지경영에 있어서 가장 근본적이고 필수적인 국가적 인프라였던 까닭일 것이다.

본고는 일본의 자본과 기술에 의존할 수밖에 없었던 근대 한국철도가 식민지화에 어떠한 영향을 끼쳤는지, 또 그것이 본격적인 '식민지 조선'을 만들어 가는데 어떠한 작용을 하였는지, 아울러 당시 식민지정책의 키워드인 '문명'과 동화'에 대한 지배국의 메시지를 '철도'라는 시공간 안에서 파악해보려고 한다. 이를 위한 텍스트로는 조선총독부 편찬 『普通學校國語讀本』(이하 『國語讀本』)[1]을 중심으로 진행할 것이다. 실상 본 텍스트

---

1) 조선총독부의 〈조선교육령〉에 의한 보통학교 교과과정에는 역사, 지리 과목과 시간을 따로 두지 않고 『普通學校國語讀本』에 포함시켜 일본어로 교육하였다.(小田省吾 (1917), 「朝鮮總督府編纂敎書書槪要」, 조선총독부, p.5 참조) 본 논문의 텍스트를 강

『國語讀本』은 전권을 통들어보아도 철도에 관련된 단원은 그리 많지 않다.[2] 그럼에도 이를 주 텍스트로 하고자 하였던 것은 당시 식민지정책상 일제가 초등교육에 가장 심혈을 기울인 교육정책을 펼쳐 나아갔으며, 타교과목에 비해 40%에 가까운 압도적인 시수를 배정(주당 10시간 이상)한 '國語(일본어)' 교과목의 교재였다는 점, 그리고 일본의 역사, 지리, 생물, 과학을 포괄하는 종합교과서 성격을 띠고 있을 뿐만 아니라 일제가 추구하는 식민지 초등교육정책이 『國語讀本』에 고스란히 담겨있어 그 중요성을 더하기 때문이다.

2. 제국의 식민지구도와 철도

근대 국민국가를 이룩하고 제국을 꿈꾸는 식민국에 있어서 식민지 영역에 대한 철도소유권의 중차대함이란 철도가 식민지 지배를 위한 가장 근본적인 국가적 인프라이자 제국 팽창의 지름길이 되기 때문일 것이다. 이는 당시 제국의 식민지구도가 철도 부설, 혹은 이의 연장을 통해 구체화되어 간다는 데서도 알 수 있다.

점초기 일본어교과서 『普通學校國語讀本』(Ⅰ·Ⅱ·Ⅲ기)로 함에 있어 인용문의 서지사항은 〈기수-권수-과〉「단원명」으로 표기한다. 인용문의 번역은 Ⅰ기의 경우 본 텍스트의 번역본(김순전 외(2009), 『초등학교 일본어독본』, 제이앤씨)으로, Ⅱ·Ⅲ기 는 필자번역으로 하였다.

2) 철도 관련단원은 조선총독부 편찬 『國語讀本』(Ⅰ~Ⅴ기)을 통틀어 〈Ⅰ-3-29〉「てい しゃば」, 〈Ⅰ-3-30〉「汽車りょこう」, 〈Ⅰ-6-5〉「朝鮮地理問答」, 〈Ⅰ-6-20〉「隣國」, 〈Ⅱ -2-3〉「キシャ」, 〈Ⅱ-6-23〉「汽車ノ中」, 〈Ⅲ-2-2〉「キシャ」, 〈Ⅲ-9-7〉「汽車の發達」, 〈Ⅳ -2-21〉「キシャ」, 〈Ⅴ-1-下〉「キシャ」 등 총 9단원이며, 본고와 관련된 단원은 〈Ⅰ -3-29〉「ていしゃば」, 〈Ⅰ-3-30〉「汽車りょこう」, 〈Ⅰ-6-5〉「朝鮮地理問答」, 〈Ⅰ-6-20〉 「隣國」, 〈Ⅱ-2-3〉「キシャ」, 〈Ⅱ-6-23〉「汽車ノ中」 등 Ⅰ·Ⅱ·Ⅲ기에 해당되는 6단원 정도이다.

일제의 한국 식민지화에 대한 포부는 오래전부터 가지고 있었지만 이에 대한 구체적인 행보 역시 식민지철도와 무관하지 않다. 경인철도 부설 중에 체결된 〈조선문제에 관한 의정서(朝鮮問題の關する議定書)〉(1898.4.25), 경부철도 부설 중에 각의에서 결정된 〈만한에 관한 러일협상의 건(滿韓に關する日露協商の件)〉(1903.6.23)이 그렇다. 그 중 한국 식민지화의 필연성을 주장하는 러일협상의 주요부분을 인용해 보겠다.

조선은 흡사 예리한 칼처럼 대륙에서 제국의 수도를 향해 돌출해있는 반도로서 그 첨단에 대마도와 불과 멀지 않은 거리에 있어서 다른 강국에 반도를 점유당하면 제국의 안전은 항상 위협적이다. (중략) 또한 경부철도와 경의철도는 조선에 있어서 경제적 활동에 가장 중요하다.[3]

여기서 "조선의 경제활동에 가장 중요"한 요건으로 언급되는 한반도 종관 철도부설 문제는 일제가 한국 식민지화를 위하여 표면상으로 내세운 명분에 불과하다. 무엇보다도 대륙진출 위해 러시아와의 일전까지 각오하고 있었던 당시 일본의 입장에서 한반도를 종관하는 경부철도와 경의철도의 부설 계획은 전략적 차원에서 대륙과의 교통은 물론이려니와 물자의 수송을 보다 원활하게 하기 위한, 즉 한국의 식민지화와 대륙진출을 위한 교통로 확보에 대한 초석이었음은 말할 것도 없다.

실로 경부선 부설시기와 맞물린 러일전쟁(1904~1905) 기간은 철도에 대한 사회적 인식이 제고된 시기이기도 하였다. 당시 신문의 "……전후 결말이 이번 셔뵈리아 텰도로 아병 운툴ᄒᆞᄂᆞ디 달엿슬 듯 흔즉……"[4]이라는 기사에서 알 수 있듯이 러일전쟁과 관련하여 시베리아 철도는 戰線을 형

---

3) 外務省 編(1974), 「滿韓に關する日露協商の件」, 『日本外交年表並主要文書(上) - 明治百年双書 1 』, 原書房, p.210
4) 대한매일신보사(1904), 「요양후사계획」, 〈대한매일신보〉 1904.9.15일자 논설

성하는 주요한 요인으로 인식되고 있었다. 이는 이 시기의 철도 및 철도소유권의 획득이 점령지에 대한 표상이었다는 말이 된다.

러일전쟁이 만주와 한국의 배타적인 지배권을 둘러싸고 벌인 제국주의 전쟁이었던 만큼 러일전쟁의 승리는 일차적으로 일제가 기획하였던 식민지구도를 실천에 옮기는 작업의 시작점이 되었다.

남만주철도주식회사가 설립된 해인 1905년은 실로 식민지철도 역사상 새로운 시대가 열린 해였다고 할 수 있을 것이다. 1월에 경부선 철도 개통이 있었고, 9월에는 부산과 시모노세키를 왕래하는 관부(關釜)연락선이 개설되었기 때문이다. 경부선의 끝을 물고 시모노세키를 왕래하는 연락선은 바로 고베와 도쿄를 잇는 산요선(山陽線), 도카이도선(東海道線)으로 이어져 새로운 교통망을 형성하였으며, 이어서 이듬해인 1906년 4월 경의선 개통됨에 따라 급기야 대륙을 잇는 식민지철도의 대동맥이 완공으로까지 이어졌는데, 이의 운영은 동년 7월 설치된 통감부 철도관리국이 주관하게 되었다.

전적으로 일본의 자본과 기술에 의해 부설된 경인철도(1899), 경부철도(1905), 경의철도(1906)는 제국의 식민지구도의 중추적 역할을 하는 중요한 간선철도였다. 한반도를 최단거리로 종단하는 이 철도는 남만주철도와 연결됨으로써 대륙과의 거리를 더욱 축지하였고, 1905년 9월 개설된 관부연락선과 연계하여 일본과의 접속을 한층 용이하게 하였다.

일제의 한국 식민지화는 철도로 대표되는 이러한 인프라 구축에 따라 급진전되어 급기야 합병(1910)으로 이어졌다. 합병이후 본격적인 식민지철도 시스템을 가동한 일제는 이듬해 압록강철교를 개통(1911)하여 대륙과의 육로이동을 가능케 하였으며, 이어서 경원철도의 개통(1914)으로 한반도의 동북부지역까지 철도로 연결하기에 이르렀다. 이로써 부산에서 경

성, 신의주를 거쳐 만주에까지 이르는 종관철도가 한반도의 서쪽을, 경성
에서부터 원산을 잇는 경원철도가 한반도의 동쪽을 가로지르는 철도 구도
가 식민지 초기에 완성되어 한반도의 곳곳을 운행하게 되었다. 이 시기
한반도 철도노선의 구도는 〈図 1〉에서 보다 구체적으로 살펴볼 수 있다.

〈図 1〉 강점초기 한반도 철도노선도(1914년 말 현재)[5]

참고자료: 朝鮮總督府鐵道局,〈鐵道線路圖(大正 3年度末 現在)〉.

조선총독부는 이러한 사항을 식민지 아동용 교과서『國語讀本』에 형과
아우의 문답형식으로 수록하고, 차후의 부설 예정인 철도연장선까지 예시
함으로써 식민지철도에 내재된 제국의 식민지 구도를 인지하게 하였다.
〈図 1〉에서 알 수 있듯이 강점초기의 식민지철도는 경성을 중심으로

---

5) 朝鮮總督府鐵道局,「鐵道線略圖(大正3年末現在)」(정재정(1999),『일제침략과 한국철
도』, 서울대출판부, p.144에서 재인용)

사방 곳곳으로 연장되어가는 형국을 보여주고 있다. 이는 차기의 원산과 함흥, 청진을 잇는 함경철도 부설 계획에서 엿볼 수 있는 부분이다. 일제는 이 함경철도로서 청진과 회령을 잇는 기존의 경편철도(輕便鐵道)를 아우르며, 시베리아철도와의 연계까지도 염두에 두고 있었다. 이들 철도가 동북아시아와 유럽을 연결하는 주요 교통로가 되고 있음은 〈図 2〉에 보다 선명하게 드러나 있다.

〈図 2〉 한반도와 대륙간의 철도 연결구도6)

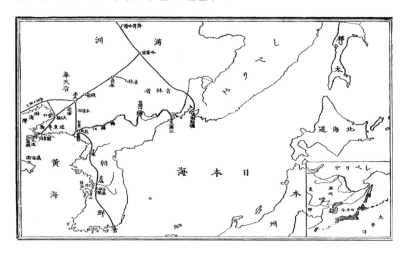

〈図 2〉를 살펴보면 당시 한반도와 대륙간의 연결은 물론, 각국 주요도시의 교통 또한 거의가 일제에 의해 부설된 철도로 접속되어 있음이 파악된다. 일본 본토의 철도망이 관부연락선과 연계하여 경부선 경의선 철도로 이어지며, 경의선의 연장인 압록강철교를 거치면, 만주의 安東과 奉天을 잇는 안봉선(安奉線)이 요동반도 남단의 관동주(關東州)7)와 장춘(長

---

6) 〈図 2〉은 본 텍스트 〈Ⅰ-6-20〉「隣國」에 수록된 삽화임.
7) 관동주(關東州)는 러시아의 조차지였다가 러일전쟁 직후 포츠머스조약 및 베이징(北

春)[8]을 잇는 남만주철도로 접속된다. 그리고 남만주철도의 장춘역은 시베리아철도와 연결되어 러시아까지 이르는 구도를 그림으로서 명확하게 보여주고 있는 것이다. 철도를 통한 이러한 식민지구도를 삽화와 함께 설명함으로써 조선아동에게 각인시키고자 함은 본 텍스트 〈Ⅰ-6-20〉「이웃나라(隣國)」에서 구체적으로 살필 수 있다.

> 만주의 남부지방에는 우리나라의 남만주철도가 부설되어 있습니다. 남만주철도는 관동주에서 시작하여 평야를 북으로 나아가 장춘(長春)에서 러시아의 철도로 이어지고, 또 심양(瀋陽)에서 동남으로 나아가, 안동(安東)에서 조선철도로 연결됩니다. 또, 별도로 중국의 철도는 북경에서 시작하여 남만주철도로 이어집니다. 두만강의 동북지방은 러시아령 시베리아로, 동해를 향하고 있는 곳에 블라디보스톡이라는 항구가 있습니다. 여기에는 일본에서나 조선에서도 기선이 왕래합니다. 블라디보스톡에서 철도가 만주, 시베리아를 거쳐, 러시아 본국으로 이어지고 있습니다. 남만주철도를 타도 역시 이 철도로 러시아에 갈 수 있습니다.
>
> 〈Ⅰ-6-20〉「이웃나라(隣國)」

이로써 일제는 한반도 종관철도가 자국소유의 남만주철도를 통하여 중국본토로, 또 시베리아 철도를 통하여 러시아 본국으로까지도 이어지고 있음

京)조약에 의해 일본의 조차지가 되었으며, 일본은 관동주를 거점으로 하여 만주경략(滿洲經略)에 착수하였다. 일본의 관동주 통치는 약 40여년에 걸쳐 계속되었으나, 제2차 세계대전 후 조차권(租借權)이 소멸됨에 따라 다시 중국 영토로 복귀되었다. (김순전 외(2009), 『초등학교 일본어독본』3, 제이앤씨, pp.284~285)

8) 장춘은 청(淸) 후기에 산동성(山東省) 사람들이 개척하기 시작하였고, 러시아가 둥칭철도(東淸鐵道)를 부설한 이후부터 둥베이(東北) 대평원 중앙부의 교통 요지가 되었다. 러일전쟁의 결과로 둥칭철도의 창춘 이남 부분이 일본에 넘어갔고, 1935년에는 창춘 이북 부분도 만주국(滿洲國, 1934~1945)에 매각되었으나 2개 철도의 합류지점으로, 교통의 요지 구실을 계속 유지해왔다. 김순전 외(2009), 위의 책, pp.286~287)

을 강조하고 있는데, 이는 동아시아 대륙 중심의 식민지구도에서 유라시아 전역으로까지의 확장을 꾀하고 있었음을 예시하는 부분이라 하겠다.

근대 이전의 느린 시공간을 압축이라도 해놓은 듯 식민지철도는 이처럼 제국 침략의 통로를 최단거리로 축지(縮地)하였다. 이처럼 초기 제국의 식민지구도는 철도와 연계하여 이루어지고 있었고, 또 철도를 통하여 상상되어 그려지고 있었다. 일제에 의해 부설된 근대 한국철도는 이러한 정치적 전략의 일환으로서 기획되었고 실현되어가고 있었던 것이다.

3. 시간과 공간의 재편성

철도가 근대화를 일깨우는 계몽이자 식민지화를 촉진시키는 장치로 규정할 수 있는 것은 철도를 달리는 근대인들의 시공간에 대한 인식 혹은 감각의 변화에서도 드러난다. 이는 철도를 달리는 기차라는 작은 공간과 철저하게 주어진 시간표에 의해 가동되는 기차운행시스템에 따른 변화에 대한 수용과정에서 찾을 수 있다.

먼저 주어진 시간표에 따라 정확하게 운행되는 기차를 이용하기 위해서는 기차운행시간표에 따른 시간단위를 몸에 익혀야 했다. 여기에서의 문제는 초기에 양국의 표준시 개념이 달랐다는데 있다. 1905년 경부철도 개통과 함께 적용된 기차시간표는 일본에서 사용하는 '동경표준시'였다. 기차시간표에 따른 시간관념의 파장은 통감부와 관공서로 확산되었고, 이에 따라 1906년 6월부터 통감부 및 소속 관청과 사할린, 관동주 지역까지도 일본의 표준시가 채용되었다. 그 가운데서도 독자적인 한국의 표준시제도가 확립되어 1908년 5월부터 통감부 산하 관공서 및 경부, 경의선의 발착

시간에 적용됨으로써 대한제국은 잠시나마 '대한표준시'라는 고유의 시간을 사용하기도 하였다. 그러나 합병을 기점으로 '대한표준시'라는 대한제국 고유의 시간은 폐지될 위기에 처하게 되었다. 본격적으로 일제의 통치권에 들어간 상황에서 대한제국 고유의 시간이 존속될 리는 만무하기 때문이다. 게다가 전보, 우편물의 발착신 문제와 선박이나 기차의 교통시간 등 양국의 시간차로 인한 여러 가지 문제점은 표준시의 통일을 더욱 재촉하였다. 이러한 불편함은 마침내 '동경표준시'에 흡수 통일되는 것으로 재편되기에 이르렀다.

元來前韓國政府에서制定호大韓標準時는英國구라닛지天文臺에서百二十七度三十分에當호經度의時刻이오內地의것은二樣의標準時가有호니西部標準時는卽經度百二十度의時刻인티關東州, 臺灣, 澎湖島, 八重山에限호야此를用호고中央標準時는卽經度百三十五度의時刻인티前記諸地方을除호고全國에서用홈이라. 然則由來의韓國標準時는西部中央兩標準時의 中間에在하니西部보다時의三十分이早호고中央보다三十分이遲호티<u>來年一月一日브터改正할標準時는卽中央標準時라.</u> 內地大部分과同一호고<u>滿洲 臺灣等과는一時間이相違할者이라</u>.[9] (밑줄 필자, 以下 同)

이로써 "경도 127도 30분"의 '대한표준시'는 전면 폐지되고, 1912년 1월부터는 "경도 135도"의 시각, 즉 일본의 표준시인 '동경표준시'가 전적으로 식민지인의 시간을 지배하게 되었다.

당시 시간지배에 대한 상징물은 경성역사에 부착된 커다란 벽시계였다. '동경표준시'에 의한 기차시간표는 스펀지처럼 전근대적인 시간을 흡수하였고, 제국의 시간은 철도를 따라 식민지 곳곳으로 펴져나갔다. 이에 따라

---

9) 매일신보사(1911), 「標準時의 改正」, 〈매일신보〉 1911.9.26, 3면

식민지인들은 이전의 농경민적 시간감각에 의존하기보다는 제국의 벽시계가 가리키는 시간에 맞춰 일상을 조정하지 않을 수 없었다.

'동경표준시'에 의한 기차시간표는 기차가 지나가는 곳마다 획일성, 정규성, 기계적인 정확성과 확실성 등의 관념을 심어주었고, 조선총독부는 초등교과서를 통하여 이를 계몽하였다. 이를 계몽하고 홍보하는 내용을 『國語讀本』에서 찾아보자.

이제 기차가 떠나려 하고 있습니다. 아직 건너편에서 서둘러 달려오는 사람도 있습니다. <u>저 사람은 도저히 시간에 대지 못하겠지요. 기차는 정해진 시각에는 반드시 출발합니다. 늦은 사람을 기다리지는 않습니다.</u>
〈Ⅰ-3-29〉「정거장(ていしゃば)」

교과서는 "정해진 시각에는 반드시 출발"하고, 늦게 오는 사람을 결코 기다려주지 않는 기차의 정확성과 획일성 확실성 등을 계몽하고 있다. 그리고 기차 출발시간에 늦을까봐 황급히 뛰어가는 근대인의 모습을 삽화로 곁들여 기차를 이용할 승객이라면 마땅히 기차시간에 맞춰 미리 와서 기다려야 할 것을 강조하고 있다. 그 기차시간표가 그들이 규정한 '동경표준시'에 의한 것임을 생각하면, 근대철도의 질서를 통하여 식민지인의 시간을 자국의 시간 속으로 동화시켜가고 있었음을 알 수 있다.

또 하나 교과서를 통하여 살펴볼 수 있는 것은 공간에 대한 재인식의 유도이다. 이는 '철도'라는 큰 그림과 '기차'라는 작은 그림으로 나누어 볼 수 있는데, 전자가 조선에 부설된 철도망에 의한 일본과 직결되는 지리적 지역적 공간이라면, 후자는 기차라는 탈것을 통하여 볼 수 있는 질서의 공간이다. 다음은 그 예문이다.

① "경성과 부산 사이에는 경부선이 있고, 경성과 신의주 사이에는 경의선이 있으며, 반도를 남북으로 관통하고 있단다. 그리고 경부선의 지선에는 마산선, 경인선이 있고, 경의선의 지선에는 겸이포선(兼二浦線), 평남선(平南線)이 있단다. 이 외 별도로 호남선, 경원선도 있지. 또 새롭게 건설에 착수하고 있는 것도 있어."

〈Ⅰ-6-5〉「조선지리문답(朝鮮地理問答)」

② 어느 일요일 오후 나는 기차를 탔다. 승객은 나 외에 너덧 명의 부인과 남자아이 세 명을 데리고 있는 아버지뿐이었다. 좌석은 넓어 승차감이 좋았다. 그런데 바로 세 아이가 떠들기 시작했다. 저쪽 창가로 갔다가 이쪽 창가로 왔다가, 기차가 정차하는 곳마다 내렸다가 타기도 하였다. 너무 소란스러웠다. 그런데도 아버지는 그것을 제지하려 하지 않았다. 잠시 후 아버지는 땅콩봉지를 아이들에게 주었다. 아이들은 처음에는 얌전히 껍질을 쪼개 먹다가 빈 껍질을 던지기 시작하였다. 함께 탄 승객들의 불쾌함은 이루 말할 수 없었다. 기차 안은 순식간에 쓰레기통이 되었다. 그런데도 아버지는 그것을 제지하려하지 않았다. 아버지는 또 귤을 바구니 채 주었다. 아이들은 바로 껍질을 벗겨 던지기 시작했다. 그리고 즙을 빨고 알맹이를 함부로 뱉어내

어 주변을 어지럽혔다. 아버지는 그것도 제지하려하지 않았다. 나는 기차 안에서 몇 시간을 불쾌하게 보냈다.

〈Ⅱ-6-23〉「기차 안(汽車ノ中)」

인용문 ①은 조선의 행정구역 13개 道에 걸쳐있는 간선과 지선 철도망이 모두 제국 일본에 접속되어 있음을 설명하는 내용이며, ②는 기차 안에서 시끄럽게 떠드는 것도 모자라 기차내부를 더럽히는 야만적인 모습을 아동의 시선으로 관찰하게 함으로써 계몽을 유도하는 내용이다.

일본의 한 지역으로서의 조선임을 피교육자에게 인식시키는 것에서, 또 그들이 제공한 공간에서 야만적인 모습을 재차 부각시킴으로써 스스로에게 수치심을 유발하게 하는 것으로 지배국(=문명국) 질서로의 편입을 강조하고 있음을 알 수 있다. 이 또한 식민성을 지니고 있었던 철도에서 파생된 시공간이었기에 '文明'을 앞세운 지배국의 시스템에 '同化'하지 않으면 안 될 필연성으로서 '문명국으로의 同化'를 유도하며, 그것을 정당화 하고 있는 것이라 할 수 있을 것이다.

4. 식민지 조선·조선인 만들기

유럽에서의 식민지정책이란 영국의 인도나 홍콩의 경우를 보더라도 시장과 자원 확보를 목적으로 한 영토침략정책이 보편적이었던 것에 비해 일본의 조선에 대한 침략정책은 이러한 목적보다는 내지의 연장선에서 조선영토의 편입을 목적으로 하고 있었다. 이를 위하여 일본은 강점이전부터 점진적으로 주권을 제한하면서 마침내 1910년 합병을 이끌어 내었다.

강점초기 일제가 실시한 식민지정책의 궁극적인 목적은 '충량한 제국국민 육성'이었으며, 그 키워드는 '文明'과 '同化'였다. 이를 위한 해법은 同化를 위한 신문명의 통로 및 도구로 이용된 철도의 질서에 적나라하게 드러나 있었다. 구체적인 사항을 살펴보자.

첫째, 일본표준시에 의한 기차시간표와 이에 따른 표준적이고 규칙적인 열차운행시간으로 식민지인의 시간에 대한 인식과 감각을 균질화하였고 통일하였다. 기차시간표는 주로 신문 광고나 기사 형태로 대중에게 알려졌다. 다음은 경인철도가 개통되기 이틀 전 〈독닙신문〉에 실었던 경인선 기차의 운행시간표이다.

> 경인쳘도에 화륜거 운전ᄒᆞᄂᆞᆫ 시간은 左와 갓다ᄂᆞᆫ되,
> 인쳔셔 동으로 향 ᄒᆞ야 미일 오전七시에 떠나셔 유현(杻峴) 七시 六분 우각동 七시 十一분 부평 七시 三十六분 쇼ᄉᆞ 七시 五十분 오류동 八時 十五분 로량진 八時 四十분에 당도ᄒᆞ고,
> ᄯᅩ 인쳔셔 미일 오후 一시에 쎠나셔 유현 一시 六분 우각동 一시 十一분 부평 一시 三十六분 쇼ᄉᆞ 一시 五十분 오류동 二시 十五분 로량진 二시 四十분에 당도ᄒᆞ고, 로량진셔 셔으로 향 ᄒᆞ야 미일 오전 九시에 쎠나셔 오류동 九시 三十三분 쇼ᄉᆞ 九시 五十一분 부평 十시 五분 우각동 十시 三十분 유현 十시 三十五분 인쳔 十시 四十분에 당도ᄒᆞ고, ᄯᅩ 로량진셔 미일 오후 三시에 쎠나셔 오류동 三시 三十三분 쇼ᄉᆞ 三시 五十一분 부평 四시 五분 우각동 四시 三十분 유현 四시 三十五분 인쳔 四시 四十분에 당도 ᄒᆞ다더라.[10]

초창기 기차운행시간표는 당시의 시대를 반영하는 듯 기사화 된 서술형

---

10) 독닙신문사(1899), 「화륜거왕래시간」, 〈독닙신문〉 1899.9.16, 3면

식을 취하고 있었다. 어쨌든 한국 최초의 철도인 경인선은 이러한 기차시 간표에 따라 철저하게 운행되었다. 이후 개통된 경부선, 경의선을 달리는 기차의 운행 역시 정해진 시간표에 따라 운행되었음은 말할 것도 없다.

앞서 언급하였듯이 "정해진 시각에 반드시 출발"하고, 결코 "늦은 사람 을 기다려주지 않는" 기차의 질서는 저절로 시간엄수와 시간절약이라는 근대인의 새로운 생활양식을 확립하는 계몽이 되었다. 철저하게 시간표에 따라 운행되는 철도는 '시간엄수'라는 근대적 시간관념을 식민지인에게 확 실하게 인식시켰다. 그리고 그것을 선진 기계문명, 즉 '철도'라는 운송수단 을 통하여 식민지 전역으로 전파함에 따라 점진적으로 '식민지 조선·조 선인 만들기'는 진행되어가고 있었던 것이다.

둘째, 기차는 남녀노소 누구나 함께 탈 수 있는 공간을 제공하는 것으로 획일적인 질서와 자유 평등의 원리 구현하며 균질한 식민지인으로의 추구 를 꾀하였다.

19세기 초 진보주의자들에게 철도는 민주주의, 국제적인 이해와 합의, 평화와 진보를 기술적으로 보장해주는 것으로 이해되고 있었다. 이들 생 각에 따르면 철도를 통한 의사소통이 사람들을 공간적으로 뿐만 아니라 사회적으로도 서로 가까이 느끼도록 해 준다는 것이었다.[11] 이는 철도가 최소한 동일한 객차 안에서 만큼은 지위고하를 막론하고 평등하다는 전제 하에서의 생각이었을 것이다. 그러나 식민지철도는 과거 신분질서를 몰아 내고 자유와 평등의 이념을 전파하는 대신 새로이 경제적, 민족적 차별을 도입했다. 사회적 지위와 경제력에 따라 객차의 칸과 이용시설을 명확히 구분하고 있었으며, 게다가 일본인과 조선인이 타는 칸이 별도로 구분되 어 있어 이용객에게 경제력과 민족차별이라는 새로운 짐을 부과하게 된

---

11) 볼프강 쉬벨부쉬·박진희 옮김(1999), 『철도여행의 역사』, 궁리, p.93

것이다. 이는 일본인의 시각에 포착된 신문기사에서 두드러진다. 1905년 4월 25일자 〈時事新報〉의 "일본인보다 오히려 조선인을 단골로 하는 철도가 조선인을 화물 취급하는 것은 잘못된 사태"라는 기사와, 한 일본 고등학생의 "그들 한인의 거의 전부는 3등 승객이지만 사실상 4등(만약 있다고 가정한다면)에 가까운 대우를 받아 승차임금은 3등의 정률(定率)에 의하고 그 반대급부는 4등에 가까운 것이었다."는 말에서[12] 쉽게 짐작할 수 있을 것이다.

이러한 차별은 철도요금에서도 교묘하게 드러나고 있었다. 경부선이 개통되던 1905년 1월에 책정된 기차요금은 50마일까지 3등이 1전 8리, 2등은 3등의 2배, 1등은 3등의 3배였는데, 1908년 근거리요금이 대폭 인상됨에 따라 같은 구간임에도 3등이 3전, 2등은 3등의 1.75배, 1등은 3등의 2.5배로 인상 책정되었다.[13] 당시 일본인 승객은 대부분 장거리 여행자였으며, 근거리 여행객의 대다수가 조선인이었음을 감안하면 상대적으로 조선인에게 차별된 요금이 적용되고 있었음을 알 수 있다.

초창기 식민지철도는 '객차 안'이라는 공간에서 획일적인 질서와 자유 평등의 원리를 구현하고 있었지만, 이처럼 경제력으로 나아가서는 식민자와 피식민자간의 새로운 계급을 형성함에 따라 질서 자유 평등의 원리는 점차 퇴색되어갔다. 그럼에도 국경으로 구획된 일정한 지리적 공간 안에서 동일한 언어와 경제권 안에서 동일한 의식, 다시 말하면 일정한 지역(공간)을 단일한 경제권과 의사소통의 공간으로 창조함으로써 각각의 사람들에게 국민적 공동체의식을 심어주면서 문명국으로의 동화를 유도하였다.

---

12) 정재정(2000), 「20세기 초 한국문학인의 철도인식과 근대문명의 수용태도」, 「서울시립대 인문과학」 제7집, p.172

13) 박천홍(2003), 앞의 책, p.353 참조

이처럼 식민지철도는 남녀노소 누구나 탈 수 있는 공간을 제공하는 것으로 과거의 신분질서를 타파하고 균질한 식민지인을 만들어 가는데 유효적절한 공간이 되었다. 뿐만 아니라, '철도'로 구획 지어진 크고 작은 공간 안에서 '국민'이라는 정체성 형성에 크게 기여함으로써 공간적 의미를 극대화하고 있었음을 알 수 있다.

셋째, 철도가 추구하는 전진(前進)과 진보(進步)의 질서이다. 문명개화를 대표하는 상징으로서 근대의 철도는 과거의 전통을 타자화하며 직선으로 뻗어가는 전진과 진보의 정신을 구현하고 있었는데, 일제는 이를 '지배국으로의 동화'로 유도하고 있는 것이다.

주지하듯 철도를 부설하기 이전의 지형은 자연 그대로의 산과 강, 계곡 또는 굴곡진 험한 지형 등이 곳곳에 산재해 있어 철도를 부설할 만한 조건은 아니었다. 험한 지형의 저항을 터널을 뚫거나 다리를 놓고, 또 평탄하게 고르고 다져서 철로를 부설하였던 것은 레일 위를 달리는 기차의 저항을 최소화함과 아울러 구불구불한 자연의 곡선을 최소한의 거리로 축지하여 직선화 함으로써 최대한의 전진을 도모한다. 이것은 마치 뒤돌아 볼 겨를도 없이 물밀듯이 밀려오는 신문명을 수용하기에 급급한 현실과 이를 통하여 과거와의 단절을 꾀하는, 이를테면 식민지철도가 추구하는 전진과 진보의 정신을 말해주고 있다.

간과할 수 없는 것은 그 진보정신의 중심에 새로운 세계를 향한 힘찬 장도를 알리는 우렁찬 기적소리가 있다는 것이다. 출발지점에서 토해내는 우렁찬 기적소리는 완고한 꿈을 깨우는 각성의 소리,[14] 혹은 사회적 변화를 촉구하는 초월적인 소리로 이해되면서 새로운 세계에 대한 기대감의 표현으로 이어졌다. 이는 자연스럽게 과거와의 단절을 유도해 내기도 하

---

14) 김동식(2002), 「철도의 근대성」, 『돈암어문학』제15집, 돈암어문학회, p.49

였다. 당시 철도와 관련된 詩歌의 첫 소절이 우렁찬 기적소리로 시작[15])되었던 점도 이와 무관하지는 않았을 것이다. 그것이 일본의 산업 경제를 획기적으로 발전시켰던 기계문명에 대한 예찬이었건, 봉건적인 미몽에 빠져 있는 식민지인을 각성시키기 위함이었건 간에 어쨌든 기차의 출발점에서 울려 퍼지는 우렁찬 기적소리는 철도가 목표하는 목적지까지의 장도를 여는 힘찬 에너지의 표상이 되었다. 발차를 알리는 우렁찬 기적소리와 함께 승객을 태운 기차가 결코 후진을 하지 않고 오로지 목적지를 향한 전진만을 추구한다는 점 또한 식민지인에게 과거로의 회기가 불가능함을 계몽하는 기제로 작용하였다.

'철도'라는 획기적인 신문명은 이처럼 다양한 측면에서 일제의 식민지 경영에 대한 시스템의 정착을 촉진하였다. 기계문명의 우월성 과시가 그러했고, 철도에 의한 일본표준시 시스템의 정착이 그러했으며, 철도에서 파생된 크고 작은 공간이 그러했다. 뿐만 아니라 철도는 이 모든 질서를 삽시간에 철도가 닿는 각 지역으로 전파하는 진보의 메신저였다.

일제에 의해 부설된 식민지철도의 이 모든 시스템은 '문명'과 '동화'라는 강점초기 식민지정책의 목적을 달성하기 위한 원초적 기반이 되었다. 조선인을 문명의 결여자로 저평가하였던 일제가 '철도'라는 거대한 기계문명의 이입을 통하여 정작 얻고자 하였던 것은 '문명'과 '동화'의 첨단 시공간을 제공한 철도를 기반으로 '식민지조선, 조선인 만들기'를 위함이었을 것이다.

근대 기계문명의 대표주자로서의 철도가, 그러나 일제에 의해 부설된

---

15) 일본에 처음으로 철도가 부설 운행되면서, 오와타 다테키(大和田建樹)에 의해 1900년 제작된 『地理教育鐵道唱歌』의 첫소절은 "汽笛一声新橋を…."로 시작하고, 1906년 제작된 『滿韓鐵道唱歌』의 첫소절은 "汽笛の響きさましく…."로 시작된다. 이를 보고 최남선이 경부선 개통 이후 제작한 「경부텰도노래」의 첫소절 역시 "우렁탸게 吐하난 긔덕(汽笛)소리에……"라는 우렁찬 기적소리로 시작된다.

식민지철도가 끊임없이 한반도의 곳곳을 누비며 운행됨에 따라 '식민지 조선, 조선인 만들기'는 기계적으로 진행되어가고 있었던 것이다.

5. 식민지철도가 주는 시사점

이상으로 근대 철도가 한국 식민지화에, 또 '식민지 조선'을 만들어 가는 데 어떠한 작용을 하였는지를 일제의 식민지정책이 그대로 반영되어 있는 주요교과서 『普通學校國語讀本』을 중심으로 살펴보았다.

근대 철도가 일제의 식민지 구도를 그려가고 있었다는 것은 러일전쟁을 전후하여 표면위로 드러나게 된다. 러일전쟁의 승리를 계기로 동양의 맹주로 급부상한 일본은 문명의 전승국으로서 제국의 면모를 일신하고 철도를 통하여 지리적 공간의 확장을 규정지어 가고 있었는데, 그 중심에 근대 한국철도가 있었으며, 일제는 그것을 동아시아 식민지정책에 활용하였다.

한국 근대문명의 형성과정에서 철도의 역할이 지대하였다는 것은 말할 나위도 없다. 육상교통은 물론이려니와 국민경제의 형성과 문학예술에 이르기까지 근대 한국철도는 기존의 교통과 산업의 판도를 바꿔놓을 정도로 획기적인 문명의 이기였던 것도 부인할 수 없는 사실이다. 그럼에도 그것이 일본에 의해 부설된 식민지철도였기에 식민지화를 촉진시키는 지름길로 작용하였고, 또 지배국의 식민지경영을 위한 중요한 도구로서 운용되었다. 일본(동경)표준시 시스템을 정착시켜 시간을 지배하였으며, 자유와 평등의 원리 구현으로 균질한 식민지인을 만들고자 하였다. 뿐만 아니라 목적지를 향한 전진만을 추구하는 철도의 질서를 통하여 과거로의 회기가 불가능함을 계몽하며 문명으로의 동화를 지속적으로 일깨웠다.

조선총독부는 이러한 철도의 질서를 초등교과서 『國語讀本』을 통하여 지속적으로 계몽하며 '文明'을 앞세운 지배국의 시스템에 '同化'하지 않으면 안 될 필연성으로서 피교육자로 하여금 '문명국으로의 同化'를 유도해 내었다. 시작부터 식민성을 지니고 있었던 철도에서 파생된 시공간이었기에 이처럼 점진적으로 '문명'과 '동화'를 확장해 가는 일제의 식민지정책을 충족시키는 시공간이 되었으며, '文明'을 앞세운 지배국의 시스템에 '同化'하지 않으면 안 될 필연성으로서 '문명국으로의 同化'를 유도하며, 그것을 정당화 하고 있었던 것이다.

그러나 철도가 영원한 평행선이라는 점에서 완전한 同化의 불가능은 예측하지 못했을까? 근대 한국문명의 새로운 시대를 열었던 철도였지만, 그것이 자력에 의해 건설되지 못한 탓에 일제에 의해 부설된 식민지철도였기에, 근대 한국철도가 현대를 사는 우리에게 주는 시사점은 실로 크다 하겠다.

IV. 日帝強占期 일본어교과서에 나타난 天皇像*

1. 서론

일제는 1889년에 발포된 〈大日本帝國憲法〉에서 '일본제국은 萬世一系를 천황이 통치한다(제1조)'고 규정하여 천황을 국가권력의 정점으로 위치시켰다. 그리고 이 천황제는 政敎一體를 토대로한 일본의 정체를 상징하였다.

이러한 정책적이고 체계적인 사상을 바탕으로 시작된 근대일본의 天皇制는 매우 특수한 국가형태라 할 수 있으며, 특히 이 시기 일제의 천황이라는 상징적 의미는 매우 다양하다. 신화적으로는 나라를 창조한 자, 정치적으로는 주권자, 군사적으로는 최고의 사령관이며 종교적으로는 절대자였다는 점에서 그 특수성을 엿볼 수 있으며, 이는 바로 제국주의의 시작점

* 이 글은 2012년 9월 한국일본어문학회 『日本語文學』(ISSN : 1226-0576) 제54집, pp.247~
266에 실렸던 논문 「日帝強占期 일본어교과서에 나타난 天皇像-朝鮮總督府 編纂 『國
語讀本』을 중심으로-」를 수정 보완한 것임.

日帝強占期 일본어교과서에 나타난 天皇像 *79*

이라 할 수 있다. 이렇듯 일본의 제국주의적인 성격은 한일합방이 되기 이전부터 정책적으로 철저하게 반영되어 일제강점기에 일제는 조선인들에게 일본인 이상의 국가이데올로기 지배를 강화하기 위하여 사회 전반적으로 모든 일상생활에 내재시켜 국가적 사회적으로 다양한 교화를 시도하였다.

일제의 이데올로기적 지배는 점차 대륙침략의 목적으로서 주요거점을 만들기 위해 한반도 곳곳에 일본인 居留地를 중심으로 신사를 지었고, 고대 및 역대 천황을 섬기게 하는 신사참배를 강요하였음은 주지의 사실이며, 이러한 교육 내용은 〈조선교육령〉에 나타나 있듯이 모든 학교기관이 시발점이 될 수밖에 없었다.

『國語讀本』은 표면상으로는 國語이나 구체적인 기술내용에서는 日本語뿐만 아니라, 地理, 算術, 歷史, 體操(체육), 唱歌(음악) 등 대부분의 과목에 대한 내용을 골고루 포함하고 있으며, 주당 수업시수에서도 가장 많은 시간을 차지하고 있다. 따라서 강점초기에는 일본인의 의도대로 움직이게 하기 위해 민족의식을 말살하였고 1931년 만주사변, 1937년 중일전쟁에 이어 1941년 태평양전쟁을 수행하게 되는 강점후기에는 일본의 방패막이가 되어주기를 바라는 황군의 신민의식을 확고히 다지기 위한 도구로써 정신적·육체적 교화에 박차를 가하였다. 그리고 당시 모든 교육목적과 의도는 당연히 '충량한 국민 육성'[1]이었다.

---

1) 교과서편찬의 일반방침(1911. 3) 첫째, 조선은 내지(일본), 대만처럼 일본국가의 일부가 된 것을 분명히 알게 할 것. 둘째, 일본제국은 만세일계의 천황이 통치한다는 것을 알게 할 것. 셋째, 일본이 현재같이 국력이 발전했다는 것. 또한 조선인이 대일본제국의 신민으로서 밖으로는 세계 일등국민과 어깨를 나란히 하고, 안으로는 행복한 생활을 영위할 수 있는 것은 먼저 황실의 은혜임을 깊이 인식시켜서 각각 그 본분을 지켜 황실을 존경하고 국가에 전력을 다해야 함을 알게 할 것. 넷째, 실용 근면을 주로 하여 공리공론을 피할 것.

본 연구에서는 이와 같은 문제의식에 기초하여 朝鮮總督府 편찬 『國語讀本』2)에 나타난 '천황'과 관련된 기술을 통해 종교적으로 미화시키고 신격화되어있는 천황에 대하여 당시 초등학교에서 조선아동들에게 어떻게 황국신민의 일원으로서 천황의 존재를 주입하고자 하였는지, 또한 시대의 흐름에 따라 일본어 교과서에서는 천황을 어떻게 묘사하였으며, 황군양성을 위해 어린 아동들에게 교과서 속에 나타내고 있는 내용들이 어떻게 변용되어 가는지 당시 학교교육의 문제점을 재조명하는데 있다.

2. 敍事된 天皇像과 參拜할 神社

1609년에 조선과 일본 두 나라간의 무역이 개시되자 부산항에는 일본인이 자연스레 상주하게 되었으며 이들이 여기에 일본최초 해외 신사인 고토히라(金刀)神社를 세웠다.3) 당시 조선에 세워진 신사에서는 大物主神을 모시고 자신들의 海路 안전의 기원과 居留民들의 수호신으로서 모셔졌으며, 1866년에 이르러서야 이 지역에 거주하는 일본인에 한해서 일부극소수만이 아마테라스오미카미(天照大神)도 숭배하기도 하였다.

1894년에는 居留地神社로 명칭이 개정된 이후 이 지역 거류민들의 결의에 의해서 1890년에 龍頭山神社로 다시금 개칭하였다.4) 또한 병자수호조

---

2) 조선총독부 편찬 국어교과서명은 Ⅰ~Ⅲ기 『普通學校國語讀本』, Ⅳ기 『初等國語讀本』, Ⅴ기 『ヨミカタ(一學年 上・下, 二學年 上・下)』『初等國語』이나 본 논문에서는 총괄하여 Ⅰ~Ⅴ기까지의 교과서 명칭을 『國語讀本』으로 통일한다. 또한 지문 내 표기는 〈기수-권-단원〉으로 표기한다.
3) 岩下傳四郎(1941), 「大陸神社大觀」, ゆまに書房, p.38 두모포 왜관 내에 대마도의 영주가 선해의 안전을 숭배한다는 이름아래 세웠다. 조선의 가장 오래된 신사이며, 이것을 중심으로 일본인 촌락들이 퍼지기 시작한다.
4) 小山文雄(1941), 「大陸神社大觀」, 大陸神社聯盟, pp.39~40

약체결 이전의 일본인 거주자는 82명에 불과했으나 체결 이후 일본인 거주자들이 급격히 증가하면서 2,066명으로 늘어나고5) 개항지역을 비롯한 다른 주요 지역의 항구에도 일본거류지역이 늘자 곳곳에 작은 신사들이 세워지기 시작하였다. 일본은 자국에서 메이지시대에 확립된 國家神道를 통해 강력한 중앙집권적 국민국가를 확립하려 하였고, 이를 위해 국가경영에 神이라는 신비성을 끌어들여 이를 국민들에게 주입시키고자 하였다.

2.1 現人神을 위한 神社

근대 조선에 세워진 신사는 개항장과 동시에 청일전쟁(1894)과 러일전쟁(1904~1905)을 치루면서 일본군들이 병참기지로 점령한 지역을 바탕으로 위치하게 되었다. 특히 경성신사, 대구신사, 대전신사 등은 일본인들이 본격적으로 해안에서 내륙으로 진출하기 위한 전략적 거점들을 확보할 목적으로 세운 신사6)로서 강점기 이전부터 치밀한 계획아래 이루어지고 있었음을 시사한다.

이후 일제는 통감부기를 거쳐 한일합방을 이루면서 본격적으로 제국주의적 성격을 띠기 시작한 〈신사사원규칙〉(1915)과 〈신사에 대한 기부포상에 관한 건〉(1917)등을 통하여 조선에서의 신사제도를 확립하기 시작하는데, 신사를 세울 수 있는 최소기본 여건과 이에 대한 포상제에 관한 내용을 확인 해보면 다음과 같다.

제1조, 신사를 창립하고자 할 때, 다음과 같은 사항을 갖추고 창립지에서

---

5) 김대래 외(2005), 「일제강점기 부산지역 인구통계의 정비와 분석」, 한국민족문화 제26호, 부산대학교 한국민족문화연구소, pp.295~296

6) 일제는 1910년까지 용두산, 원산(1882) 인천(1890) 한성(1897) 진남포(1990) 군산(1902) 용천(1904) 대구(1904) 대전(1907) 성진(1909) 마산(1909) 목포(1910) 등 12개소의 신사를 세웠다. 朝鮮總督府(1934), 「神社と朝鮮」 p.132

승배할 수 있는 자가 30명 이상이 서명을 하여 조선총독의 허가를 받도록 할 것.

1. 창립의 자유   2. 신사의 칭호
3. 창립지명   4. 제신
5. 건물 경내지의 평수, 도면 및 경내 주변의 상황
6. 창립비 및 지불방법   7. 유지방법
8. 종교자의 수[7)]

신사에 대한 기부포상에 관한 건
신사에 대한 기부는 1917년 중앙관청에 포고 제1호 및 동년 중앙관청달 제17호에 의해 포상하게 하고, 관국폐사에 관한 기부는 포상하고 그 외 신사에 대한 기부를 포상하게 하는 예로 하게 한다.[8)]

이렇듯 일제는 최소한의 갖추어야 할 기본적인 요건만을 본다면 기본적인 공간과 자본, 그리고 숭배자만 존재한다면 어느 누구라도 신사를 세울 수 있다는 것을 알 수 있다. 그리고 신사 설립에 소정의 금액을 기부하는 사람들에게는 포상제를 내걸며 지역 주민들이 신사에 대한 관심과 동참하도록 유도하는 모습을 엿볼 수 있다. 그리고 신사설립에 관한 세부 조건은 이 사항 이외에도 23개의 조항이 있으나, 특별한 사유가 발생하였을 때는

---

7) 第一條 神社ヲ創立セムトスルトキハ左ノ事項ヲ具シ創立地ニ於テ崇敬者ト為ルヘキ者三十人以上連署シ朝鮮總督ノ許可ヲ受クヘシ. 一 創立ノ自由, 二 神社ノ稱號 號, 三 創立地名, 四 祭神, 五 建物竝境內地ノ坪數、圖面及境內地周圍ノ狀況, 六 創立費及其ノ支辨方法, 七 維持ノ方法, 八 崇敬者ノ數 朝鮮總督府官報 第911號, 朝鮮總督府令 第82號(1915.8.16)〈神社寺院規則〉朝鮮總督府, pp.153~154.

8) 神社ニ對スル寄付褒賞ニ關スル件, 神社ニ對スル寄付ハ明治十六年太政官布告第一號及同年太政官達第十七號ニ依リ褒賞スヘキ議ナルヤ, 官國幣社ニ對スル寄付ハ褒賞セラルルモ其ノ他ノ神社ニ對スル寄付ハ褒賞セラレサル例ナリ 朝鮮總督府官報 第1449號(1917.6.4),〈神社ニ對スル寄附褒賞ニ關スル件〉朝鮮總督府, p.47

조선총독의 허가만 받으면 언제든지 기간 연장 및 단축이 가능하다고도 명시되어 있다.

조선총독부는 이러한 제도를 바탕으로 조선 전 지역의 총수호신을 봉사하고 전 주민의 숭배의 중심9)으로 하고자 朝鮮神社 창립을 위한 계획을 구체화하였다. 아래 내용은 당시 총독인 하세가와 요시미치(長谷川好道)가 하라 다카시(原敬) 내각총리에게 보낸 청의서 내용 중 일부이다.

아직도 조선 전 지역의 민중일반의 숭배할 신사가 없어 민심의 귀일을 도모하고 충군애국의 이념을 깊게 한다는 점에서 유감입니다. 이제 國風移植의 대본으로서 일본인과 조선인이 함께 숭배할 神社를 청원하여 半島 주민으로 하여금 영원히 조상의 은혜에 성의를 다하게 하는 것은 조선 통치상 대단히 중요한 일입니다. 이에 ···아마테라스오미카미(天照大神)와 ···메이지 천황의 두 神을 모시고자 事前 조영비를 1918년(大正7年)부터 1921년까지의 예산에 계상하였사오니···신사의 칭호를 朝鮮神社로 정하고 社格을 官幣大社로 할 수 있도록 협의 결정해 주시기 바랍니다.10)

이어 일제는 朝鮮神社 창립을 고시하였고 1920년 5월에 기공식을 행하였다. 그리고 준공을 앞두고 신사의 명칭을 '朝鮮神宮'으로 고치게 된다.11) 그 이유는 위 내용을 통해서도 알 수 있듯이, 조선인들에게 아마테라스오미카미와 明治天皇을 祭神으로 하여 숭배의 정신을 길러주기 위한 것이었다. 이는 즉 신사를 통해 천황을 現人神으로서 모시게 하여 일본인의 우수성을 강조함과 동시에 조선인보다 정서적 우위를 차지하기 위한 일제의

---

9) 한규원(1989), 「日帝末期 基督敎에 대한 神社崇拜의 强要에 관한 硏究」, 한국교육사학 Vol.16, p.115 재인용
10) 朝鮮總督府(1927), 「朝鮮神社造營誌」, p.9
11) 1925년 6월 27일자(내각고시 제6호)

의도적인 목적임을 알 수 있다.

2.2 교육정책에 의한 천황과 신사의 상호관계

일제에 의해서 편찬되는 교과서는 일제강점기에 들어서면서 신지식의 전달뿐만 아니라 식민지 교육 즉 조선아동을 철저하게 일본인화 하려는 과정의 수단으로 그 역할을 한다. 그리고 '동화정책'의 중심에 선 것이 보통학교였다. 이 학교에서 활용하는 교과서는 정치적 수단으로 텍스트 역할을 하며, 교과서 안에 형성되어 있는 조선인과 일본인의 관계는 아동들에게 자연스럽게 주입되었다. 3·1운동 이후 다소 격화된 조선인들의 민심을 사로잡기 위해 한층 완화된 분위기 연출로서 '문화정치'를 내세우며 〈제2차 조선교육령〉(1922)의 개정을 통해 보통학교(조선인이 다니는 학교)인 경우, '기존의 4년제에서 6년제로 학제를 연장한다.'는 겉으로는 일본인과 조선인이 동일한 교육을 받는다는 명분을 내세우면서도 일본인과는 분명히 다른 지도방침으로 교육하기 시작한다. 그리고 1920년대 중반은 세계대공황으로 일본 전 지역이 혼란해짐에 따라 이를 극복하기 위한 군부의 본격적인 개입으로 만주사변을 일으키고, 여기서 승리한 일본은 자연스레 東亞권으로 세력을 넓히고자 하였다. 따라서 군부는 자연스레 국가의식을 확고히 다지기 시작하였고 가장 말단 교육기관인 초등아동들로부터 충군애국을 강조하게 된다. 교육적 측면에서는 전반적인 교육내용이 군사교육으로 자연스레 변화할 수밖에 없는 것이다. 그리고 1930년대 후반에는 준전시체제의 돌입으로 인해 조선의 교육방침은 군사화를 기초로 하였다.

이렇게 격동적으로 변화를 갖는 시기에 일제는 만주사변(1931) 직후 기존의 3면 1개소라는 신사설립 방침을 1면 1개소 신사설립 계획으로 수정

하여 각 도처에 하위 神祠가 세워져 소위 국민으로서의 일제에 대한 충성이 시험되고 있었다.[12]

1934년 조선총독부에서 편찬된 「神社と朝鮮」이라는 보고서를 통해서 확인된 조선의 신사는 모두 51개소이며 대부분 철도 노선과 이를 통과하는 도시들이라는 점이 주목할 부분이라 할 수 있다.

예컨대 경부선(1905)이 설립된 후에는 대전과 대구가, 경의선에는 개성, 해주, 의주, 신의주 등이, 호남선에는 이리, 태인, 정읍, 광주 등이 그리고 전라선에는 대장, 삼례, 조촌 등 유동인구와 거주민들의 수가 많은 지역을 중심으로 점차 확대되어 나갔다.

이는 당시 조선총독부에서 발포된 〈제3차 조선교육령〉과 이와 더불어 개정된 「체조교수요목」[13] 속 내용을 통해서도 알 수 있다. 위 두 내용에서 강조하고 있는 것은 학교 체조시간에 새롭게 '황국신민체조를 실시'하도록 한 것으로서 1930년대 후반에 이르러 초등교육에서 황국신민양성을 위한 교육이 우선시되었다는 것을 확인할 수 있다.[14]

따라서 조선에 있는 모든 교육기관에서는 가미다나(神棚)와 위령탑이 설치되어있지 않은 학교가 없었으며, 이러한 장치를 통해서 연중행사가 아닌 자연스러운 일상으로서 참배와 궁성요배를 병행하기에 이르는데 이러한 내용들은 『국어독본』속에 고스란히 담겨져 있다.

결국 조선의 아동들은 이렇게 신사와 그의 모태인 천황을 바탕으로 한 황민화 정책을 통해 가까운 장래 일본을 위한 병사 즉, 황군이 되기 위한 기초를 배울 수밖에 없었다.

---

12) 최진성(2006), 「日帝强占期 朝鮮神社의 場所와 勸力: 全州神社를 事例로」, 한국지역지리학회지 제12권 1호. p.45
13) 朝鮮總督府官報(1938.3.30) 第3358號, 〈朝鮮總督府訓令〉 體操敎授要目 第8號
14) 유철(2010), 「日帝强占期 『國語讀本』에 含意된 身體敎育 考察」, 日本語文學 第46輯, p.317

3. 『國語讀本』에 투영된 천황

앞서 언급한 바와 같이 처음 신사의 유래는 일본 거류민들의 안전을 위해서 신을 모시는 곳으로서 1800년대 후반에 이르기까지 그 지역에 거주하는 조선인들도 함께 관리해주며 소정의 금액(당시 3원)을 받아 청소도 하며 자신들 가족의 안정과 평화를 기원했다. 그러나 점차 일제의 조선 통치에 대한 목적이 분명해지면서 신사참배는 반 강제적으로 일상화될 수밖에 없었다.

따라서 본 장에서는 일본어교과서인 『國語讀本』을 통한 이미지와 신사를 통한 현인신적 천황을 어떻게 서사했으며, 각 기수별로 어떻게 변용되었는지 규명하고자 한다.

3.1 천황존재를 각인시키기 위한 교육(Ⅰ~Ⅱ기)

일제강점초기의 『國語讀本』은 통감부기에 사용하였던 『日語讀本』을 정정하여 편찬하면서 기존의 국어가 '조선어'에서 '일본어'로 바뀌었다. 따라서 明治政府는 記紀神話를 국가권력 이데올로기의 기초로 하여 천황제 신화에 의한 정치지배를 조선인에게 정당화하려고 하였다. 일제는 신격화된 천황이 통치하는 일본제국 '國體'의 근거가 된 이 신화를 조선인에게 하루빨리 洗腦시키고자, 강점 초·중기에 해당되는 Ⅰ기[15]~Ⅱ기 『國語讀本』에서는 천황의 존재를 각인시키기 위해 현 천황에 대한 구체적인 설명과, 역대 천황들의 신화적인 내용을 다루는 단원이 주를 이루고 있었다. 먼저 본장에서는 본문 설명에 앞서 이 시기에 해당되는 『國語讀本』에서

---

15) 일제강점기에 편찬된 『국어독본』 중 유일하게 Ⅰ기에서만 각 단원이 끝남과 동시에 연습문제를 부과하고 있었는데, 이는 강점초기 조선인의 부족한 기초지식(일본어 능력과 일본에 대한 상식)을 단기간에 주입시키고자 하는 일제의 수단이라 생각된다.

확인된 천황관련 단원을 정리해보았다.

〈표 1〉 ㅣ~ㅣㅣ기『國語讀本』의 천황관련 단원 목록

기수 - 권 - 과	제 목	내 용
Ⅰ-2-20	テンノウヘイカ	천황의 소개
Ⅰ-3-1	キクノ花	황실문양의 소개
Ⅰ-3-20	明治天皇	메이지 천황이란?
Ⅰ-3-22	天長節	천장절이란 무엇인가?
Ⅰ-4-7	皇大神宮	신궁의 위치 요배 배경
Ⅰ-4-14	すさのおのみこと	신화내용
Ⅰ-4-18,	神武天皇	진무천황의 동방전투 설명
Ⅰ-4-28	一年	한 해 동안 천황 관련 행사
Ⅰ-5-4	日本武尊	신화내용
Ⅰ-5-11	応神天皇	신화내용
Ⅰ-5-20	今上天皇陛下	현 천황의 설명
Ⅰ-5-23	仁徳天皇	신화내용
Ⅰ-6-3	明治天皇	천황의 배경과 업적, 고분
Ⅰ-6-17	京都見物の話	신사의 위치
Ⅰ-7-1	我が国の景色	신사의 웅장함을 알림
Ⅰ-8-3, 3-7-2	天日槍	신화내용
Ⅱ-5-9	仁徳天皇	신화내용
Ⅱ-6-19	紀元節	진무천황의 동방전투 설명
Ⅱ-8-1	皇大神宮	신궁요배 내용과 위치
Ⅱ-8-14	日の神と月の神	신화내용
Ⅱ-12-2	出雲大社	신사위치, 주변 배경

위 〈표 1〉를 보면 천황을 거론하는 대부분의 단원들이 역대 천황들의 소개와 신화의 내용, 그리고 현존하는 천황은 역대 천황의 신화적 내용을 바탕으로 위대한 후손임을 강조하는 단원들로 구성되어있다. 이들 단원 중 대표적인 내용과 삽화를 살펴보면 다음과 같다.

천황폐하는 궁성에 계십니다. 궁성은 동경 중앙에 있습니다. 천황폐하는 부모가 아이를 사랑하듯이 인민들을 사랑해주십니다. 우리들은 천황폐하의 은혜를 감사하게 생각합니다.

〈Ⅰ-2-20〉,「천황폐하(テンノウヘイカ)」

국화꽃의 모양은 황실의 문양으로서 사용하고 있습니다. 이를 국화의 문양이라고 합니다.〈Ⅰ-3-1〉,「국화꽃(キクノ花)」

금색조가 한 마리 날아와 천황의 활 끝에 앉았습니다. 이 새의 빛은 마치 천둥번개와 비슷하여 적들은 눈을 뜰 수가 없어 겁이나 달아나 버렸다고 합니다.〈Ⅰ-4-18〉「진무천황(神武天皇)」,〈Ⅱ-6-19〉「기원절(紀元節)」

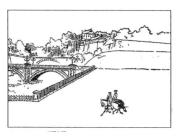

〈궁성 二重橋앞에서 말을 타는 천황〉

〈황실의 문양을 나타내는 국화꽃〉

〈진무천황 활 끝에 앉은 金色鳥를 묘사〉

위 내용과 같이 강점초기 천황과 관련된 내용은 천황이 어디서 어떻게 살고 있는지, 천황제는 왜 지내는지 등에 대한 개설적인 설명을 다루는 단원과 역대 천황들의 활약상, 업적들에 대한 단원만이 존재하였으며, 이러한 단원들의 공통적인 특징은 천황이 국민들에게 베푸는 '은혜'를 강조한 부분이라 할 수 있다. 또한 스사노오미코토가 오로치를 퇴치하는데 사용한 구사나기의 검(草薙の剣)을 사용한 것과 神武天皇이 동방전투에서 활 끝에 앉은 金色鳥의 빛을 통해 적의 눈을 멀게 하여 무찌르는 모습 등의 삽화는 기타 단원에 비해 많은 지문을 할애하고 있었다.

특히 神武天皇과 관련된 단원은 유일하게 Ⅰ~Ⅴ기까지의 전 기수를 통해서 나타나 있는데, 기존 '神'의 존재로부터 승계 받은 최초의 '人間'으로서의 천황16)이라는 부분을 일제가 교과서를 통해 더욱 강조하려하지 않았나 생각된다. 이는 일본신화, 천황 등에 대한 기초지식이 부족한 조선인들에게 교육 효과의 극대화를 노린 일제의 철저한 수단이라 생각된다. 그러나 철저하게 천황 알리기 교육을 시행하였음에도 <표 1>의 내용을 보면 Ⅱ기에서는 Ⅰ기에 비해 천황관련 단원들이 급격히 감소한 부분을 확인할 수 있다. 이는 3·1운동 이후 조선인들의 격한 반감이 문화정치를 불러일으켰으며, 이러한 정책적인 변화 속에서 편찬된 Ⅱ기 『國語讀本』이 일제의 의도대로 조선인들에게 강압적으로 실시된 신사참배가 순탄하지 못하였다는 것을 유추해낼 수 있다. 당시 각종 종교단체와의 마찰은 물론 당시 초등학교에서도 신사참배 거부에 대한 사건이 일어나기도 하였는데, 이 사건에 대해서 동아일보는 다음과 같이 논하였다.

---

16) 神島二郎(1975), 『天皇制論集』, 三一書房, p.75

"경기도 학무과장은 神社는 종교가 아니고 일본의 조상 숭배 기관이기 때문에 부모에 대한 효도를 가르치는 학교에서는 강제라도 참배시켜야 한다고 회답을 했다. 총독부 평정 학무국장도 한국에서도 단군과 기자를 숭배하는 것처럼 신사는 일본 조상 중 위인을 숭배하는 기관이므로 참배는 당연하다고 대답했다. 그러나 일본인 이외의 민족에게 똑같은 감정으로 신사를 존경하라는 것은 무리한 요구이며 역사적 이해관계가 다르고 신사에 대한 이해도 전혀 없는 아동에게 일본인과 똑같은 감정으로 숭배해야한다는 것은 불가능하다.(중략) 만약 아동의 인격적 완성이 교육의 목표라면 강제 숭배는 폭거이다. 이러한 강제 숭배가 어떠한 효과가 있고, 현재와 미래에 한국인의 민족성을 존중하는 교육방침인가를 당국에게 묻고 싶다."[17]

위 기사내용은 신사 참배 강제에 대해 논리 정연하게 정리되어 있는데, 당시 사회적 배경을 볼 때 상당히 엄중한 비판을 다룬 기사이다. 이 내용을 반대로 해석해보면 강점초기 초등학교에서 천황을 祭神으로 하는 신사 참배에 대한 일제의 강제성이 얼마나 극에 달했는지를 간접적으로나마 알게 해주는 대목이다.

강점초기 일제의 천황교육의 특징은 소위 무단정치기에 편찬되었기 때문에 조선 아동의 동화정책에 초점을 맞추기 위한 목적으로 일본어 습득이 가장 우선적인 교육목표 중의 하나였다. 그럼에도 천황에 대한 존재를 알리기 위해 교과서에 많은 지문을 할애하여, 기본적인 사항의 개설과 "왜

---

17) 《동아일보》, (1925. 3월 18~19일). 이 기사는 1924년 10월 충청남도 강경에 있는 강경 보통학교 학생들이 신사의 예제 참배에 인솔된 아동들 가운데에서 26명이 결석하고 인솔된 학생 중 약 40명이 참배를 거부하자, 해당 학교 교장은 아동들에게 경고를 하였는데, 이 일에 대해서 천주교의 프랑스 선교사는 교장에게 질문서를 체출, 이 질문서에 대한 답변에 학무국장은 통첩을 하게 됨. 이 사건과 관련된 인솔 여교사는 즉시 휴직당하고, 참배 거부한 아동 대다수가 퇴학처분을 받은 건에 대하여 논한 기사임.

황국신민으로서 천황을 공경하고 신처럼 모셔져야하는가?'를 각인시켰다. 비록 II기 『國語讀本』에서는 일종의 회유정책인 문화정책으로서 직접적인 단원의 수는 감소하였으나, 조선인들에 대한 천황교육, 신사참배의 자율여부는 크게 변함이 없었을 것으로 생각된다.

3.2 皇軍의 象徵으로 변용된 天皇(III ~ V기;1930~1945)

제III~V기에 편찬된 『國語讀本』은 만주사변을 시작으로 중일전쟁, 대동아전쟁 등 수 많은 전투와 영토 확장을 위한 일제의 강한 의지가 집약된 정책이 「國語讀本編纂趣意書」[18]에도 반영되어있듯이 교과서 내용에 많은 영향을 미쳤다. 그리고 이를 실현시키기 위해서는 조선의 도움 없이 일본군의 전투근무지원이 이루어질 수 없음을 깨달아 징병을 위한 교육, 즉 천황을 모태로 하는 진정한 '忠'을 강조하게 된다. 특히 이러한 황국신민을 강조하는 내용은 당시 언론을 통해서도 드러나는데 "야스쿠니신사야말로, 우리들의 영원한 안식처 -감격을 가슴에 담고 돌아오다"[19], "조선동포의 황국신민화는 우리나라의 큰 이상 -임시지사와 중추원 두 회의에서 미나미 총독의 열렬한 훈시-"[20], "〈청소년칙어〉 애국일에는 봉대식 - 각 학교 일제히 거행-"[21], "조선신궁분령 전세열차로 광주에 -성대한 봉대식 거행-"[22], '아침마다 전 가족이 궁성요배를 행할 것'[23] 등 황국신민 또는

---

18) 「普通學校國語讀本編纂趣意書」(1933. 7.25), 總說 朝鮮總督府, p.1
19) 《朝日新聞》外地版, 南朝鮮A, (1939. 5.18) "靖國神社こそ……吾らが永遠の住ひ, 感激を胸に包み歸る"
20) 《朝日新聞》外地版, 南朝鮮A, (1939. 5.30) "半島同胞 皇國臣民は我肇國の大理想、臨時知事、中樞院兩會議で南總督・烈々の訓示" p.26
21) 《朝日新聞》外地版, 南朝鮮A, (1939. 5.30) "青少年への勅語 愛國日に奉戴式 -各學校一齊に擧行-"
22) 《朝日新聞》外地版, 南朝鮮A, (1939. 6.11) "朝鮮神宮御分靈貸切列車で光州へ -盛んな奉戴式擧行-"
23) 《每日新報》, (1940. 9. 2), "아츰마다 全家族이 宮城遙拜勵行하라", 4面

신사참배 관련 기사들을 끊임없이 실었다.

〈표 2〉 Ⅲ~Ⅴ기 『국어독본』에 나타난 천황관련 단원 목록

출처	제 목	내 용
Ⅲ-5-4	大蛇(おろち)たいじ	오로치 퇴치하는 천황
Ⅲ-5-21	紀元節	역대 천황설명과 기원절의 유래
Ⅲ-6-1	植樹記念日	제2장에서 천황에 대한 설명
Ⅲ-9-1	大神宮参拝	참배하는 모습
Ⅲ-12-3	朝鮮神宮	조선신궁의 모습
Ⅳ-2-3	天長節	천장절의 설명
Ⅳ-3-25	浦島太郎	천황을 위해 조선에서 건너온 자의 충성
Ⅳ-5-2	天の岩屋	신화
Ⅳ-5-5	八岐のおろち	오로치 퇴치
Ⅳ-5-13	少彦名のみこと	신화
Ⅳ-5-21	天孫	천황의 조상설명
Ⅳ-5-24	二つの玉	신화
Ⅳ-7-2	弟橘姫(おとだちばなひめ)	신화
Ⅳ-11-12	古事記の話	천황에 대해 기술한 고지키 내용
Ⅳ-12-2	出雲大社	신사설명
Ⅴ-3-1	天の岩屋	신화
Ⅴ-3-2	八岐のおろち	오로치 퇴치
Ⅴ-3-11	少彦名のみこと	신화
Ⅴ-4-5	清国神社	야스쿠니신사에 대한 설명
Ⅴ-5-20	ににぎのみこと	신화
Ⅴ-5-24	つりばりの行方	신화
Ⅴ-9-2	弟橘姫(おとだちばなひめ)	신화
Ⅴ-10-19	古事記	천황에 대해 기술한 고지키 내용

이러한 배경 속에서 편찬된 제Ⅲ~Ⅴ기 『國語讀本』에서는 각 기수별로 볼 때 천황과 관련된 직접적인 단원의 수는 강점초기에 비해 현저하게 감소되었다. 내용상으로는 신화적인 부분이 가장 많았으며, 신사와 관련

된 단원들은 모두 주변 배경의 웅장함을 알림과 동시에 위치하고 있는 장소, 제신 등이 주를 이루고 있었다. 그러나 단순히 이 단원을 보면 크게 천황의 기초적인 상징이 강점초기와 차이점이 있는지 여부에 대해 확인할 수 없으나, 아래에 정리되어 있는 내용을 〈표 3〉을 보면 강점 중·후기에 일제의 황국신민화교육, 천황제교육, 신사참배 등, 교육의 비중이 얼마나 대단했는지 확인할 수 있다.

〈표 3〉 강점후기 천황을 상징화하는 단원 목록

출처	단 원 명	내 용
III-5-13	乃木さんの国旗	노기장군의 설명과 국기게양일 설명
III-6-3	東京見物	야스쿠니신사에서 참배하며 주변 환경의 꽃의 모습을 설명
III-7-4	税	인민이 내는 세금으로 국가의 경찰이나 군대를 기르는 내용
III-7-8	血染の日章旗	시로이시 대장이 국기를 요구하자 아무도 가지고 있지 않아 자신의 손가락을 칼로 베어 피로 흰 손수건에 일장기를 그려내어 흔들었다는 내용
III-8-6	日の丸の旗	총감이 일장기를 휘날리며 천황폐하 만세를 부르는 모습
IV-1-	제목없음(장난감 놀이)	천황폐하 만세를 부르며 노는 아이들
IV-1-	제목없음(비행기 설명)	천황의 국가의 우월성
IV-1-	제목없음(신사참배)	신사참배에 대한 자세한 설명
IV-3-2	ハヤオキ	아침에 일찍 일어나 궁성요배를 실시하는 아이들
IV-4-1	君が代	천황에 대한 치세를 설명
IV-4-3	參宮だより	천황을 위해, 나라를 위해 군 생활을 하는 모습
IV-4-19	映畵	천황과 군인이 있기에 현재 교육을 할 수 있다는 내용
IV-4-20	にいさんの入所	천황의 나라로 황군용사로서 입대하는 형의 자랑
IV-5-11	ぶらんこ	그네놀이 속에 일장기가 휘날리고 전투기가 날아다니는 내용을 설명
IV-5-23	犬のてがら	군견도 나라를 위해 함께
IV-6-2	京城から	경성에서 조선신궁에 대한 설명
IV-6-11	愛國日の朝	애국일의 아침에 거행하는 행사에 대한 내용
IV-6-12	手紙	편지속에서 천황에 대한 감사

IV-6-13	軍旗際	군기를 통한 천황상징화
IV-6-20	東京	동경에 위치한 신사의 배경
IV-6-21	東鄕元帥	국가를 위해, 천황을 위해 충성을 다하는 내용
V-1-	山の上	천황과 국가의 소중함을 설명
V-2-6	おまゐり	신사참배와 황실문양을 설명
V-2-7	富士山	후지산은 국가의 모태, 신의 산
V-2-8	をばさんのうち	신사참배 내용
V-2-12	ゐもんぶくろ	위문대를 통한 천황의 황군으로서의 고마움을 표시
V-2-14	神だな	가미다나에 요배하는 모습
V-2-15	新年	신년행사에 거행되는 제
V-2-16	にいさんの入營	천황의 나라로 황군용사로서 입대하는 형의 자랑
V-3-2	參宮だより	신사참배 내용
V-3-3	光は空から	하늘의 용사, 천황의 군대
V-5-17	日記	일기에 일자별로 황국신민체조, 국기계양 등의 설명
V-5-18	映画	전쟁영화에 대한 내용과 동시에 천황의 나라임을 강조
V-5-22	軍犬利根	전쟁터에서 국가를 위해 훈장을 받는 군견이야기
V-6-5	田道間守	주인공은 조선의 자손이며, 이는 천황을 위해 목숨을 바친다.
V-6-15	大詔奉戴の朝	대조봉대 행사를 거행
V-6-16	兵隊さんへ	천황을 위해, 나라를 위해 군대생활을 하는 모습
V-6-21	三勇士	임무수행과 동시에 천황을 위해 나라를 위해 무언가를 해냈다는 충성심을 설명
V-7-4	君が代少年	천황국가의 소년의 모습
V-7-7	はれの命名式	신사참배, 요배행사
V-7-22	東鄕元帥	국가를 위해, 천황을 위해 충성을 다하는 내용
V-7-23	空の神兵	천황의 군대 설명
V-8-2	昭南から一	천황을 위해 열심히 생활하는 모습
V-8-3	昭南から二	천황을 위해 열심히 생활하는 모습
V-9-13	大演習	천황의 군대를 설명
V-9-19	兵営だより	군생활의 고마움은 천황의 은혜
V-9-24	空の軍神	천황의 군대 설명
V-12-6	少年飛行兵学校だより	소년비행병으로서의 생활

Ⅲ~Ⅴ기에서는 많은 단원에서 천황과 관계된 내용을 직·간접적으로

서사하고 있다. 따라서 이런 부분이 강점 초기 편찬된 일본어교과서에서 가르치고자 하였던 내용과 의도적으로 변용된 부분이라 할 수 있으며, 이는 조선인의 일상에 천황을 에스컬레이트업시켰다는 것을 의미한다. 이렇게 천황을 상징화하여 의미를 부각시키고 신사참배에 대한 목적과 본뜻을 알게 하는 단원의 내용을 요약 정리해서 나열해보면 다음과 같다.

전진 전진 병사들이여 전진 천황폐하 만세. 〈IV-1-6〉「제목없음」

우리들은 합장을 하고 정중하게 참배했습니다. 사무소 건너편에 국화를 보았습니다. (중략) 하늘은 높게 개이고, 여기에도 저기에도 히노마루가 펄럭펄럭 휘날리고 있었습니다. 〈V-2-6〉「참배(おまゐり)」

일본으로 되돌아와 보니 뜻밖으로 작년에 천황은 돌아가셨습니다. (중략) 다지마모리는 옛날에 조선에서 일본으로 건너온 자손이었습니다. 그러나 누구에게도 지지 않는 충의를 마음에 지니고 있었습니다. 울고 울고 울다 지친 다지마모리는 천황의 무덤 앞에서 엎드린 채, 어느덧 죽고 말았습니다. 〈V-6-5〉「다지마모리(田道間守)」

부대장은 한층 더 목청을 높이고 훈시를 마쳤다. 번쩍 부대장의 군도가 빛났다. 일동은 먼 동쪽을 향해 정중하게 경례를 했다. 궁성을 향해 배알하고, 마지막 요배이다. 곧이어 "천황폐하만세"를 삼창 했다.
〈V-7-23〉「하늘의 신병(空の神兵)」

천황의 말씀을 마음에 새기고 나라를 지키는 우리 육군의 생명인 軍旗. 군기, 군기, 천황 앞에 죽을 각오로 적지에 나아가는 우리 육군의 빛나는 군기. 〈V-6-14〉「군기(軍旗)」

위 내용과 같이 장난감 놀이, 참배라는 단원에서 황실의 상징인 국화를 통한 천황미화, 위문편지에서도 천황의 은혜를, 전장에서는 천황에 대한 충성심을 나타내는 등, 다양한 방법으로 천황을 상징화하여 국가관, 사생관에 연결하여 충성심 배양을 위해 서사 하고 있었다. 또한 〈V-6-5〉「다지마모리」에서는 日鮮同祖論을 기제장치로 삼아, 조선의 후손인 다지마모리 역시 천황을 위하여 온 정성을 다하고, 끝내는 스스로의 목숨까지도 바치는 묘사 등, 당시 일제가 초등학교 교육방법으로서 '기초적 연성'을 활용했기 때문에 가능했을 것이다. 이러한 교과서의 기술방식은 간접적인 세뇌나 반복훈련을 의미하기 때문에 초등학교의 교육대상인 아동을 교육시키는 '기초적 교육'이라는 의미도 있으며 또 국민일반을 위한 '기초적 연성'이라는 교육으로도 해석할 수 있다. 이는 조선 아동들이 성장하여 장래에 천황중심국가의 중핵적인 황국신민 양성을 위한 기초라는 의미로 볼 수 있기 때문이다.[24]

따라서 Ⅲ~Ⅴ기 『國語讀本』에서는 강점초기에 비해 '천황'이라는 상징이 '황군양성'을 위한 수단으로 변용되었다고 할 수 있을 것이다.

4. 결론

이상과 같이 천황과 관련된 단원을 분석한 결과 Ⅰ~Ⅴ기 까지 편찬된 『國語讀本』에서 다양한 내용과 주제로 천황을 상징하는 이데올로기 교육을 시행했다.

강점초기 교과서에서는 하루빨리 황국신민으로서의 기본지식과 자질

---

24) 정태준(2003),「국민학교탄생에 나타난 천황제 사상교육」,「日本語教育」23輯 p.203

을 갖추고 천황을 알리기 위한 교육의도로서, 역대 천황들의 일대기를 거론하며 그들을 신적이고 영적인 존재로 각인시킴과 동시에 천황의 상징적인 이유와 일본국가의 우월성을 가르쳤다. 그리고 강점후기 전시체제기에 접어들자 천황이라는 키워드를 통해 특정 단원뿐이 아닌 학교생활, 가정생활, 군생활 등 모든 분야를, 조선아동의 일상에 천황을 에스컬레트업시켜 서사하였다. 이는 전시체제기에 부족한 일본군의 인력을 조선인 징병을 통해 충원하기 위한 수단으로서, 주도면밀하게 조선인을 동화시켜 황국신민화, 황군양성을 위한 교육이었다는 것을 알 수 있다.

일제는 이러한 정책을 바탕으로 지식을 통한 사상교육에 그치지 않고 지식의 통합이라는 명목으로 반복적인 세뇌작업에 의한 행동화교육에까지 아동들을 철저하게 통제하려는 목적으로 학교의 의식 및 행사를 중요시 하였으며, 기계적인 궁성요배나 정기적인 신사참배 등을 조선아동의 일상에 접목시켰다는 것이다.

어느덧 합방한지 100년이 지난 오늘날 당시 교육을 받았던 사람들의 평균연령대가 최소 80세 이상인 점을 감안할 때, 이와 같이 실증 가능한 당시 일제의 교육배경에 대해 더욱 구체적이고 세부적인 조사 정리 연구가 필요할 것으로 생각된다.

제2장 일선동조론과 내선일체

Ⅰ. 『國語讀本』의 神話에 應用된 〈日鮮同祖論〉*

박경수·김순전

1. 〈日鮮同祖論〉의 기반이 되는 說

일제의 식민지정책은 기본적으로 동화정책이었으며, 동화정책을 실시하는 데 그 논리적 근거가 되는 것이 바로 〈日鮮同祖論〉이다.

1889년 제정된 천황중심의 흠정헌법인 메이지헌법은 역대 천황에 관련된 『古事記』나 『日本書紀』를 聖典으로 하여 국학자들의 입장을 강화하는 결과를 낳았고, 일본 고대의 신화나 설화가 역사적 사실로 인식되게 하는 동기를 제공하게 되었다. 이를 바탕으로 당시 제국대학 일본사 전공 교수들에 의하여 학문적 기반이 다져진 '日鮮同祖說'로, 조선의 식민지통치 동화이념을 도출해 낸 일제는 고대의 신화를 근거로 하여 그들의 우월성과

---

* 이 글은 2008년 8월 31일 일본어문학회 「日本語文學」(ISSN : 1226-9301) 제42집, pp.399~428에 실렸던 논문 「『普通學校國語讀本』의 神話에 應用된 〈日鮮同祖論〉導入樣相」을 수정 보완한 것임.

조선과의 인종적 근친성을 끊임없이 주장해 왔다. 게다가 신화가 마치 역사적 사실인 양 국정교과서를 통하여 역사화 하였으며, 강점 이후에는 이러한 신화를 일본중심으로 윤색하여 식민지 교과서에 수록하였다.

〈日鮮同祖論〉을 주장할 때마다 항상 거론되었던 몇 가지 설이 있는데, ①天照大神의 동생 수사노오노미고토(素戔鳴尊)가 한국의 시조 檀君이라는 설. ②신라의 혁거세왕 시대의 재상 호공(瓠公)은 일본(倭)에서 온 귀화인이라는 설. ③일본에 건너가서 천황을 섬기며 살았다는 신라왕자 아마노히보코(天日槍)와 ④神功皇后의 신라 정벌담 등이 그것이다.

일제가 동화정책으로 이용하기 위한 〈日鮮同祖論〉에 관한 연구 중에서 근래의 것을 살펴보면, 保坂祐二(1999, 2000)의 「日帝の同化政策に利用された神話」[1]와 「최남선의 不咸文化圈과 日鮮同祖論」[2]에서는 거의 비슷한 주제로 기존의 '스사노오 = 檀君' 설을 다루었고, 金廷鶴(1982)의 「神功皇后 新羅征伐設의 虛構」[3]에서는 역사적·시대별 차이를 들어 그 허구성을 다루었으며, 魯成煥(2000)의 「神話와 일제의 식민지교육」[4]에서는 神功皇后의 신라정벌설을 식민지 초등학교 역사교과서 중심으로 다루었다. 그리고 정상우(2001)는 「1910년대 일제의 지배논리와 지식인층의 인식」[5]에서 강점을 전후로 하여 일본학계의 논의된 부분을 다루었으며, 미쓰이 다카시(三ツ井 崇, 2004))는 「'日鮮同祖論'의 학문적 기반에 관한 시론」[6]

---

1) 保坂祐二(1999), 「日帝の同化政策に利用された神話」, 「일어일문학연구」 제35집, 한국일어일문학회 편
2) 保坂祐二(2000), 「최남선의 不咸文化圈과 日鮮同祖論」, 「한일관계사연구」 제12집, 한일관계사학회 편
3) 金廷學(1982), 「神功皇后 新羅征伐設의 虛構」, 「신라문화재학술발표회논문집」 제3집, 신라문화선양회 편
4) 魯成煥(2000), 「神話와 일제의 식민지교육」, 「한국문학논총」 제26집, 한국문학회 편
5) 정상우(2001), 「1910년대 일제의 지배논리와 지식인층의 인식」, 「한국사론」 46집, 서울대국사학과 편
6) 三ツ井 崇(2004), 「'일선동조론'의 학문적 기반에 관한 시론」, 「한국문화」 제33집, 서울

에서 日鮮同祖論에 대한 어떠한 결론을 제시하기 보다는 그 학문적 기반을 둘러싼 동향을 확인한 것으로 아쉬움을 남긴다.

朝鮮總督府가 식민교육정책을 가장 철저하게 시행했던 곳은 초등교육 기관이었다. 1911년 〈제1차 조선교육령〉에 입각하여 조선인을 일본의 충실한 식민지인으로 기르는데 주안점을 두고 편찬한 『普通學校國語讀本』에 뜻밖에 난생신화로 익히 알려진 신라시조 박혁거세의 뿌리가 일본이라는 당혹스런 내용 외에도 신화나 설화를 왜곡 또는 변용하여 日鮮同祖를 암시하는 내용이 실려 눈길을 끈다.

따라서 본고에서는 신화에 응용되었던 〈日鮮同祖論〉이 강점기 초등교과서에 어떻게 변용·왜곡되어 도입되었는지, 또 그것이 식민정책에 끼친 영향과 황국신민화로 발전해 나가는 양상은 어떠했는지 朝鮮總督府 편찬 『普通學校國語讀本』을 중심으로 고찰해 보고자 한다.

2. 일제강점기 교과서 정책과 『普通學校國語讀本』

1905년 〈을사늑약〉으로 조선이 일본의 보호국이 된 이듬해 통감부가 설치되어 〈학교령〉이 발포되었다. 이에 따라 통감부는 식민지 통치 교육을 위한 『日語讀本』 등의 발간에 이어 미쓰지 주조(三土忠造)를 學政參與官으로 임명하여, 학부편찬 교과용 도서편찬에 착수 하였다. 그러나 부당한 〈을사늑약〉은 한국국민의 국권회복의 염원을 불러일으키게 되었으며, 이러한 절박한 상황을 극복하고 해결하는 길은 오로지 실력양성과 부국강병에 있다는 실학적 사상의 팽배로 표출되었다. 이에 따라 신교육이 발흥

───────────────

대 규장각 한국학연구원 편

되어 많은 사립학교가 설치됨에 따라 철저한 민족·자주·독립주의를 표방한 교과서가 편찬·발행되어 사립학교 교과서로 사용되게 되었다.

일제는 이러한 교과서의 남발을 통제한다는 구실로 〈私立學校令〉과 〈敎科用圖書檢正規定〉 등을 공포하였고, 정치적 목적에 의하여 學部 자체 교과서의 편찬사업을 시작했다. 그리하여 학부에서는 1905년 일본인 학정 참여관 밑에 위원회를 조직하여 교과용 도서편찬에 착수하여, 1906년에는 보통학교용 교과서의 일부가 발행되었다. 이러한 학부의 교과서 편찬사업은 보통학교용 교과서부터 장차 중학교용 교과서 전반에 걸쳐 확대할 계획이었다. 한일합방(1910)이 되자 일제는 먼저 기존의 교과서 명칭부터 바꿀 것을 공포했다.

> 朝鮮學童의敎科書問題는向日브터內地有識子間의一問題가된지라基編纂
> 方針에對하야各種議論이區々不一ᄒ나右는目下內務部學務局編纂課에서
> 編纂ᄒᄂ者를脫稿되ᄂ딕로文部省에送致ᄒ야來年初學期四月브터普通學
> 校,高等學校에對ᄒ야改正敎科書를用케홀터이라<u>從來의日語讀本은國語
> 讀本이라ᄒ고國語讀本은諺文讀本이나朝鮮語讀本이라改稱홈은勿論이오
> 基內容도此際에根柢브터改訂ᄒ야</u>.....[7] (밑줄필자, 이하 동)

종래의 보호 통치기에 사용된 『日語讀本』(1907-1908)을, 합병을 계기로 『國語讀本』으로 바꾼 것이다. 그리고 학부(통감부)시기에 편찬된 교과서를 전부 修訂改版하거나 편찬하고자 했지만 그것이 용이하지 않아 학무국에서는 1911년 2월 「舊學部編纂普通學校用敎科書 및 舊學部檢定及認可의 敎科用 圖書에 關한 敎授上의主義 및 字句訂正檢表」를 제정 반포하게 하여 관공사립학교를 불문하고 이 '자구정정표'에 의거하여 교수하도록 지시

---

7) 「朝鮮學童과 敎科書」, 《매일신보》 (1910.11.2)

하였다.

인용문에서 보듯이 합병 후 최초로 사용된 교과서는 종래의 『日語讀本』에서 약간 訂正하고 명칭을 『訂正普通學校學徒用國語讀本』으로 변경한 후, 다음 해(1911) 4월부터 일본어교과서로 사용하였다. 그러나 『訂正普通學校學徒用國語讀本』은, 새로운 교과서가 출판될 때까지 과도기 교육을 위한 교과서로 사용되었기 때문에 학부편찬 『日語讀本』의 내용과 크게 다르지 않았다. 다만 식민지 아동교육을 감안하여 당시의 상황에 적합하지 않은 敎材語句를 수정하는 등 약간의 필요한 사항을 첨삭한 것에 지나지 않았기 때문에 당시의 상황에 적합한 교과서를 편찬하는 것이 급선무였다.

1911년 〈第1次 朝鮮敎育令〉이 공포되고 〈敎育勅語〉에 입각한 교육이 강조되어 모든 교육은 〈敎育勅語〉의 취지에 기초를 두고 조선인을 일본에 충실한 식민지인으로 기르는데 주안점을 두었다. 이에 따라 교과서를 통하여 일본 천황의 신민답게 육성하려는 교육을 목표로 제 I 기 『普通學校國語讀本』(1912~1915) 全八卷[8]이 새롭게 편찬되었다.

---

8) 제 I 기 『普通學校國語讀本』은 母語가 다른 조선 아동에게 일본어를 교육하기 위하여 語法에 중심을 두고 가능하면 속히 아동에게 교실에서 필요한 會話를 가르쳐, 아동이 입학 후 약 3개월 정도가 되면 간단한 일상어를 日本語로 말하고, 日本語로 수업할 수 있도록 만들어진 교재로 당시 교과서 編修課長이었던 오다 쇼고(小田省吾)에 의한 『敎科書一般方針』에 따라 오다 쇼고, 다치가라 노리토(立柄敎俊), 이시다 신타로(石田新太郎)에 의해 모두 八卷 八冊으로 편찬되었다. 이는 당시 수업연한 6년인 일본이나 식민지 대만과는 달리, 보통학교의 수업연한이 4년제로 되어있어 한 학년에 두 권씩을 이수하도록 되어있기 때문이다. 특히 이 시기의 역사 · 지리교과서가 없었기 때문에 역사 · 지리교재를 국어교과서로 학습하는 것으로, 역사적 인물 · 신화 · 설화의 인물 · 천황과 인명 · 지명과 같은 고유명사 등을 많이 학습할 수 있도록 편성하였으며, 각 단원이 끝날 때마다 연습문제가 있어서 배운 내용을 다시 반복하여 각인시킬 수 있도록 하였다. 삽화의 多用, 敬語體 · 평상체(常體), 書束體, 口語 · 文語 · 소로분(候う文) 그리고 한문이 사용되었고, 表意的가나표기법(仮名遣)의 도입으로 짧은 기간에 충분한 일본어 보급을 위한 교과서로 편찬되었음을 알 수 있다. (박영숙(2000),

1919년 3·1운동 후 총독부의 정책은 武斷政治에서 文化政治로 변화되었다. 그 영향으로 이 시기는 역사에 대한 교육이 실시되는데, 이는 朝鮮停滯性論이나 내선동조론 등 他律史觀에 입각한 역사교육이었다. 문화정치로 인하여 1922년 2월 〈朝鮮敎育令〉이 개정되어 조금은 느슨해 졌지만, 이 시기 편찬된 제II기 『普通學校國語讀本』(1923~1924)에도 식민정책은 그대로 반영되어 있다. 특히 I기와는 달리 학제가 6년제로 바뀜에 따라 5·6학년용은 일본 문부성에서 발행한 교과서를 그대로 사용하였다.

일본은 30년대에 들어서면 군국주의적 색채를 강하게 띤다. 당시 총독부가 낸 『普通學校用歷史敎科書編纂에 관한 方針』에 의하면 "조선에 관한 事歷을 증가시키고, 특히 內鮮融和에 필요한 자료선택에 유의할 것." 과, "日韓倂合의 大旨의 납득에 필요한 史歷은 아주 상세히 기술할 것." 등이 명시되어, 교과서 정책도 내선융화에서 내선일체로 보다 강경해졌으며, 제III기 『普通學校國語讀本』(1930~1935 전12권 발행)에도 이러한 정책이 잘 반영되어 있다.

1936년 조선총독으로 부임한 미나미 지로(南次郎)는 앞으로 있을 병력자원부족에 대처하기 위해서 조선의 교육에 대해 보다 강경한 조치를 취하게 된다. 당시 학무국장 시오바라 도키사부로(鹽原時三郎)에 의해 國體明徵, 內鮮一體, 忍苦鍛鍊이라는 3대 교육방침이 발표되었고, 1937년 10월 2일에 「황국신민의 서사」를 제정 공포하여 초·중학생들에게 외우게 하고 이를 실천하게 했다. 1938년 3월3일 공포된 〈제3차 조선교육령〉의 취지에 의하여 조선총독부는 1939년 9월 『朝鮮總督府敎科書編纂彙報』에서 "흥아의 신교육에 대한 국사교과서편찬의 획기적인 대사업의 추진"에 의한 제IV기 『初等國語讀本』(1939~1941 전12권)이 발간된다. IV기 역시 1~3

「解題」, 『普通學校國語讀本』, pp.1056~1067)

학년용은 조선총독부 발간이고, 4~6학년용은 일본 문부성에서 발행한 교과서를 그대로 사용하였다.

태평양전쟁이 발발하고, 〈第4次 朝鮮教育令〉 이후의 교육정책은 '태평양전쟁이 아시아를 서구세력으로부터 지키기 위한 성스러운 攘夷의 전쟁'임을 주지시키는 전시체제하의 교과서로 이끌고 간다. 이 시기 발행한 제Ⅴ기 『初等國語』(1942~1945 전12권)에는 일본이 아시아 지배의 거점으로서 일선동조를 정당화하기 위한 주도면밀함을 보여주는 기술이 양적으로 대폭 늘어난다.

이렇듯 각각의 〈朝鮮教育令〉 공포에 따라 시대상황에 맞게 기수를 달리하여 『國語讀本』이 편찬되었음을 알 수 있다.

3. 〈日鮮同祖論〉 논리만들기

3.1 〈日鮮同祖論〉에 이용된 神話

조선과 일본이 동일한 조상을 가졌다는 설은 오래전부터 있었지만, 근대에 들어 제국대학 문과대학에 설치된 일본사전공 교수들의 연구에 의해 〈日鮮同祖論〉의 학문적 기반이 갖추어지게 된다.[9] 당시 제국대학 국사과 교수 시게노 야스쓰구(重野安繹), 구메 구니타케(久米邦武), 호시노 히사시(星野恒) 등은 당시 國學派 학자들에 신성시되었던 『古事記』와 『日本書紀』를 분석하여 『國史眼』(1890)을 저술하였는데, 이 책에서 이들은 "스사노오노미코토(素戔嗚尊)가 한국의 지배자가 되고, 진무(神武)천황의 형 稻氷命이 신라의 왕이 되었으며, 그의 아들인 신라왕자 아마노히보코(天日

---

9) 三ツ井 崇(2004), 「'일선동조론'의 학문적 기반에 관한 시론」, 앞의 논문, pp.249~250

槍)가 일본에 다시 귀복하고, 신공황후가 신라를 정벌하여 신라왕을 항복시켰다."는 등의 〈日鮮同祖論〉의 입장에서 한일관계를 왜곡하여, 한국에 대한 일본의 근친성과 우월성을 주장하였다. 이 『國史眼』은 발간이후 일본의 초등학교와 중학교 역사교과서의 바탕[10]이 되었으며, 일반 일본인들의 한국관 형성에 지대한 영향을 미치게 된다. 이 후 끊임없이 거론되어온 동조설이 식민지 교과서에 어떻게 도입되어 있는지 살펴보려고 한다.

3.1.1 素戔嗚尊의 한국시조설

일찍이 하야시 슌사이(林春齊)는 그의 저서 『東國通鑑』(1666)의 서문에, 그리고 후지와라 테이칸(藤原貞幹)은 『衝口發』(1781)에 각각 '素戔嗚尊의 조선시조설'을 다룬 학설을 실어 수사노오와 단군의 동일설을 주장[11]하였다. 그 밖에도 아베 타쓰노스케(阿部辰之介)를 비롯하여 〈日鮮同祖論〉을 주장하는 학자들[12]은 『古事記』, 『日本書紀』를 근거로 한결같이 일본민족과 한국민족은 그 뿌리가 같다고 주장하였는데, 이 후 스사노오와 단군이 異名同一神이라는 연구도 활발히 나와 〈日鮮同祖論〉에 일조하고 있었다.[13] 그 중 특히 아베 타쓰노스케가 주장하는 '스사노오 = 단군'설의 요점은 다음과 같다.

① 육지로 연결되어 있었던 당시의 한반도 남부와 일본에 살고 있었던 민족이 原日本人이다.
② 그 후 한반도로 남하한 맥족(貊族 - 곰을 신봉)은 그 지도자를 모두

---

10) 정상우(2001), 「1910년대 일제의 지배논리와 지식인층의 인식」, 앞의 논문, pp.189~190
11) 阿部辰之助(1928), 『新撰日鮮太古史』, 大陸調査會 (保坂祐二(2000), 「최남선의 不咸文化圈과 日鮮同祖論」 p.167 재인용)
12) 金沢庄三郎의 『日鮮同調論』, 吉田東伍의 『日韓古史斷』, 靑柳南昊의 『朝鮮文化史大典』, 阿部辰之介의 『新撰日韓太古史』 등
13) 保坂祐二(1999), 「日帝の同化政策に利用された神話」, 앞의 논문, p.398

단군이라 하였다. 맥족은 육지로 연결되어 있었던 일본의 九州로 건너가 일본에서 구마소(熊襲)나 아이누가 되었다.

③ 한반도에 남은 맥족은 남하한 예족(濊族 - 호랑이를 신봉)과 잡거했다. 그리고 농경민족인 한족(汗族)이 남하하여 맥족과 예족에게 농경을 가르쳤는데, 맥족은 농경민족이 되었으나 예족은 농경이 싫어서 더 남하하여 강릉에서 山海業으로 생활했다. 한족의 왕인 왕한(王汗)은 평안도에 있었던 맥족 여자를 처로 삼아 아이를 낳았는데 이 아이가 단군신화의 단군(농업단군)이며 그는 신라국(神羅國 = 新羅國)을 세웠다.

④ 농업단군은 일본국으로부터 농업을 가르쳐달라는 요청을 받고 맥족을 거느리고 오키(隱岐)를 경유하여 시마네(島根)반도의 가가우라(加賀浦)에 상륙하여 수사(須佐)에 잠시 살았다. 그래서 농업단군을 스사노오노미코토(須佐之男命 = 素戔嗚尊)라 부르게 되었다.

⑤ 일본에 농업을 가르친 공로로 단군, 즉 스사노오는 天照大神와 형제관계를 맺었다. 그 후 天照大神가 냉대한 것이 원인이 되어 수사노오가 난폭해 졌다고 『古事記』와 『日本書紀』에 전해진다.

⑥ 이후 원래의 거주지였던 춘천의 소시모리(曾尸茂梨 = 牛頭里)로 돌아갔다가, 다시 맥족을 거느리고 시마네에 상륙하여 그 아들 五十猛에 명령하여 일본각지에 식림을 했다. 그리고 단군(수사노오)과 맥족은 귀화하여 이즈모(出雲)족이 되었으며, 단군은 이즈모에서 죽고 구마나리(熊成)봉에 매장되었다.[14]

그러나 『國語讀本』에 묘사되어 있는 스사노오는 조선의 시조라는 언급은 없다.

---

14) 아베 타쓰노스케가 주장하는 '수사노오 = 단군' 설의 요점은 保坂祐二(2000)의 논문 「최남선의 不咸文化圈과 日鮮同祖論」 pp.166~167에서 인용 정리한 것임.

天照大神의 동생 수사노오노미코토라는 대단히 강한 분이 있었습니다. 이 분은 방방곡곡을 돌아다니다 이즈모노쿠니(出雲国)에 납시었습니다. 그 즈음 出雲国에는 머리가 여덟인 큰 뱀이 있어서 사람을 잡아먹는다고 하여 모두 공포에 떨고 있었습니다. 스사노오노미코토는 여덟 개의 큰 항아리에 술을 담아서, 큰 뱀이 오는 것을 기다리고 계셨습니다. 그리하여 그 뱀이 와서 그것을 마시고 취해 잠든 것을 베어 죽이셨습니다. 이상하게도 이 큰 뱀의 몸 안에는 보검이 있었습니다. 수사노오노미코토는 그것을 꺼내어 天照大神에게 바쳤습니다. <u>스사노오노미코토는 조선에도 납신 적이 있었습니다. 또 일본에 많은 나무를 심어서 그것으로 조선에 왕래하는 배를 마련하도록 하셨습니다.</u>

〈Ⅰ-4-14〉15)「스사노오노미코토(すさのおのみこと)」

스사노오에 대한 언급은 〈Ⅲ-5-4〉「大蛇(おろち)たいじ」, 〈Ⅳ-5-5〉「八岐のおろち」, 〈Ⅴ-5-5〉「八岐のおろち」 등 각 기수마다 등장하는데, 내용은 Ⅰ기와 거의 동일하다. 인용문에서 보듯이 天照大神의 동생으로서 대단히 강한 면을 부각시킨 것과, 조선에 왕래한 적이 있었다는 대목, 그리고 일본 땅에 많은 나무를 심었다는 내용으로 소개되어 있을 뿐이다.

3.1.2 神功皇后의 신라정벌설

神功皇后의 신라정벌에 대해『古事記』에서는 仲哀紀에,『日本書紀』에서는 仲哀紀와 神功皇后紀에 실려 있으며, 이를 원전으로 하여 초·중학교 역사교과서에 꾸준히 등장한다. 맨 처음 신공황후가 소개된 교과서는 1906년 學部編纂의 국한문혼용체로 된『普通學校學徒用國語讀本』第6卷「三國과 日本」이라는 단원에,

---

15) 조선총독부 발간『普通學校國語讀本』을 저본으로 함에 있어서 〈기수-권수-과〉로 통일하여 표기하는 것으로 한다. 따라서 〈Ⅰ기 4卷 14課〉는 〈Ⅰ-4-14〉로 표기하였다.

......그 후에 임나는 누차 신라의 침략을 당하야 구원을 일본에 청한다. 일본의 신공황후가 대군을 來率하야 신라와 상전하다. 신라왕이 가히 抵當치 못할 줄 알고 화약을 체결하얏는지라......

라 하여 가야의 구원요청에 의해 정벌에 나섰으나, 신라의 항복으로 전쟁 없이 화약체결로 끝났다는 짧은 내용으로 간략하게 소개되어 있었다. 이후 神功皇后의 신라정벌기는 〈제2차 朝鮮敎育令〉(1922) 이전까지의 교과서에는 실리지 않았다가, 1923년부터 1944년까지16)는 역사계통의 교과서에 거의 빠짐없이 소개되어 있는데, 그 중 한 예로,

신라왕은 황후의 군세가 막강하다는 것을 보고 크게 무서워하여 이내 항복을 하고 매년 공물을 바칠것을 맹세하였다. 황후는 이를 허락하고 개선하여 돌아왔다. 그 때가 기원 860년이다. 그 후 백제, 고구려도 모두 조정에 따랐으며, 구마소도 반란을 일으키지 않았다. 제 15대 오진천황 대에 아직기, 왕인 등의 학자가 백제에서 일본으로 건너와 중국의 학문을 전하였고 그들의 자손은 문필로서 오랫동안 조정을 위해서 일을 했다. 그 밖의 많은 사람들이 조선에서 건너와서 직물, 제봉, 제철 등의 기술을 전했다. (1932년 『보통학교 국사』 卷1)

라 하여, 당시 삼국 중 강성했던 신라가 신공황후의 위세에 겁을 먹고 스스로 항복하였으며, 신라뿐만 아니라 고구려・백제까지도 일본에 복속하

---

16) 초등학교 교과서로는 1923년 조선총독부 『보통학교 국사』(상권), 1932년 조선총독부 『보통학교 국사』(권1), 1937년 조선총독부 『초등국사』(권1), 1938년 조선총독부 4년제 소학교용 『국사지리』(상권), 1940년 조선총독부 『초등국사 제5학년용』(개정판), 1941년 조선총독부 『초등국사 제6학년용』(개정판), 1944년 조선총독부 『초등국사』(재개정판) 제5학년, 1944년 조선총독부 『초등국사』(재개정판) 제6학년 등으로 모두 8종이며, 그 밖에 중등역사 교과서에서도 빠짐없이 등장한다.

여 조공국이 되었다는 식으로 역사 교과서를 장식한다. 그런데 정벌 동기나 내용이 시대와 정책에 따라 점차 변질되고 왜곡되어 간다는 것은 문제가 아닐 수 없다. 1906년의 『國語讀本』에는 가야의 구원요청에 있었던 신라정벌이유가 1923년 조선총독부 『보통학교국사』에서는 구마소의 반란을 평정키 위한 것으로 바뀌었다가, 1938년의 『국사지리』에서는 신의 의지와 금은보화로 또 바뀌었다. 그리고 일제 말기 1944년 『初等國史』(재개정판)에 이르면 불안한 한반도 정국에 안정을 가져오기 위한 내용으로 바뀐다.[17]

더구나 神功皇后의 신라정벌시기가 기원 860년이라는 것이나, 이후 백제 고구려도 복속하여 조공국이 되었다는 식의 기술은 좀처럼 납득이 가지 않는다. 우리 역사상 신라가 삼국을 통일한 것이 676년임을 생각할 때, 『日本書紀』에 仲哀天皇과 神功皇后의 아들로 기록된 오진(應神) 천황代(5세기초)에 왕인을 비롯한 백제계 도래인들이 그들에게 문물을 전했다는 대목도 납득하기 어려운 부분이다. 이렇듯 왜곡된 神功皇后의 신라정벌기를 역사계통의 교과서에 실어 식민지기 내내 꾸준히 반복 교육시킨 것은 신화를 역사적 사실화 하여 그들의 우월성을 주입시키려는 의도를 짐작하게 한다.

3.1.3 혈통교류설

일본 천황주의 가족국가관의 근본원리는 천황과 국민이 부자관계이고, 그 부자관계의 조건은 '혈연관계'에 있다는 소위 君民同祖論[18]이다. 일제는 천황주의 원칙에 따라 그들이 지배하는 식민지민족과의 혈연관계를 입증하려 했고, 그것을 동화정책에 이용해 왔다. 그리하여 明治期 인류학과

---

17) 魯成煥(2000), 「神話와 일제의 식민지교육」, 앞의 논문, pp.358~359
18) 保坂祐二(2000), 「최남선의 不咸文化圈과 日鮮同祖論」, 앞의 논문, p.180

일본사학의 성과를 바탕으로 "일본의 인종은 혼합인종으로, 고대 한국과 일본은 거의 一國을 구성했다."[19]는 논리를 이끌어 내어 그것을 정당화 하였다. 이는 강점 후 언론인들에게도 논의되어 「我國史와 國體」라는 제목 으로 5회에 걸쳐 당시 총독부 주관지인 〈每日申報〉 사설란에 연재된다.

> 我帝國이 素尊以來로, 對韓의 關係는......半島經營의 任에當흠을 不拘ᄒ 고, 崇神垂人時代에俄然히半島와의交通을生ᄒ야, 大伽羅國, 任那國, 新 羅國等의王子來朝事件이突如히續出흠과如흔 觀이有ᄒ얏슴은, 日本書紀 의古傳이神勅의關係에申ᄒ야中斷된所以에不外흘뿐이라.......日本紀의 斷片에據ᄒ야其事實如何를硏究ᄒ면, 出雲系神胤의諸豪族이, 對韓政治 의指導者되얏던것은, 殆히容疑흘것이無흘듯ᄒ도다. 卽垂仁時代에三輪 大友主君이, 新羅王子天日槍을審問ᄒ얏슴이其一例라[20]

스사노오 이래 양국의 교류에 있어서 신라국의 왕자 아마노히보코(天 日槍)가 일본으로 건너가서 귀화하여 살았다는 이야기나, 신공황후가 그 후손이라는 이야기는 당시 식민지 조선의 모든 민중에게 양국의 혈연적 교류를 입증하는 근거로 작용하게 된다. 『國語讀本』에 묘사되어 있는 부 분을 예를 들어 살펴보고자 한다.

제11대 스이닌(垂仁)천황 때 하리마노쿠니(播磨国)의 어느 해안에 배 한 척이 들어왔는데...."나는 신라의 왕자로 아마노히보코(天日槍)라고 합니 다. 천황폐하의 은덕을 사모하여 여기에서 살고 싶어서 멀리 바다를 건너 서 왔습니다."고 대답했습니다. 그리고 나서 여러 가지 진귀한 물건을 헌상했습니다. 그래서 천황은 그 소원을 허락하게 되었고, 히보코에게

---

19) 정상우(2001), 「1910년대 일제의 지배논리와 지식인층의 인식」, 앞의 논문, p.190
20) 「我國史와 國體」, 〈매일신보〉, 1918.1.17. 1면

토지를 하사해 주셨습니다.... 히보코의 자손은 그 지방의 명가가 되어 오래도록 황실을 섬겼습니다. 〈Ⅰ-8-3〉「아마노히보코(天日槍)」

히보코의 자손은 그 지방의 명가가 되어 오래도록 황실을 섬겼습니다. 신공황후의 어머니는 히보코의 자손입니다.

〈Ⅲ-7-2〉「아메노히보코(天日槍)」

....마침내 신라의 왕이 되었습니다. 이 사람의 신하로 호공(瓠公)이라는 사람이 있었습니다. 이 사람도 일본사람으로 커다란 호리병을 허리에 차고 바다를 건너왔다고 합니다.

〈Ⅰ-4-22〉「알에서 태어난 왕(卵 から 生れた 王)」

.....천황의 치세에 우리나라는 매우 번성하게 되어 국위가 멀리까지 미쳤습니다......그즈음 조선은 고구려・백제・신라・임나 등으로 나뉘어 있었습니다만, 일본으로 이주한 사람이 상당히 많이 있었습니다......그 중 백제에서 간 왕인(王仁)이라는 학자는 논어와 천자문을 헌상했습니다. 그리고 황자에게 학문을 가르쳐드렸습니다. 그 자손은 대대로 조정에 출사하여 기록을 담당하는 관리가 되었습니다.

〈Ⅰ-5-11〉「오진천황(應神天皇)」

神武天皇의 형 稻氷命이 신라로 들어와 왕통을 이어받았고,[21] 그 아들 아마노히보코(天日槍)는 다시 일본으로 건너가 이즈모에 정착하여 신공(神功)황후의 조상이 된 부분과, 혁거세왕 시대의 재상 호공(瓠公)은 일본(倭)에서 온 귀화인이라는 것, 그리고 왕인박사를 비롯한 백제계 도래인들의 이야기는 언제나 양국의 혈연적 교류를 입증하는 근거로 작용하게 된다.

---

[21] 日笠護(1930),「神功皇后以前の内鮮關係の考察」,「文教の朝鮮」第2集, 朝鮮教育會 編, p.30

『日本書紀』 편찬 이후 815년(弘仁6)에 편찬된 『新撰姓氏錄』에는 당시 확인된 1,182氏 중 373氏(31.6%)가 渡來人이었다는것 또한 옛날부터 한일간 혈통이 상당히 섞여있었다는 것을 증명하는 것으로 볼 수 있다. 또 강창기는(1939) 『內鮮一體論』에서, 조선에서 도래했다고 일컬어진 사람들 중 神功皇后의 어머니 가쓰라기타카스카히메(葛城之高額比賣尊), 光仁天皇의 皇后 高野皇太后와 百濟氏族 119氏, 高句麗氏族 48氏, 新羅氏族 17氏, 任那氏族 10氏, 漢族의 朝鮮歸化族 179氏.....22) 등의 씨족을 예로 들면서 고대 이래 한일간에 혈연의 교류가 활발했음을 주장했다.

이러한 혈연의 교류를 통한 동화정책은 중일전쟁 이후 더욱 활발해졌으며, 보다 강도 높은 내선일체 황국신민화정책으로 정착된다. 1939년 발간된 잡지 「모던일본」의 조선판에 실린 미테라이 다쓰오(御手洗辰雄)의 「내선일체론」의 한 부분을 보면,

태고이래, 양 민족 사이에 어떠한 교섭이 이루어져 왔는가? 현재의 일본민족이 생성된 이후, 얼마나 많은 반도민족이나 漢민족이 흡수 되었는가?.....성씨록에는 神別, 皇別에 대해 蠻別이 따로 있어 얼마나 많은 수의 고려, 백제, 신라 혹은 漢人이 도래하고 귀화했는지 나타나 있다.23)

하여, 太古이래 세월이 흐르는 동안 수많은 혈통이 섞여왔으니, 그 후손들인 양 민족은 하나일 수밖에 없다는 식의 〈日鮮同祖論〉을 조선총독부가 수없이 반복하여 뒷받침 하고 있었던 것이다.

---

22) 姜昌基(1939), 『內鮮一體論』, 국민평론사, pp.82~114
23) 御手洗辰雄(1939), 「內鮮一體論」, 『일본잡지모던일본과조선1939』, p.110

3.2 또 하나의 神話

3.2.1 알에서 태어난 王

한일 두 나라는 상호간의 신화에 있어서도 같은 이야기 유형, 동일한 모티브, 유사한 音韻을 지닌 지역 명, 同出源의 종교적 원리 등에 걸쳐 양국의 신화 간의 근사치는 상당하다.[24] 그러나 그 근사치는 일본신화연구에 있어 매우 큰 의의를 지니고 있음직함에도 불구하고 적어도 그 근사치의 전모나 실상, 그리고 그것들이 지닌 의의 등이 충분히 검토된 것 같지는 않다.

난생(卵生)신화는 알을 매개로 하거나 직접 알에서 태어난 고대의 시조(始祖)나 제왕 또는 건국영웅들과 같은 범상치 않은 인물들에 관한 이야기로, 신비한 이상탄생(異常誕生)신화 중 하나이다.[25] 고대 한국의 건국시조로 고구려의 주몽, 신라의 박혁거세, 가락국의 수로왕, 그리고 신라 4대 왕으로 석탈해가 바로 그 난생신화의 주역이다. 신화를 연구함에 있어서 한일간의 관계는 신라와의 관계가 주종을 이룬다. 따라서 교과서에 언급되어 있는 신화도 신라의 인물이 주로 등장한다. 알에서 탄생했다는 공통점을 지닌 신라의 두 왕 박혁거세와 석탈해가 『普通學校國語讀本』에 어떻게 묘사되었는지 살펴보기로 하겠다.

①옛날 내지(일본) 어느 곳에서, 그 곳의 족장의 아내가 아이를 낳았습니다. 그런데 그것은 커다란 알이었습니다. ②불길하다고 해서 그 알을 예쁜 상자에 넣어 바다에 버렸습니다. 그러자 그 상자가 점점 ③조선의 해안으로 흘러 왔습니다. 그렇지만 어느 누구도 그 상자를 줍지 않았습니다. 이윽고 ④어느 할머니가 주워서 상자의 뚜껑을 열어보니, 안에 잘생

---

24) 金烈圭(1982), 『韓國神話와 巫俗硏究』, 일조각, p.54
25) 尹順(2004), 「古代中國과 『三國遺事』의 卵生神話 硏究」, 「청대학술논집」 제2집, 청주대학술연구소 편, pp.93~94

긴 어린아이가 있었습니다. 할머니는 몹시 기뻐하여 이 아이를 소중하게 길렀습니다. 그러자 이 아이가 점점 성인이 되었고, 보통사람들보다 뛰어난 큰 사람이 되었습니다. 용모가 기품이 있고, 지혜도 뛰어나 ⑤마침내 신라의 왕이 되었습니다.

〈Ⅰ-4-22〉「알에서 태어난 왕(卵 から 生れた 王)」(번호 필자, 이하 동)

신라의 왕으로 석탈해라는 분이 있었습니다. ①아버지는 멀리 동쪽 다파나(多婆那) 라는 나라의 왕이었습니다. 왕은 탈해가 커다란 알에서 태어났다 하여 ②"불길하다. 바다에 버려라."고 엄하게 명하셨습니다. 어머니는 울면서 그 알을 비단으로 싸서 보물과 함께 상자에 넣어 바다로 흘려보냈습니다. 상자는 흘러흘러 금관국에 도착했습니다. 이 나라에서는 누구도 주워들지 않았습니다. ③상자는 다시 흘러흘러 신라국에 도착했습니다. ④어떤 할머니 한 분이 이것을 발견하고 주워서 보니 안에는 옥같은 사내아이가 있었습니다. 할머니는 대단히 기뻐하며 자기 아들삼아 길렀습니다. (중략) 그로인해 신라왕은 탈해를 불러 정사를 상담하셨습니다. ⑤탈해는 2대의 왕을 모신 후, 62세에 왕위를 계승하였습니다.

〈Ⅲ-6-8〉「석탈해(昔脫解)」

여기서 재미있는 점은 알에서 태어난 신라국의 왕 혁거세와 석탈해는 ①일본 어느 한 부족의 왕자였다는 점. ②불길하다고 해서 바다로 버려졌다는 점. ③바닷물에 흘러서 신라에 정착되었다는 점. ④주워 기른 사람이 조선(新羅)의 할머니였다는 점. ⑤마침내 둘 다 신라 왕위에 오른다는 점이다.

이는, '신비한 탄생 → 버림받음 → 누군가에 의해 발견 구조되어 양육됨 → 왕이 되거나 나라를 창건하는 과업의 완성'이라는 신화의 전기적 요소를 갖추고 있다. 그러나 가장 큰 문제는, 박혁거세나 석탈해왕의 출생지 '일본'이 주는 암시이다.

3.2.2 일본중심으로 굴절・왜곡된 신화

혁거세나 석탈해 둘 다 아버지가 분명한 왕자로서 고귀한 신분으로 태어났다. 그러나 탄생 자체가 奇異했던 두 왕자는 불길하다 여기는 아버지로부터 가혹하게 버림을 당한다. 그렇게 알의 상태로 버림당한 왕자는 아무도 거들떠보지 않았지만, 바닷물을 따라 흘러 신라의 어느 할머니에 의해 구조되었을 때에는 이미 잘생긴 사내아이로 변해 있었고, 성장하여 마침내 나라를 다스리는 왕이 되었다는 지극히 신화다운 이야기이다.

그러나 그 내용에 있어서 굴절이나 왜곡이 있다. 신라 시조 박혁거세의 탄생과정은 『三國史記』와 『三國遺事』 어디를 보아도 알에서 태어난 신비로운 탄생만이 상세하게 기록되어 있을 뿐, 그 알이 일본여인이 낳아 일본에서부터 바닷물을 타고 흘러왔다는 기록은 없다. 박혁거세의 탄생과정을 한국 고전에서 찾아보고자 한다.

> 고허촌장(高墟村長) 소벌공(蘇伐公)이 하루는 양산 밑 라정(蘿井) 곁에 있는 숲 사이를 바라보았는데, 말이 무릎을 꿇고 울고 있었다. 가서보니 말은 간 데 없고, 다만 있는 것은 큰 알 뿐이었다. 알을 깨어 본 즉 한 어린아이가 나왔다. 곧 소벌공이 데려다가 길렀더니 나이 10여세가 되니 유달리 숙성하였다. 6부 사람들은 그 아이의 출생이 이상하였던 까닭에 높이 받들더니 이때에 이르러 그를 세워 임금을 삼았다.[26]

3월 초하루 六部의 조상들이 각기 자제들을 데리고 궐천안상(閼川岸上)

---

26) 高墟村長蘇伐公望陽山麓 蘿井傍林間 有馬跪而嘶則往觀之 忽不見馬 只有大卵 部之有嬰兒出焉 則收而養之 及年十餘歲 岐然夙成 六部人以其生神異 推尊之 至是立爲君焉. (『三國史記』卷一, 新羅本紀一, 朴赫居世元年)

에 모여서 의논하였다. "우리가 위에 백성을 다스릴 군주가 없어, 백성들이 모두 방일하여 제 맘대로 하니 어찌 덕 있는 사람을 앉아 임금으로 삼아 나라를 세우고 도읍을 정하지 아니하겠는가." 하고 이에 높은 곳에 올라 남쪽을 바라보니 양산아래 蘿井 옆에 이상스러운 기운이 전광과 같이 땅에 비치더니 거기에 白馬 한 마리가 꿇어앉아 절하는 형상을 하고 있었다. 그 곳을 찾아가 보니 자주빛 알 하나가 있는데 말은 사람을 보고 길게 울다가 하늘로 올라가 버렸다. 그 알을 깨어보니 모양이 단정한 아름다운 동자가 나왔다. 경이하게 여겨 그 아이를 東泉에서 목욕시키니 몸에서 광채가 나고, 새와 짐승이 따라 춤추며 천지가 진동하고 일월이 청명하였다. 이로 인하여 그를 혁거세왕이라 하였다.[27]

더구나 혁거세왕을 낳았다는 신모(神母)에 대한 기록을 보면,

> 옛적에 帝室의 딸이 있어 지아비 없이 아이를 배어, 남에게 의심을 받게 되자 곧 바다로 나가 배를 타고 辰韓에 이르러 아들을 낳았는데, 그 아이는 海東의 始祖가 되고, 帝女는 地仙이 되어 길이 선도산(仙桃山)에 있다."[28]

> 혁거세왕은 西述聖母가 낳은 바이다. 그러므로 中華人이 仙桃聖母를 찬양한 글에 '賢人을 잉태하여 나라를 열었다'라는 말이 있으니, 바로 이것을 두고 한 말이다."[29]

---

27) 三月朔 六部祖各率子弟 俱會於閼川岸上 議曰 我輩上無君主臨理蒸民 民皆放逸 自從所欲 盖覓有德人 爲之君主 立邦設都乎 於時乘高南望, 楊山下蘿井傍, 異氣如電光垂地, 有一白馬跪拜之狀, 尋撿之, 有一紫卵. 馬見人長嘶上天, 剖其卵得童男, 形儀端美, 驚異之, 浴於東川, 身生光彩, 鳥獸率舞, 日月淸明, 因名赫居世王.(『三國遺事』卷1「紀異・新羅始祖 赫居世王」條)

28) 遂言曰 古有帝室之女 不夫而孕 爲人所疑 乃泛海抵辰韓生子海東始柱 帝女爲地仙長在仙桃山 此其像也.(『三國史記』新羅本紀 第十二)

29) 赫居世王....是西述聖母之所誕也. 故中華人讚仙桃聖母有娠賢肇邦之語是也.(『三國遺

옛날에 中國 帝室의 딸이 바다에 배를 띄워 辰韓땅에 와서 아들을 낳아 海東의 始祖가 되었다. 그 제실의 딸은 地仙이 되어 선도산에 길이 머물렀다."[30]

는 등, 혁거세왕의 신모는 중국 제실의 딸로 기록되어 있다. 문제는 시조 박혁거세의 출생지이다. 일본에서 알로 태어나 버려진 아이가 신라로 들어와 시조가 되었다는 교과서 내용은 어느 누가 보아도 원래 한 뿌리 왕족이었다는 또 하나의 〈日鮮同祖論〉의 근거를 만들려는 의도를 짐작할 수 있게 한다. 그러나 이것은 한국의 건국신화에 출생지와 부모를 억지로 끼워 넣은 것으로, 실로 내용에는 엄청난 차이가 있다. 더구나 일본에서 버렸던 아이(알)를 한국(신라)에서 거두어 마침내 신라의 시조가 되었다는 것은 그들의 우월성을 부각시키려는 의도였을 것이다.

또 하나 난생신화에서 빼놓을 수 없는 신라 4대 탈해왕 부분을 살펴보고자 한다.

탈해는 多婆那國에서 태어났다. 그 나라는 倭國 동북 一千里에 있다.[31]

그 때 나의 부왕 함달파(含達婆)가 적녀국(積女國)의 왕녀에게 장가들었는데 오래도록 자손이 없어 아들을 구하는 기도를 드리니 칠년 후에 커다란 알 하나를 낳았다……그 때 남해왕이 탈해가 지혜로운 사람이라는 것을 알고 맏공주를 처로 삼게 하였다…… 누례왕이 붕어함에 따라 광무제 중원2년 정사년 유월에 왕위에 올랐다.[32]

　　事』卷1 紀異 「新羅始祖 赫居世王」)

30) 遂言曰 古有中國帝室之女 泛海抵辰韓 生子爲海東始祖 女爲地仙 長在仙桃山 此其像也 (『三國遺事』感通篇)

31) 脫解本多婆那國所生也, 其國在倭國東北一千里(조병순(1984), 「三國本紀一」, 『增修補注三國史記』, 誠庵古書博物館, p.24)

당시 일본에서 多婆那國이란, 일본의 주고쿠(中國)지방이나 시코쿠(四國)지방에 실존했던 나라라고 여겨지고 있었고, 위와 같은 한국 측 문헌을 근거로 신라 건국당시 일본인이 관여했다는 역사적 사실로 간주되고 있었다. 그런데 『普通學校國語讀本』의 내용을 보면, 탈해가 버려져 바다로 흘러 처음 도착한 곳은 금관국이었다. 그러나 그 곳에서는 아무도 거들떠보지 않아 상자에 담긴 채 다시 흘러 신라에 도착하였고, 신라국 할머니의 손에 양육되었다고 기록되어 있다. 이것은 당시 금관국은 임나일본부가 있었던 그들의 나라라고 여기고 있었기 때문에 버려진 알을 금관국에서 거두게 되면 교육정책당국인 조선총독부가 의도한 일선동조의 의미가 퇴색될 것을 염려하여, 금관국이 아닌 신라로 하였을 것이다.

특히 열거한 두 신화에서 공통적으로 노인(할머니)에 의해 길러진다는 부분은 여러 가지를 생각하게 한다. 당연히 노인의 역할은 기른 것으로 끝난다. 이는 고정관념이요, 구습이요, 동화정책에 장애가 되는 버려야 할 구태의연한 조선의 모습을 노인으로 설정한 것으로 볼 수 있으며, 때가 되면 부모의 나라인 일본이 조선을 다스리게 되는 것이 당연하다는 것을 전혀 거부감 없이 받아들여 질 것을 암시했다 하겠다. 이렇듯 정책만을 앞세워 신중한 검증을 거치지 않은 내용을 초등교과서에 실은 것은 당시 일제의 교과서 정책이 어떠했는지 가히 짐작할 수 있다 하겠다.

3.3 〈日鮮同祖論〉의 '허'와 '실'

7세기 후반 일본의 백제구원군이 패배하여 물러나고, 676년 한반도에서의 통일전쟁이 신라의 승리로 끝나자 일본은 한반도와의 관계를 일단 단

---

32) 時我父王含達婆, 娉積女國王女爲妃, 久無子胤, 禱祀求息, 七年後産一大卵……. 時南解王知脫解是智人, 以長公主妻之……及弩禮王崩, 以光武帝中元二年丁巳六月, 乃登王位.(『三國遺事』)

절하였다. 이에 새로운 국제관계 속에 일본의 지위를 명확히 하고자 하여 그 일환으로 8세기 초(720년) 『日本書紀』가 편찬되었다.

『日本書紀』에 기록된 내용을 근거로 일제는 고대 일본이 조선을 지배한 사실을 부각하였고, 한편으로는 인류학적 조사를 통해 조선과 일본 양 인종의 근친성을 증명하기도 하였으며, 이를 통해 일본민족의 우월성과 연결 지어, 현인신이며 국부(國父)인 天皇의 同一한 자손(子孫)으로, 조선 지배는 당연하다는 논리를 내세웠다. 이러한 논의는 학자들뿐만 아니라 언론인들에게서도 활발히 논의가 되었으며, 강점 이후 더욱 심화되어 일제의 조선침략이나 지배 논리의 한 축을 담당하게 되었다.

이렇게 논의된 모든 것들은 언론인들에 의해 신문과 같은 대중매체를 통해 스사노오 이래 한반도의 종주권은 일본에 있었다는 식으로 선전·파급되었다.

> 素尊의 經營에 依ᄒ야, 天降民族의 一支된 馬韓王國이 建立되고, 如斯히 天降民族의 本國으로브터 新히 韓半島의 南部에 植民흔 事實은, 彼馬韓傳中의 特殊흔 神國的 光景이 又日本古史의 記傳과 其情態가..... <u>我帝國의 韓半島 宗主權이 神代以來로 存立흔 事</u>는, 決코 容疑치안이ᄒ겟도다.[33]

그러나 스사노오가 한국의 시조라는 설에 대해서는, 일본 내에서도 물론 반대하는 학자가 있었다. 『古事記』와 『日本書紀』의 연구자였던 쓰타 소키치(津田左右吉)는 神代의 수사노오와 신라에 관한 기술이 후세에 가필되어진 내용이라고 주장하여 유죄판결[34]을 받았고, 또 조선에 대한 일본의 지배논리로 '朝鮮停滯論'을 채택했던 이마니시 류(今西龍)는 전혀 관

---

33) 「我國史와 國體」, 〈매일신보〉, 1918.1.16. 1면
34) 쓰타 소키치(津田左右吉 1873~1961)는 황실의 존엄을 모독하였다 하여, 출판법 위반으로 1942년 5월21일 금고 3개월 집행유예 2년의 형을 받는다.

계가 없었던 두 개의 전설을 '牛頭(=牛首)天皇' 이라는 수사노오의 별명을 빌어 '스사노오 = 단군 동일설'에 연결 지었다면서 이것을 대마도 사람이 유포한 어리석은 설[35]이라 하였다.

건국시조를 두고 만들어진 한국과 일본의 전혀 다른 신화의 해석은, 의도적인 왜곡으로 인해 일본중심적인 우월의식으로 나타났다. 그러나 天照大神의 동생 스사노오가 단군과 동일인물이라는 설이나, 神武天皇의 형 稲永命이 신라왕이 되고 그의 아들 아마노히보코(天日槍)가 다시 일본으로 귀복하였다는 설은 혼란만 가중시킬 뿐이다. BC 2333년 환인의 아들 환웅과 웅녀사이에서 태어난 단군이 고조선을 건국하였다는 한국의 건국신화와, 그 훨씬 이후의 신라 건국신화(혁거세 재위기간 : BC 57~4)를 생각할 때 좀처럼 납득하기 어렵다. 최남선이 그의 저서 『故事通』에서 단군조선이 일본역사보다 1673년이나 먼저 시작되었다는 점을 명시하여 단군과 수사노오의 동일설을 부정하고 있는 것처럼 시기적으로도 맞지 않는다는 것을 알 수 있다.

일선동조론에 이용된 신화는 신라의 인물로 주종을 이룬다. 이는 근본적으로 신라를 한반도의 대표로 인식한 것과 일본민족의 우월성에서 시작되었으며, 이에 따라 신라와의 관계에 초점을 맞춘 것으로 볼 수 있다. 지리적으로 바다를 사이에 두고 일본열도와 가까웠던 신라에 1~3세기경 대마도나 북규슈의 정치집단이 소규모로 신라에 침구하여 약탈행위를 하였을 가능성은 있었을 것이다. 그러나 신라와 왜(倭)와의 관계는 교빙·내빙과 같은 교류나 혹은 혼인과 같은 것으로 대부분 왜의 적극적인 요구에 의한 것이었으며, 그것이 거절되면 절교하는 서신을 보내고 침략해 왔던 때문에 당시 신라의 일본에 대한 이미지는 상당히 부정적이었으며, 일

---

35) 保坂祐二(2000), 「최남선의 不咸文化圈과 日鮮同祖論」, 앞의 논문, p.170

본을 자국의 세계에 포함시키려히지 않았던 것이 기본자세[36]였을 것이다.

앞서 언급한대로 신공황후의 신라정벌 기사는『古事記』에서는 仲哀紀에,『日本書紀』에서는 仲哀紀와 神功皇后紀에 실려있다. 이는『古事記』는 仲哀天皇만을 인정하고 神功皇后는 한 왕조로 간주하지 않았음에 반하여『日本書紀』는 神功皇后를『위지왜인전』에 기록된 倭女王 卑彌呼로 간주하여 한 왕조를 인정한 까닭[37]으로 이해하기도 한다. 이에 일본의 연구자 이노우에 히데오(井上秀雄)는,

> 『古事記』에 의하면 이 침략설화는 신과 국왕만의 전쟁이었다. 전쟁의 이유와 의의도 불명이며, 장군도 군대도 戰場도 나와 있지 않은 허공의 전쟁으로서 신화적·종교적 침략설화이다.[38]

며, 역사적 사실이 아닌 단순한 침략설화임을 밝힌바 있다.

일본열도에 통일된 야마토(大和)국가가 형성된 것은 4세기말로 추정되며, 5세기 초의 오진천황부터 실재 인물로서 역사시대로 들어간다. 때문에『古事記』나『日本書紀』에 실린 이들 역대의 기사는 대부분 구전에 의한 전승이나 또는 撰者들의 조작에 의한 것으로 볼 수 있다. 신공황후에 관한 기사도 이러한 범주의 것이나 백제기 등의 기록에 의거하면서 그 연대를 소급하여 神功皇后의 연대에 맞추었을 것[39]이므로, 국호나 칭호(천황, 황후 등)도 8세기 초『日本書紀』가 편찬될 때 윤색되었을 것이다.

그러나 앞에서도 언급했지만 신공황후의 신라정벌 시기가 기원 860년

---

36) 권오엽(2006),「『삼국사기』의 박혁거세신화」,「일본문화학보」제31집, 한국일본문화학회 편, pp.443~444
37) 金廷鶴(1982),「神功皇后 新羅征伐設의 虛構」,「신라문화재학술발표회논문집」제3집, 신라문화선양회 편, p.123
38) 林建彦(1982),『近い国ほどゆがんで見える』, サイマル出版者, p.22
39) 金廷鶴(1982),「神功皇后 新羅征伐設의 虛構」, 앞의 논문, p.124

이라는 것은 이해할 수 없다. 선행연구자 金廷學의 논문에서 『日本書紀』를 들어 神功皇后를 『위지왜인전』에 기록된 倭女王 卑弥呼로 간주하여 한 왕조를 인정한 까닭이라는 부분과도 시기적으로 맞지 않을 뿐만 아니라 신라의 삼국통일이 676년인데, 그 후 백제 고구려도 복속하여 조공국이 되었다거나, 神功皇后의 정복 결과 아들인 오진천황代에 왕인을 비롯한 백제계 도래인들이 그들에게 문물을 전했다는 대목도 납득하기 어려운 부분이다.

5세기 초 오진천황代에 백제로부터 왕인 등이 일본으로 건너가 문자와 한학을 전해준 이래, 문서를 기록하는 직업은 거의가 백제인에 의하여 세습 독점되었다. 당연히 『古事記』나 『日本書紀』에는 그 당시 적대관계였던 신라에 대한 백제인의 적개심이 강렬하게 반영되어 있었을 것이며, 그 영향이 그 기술결과로 남겨질 것이라는 것은 쉽게 추정 할 수 있을 것이다. 이러한 측면은 백제와 신라의 근친질시(近親嫉視) 현상의 표현으로도 볼 수 있을 것이다. 그래서 林建彦은 『日本書紀』에 나타난 조선조공국사관(朝鮮租貢国史観)은 일본민족주의와 백제인의 신라에 대한 원한의 합작품[40]으로 평하기도 한다.

특히 신라시조 혁거세와 석탈해의 탄생과정을 초등학교 교과서에 실어 일제가 주장하려 했던 同祖說과 우월성은 일본중심으로 굴절되어 왜곡 또는 변용하여 나타난다. 탈해의 아버지가 '타파나국의 왕'이라 명시한 것에 비해 혁거세는 '어느 곳의 우두머리의 아이'로만 기록되어 있다. 이는 일본의 신화에서 출처를 찾을 수 없었던 내용이었으며, 그 의도 또한 신라에 대한 우월성에 힘입어 건국시조부터 윤색하는 것이 또 하나의 〈日鮮同祖論〉에 힘을 불어넣을 것으로 보았을 것이다.

---

40) 林建彦(1982), 위의 책, 같은 면

이렇게 의도만 앞세운 나머지 한국의 건국신화를 일본중심으로 굴절·왜곡시켜 교과서에 실어 식민지 아동에게 교육시켰다는 것은 얼마나 동화정책에만 혈안이 되어 있었던가를 짐작할 수 있다 하겠다. 또한 초등교육의 중요성을 이미 간파한 일제가 이러한 내용을 초등학교 저학년 교과서에 실었다는 것은 어릴 적 고정되어진 사고가 자라서도 쉽게 바뀌지 않는다는 것 까지 염두에 둔 드러내지 않은 의도였으리라 여겨지는 것이다.

4. 〈日鮮同祖論〉에 의한 황국신민화

'일선동조론'과 '문명화론'은 일제의 조선침략 초기부터 지배이데올로기로서 상보적인 역할을 하였고,[41] 이는 강점 말기까지 지속되었으며, 일제는 식민지 통치와 이윤획득을 위한 체제개편의 필요성을 식민지에 대한 문명화의 사명으로 정당화 하였다. 때문에 교과서 정책 또한 그들의 문명의 우월성이 근저에 깔려 있음을 알 수 있다. 그래서인지 문명화 된 백제의 문물을 받아들이는 부분이 기록된, 강점초기 학부편찬『日語讀本』卷七 4과「朝鮮と日本との交通」이라는 단원이, 합병 후 급히 정정 발행한『普通學校學徒用國語讀本』에는 통째로 삭제되어 있는 것을 발견할 수 있다. 神功전설 이후 만들어진 자국중심주의적 외국관[42]으로 인해 체계화된 한국에 대한 우월의식은 더욱 확대 발전되어, 한반도와의 교섭이 긴장될 때마다 신국관(神国観)과 일체화하여 다시 일어났다. 이것은 도요토미 히데요시(豊臣秀吉)의 조선침략 때에도 원용되었으며, 에도(江戸)시대의 국학자, 막부말기의 신도론자에게 이어져 근대 조선침략론(朝鮮侵略論)의

---

41) 정상우(2001), 「1910년대 일제의 지배논리와 지식인층의 인식」, 앞의 논문, p.185
42) 井上秀雄(1991), 『古代日本人の外国観』, 学生社, p.238

원류가 되기에 이른다.

일제강점 이후 '수사노오의 조선시조 檀君'이라는 설이나 '신공황후의 신라정벌' 기사는 일본의 한국에 대한 식민통치를 합리화하는데 매우 적합했을 것이다. 여기에 기이한 탄생신화로 잘 알려진 신라시조 박혁거세, 그리고 석탈해까지 출생지가 일본이며, 부모로부터 버림받았던 아이가 조선(신라)의 왕이 되었다는 내용을 『普通學校國語讀本』에 조선총독부가 공공연히 실은 것은 피교육자인 식민지 조선의 아동에게, 한발 앞서 조선 지배의 정당성과 그들의 우월의식을 심어주려는 의도였을 것이다.

이러한 우월의식에 기반하여 조선을 정복하는 것은 당연한 일이며, 故土회복으로 여긴 미나미 지로(南次郞)는 1936년 조선총독으로 취임한 후 내선일체라는 슬로건을 내걸고 조선과 일본의 역사적 실체를 재인식시키는 것을 실천정책 목표 중 하나로 삼았다. 그리하여 일제 말 병력자원 부족에 대처하기 위하여, 천황의 군대에 합당한 조선인 병력을 육성해 내야 할 목적으로 조선의 초등교육은 당시 학무국장 시오바라 도키사부로(鹽原時三郞)에 의해 國體明徵, 內鮮一體, 忍苦鍛鍊이라는 전쟁수행을 목적으로 한 황국신민화 교육의 일환으로 일선동조론에 대한 기술이 점차 강화되는 방향으로 교과서가 개정된다. 이러한 황국신민화 교육은 신화시대의 가족관계를 원용하여 급기야 조선의 민족혼을 말살하고 일본에 동화시키기 위한 '창씨개명'정책으로 표출된다. 이 정책의 배경은 역사적 전통과 혈연의식으로 유지되어 온 우리의 가족제도를 일본화 하려는 것임과 동시에 일사불란한 규율을 요하는 군대를 동원하기 위한 징병제의 실시를 위한 것이기도 했다. 일제 말 총독을 지낸 고이소 구니아키(小磯国昭)는 신의 나라(神の御国)에서 마치 神話가 현실적으로 이루어지기라도 한 것처럼,

여기에 반도 2500만의 원민족은 틀림없이 수사노오노미고토의 후손이라고 생각한다. 그렇다면 天照大神의 후손인 일본민족과 뿌리가 같고...(중략)...메이지 43년(1910)의 성대에 天照大神의 후손이신 明治天皇에 대하여 수사노오의 후손인 조선이 합병된 것은 神代말기의 神事가 더욱 철저히 완성적으로 다시 되풀이 된 것이 아닌가 하는 생각이 든다.[43]

하여, 일본이 神國임을 상기시키며 자연스럽게 '국체 = 천황(만세일계)'의 가족국가관으로 이끌어 갔다. 이러한 천황제 가족국가관은 '忠 = 孝'가 되어 천황을 위해서라면 전쟁도, 죽음도 불사하게 된다. 실로 얼마나 많은 조선청년들이 태평양전쟁에 동원되었는지는 새삼 말할 필요도 없을 것이다. 〈일선동조론〉에 의한 황국신민화 교육은 결국 조선인을 남녀노소를 불문하고 대동아공영권을 위한 인적자원으로 양성하기 위한 것이었음을 부인할 수 없을 것이다.

5. 식민지 초등교육의 모순

나라의 建國神話를 근거로 하여 조선과의 인종적 근친성과 민족의 우월성을 끊임없이 주장해 왔던 일제는, 조선에 대한 강점을 신화시대의 형제가 다시 一家를 이루는 원상복귀로, 다른 한편으로는 우월성에 근거하여 식민지에 대한 문명화의 사명으로 정당화 했다.

구전되어 온 신화나 설화를 정리 수록한 『古事記』와 『日本書紀』를 근거로 하여, 이른바 〈日鮮同祖論〉을 조작한 일제는 그것으로 〈內鮮一體〉

---

43) 鈴木文四郎(1944), 「進步する朝鮮-小磯總督に訴く」, 『朝鮮同胞に告ぐ』, 京城大東亞社, pp.223~224 (保坂祐二(2000), 「최남선의 不咸文化圈과 日鮮同祖論」, pp.167~168 재인용)

의 동화이념을 도출해 내었다. 이렇게 날조된 픽션을 마치 역사적 사실인 논픽션으로 언론이나 국정교과서를 통하여 역사화 하였으며, 강점이후에는 일본중심으로 윤색한 신화를 식민지 교과서에 수록하여 이를 적극적으로 〈內鮮一體〉의 동화정책에 이용하였다. 그러나 열거된 일본신화를 보면 대체적으로 민족적 자존심 내지 문화적 우월감으로, 한국적인 흔적의 의식적인 말살이나 변용 또는 왜곡으로 나타났다.

또한 『普通學校國語讀本』에 인용된 신라시조 박혁거세와 4대왕 석탈해에 대한 내용은 어느 누가 보아도 원래 日本의 建國始祖인 天照大神의 한 뿌리 子孫이었다는 또 하나의 일선동조론의 근거를 만들려는 의도를 짐작할 수 있게 한다. 신라시조 박혁거세의 출생지가 일본이었다거나, 알의 상태로 버려진 탈해가 당시 임나일본부가 있었다고 일본이 주장하는 금관국이아니라 신라로 유입되었다는 것은 同祖說에 그들의 우월성을 염두에 둔 교육정책의 표출이었을 것이다.

일제의 식민교육정책이 가장 철저하게 실시된 곳이 초등교육이었다는 것, 그리고 아직도 과거의 제국주의적 역사지식을 그대로 믿고 있는 사람들이 많다는 것을 생각할 때, 초등교육의 중요성은 아무리 강조하여도 부족함이 없으리라 사료된다.

Ⅱ. 동물예화에 도입된
천황제가족국가관*

박경수·김순전

1. 忠義의 장치 군용동물

우리가 살고 있는 지구상에는 수많은 동물들이 존재 한다. 그 중에서도 소수의 동물은 사람들과 친밀하게 교감하며, 혹은 인간의 정서 함양에 도움을 주는 애완용으로, 혹은 인간의 생활에 다양하게 도움을 주는 도구로서 요긴하게 사용되어왔다. 특히 여타의 동물들에 비해 지능과 순발력이 월등한 몇몇 동물은 전쟁에 투입되기도 하였는데, 예를 들면 비둘기는 그 특성상 통신용으로, 말은 예로부터 빠른 기동력 덕분에 이동수단 및 통신으로 사용되었으며, 코끼리도 큰 덩치를 이용하여 전쟁에 사용되었다는 기록이 있는가 하면, 특히 개는 통신과 경비, 심지어는 육탄전쟁용으로까지 다양하게 사용되어 왔다.

---

* 이 글은 2009년 11월 30일 일본어문학회 『日本語文學』(ISSN : 1226-9301) 제47집, pp.417~440에 실렸던 논문 「동물예화에 도입된 천황제가족국가관 -『普通學校國語讀本』에 등장하는 군용동물을 중심으로-」를 수정 보완한 것임.

일제강점기 초등학교용 일본어교과서인『普通學校國語讀本』을 살펴보면 일제의 식민지 초등교육의 특질이 전쟁용 군용동물의 예화를 통해서도 교육되고 있었음을 발견할 수 있다. 일제가 심혈을 기울였던 식민지 초등교육의 목적은 국가적 유용성에 의하여 조선인을 愚民化함으로써 그들 군국주의 침략전쟁의 도구로 투입하기 쉽게 교육하는데 있었다. 그 유용성에 따라 선행되어야 할 것은 식민지 아동의 정신교육이었는데, 일제는 정신교육의 일환으로 메이지유신 이후 국민통합을 위해 정립된 가족주의 천황제를 식민지 아동교육에 적용시키고자 하였다.『普通學校國語讀本』에 등장한 군용동물의 예화는 일제가 의도한 교육목적을 충족시켜주는 유효적절한 소재거리가 되었고, 또 가족주의 천황제에 의한 황민화교육의 좋은 본보기로 작용하였다.

이 점에 착안하여 필자는 강점이후부터 해방되기까지 전 기수별로 발간된『普通學校國語讀本』[1]에 등장한 군용동물의 양육과정과 단련과정, 그리고 전쟁에 투입되어 죽기까지 충성하는 군용동물들의 활약상을 통하여 천황제가족국가관에 의한 황민화교육의 의미와, 또 군용동물예화가 피교육자인 식민지 조선아동에게 어떠한 의미를 부여하는지에 중점을 두고 고찰해 보고자 한다.

---

1) 본 발표문의 텍스트를 일제 강점이후 발간한『普通學校國語讀本』으로 함에 있어 시기에 따라 교과서의 명칭에『初等國語讀本』이나『初等國語』등으로 약간의 변화가 있으나, 총칭하여『普通學校國語讀本』또는 줄여서『國語讀本』으로 하고, 발간 시기는 기수로 구분하였다. 따라서『國語讀本』의 서지사항은 〈기수-권수과〉「단원명」으로 표기한다.

2. 『普通學校國語讀本』과 군용동물의 등장

일제강점기 조선의 초등학교에서 사용된 일본어교과서 『國語讀本』은 4차례의 조선교육령에 따라 개정되었다. 이에 따른 교과서의 변화와 기수별 발간 내용을 〈표 1〉에서 살펴보자.

〈표 1〉 朝鮮教育令과 日帝强占期 使用한 日本語教科書

교육령	시행년월일	기수	교과서명	사용기간 /권수
第1次 朝鮮教育令	1911. 8. 23.	I期	普通學校國語讀本(1~4학년)	1912~15 /全8권
第2次 朝鮮教育令	1922. 2. 4.	II期	普通學校國語讀本(1~4학년)	1923~24 /全8권
			尋常小學讀本(5~6학년)	1923~24 /全4권
		III期	普通學校國語讀本(1~6학년)	1930~35 /全12권
第3次 朝鮮教育令	1938. 3. 3.	IV期	初等國語讀本(1~3학년)	1939~41 /全6권
			小學國語讀本(4~6학년)	1939~41 /全6권
第4次 朝鮮教育令	1943. 4. 1.	V期	ヨミカタ(1~2학년)	1942.1~ /全4권
			初等國語(3~6학년)	1942~44 /全8권

〈제1차 조선교육령〉 시기는 초등학교 학제가 4년제였으므로 I 기 『國語讀本』은 한 학년에 2권씩 총 8권이다. 〈2차 교육령〉에 의한 II 기는 '내지연장주의 교육'이라는 미명 아래 일본의 소학교와 동일한 학제인 6년제로 개편되어, 5·6학년용 교과서는 급한 대로 문부성 발간 『심상소학독본』을 그대로 사용하였으며, III기에 와서야 12권 전권을 조선총독부에서 편찬하여 사용하였다. 〈제3차 조선교육령〉의 교육목표에 의하여 발간된 IV 기에서도 II 기와 마찬가지로 1~3학년용은 조선총독부에서 발간하였으나, 4~6학년용은 문부성 발간 『小學國語讀本』을 사용하였다. 그리고 〈제4차 조선교육령〉에 의한 V 기는 1·2학년용 4권은 『ヨミカタ』, 3~6학년용 8권은 『初等國語』로 12권 모두 조선총독부 발간이다.

앞서 통감부기 學部에서 발간한 『H語讀本』이나, 강점초기인 Ⅰ기 『國語讀本』에는 군용동물에 관한 단원이나 내용은 전무하다. 군용동물은 〈2차 교육령〉시기에 해당하는 Ⅱ기 5학년 과정에 비로소 등장하는데, 위에서 언급한대로 문부성 발간 『심상소학독본』에 해당되며, 이때는 주로 동물의 훈련법이나 '動物愛'에 초점이 맞춰져있다. 이러한 내용은 그대로 Ⅲ기 『國語讀本』에 실려 교육된다.

군용동물의 활약상에 대한 본격적인 서술은 〈3차 교육령〉에 의한 Ⅳ기 이후 『國語讀本』에서 찾을 수 있다. 내용에 있어서도 동물들의 훈련과정과 함께, 전쟁에 투입되어 전과를 올린다는 내용으로 일관되어 있어, 충성스런 동물의 예화를 이용하여 조선아동을 황국신민으로 육성하려는 일제의 의도가 엿보인다. 『國語讀本』에 등장하는 군용동물의 종류별 빈도수를 〈표 2〉에서 살펴보자.

〈표 2〉 『國語讀本』에 등장하는 군용동물의 종류별 빈도수

종류 / 빈도수	단 원 명	출 처	분량(쪽수)	비 고
전서구 / 4단원	傳書鳩	〈Ⅱ-9-11〉	6	내용동일
		〈Ⅲ-10-22〉	6	
	小さい傳令使	〈Ⅳ-8-13〉	4	내용추가
	小さな傳令使	〈Ⅴ-8-14〉	4	
군마 / 5단원	北風號	〈Ⅱ-10-22〉	10	내용동일
		〈Ⅲ-9-18〉	10	
	僕の子馬	〈Ⅳ-9-20〉	10	내용동일
	ぼくの子馬	〈Ⅴ-9-12〉	10	
	にいさんの愛馬	〈Ⅴ-5-12〉	5	
군견 / 2단원	犬のてがら	〈Ⅳ-5-23〉	4	
	軍犬利根(とね)	〈Ⅴ-5-22〉	16	
총 11단원			85쪽	

〈표 2〉에 나타나 있듯이 『國語讀本』을 통틀어 군용동물에 관련된 단원은 11개 단원으로 전체 단원에 비하면 소수에 불과하다. 게다가 전서구나 군마에 관한 중복된 단원을 감안한다면 전 기수에 걸친 단원 분량에 비해 군용동물의 빈도수는 미미하다. 그러나 그 내용을 세심히 살펴보면 식민지 초등교육의 근간이라 할 수 있는 황민화와 내선일체를 적절하게 비유한 중요한 내용으로 그 효과는 결코 간과할 수 없다.

특히 흥미를 끄는 점은 군견에 관한 내용이다. 다른 동물에 비해 빈도수는 적지만 주인에 대한 충성심이 투철한 군견의 특성상 천황제가족국가관을 적용시키기에 가장 적합한 동물이라 여겼음인지, 「軍犬利根(とね)」의 경우 초등학교 3학년 교과서임에도 무려 16쪽이나 되는 분량을 할애하여 혈통부터 양육과정 그리고 전쟁에 투입되어 공훈을 세우기까지의 과정을 감동적으로 서술하였다. 이는 사람과 가장 밀접한 동물인 개를 예화로 들어 아동의 접근의 수월성을 살린 점과, 주인에 대한 충성심을 국가에 대한 충성심으로 변용하였다는 점에서, 이를 통하여 장차 천황을 위한 군인이 될 아동들에게 미칠 교육적 효과를 염두에 둔 내용이라 하겠다.

3. 천황제가족국가관의 동물예화 적용

3.1 천황제가족국가관의 적용

식민지 초기에서부터 일제가 패전할 때 까지 끊임없이 교육되어 온 식민지 초등교육의 근간은 대부분 '내선일체'와 '황민화'를 전제로 한 것들이었다. 여기서 '내선일체'가 역사적 정당성을 내세운 지배논리였다면 '황민화'는 주로 도덕적 규범으로 정신면을 강조한 지배논리였다. 이 두 논리는 상호간에 인과관계 및 보완관계를 구축하는 형식을 띠며 모두 천황귀일 (天皇歸一)2)로 완성된다.

일본은 에도 초기 서양문물과 함께 들어온 기독교를 지극히 탄압하였지만 신(神)을 모시는 방법만큼은 그들이 탄압하였던 기독교를 답습한 것 같다. 메이지유신의 천황 옹립과정이 그렇다. 메이지유신은 중세 이후 형식적인 위치에 머물러 있었던 천황을 살아있는 神, 즉 기독교의 하나님과 동일한 성격의 영적 아버지 격으로 하여, 이를 헌법상 현인신(現人神)으로 규정하기에 이르렀다. 그리고 '신의 후예'라는 권위를 과시하기 위하여 중세이후 자연 쇠퇴되어 廢絶되다시피 한 천황가의 전통행사도 점차 정리하고 확립하여 천황이라는 존재를 부각3)시켜 나갔다. 이 때 정립된 천황제 가족국가관은 천황을 크게는 인간을 비롯한 세상 모든 만물의 주인으로, 작게는 가정(家)의 家長으로 인지하게 하였다. 이러한 천황제가족국가관은 일본인들에게 정신적인 구심점으로 작용하여 메이지유신 직후 혼란스런 정국을 타개하는데 일조하게 되었다.

부모의 사랑으로 식민지 아동에게 접근한 천황의 이미지는 점차 가족주의 천황제의 본질로 다가온다. 일본의 침략전쟁이 확대되어감에 따라 천황(국가)과 신민의 관계를 父子관계로 정립시킨 가족주의 천황제에 대한 홍보성을 띤 내용은 『國語讀本』에도 각 기수, 각 권을 불문하고 수 없이 찾아볼 수 있다. 그 중 첫 출전과 마지막 출전을 인용해 보겠다.

---

2) 정창석(1999), 「戰爭文學에서 '받들어 모시는 文學까지」, 「일어일문학연구」 제35집, 한국일어일문학회, p.336
3) 嵯峨敏全(1993), 『皇國史觀と國定敎科書』, かもがわ出版, p.170

천황폐하는, 부모가 자식을 사랑하는 것처럼 백성을 사랑해 주십니다. 우리들은, 천황폐하의 은혜를 감사히 생각합니다.

〈Ⅰ-2-20〉「천황폐하(テンノウヘイカ)」(번역·밑줄 필자, 이하 동)

일본의 신화시대의 옛날, 천손 니니기노미코토(瓊瓊杵尊)는 신탁을 받들어 오야시마(大八洲)에 강림하셨다. 만세일계, 천양무궁의 황운이 여기서 시작되고, 세계에 유례없는 대일본제국의 근본은 실로 여기에 있는 것이다. 이래 면면이 이어져온 삼천년, 열조는 끊임없이 어진 정치를 펼치시고, 황공하옵게도 만민을 적자로 삼아 사랑하여 주셨다. 송구스럽게도 역대 성덕을 우러러보며 대대로 국민은 천황을 신으로 우러러보고 부모와 같이 따르며 ……. 몸을 버리고 집을 버려서 충군애국의 적성을 바쳤다. 〈Ⅴ-6-28〉「신일본(新日本)」

당시 민족의 지도자임을 자처하는 이광수는 이 점을 간파하고 "우월한 민족의 일원이 됨으로써 오히려 자민족의 열등성을 극복한다."는 전도된 논리를 구사하며, 同血論을 내세워 오직 천황의 신민으로서 충의를 다할 것을 부르짖었다.

惶悚하옵게도 皇室을 비롯하여 臣民에 이르기 까지 內地人과 朝鮮人의 피는 하나로 되어 있으며, 이로써 우리는 天皇陛下의 臣民으로써 忠義를 다하는者가 되어야 할 것이며…….[4]

또한 일본인의 천황에 대한 '忠'의 감정을, 유태인들이 그들의 神으로 여기는 여호와 하나님을 경외하는 것과 같이 성서적으로 이해할 것을 모든 조선인에게 요구하였다.

---

4) 이광수(1941), 「新體制下의 藝術의 方向」, 「삼천리」, 1941. 1, p.479

日本人의 忠의 感情은 漢字의 忠자만으로는 說明할 수 업는 것이니 도리어 猶太人의 여호와에 對한 忠에 接할 것이다. 日本人은 내가 享有한 모든 幸福을 天皇께서 바짭는 것으로 생각한다, 내 土地도 天皇의 것이오, 내 家屋도 天皇의 것이오, 내 子女도 天皇의 것이오, 내 몸도 生命도 天皇의 것이라고 생각한다, 天皇께로부터 바짜온 몸이길래 天皇이 부르시면 언제나 浮湯渡火라도 한다는 것이오, 子女도 財産도 天皇께서 바짜온 것이매 天皇께서 부르시면 고맙게 바친다는 것이다, 천황은 살아계신 하느님이신 때문이다. 이것이 支那나 歐洲의 군주 대 신민의 관계와 판이한 점이다. 朝鮮人은 이 점을 바로 把握하여야 한다.[5]

일본에 있어서 천황은 기독교의 하나님과도 같은 살아있는 神이었다. 그러나 당시 조선인 정서로 그런 사실을 받아들이기 어렵다는 것을 잘 아는 이광수는 '천황 = 하나님' 이라는 논리로, 모든 것, 즉 토지나 가옥 그리고 자녀까지도 다 천황이 주신 것이니, 천황이 원할 때면 언제라도 내가 가진 모든 것을 천황(국가)에게로 귀속시키는 것이 당연하다는 것을 모든 조선인이 주지하도록 하였다. 일본인의 일본중심의 세계관을 자신의 신념으로 한 천황에 대한 신앙심은 최재서의 글에서도 찾아볼 수 있는데,

요컨대 천황은 가치의 근원체로서 신민(臣民) 한 사람 한 사람에게 가치를 分與해 주시어 그의 생명을 가치 있는 것으로 하여 주시는 것이다........일본인은 건국 이래 이와 같이 천황에 歸依를 그 인생관·세계관의 중추로 삼아왔던 것이다.[6]

하여, 천황에게서 받은 가치 있는 생명을 다시 천황에 귀의하는 것은 지극

---

5) 이광수(1940), 「心的新體制와 朝鮮文化의進路」, 〈매일신보〉, 1940.9.4
6) 최재서(1942), 「文學者と世界觀の問題」, 「國民文學」, 1942.10, p.11

히 당연하다는 논리를 펴 나갔다. 이러한 논리는 조선총독부 발간 『國語
讀本』의 동물예화에도 적용되어 있었다. 전쟁이 확대되어감에 따라 그 어
느 때 보다도 천황제가족국가관의 이입이 절실했던 시기에 발간된 제Ⅴ기
『國語讀本』에 실린 「군견도네(利根)」의 이야기는 그 대표적인 예라 할 수
있다. 도네(利根)는 후미코(文子)가 3학년 되던 해 어린 강아지 상태로 후
미코의 집으로 오게 된다. 후미코와 그의 가족들은 도네의 혈통이 군견인
지라 언젠가는 일본을 위해 싸우게 될 군견임을 염두에 두고 정성을 다하
여 기본훈련을 습득시킨다. 이윽고 성견(成犬)이 되자 군견으로서 전문적
인 훈련을 받게 하기위하여 군대의 군견반으로 보내야만 했다.

> 설날이 되자 이윽고 후미코가 바라던 대로 도네는 군대의 군견반에 들어
> 가게 되었습니다. 출발 전날 밤, 후미코는 도네에게 맛있는 음식을 많이
> 주었습니다. 자기가 기른 개가 머잖아 군견이 될 거라 생각하니 몹시 기
> 뻤지만, 헤어지는 것은 정말 고통스러웠습니다. <u>후미코는 작은 일장기를
> 만들어 도네의 목에 걸고</u>, 추운 날 아침 어머니와 함께 정거장까지 배웅
> 해 주었습니다. 〈Ⅴ-5-22〉「군견 도네(軍犬利根)」

이는 후미코의 역할이 도네를 군견훈련소로 보낼 때까지 보호 사육하는
것을 명확히 인지하게 하는 내용이다. 때문에 후미코는 도네가 장차 용감
하고 훌륭한 군견이 될 것임을 확신하며 오히려 기뻐하는 것으로 이별의
아픔을 참아낸다. 그리고 후미코에게 자기 손으로 만든 일장기를 도네의
목에 직접 걸어주게 함으로써 정성껏 기른 도네가 이제부터는 개인 소유
가 아닌 일본(천황)의 소유임을 분명하게 인식시킴과 동시에 피교육자인
조선아동에게 일찍부터 일본국가관을 심어주고자 한 것으로 볼 수 있다.
말(馬)의 경우도 마찬가지다. 이 시기 연합국의 경제봉쇄로 인하여 유

류 공급이 중단된 상태여서 군마의 기동력이 더욱 중요시 되었던 때문에 일제는 1939년 「애마의 날(愛馬の日)을 제정하여 군마의 육성을 장려하는 한편, 군마의 징발을 위한 법률도 정하였다. 당시 일반 농가에서 2년 정도 기른 말은 마시장에 내놓아 용도별(耕馬, 馬車馬, 軍馬 등)로 수매하게끔 되어 있었다. 공들여 키운 말과 이별하는 사육주(飼育主) 신이치(信一)의 마음은 쓰리고 아프지만 훌륭한 군마가 되리라는 믿음으로 기꺼이 보낸다.

> "네가 잘 돌봐주어서 北斗는 훌륭한 두 살배기 말이 되었다. 이 마을에 두 살배기 말이 많이 있지만 북두만큼 멋진 말은 없는 것 같다. 몸집도 있고 골격도 튼튼해 졌다." 나는 할아버지의 이 말을 듣고 정말로 기뻤습니다. 두 살배기 마시장이 열리면 드디어 北斗와 이별하지 않으면 안 됩니다. 일 년 반이나 공들여 키운 北斗와 함께 있는 것도 앞으로 며칠 남지 않았다 생각하니 나는 울고 싶을 만큼 괴롭습니다. 그렇지만 北斗는 반드시 군마가 될 것입니다. 〈IV-9-20〉, 〈V-9-12〉「내 망아지(僕の子馬)」

이렇게 맡아 기른 자, 즉 飼育主의 역할은 이러한 동물들이 어느 정도 성장할 때까지였다. 공들여 키운 말도 천황의 것이기에 때가 되면 당연히 내놓아야 할 것을 동물예화를 통하여 일본아동은 물론 식민지 조선아동에게까지 교육을 통하여 암시하고 있는 것이다.

이러한 예화는 '神(家長 = 天皇) → 맡아 기르는 자(부모 또는 飼育主) → 다시 神(천황 = 국가)에게로 마땅히 귀속' 시켜야 하는 것으로 공식화되어, 전쟁으로 병력부족에 허덕이던 日帝가 지원병제나 징병제 명목으로 조선청년을 징집하려 할 때, 전쟁터에 아들을 내놓지 않으려는 조선 어머니들에게 지극히 당연한 명분으로 적용되기도 한다.

메이지유신 이후 국민과의 친화감 조성을 위해 정립된 가족주의 천황제는 러일전쟁 이후 '국가주의 윤리'로 정당화 되어, 식민지기 내내 조선인에게까지 꾸준히 교육되었다. 이처럼 초등교과서를 통하여 동물예화로까지 적용된 일제의 천황제가족국가관은 식민지 조선아동을 장차 천황의 군대를 양성하기 위한 愚民化교육의 바탕이 되었던 것이다.

3.2 죽기까지 충성하라

3.2.1 인고단련

군용동물은 실제 전투에 투입되기까지 뼈를 깎는 훈련기간을 거쳐야 한다. 전쟁수행에 걸맞게 여타의 동물과는 혈통부터 다른 군용동물은 실제 전투상황에서 사람 못지않은 눈부신 활약을 하기까지 병사 못지않은 훈련과정 거쳐야만 한다. 그런데 『國語讀本』에 묘사된 말의 훈련법은 대체로 털을 빗어주거나 가볍게 목이나 등을 쓰다듬어주는 것 외에 방목하여 운동 시키는 정도로 일반 애완동물과 크게 다르지 않았다. 또한 병영에서의 군마도 〈Ⅴ-5-12〉「にいさんの愛馬」를 보면 말의 훈련과정 보다는 담당병사의 군마 관리하는 방법, 또는 말과 친해지는 과정만 묘사되어 있다. 이는 『國語讀本』이 아동용 교과서인 점을 감안하여, 혹독하고 전문적인 군마훈련보다는 엄격하면서도 인간과 교감을 나누는 훈련법에 비중을 둔 것으로 여겨진다.

반면 비둘기의 훈련법은 상세하다. 비둘기는 1분에 약 1킬로미터 정도 나는 힘이 있는데다 방향감각이 탁월하여, 상당히 먼 곳에서 풀어 놓아도 올바르게 방향을 판정하여 쏜살같이 자기 집으로 돌아오는 습성이 있다. 그 습성을 이용하여 비둘기는 훈련된다.

보통 전서구를 사용하는 방법은 정해진 사양소(飼養所 ; 주된 사육장과 훈련소, 필자 주)에서부터 다른 곳으로 데리고 가서 날아 돌아가게 한다. 그러나 이 밖에 왕복통신 방법도 있다. 그것은 미리 갑, 을 두 지점을 정해놓고 한곳을 사양소, 한곳은 식사소로 하여, 사양소에서 식사소로 다니며 먹을 것을 취하도록 길들여서 그 왕래를 이용하는 것이다.

〈III-10-22〉「전서구(傳書鳩)」

보통 비둘기는 40~50킬로미터를 오가며 식사를 하는 것 정도는 보통이다. 비둘기의 나는 힘과 속도 그리고 정확한 귀소본능의 습성에 의하여 통신수단이 발달하기 전까지 가장 빠른 장거리 통신수단으로 이용되었다. 철저히 훈련된 비둘기는 전쟁 중 전쟁터의 급박한 상황에서 전황을 보고하거나 원병을 청하는 등 통신으로 요긴하게 사용되었다.[7]

개의 경우는 다른 동물에 비해 쓰임이 다양한 만큼 훈련법도 훨씬 까다롭다. 나라마다 차이가 있겠지만, 대체로 셰퍼드(shepherd), 도베르만(Doberman), 에어데일테리어(Airedale terrier) 등이 군용견으로 널리 사용되어왔다. 만주사변 당시 경성의 山田가축병원장의 야마다(山田)는 千葉보병학교에서 "일본견을 전용하여 시험중에 있다."[8]하여 일본견을 군용견으로 사용할 가능성을 내비치기도 하였지만, 위 3종에 비해 여러가지 면에서 열등하여 군용견으로 사용하기에 어려움이 있었는지 위 3종이 당시의 군용견으로서는 인정되었는데, 그 중에서도 셰퍼드가 보편적으로 사용되었다.

군용견의 필수요건은 당당한 체격과 함께, 뛰어난 지구력과 높은 지능,

---

7) 오늘날에는 고도로 발달한 각종 통신장비의 출현으로 군용비둘기를 이용하는 일은 거의 없어졌지만, 유·무선 등의 각종 통신 장비가 없었던 시절은 물론이거니와 이런 장비들이 상당히 갖추어진 제1차 세계대전(1914~1918) 당시 프랑스군의 위급한 상황을 알리는데 군용 통신용으로써 비둘기의 활약은 대단했다고 한다.
8) 山田不二雄(1934),「犬の話」,「朝鮮及滿洲」第314號, 朝鮮及滿洲社, p.100

과감한 성격이다. 또 현명하고 용맹스러우며 길들이기가 쉬워야 한다. 이 모든 조건을 충족시키는 혈통은 필수요건이다. 셰퍼드종인 도네는 군견의 혈통을 가지고 있어 체격도 월등한데다 영리하여 훌륭한 군견이 되기에 조금도 손색이 없었다. 때문에 도네를 맡아 기른 후미코는 엄격하게 절제와 예절을 훈련시켰다.

> 아침저녁, 몸의 털을 빗어주기도 하고 깨끗이 몸을 닦아 주기도 했습니다. 매일 정해진 대로 운동을 시켜 주었습니다. 먹는 것에도 마음을 써서 간식 등은 될 수 있으면 주지 않도록 했습니다...... 도네는 영리한 개라서 후미코에게 배운 대로 "오아즈케!"(먹이를 앞에 두고도 허락하지 않으면 먹지 않는 것)도 "앉아!"도 바로 터득했습니다.
>
> 〈Ⅴ-5-22〉「군견 도네(軍犬利根)」

대체로 『國語讀本』에서 다루고 있는 훈련과정은 예절과 절제훈련으로 애완동물의 그것과 크게 다르지는 않았다. 이는 飼育主가 어린 초등학생인데다 일반 가정에서의 훈련이라는 점에서 조직적인 훈련보다는 기초훈련 습득에 중점을 두었기 때문이라 할 수 있을 것이다. 그런데 실제로 전문적인 군견훈련소에서의 훈련은 아동들의 상상을 뛰어넘는다. 군견은 100% 훈련소에서 태어난다고 할 정도로 조직적인 훈련과 교육에 의하여 탄생되는 것이다. 보통 생후 70일 만에 군견으로 등록되고 3개월간 복종훈련과 4개월간 양성훈련을 거쳐 일선 야전에 배치되며, 해마다 한 번씩 8~12주간 보수훈련도 받아야 하는 등[9] 전투에 투입할 정도의 군용동물이 되기까지는 엄청난 훈련과정을 거쳐야 한다.

인간과 언어가 통하지 않는 상황에서 동물적인 감각에만 의지하여 눈

---

9) 출처 : http://cafe.daum.net/sansanbong (2008.10.2)에서 참고하여 정리하였음.

빛, 목소리의 高低, 몸동작, 표정 그리고 먹이와 채찍으로 단련되는 동안의 인고(忍苦)속에서 훈련된 동물들이라야 실제 전투에 투입될 수 있으며, 실로 눈부신 전과를 올릴 수 있는 것이다. 군용동물의 이러한 인고단련의 과정 또한 일제가 의도하는 식민지 교육의 일환이었던 것이다.

3.2.2 죽도록 충성하리라

『國語讀本』에 등장하는 군용동물의 활약상은 실로 눈물겹다. 조직적인 훈련을 거친 군용동물은 일단 전쟁에 투입되면 총알이 빗발치는 전쟁터에서도 죽음을 무릅쓰고 주어진 임무를 완수한다.

기계화된 사단이 나오기 전까지 세계를 호령했던 나라라면 필히 가져야 할 군대가 기마병이었을 정도로 전쟁사에서 빼놓을 수 없는 동물인 말(馬)은 세계적으로 거의 모든 전쟁터에서 가장 오랫동안 사용된 동물로 꼽을 수 있다. 군마는 그 특유의 신속함으로 이동과 통신 및 운반을 담당함은 물론 기마병과 호흡을 맞추어 실제 전투에도 임한다.

> 어느 해, 전쟁이 시작되어 北風도 다른 군마와 마찬가지로 주인을 따라 전쟁터로 향했다. 전쟁터에서는 여러 가지 힘든 일도 있었지만, 전장을 돌아다닌다는 것은 北風에 있어서 유쾌한 일이었다. 나팔소리 대포소리에 北風의 마음은 우선 투지가 샘솟았다. 이윽고 "진격!" 호령이 떨어지자 유쾌하게 온 힘 다해 뛰기 시작했다. 전장의 광경은 정말 무서웠지만, 北風은 자기가 신뢰하는 중위가 탄 까닭에 빗발치는 포탄 속에서도 총검의 숲속에서도 아랑곳하지 않고 용감하게 활약했다.
>
> 〈III-9-18〉「북풍호(北風號)」

몸집이 아주 작은 비둘기도 주어진 임무에 죽기까지 최선을 다하여 승리의 주역이 된다. 만주사변 당시 긴슈(錦州)로 가던 일본군이 갑자기 우세한 적군을 만나 격렬하게 싸우다 전신 전화마저 파괴되어 위급한 지경에 이르는데, 이러한 긴박한 상황에서는 오직 비둘기만을 의지할 수밖에 없다. 작고 연약해 보이지만 잘 훈련된 비둘기는 한번 임무가 주어지면 특유의 방향감각으로 고공을 한 바퀴 돌아 목적지를 정확히 확인한 후 용감하게 날아간다. 『國語讀本』 역시 이를 잘 묘사하고 있다.

> 싸움이 한창일 때 비둘기는 하늘 높이 날았다. 2~3회 상공에 원을 그리며 날다가 이윽고 방향을 정하고 화살처럼 날아갔다. 추운 하늘을 아랑곳하지 않고 동남쪽을 향해 날던 비둘기는 갑자기 매 한 무리를 보고서 잽싸게 저공으로 날았다. 그러자 이번은 적군에게 발견되어 일제사격을 받았다. 한 발은 비둘기의 왼발을 빼앗고, 한 발은 그 복부를 관통했다. (중략) 다음날이 되어 겨우 大石橋의 사양소에 도착했다. 大石橋 수비대에서는 신속히 연락통을 떼고 극진히 간호했지만 임무를 다하여 긴장이 풀린 탓인지 비둘기는 관리병의 손에 안긴 채 싸늘해져버렸다.
>
> 〈V-8-14〉「작은 전령사(小さな傳令使)」

최선을 다하여 임무를 완수한 비둘기 덕분에 일본군은 錦州전투에서 승리를 한다. 이처럼 죽기까지 충성한 비둘기의 공훈은 일제 말 천황(국가)을 위한 전쟁에 죽기까지 충성하라는 암시를 남긴다.

죽기까지 충성하는 군용동물로는 단연 군견을 꼽을 수 있다. 군용견이 조직적으로 이용되기 시작한 것은 〈제2차 세계대전〉 때부터이다. 이때부터 경비, 연락, 수색, 운반 등 여러 분야의 기술적인 훈련을 받은 군용견이 많이 등장하여 활약하였는데, 특히 독일 군용견의 활약상은 대단했다고 한다. 특히 개는 유독 인간과 가까워 가족처럼 지내며 사랑을 받아온 때문에, 영리한 개는 주인을 위하여 죽음도 불사한다. 일제는 이러한 점을 살려서 초등학교 3학년 교과서에 '도네'의 성장과정과 군견으로 보내지는 장면, 그리고 군견으로서의 활약상 등을 실어, 피교육자인 조선아동에게 군견 '도네'의 충성과 용맹스러움을 교훈한다. 군견훈련을 마친 도네는 북중국 전쟁터에 출정하여 보초를 서기도 하고 부대와 부대 간의 심부름은 물론 적을 수색하는 일도 거침없이 해낸다.

> 그 동안에 도네가 속해 있는 부대는 몇 배의 적을 상대로 격렬하게 싸울 때가 왔습니다. 아군의 제 일선은 적군 앞 불과 50M지점까지 육박하여, 참호 안에서 적을 공격했지만, 적은 수가 많아, 총탄이 빗발치듯 날아왔습니다. 아군은 그 상태로 일주일이나 버텼는데, 그동안 최전선과 본부와의 심부름을 하는 것은 군견 도네였습니다. 도네는 매일 5, 6차례나 이 사이를 왔다 갔다 했습니다. 목걸이 주머니에 통신을 넣어주고, "가라!" 하기가 무섭게 총알이 빗발치는 가운데서도 용감하게 달려 나갔습니다. 적이 도네의 모습을 발견하고 총탄을 퍼부었습니다. 그래도 도네는 쏟아지는 총탄을 뚫고 빠져나가 계속 달렸습니다. (중략) 드디어 아군이 적진으로 돌격하는 날이 왔습니다. 오전 5시, 아직 주위가 어스름할 무렵, 도네는 최후의 통신을 목에 차고 "가라!" 명령과 함께 달리기 시작했습니다. 적탄이 윙윙거리며 날아왔습니다. 도네는 쉬지 않고 달리고 또 달렸습니다. 〈Ⅴ-5-22〉「군견 도네(軍犬利根)」

무사히 임무를 다한 도네는 일본군 본부에 도달하기 100M 전방에서 적탄을 맞고 쓰러지지만, 이러한 도네의 필사적인 노력에 힘입어 일본군은 드디어 그 진지를 점령하게 된다. 도네처럼 부대와 부대 간의 중요한 정보교환을 담당하는 통신견이 있는가 하면, 육탄전에 사용되는 전투견도 있다. 잘 훈련된 전투견의 특징은 사람이 총을 들고 있을 때는 피해 있다가도 빈틈을 보이면 달려들어 총을 빼앗거나, 사람의 목을 물어뜯어 단번에

치명상을 입힐 정도로 고도의 지능화 된 모습을 보이기도 한다. 만주사변 당시 군부대원을 수행하는 한편, 전투견의 임무를 거뜬히 감당해 낸 군견 곤고(金剛)와 나치(那智)가 그러했다.

> 만주사변 첫날밤 일이었습니다. 아군을 수행하며 전령의 역할을 하고 있던 군견 곤고(金剛)·나치(那智)는 돌격명령이 떨어지자 아군의 맨 앞장서서 돌진하였으며, 적군 속으로 뛰어 들어가 미친 듯이 달려들어 물어뜯고 돌아다녔습니다. 격렬한 싸움 후, 적은 마침내 진지를 버리고 도망갔습니다. 마침 그 때 떠오른 아침 햇빛을 받고 높이 게양된 일장기는 당당하게 빛났습니다. 만세 소리가 천지에 진동하였습니다. (중략) 두 마리는 몸에 총을 수없이 맞고 피투성이가 되어 죽어있었습니다. 자세히 보니 두 마리 모두 입에 적병의 군복자락을 꽉 물고 있었습니다.
>
> 〈IV-5-23〉「개의 공훈(犬のてがら)」

이처럼 잘 훈련된 군용동물은 실전에 투입되어 승리의 주역이 되곤 한다. 군마, 전서구, 그리고 군견의 교훈은 당시 식민지 교육에 합당한 소재가 되기에 전혀 부족함이 없었다. 그 중에서도 충성의 대명사로써 죽기까지 싸워 첫 전투를 승리로 이끄는 데 일조한 군견 '곤고'와 '나치', 그리고 '도네'의 활약상을 묘사한 내용은 일제가 의도한 식민지 초등교육의 효과를 극대화 하는데 아주 좋은 예화로 작용하였음은 말할 나위도 없다. 당시 조선의 아동교육은 일본이라는 창을 통하여 교육받을 수밖에 없었음을 생각할 때, 이러한 동물들의 충성심을 이용한 예화는 천황제가족국가관에서 조선아동의 황민화 교육에도 지대한 영향은 끼쳤음은 더 말할 나위도 없을 것이다.

3.2.3 영광의 면류관

실로 한 차례 전투가 끝나고 나면 승리하였건 패배하였건 승패에 상관 없이 수많은 사상자가 나오게 마련이다. 전쟁을 수행하는 국가에서는 이 러한 희생을 위로하는 한편, 이를 '조국을 위한 위대한 업적'이라고 칭송한 다. 그리고 사후에 있을 영예로움을 암시하면서 장래의 국민들에게 이들 의 희생을 모범삼아 국가를 위하여 자기희생의 의무를 다할 것을 강하게 요구한다.[10] 이에 따라 국가에서는 군대의 사망자를 '조국을 위한 숭고한 희생'으로 추모하는 사후의 영예로움을 기리는 장치를 내세우기도 한다. 그것이 일본에 있어서는 '야스쿠니신사(靖国神社)'였으며, 그 '야스쿠니신 사'는 태평양전쟁 당시 조선 청년들을 전쟁터로 불러들여 그 생명 담보에 있어서 대외적인 명분으로 작용하였다. 일제는 '야스쿠니신사'의 영예로움 을 『國語讀本』의 동물예화에서도 유도하고 있으니, 이것이 죽도록 충성하 는 동물에게 주는 갑호훈장(甲號勳章)이다. 만주사변 전투에서 육탄전으 로 싸우다 죽은 군견 '곤고'와 '나치', 그리고 죽기까지 충성한 '도네'가 그 주인공이다.

> 군견의 금치훈장(金鵄勳章)[11]이라 할 만한 갑호훈장(甲號勳章)을 처음으 > 로 받은 동물은 실로 이 곤고(金剛)와 나치(奈智)였습니다.
>
> 〈IV-5-23〉「개의 공훈(犬のてがら)」

도네의 공로는 담당 병사로부터 상세하게 후미코에게 전해졌습니다. 마 지막부분에 "도네는 발을 다친 것뿐이라 머잖아 좋아질 거라 생각합니다.

---

10) 다카하시 데쓰야 저·이목 옮김(2008), 『국가와 희생』, 책과함께, p.255
11) 금색 솔개모양의 훈장. 武功拔群의 육해군 군인에게 수여되는 훈장으로 功一級부터 功七級까지가 있어 연금 또는 일시금의 지급을 동반함. 1890(明治23)년 제정하여 1947 년 폐지.

도네는 그간에 반드시 갑호훈장을 받을 것임에 틀림없습니다."라고 쓰여 있었습니다. 이 편지를 보고 후미코는 "아, 도네가!"라 말한 채, 엎드려 울고 말았습니다. 〈V-5-22〉「군견 도네(軍犬利根)」

군견의 무공을 다룬 단원은 『國語讀本』을 통틀어 2개의 단원으로, 둘 다 〈3차 교육령〉 이후 발간한 IV기와 V기 『國語讀本』에 수록되어 있다. 동물예화의 취급내용은 중일전쟁에서 태평양전쟁까지며 게재 시기는 태평양전쟁 前後에 해당되는데, 이 시기는 전쟁이 확산되어가는 과정으로 병력부족이 극심할 때이다. 따라서 피교육자의 연령도 점점 낮아져 갔다. 『國語讀本』에 등장하는 군용동물의 경우도 군비둘기나 군마에 대한 내용이 4, 5학년 과정에 수록된 것에 비해 군견에 관한 내용은 5학년에서 3학년교과과정으로 낮춰서 실려 있음을 보아도 알 수 있다. 비둘기나 군마보다는 쓰임새가 다양하고, 훨씬 충성스런 군견의 활약을 저학년 교과서에 실었던 것은 좀 더 빨리 조선아동에게 황국신민관을 심어주어 가능한 한 더 일찍 병력으로 사용하고자 하는 데 있었을 것이다.

『國語讀本』에 등장한 군용동물의 용감한 사투 끝에는 언제나 영광스런 승리가 있었으며, 또 이들 군용동물의 공훈에 대한 대가가 예비 되어 있었다. 죽도록 충성하여 전투를 승리로 이끈 공로로 수여된 갑호훈장 '금치훈장'이 그렇다. "네가 죽도록 충성하라. 그리하면 내가 생명의 관을 네게 주리라."(요한계시록 2:10)는 성경구절처럼 죽도록 충성하여 전쟁을 승리로 이끈 군견에게 수여된 '금치훈장'은 실로 '생명의 冠'과도 같은 것이었다.

죽도록 충성하는 동물 중에서도 유독 군견에게만 수여된 '금치훈장'의 예화는 많은 시사점을 준다. 수많은 동물 중에서도 죽기까지 충성하여 훈장까지 수여받은 군견을 소재로 한 교과내용은 피교육자인 식민지 아동에게 야스쿠니신사와 오버랩 되는 극적인 효과로 작용할 것을 염두에 둔,

일제의 전시 국가유용성에 의한 식민지 초등교육에 있어서 가장 유효적절한 예화였으리라 여겨진다.

3.3 천황제가족국가관에 의한 식민지 초등교육

일제강점기 초등학교의 교육내용은 교육령이 개정될 때마다 그 표현은 조금씩 바뀌었지만 국가적 유용성에 의한 '충량한 황국신민의 육성'이라는 일관된 교육목표를 기준점으로 하여 조정되어 왔다.[12] 이러한 국가적 유용성에 의해서 발간된 『國語讀本』에 등장한 군용동물들의 전 생애는 당연히 피교육자인 조선아동의 황민화교육에 상당한 영향을 끼쳤다. 특히 동물에게 수여된 『國語讀本』의 금치훈장은 조선 아동들에게 천황(국가)을 위하여 전사할 경우 야스쿠니신사에 모셔지는 환상으로 오버랩 되었을 것이다. 실례로 1943년 8월 징병제 실시를 기념하여 조선 내 초등학교 어린이가 쓴 작문을 보면, 남학생의 경우 그 내용의 대부분이 "스무 살이 되면 세계에서 제일 강한 대일본제국 군인이 되어 천황폐하를 위하여 충의를 다할 수 있을 것."(「결심」, 4학년 華山必昌)[13]이라는 내용과 "우리들 半島人도 훌륭한 군인이 되어 공로를 세우고..... 軍神이 된 용사도 나올 것이라 믿습니다."(「징병기념일」, 5학년 大山鐘吉)[14] 는 등의 내용으로 장차 훌륭한 군인이 되기 위해서 지금부터 몸과 마음을 단련할 것이라는 각오로 일관하는 것을 볼 수 있다.

지원병제도나 징병제는 전쟁을 위한 방편이기도 하면서 식민지 조선인에게 '국민'이라는 자격도 부여하는 방법[15]이 되었다. 따라서 많은 조선청

---

12) 김경자 외 공저(2005), 『한국근대초등교육의 좌절』, 교육과학사, p.204
13) 綠旗聯盟 編(1944), 『徵兵の兄さんへ』, 興亞文化出版, p.63
14) 綠旗聯盟 編(1944), 위의 책, pp.104~105
15) 이승원 외 공저(2004), 『국민국가의 정치적 상상력』, 소명출판, p.211

년들은 개인의 모든 희생을 담보하고 일본인과 동등한 국민적 의무를 실천하고자 하였으며, 이에 따라 일제는 태평양전쟁 당시 조선 청년들을 전쟁터로 보내어 그 생명을 담보하는 데 있어 야스쿠니신사를 그 대가로 약속하는 대외적 명분으로 삼았다.

식민지 초등교과서에 동물예화로까지 적용된 천황제가족국가관은 장차 국가(천황)를 위한 군인이 될 조선의 아동들에게, 개가 주인을 위해 죽음을 불사하고 충성을 다하듯, 국가를 위하여 죽도록 충성해야 할 것을 암시하였다. 특히 군견에게 수여된 '금치훈장'은, 죽도록 충성하는 자에게만 보장되는 '생명의 면류관'과도 같은 '야스쿠니 신사'라는 장치로 변용되어, 수많은 조선 청년들을 전쟁터로 몰아넣는데 크게 작용하였다. 이러한 모든 것은 일제가 식민지 조선인에게 목표한 '가족주의 천황제를 근거로 한 황국신민화 교육의 효과' 라 할 수 있을 것이다.

일본이 불교를 받아들일 때 샤머니즘 단계의 신도(神道)를 종교로 시스템화 하여 신불습합(神佛拾合)하였듯이, 幕末에 유입된 기독교의 유일신 교리는 메이지유신 때 천황제에 유입되어 천황제가족국가관으로 정립되었다. 이는 '모든 것이 천황의 소유이며 천황에 귀의하는 것이 당연하다'는 논리가 되어, 일제 말 식민지 조선인들에게 무한책임을 요구하여, 마침내 조선청년들을 전쟁터로 몰아넣는 결과를 초래하기까지 하였던 것이다. 그러나 한국인에게 있어서 皇國臣民의식이나 일본정신을 체득한다고 해서 결코 일본인이 된다거나, 또 일본인과 같아지는 것은 불가능한 일이라 생각된다. 이러한 가족주의 천황제에 의한 무한책임의 강요는 『國語讀本』을 편찬한 조선총독부나 당시 천황에게 맹목적으로 귀의하였던 지식인들에게나 가능했을법한 논리였을 것이라 여겨진다.

4. 군용동물의 교육적 효과

일제가 식민지 초등교육에 심혈을 기울였던 것은, 식민지 조선의 인적 자원을 그들의 침략전쟁의 병사로 활용하기 위한 것에 있었다. 때문에 일제 말 조선아동에게 실시된 교육은 보통 교육의 목적인 '보편적인 인간다움에 대한 의미를 교육을 통해 구현하는 것'과는 상관없는, 최소한 상관의 명령을 이해하고 이를 정확히 수행할 수 있는 황군육성교육이었다 할 수 있다.

일제가 목적하였던 바 군용동물의 충성심에 천황제가족국가관을 접목시킨 '황국신민화 교육'의 효과는 상당했다. 江戸 초기 그들이 그토록 탄압하였던 기독교 유일신(唯一神)의 존재를 배웠던 일본은 메이지 유신 이후 천황을 현인신(現人神) 즉, 헌법상 살아있는 유일신으로 규정하였으며, 이를 바탕으로 정립된 천황제가족국가관은 '내가 가진 모든 것은 천황이 주신 것이니, 천황이 원할 때면 언제라도 모든 것을, 심지어는 생명까지도 천황(국가)에게로 귀속시키는 것'이 당연하다는 논리가 되었다. 이러한 기독교적 유일신 천황제 논리는 초등교과서에 군용으로 사용된 동물예화로 수록되어 피교육자의 정신과 신체에 삼투되었던 것이다.

당시 조선의 아동은 일본이라는 창을 통하여 교육받을 수밖에 없었던 상황이었으므로, 이 시기 체득한 천황의 '皇國臣民의식'이나 '일본정신'은 조선인에게 생명을 담보한 무한책임으로 작용하였으며, 유소년기에 이러한 교육을 받고 자란 조선의 수많은 청년들은 마치 우월한 일본민족의 일원이 되기라도 한 것처럼 皇國臣民의식과 일본정신으로 무장한 채, 日帝의 의도대로 야스쿠니신사를 꿈꾸며 전쟁터로 향했을 것이다.

'教育은 百年之大計'라 하여 국가에서는 적어도 100년 앞을 내다보는 미래지향적인 교육정책을 계획한다. 그러나 강점기 내내 일제가 식민지 조선인에게 적어도 심혈을 기울였던 교육은 황군육성교육이었으며, 그 마저도 보편성을 일탈한, 천황제가족국가관의 유용성에 에스컬레이트업 시킨 교육이었다 할 수 있겠다.

Ⅲ. 일제의 식민지 초등교육과 〈曆〉*

박경수

1. 일상의 지배를 위한 시도

年月日時의 체계를 구축하여 일상의 생활에 기준점을 제시하는 달력은 오늘날 인간의 삶에서 꼭 필요한 것 중의 하나이다. 달력은 마치 공기나 물처럼 우리의 일상생활에 대단히 깊이 관여하고 있어서 가끔은 존재 자체를 망각할 때도 있지만, 만약 달력(이하 曆)이 없다면 우리의 삶은 삽시간에 혼돈과 무질서의 세상이 되어버리고 말 것이라는 것은 누구나 쉽게 예측할 수 있을 것이다.

현재 한국에서 공식적으로 사용하고 있는 달력체계는 태양력(그레고리우스曆)이다. 국가 공식曆으로서 태양력의 도입을 전후한 근대화 시점에서 한국과 일본은 분리하여 논할 수 없을 정도로 밀접한 관계를 지니고 있었다. 이 과정에서 양국 관계는 '국가 對 국가'가 아닌, 지배국과 피지배

* 이 글은 2009년 11월 일본어문학회 『日本語文學』(ISSN : 1226-9301) 제51집, pp.437~458 에 실렸던 논문 「일제의 식민지 초등교육과 〈曆〉」을 수정 보완한 것임.

국이라는 일종의 주종관계를 형성하고 있었기 때문에, 여러 가지 면에서 일본의 그것이 한반도에 이식되는 형태로 뿌리내려가고 있었다. 조선인의 일상까지도 지배하려 하였던 일제로서는 통치자에게 필수적이었던 曆의 도입부터 실용화까지의 모든 과정을 그 영향력 아래 두었음은 말할 나위도 없다.

강점 초기 일제가 조선에 실시한 식민지정책 중 가장 중점을 두었던 부분은 '충량한 제국신민 양성을 위한 점진적인 同化정책'이었다. 당시 일제가 추구하였던 同化란 조선인의 문화, 교육, 심지어는 정신까지 온전히 일본化 하는 것으로, 이를 초등교육에서부터 점진적으로 실현해 나가고자 하였다. 초등교육용 교과서에 있어서 同化의 개념은 '국민정신의 涵養과 '실생활에 유용한 지식기능을 얻게 하는 것'이었으며, '同化의 구성요소는 황실공경, 국가를 위한 진력, 실용, 근면 등[1]이었다. 이러한 同化의 개념과 同化의 구성요소를 충분히 함축하고 있는 것이 바로 '國語(일본어)'교과서였으며, 식민지인의 일상까지 주도하여 同化로 이끌어 낼 수 있었던 것이 曆이라 할 수 있겠다.

아직까지 식민지기 일상을 주도하였던 曆에 관한 선행연구는 전무하다. 이에 본고는 개화기 일제의 영향력에 의한 태양력 도입과정부터 살펴보려고 한다. 그리고 일제가 신중한 연구 끝에 마련한 법령에 준거하여 편찬한 『普通學校國語讀本』[2]과 이후 정착된 曆을 연계하여 고찰하려고 한다. 이로써 '실생활에 유용한 지식기능 습득'과 '국민정신 涵養'이라는 강점초기 식민지 초등교육정책의 일면과, 나아가서는 '국가 유용성에 의한 國民양성'

---

1) 久保田優子(2005), 『植民地朝鮮の日本語教育』, 九州大学出版会, pp.310~311 참조
2) 본고는 일제강점기 초등학교용 일본어교과서 『普通學校國語讀本』(제Ⅰ기(1912~1915), 이하 『國語讀本』으로 표기함)을 주 텍스트로 함에 있어, 텍스트의 인용문은 이의 번역본(김순전 외 공역(2009), 『초등학교 일본어독본』Ⅰ~Ⅳ, 제이엔씨)으로 하며, 이에 대한 서지사항은 인용문 말미에 〈기수-권과〉「단원명」으로 표기한다.

이라는 일제말기 '國民만들기' 프로젝트까지도 살필 수 있으리라고 본다.

2. 태양력, 그 도입에서 정착까지

앞서 언급한대로 현재 한국에서 공식적으로 사용하고 있는 曆은 그레고리우스曆, 즉 '태양력'이다. 태양력은 구한말 도입되어 오늘날에 이르기까지 국가 공식曆으로 사용되고 있지만, 지금까지도 우리 일상의 상당부분은 '음력'을 기준하여 움직이고 있음을 체감하게 된다. 여기서 曆法[3], 즉 음력과 양력은 어떠한 차이가 있는지, 그리고 태양력이 공식曆으로서 한국에 도입, 정착되어 일반화되기까지 어떠한 과정을 거쳐 왔는지 살펴볼 필요가 있을 것이다.

봉건시대에 曆은 '하늘(天)'과 관련된 것으로, 세속적인 최고 권력자가 하늘이나 神을 대신하여 사람들에게 우주의 운행원리를 알려주는, 지배질서의 정당성과 깊은 관련을 갖는 것이었다. 따라서 曆書의 발간은 통치자의 중요한 임무의 하나로 여겨졌으며, 한국의 입장에서 보면 중국의 '천자'만이 다룰 수 있는 영역이었다.[4]

1896년 국가공식曆으로 태양력이 채택되기 이전까지 한국은 실로 오랜 기간 동안 중국의 역법을 사용해왔다. 삼국시대로 거슬러 올라가 백제에

---

3) 曆은 시간을 구분하고, 날짜의 순서를 매겨나가는 방법이다. 시간 단위를 정할 때는 밤낮이 바뀌는 것, 사계절 변화, 달의 위상변화 등 주로 달을 위주로 한 천체의 주기적 현상을 기본으로 한다. 이러한 현상을 생활에 필요한 단위와 주기로 택한 연·월·일은 각각 독립된 3개의 주기인데, 이것들을 결합시키는 방법을 曆法이라 한다. 曆法은 태양, 지구, 달의 변동에 따라 만들어진 것으로, 관측의 대상에 따라 태음력, 태음태양력, 태양력으로 분류되는데, 우리가 흔히 알고 있는 음력이란 태음태양력을 말하며, 양력에 해당되는 것이 바로 태양력이다.
4) 공제욱·정근식 편(2006), 『식민지의 일상, 지배와 균열』, 문화과학사, p.112

서는 宋의 '원가력(元嘉曆)'5)을, 고구려에서는 唐의 '무인력(戊寅曆)'을, 그리고 신라에서는 唐의 '인덕력(麟德曆)'과 '대연력(大衍曆)'을 사용하다가 말기에 이르러 唐의 '선명력(宣明曆)'6)을 사용했다. 고려는 신라에 이어 약 400여 년 동안 선명력을 사용해 오다 1309년 충선왕(忠宣王)때 최성지(崔誠之)가 元에 가서 '수시력(授時曆)'을 배워와 채용하여 60여 년간 사용하였다. 그러다가 조선 개국 이전인 1370년(공민왕19)에 성준득(成准得)이 明의 황제로부터 받아온 '대통력(大統曆)'7)을 반포하여 사용하기에 이르렀다.

조선시대에 사용된 曆은 '대통력'과 '시헌력(時憲曆)'이었다. 대통력은 명나라의 曆에 따라 改曆한 曆으로서 1653(효종4)년까지 283년간 사용되었으며, 시헌력은 효종 때 淸으로부터 도입된 일종의 태음태양력으로, 그동안 사용해 왔던 중국역법과는 다른 서양역법을 택한 역법이었다. 당시 改曆에 상당한 진통이 있었음에도 과학적 우수성을 바탕으로 공식曆으로 채택되었던 시헌력은 1653년부터 1896년 1월 1일 태양력으로 改曆할 때까지 243년 동안 공식曆으로서 사용되었다.8)

개화기 국제사회의 변화는 그동안 중국에 의존하였던 조선의 역법체계

---

5) 『後周書』의 列傳에 백제는 宋의 元嘉曆을 썼고 寅月을 연초로 한다고 적혀있다. 『日本書紀』에 기록된 역일(曆日)과 간지(干支)를 역산(曆算)하여 본 결과, 일본이 백제로부터 얻어가서 배우고 사용한 역은 송나라의 원가력이었다는 사실이 밝혀졌으며, 일본의 역사시대는 그 이후로부터 시작된다. (http://www.naver.com 지식iN(2010.3.4) 참조)

6) 선명력은 일월식 계산에서 중국의 역법 중 가장 좋은 것으로 알려져 고려시대와 조선 초기에도 부분적으로 쓰였던 역법이기도 하다.

7) 대통력은 1368년 명(明)나라 건국과 함께 만들어진 역법으로 수시력과 같으나 1년의 길이가 시대에 따라 조금씩 줄어든다는 세실소장법(歲實消長法)을 폐지하여 1년의 길이를 365.2425일로 고정하고, 역법 계산의 기준년이 되는 상원(上元)을 바꿔 수치를 간단히 한 것이다.

8) 정성희(2003), 「대한제국기 太陽曆의 시행과 曆書의 변화」, 『國史館論叢』 제103집, 국사편찬위원회, p.31 참조

에도 큰 변화를 가져왔다. 1876(고종13)년 〈한일수호조약〉의 체결로 강제적인 개항이 이루어지고, 연이어 미국, 영국, 독일과의 〈수호통상조약〉이 조인되면서[9] 국가와 국가 간의 공식적인 문서에 더 이상 음력인 시헌력을 사용할 수 없는 상황에 처하게 된다. 이미 1872(M5)[10]년에 태양력을 국가의 공식력으로 채택하였던 일본과 그 밖에 서양 열강들은 조선과는 다른 역법과 시간적 구획 속에서 살고 있었기 때문이다. 서구의 문명을 받아들여 태양력을 공식曆으로 사용하고 있었던 일본 입장에서 보면 조선이 사용하고 있는 시헌력이란 불편하기 그지없었다. 그 일례는 당시의 신문기사에서 찾아볼 수 있다.

① 日本汽船… 以上幷陽曆計算參互考證可便檢閱矣[11]
② 日本條約 修好條規附錄 <u>日本曆明治九年二月二十六日 朝鮮丙子年二月初二日</u>[12] (밑줄 필자, 이하 동)

①은 당시 나가사키↔부산, 부산↔인천을 왕복하던 일본기선의 도착과 출발 일시를 양력으로 환산하여 수록하였다는 내용으로, 당시 조선이 사용하고 있던 曆체계는 무시되어 있다. ②는 조선과 일본이 〈강화도조약〉에 협의 타결하고 상호 조인하였다는 기록인데, 문제는 조인한 날짜가 같은 날(1876(M9)년 2월 26일, 丙子年 2월 초이튿날)임에도 서로 다른 曆체계를 사용함으로써 나타나는 현상이다. 이러한 불편함이 빈번해지면서 차

---

9) 1882년(고종 19)에는 미국, 다음에 영국과 독일, 1884(고종 21)년에는 러시아와 벨기에, 1888(고종 25)년에는 프랑스와 조약을 맺었다.
10) 이후 서력기원과 당시 사용한 기원을 병기함에 있어 메이지(明治)는 'M', 다이쇼(大正)는 'T', 쇼와(昭和)는 'S'로 표기한다.
11) 〈한성순보〉 陰曆 1884년 4월 6일자. (조현범(1999), 「한말 태양력과 요일주기의 도입에 관한 연구」, 「종교연구」 제17집, 한국종교학회, pp.238에서 재인용)
12) 위의 신문, 陰曆 1883.11.30일자. (조현범(1999), 위의 논문에서 재인용)

후의 교류에도 영향을 미칠 만큼 문제화되기도 하였나. 급기야 양국은 1888년 8월 '변리통련만국전보약정서(辨理通聯萬國電報約定書)'를 체결하면서, 차후의 외교문서에 양력만을 사용할 것을 합의하기에 이른다.

> 第七款 (제7관)
> 兩國間交送萬國電報及其應用文書記載月日 均用陽曆 右兩國委員 均奉政府之委任 互相署名鈐印以昭 憑信.(두 나라 사이에서 송출되는 세계 각국의 전보 및 그 이용문서에 기재하는 월·일은 모두 양력을 사용한다. 위의 조항에 대하여 두 나라의 위원들은 모두 정부의 위임을 받아 서로 이름을 쓰고 도장을 찍어 증명문건으로 삼는다.)
> 大朝鮮國開國 四百九十七年 八月 十八日
> 通訓大夫電報國主事 金觀濟
> 大日本明治二十一年九月二十三日
> 遞信省外信國次長 中野宗宏13)

이는 비록 통신과 관련된 약정이었지만, 이처럼 태양력 사용문제는 개화기를 전후하여 끊임없이 거론되어왔음을 말해주고 있다.

위 문서에서 주목되는 점은 그 동안 중국 연호를 사용하던 관례에서 벗어나 "大朝鮮國開國 497年(1888)"이라는 조선의 開國紀元을 사용하였다는 점이다. 조선의 曆書에 開國紀元이 공식적으로 사용된 시점이 갑오경장 이듬해인 1895년14)이었던 것을 감안한다면, 조선을 淸國에 귀속시키지 않으려는 일본의 압력은 그보다 훨씬 이전부터 작용하고 있었음을 짐작할 수 있다. 이처럼 조선 개항장의 시간은 공식적으로 태양력이 도입되기 이

---

13) 『高宗實錄』 卷25, 고종25년 8월 18일(丁酉)
14) 曆書에서 開國기원이 공식적으로 사용된 것은 개국 504년을 紀元으로 한 乙未年 曆書 「大朝鮮開國五百四年歲次乙未時憲書」이다.

전부터 이미 태양력 중심, 즉 일본 중심으로 재편되어가고 있었던 것이다.

급기야 조선정부는 이러한 추세에 따라 태양력을 도입하기로 결정하고, 아래와 같은 詔勅을 공포하게 되었다.

"三統의 互用ᄒᆞ미 時를 인ᄒᆞ야 宜를 제ᄒᆞ미니 正朔을 改ᄒᆞ야 太陽曆을 用ᄒᆞᄃᆡ 開國五百四年十一月十七日로써 五百五年 一月一日을 숨으라."[15]

이로써 조선에서는 1895(고종32)년 11월 16일까지 공식적으로 사용되었던 시헌력의 시대는 종결되었으며, 다음날인 11월 17일을 1896년 1월 1일로 하는[16] 양력사용이 공식화되기에 이른다. 이는 일본에 비하면 무려 23년이라는 시간차를 두고 시행[17]된 것이다.

1897년은 조선이 '대한제국'으로 거듭난 해이다. 그간의 속국에서 벗어나 독립국가로의 쇄신차원에서 曆書에도 대한제국 국호와 연호를 사용하였으며, 曆書名도 '명시력(明時曆)'으로 변경하였다.[18] 그럼에도 명시력은 음력 중심으로 편제되어 있으며, 시헌력 체제를 유지하고 있어 체제 변혁이 그리 쉽지 않았음을 짐작케 한다. 다만 양력날짜와 요일을 해당일의 맨 밑단에 부기했다는 점에서 소극적으로나마 태양력을 시행하고 있었음을

---

15) 『官報』, 開國504년 9월 9일자
16) 시헌력이 1895년 11월 16일로 끝남에 따라 1895년의 11월 17일부터 12월 30일까지는 조선의 달력에 존재하지 않는 날이 되었다. 이는 1895년의 『고종실록』이 11월 16일자로 끝나고 다음해인 1896년 1월 1일로 이어지는 것으로 확인할 수 있다.
17) 일본은 국가 공식曆으로 태양력을 채택하면서 明治 5년(1872) 12월 3일을 明治 6년(1873)년 1월 1일로 정하는 것으로 서양의 시간 구획으로 편입되었다.
18) 曆書名에 있어서 '~書로 표기되었던 종전에 비해 '~曆'으로 명명된다. 이는 조선후기 청 건륭제의 이름 弘曆을 회피하기 위하여 時憲曆이 時憲書로 사용된 적이 있었는데, 明時曆에서는 '曆字를 曆書명으로 회복하게 된 것이다. 曆書명에서 '曆字를 회복한 것은 1896년 이미 曆書명이 時憲書에서 時憲曆으로 바뀐 것과 동일한 배경이다. (정성희(2003), 앞의 논문, p.38 참조)

알 수 있다. 이 시기 曆書의 변천과정을 간략하게 〈표 1〉로 정리하였다.

〈표 1〉 태양력 시행 이후 曆書의 변천과정

시대	연호	기간(사용년수)	역　서　명	비　　고
조선 말기	建陽	1896.1~1897.8 (2년)	大朝鮮開國五百五年時憲曆(1896) 大朝鮮開國五百六年時憲曆(1897)	
대 한 제 국 기	光武	1897.8~1907.8 (10년)	大韓光武二年 明時曆(1898) ↓ 大韓光武十一年明時曆(1907)	태양력을 도입하였음 에도 종전처럼 음력 위주로 편성됨.(양력 날짜와 요일이 맨 밑 단에 기입됨)
	隆熙	1907.8~1910.8 (3년)	大韓隆熙二年 明時曆(1908)	
			大韓隆熙三年曆(1909) 大韓隆熙四年曆(1910)	양력위주(양력을 상 단, 음력을 하단)로 편 성.

1907년 순종을 즉위시킨 일제는 교과서와 마찬가지로 曆書의 발행에도
직접 관여하게 된다. 대한제국 學部에서 발간된 본격적인 양력중심 체제
의 隆熙曆이 그것이다. 隆熙曆은 양력을 상단에, 음력을 하단에 배치하고
양력날짜에 요일을 병기함으로써 〈朝鮮民曆〉의 체계와 동일하다. 강점
이후 사용된 〈朝鮮民曆〉의 체계는 이미 隆熙曆에서 완성되어 있었던 것이
다. 실로 일제의 曆에 대한 본격적인 지배는 대한제국기의 교과서와 마찬
가지로 學部에서 편찬한 隆熙曆부터였음을 알 수 있다.

3. 식민지 초등교과서와 〈曆〉의 변용

3.1 실용위주의 보통교육과 『國語讀本』
일제는 '충량한 제국신민 양성을 위한 점진적인 同化정책'에 역점을 두

고 강점초기 식민지 정책을 구상하였으며, 이를 초등학교 아동을 대상으로 한 교과서를 통하여 실현해 나가고자 하였다. 강점초기 데라우치 마사타케(寺內正毅) 총독의 초등교육방침은 "일본인 자제에게는 학술, 기예의 교육을 받게 하여 국가융성의 주체가 되게 하고, 조선인 자제에게는 덕성의 함양과 근검을 훈육하여 충량한 국민으로 양성해 나가는 것"[19]이었다. 말하자면 "조선인에게는 보통교육 즉 독서, 습자, 산술을 가르치는 것에 족하고 황국신민을 위한 품성과 시풍을 교화하는 데 목적이 있지 그 이상의 학과는 필요치 않다는 것"[20]이었던 것이다.

이러한 교육 목적에 합당한 교과목이 바로 '修身'과 '國語(일본어)'였는데, 특히 '國語'과목은 언어교육을 통한 이데올로기의 주입은 말할 것도 없고, 교과서의 내용에서 일본의 역사, 지리, 생물, 과학을 포괄하고 있을 뿐만 아니라, 일본의 사상, 문화, 문명은 물론 '실세에 적응할 보통교육' 수준의 실용교육에 까지 미치고 있어, 실로 일제가 초등교육을 통한 동화정책의 출발점에서 가장 중요시하였던 과목이었다. 이는 타 교과목에 비해 총 시수의 40%에 가까운 압도적인 시수를 배정하여 교수하였다는 점에서도 알 수 있다.

『國語讀本』의 내용을 살펴보면, 무엇보다도 조선인을 우민화함으로써 '충량한 신민으로 육성'하려는 강점초기의 교육목적에 합당한 내용이 상당부분을 차지하고 있다. 또한 실생활에 필요한 지극히 보편적인 지식과 기능, 즉 실용교육을 추구하면서도 그 내용으로 일본의 국체와 문화를 이식시켜 점진적인 同化를 이루어 가려는 의도를 엿볼 수 있다. 실용화 교육 단계에서 주목을 끄는 것은 일상의 삶과 직결되는 曆과 관련된 단원이다.

---

19) 정혜정·배영희(2004), 「일제강점기 보통학교 교육정책연구」, 『교육사학연구』제14집, 서울대학교 교육사학회 편, p.167
20) 〈每日申報〉, 「鮮人敎育의 要旨」, 1918.3.26일자 1면 사설

『國語讀本』에서 曆과 관련된 단원은 총 4단원[21]으로, 분량 면에선 그리 많지 않다. 그러나 일제의 식민지정책이, 曆을 '숨은그림'의 기재장치로 조선민중을 세뇌하였음을 고려한다면, 그 중요성을 쉽게 간과할 수는 없을 것이다. 하루를 열면서 제일 먼저 살피는 것이, '오늘의 위치와 의미'이며, 이는 달력 안에서 찾을 수 있기 때문이다.

오늘은 몇 월 몇 일이며, 또 무슨 요일일까? 이런 것들은 달력을 보고 알 수 있다. 야만인들 사이에는 달력이 없으므로, 그들은 월일뿐만 아니라 자신의 나이조차 모른다. 〈Ⅰ-8-22〉「달력(曆)」

『國語讀本』에서는 가장 먼저 달력의 유무로 야만인과 문명인을 구분하는 기준점으로 제시함으로써 曆으로의 접근을 유도한다. 이어서 달력의 체계를 교육하고자 『國語讀本』에서는 1학년 과정을 마칠 무렵에 먼저 달(月)의 개념을 숙지하게 한다.

이 달은 1월이고 다음 달은 2월입니다. 2월부터 3월 그리고 나서 순서대로 4월 5월 6월 7월 8월 9월 10월 11월 12월이 됩니다. 12월이 끝나면 다시 1월이 됩니다. 1년은 정확히 12개월입니다. 지난달까지는 작년이었지만 이 달부터는 금년입니다. 작년 4월에 저희들은 처음으로 학교에 들어갔습니다. 〈Ⅰ-2-22〉「달 세는 법(月 の かぞえかた)」

이러한 달력의 체계는 이처럼 학교생활과 연계시킴으로써 접근성에서 유리하다 하겠다. 이어서 날(日)의 개념과 날짜 세기에 들어가는데, '날짜

---

21) 제1기 『普通學校國語讀本』에서 曆과 관련된 단원은 〈Ⅰ-2-22〉「달 세는 법(月 の かぞえかた)」, 〈Ⅰ-3-9〉「날짜 세는 법(日 の かぞえかた)」, 〈Ⅰ-4-28〉「1년(一年)」, 〈Ⅰ-8-22〉「달력(曆)」으로 4단원이다.

세는 법'은 '달 세는 법'에 비해 난이도가 있어 2학년 과정에 배치하였으며, 학교에서 배운 것을 가정에서 어머니가 다시 확인하는 것으로 반복학습의 효과를 얻는다.

토요일 점심 무렵 다로는 학교에서 돌아와 어머니에게 인사를 하였습니다. 어머니는 "너 오늘 학교에서 무엇을 배웠니?"라고 물었습니다. 다로는 "오늘은 날짜 세는 법을 배웠는데 매우 까다로웠습니다."라고 대답하였습니다. (중략) ....초하루 초이틀 초사흘 초나흘 초닷새 초엿새 초이레 초여드레 초아흐레 열흘 11일 12일 13일 14일 15일 여기까지 말하자 어머니가 "이제 그걸로 됐다. 한 가지 더 19일의 다음을 말해 보렴."이라고 했습니다. 다로는 곧 "그것은 20일이라고 하지 않고 스무날이라 합니다."라고 대답하였습니다. 다로가 잘 외웠으므로 어머니는 크게 칭찬하셨습니다. 〈Ⅰ-3-9〉「날짜 세는 법(日 の かぞえかた)」

위의 심화단계로 이어진 〈Ⅰ-4-28〉「1年」에서는 큰 달, 작은 달을 구체적으로 소개한다. 뿐만 아니라, 4년마다 돌아오는 윤년, 그리고 열두 달을 사계절로 나누고 계절에 해당되는 달을 숙지하게 함으로써, 우주의 운행에 보다 체계적이고 과학적으로 접근하고 있음이 주목된다.

1년은 365일로 이것을 12개월로 나눕니다. 12개월 중에는 큰 달과 작은 달이 있습니다. 큰 달은 31일이고 작은 달은 30일입니다. 그리하여 4, 6, 9, 11의 4개월은 작은 달이고 나머지는 2월 외에 모두 큰 달입니다. 2월은 대개 28일인데 해에 따라서는 29일인 경우도 있습니다. 12개월을 나눠서 봄 여름 가을 겨울의 사계로 합니다. 3월부터 5월까지는 봄이고 6월부터 8월까지는 여름입니다. 그리고 9월부터 11월까지는 가을이고 12월부터 이듬해의 2월까지는 겨울입니다. 〈Ⅰ-4-28〉「1년(一年)」

큰 달, 작은달, 2월의 날짜 수, 그리고 윤년의 하루를 2월 마지막 날에 포함시키는 등 『國語讀本』에 수록된 달력의 체계는 오늘날 우리가 사용하고 있는 양력, 즉 태양력 체계이다. 이는 말할 것도 없이 식민지기 내내 조선인들에게 강제되었던 달력 〈朝鮮民曆〉의 체계였던 것이다.

第一期 『國語讀本』은 8권 모두가 '本文'과 그에 따른 '練習'으로 편제되어 있어, 本文에서 제시된 이러한 내용이 練習을 통하여 반복 학습하도록 되어있다. 〈朝鮮民曆〉의 체계 또한 학교에서의 학습과, 반복되는 일상생활을 통하여 점차 정착되어갔다.

3.2 기념일, 국경일 변경에 의한 황국사관 이식

오늘날의 기념일이나 국경일은 국가의 기념할만한 날로서 국민 모두의 공휴일로 지정되어 있으며, 전통시대 曆書에서 가장 중요시하였던 24절기는 물론, 공식적인 각종 기념일들과 함께 달력에 기재되어 있다. 이에 비해 제왕의 授時的 기능에 초점을 맞추었던 전통시대는 농사와 관련하여 절기의 정확한 날짜를 예측하고자 한데서 24절기만을 曆書에 기재하였다.

曆書에 이러한 기념일이 등재되기 시작한 것은 태양력 시행과 밀접한 관계가 있다. 태양력 시행은 기존의 淸曆으로부터의 독립을 의미하기 때문이다. 이에 따라 왕실의 행사가 비로소 국가적인 행사로 확장되었으며, 왕실의 경축기념일 및 忌祭日이 曆書에 기재되기 시작한 것이다. 태양력 시행 후 첫 曆書인 「大朝鮮開國五百五年時憲曆」(1896)에 기재되어 있는 주요 國忌日 및 경축일22)을 살펴보면 대체적으로 전통적인 五禮가운데

---

22) ①宗廟大祭(음1.1, 양 2.13), ②圜丘新穀大祭(음1.6, 양2.18), ③尾箕星祭(음1.7, 양 2.18), ④貞純王后忌辰(음1.12, 양2.19), ⑤王太后陛下慶節(음1.22, 양 3.7), ⑥南關王廟祭(좌동), ⑦先農祭(음1.28, 양3.13), ⑧大祭(음2.1, 양3.14), ⑨千秋慶節(음2.8, 양3.21), ⑩貞聖王后忌辰(음2.15, 양3.28), ⑪世宗大王忌辰(음2.17, 양3.30), ⑫各廟園墓祭(음2.23, 양4.5), ⑬仁宣王后忌辰(음2.24, 양4.6), ⑭景慕宮祭(음5.1, 양6.12), ⑮純祖大王誕

吉禮에 해당하는 의례일과 왕이나 왕비의 탄신일 혹은 國恤日 등이 주를 이루고 있다.

1897년 10월 조선은 자주독립국의 선포와 함께 국호를 '대한제국'으로 개칭하였으며, 제왕의 칭호는 제국에 걸맞게 '황제'로, 연호는 '광무'로 정하여 절대주의적 근대국가의 기틀을 확고히 하였다. 이에 따라 기존의 경축일은 공식적인 '국가경축일'로 변경하고, 의미 있는 날을 선정하여 새롭게 국가경축일로 제정하였다. 가장 먼저 제정된 것이 淸으로부터 독립을 의미한 '독립경일(獨立慶日)'이다.[23] 이어 1897년 1월 흥경절(興慶節)[24]과 계천기원절(繼天紀元節)[25]이 제정되었는데, 이는 이듬해 曆書「大韓光武二年明時曆」(1898)에서부터 반영된다. 이후 국가경축일의 명칭은 변화 없이 지속되었으며, 국기일의 종류는 대폭 증가하여 曆書상단에 빼곡히 기재되게 된다.

1907년 고종이 폐위당하고 순종이 즉위하면서 曆書는 큰 변화를 보인다. 일제의 압력에 의하여 황실의례가 일소되었으며, 통감부가 양력으로 변경(布達 178호)하여 지정한 乾元節(3.25), 萬壽聖節(9.8), 坤元節(9.19), 千秋慶節(10.20), 開國紀元節(8.14), 繼天紀元節(8.14), 卽位禮式日(8.27), 廟社誓告日(11.18) 등[26]공식적인 국가경축일 8개만이 曆書해당일의 상단

辰(음6.18, 양7.28), ⑯開國紀元節(음7.19, 양8.24), ⑰萬壽聖節(음7.25, 양9.2), ⑱王太子妃殿下誕辰 (음10.20, 양11.24), ⑲誓告日(음12.12, 양1.14) 등이다.

23) 『고종실록』권33, 고종32년(庚辰, 1895년) 5월 10일 (정성희(2003), 앞의 논문, p.45)

24) 흥경절은 고종의 즉위(음 1863.12.13)와 이를 社稷에 고한 날(1896)을 동시에 기념하기 위한 것이다. 궁내부 대신 이재순의 건의로 제정된 흥경절은 국가경축일로서, 이듬해 (1898)의 曆書에 반영되기 시작하였는데, 이유는 모르지만 1901년부터 1904년까지는 기재되어 있지 않고, 1905부터 1908년 曆書까지 다시 기재되어 있다. (정성희(2003), 위의 논문, 같은 면)

25) 계천기원절은 대한제국 탄생(1897.10.13)에 앞서 고종이 황제에 등극한 날(1897.9.17)을 기념하여 제정된 국가경축일이다.

26) 學部(1909), 「大韓隆熙四年曆」, 隆熙3년 10월 1일 발행

에 기재된다. 이는 국가경축일 지정은 물론, 曆書의 제자까지도 일제에 귀속되어 있음을 말해준다.

합병 후 조선총독부는 즉각 조선에서 하늘을 관찰하는 일과 曆書를 발행하는 일을 중단시키고,[27] 〈朝鮮民曆〉 이외의 曆書 제작이나 사용을 전면 금지하였다. 여기에 일본국명과 연호인 '메이지(明治)'가 사용되었으며, 달력에 기재된 국경일이 일본의 축제일[28] ①四方拜(1.1), ②元始祭(1.3), ③孝明天皇祭(1.30), ④紀元節(2.11), ⑤神武天皇祭(4.3), ⑥天長節(11.3), ⑦神嘗祭(11.17), ⑧新嘗祭(11.23), ⑨春季皇靈祭(춘분일), ⑩秋季皇靈祭(추분일)로 전면 교체되었는데, 교체된 일본의 축제일은 曆書해당일의 상단은 물론, 曆書 첫 면에 소급하여 기록함으로써 시각적인 효과를 더하였다.

1912년(M45, T원년) 明治천황에 이어 大正천황이 즉위함에 따라 축제일에도 약간의 변화가 나타난다. 1913년(T2) 曆書를 살펴보면 ①元始祭(1.1), ②新年宴會(1.5), ③紀元節(2.11), ④春季皇靈祭(3.21), ⑤神武天皇祭(4.3), ⑥明治天皇祭(7.30), ⑦天長節(8.31), ⑧秋季皇靈祭(9.23), ⑨神嘗祭(11.17), ⑩新嘗祭(11.23)로, 孝明天皇祭 대신 직전 천황인 明治천황

---

27) 나일성(2000), 『한국천문학사』, 서울대학교출판부, p.224
28) 일제가 제시한 축제일은 강점 초기 식민지 동화정책의 일환인 국체를 인식시키기 위한 중요한 교육목적으로 부각되었다. 강점초기 조선총독부의 교육정책에 의한 「祝祭日略解」를 보면, 「大日本帝國國民된者는均히帝國의祝祭日을遵守ᄒ야,國民된誠意를表흠은當然흔義이며,且靑年學의敎育上은勿論이어니와一般校風上至重흔關係를有흔者인즉,苟히敎育上에從事ᄒ는者는帝國祝祭日의意義를悉知ᄒ야敎育上疎漏흠이無케홀지니라. 祝祭日에는天皇陛下께ᄋ셔서宮中에서祭祀를行ᄒ시며,各官衙學校等은休業ᄒ고,一般人民은各戶에國旗를揭揚ᄒ야基誠意를表흠으로써例로삼ᄂ니,自今朝鮮에서도內地와同히比例에依ᄒ者이나倂合後,日이尚淺ᄒ니,從ᄒ야帝國祝祭日의意義에昭詳치못흔者ㅡ不尠홀터임으로,玆에祝祭日略解를製ᄒ야注意書訂正表後에添附ᄒ야學校職員의參考에資케ᄒ노니,職員은此를熟讀ᄒ야學員生徒에게其要領을敎授홀것은勿論이어니와,一般周圍의各人에게向ᄒ야도祝祭日의意義를說明ᄒ기를望하노라.」라고 되어 있다.(〈每日申報〉 1911.3.2. 3면, 「敎授上의 注意」 〈附錄〉 祝祭日略解)

의 祭日로 교체되었으며, 천장절의 날짜도 大正천황 탄신일로 변경되었음이 파악된다. 뒤이어 조선총독부 〈칙령 19호〉로 제시된 축제일은 여기에 天長節祝日(10.31)을 추가하였는데, 이는 1914년(T3) 曆書에서부터 반영된다.

조선총독부 발간 교과서에 소개된 축제일은 〈칙령 19호〉에 의한다. 그런데 『國語讀本』에는 절기와 관련된 축제일만이 간략하게 소개되어 있을 뿐 축제일에 관한 구체적인 언급은 없다.

> 1년 중에 낮의 길이와 밤의 길이가 같은 경우가 두 번 있습니다. 한번은 3월 21일쯤인데 이것을 춘분이라고 하고 한번은 9월 23일쯤으로 이것을 추분이라고 합니다. 춘분 날에는 궁중에서 춘계황령제라 하여 역대 천황들, 그 밖의 여러 신들의 제사가 있습니다. 또한 추분 날에도 추계황령제라 하여 같은 제사가 있습니다. 〈 I -4-28〉 「일년(一年)」

> 또한 달력에는 축일(祝日), 제일(祭日), 절기, 매일의 간지 등을 표기하며.... 〈 I -8-22〉 「달력(曆)」

축제일에 관한 구체적인 서술은 같은 시기 편찬된 수신교과서인 『普通學校修身書』에 수록되어 있다.

> <u>축일은 신년·기원절·천장절·천장절축일입니다</u>. 신년 축일은 한 해의 시작으로, 기원절은 2월 11일, 천장절은 8월 31일, 천장절축일은 10월 31일입니다. 신년·기원절·천장절·천장절축일에는 학교에서도 의식을 치릅니다. 대제일은 1월 3일의 원시제, 춘분의 날인 춘계황령제, 4월 3일의 진무천황제(神武天皇祭), 7월 30일의 메이지천황제, 추분의 날인 추계황령제, 10월 17일의 신상제(神嘗祭), 11월 23일의 신상제(新嘗祭)입

니다. 우리들은 축제일의 유래를 마음에 새겨두지 않으면 안 됩니다.[29]

　이로써 축제일을 통한 국체, 즉 황국사관의 이식은 '국어'와 '수신'과목에서 병행하였음을 알 수 있다. 1926년 12월 大正천황에 이어 昭和천황이 황위에 오름에 따라, 〈칙령 제25호〉(1927(S2))로서 축제일이 ①四方拜(1.1), ②元始祭(1.3), ③紀元節(2.11), ④春季皇靈祭(3.21), ⑤神武天皇祭(4.3), ⑥天長節(4.29), ⑦秋季皇靈祭(9.23), ⑧神嘗祭(10.17), ⑨明治節(11.3), ⑩新嘗祭(11.23), ⑪大正天皇祭(12.25)로 변경되며,[30] 이는 「昭和三年朝鮮民曆」(1928)에서부터 반영된다. 일본의 근대와 함께 해온 明治천황의 탄생일을 국가적인 축일인 明治節로 제정하여 紀元節과 함께 국민축일로 기념하고자 한 것과, 大祭日에 있어서도 明治天皇祭는 삭제되고, 大正天皇祭가 추가되었음이 파악된다. 변경된 축제일은 교과서와 曆을 통하여 교육되고 있었다.

　　우리나라의 축일은 신년(1.1)·기원절(紀元節)·천장절(天長節)·메이지절(明治節)입니다. (중략) 대제일은 원시제(元始祭)·춘계황령제(春季皇靈祭)·진무천황제(神武天皇祭)·추계황령제(秋季皇靈祭)·신상제(神嘗祭)·신상제(新嘗祭)·다이쇼천황제(大正天皇祭)입니다. (중략) 축일·대제일은 우리나라의 소중한 날로서, 궁중에서는 엄숙한 의식을 거행하십니다. 국민들은 그 날의 유래를 잘 분별하여, 집집마다 국기를 게양하여 정성을 보이지 않으면 안 됩니다.[31]

---

29) 김순전 외 공역(2007), 『조선총독부 초등학교수신서』 I 기, pp.97~98
30) 이상과 같은 축제일은 〈칙령 제25호〉의 "祭日및 祝日, 일요일을 공휴일로 지정한다."에 근거하여 국가경축일의 의미를 넘어 공식적인 국정공휴일로 지정되었으며, 1927년 3월 3일부터 시행하기에 이르러 1945년 8월까지 지속된다.
31) 김순전 외 공역(2007), 위의 책 Ⅲ기, pp.132~133

궁중에서 천황주재로 엄숙하게 의식을 거행한다는 것, 그리고 국기(일장기)를 게양하라는 것은 곧 국가에 대한 민중들의 귀속감을 이끌어내는 중요한 계기로 작용한다. 이러한 축일행사와 일장기의 일체화는 거듭되는 행사와 철저한 학교교육, 또한 달력에 명기하여 일상화함으로써 조선인들에게 일본국민적 아이덴티티를 조성하는 중요한 요소로 자리 잡게 된다. 이후 개정된 교육령에 따라 편찬된 『國語讀本』에서 曆과 직접적으로 관련된 단원은 찾아볼 수 없다. 그렇지만 曆에 기재된 내용에 따라 식민지인의 일상이 주도되었고, 또 그것이 피교육자의 신체에 내재화되었음을 고려할 때, 그 효과는 훨씬 컸으리라 생각되는 것이다.

3.3 曆에 의한 일상의 지배

조선총독부에 의해 독점화 된 〈朝鮮民曆〉은 이듬해인 1911년부터 1945년 해방될 때까지 시국의 흐름에 따라 필요한 사항이 추가되고 강화된 내용들이 강점기 내내 반복 주입됨으로써 조선인의 시간과 일상뿐만 아니라 정신까지 지배하게 된다. 이 장에서는 曆이 식민지 정책에 얼마나 깊이 관여하였으며, 또 조선인의 국가관을 어떻게 일본식으로 잠식시켜 가는지를 살펴보려고 한다.

〈朝鮮民曆〉의 전형은 구한말 고종이 폐위당하고 순종이 황위에 오른 후, 學部 주관으로 발간된 「大韓隆熙三年曆」에서부터 이미 제시되어 있었다. 大韓隆熙曆과 마찬가지로 〈朝鮮民曆〉은 양력날짜에 요일을 병기하였으며, 하단에 음력을 기재하였다. 그리고 태양력을 따랐음에도 절기를 중요시하여 24절기로 나누어 구성하였으며, '음력月表 및 節侯表를 曆書 前面에 수록하여 음력이 일상화 되어 왔던 민간의 편의를 고려하였다. 그리고 조선총독부가 제작한 〈朝鮮民曆〉 이외의 曆 사용에 대한 처벌기준을 강화하고, 이를 교과서에까지 명시함으로써 학교교육과 병행하였다.

> 민간에서는 달력을 만들 수 없다. 이를 만들 때는 처벌을 받는다. 조선민
> 력에는 양력과 함께 음력도 게재하였다. 음력은 즉 구력이다. 조선에서
> 는 오랫동안 음력이 행해져 왔기 때문에, 민간의 편의를 도모하여 이를
> 실어 둔다. 그렇지만 공적인 일에는 음력을 사용할 수 없다. 조선민력은
> 총독부에서 값싸게 제작하여, 민간에게 판매토록 한다.
>
> 〈Ⅰ-8-22〉「달력(曆)」

〈朝鮮民曆〉의 가격은 대한제국기 隆熙曆에 비해 절반 값인 5錢으로 낮
추어 공급하였다. 이는 위의 교과내용과 총독부 편찬 교과서의 공급가격
에서도 이미 확인된 사항으로, 曆정책과 교과서정책이 상통하고 있음을
알 수 있다. 이후 조선총독부는 〈朝鮮民曆〉의 정착과 확산을 위하여 가격
을 4錢까지 낮추었다. 이에 힘입어 1911년에는 24만여 부가 민간에 배포
되었으며, 해를 더할수록 그 수량이 증가되어 1910년대 말에는 50만부 정
도가 제작 배포되었다[32]고 한다. 강점기 曆書의 변천과정과 내용상 특징
적인 사항을 간략하게 〈표 2〉로 정리하였다.

---

32) 정상우(2000), 「개항 이후 시간관념의 변화」, 「역사와 현실」, 한국역사연구회, p.187
참조

<표 2> 일제강점기 曆書의 변화와 내용상의 특징33)

시대	연호	曆書 名(해당년도)	정가	주요 기재사항 및 특징	편찬처
대한제국기	隆熙 (1907.8 - 1910.8)	大韓光武十一年明時曆(1907) 大韓隆熙二年 明時曆(1908)		* 음력 상단, 양력과 요일을 맨 밑단에 배치 * 연신방위도 크게 전면배치 * 國忌日, 慶祝日 날짜 상단에 기재	學部
		大韓隆熙三年曆(1909)	10錢	* 국가경축일 8개를 제외한 國忌日 전면삭제	
		大韓隆熙四年曆(1010)	10錢	* 절후표, 연신방위도 부록 처리함.	
일제강점기	明治 (1910.8 - 1912.7)	明治四十四年朝鮮民曆(1911)	5錢	* 국가 경축일 모두 축제일로 교체 * 절후표는 맨 앞으로, 연신방위도는 가취주당도와 함께 맨 뒤로 배치함.	朝鮮總督府
		明治四十五年朝鮮民曆(1912)	5錢	* 양력을 상단, 음력을 하단에 배치. * 24절기로 나누어 구성	
	大正 (1912.7- 1926.12)	大正二年朝鮮民曆(1913)	5錢	* 건국기원 표기. 이하 동 * 축제일 변동	
		大正三年朝鮮民曆(1914-18)	4錢		
		大正八年朝鮮民曆(1919)	5錢		
		大正九年朝鮮民曆(1920)	7錢	* 월별 농사정보 제공 * 부록에 年歲對照表, 행정구획도, 전체 면적과 인구, 행정구역 및 廳 소재지, 육군상비단대 배치, 해군진수부 소재지, 주요도시인구 등을 수록.	
		大正十二年朝鮮民曆(1923)	9錢		
		大正十三年朝鮮民曆(1924-26)	10錢	* 부록에 기후 추가(각 도시의 최고·최저·평균기온, 월별 雨雪量 등)	
	昭和 (1926.12 - 1945.8)	大正十六年朝鮮民曆(1927)	10錢	* 미터법, 척관법 따른 도량형표 추가	
		昭和三年朝鮮民曆(1928)	10錢	* 축제일 변동	
		昭和五年朝鮮民曆(1930)	10錢	* 寒暑風雨의 極數, 水稻便覽 부록추가	
		昭和六年朝鮮民曆(1931-36)	10錢	* 행정구획지도를 '조선의 철도 및 자동차선로도로 교체, 國稅 및 地方稅 납기일람, 내국통신요금표 추가 수록	
		昭和十二年略曆(1937)	10錢	* 曆書名이 <略曆>으로 바뀜 * 水産動植物의 採捕禁止一覽, 漁業便覽, 林業便覽, 年代表竝陰曆陽曆對照表 부록에 추가 수록 * 건국기원에 서력기원 병기 * 축제일 해당일에 일장기로 표시	
		昭和十三年略曆(1938)	11錢	* 曆書전면에 鳥居사진, 기미가요 추가	
		昭和十四年略曆(1939)	11錢	* 황국신민서사, 궁성요배 표어 삽입	
		昭和十五年略曆(1940)	11錢	* 鳥居사진을 二重橋, 神武天皇사진으로 교체 * 국민정신총동원연맹실천요목 추가	
		昭和十六年略曆(1941) ↓	13錢	* 애국반 구호 수록	

---

33) <표 2>는 대한제국기 學部발행 「大韓隆熙曆」과 일제강점기 조선총독부에서 발행한 <朝鮮民曆>과 <略曆> 전권을 참고하여 필자가 작성한 것임.

3·1운동은 달력의 체계에도 많은 변화를 가져왔다. 1920년(T9) 달력부터는 그간의 절기와 날짜위주의 일상적인 달력에서 민간의 편의를 위한 각종 정보, 즉 월별 농사정보와 함께, 年歲對照表, 행정구획도, 전체 면적과 인구, 행정구역 및 廳소재지, 육군상비단대 배치, 해군진수부소재지, 주요도시인구 등을 부록으로 편성하여, 지면이 늘어나면서 가격이 7錢으로 인상되었다. 1922년(T11) 曆의 부록에는 미터법, 척관법에 의한 도량형표, 그리고 일본에 속한 각 지역의 기후를 추가 수록하였는데, 각 도시별 최고기온과 최저기온, 평균기온, 그리고 월별 강수량 및 강설량 등에 그치지 않고 雨雪최대일의 量까지 자세하게 기록하여, 농사에 의존하며 살아가는 농민들에게 소중한 정보를 제공하는 것으로 실생활의 편의를 도모하는 서비스 측면을 보이기도 하였다. 그럼에도 〈朝鮮民曆〉의 완전한 정착에는 난제가 많았다. 이에 대한 조선총독부의 대응은 하급관리들을 앞세운 '음력전폐론'[34]과, 총독부 산하 인천관측소를 통하여 과학적 근거를 내세워 〈朝鮮民曆〉 사용의 정당성을 선포하였다.

재래력은 조선민력에 비하여 1일가량 다른 일이 있는 바, 昭和3년력에도 이와 유사한 예가 있다. 일반가정에 걸려있는 日繰力 또는 광고지에 인쇄된 절후표 등에 있는 음력은 흔히 만세력이라든지 천세력과 같은 재래력에서 취한 것이 많다. 그러나 이 재래력은 대개 과거 중국 북경(동경126도 28분)의 자오선을 표준으로 하여 계산한 것이므로 현재 우리나라 중앙표준시(동경135도)를 이용하여 계산한 조선민력에 비하여 경도에서 대체로 1시 14분의 차가 있으므로, 합삭일 전후에 달의 大小나 날짜의 다름을 만들어 낼 수가 있다. (중략) 조선민력은 음력 8일 大, 9월 小로 되어 있으나 재래력은 이와 반대로 8월 小, 9월 大로 되어 있다. 재래민력은

---

34) 공제욱·정근식 편(2006), 앞의 책, p.113

조선민력에 비하여 음력 9월 한달은 日次가 하루씩 다르게 될 것이다. 물론 일반 公衆은 조선의 본력인 조선민력에 의하는 것이 정당하므로 결코 미혹한 일이 없도록 미리 주의하여 두는 바이다.35)

이처럼 총독부가 〈朝鮮民曆〉의 확산에 힘썼다는 것은 민중들이 날마다 접하는 曆을 통하여 식민지인의 시간과 일상의 지배는 물론, 점진적인 황국사관 주입 의도의 일환이었으리라 여겨진다.

昭和期에 접어들면서 曆의 지면은 점차 국가정책과 민간계몽 프로젝트를 선전하는 도구로 사용되기에 이른다. 1931(S6)년 曆의 부록을 살펴보면 이전의 '행정구획도'가 '조선의 철도 및 자동차선로도'로 교체되었고, '國稅 및 地方稅 납기일람표'와 '내국간 통신요금표'가 추가되었다. 이는 민간의 생활 편의를 도모함과 동시에 대륙진출을 위한 제국의 주요 거점으로서 조선이 그 전진기지로 작용하고 있음을 의미한다. 이러한 체제는 1936(S11)년까지 지속된다. 다만 1936년 曆에서 축제일 해당일 상단에 '國旗라는 글자를 병기하여 일장기 게양일을 曆으로 표기하여 동화에 이용하였던 것이다.

1936년 조선총독으로 부임한 미나미 지로(南次郎)의 강력한 식민지정치는 1937(S12)년 달력에 즉각 반영된다. 먼저 曆書名을 〈朝鮮民曆〉에서 朝鮮이라는 로컬색이 짙은 국명 대신 〈略曆〉으로만 표시하였으며, 건국기원에 서력기원을 병기한 것은 앞으로 있을 전쟁에 대비하여 국제적인 정세와 발맞추려 하였음이 파악된다. 또 첫 페이지의 축제일 하단에 '國旗ノ制式'과 '國旗揭揚ノ方法'을 수록하고, 축제일 해당일 상단의 '國旗'라는 표기를 일장기로 대체하여 시각적, 象徵的 효과를 배가하였다. 부록에는 '水産動植物의 採捕禁止一覽', '漁業便覽', '林業便覽', '年代表竝陰曆陽曆對照

35) 인천관측소(1928), 「朝鮮民曆사용의 정당화」, 『조선(조선문)』, 1928.2

表 등을 추가 수록하였으며, 이전의 '國稅 및 地方稅 納期一覽'이 '國稅 및 道稅 納期一覽'으로 변경되어 있다. 地方稅가 道稅로 바뀐 것은 점차 강력한 통제체제로 제어되고 있음을 의미한다고도 할 수 있겠다.

국가적인 계몽프로젝트는 점차 강화되어갔다. 1938(S13)년 달력은 도리이(鳥居)사진과 함께 기미가요를 첫 면에 배치하여 수록하였으며, 이어 1939(S14)년 曆書에는 〈국민정신총동원연맹〉에서 제창한 궁성요배 표어를 일장기와 함께 쪽지형식으로 삽입하였고, 기미가요(君が代) 하단에 〈황국신민서사〉(1)과 (2)를 추가 수록하였다. 그리고 1940(S15)년 曆書는 궁성의 니주바시(二重橋)사진 하단에 궁성요배 표어, 다음 면 상단에 神武天皇, 하단에는 神宮의 전경을 담은 사진, 그 다음 면에 조선신궁 사진과 함께 21개항의 '국민정신총동원연맹실천요목[36]'을 추가 수록함으로써, 갈

---

36) 國民精神總動員聯盟實踐要目 (출처 : 조선총독부(1940), 「昭和十五年略曆」, 朝鮮書籍印刷)
　　一, 每朝宮城遙拜(매일아침 궁성요배)
　　二, 神社參拜勵行(신사참배려행)
　　三, 朝鮮ノ祭祀勵行(조선의 제사려행)
　　四, 機會ノアル每ニ皇國臣民ノ誓詞朗誦(기회잇는대로 황국신민의 서사랑송)
　　五, 國旗ノ尊重, 揭揚ノ勵行(국기의 존중, 게양의 려행)
　　六, 國語生活ノ勵行(국어생활의 려행)
　　七, 非常時國民生活基準樣式ノ實行(비상시국민생활기준양식의 실행)
　　八, 國産品愛用(국산품애용)
　　九, 徹底セル消費節約ト貯金ノ勵行(철저한 소비절약과 저금의 려행)
　　十, 國債應募勸獎(국채응모권장)
　　十一, 生産增加並ビニ軍需品ノ供出(생산증가와 군수품의 공출)
　　十二, 資源ノ愛護(자원의 애호)
　　十三, 勤勞保國隊ノ活躍强化(근로보국대의 활약강화)
　　十四, 一日一時間以上勤勞增加ノ勵行(하로 한시간이상 근로증가의 려행)
　　十五, 農山漁村更生五個年計劃ノ完全實行(농산어촌갱생오개년계획의 완전실행)
　　十六, 全家勤勞(전가근로)
　　十七, 應召軍人ノ歡送迎, 傷病兵ノ慰問(응소군인의 환송영, 상병병사의 위문)
　　十八, 出征軍人並ビニ殉國者遺家族ノ慰問慰靈, 家業幇助(출정군인과 순국자유가족의 위문위령, 가업방조)

수록 그 강도를 더해갔다. 이어 1941(S16)년의 曆書에는 궁성요배 표어 좌측에 "우리들은 애국반원이다. 국민총훈련―애국반기 아래로!(我等ハ愛國班員ナリ國民總訓練―愛國班旗ノ下二)"라는 표어가 추가되었으며, 달력의 각 페이지 좌우측에 후방국민의 마음가짐을 일깨우는 표어를 빼곡하게 수록하여 민중들에게 전시체제임을 환기시켰다.

민중들의 일상적 습속이나 생활감각의 변화는 가시적인 강제나 계몽프로젝트에 의한 무의식적인 동의에 의해 점진적으로 동화되어가게끔 되어 있다. 강점초기에서 大正기 까지는 민중의 편의를 도모한다는 서비스적인 부분이 부각되었다. 그러나 그러한 명분 이면에 '황국사관의 移植을 노리고 있으며, 昭和 말기로 갈수록 '점진적인 황민화'와 '국가 유용성에 의한 國民양성'이라는 국가적 프로젝트가 曆을 통하여 날마다 반복되는 일상에서 이루어지고 있었다. 이처럼 식민지 조선인의 일상은 일제가 독점 제작하여 사용케 한 曆에 의해 지배되고 있었던 것이다.

4. 맺음말

조선인을 우민화함으로써 충량한 신민으로 육성하려 하였던 일제의 식민지정책은 특히 초등교과서에 서사된 曆을 통하여서도 이루어지고 있었다.

태양력의 도입 전후부터 강점기 내내 한국에서 사용된 달력은 일본의 정치상황과 떼려야 뗄 수 없는 밀접한 관계성을 지니고 있었다. 순종 즉위와 함께 본격적으로 관여하여 隆熙曆의 체계를 만들어 낸 일제는 합병직

十九, 機會アル每二殉國者英靈二黙禱(기회있는대로 순국자영령에 묵도)

二十, 流言蜚語ヲ愼ミ間諜ノ警戒(류언비어를 삼가고 간첩을 경계)

二十一, 防共防諜ヘノ協力(방공방첩에 협력)

후 이를 〈朝鮮民曆〉의 체계로 변환시키고, 曆書에 기재된 국가경축일을 일본의 축제일로 변경함으로써 축제일과 일장기의 일체화, 일상화를 꾀하였다. 3·1운동 이후의 曆은 유화 제스처의 일환으로 민중의 편의를 도모하는 측면을 보이기도 하였으나, 그 이면에 〈朝鮮民曆〉의 확산을 통한 '점진적인 황민화' 과정이 자리하고 있었다. 그리고 중일전쟁(1937) 이후의 曆에서 살펴본바, 일제말기로 갈수록 '국가 유용성에 의한 國民양성'을 위한 지침서의 성격을 띠고, 조선인의 일상을 지배하였음이 드러났다.

살펴본 바, 강점기 曆정책 또한 이의 편찬 보급 정착과정에서부터 지면의 용도까지, '내선일체'와 '황민화'로 대변되는 일제의 식민지교육정책과 그 맥을 같이하고 있었다. 그런데 초등교과서가 아동을 대상으로 한 것이라면 曆은 아동과 일반인들을 모두 포함하고 있었다는 점에서 조선총독부의 식민지정책상 대단히 중요한 위치를 점하고 있었음을 알 수 있다. 이처럼 일제는 曆을 통하여 학교교육과 동일선상에서 조선아동의 일상까지 지배함으로써 그 효용성을 극대화 할 수 있었던 것이다.

Ⅳ. 『日語讀本』과 『訂正國語讀本』의 공간표현 변화*

장미경 · 김순전

1. 일본의 조선교육 지배 준비기에서 무단통치기로

조선총독부는 '식민지 조선' 만들기의 대표적인 수단으로 교과서를 활용하였는데, 완전한 식민지로 만들기 위한 준비단계로서 지배체제를 정비하였으며, 이는 그대로 교과서에 반영하였다. 특히 1895년의 〈소학교령〉까지는 단순 외국어로 취급되던 일본어가, 통감부 설치 이후 독립된 교과로 선정되면서 현실적 필요성에 의하여 중요 '외국어' 과목으로 자리 잡았다.[1] 1905년 교과서 편찬위원회를 설치한 대한제국의 학부는 보통학교 교과서 편찬작업에 착수하여 1906년에는 교과서 일부를 만들어 보통학교

---

* 이 글은 2010년 8월 고려대학교 일본연구센터 『日本研究』(ISSN : 1598-4990) 제14집, pp.365~386에 실렸던 논문 「『日語讀本』과 『訂正普通學校學徒用國語讀本』에 나타난 공간 표현의 변화 考察」을 수정 보완한 것임.
1) 호사카 유지(2002), 『일본제국주의의 민족동화정책 분석』, 제이앤씨, pp.95~98 참조.

의 개시와 동시에 이를 사용하게 하였다.[2] 이에 따라 〈교과용도서검정규정(教科用圖書檢定規程)〉을 제정하여 학생용과 교사용의 모든 교과용 도서는 우선 학부에서 편찬한 것으로 하였다. 한일합방 이후 조선총독부는 학부편찬 교과서가 다소 한국의 입장에서 기술되었다 여겨, 식민자의 이념을 담은 교육과정 조직에 따라 교과서를 수정, 개편하게 된다.

'일본어교과서'는 다양한 교과 내용이 수록되어 있는 종합교과서라고 할 수 있다. 지리의 경우는 지리교과서가 없어 실제로 시간 수는 별도로 배정되어 있지 않았지만, '일본어교과서'에서, '地理'에 해당하는 부분은 상당히 차지하고 있다.

지형적 배치의 양상이 변하는 공간의 이동은 식민지 통치에 있어서 상당히 중요한 요소로, 地名, 國名, 領土 등의 변화를 가져온다. 이런 변화 내용을 살펴보는 것은 일제의 식민지 교육 의도와 정책, 당시의 세계정세의 흐름을 함께 구체적으로 파악할 수 있는 기초자료로 되리라 여겨진다. 그러므로 학부와 조선총독부에서 편찬한 '일본어교과서'에 어떤 내용이 선정되고 어떻게 변용 서술되었는가 고찰하여 보는 것도, 조선을 식민지화해 가는 양상을 파악할 수 있을 것이다.

따라서 일본의 조선교육 지배 준비기에 학부에서 편찬된 『普通學校學徒用日語讀本』(8권)과 무단통치기에 조선총독부에서 편찬된 『訂正普通學校學徒用國語讀本』(8권)의 '일본어교과서'를 분석하여 일제의 '地理' 교육

---

2) 학부가 편찬한 보통학교용 교과서는 1909년 5월 당시 『수신서』 4권, 『국어독본』 8권, 『한문독본』 4권, 『일본어독본』 8권, 『이과서(理科書)』 2권, 『도화독본(圖畵讀本)』 4권 등 총 7종 41권이었다. 이는 당시 보통학교 수업연한이 4년제로 1년에 두 권씩 이수하도록 계획되었기 때문이다. 하지만 질 낮은 번역도서가 많고, 급조된 교과서에 대한 불만이 증대하고 교육내용에 통일성을 기해야 한다는 목소리가 높아지는 가운데 교과용 도서의 수는 증대하여 1910년까지 총 441종으로 늘어났다. (조연순 외(2002), 『한국근대초등교육의 발전』, 교육과학사, p.79)

이 '식민지 조선 만들기'에 어떻게 표상되었는지 고찰해 보고자 한다.3)

2. '日本語敎科書'와 '地理'

1904년 학부에 일본인 고문으로 시데하라(幣原坦)가 학정 참여관으로 부임했을 때부터 교육행정의 주도권은 일본인의 손으로 넘어갔고, 일본의 국가권력이 한국인의 교육에 직접 관여할 수 있는 계기가 되었다.

1907년 출판한 『普通學校學徒用日語讀本』4)은 합방 이전 을사늑약 이후 통감부 시절에 일본인이 중심이 되어서 만든 '일본어교과서'이다. 『訂正普通學校學徒用國語讀本』은 1910년 합방 이후 학부에서 편찬한 교과서가 다소 대한제국의 입장에서 기술되어 있는 것이라 판단하여 내용을 수정 보완하여 1911년에 편찬된 것이다. 당시의 신문에서 교과서명이 바뀐 기사를 보겠다.

> 從來의 日語讀本은 國語讀本이라ᄒ고 國語讀本은 諺文讀本이나 朝鮮讀本이라 改稱홈은 勿論이오니 基內容에 此際에 根柢부터 改訂ᄒ야 爲實業敎育에 關ᄒ 智識과 興味를 添ᄒ야5)

여기에서 『日語讀本』이 『國語讀本』으로 바뀐 것은 "日語는 즉 國語이므로 本書의 명칭을 빨리 변경해야 한다"는 내무부 학무국의 〈字句訂正

---

3) 『國語讀本』에 대한 선행연구로는 朴英淑(2000), 「解題 第一期 『普通學校國語讀本』について」와 유철(2010), 「일제강점기 『國語讀本』을 통해본 신체교육고찰」, 전남대학교 대학원 석사논문 등이 있다.

4) 앞으로 본고에서는 『普通學校學徒用日語讀本』은 『日語讀本』 또는 ①로, 『訂正普通學校學徒用國語讀本』은 『國語讀本』 또는 ②로 약칭하겠다.

5) 〈매일신보〉, 1910년 11월 2일, 2면

表)에 따랐기 때문이다.[6] 또한 일본어시간이 통감부기에는 주당 6시간에서 일제강점기에 들어서면서 10시간으로 많아졌기에, 조선인에게는 '일본어교과서'가 큰 영향을 미쳤다고 할 수가 있을 것이다.

통감부기의 보통학교 교과목 과정에 지리가 중요한 과목임에도 불구하고, 교과서가 따로 편찬되지 않았다.[7]

> 지리, 역사는 특별한 시간을 定치 아니하고 國語讀本 및 日語讀本에 所在한 바로 敎授하나니.[8]

위의 인용에서도 알 수 있듯이 "보통교육 4개년이라는 단기간 동안에 역사와 지리를 별개 학과목으로 교수한다는 것은 경제상, 또는 교육상으로 보아 적당하지 않으므로 이를 교과과정으로부터 제외할 의도에서 편찬하지 않은 것"[9]이라는 주장도 있다. 또한 『國語讀本』의 편찬취의서에서 '지리에 관한 교재'를 살펴보면 "우리나라 지리의 대요를 알게 하는데 도움이 되는 중요한 사항을 가르치고, 약간의 외국지리도 첨가했다. 우리나라 지리 중에 조선 지방에 관한 사항은 주로 조선어 및 한문독본에 기술함으로써 『國語讀本』에는 단순히 그 개요를 가르치는 것으로 했다."라며 깊이 가르치려 하지 말고 개요 중심으로 단순하게 가르치라고 강조하였다. 한국의 역사와 지리에 대한 내용을 상대적으로 소홀히 하고 내용도 심화되지 못하도록 교육과정을 조절하였는데, 그것은 심화학습의 반발로 항일애국사상을 고취시킬 가능성을 배제한 것이라 할 수도 있을 것이다.

---

6) 内務部學務編「舊學部編纂普通學校用敎科書竝ニ舊學部檢定及認可ノ敎科用圖書ニ關スル敎授上ノ注意竝ニ字句訂正表」(1910. 12), p.16
7) 朴英淑(2000),「解題 第一期『普通學校國語讀本』について」에서 참조
8) 〈보통학교령〉(1906)
9) 高橋濱吉(1927),『朝鮮敎育史考』京城, 帝國地方行政學會, pp.168~172

〈표 1〉 '일본어교과서'의 '地理' 관련 내용의 빈도수

교재	학년	1	2	3	4	5	6	7	8
『日語讀本』(1907-1908)	단원	35	17	25	26	29	22	20	20
『訂正普通學校學徒用國語讀本』 (1911.3)	단원	39	28	25	26	30	22	18	20
지리 내용이 차지한 빈도수 (『일어독본』 / 『국어독본』)						4/4	3/3	7/5	6/7

〈표 1〉에서 본 것처럼 '일본어교과서'의 구성 내용에서,[10] 지리 부분에서 저학년에는 별다른 내용이 없지만, 고학년으로 갈수록 비중이 커졌음을 알 수 있다. 이것으로 조선 학생들에게 '지리' 부분에 상당한 교육의 효과를 기대하며 본격적으로 식민지 교육을 시작하려 하였음을 알 수 있다.

3. 空間의 移動 변화

3.1 國名의 강조

공간이란 지형적 배치의 양상이 변화된다는 것이기에,[11] 공간의 이동은 식민지에 있어서 가장 중요한 요소라 할 수 있다. 일본은 더 넓은 공간을 차지함으로 그들의 지배영역을 넓히고자 하였으며, 국명과 지명이 변화되는 요인을 만들기도 하였다. '일본어교과서'에서는 조선과 일본 사이의 공간 이동이 오래전부터 행해졌기에 현 상황의 당연성을 자연스럽게

---

10) 『日語讀本』의 2권 1이 『國語讀本』 1권 36과로 편입되었다. 따라서 ①-2-1이 ②-1-36으로, ①-2-2가 ②-1-37로, ①-2-3이 ②-1-38로, ①-2-4는 ②-1-39로 되었다. 결국, ①-2-5는 ②-2-1로 시작되었다. 그 중에 권7이 가장 변화가 심했는데, 각과의 이동을 많이 하였다.
11) 이진경(2002), 『근대적·시공간의 탄생』, 푸른숲, p.267

제시하려고 하였다.

조선과 일본과의 교통을 시작했던 것은 지금으로부터 몇 년 전인가를 알
수 없습니다만, 조선의 학자와 기술자들이 많이 일본으로 건너온 것은
대략 1600년 전입니다. 그 때 조선은 일본보다도 먼저 개방이 되었기에
일본에서도 조선인을 초치하여서 여러 가지를 많이 배웠습니다. 처음으
로 일본 사람들에게 학문을 가르친 사람은 왕인이었습니다.
　　　　　　〈①-7-5〉「日本과 支那와의 교통(日本と支那との交通)」

과거에는 중국과 조선을 통해 일본에 문화가 전해졌지만 지금은 과거와
다른 일본의 발전된 모습을 설명하고 있다. 조선의 문화가 전달된 나라(奈
良)에서도, 이제는 조선인이 세울 수 없는 훌륭한 문화가 있고, 단지 일본
이 개방이 늦은 것은 섬이라는 지형 때문이라 하였다. 문명의 이동 경로가
중국 → 한국 → 일본에서, 이제는 새로운 학문의 도입으로 일본 → 조선,
중국으로 바뀌었다고 기술되었다.

"일본에 붙잡혀 온 조선인 가운데 그 뒤에 다시 돌아간 사람도 있었습니
다만, 일본인이 된 사람도 많이 있습니다. 따라서 지금의 일본인에는 그
때 조선인의 자손도 상당히 있겠지요."
　　　　　　〈②-7-4〉「조선과 일본과의 교통(朝鮮と日本との交通)」

"지금 일본인 중에 조선인의 자손도 상당히 있겠지요."라는 日鮮同祖論
까지 주장하였다. 일본은 조선과의 뗄레야 뗄 수 없는 관계라는 내용으로
지역이 매우 가까워서 옛날부터 밀접한 관계를 맺고 있었을 뿐 아니라
생활상이 비슷하기에 서로 융합동화(融合同化) 할 수 있다고 강조했다.[12]

---

12) 요시노 마코토 지음. 한철호 옮김(2004), 『동아시아속의 한일 2천년사』, 책과 함께,

일본이 조선에 통감부를 설치한 이유를 다음과 같이 정당화, 합리화 하는 논리를 전개하기까지 하였다.

메이지천황은 항상 동양의 평화를 확립하기 위한 신경을 쓰셔서, 조선을 무엇이든 일본과 같이 편안케 하지 않으면 안 된다고 생각하셨습니다. 그로부터 조선은 일본의 보호를 받고 정치를 개선하게 되었고 일본에서는 통감을 조선에 설치하여 그들을 지도하게 되었습니다. (중략) 한국 황제는 일찍이 이를 깨닫고, 만민의 행복을 위해서 조선을 일본제국에 병합하여 영구히 안녕을 지키고, 동양의 평화를 지켜야한다고 생각하셨습니다. (중략) 메이지 43년 8월부터 조선은 대일본제국의 일부가 되었습니다. 그와 동시에 원래 한국이라 했던 것을 조선이라 고치고 통감이 천황의 명을 받들어 이 반도를 다스리게 되었습니다.

〈②-8-16〉「러일전후의 日本(日露戰爭後の日本)」

결국 한국의 강제 병합은 동양 평화를 영원히 확보하기 위한 조치였을 뿐만 아니라, 그것도 강제가 아니고 한국 황제가 원하여 통치권을 영구히 양여 받은 것을 승낙한 결과라는 논리를 내세웠다.

합방 이후 한반도를 어떻게 부를 것인가에 대해 한국 정부 측에서는 한국을 희망하였으나 일본 측에서는 조선으로 부르도록 하였다. 따라서 『國語讀本』부터는 한국이란 지명 대신에 조선으로 모두 바뀌게 되었다. 본국과 식민지의 구분을 없애는 내지연장주의 전략으로, 결국 '한국'이라는 국가는 소멸하여 '조선'이라는 지역으로 된 것이다. 이 논리는 일본의 침략적이고 왜곡된 한국관을 형성하는 기반을 만들었다.

---

p.304

内地와 조선과는, 인종도 같고, 옛석부터 교류가 있었기에, 마침 이와 잇몸 같은 관계였습니다. (중략) 조선은 언제나 서와 북에서 괴롭힘을 당해 힘이 약하고, 평안한 시대가 적었기에 동양에서 종종 전쟁이 일어났습니다. 〈②-8-16〉「러일전후의 日本(日露戰爭後の日本)」

朝鮮半島 東南의 끝에서 内地의 西北의 끝은 가깝습니다. 일본의 가장 큰 섬은 옛날에는, 朝鮮에 연결되어 있다고 합니다.
〈①-5-19〉〈②-5-19〉「섬과 반도(島と半島)」

그리하여 일제가 조선과 합병였고, 이러한 원리로 조선이 일본의 일부가 되었다는 정당성을 제시하였는데, 이런 내용은 『日語讀本』보다는 『國語讀本』에서 더 강력하게 서사되어 있다.

이것을 赤道라고 합니다. 赤道에서 北은 북반구이고 남은 남반구입니다. 韓国과 日本과 清国은, 어느 쪽에 있는가 말해 보세요.
〈①-7-17〉「적도(赤道)」(밑줄은 필자 이하동)

이것을 赤道라고 합니다. 赤道에서 北은 북반구이고 남은 남반구입니다. 我國과 支那는, 어느 쪽에 있는가 말해 보세요. 〈②-7-17〉「적도(赤道)」

일본은 그들의 지배 영역을 넓히고자 하였는데, 이러한 공간의 영역 확장은 또한 국명의 변화와 밀접한 관계에 있었다. 여기에서 합방 전의 『日語讀本』에서는 한국과 일본이라 각각 칭했으나, 합방 후의 『國語讀本』에서는 한국과 일본을 합쳐서 我國으로, 清國은 지나(支那)로 국명 표기가 바뀐 것이다. 이런 지배 공간에 대한 내용은 '조선'에만 한정된 것이 아니고 중국과 러시아까지 이어서 나오고 있었다.

세계에서 가장 큰 러시아와 청국 두 나라 모두 우리나라와 이웃하고 있습니다. 일본은 이 나라에 비하면 대단히 작습니다만, 강한 나라입니다. 한국은 두 개의 커다란 나라와 하나의 강한 나라 사이에 있습니다. 일본은 작은 나라이지만 일찍이 새로운 학문을 했기 때문에 강한 나라가 되었습니다. 〈①-8-5〉「이웃나라(隣國)」

일본은 이웃나라로 중국 말고도 러시아를 지칭했는데, 러시아의 침략에 대응하고 동양평화의 보존에 어쩔 수 없었다고 옹호한 두 내용은 두 '일본어교과서'에서는 별로 차이가 없었지만 삽화만은 약간 달랐다. 『日語讀本』에 없었던 「러일전후 일본」이라는 단원이 『國語讀本』에서는 추가되어 일본군의 역사상 대전투였다고 강조를 하였다. 일본은 러일전쟁을 통해 한국에 대한 지배권을 사실상 확보하기에 이르렀고, 한국 외에도 사할린 남부, 랴오뚱 반도, 만주 남부로 세력을 넓혀 제국주의 국가로서 지위를 확립하였으며, 대륙침략에서의 교두보를 마련했다.

〈강화도조약〉 제1조의 "조선은 자주국이다."라는 규정을 근거로, 일본은 청나라와 조선의 종속관계를 부정하면서 조선의 독립을 주장했고, 이를 무기로 청나라와 대결하고자 하였다.

한국은 예로부터 청국의 속국처럼 되어 있었습니다만, 지금으로부터 30년 정도 전에, 일본이 처음으로 「한국은 독립국이다」고 말하기 시작했습니다. 그래서 세계 각국에서도 모두 그렇게 생각하게 되었는데도 청국만이 옛날대로 생각하고 있었습니다. 한쪽에서는 독립국이라 생각하고 있는데 한쪽에서는 속국처럼 생각하였기에 일본과 청국은 서로 좋게 생각지 않게 되었습니다. 〈①-8-1〉「천진조약(天津條約)」

조선은 예로부터 청국의 속국처럼 되어 있었습니다만, 지금으로부터 30

년 정도 전에, 일본이 최초로 「조선은 청국의 속국이 아니다」고 말하기 시작했습니다. 세계에서도 모두 그렇게 생각하고 있었는데도 청국만이 옛날대로 생각하고 있었습니다. 한쪽에서는 속국이 아니라고 생각하고 있는데 다른 한쪽에서는 속국처럼 생각하였기에 우리나라와 청국과는 서로 좋지 않게 생각하게 되었습니다. 〈②-8-3〉「천진조약(天津條約)」

청일전쟁은 조선 침략의 발판을 마련하려는 일본과, 종속관계를 명확히 함으로써 동아시아 세계 해체를 막아보려는 청나라와의 대립 결과였다.[13] 조선의 '독립'을 주창하는 문구로 청나라와의 책봉관계를 단절시키려는 일제는 『日語讀本』에서는 '한국은 독립국이다'가 『國語讀本』에서는 '조선은 청국의 속국이 아니다'로, 청국에 대한 조선의 입장을 일본 측에서 말한 것이다. 청일전쟁에 대한 이야기는 바로 이어서 〈①-8-4〉「청일전쟁」에서도 '조선은 독립국'으로, 〈②-8-4〉에서는 결국 '중국의 속국이 아니기'에 청일전쟁을 감행했다는 내용이 실려 있었다. 특히 청나라와 조선은 지리적으로 일본에 인접하여 그 나라의 안위가 곧 일본과 직결되기에 일본은 청과 조선 영토 보전이 동양평화 유지에 필수불가결하다고 강조하였다. 청일전쟁을 감행하던 일본의 도전은 조선에 대한 노골적인 간섭이자 침략 지향의 표현이라고 할 수밖에 없었다.

이번의 전쟁은 일본이 조선에 문명류의 개혁을 촉구하고, 자립과 스스로 교제할 수 있게 해주려는 데 있는데, 저 지나인(支那人)은 문명주의에 반대해 종종 방해할 뿐 아니라 드디어 병역을 동원해 우리에게 반항할 뜻을 표하고 더군다나, 그로부터 실마리를 풀려고 했으므로 어쩔 수 없이 전쟁을 선포하기에 이르렀다.[14]

---

13) 요시노 마코토 지음. 한철호 옮김(2004), 위의 책, p.261
14) 요시노 마코토 지음. 한철호 옮김(2004), 위의 책 p.276 재인용

1894년 8월 5일 일본 《시사일보》에 실린 청일전쟁에 대한 기사에서도, 결국에는 일본의 입장에서 감행하였다는 이야기로 식민지 침략과 전쟁을 합리화한 것이다.

'일본어교과서'에서는 조선 학생들에게 근대화 된 '일본 알리기'에도 적극적이었다.

독일 같은 데서는 이렇기 때문에, 공원의 나무를 꺾거나 길에서 소변을 누거나 하는 사람은 없습니다. 우리나라에서는 남의 집 과일을 따거나 길에서 대변을 보는 사람이 있습니다. 부끄러운 일이 아닙니까?

〈①-6-9〉「독일의 어린이(ドイツの子供)」

문명국에서는 모두 이렇기 때문에 공원의 나무를 꺾거나 길에서 소변을 누거나 하는 사람은 없습니다. 조선에서는 남의 집 과일을 따거나 길에서 대변을 보는 사람이 있습니다. 부끄러운 일이 아닙니까?

〈②-6-9〉「문명국의 어린이(文明國の子供)」

『日語讀本』이나 『國語讀本』 공히 분뇨나 오물을 길거리에 함부로 버리는 행위를 부끄러워해야 한다는 내용이 들어 있다. 서울에 각국의 공사관이 들어서고 외국인들의 왕래가 잦아지면서 분뇨처리 문제가 심각한 문제로 대두되었다. 근대국가가 되기 위해서 공중도덕을 지켜야 하는 당연한 사실을 『日語讀本』에서는 공중도덕을 잘 지키는 나라로 독일을 지칭하였고, 우리나라에서는 그렇지 못하다는 것을 나타냈다. 하지만 『國語讀本』에서는 독일 → 문명국으로, 우리나라 → 일본에 합병된 조선으로 바꾸어, 조선은 문명국과 거리가 먼 공중도덕 관념이 희박한 곳으로 제시되었으며, 목차도 「독일의 어린이」에서 「문명국의 어린이」로 바뀌었다. 『日語讀本』에서는 문명국이거나, 근대화되어 있는 장치 설정에는 일반적이었던 것이 『國語讀本』에서는 '후진국·미개지역 = 조선'이라는 직접적 표현으로 바뀌어졌다.

> 외국에서는 인구 2, 3만이나 되는 곳이면 공원이 없는 곳이 없습니다. 큰 마을에는 몇 개씩이나 있습니다. 〈①-6-8〉「공원(公園)」

> 일본에서는 인구 2, 3만이나 되는 곳이면 공원이 없는 곳이 없습니다. 큰 마을에는 몇 개씩이나 있습니다. 〈②-6-8〉「공원(公園)」

공원이 많은 나라로 '외국 → 일본'으로 바뀌어 서사되어 있다. 일본의 〈①-4-24〉〈②-4-25〉「우에노공원(上野公園)」은 근대화의 상징으로, 일본에 가는 조선인들이 꼭 봐야 하는 곳으로 서사되어 있다

> 어느 나라에서는 밭을 갈거나 무거운 짐을 운반할 때도 말을 사용합니다. 어느 나라의 말은 크고 상당히 강하지만, 한국의 말은 작고 약합니다.
> 〈①-5-14〉「말과 소(馬卜牛)」

> 내지에서는 밭을 갈거나 무거운 짐을 운반할 때도 말을 사용합니다. 내지의 말은 크고 상당히 강하지만, 조선의 말은 작고 약합니다.
> 〈②-5-14〉「말과 소(馬卜牛)」

『日語讀本』에서는 '어느 나라'라는 애매한 무지칭 표현이 『國語讀本』에서는 '내지'로 바뀜으로 일본 말(馬)의 우수성과 조선 말(馬)의 열악성을 상대적으로 서술하였다. 『國語讀本』에서는 노골적으로 강하고, 좋은 것에는 내지(일본)와 관련된 것으로 서사하였다. 또한 자연재해에 대한 시설이 무방비 상태로 방치되어 있다는 내용도 있는데, 『日語讀本』(〈①-6-5〉

「홍수의 원인(洪水の原因)」의 한국에는 제방이 없고 나무 부족으로 홍수가 잦은 곳으로 설정하였는데, 『國語讀本』(〈②-6-5〉「홍수의 원인(洪水の原因)」, 〈②-6-7〉「삼림(森林) 2」)에는 모두 조선으로만 설정 서술되어 있다.

3.2 삽화로 제시된 영토의 영역

『日語讀本』의 권1~3에는 삽화가 전혀 없다가 권4부터 삽화가 실렸고, 『國語讀本』은 권1부터 삽화가 있었지만 본격적인 '地理'에 관련된 삽화는 〈권5〉부터 실려 있다.

'일본어교과서'에서는 언제나 경성(京城)과 도쿄(東京)를 연결시키려고 하였는데, 아래 삽화로 마음만 먹으면 언제든지 갈 수 있는 가까운 곳으로 암시하고 있다. '일본어교과서'에는 기차에 관한 내용이 많은데, 당시 철도 부설을 담당했던 일본 덕분에 조선이 개화되어 문명의 혜택을 누린다는 간접적인 메시지를 표상하고 있다. 『日語讀本』과 『國語讀本』의 삽화에서 도쿄를 가는 이동 노선이 약간 달라짐을 알 수 있다.

〈삽화 1〉 경성과 도쿄와의 이동 경로

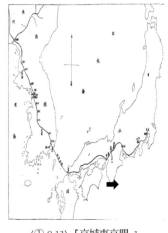 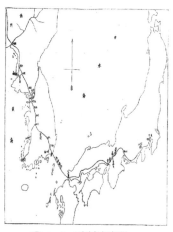

〈①-8-13〉「京城東京間 1」　　　　　〈②-8-13〉「京城東京間 2」

위의 삽화에서 『日語讀本』 〈①-8-13〉「京城東京間 1」에서는 조선 - 일본간의 동선은 경부선 철도의 노선으로만 표기되어 있는데, 『國語讀本』 〈②-8-13〉「京城東京間 2」에서는 호남선과 경원선 등 더욱 복잡해진 철도와 여러 곳에서 일본을 갈 수 있는 동선을 표기하고 있다. 『日語讀本』에서는 「한국」, 「일본」이란 국명이 적혀 있어 국제선 이동을 의미하였지만, 『國語讀本』에서는 지명만 표기되어 국내선 이동을 의미하고 있다.

『國語讀本』에서는 합병된 일본의 한 지역으로만 소개되는 조선에서, 경성보다는 도쿄로 이동하는 동선의 주요 기점인 부산이 더 자세히 소개되어 있다. 조선의 가장 남쪽에 위치한 부산은 內地 이동에 가장 편리한 동선의 항구로 서사되어 있다. 이외에도 인천에서 출발하면 시모노세키 (下關)에 도착할 수 있으며, 시모노세키에서는 다른 일본 지역으로 쉽게 이동할 수 있는 동선이 서술되어 있다. 항구 역시 일본 쪽이 자세히 소개되어 모든 것이 일본으로 집중되어 있음을 알 수 있다.

고베(神戸)항에는 큰 군함이랑 상선이 많이 정박하여 있었습니다. 나는 그렇게 많은 배가 정박해 있는 것을 처음 보았습니다. 마을에도 새로운 집이 많아서, 대단히 멋있습니다.

〈①-8-14〉〈②-8-14〉「경성동경간(京城東京間) 1.2」

'일본어교과서'에서는 지리 부분을 중요시 여겼으므로 학생들에게 지도 읽는 법도 자세히 설명되어 있다. 『日語讀本』에서는 도쿄에 있는 한 서적 회사로 지도를 주문하는 단원 〈①-7-10〉「서적의 주문(書籍の主文)」이 나오기도 한다. 〈②-5-12〉「바다와 육지(海と陸地)」에서는 지구의를 가지고 일본을 설명하는 선생님이 나온다.

여기에 있는 것은 한국입니다. 삼면이 바다이고, 한 쪽은 넓은 육지에 연결되어 있습니다. 삼면이 바다에 붙어 있고, 한 면만이 넓은 육지에 붙어 있는 육지를 「반도」라 합니다. 이것은 일본입니다. (중략) 이처럼 바다에 둘려 쌓인 육지를 '섬'이라 합니다.

〈①-5-19〉「섬과 반도(島と半島)」

이것은 우리나라 지도입니다. 內地는 많은 육지로 나뉘어 있습니다. 육지는 모두 바다로 둘려 쌓여 있습니다. 內地와 조선 이외에도 대만과 사할린과 그 외에 많은 섬을 포함해서, 일본이라 합니다.

〈②-5-19〉「섬과 반도(島と半島)」

『日語讀本』에 나와 있지 않은 지명이, 『國語讀本』에는 지도 삽화가 고학년 교재일수록 많아지는데, 일본과 조선, 중국의 공간 배치에 구체적으로 명시하고 있다.

<삽화 2> 지도로 본 삽화 변화

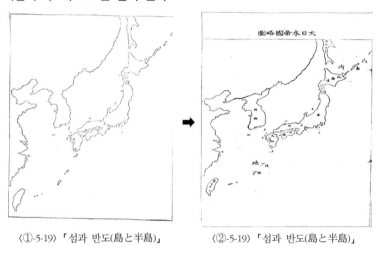

<①-5-19>「섬과 반도(島と半島)」　　　<②-5-19>「섬과 반도(島と半島)」

　위의 삽화에서 조선지도 속의 '동해'를 '일본해'라고 표기해 동해가 일본
의 영역임을 암시하고 있다. 지도를 가지고 설명함으로 확실하게 학생들
에게 일본의 영토 안에 조선이 들어있음을 각인시키고 있었다. 『日語讀本』
의 지도 삽화에는 아무런 지명이나 국명이 적혀 있지 않고 섬과 반도의
이미지만 표현하고 있지만, 『國語讀本』에서는 <大日本帝國略圖>라고 씌
어 있으며, 대만, 북해도, 사할린 등과 일본에 합병된 지방 조선반도를 암
시하고 있는 것이다. <삽화 2>에도 나와 있는 것처럼, ①과 ②에서 행정구
역의 변화가 있었음을 알 수 있다,

　　일본에는 3부와 43현이 있습니다. 3부라 하는 것은 도쿄와 오사카와 교
　　토입니다. 그리고 홋카이도, 타이완과 사할린은 별도로 되어 있습니다.
　　　　　　　　　　　　　　　　<①-7-4>「日本의 府懸(日本の府懸)」

　　내지에는 3부와 43현이 있습니다. 3부라 하는 것은 도쿄와 오사카와 교

일제강점기 일본어교과서 『國語讀本』을 통해 본 식민지조선 만들기

토입니다. 그리고 홋카이도와 朝鮮, 타이완과 사할린은 별도로 되어 있습니다. 〈②-7-4〉「内地의 府懸(内地の府懸)」

『日語讀本』에서는 「日本의 府懸」이란 목차로, 홋카이도와, 타이완과 사할린은 3부와는 별도로 되어 있다 하였고, 『國語讀本』에서는 「内地의 府懸」으로 바뀐 목차로, 일본의 영역공간으로 조선이 서사되어 있다. 또한 조선총독부의 다양한 행정업무를 알려 조선의 행정기관을 통해 조선 대중 개개인에게까지 통제권이 있음을 알렸다. 조선과 대만에 총독부 설치로 일본 식민지배의 범위를 암암리에 서사하고 있다고 할 수 있을 것이다.

이것은 대일본제국의 지도입니다. 보십시오. 많은 섬이 있습니다. 또 하나의 반도가 있습니다. 섬 안에 가장 큰 것은 혼슈(本州)이고, 북쪽에 있는 것이 홋카이도, 남쪽에 있는 것이 시코쿠(四國)와 규슈(九州)입니다. 타이완(臺灣)은 훨씬 남쪽에 있는 섬이고, 사할린(樺太)은 홋카이도의 북쪽에 있는 섬입니다. 朝鮮은 한쪽만 육지에 연결되어 있기 때문에 半島입니다. 그리고 남쪽 끝에서 内地는 가깝습니다.
〈②-5-19〉「대일본제국(大日本帝國)」

『日語讀本』에 실린 지도에서는 한국과 일본을 비슷한 내용으로 반복하여 목차만 달리하여 설명하였다. 조선은 일반적인 지형과 기후만을, 일본은 섬나라로 서술하였다. 『國語讀本』에 실린 지도에서는 일본은 혼슈를 비롯한 네 개의 큰 섬들과 식민지 대만과 조선까지 일본의 지배공간으로 지도에 표시하여 서사하였다.

혼슈를 비롯한 네 개의 큰 섬과 조선과 대만을 포함한 큰 영토, 일본영역의 확장으로 일본제국주의를 아동들에게 교육을 통하여 쇠뇌 시킨 것이다. 『日語讀本』에서 『國語讀本』으로 변화된 삽화를 통해 일제의 식민지 확장의도가 더욱 적극적이었음을 알 수 있다.

3.3 數에 함축된 '지리'적 변동

근대 형성기에 있어서 시간은 공간과 함께 매우 중요한 키워드이다. 이는 곧 근대 이전의 인간이 지니고 있던 가치관이나 습성을 배제하고 새로운 환경, 특히 산업사회의 자본주의적 질서에 부합하는 인간의 탄생을 의미한다. 따라서 거기에 배치된 새로운 공간의 배치는 물론, 인위적인 시간의 질서에 인간을 적용시킴으로 새로운 변화를 일으킬 수가 있는 것이다.[15) 『日語讀本』과 『國語讀本』에서는 '일본 알리기'로 數의 변화가 어떻게 이동하였는지 살펴보자.

경성에서 도쿄까지 <u>몇 일간</u> 걸립니까? 〈①-4-23〉
경성에서 도쿄까지 <u>몇 시간</u> 걸립니까? 〈②-4-23〉

『日語讀本』에서는 경성에서 도쿄까지의 '몇 일' 걸리냐고 국제선 개념으로 질문했고, 『國語讀本』에서는 국내선 이동으로 '몇 시간'으로 단축 표현하여, 『日語讀本』에서보다 경성과 도쿄를 동일 국가의 지방으로 인식케 하려는 의도가 엿보인다. 조선과 일본의 동선을, '몇 일'과 '몇 시간'으로 비유하여 국가이동에서 지방이동으로 변용하고 있다.

나는 어제 도쿄에 도착했습니다. 경성에서 도쿄까지는 천마일 이상이나 됩니다만, 기차와 기선으로 가면 불과 <u>60시간</u>이면 갈 수 있습니다. (중략) 그 기차는 오후 7시경에 초량에 도착했습니다.
〈①-8-13〉 「경성동경간(京城東京間) 1」

---

15) 김순전 외(2004), 『수신하는 제국』, 제이앤씨, p.142

나는 어제 도쿄에 도착했습니다. 경성에서 도쿄까지는 천마일 이상이나 됩니다만, 기차와 기선으로 가면 불과 54시간이면 갈 수 있습니다. (중략) 그 기차는 오후 7시경에 부산에 도착했습니다.

〈②-8-13〉「경성 동경간(京城東京間) 2」

경성에서의 도쿄까지 국제이동이라 할 수 있는 시간이 60시간 → 54시간으로 단축되어 시간의 이동경로가 짧아졌음을 알 수 있는데 여기에는 기차가 큰 역할을 하였다.

1900년도에 근대사회의 상징물이라 할 수 있는 철도시대가 열려, 서울에서 인천을 한 시간 안에 달리니 생활과 감각도 변하였다. 철도는 도착과 출발시간이 정확하기에 산업화사회의 긴박한 시간감각을 대표하고, 특히 움직이는 열차운행은 사람들의 시간에 대한 습관을 바꿔놓기도 하였다. 분, 초 단위로 움직이는 인위적인 시간개념이 새로운 근대 질서로 등장하기도 했다.

승객: 인천까지 3등석 얼마입니까? / 매표원: 1원 65전입니다.

〈①-4-22〉

승객: 인천까지 3등석 얼마입니까? / 매표원: 75전입니다. 〈②-4-22〉

서울에서 인천까지의 3등석 가격이 『日語讀本』에는 1원 65전이고, 『國語讀本』에는 75전으로 되어 있다. 그만큼 기차요금이 내려간 것은 기차를 이용하는 사람과 편수가 많아졌으며, 기차와 같은 문명의 편리함을 홍보하고 있다. 〈①-5-21, 23〉〈①-1-25〉에 나오는 인천은 1883년 '제물포'로 개항하였는데, 일본 국제 교역의 중요 항구로 성장하였다. ("여기는 인천항입니다. 큰 배가 항구에 들어와 있습니다." 〈②-5-22〉「仁川港」)이 있는데

『日語讀本』에는 제목이 삭제되었고, 내용만이 교과서에 실려 있었다.

또한 일본은 병참을 수송한다는 명목으로 부산에서 경성을 거쳐 신의주에 이르는 한반도 총관철도를 단시일에 건설했다. 일본 오사카, 고베를 통해 시모노세키로 실어온 물건은 부산에서 경부 경의선과 통해 움직였기에, 철도는 조선과 일본과의 수송에 큰 몫을 했었다. 합병 후 한국에 대한 통치방법에서 "철도 및 통신에 관한 예산은 총독부 소관으로 편입되었으며,"[41] 철도로 생활이 편리하기도 했지만 우리나라의 쌀이 실려 나가는 것만 손쉬워진 게 아니냐는 비판도 있었다. '일본어교과서'에는 조선에서 운송하는 기차와, 일본과 조선을 연결시키는 연락선에 대해 자세히 묘사하고 있다.

시모노세키(馬関)와 부산 사이를 다니는 기선은 2척 있습니다.
1척은, 부산에서 시모노세키로 가고, 1척은 시모노세키에서 부산으로 옵니다. 〈①-4-1〉

시모노세키(下関)와, 부산 사이를 다니는 기선입니다. 시모노세키와 부산간을 다니는 기선은 4척 있습니다. 2척은 부산에서 시모노세키로 가고, 2척은 시모노세키에서 부산으로 옵니다. 〈②-4-1〉

시모노세키 표기 및 기선을, 『日語讀本』에서는 '馬関'과 2척으로, 『國語讀本』에서는 '下関'과 4척으로 증편하였다. 기선이 2편에서 4편으로 증편되었다는 것은 일본과의 왕래가 2배 이상 늘었으며, 국제선에서 국내선으로 동선이 더욱 간편해졌음을 암시하고 있다. 특히 『日語讀本』에서는 부산에서 경성까지의 이동 경로가 1장의 삽화인데, 『國語讀本』에서는 2장으

---

41) 『日本外交文書』 43권, p.660

로 확대 설정되어 있다.

　　日本은 東北에서 西南으로 길게 펼쳐져 있는 나라입니다. 日本에는 섬이
　　셀 수 없을 정도로 많이 있습니다. 그 중에서 큰 섬이 <u>5개</u> 있습니다.
　　북쪽부터 차례로 말해보면 北海道, 本州, 四國, 九州, 臺灣입니다.
　　　　　　　　　　　　　　　　　　　　　〈①-7-3〉「일본(日本)」

　　日本은 東北에서 西南으로 길게 펼쳐져 있는 나라입니다. 日本에는 섬이
　　셀 수 없을 정도로 많이 있습니다. 그 중에서 큰 섬이 <u>6개</u> 있습니다. 북쪽
　　부터 차례로 말해보면 樺太, 北海道, 本州, 四國, 九州, 臺灣입니다.
　　　　　　　　　　　　　　　　　　　　　〈②-7-3〉「우리나라(我國)」

　　일본은 영토 표현에 있어서, 『日語讀本』에서는 다섯 개의 큰 섬으로,
『國語讀本』에서는 사할린(樺太)을 추가하여 여섯 개의 섬으로 확장시켜
표현한 것이다. '사할린과 조선의 일본화'를 통해 일본 영역의 숫자를 확대
하여 동양을 지배하려는 야심을 드러난 것이다. 『日語讀本』보다 『國語讀
本』에서 교통수단의 증편과 이용객의 증가로 시간은 단축되었고 경비가
줄었음을 암시하여, 조선과 일본의 동선은 국제선에서 국내선으로 이동의
수월성을 강조하고 있다.
　　두 '일본어교과서'에서는 이렇게 숫자의 변화도 있지만, 단순하게 數만
을 나타내는 경우도 있었다.

　　도쿄는 일본의 수도로, 인구는 거의 <u>2백만</u>이나 됩니다. 아시아에서는 가
　　장 큰 도시입니다. 삼백년쯤 전까지는 거의 초원이었습니다만 점점 개발
　　되어 지금과 같은 큰 도시가 되었습니다.
　　　　　　　　　　　　　　〈①-7-14〉〈②-7-12〉「동경(東京)」

경성은 조선총독부가 있는 곳으로, 人口는 대략 <u>30만</u> 정도입니다. 시내 주변에는 옛 성벽이 있고, 지금도 문이 몇 개 남아 있습니다. 그 중 특히 큰 것이 남대문과 동대문입니다. 本町通은 주로 내지인이 거주 하는 곳으로 대단히 번화합니다. 시내에는 조선총독부를 비롯하여 관서·학교·병원·은행·회사 등의 큰 건물이 있습니다. 〈②-5-27〉「경성(京城)」

인구에서 도쿄의 200만과 경성의 30만이라는 數를 내세워 도쿄와 경성을 상대적으로 비교하였다. 물론 도쿄에 대한 소개는 두 '일본어교과서'에 일본의 수도라는 같은 내용으로 나오지만, 『國語讀本』에서 천황폐하가 계신 곳이기에 더욱 잘 알아야 한다고 강조하고 있다. 경성을 조선 안에 있는 일본의 큰 도시의 하나로, 조선총독부가 있는 일본인도 거주하는 곳으로 표현하고 있다. 도쿄는 경성과 달리 한 단원을 통째로 사용하면서, 발전되고 번화한 모습으로 백성들이 마음 놓고 지식을 쌓을 수 있고, 시설이 완비된 도시, 교통이 발달된 근대도시로 서사하였다.

4. 결론

지금까지 『日語讀本』과 『訂正國語讀本』의 내용을 분석하여 일제의 식민지 정책이 '地理' 내용적으로 어떻게 표상되었는지 고찰해 보았다.

가장 눈에 띄는 변화는 國名의 변화였다. '우리나라 사람'을 '조선 사람'으로, '일본'을 '내지'로, '한국'을 '조선'으로 표기하였다. 조선은 이제는 국명이 아닌 일본의 한 지방으로만 표현될 뿐이었다. 또 한국과 일본을 한꺼번에 我國으로, 淸國은 支那로 개칭한 것이다. 일본에 대한 자국의 영토 공간을 내지와 조선 그 외의 대만, 사할린까지 포함시켜 반복적으로 비슷한 내용에 목차만 바뀌어 나왔으며, 이것은 공간영역의 확장에 힘을 기울이고 있음을 알 수 있다. 주변 국가로 중국과 러시아가 많이 등장을 하였는데, 두 나라의 관계는 일본이 급격히 겪고 있는 세계관의 변화로, 두 나라와의 전쟁은 결국 타국의 압박을 받은 한국에게 동양의 평화를 찾아주기 위함으로 서사하고 있었다. 『訂正國語讀本』에서 더 철저히 식민지화에 동화되도록 '일본과 한국'을 '내지와 조선' 혹은 '내지와 반도'로 두개의 나라가 합병으로 하나 된 '일본 알리기'에 주력하였다.

　'일본어교과서'에서 지명도 자주 나왔는데 가장 큰 비중으로 나온 도쿄는 엄청난 인구수와 천황이 존재하는 일본의 수도라고 『訂正國語讀本』에서 반복하여 서사하고 있다. 경성은 조선총독부가 있는 하나의 지방으로 나왔으며 오히려 부산이나 인천이 일본에 쉽게 접근할 수 있는 항구도시로 자세히 설명되어 있다. 또한 삽화와 함께 경성과 도쿄간의 거리이동을 설명하면서 언제든지 마음만 먹으면 갈 수 있는 가까운 곳이라 하고 있었다. 『日語讀本』에는 나와 있지 않은 일본의 지명이 『訂正國語讀本』에는 구체적으로 명시되어 있었다.

　領土의 부분은 주로 삽화를 통하여 나타났는데 고학년으로 갈수록 확장영역이 늘어남을 알 수가 있다. 학생들에게 일본의 영토 안에 조선과 대만이 들어있음을 지도를 가지고 확실하게 각인시켜 일제의 식민지 확장의도가 더욱 적극적이었음을 알 수 있었다. 삽화는 『日語讀本』에서 『訂正國語讀本』으로 정정되어 편찬되었을 때 상당한 변화가 나타났다. 국토의 확장과 함께 세계 속에서 '작지만 강한 나라' 라는 교육으로 일본을 강조하는 모습으로 변하였다.

　또한 數의 변화로 지리적인 교육을 시켰다. 철도 개설로 이동시간이 단축되었으며, 승객의 증가와 증편으로 요금이 내려갔으며, 국제선에서 국내선 동선의 변화로 일본과의 왕래가 수월해졌음을 강조했다. 이러한 지리 교육부분이 많이 수록된 것은 '교육침략 예비시대'에서 '동화교육시기'로 넘어가는 과정에 편찬된 『日語讀本』과 『訂正國語讀本』에서 식민지정책의 접근의 강화가 표상된 것이라 여겨진다. 따라서 '일본 알리기'와 '식민지 조선 만들기'의 교육정책에 '일본어교과서'가 큰 역할을 하였음을 파악할 수 있었다.

제3장 식민지의 교육적 아포리아

Ⅰ. 國語로서의 近代 日本語教育 考察*

사희영 · 김순전

1. 外國語에서 母國語로 변화된 근대 日本語교육

근대에 이르러 외국과의 접촉이 활발해지자 외국어 교육의 필요성을 인식하게 된 각 나라들은 외국어 교육을 시행하였고, 그에 따라 외국어 교육을 위한 교수법 또한 19세기 말부터 최근까지 다양하게 개발되고 변화되어 이어져 오고 있다.

한국에서 이루어진 외국어 교육 중 초창기 일본어 교육은 근대문명 유입과 국제관계의 필요성에 의해 외국어로 외국어학교에서 활발하게 교육되었다. 그러나 한일합병 이후에는 조선아동에게 외국어가 아닌 國語로서 강제적으로 교육되어졌을 뿐만 아니라 전 조선인에게 사용하도록 강요되었다. 이에 따라 불특정한 외국인 학습자를 위한 일본어 교재가 아닌 조선인만을 대상으로 한 〈國語〉로서 일본어 교육을 시행하기 위한 교과서가

---

* 이 글은 2012년 3월 韓國日本語文學會「日語日文學」(ISSN : 1226-0576) 제52집, pp.315~335 에 실렸던 논문「한일 교과서를 통해 본 〈國語〉교육 비교 考察」을 수정 보완한 것임.

제작되었는데, 그것이 1912년 조선총독부에서 편찬한『普通學校國語讀本』이었다. 즉,『普通學校國語讀本』은 모국어를 달리하는 조선인의 특성을 고려한 맞춤식 외국어 텍스트이자 일본어를 모국어로 사용하게 하는 모국어 텍스트로서 최초로 발간된 것이라고 할 수 있다.[1] 이 텍스트는 한국인에게 일본어를 교육시키는데 있어서 참고해야할 귀중한 자료이며, 당시 사용된 교수법 또한 선행 일본어 교수법으로서 일본어 교수에 참작할 필요가 있을 것이다.

　당시 일본어 교육에 사용된 〈國語〉 교과서와 관련된 선행연구들을 살펴보면 박화리의「日本語敎育の展開に関する硏究」[2]가 있으며, 대만과 조선의 일본어 교수법의 흐름을 분석하고 있는 구정희의「日本強点期下の台湾と朝鮮の日本語敎授法硏究」[3]가 있다. 이외에도 한중선의「日帝植民地時代 日本語敎科書 語彙硏究」, 박영숙의「植民地時代における日本語敎育政策と普通学校敎科書の硏究」[4]등이 있다.

　그러나 근대 일본어 교육을 중심으로 한 연구들은 교수법과 언어정책 흐름을 파악하는데 치중되어, 텍스트를 중심으로 한 제반 분석이 미약하다고 여겨진다. 특히 1912년에 발행된『普通學校國語讀本』은 교과서 형식적・내용적인 면을 포함한 분석 연구가 이뤄져 있지 않다. 이 시기에 발행된 일본어 교과서를 중심으로 교수되었던 일본어 교육을 살펴보고 파악해 두는 것은 현재의 일본어 교육 기초 틀을 더욱 견고히 하는데도 반드

---

1) 1911년에 간행된『訂正 普通學校學徒用國語讀本』은 개화기의『普通學校學徒用日語讀本』을 수정 보완한 것이므로, 최초로 조선인을 대상으로 國語(日本語) 교과서로 정식 발행한 것은『普通學校國語讀本』으로 볼 수 있다.
2) 朴華莉(2005),「日本語敎育の展開に関する硏究」, 仁荷大學校 大學院 博士論文
3) 具政姬(2008),「日本強点期下の台湾と朝鮮の日本語敎授法硏究」, 釜慶大學校 敎育大學院 碩士論文
4) 朴英淑(1999),「植民地時代における日本語敎育政策と普通学校敎科書の硏究」, 日本文化學報 제6집

시 필요한 작업이라 하겠다.

따라서 이시기에 사용된『普通學校國語讀本』을 살펴봄으로써 정책에 발맞추어 실시된 이론적 교수법과 그와 관련하여 교과서에 나타난 편제와 구성은 어떠하였는지 파악해 보고자한다. 이를 통해 과거에 이루어졌던 조선인 맞춤식 일본어 교육 특징들을 토대로 현대 일본어 교육을 더욱 발전시킬 수 있을 것이라 사료된다.

2. 조선에서의 일본어 정책과 교수법

외국어 교육으로 시작한 일본어는 한일합병이후 점차 제국의 언어로서 조선에 강요됨에 따라, 어린 아동을 교육하는 초등학교에서 조선어와 함께 필수과목으로 주당 6시간을 배정하여 일본어를 교수하기 시작하였다. 이후 1911년에는 일본어가 조선어를 대신하여 '國語'로 위치하게 되었고 조선어 6시간보다 많은 10시간의 수업시수로 일본어를 교수하다가, 이윽고 1941년부터는 조선어 과목은 없어지고 일본어만이 '國語'로서 직접교수법을 사용하여 교육되었다.

근대에 이뤄진 일본어교육을 분석하는 기초 작업으로 일본어 교육과 관련한 당대의 정책이나 교수법 담론들을 먼저 살펴보기로 하자.

2.1 일제의 언어 정책

조선인을 대상으로 한 일본어 교육은 〈日語學堂〉에서 오카쿠라 요시자부로(岡倉由三郞)에 의해 시작되었다.[5] 나쓰메 소세키(夏目漱石)의 친구

---

5) 李淑子(1985),『教科書に描かれた朝鮮と日本』, ほるぷ出版 p.39

이기도 한 오카쿠라는 영어학자로서 조선정부에 의해 초빙되어 일본어 교사가 되었다. 이후 〈日語學堂〉은 〈日語學校〉로 바뀌어 회화를 비롯한 번역, 산술, 지리, 역사, 경제 등 다양한 교과를 가르쳤다.

1895년의 〈소학교령〉에 의해 정해진 초등교육은 심상과(尋常科) 3년과 고등과(高等科) 2~3년으로 나뉘어졌고, 취학연령도 만 7세에서 15세까지로 정해졌다. 이 시기의 일본어 교육은 외국어선택과목으로서 교육되었다.

그러나 이후 1905년 학부에 일본인 학정참여관(學政參與官) 시데하라 다이라(幣原坦)가 취임하면서 교육제도는 일제의 영향 아래 놓이게 되었다. 그리고 선택과목이었던 일본어는 필수과목으로 변화되었다. 〈普通學校令施行規則〉 第九條에서 일본어 관련부분을 인용해 보자.

> 일본어는 쉬운 일본어를 이해하고 사용하는 능력을 갖게 하여, 처세에 도움이 되도록 하는 것을 본지로 한다. 일어는 발음 및 간단한 회화부터 시작하여, 나아가 쉬운 구어문의 읽는 법, 쓰는 법, 작문법을 가르칠 것. 일어는 학생의 지식정도에 맞추어 일상에서 알아야 할 사항을 골라서 가르치고 평소의 실용을 주로 하고, 또한 발언에 주의하여 국어와의 관계를 살펴 바른 회화를 숙달시키는데 노력할 것.[6]

발음 및 간단한 회화에서 시작한 일본어 교육을 읽기, 쓰기, 작문에까지 이르게 한 뒤, 일상생활에서 사용할 수 있게 교육하도록 하고 있다. 또한 이 시기의 일본어 교수시간은 조선어와 대등한 시간으로 배치함으로써 점

---

6) 「普通學校令施行規則」 第九條:三, 日語は平易の日語を了解し且つ使用する能力を得
   せしめ, 処世に資するを以て要旨とする。日語は発音および簡易の会話より始め,
   進んでは近易なる口語文の読法, 書法, 綴法を教授すべし。日語は学徒の知識程度
   に伴い日常須知の事項を選んで教授し常に実用を主とすべく, また発言に注意し国
   語と連絡を取り正しき会話を塾習せしむるを努べし。〈普通學校令施行規則〉
   第九條

점 일본어의 국어화에 준비를 더하고 있었다.

이후 1910년의 한일합병 이후에는 조선총독부에 초대 총독인 데라우치 마사타케(寺內正毅)가 취임하면서 헌병과 경찰을 앞세운 무단통치와 더불어 조선인의 언론, 집회 등을 제한하였다. 그리고 앞서 언급했듯이 1911년 〈제1차 조선교육령〉이 발포되면서부터는 보통학교는 물론 고등보통, 실업, 전문학교의 설치와 폐지는 물론 수업에 관련된 교과 규정까지 조선총독부의 인가를 받아야 했다.[7] 이전까지만 해도 "처세에 도움이 되는" 외국어로서의 일본어 교육 이었다면, 합병이후의 일본어는 '國語'로 전환된 국어교육이었고, 다른 교과목을 교수하는데도 사용되었다.

무단통치는 1919년 3·1운동을 계기로 제3대 총독 사이토 마코토(齋藤實)가 취임하면서 문화통치로 바뀌었고, 〈제1차 조선교육령〉이 개정되면서 수업연한도 4년에서 6년으로 바뀌었다. 이후 1922년 〈제2차 조선교육령〉이 발포되면서 '國語化'된 일본어는 1기와 마찬가지로 타 교과목을 교수할 때도 사용되어졌고, 조선어 수업시수는 더욱 줄어들었다.

중일전쟁 발발 이후인 1938년 〈제3차 조선교육령〉에서는 보통학교가 소학교로 그 명칭이 변경되었고 필수 과목이었던 조선어는 선택과목으로 전락하였으며, 일본어는 언어론적 관점뿐만 아니라 사상적인 부분까지 포함하여 '國語'로서 견고히 자리매김 되었다. 당시 강조되었던 일본어교육의 의미는 〈小學校規程〉 第18條를 살펴보면 잘 나타나있다.

국어는 보통의 언어, 일상에서 알아야 할 문자나 문장을 알려주어 정확하게 사상을 표현하는 능력을 키우고 덧붙여 황국신민 된 자각을 굳게 하여

---

7) 朝鮮教育令 1911年 8月 24日 勅令 第229号 第一章 綱領、第五條普通教育ハ普通ノ知識機能ヲ授ケ特ニ国民タルノ性格ヲ涵養シ国語ヲ普及スルコトヲ目的トス。第二章 学校、第二十九條普通学校、高等普通学校、女子高等普通学校、実業学校及専門学校ノ教科目及其ノ課程、職員、教科書、従業料ニ関スル規定ハ朝鮮総督之ヲ定ム。

지덕을 계발하는 것을 본의로 한다.[8]

위의 인용문에서 살펴볼 수 있듯이 일본어는 그동안 국어로서 문자나 문장을 알려주어 일상생활에서 사용하도록 교육하였던 것에 덧붙여 '皇國臣民' 사상까지 포함시켜 강조하고 있다. 이시기에 들어서면 일본어는 단순한 언어가 아닌 '日本化'를 측정하는 지표처럼 되어버린다. 일본어를 잘하느냐 못하느냐에 따라 충량한 황국신민인지 아닌지가 결정되었기 때문이다.

이후 1943년의 〈제4차 조선교육령〉기에는 小學校가 다시 國民學校로 개칭되었다. 이시기에 이르러서는 그나마 명맥을 유지하던 조선어는 폐지되었고, 일본어는 수신과 더불어 '충량한 황국신민'이 강조되어졌다.

국민과(國民科) 국어는 일상에서 알아야 할 국어를 습득케하여 이해력과 발표력을 키워 국민적 사고와 감동을 통해 국민정신을 함양하게 한다.[9]

국가에 소속된 국민으로의 동질감 형성을 위해 일본어를 국어로서 자리 매김하고, 국민정신을 함양하기 위한 도구로 이용하고 있었다 하겠다.

지금까지 언급한 시대적 배경에 따른 교과목 커리큘럼과 조선어 및 일본어의 수업시수를 비교해 보면 다음 〈표 1〉과 같다.

---

8) 小學校規程 第18條 国語ハ普通ノ言語、日常須知ノ文字及文章ヲ知ラシメ正確ニ思想ヲ表彰スル能ヲ養ヒ兼ネテ皇国臣民タルノ自覚ヲ固クシ知徳ヲ啓発スルヲ以テ要旨トス。

9) 国民科国語ハ日常須知ノ国語ヲ習得サシメ其ノ理会力ト発表力トヲ養ヒ国民的思考感動ヲ通ジテ国民精神ヲ涵養スルモノトス。

〈표 1〉 교과목 커리큘럼과 교수 시간 비교표[10)]

연도	교과목 커리큘럼		수업시수 비율		기타
			조선어	일본어	
1895	尋常科	修身, 讀書, 作文, 習字, 算術, 體操(地理, 歷史, 圖畵, 外國語, 裁縫)	40 (47.6%)		
	高等科	修身, 讀書, 作文, 習字, 算術, 大韓地理・大韓歷史・外國地理, 理科, 圖畵, 體操, 日語(裁縫, 外國語, 外國歷史)	24 (26.7%)	10 (11.1%)	
1906		修身, 國語, 漢文, 日語, 算術, 地理歷史, 理科, 圖畵, 體操(手藝, 唱歌, 手工, 農業, 商業)	24 (20.7%)	24 (20.7%)	
1911		修身, 國語, 朝鮮語及漢文, 算術, 理科, 體操・唱歌(圖畵, 手工, 裁縫及手藝, 農業, 商業)	한문포함 22(20.8%)	40 (37.7%)	제1차
1920		修身, 國語, 朝鮮語及漢文, 算術, 日本歷史, 地理, 理科, 體操, 圖畵(唱歌, 手工, 裁縫及手藝, 農業, 商業)	한문포함 34(19.8%)	58 (33.7%)	
1922		修身, 國語, 朝鮮語, 算術, 日本歷史, 地理, 理科, 圖畵, 體操・唱歌, 裁縫(手工)	20 (11.8%)	64 (37.6%)	제2차
1929		修身, 國語, 朝鮮語, 算術, 國史, 地理, 理科, 職業, 圖畵, 體操・唱歌, 家事及裁縫(手工)	20 (11.1%)	64 (35.6%)	
1938		修身, 國語, 朝鮮語, 算術, 國史, 地理, 理科, 職業, 圖畵, 手工, 體操・唱歌, 家事及裁縫	16 (8.3%)	64 (33.2%)	제3차
1941	國民科	修身, 國語, 國史, 地理		55 (28.9%)	
	地理科	算術, 理科			
	體鍊科	體操, 武道			
	藝能科	音樂, 習字, 圖畵, 工作, (家事, 裁縫)			
	職業科	農業, 商業, 工業, 水産			

위의 도표에서 알 수 있듯 처음에는 외국어로서 선택되었던 일본어과목
은 1906년 동등하게 배정되었고, 1911년에는 日語가 國語에 배치됨에 따
라 조선어와 위치가 바뀌게 되고, 수업 시수도 훨씬 더 높게 책정된 것을
볼 수 있다. 이처럼 일본어는 일제가 의도하는 정책변화에 맞추어 교육제
도상 '外國語'에서 '日語'로 그리고 '國語'로 교과목 명칭이 변경되며 교육된
것을 확인할 수 있다.

---

10) 李淑子(1985), 『教科書に描かれた朝鮮と日本』, ほるぷ出版 pp.65~110을 참고하여 논
   자가 재 작성함. ( )안의 과목은 더하거나 뺄 수 있는 대체과목을 나타내며, 비율은
   전체 수업시수에서 각 과목이 해당하는 비율을 표시한 것이며, 본 논문에서 논의
   하고자 하는 시기는 진하게 표시함.

2.2 일본어 교수법 담론

조선에서 일본어는 그 명칭이 시대에 따라 변화되었고, 텍스트 또한 변화되어 갔다. 그러나 일본어 교수법11)은 처음부터 일본학자들에 의해 직접교수법이 주장되어 시행되었는데 그 배경이 어떠했는지 파악하기 위해 당시의 외국어 교수법을 살펴보자.

외국어 교수법은 일반적으로 학습자의 모어를 사용하는가 그렇지 않은가에 따라 크게 문법번역법(Grammar-Translation-Method)과 직접교수법(Direct Method)으로 나누어진다.12) 교수법의 흐름을 살펴보면 먼저 나타난 것은 문법번역법이었다. 16세기 종교가나 학자 등 엘리트를 중심으로 커뮤니케이션의 공통언어로 라틴어가 사용되면서 번역을 통한 이해와 더불어 문장작성과 변론술(辯論術) 훈련 등이 이루어졌다. 이후 18세기 중엽이 되면서 유럽 공통어가 라틴어에서 영어나 독일어 등으로 변화되었고, 문학작품의 이해나 감상과 같은 교양적 측면이 강조되는 문법번역법으로 바뀌었다.13) 19세기 말부터 일반과학의 발전과 더불어 언어학과 심리학 및 교육학이 진보를 거듭하면서 외국어 교수도 과학적으로 연구되었다.

그러나 19세기 후반에는 문법번역법 대신 자연주의 교수법이라 불리는 내츄럴방법(natural method)과 포네틱방법(phonetic method)이 제창되었다. 내추럴방법은 구안(Francois Gouin)과 베르리츠(Maximilian Berlitz)에 의해 제창되었다. 구안이 제창한 구안식 방법(Gouin method)은 유아가

---

11) 일반적으로 교수법이라 하면 ①개개의 문형이나 문법항목에 관한 전문적 지식과 지도방법 ②발음, 어휘, 등기, 말하기의 기능을 분석하여 효과적으로 육성하는 방법 ③교재 및 교구를 이용한 교실활동 ④학습자 중심의 수업설계 ⑤지도방법에 대한 분석과 언어습득에 대한 이론 등 다양한 방면에 걸쳐있다. 여기에서는 ⑤에 해당하는 이론에 입각한 교수법에 국한하여 논하기로 한다. 日本語教育学会편저·안병곤·전철 편역(2011), 『日本語教育事典』, 보고사, pp.103~104
12) 日本語教育学会編(2004), 『日本語教育ハンドブック』, 大修館書店 p.107
13) 小林ミナ(2004), 이해하기 쉬운 『教授法』, 語文學社, p.158

모어를 습득해가는 과정을 자세하게 관찰하여 거기에서 얻은 결론을 외국어 교육에 응용한 것이었다. 베르리치는 모국어를 전혀 사용하지 않는 완전한 직접법을 주장하였다. 한편 포네틱 방법(phonetic method)은 음성을 중시한 교수법으로 음성학자 빅토(Wilhelm Vietor)가 문법번역법을 비판하고 음성교육과 구두연습의 중요성을 지적했다. 문법번역법을 대신해서 생겨난 이러한 교수법을 직접교수법이라고 하는데, 매개어를 사용하지 않고 목표 언어만을 사용해서 외국어를 가르치는 교수법을 말한다. 이 교수법은 모국어를 이용한 문법 설명으로 외국어를 익히기보다는 실제 사용된 장면이나 상황을 제시하고 사용함으로써 글이나 말의 의미를 직접목표언어의 형식과 연결하여 이해하게 하는 방법이다.

이후 20세기에 들어와 파마(Palmer. H.E)에 의한 오랄방법(Ora lmethod)이 제창되었다. 오랄방법(Oral method)은 언어의 체계와 운영 가운데 운영부분에 중점을 둔 방법으로, 제1차 기능(말하기, 듣기)과 제2차 기능(읽기, 쓰기)으로 분류하여 제1차 기능을 중시하였다.[14] 런던대학에서 외국어교육을 담당하고 있던 파마는 일본 문부성의 초대에 응해 영어교수 고문으로 1922년 일본으로 건너가 1936년 귀국할 때까지 오랄방법에 의한 영어교육의 보급뿐만 아니라 일본어교사인 나가누마 나오에(長沼直兄)와도 친교를 깊이 하는 등 일본어 교육에도 커다란 영향을 주었다.

서구의 분위기에 자극을 받은 일본의 언어학자들은 언어정책으로서 일본어교육의 필요성을 역설하였으며, 서구의 이론에 기초한 여러 가지 교수법 담론들을 펼쳐나갔다.

---

14) 유아의 모어습득을 재현한 귀로 듣고 관찰하기→ 흉내→ 소리내보기→ 의미알기 → 유추(類推) 의 습성을 발견하고 1.소리를 듣고 가려내기→ 2.발음연습→ 3.반복연습 → 4.재생연습→ 5.치환연습→ 6.명령연습→ 7.정형회화 의 일곱 가지 방법을 제창했다. 小林ミナ(2004), 이해하기 쉬운 『教授法』, 語文學社, p.162

근대 일본에서 이뤄진 언어교육과 언어학자를 살펴보면 서양의 언어학을 적극적으로 수용한 일본의 국어학자로 우에다 가즈토시(上田萬年)15)가 있으며, 우에다의 제자인 호시나 고이치(保科孝一)16)는 일제의 식민지 언어정책에 있어 일본어를 '國語'로서 위치시켜놓고 일본어 표준화를 세워가며 일본어 진출을 지향하였다.

교수법으로는 자연주의 교수법과 직접교수법이 형성되었다. 자연주의 교수법은 문법번역법과 직접교수법 사이의 교수법인데 회화에 의한 어학교육을 강조한 교수법으로, 간다 나이부(神田乃武)에 의해 소개되었다. 간다는 미국의 자연주의 교수법을 프랑스어 교수법에 적용한 소브르(lambert sauveur)의 교수법을 소개하였고, 이를 다시 일본의 영어교수에 적용하여 영어교육의 기초에 공헌했다.

직접교수법은 일본어 교수에서 강조되었는데 구안식과 베르리츠식이 야마구치 기이치로(山口喜一郎)에 의해 소개되었다.

특히 정책과 맞물려 이뤄진 일본어 교수법을 살펴보면 조선에서 보다 대만에서 먼저 이뤄진 일본어 교수법으로 초기에는 이자와 슈지(伊沢修二)와 고토 신페이(後藤新平)를 중심으로 한 문법번역법이 시행되었다. 그러나 이후 야마구치 기이치로에 의해 구안(Gouin)식을 도입하고, 『國民讀本』을 교과서로 하여 직접교수법을 실시하였다.

한편 조선에서도 1905년 한일합병과 함께 문법번역법으로 일본어를 교수하기 시작했다. 그러나 대만에서의 일본어 교육을 근거로 하여 일제는 식민지에서 일본어를 교수할 때 가장 좋은 방법은 직접교수법이라는 결론

---

15) 도쿄대학 국어연구실의 초대 주임교수와 문부성의 전문학무국장(專門学務局長)을 지낸 우에다는 표준어와 가나즈카이(仮名遣い)의 통일화에 공헌하였다.
16) 호시나 고이치(保科孝一)는 1898년 문부성 촉탁이 된 후 현대 가나표기법과 당용한자표(當用漢字表)로 간추려진 국어개혁에 앞장섰다.

일제강점기 일본어교과서 『國語讀本』을 통해 본 식민지조선 만들기

하에[17] 제1차 교육령과 함께 『普通學校國語讀本』을 편찬하고, 조선에서도 직접교수법에 의한 일본어 교육을 학교에서 시행하였다.

훗날 야마구치가 대만과 조선을 염두에 두고 주장했던 「동양인에 대한 국어교수법」을 살펴보면 직접교수법에 대한 그의 생각을 보다 확실히 알 수 있다.

> 외국어 학습에 있어 존재해있는 자국어를 이용하고 그것을 기초로 하여 그 위에 외국어를 발달시키기 위해 바로 문자언어로 출발하는 대역법과 같은 것은 자국어의 말하기와 외국어의 말하기를 잘못 이해하는 사태로 완전히 나무에 대나무를 잇는 것과 같은 것이라고 말할 수밖에 없다. 얼핏 보면 교수상의 곤란을 완화시키는 것처럼 보이나 실은 기초 박약과 말의 혼잡에 의해, 오히려 건전한 외국어의 습득을 볼 수 없는 것은 종래의 외국어 교육의 결과가 그것을 증명하고 있다.[18]

야마구치는 자국어를 통한 문법번역법과 같은 외국어 교수법은 효과가 없음을 지적하며, 교수하는 용어만을 사용하는 직접교수법을 주장했던 것이다. 야마구치는 대만과 조선뿐만 아니라 여순, 북경, 대련 등지에서 일본어 교육을 담당하며 직접법이론을 구축해갔고 일본어확장에 앞장섰다.

그렇다면 이러한 교수법에 사용된 조선에서의 최초의 〈國語〉교재인 『普通學校國語讀本』은 어떠한 형식과 구성을 담고 있는지 파악해보기로 하자.

---

17) 대만과 조선에서 이뤄진 일본어 교육은 일본어 교수법을 비롯해 교과서 편찬 및 지도에 이르기까지 야마구치 기이치로에 의해 공통된 방침을 가지고 실시되었다. 遠藤織枝編(2006), 『日本語教育を学ぶ』, 三修社 p.213 참조.
18) 国語進出偏(1942), 『国語文化講座』 第6巻, 「東洋人に対する国語教授法」, p.224, 박화리(2006), 「일제강점기하 조선에 있어서의 언어문제 고찰」, 「同日語文研究」 제21집 p.120 원문재인용. 한국어는 필자 졸역.

3. 〈國語〉로서의 日本語교육

일제강점기라는 특수 상황아래 일제 식민지 동화정책의 일환으로써 일본어 교육은 단순히 외국어 교육이 아닌 '國語'로서 조선에서 교육되었다. 그러나 모국어가 아닌 일본어를 조선아동에게 '國語'로 교육시키는 것은 쉬운 일이 아니었다. 일본어 환경을 만들기 위해 일본어 교사를 다수 채용해야했고, 교과서 또한 일본 아동이 배우는 교과서 체계를 모방하여 『普通學校國語讀本』을 편찬하였으며, 교수법 또한 대만에서 실시했던 일본어의 국어교육을 토대로 야마구치 기이치로의 직접교수법을 적용하였다.

이처럼 조선에서 이뤄진 일본어 교육은 조선인에게 있어 일본어는 외국어 임에도 불구하고 국어라는 명목의 모어화와 직접교수법으로 제국어의 확장을 시도한 것이었다. 그러면 직접교수법을 염두에 둔 일본어 텍스트 『普通學校國語讀本』의 구성과 편제 및 내용 등을 자세히 살펴보기로 하자.

3.1 『普通學校國語讀本』의 구성

조선총독부 편찬 『普通學校國語讀本』의 구성을 살펴보면 각권의 맨 앞장에 서언(緖言)을 두고 있으며, 다음 권수 표기와 함께 각 권이 시작된다. 각 권의 구성을 표로 나타낸 것이 〈표 2〉이다.

〈표 2〉 『普通學校國語讀本』의 구성

권	출판연도	단원수	본문쪽수	부록구성 (단원수)	표기
권1	1912	47	80	신출단어 한자독음(10)	가타카나, 한자
권2	1913	31	91	신출단어 한자독음(31)	가타카나, 한자
권3	1913	30	110	신출단어 한자독음(30)	가타카나, 한자, 히라가나

권4	1913	28	110	신출단어 한자독음(28)	가타카나, 한자, 히라가나
권5	1914	28	126	부록1-신출단어 한자독음(28) 부록2-어구해석(15)	가타카나, 한자, 히라가나
권6	1914	29	126	부록1-신출단어한자독음(29) 부록2-어구해석(16)	가타카나, 한자, 히라가나
권7	1915	29	108	1. 신출단어 한자독음(29) 2. 어구해석(13) 3. 가나표기법요람(仮名遣法要覧) 4. 지방청관할지명 일람(地方庁菅割國名一覧) 5. 우리나라 행정구획도(本邦行政区画圖)	가타카나, 한자, 히라가나
권8	1915	31	118	1. 신대 간략 계보 및 역대천황표(神代御略系及ビ天皇御歷代表) 2. 신출단어 한자 독음(31) 3. 어구해석(13)	가타카나, 한자, 히라가나

권1의 경우는 각 단원의 목차와 제목이 없이 단원을 구분하는 숫자와 페이지만을 표기하고 있다. 또한 일본어의 입문에 해당하는 단계로서 가타카나 표기를 사용하고 있고, 각 단원 끝에는 자형(字形) 비교와 발음연습을 덧붙이고 있으며, 각 단원에 단어와 연관한 삽화를 제시하고 있다. 각 단원은 두 개의 부분으로 나누어 윗부분은 신출단어를 표기해두고 있으며, 아래 부분은 본문을 적어놓고 있다. 앞 단원은 간단한 단어들을 제시하다가 점점 짧은 단문을 반복적으로 기술하고 있으며, 뒷 단원은 줄거리가 있는 문단을 기술하고 있다. 그리고 뒷부분에는 권의 끝맺음을 알리는 표시와 부록을 덧붙인 후 출판관련 사항으로 정리하고 있다.

권2는 권1과 같은 형태이나 서언 뒤에 각 단원의 목차 제목이 페이지 표시와 함께 제시되어 있다. 그리고 권2는 권1의 단계에 이어 줄거리가 있는 짧은 문장으로 시작된다. 연습문제도 읽고 쓰고 말하기를 연습할 수 있도록 각각 배정해 놓고 있다. 또한 권3의 경우 구성은 같으나 문자표기에 있어서 가타카나와 히라가나를 뒤섞어 사용하고 있다.

권5와 권6은 뒷부분에 첨부되어있는 부록이 〈부록1〉과 〈부록2〉로 나누어져 있다. 〈부록1〉은 다른 권에서 표기된 것과 같이 신출 단어가 제시되어 있으며, 〈부록2〉는 권5의 각 단원에 등장하는 단어의 의미들을 풀어서 설명해 놓은 어구해석을 더해놓고 있다.

권7은 부록으로 묶어서 1. 한자 독음(本字振仮名) 2. 어구해석(語句解釈) 3. 가나표기법 요람(仮名遣法要覧) 4. 지방청 관할지명 일람(地方庁管割國名一覧) 5. 우리나라 행정구획도(本邦行政区画圖) 등을 구분해서 배치해놓고 있으며, 권8은 부록으로 1. 신대 간략 계보 및 역대천황표(神代御略系及ビ天皇御歴代表) 2. 한자 독음 3. 어구해석 등을 담고 있다.

『普通學校國語讀本』은 1912년부터 1915년까지 발행되었으며 전체 253 단원으로 869페이지에 달한다. 시간의 흐름에 따라 교과서의 체계를 잡아 부록을 세분하고 있으며, 단원에 필요한 기타 자료들을 첨가하고 있다. 문자 표기를 살펴보면 저학년에서는 입문단계를 의식하여 가타카나만으로 표기하고 있으며, 숫자를 비롯해 간단한 한자를 소수 표기하고 있다. 고학년에 신출한자가 증가하고 있으며, 뒷부분으로 갈 수록 복잡하고 난해한 한자들을 제시하고 있다.

또한 각 단원의 본문이 끝난 뒤에는 'フ/ス', 'ン/シ', 'チ/ケ', 'ク/タ', 'コ/コ', 'ナ/サ' 등과 같이 비슷한 가타카나를 제시하는 字形比較뿐만 아니라, 'カ/か', 'ヤ/や'와 같이 가타카나와 히라가나, 또 'う/ら', 'は/ほ', 'め/ぬ', 'わ/ね/れ'와 같이 히라가나끼리 비교하는 것을 통해 각각의 문자를 인지시키고 있다. 뿐만 아니라, 한자가 많이 출현하는 고학년에서는 '雷/電', '博/傳', '商/適', '使/便', '賣/買', '治/始'와 같이 한자의 字形比較를 연습에서 제시함으로써 그 차이를 인식시키고 있다.

3.2 『普通學校國語讀本』의 어휘지도

직접교수법을 시행하기 위한 『普通學校國語讀本』의 학습내용을 어휘를 중심으로 살펴보고자 한다. 먼저 각 권의 신출단어 어휘 수를 조사하여 도표화 해보았다.

〈표 3〉 『普通學校國語讀本』 신출단어 출현 수

권과	권 1	권 2	권 3	권 4	권 5	권 6	권 7	권 8	신출 단어수
1	2	12	20	12	15	32	20	22	135
2	2	9	15	11	3	20	22	20	102
3	6	4	21	6	28	29	29	11	134
4	8	12	15	17	18	13	14	20	117
5	5	9	11	22	9	34	12	25	127
6	-	10	11	27	14	9	32	33	136
7	6	4	10	16	15	26	30	13	120
8	1	6	12	14	6	5	27	27	98
9	-	10	24	10	15	16	13	5	93
10	4	8	18	9	11	27	10	25	112
11	13	9	25	12	17	8	15	31	130
12	11	9	8	14	8	21	20	13	104
13	11	6	9	11	14	28	24	20	123
14	3	9	8	5	6	14	36	34	115
15	18	8	16	9	10	14	11	33	119
16	4	10	12	10	8	26	5	37	112
17	5	3	6	4	12	9	11	10	60
18	12	16	11	12	36	10	4	8	109
19	5	5	24	22	13	8	4	15	96
20	11	9	18	11	14	15	14	10	102
21	2	8	5	3	15	14	12	4	63
22	18	13	8	14	13	6	8	12	92
23		5	6	20	24	36	16	21	128

24	6	19	7	14	17	21	11	22	117
25	3	10	15	12	12	14	3	8	77
26	5	8	7	14	12	25	11	20	102
27	2	12	10	8	19	16	12	20	99
28	5	8	14	8	14	10	13	31	103
29	10	13	14			25	23	17	102
30	6	11	8					28	53
31	2	10						21	33
32	2								2
33	4								4
34	7								7
35	7								7
36	8								8
37	7								7
38	11								11
39	9								9
40	7								7
41	5								5
42	7								7
43	6								6
44	6								6
45	4								4
46	3								3
47	3								3
합계	282	285	388	347	398	531	462	616	3,309

신출단어를 살펴보면 권1에서 권6으로 점점 증가하고 있는 것을 볼 수 있는데, 권6은 지명이름, 권7은 질병과 관련한 병명, 권8도 지명과 인명에 관한 신출 한자가 많이 등장하고 있다. 신출단어의 출현빈도에 따른 품사를 살펴보면, 명사〉 부사〉 조수사〉 동사의 순이다. 동사의 경우는 신출단어의 기본형을 제시하기 보다는 'アリマス' 혹은 'ヨンデ'와 같이 활용 상

태로 제시하고 있다. 이는 직접교수법과 연관한 체제라고 할 수 있다. 일상생활에서 사용되는 형태로 제시하여 학습자에게 익숙케 함으로써 바로 응용할 수 있도록 한 것이다.

문자는 처음에 가타카나만 사용하다가 권3부터 히라가나를 더하고 있는데, 50음도를 처음부터 전체 제시한 것이 아니라 1단원에서 6단원까지 단어와 함께 소수의 히라가나를 제시하다가 7단원에서는 전체 표로 제시하고 있다. 그리고 이후 점점 한자 어휘가 등장하고 한자를 읽는 후리가나를 연습시키고 있다. 다음은 각 권의 한자 어휘를 도표화 한 것이다.

〈표 4〉『普通學校國語讀本』 제시 한자 어휘

권	신출 제시 한자	수
권1	一, 二, 三, 四, 五, 六, 七, 八, 九, 十, 大, 小, 赤, 色, 中, 下, 上, 目, 手, 日, 雨, 水, 川, 木, 本	25
권2	東, 學校, 今, 先生, 生徒, 月, 長, 赤, 黃色, 口, 土, 茶, 何, 兄, 弟, 四方, 山, 兩手, 前, 後, 西, 右, 南, 左, 北, 杖, 橋, 三人, 一人, 子供, 時, 正午, 午前, 後, 午後, 何時, 家, 車, 馬, 荷車, 米, 福童, 冬, 每日, 田, 畑, 枝, 雪, 感心, 書, 名, 名, 庭, 出, 又, 親切, 道, 新年, 元日, 年, 門, 今日, 友, 白, 宮城, 東京, 親, 子, 人民, 恩, 女, 二箇月, 先月, 來月, 去年, 今年, 始, 來年, 氷, 寒, 暖, 足, 尾, 短, 見, 豚, 肉, 皮, 毛, 着物, 自分, 鳥, 羽, 何羽, 風, 强, 糸, 數, 雲, 天, 山田, 川上, 話, 桃, 男, 桃太郎, 力, 强, 島, 猿, 雉, 供, 外, 內, 天子	118
권3	第一, 木, 松, 林, 大水, 大切, 練習, 野原, 花, 壽男, 貞童, 日本, 朝鮮, 内地, 畑, 金, 町, 大勢, 一年生, 次, 平假名, 五十音圖, 片假名, 片假名文, 片假名文, 片假名皆, 國, 金色, 兩, 頭, 池, 魚, 蟲, 土曜日, 母, 指, 竹, 筆, 骨, 柱, 地, 親, 竹, 靑靑, 臺灣, 長, 一尺, 半分, 細, 目盛, 十倍, 一丈, 十分, 一寸, 一分, 一厘, 反物, 誰, 机, 幅, 夏, 物, 晝, 夜, 農家, 麥, 田, 時節, 螢, 來, 小馬, 足, 田植, 苗, 笠, 今, 一面, 水, 廣, 先, 海, 船, 汽船, 地圖, 見カタ, 方角, 湖, 港, 岸, 邊, 深, 淺, 河, 川, 流, 遠, 上手, 水泳, 我, 大日本帝國, 半島, 中, 四國, 本州, 北海道, 四國, 九州, 樺太, 陸, 國, 太平洋, 日本海, 黃海, 支那, 氣候, 土地, 産物, 景色, 明治天皇, 今上天皇陛下, 御父君, 間, 御位, 國民, 御恩, 重, 御神氣, 同, 父母, 宮中, 祭, 明治天皇祭, 石, 近所, 天長節, 國旗, 天長節祝日, 式, 君, 勅語, 郡廳, 郵便貯金通帳, 利息, 年, 本箱, 憲兵分遺所, 巡査, 警察署, 外, 命令, 無禮, 時刻, 時計, 見方, 長針, 短針, 動, 音, 針, 六十分, 朝, 市, 茄子, 瓜, 大豆, 小豆魚類, 品物, 昔, 證文, 無學, 牢, 汽車, 停車場, 乘, 迎, 見送, 改札口, 荷物, 手荷物, 汽車, 雷, 急, 暗	126
권4	第一課, 菊, 其, 形, 皇室, 御紋, 日曜日, 空, 次郎, 松山, 松林, 鳴, 方方, 毒, 此, 客, 春吉, 綿入, 新, 年中, 骨折, 或, 見, 烏, 一便, 仲間, 初, 巢, 穀物, 粟, 黍, 豆, 五穀, 米, 大麥, 小麥, 餠, 哀, 油, 後, 豆粕, 蕎麥, 皇大神宮, 鳥居, 奧, 宮, 大木, 伊勢, 天照大神, 御先祖, 大昔, 世, 稻, 蠶, 神嘗祭, 新嘗祭, 神神, 酒, 一升, 一合, 一勺, 一斗, 一石, 五勺枡, 一合枡, 五合枡, 一升枡, 五升枡, 一斗枡, 家畜, 食用, 紙, 材料, 時分, 食物, 少, 涼, 汗, 暑, 墨, 鉛筆, 雜, 本, 名, 貨物, 錢, 五十錢銀貨, 道具, 一日, 夕飯, 御壽命, 千年, 萬年, 石, 岩, 意味, 大蛇, 出雲國, 寶劒, 富士山, 頂, 扇, 南, 東西, 南北, 朝鮮海峽, 京城, 大都會, 殆, 釜山, 烟, 棧橋, 汽笛, 下關, 神武天皇, 御子孫, 御心配, 御自身, 弓, 光, 大和國, 儀式, 第一代, 紀元節, 神武天皇祭, 十錢銀貨, 十錢銀貨, 錢, 紙幣, 錢, 五十錢銀貨, 二十錢銀貨, 白銅貨, 銅貨, 二十圓, 顏, 紙幣, 札, 壹圓, 拾圓, 百圓, 輕, 人, 店, 織物, 二反, 兩方, 紙, 二枚, 每度, 王, 長, 妻, 不吉, 海岸, 小兒, 智慧, 新羅, 臣下, 弧公, 腰, 虎, 猫, 獸, 常, 鹿, 兎, 頸, 爪, 牙, 他, 鼻, 亦, 毛色, 三毛, 虎猫, 巴提便, 使, 途中, 宿屋, 晚, 夜, 足, 山奧, 穴, 貧乏, 朱, 落, 馬屋, 瓦, 棟, 石, 御無事, 道中, 大事, 御出立, 手紙, 火, 戶, 用心, 四季, 等, 春分, 秋分, 春季皇靈祭, 代代, 秋季皇靈祭	215
권5	新學年, 三年生, 葉, 頃, 時候, 面白, 國語, 算, 術, 理科, 一層, 豫習, 復習, 雨翕, 里, 咲, 地勢, 地理, 大橋, 境, 鴨綠江, 豆滿江, 里, 大同江, 漢江, 洛東江, 錦江, 水源地方, 長白山脈, 白頭山, 大體, 平地,	335

國語로서의 近代 日本語敎育 考察 *221*

	平野, 樣子, 出入, 良, 元山, 馬山, 木浦, 群山, 仁川, 鎭南浦, 濟州島, 日本武尊, 景行天皇, 武勇, 皇子, 征伐, 十六歲, 少女, 賊, 頭, 手早, 雲雀, 麥畑, 姿, 段, 何時, 何處, 直, 弱, 桑, 芽, 路傍, 宅地, 桑畑, 繭, 生絲, 養蠶, 生物, 無生物, 動物, 自由, 下等, 萬物, 長, 植物, 之, 鑛物, 世界, 動物界, 植物界, 鑛物界, 果物, 更, 然, 失禮, 天лист, 吳服屋, 木綿織, 麻織, 絹織, 毛織, 直段, 麻織, 絹絲, 上等, 羊, 洋服, 大抵, 眞綿, 道, 砂利, 通行, 不便, 村, 働, 煙草, 御製, 御手, 國威, 御政治, 安, 高麗, 百濟, 任那, 次第, 王仁, 學者, 論語, 千字文, 學問, 朝廷, 記錄, 俄, 鼠, 味方, 仲, 相手, 琵琶湖, 琵琶, 凡, 甚, 沿岸, 漁業, 北部, 古, 帆掛船, 枝, 繪, 交通, 娘, 縫物, 稽古, 裁縫, 昨日, 衡, 大人, 體, 十四五貫目, 一人, 一匁, 一厘, 何斤, 象, 動物園, 王子, 泉水, 重, 沈ム, 總高, 胡瓜, 若, 肥料, 手入, 實, 翌年, 無益, 雌花, 雄花, 西瓜, 種類, 首府, 人口, 市街, 建物, 市內, 電車, 日本橋邊, 銀座通, 場所, 人力車, 馬車, 自轉, 車, 自動車, 電信, 電話, 線, 電燈, 瓦斯燈, 上野, 日比谷, 淺草, 芝, 公園, 圖書館, 博物館, 植物園, 知識, 鐵道, 各地, 新橋, 橫濱, 注意, 郵便集配人, 表, 一週間, 朴成元, 裏, 連絡船, 直行, 只今, 返事, 御踐祚, 年號, 大正, 御孝心, 御大葬, 教, 全國, 政府, 御下賜金, 關東州, 罪人, 淚, 如, 皇太子, 孝子, 萬壽, 貯, 街道, 僅か, 賃錢, 藥, 若, 者, 事, 位牌, 一生, 鉢植, 紫, 樣, 種子, 手數, 粟, 今朝, 仁德天皇, 深, 凶年, 高, 村, 乏, 租稅, 御殿, 御衣, 豐年, 朕, 言葉, 堤, 水害, 溝, 農業, 生活, 飮料, 身體, 井戶, 湧, 水道, 鐵管, 土管, 部屋, 溫, 明, 近頃, 火打石, 火打金, 語, 火鉢, 木炭, 栗, 石炭, 黑色, 自然, 種, 機械, 菜種, 仕上, 鹽原多助, 云, 心, 都, 常, 儉約, 古草履, 主人, 俵, 數百俵, 元手, 朝鮮總督府, 市街, 城壁, 南大門, 東大門, 鐘路通, 本町通, 官署, 病院, 銀行, 道路, 龍山, 朝鮮駐箚軍司令部, 新義州, 旅客, 乘降, 貨物, 積卸, 裁判所, 地方法院, 金錢, 爭, 盜人, 惡, 罪, 監獄, 難儀, 判事, 法律, 公平	
권6	日光, 兩側, 杉, 並木, 有樣, 散, 朱塗, 見物人, 薄暗, 東照宮, 表門, 陽明門, 丹靑, 欄干, 人物, 鳥獸, 天井, 龍, 畫, 日暮門, 異名, 拜觀, 本殿, 山路, 中禪寺湖, 面, 鏡, 華嚴瀧, 稻刈, 手傳, 共, 畔, 乾, 稻扱器, 籾, 摺臼, 唐箕, 箕, 籾殼, 玄米, 萬石篩, 篩, 白米, 一粒, 粗末, 御在位, 御治世, 儉生, 儒生, 殊, 德, 孝子, 節婦, 恩賞, 府郡, 産業, 敎育, 備, 永遠, 蒙, 蠶業傳習所, 機業傳習所, 普通學校, 利子, 災難, 色香, 君子, 外國, 道理, 問答, 朴泳式, 十三道, 中央, 京畿道, 忠淸南北, 全羅南北, 慶尙南北, 黃海, 平安南北, 咸鏡南北, 江原道, 京釜線, 京義線, 支線, 馬山線, 京仁線, 兼二浦線, 平南線, 湖南線, 京元線, 建設, 大邱, 大田, 開城, 海州, 咸興, 晉州, 全州, 朝鮮郵船會社, 雁, 燕, 列, 道案內, 合圖, 聲, 暗夜, 迷, 甘藷, 味, 代り, 砂地, 不順, 重寶, 琉球, 薩摩, 井戶平左衞門, 靑木昆陽, 依, 石見國, 數年, 一帶, 免, 石州神社, 祀, 有名, 委, 種藷, 忽, 墓, 甘藷先生墓, 碑石, 贈, 米, 白菜, 見事, 通例, 中國, 近畿, 中部, 關東, 奧羽, 京, 大阪, 神戶, 陶土, 瀨戶內海, 波, 素燒鳴滊, 多分, 邊, 灣, 堀, 幾筋, 築港, 澤山, 水運, 發着, 勿論, 奈良, 川口, 無數, 煙突, 商業, 工業, 貿易, 明日, 夕方, 完備, 殿, 封筒, 姓名, 今日, 明後日, 明年, 明後年, 皮膚, 壁, 筋肉, 運動, 胴, 腦髓, 頭蓋骨, 髮, 胸, 腹, 肺臟, 心臟, 胃, 腸, 空氣, 血液, 握, 投, 污, 風, 丈夫, 滋養物, 新鮮, 體力, 腦力, 補, 必要, 適當, 野菜, 植物質, 大根, 蕪菁, 菜, 馬鈴薯, 杏, 梨, 林檎, 蜜柑, 柿, 棗, 蕃椒, 蒜, 韮, 幼少, 介, 最, 黴菌, 謹, 誠, 腑, 不平, 一同, 吾, 食事, 暗, 全, 役目, 程, 却, 考, 相違, 相持, 年始, 家, 封書, 名刺, 讀賀新年, 封, 恭賀新年, 封, 渡邊文雄, 御厚情, 預, 相變, 風, 舊臘, 名高, 社, 寺, 碁盤, 縱橫, 家屋, 鱗, 初年, 御前, 京都帝國大學, 帝室博物館, 平安神宮, 北野神社, 金閣寺, 參詣人, 嵐山, 高尾, 紅葉, 陶器, 漆器, 御陵, 伏見桃山陵, 昭憲皇太后, 伏見桃山東陵, 情, 門司, 長崎, 顏, 鹿兒島, 福岡, 熊本, 遙, 新高山, 蕃人, 鐵道線路, 千島列島, 割合, 端, 函館, 小樽, 室, 住民, 隣國, 露西亞領, 滿洲, 遼東半島, 租借地, 旅順, 大連, 南滿洲鐵道, 長春, 續, 奉天, 安東, 別, 北京, 浦鹽斯德, 明治二十七, 八年戰役, 騷動, 淸國, 屬國, 勝手, 軍艦, 豐島沖, 大砲聲, 成歡, 平壤, 海軍, 敵, 要害, 困難, 勢, 威海衛, 賞金, 一網, 田舍, 相應, 金元培, 信用, 評判, 近頃, 百姓, 商賣, 愉快, 一言, 斷, 伯父, 不心得, 大變, 賑, 義, 苦勞, 物價, 費用, 資本, 山水, 事業, 財産, 染, 品行, 家業, 計, 家長, 村內, 富有な, 村民, 是れ, 職業, 官吏, 敎師, 醫師, 貫, 等, 賤, 近來, 實業, 主, 選, 收穫, 果樹, 家禽, 農事, 筵, 繩, 副業, 方法, 雜貨屋, 魚屋, 外國, 百濟成忠, 飛鳥工, 大工, 乞食, 三角四面, 桑, 廻, 臭氣, 井上, 筑後國, 久留米, 幼, 手仕事, 機織, 斑, 模樣, 藍汁, 絣, 縞, 雪降, 霰縞, 技術, 遍路, 二十餘人, 販路, 產額, 愈愈, 繁榮, 增す, 功, 迫賞金, 記念碑, 明治三十七八年戰役, 兵備, 嚴重, 占領, 東洋, 平和, 野心, 屢, 一向, 效, 順序口, 敵艦隊, 襲イ, 難攻不落, 虜, 下旬, 連取, 別軍, 勝利, 陸戰, 海戰, 古來未曾有, 前代未聞, 陸軍記念日, 海軍記念日, 租借權, 國, 源, 民, 祝賀式, 在宅, 農商, 工部, 司法部, 長官, 局長, 課長, 職務, 道廳, 道長官, 命, 府廳, 府尹, 郡守, 指圖, 通信局, 鐵道局, 警務總監部	480
권7	嚴島, 天橋立, 松島, 日本三景, 宮島, 廣島縣, 嚴島神社, 參詣者, 廊下, 潮, 昔話, 龍宮, 京都府, 宮城縣, 仙臺, 白帆, 水鳥, 常盤, 崇敬鹽, 眺, 霞, 谷, 悉, 吉野山, 古人, 嶋, 峯, 峯, 大井川, 楓, 小舟, 滿山, 錦, 金剛山, 觀, 天下, 奇妙, 瀧, 樹木, 楼, 綠, 濃く, 到, 趣, 萬物相, 九龍淵, 九龍瀑, 崖, 淵, 絹, 底, 眞靑, 凄, 隨分, 濱, 松原, 負, 菖蒲, 白露, 千草, 一目千本, 多數, 食料, 常食, 宇治, 風味, 綿, 人蔘, 甘蔗, 砂糖, 太古, 以上, 牧畜業, 牛地, 鹽業, 綿絲, 綿織物, 一億七千萬圓, 綿織物, 絹織物, 絹絲交織物, 燒物, 塗物, 花筵, 麥稈眞田, 樟腦, 鑛產物, 銅, 南滿洲, 炭坑, 水產物, 海藻, 海鼠, 鼉, 明太魚, 石首魚, 鯛, 內地人, 日常, 器具, 茶碗, 土瓶, 皿, 鉢, 膳, 椀, 盆, 重箱, 磁器, 造, 粘土, 粉, 花鳥, 土器, 器物, 漆, 硯, 汁, 蒔繪, 貝殼, 靈絲, 綿絲, 眞綿, 組織, 美術, 直線, 曲線, 斜, 蟲魚, 唐草模樣, 波模樣, 原色, 桃色, 紅梅色, 藤色, 櫻色, 橙色, 柿色, 葡萄色, 小豆色, 鼠色, 鳶色, 茶色, 藍色, 繪畫, 調和, 大佛, 恩津, 彌勒佛, 忠雄, 四方山, 丈, 佛像, 尺, 佛, 迚, 金佛, 石佛, 花崗石, 日取, 御融通, 利子, 日數, 御確定, 終日, 在宅, 晉, 損失, 書籍, 商, 爲替, 質金, 當座預, 周圍, 期間, 料金, 取扱, 送金, 農工銀行, 面倒, 安全, 且, 速, 組, 手續, 郵便爲替, 通常爲替, 小爲替, 電信爲替, 振出人, 用紙, 金高, 受取人, 居所, 氏名, 拂渡局, 現金, 證書, 一口, 組合, 滋賀縣, 葛川, 炭燒, 木挽,	386

	唯, 伐, 賣捌, 日用品, 買入, 始終, 信用, 哀, 山林, 製炭, 結果, 生産品, 共同販賣, 共同購入, 品質, 信用組合, 風俗, 手當, 腸窒扶私, 發疹窒扶私, 赤痢, 痘瘡, 猩紅熱, 實布埒利亞, 虎列刺, 傳染病, 肺病, 癩病, 療治, 消毒, 隱, 疱瘡, 天然痘, 種痘, 痘苗, 種痘認許員, 首, 眼脂, 涙, 手垢, 病毒, 慈惠醫院, 病苦, 經費, 恩賜金, 貧窮, 無料, 心得, 看病, 看病人, 淸潔, 障子, 起居振舞, 大聲, 小聲, 慰, 病氣見舞, お熱, 御容體, 精々, 御養生, 尹恤, 鵜鳥, 巣, 宿, 隅, 珠, 糞, 假名遣, 一般, 卽, 樂器, 雨水, 物語, 十人十色, 性質, 姿勢, 後足, 鈴, 三日月形, 輪, 敷物, 叔父, 不意, 鈴, 壁, 片手, 淸水, 電柱, 電報, 火事, 長過, 丁寧, 省, 一音信, 氏, 頼信紙, 發信人, 欄, 通信, 電報料, 商人, 親類, 隣, 邑内, 額, 榮, 御民, 國民, 肝, 醎, 味噌, 醬油, 森林, 材木, 薪, 薪炭, 採, 泉, 平日, 一滴, 洪水, 檜, 欅, 桐, 板, 桶, 樽, 土臺, 枕木, 箆笥, 下駄, 杣, 指物師, 石造, 煉瓦造, 木造, 材, 桁, 梁, 棟木, 床板, 疊, 溫突家屋, 濕氣, 日光, 健康, 行政, 行政上, 一道, 三府, 四十三懸, 山口, 島根, 北海道廳, 樺太廳, 知事, 郡市, 郡役所, 郡長, 市役所, 市長, 町村, 町村役場, 町村長, 面, 面事務所, 面長, 圖	
권8	神代, 瓊瓊杵尊, 汝, 皇孫, 皇位, 天壤, 御勅, 鏡, 劒, 玉, 御寶, 神器, 尊, 必, 萬世一系, 萬民, 仁政, 則, 臣民, 大御心, 幸福, 和歌, 御製, 民草, 後醍醐天皇, 治, 源實朝, 裂, 本居宣長, 敷島, 大和心, 匂, 二首, 御趣意, 天日槍, 垂仁天皇, 播磨國, 一艘, 從者, 使者, 但馬國, 名家, 文字, 音, 訓, 漢字, 再, 雲, 雪, 畠, 嶋, 峠, 叺, 和字, 改正, 行爲, 行儀, 行în所, 問合, 團子, 敷地, 漢文, 訓讀, 書, 耕, 衣, 看, 日月, 在, 山川, 光陰, 矢, 歲月, 不, 可, 忠, 孝, 兄, 朋友, 强健, 萬事, 當, 報, 怨, 宜, 莫, 勿, 惡, 烏, 善, 徐, 長者, 訓, 弟, 疾, 不弟, 孫康, 音, 壁, 螢月, 映, 車胤, 夏月, 練囊, 螢火, 織, 司馬溫公, 但, 平生, 未, 欲, 停, 山田古嗣, 幼, 喪, 流涕, 禁, 卷帙, 沾濡, 地球, 球, 一周, 證據, 平, 各, 北, 直徑, 面積, 方里, 勿論, 忠良, 英吉利, 亞米利加, 佛蘭西, 獨逸, 亞細亞洲, 歐羅巴洲, 大洋洲, 亞弗利加洲, 北亞米利加洲, 南亞米利加洲, 大西洋, 印度洋, 南氷洋, 北氷洋, 墺地利洪牙, 利, 伊太利, 北亞米利加, 合衆國, 同盟國, 間柄, 倫敦, 巴里, 伯林, 紐育, 設備, 入門, 沙漠地方, 天幕, 黑人, 野蠻人, 鶯, 自慢, 古池, 鴨, 陽, 沼, 多藝, 鶯, 捕, 憎, 荷風, 御身, 如何, 鵜, 例, 體色, 棲, 蛙, 雨蛙, 蝶, 群, 大根畑, 潛, 日暮, 蝙蝠, 闇黑色, 海底, 砂, 鰈, 半面, 周圍, 患, 保護色, 枯葉, 烏賊, 水色, 岩石, 附, 農夫, 見違, 土豚割, 拜啓, 參上致, 相成, 候, 農業書, 御不用, 拜借, 差上, 早々, 折角, 稻穗柱, 美瓜, 愛知縣, 本業, 一生懸命, 造林, 繩綯, 草鞋作, 菰編, 額, 貯, 蓄, 富國島, 日露戰爭, 軍事公債, 老農, 古橋氏, 父子, 盡力, 地方金融組合, 金融, 一定, 區域内, 組合員, 認可, 組合長, 理事, 監事, 職員, 業務, 加入, 一口, 出資, 要, 種子, 種苗, 農具, 委託, 生産物, 販賣, 保管, 便益, 契, 契員, 共濟扎助, 目的, 牛契, 産馬契, 利益, 往往, 弊害, 慥, 保證, 新聞紙, 店員, 廣告, 志望者, 靑年, 知名, 御見込, 宅, 愼, 談話員, 老人, 椅子, 挨拶, 生意氣, 明白, 餘計, 禮儀, 作法, 床, 順番, 溫順, 崗, 指先, 爪垢, 平生, 回復, 全力, 組織, 東郷司令長官, 出勤, 信號旗, 皇國, 興廢, 各員, 彼我, 相迫, 砲火, 戰列, 凡, 波浪, 砲引, 火災, 火燵, 前路, 多, 損害, 鬱陵島, 附近, 小將, 白旗, 戰艦, 四隻, 中將, 傷, 死傷, 捕虜, 水雷艇, 償, 今更, 木材, 湯氣, 軸木, 木片, 專, 輸入品, 分業, 共同, 大工, 商人, 手分, 出來, 己, 共同一致, 運輸, 凸凹, 等外, 一等道路, 二等道路, 三等道路, 等外道路, 路面, 路側, 水溜, 横梁, 招, 保存, 夏季, 通行人, 墦聚己一, 一心, 記憶力, 江戶, 番町, 講義, 盲人, 金剛石, 曆, 年齡, 節氣, 干支, 作物, 播, 肥料, 朝鮮民曆, 陽曆, 陰曆, 前夜, 公事, 舊前, 謹啓, 私事, 在學中, 御敎授, 用事, 豫, 御敎訓, 眼, 時下, 御自愛, 專一, 敬具, 一入, 御壯健, 貴君, 閑暇, 結構, 希望, 哉, 日記, 手間, 綿密, 習慣, 格別, 簡單, 崔允明, 昨夜, 父上, 家内, 寒暖計, 零下二十度, 校長先生, 李洪, 李準弘, 齋藤, 大東面, 面路警察署, 惠民署, 口訣, 書式, 一箇, 壽松洞, 安國洞, 御中, 勞働, 覺悟, 訓, 片時, 格言, 富家, 慈善, 貧家, 工匠, 加之, 安逸, 耽, 病身, 命, 神聖, 五體, 心身, 職工, 敢, 註文狀, 御發送, 當地方, 迄, 到着, 御出荷, 老人向, 子供向, 地質, 色合, 御見計, 見本, 御引立, 拗, 御査収, 當時, 好況, 同慶, 御用命, 以上, 孔子, 孟子, 國漢, 聖人, 小史, 任, 高官, 國勢, 殁後, 言行, 記, 後世, 子思, 門人, 大賢, 賢婦人, 視聽者, 三遷, 歲, 學業, 一世, 大儒, 終身, 說, 孟子, 孔孟, 儒敎, 菅原道眞, 天神樣, 忠義, 神童, 詩, 武藝, 師, 同門, 射, 的, 眞中, 忠誠無二, 名臣, 惡臣, 讒言, 中央政府, 內閣, 外務, 內務, 大藏, 陸軍, 海軍, 司法, 文部, 農商務, 遞信, 大臣, 大臣, 國務大臣, 內閣總理大臣, 首班, 政務, 都督, 帝國議會, 貴族院, 衆議院, 法律案, 豫算案, 御裁可, 訴訟, 大審院, 控訴院, 區裁判所, 條約, 大使, 公使, 外交, 領事, 通商, 小學校, 中學校, 高等女學校, 實業學校, 專門學校, 大學, 高等普通學校, 女子高等普通學校, 軍備, 十九箇師團, 常備軍, 五十萬噸, 艦艇, 仁慈, 隆昌	552
합 계 : 2,237		

신출단어 3,309에서 한자어는 권1의 25개를 시작으로 점차 증가하여 2,237을 차지하고 있다. 그러나 한자의 특성에 주목하여 字形에 초점을 맞추어 일상생활에서 사용하는 간단한 상형·지사(指事)한자에서 시작하여 점차 복잡한 회의(會意)한자 및 형성(形聲)한자를 첨가하고 있으며, 고학년으로 갈수록 천황과 관련한 단어나 국가와 연관한 단어 그리고 인명

이나 지명이 많이 삽입되어 있다.

3.3 『普通學校國語讀本』의 문법지도

『普通學校國語讀本』에 나타난 문법 사항들을 살펴보면 직접교수법을 위한 텍스트임을 보다 확실히 알 수 있다. 앞서 언급한 것처럼 교과서의 한 페이지는 두 부분으로 나눠져 있는데, 그중 상단 부분에 신출한자와 문법사항들을 일상에서 사용되는 문장형태로 제시하고 있다. 상단부분에 제시된 문법관련 어휘를 모아 정리해보면 〈표 5〉와 같다.

〈표 5〉『普通學校國語讀本』의 문법사항[19]

권	문법 사항	제시수
권1	-助詞(ト, ガ, ヲ, ノ, ハ, デ, ニ, カラ, モ, ノモ) -動詞+ます, ました, ている, てある, 動詞否定 ず, ません 五段動詞음편형(く, つ, ん, す, く)+て -名詞+です-な形容詞+です -기타: ~てくる, ~てください, ~てあげる 등.	94
권2	-助詞(たら, から, ながら, たり), -い形容詞+です, 形容詞く+て -助動詞(~でしょう, ~らしい, ~そうだ, ~よう) -動詞: 仮定(すれば), 使役(のませる), 否定: ない, 過去:た, 過去否定: ませんでした, 上下1단 動詞음편형 -接尾語: ~がる -기타: ~なければなりません, ~てしまう, ~てやる -존경어 및 겸양어: おいでになる, いらっしゃる, なさる, もうす 등.	177
권3	-助詞(ぞ, ども), -動詞受動: される, 명령형 -존경어: お+ます形+なります 등.	124
권4	-助詞(や), -動詞: 否定:ぬ, ~ておく -존경어 및 겸양어: まいる, お+ます形+なさる 등.	119
권5	-助詞(なら), -動詞: 否定:まい, -존경어 및 겸양어: 拝見いたす, うけたまわる, おぼしめす 등.	128
권6	-助詞(だり), -動詞: ます形+やすい -존경어 및 겸양어: たずねる 등.	140
권7	-助詞(なむ), -助動詞(けり), -接尾語(たい) -기타: ~てなりません, ごとに 등.	102
권8	-기타: す, んとす, せり, -겸양어: そうろう 등.	127
합 계 : 1011		

『普通學校國語讀本』에서는 문법적인 사항 1011가지를 눈에 잘 띄도록 신출한자들과 함께 상단부에 수록하여 제시하고 있다. 그러나 문법적 해설을 서술하거나 사용하고 있지 않다. 같은 문법의 경우도 단어를 달리하는 경우는 직접회화에 응용할 수 있는 활용 상태로 반복해서 표현함으로써 상황을 달리하는 환경에서도 응용할 수 있는 발화연습을 시키고 있다.

권1의 1과는 아동들과 익숙한 '손(テ), 발(アシ)'을 시작으로 3과까지는 명사 단어만을 삽화와 함께 제시하고 있다. 4과는 명사를 병렬조사 '와(ト)'로 연결하여 나타내고 있다. 이때 명사와 조사 그리고 동사의 구분을 명확히 하기위해 띄어쓰기를 하고 있으며, 동사는 활용된 상태로 적고 있다.

> カミ　ト　フデ　〈K I -1-4〉
> フデ　ガ　アリマス。
> ホン　ガ　アリマス。〈K I -1-5〉

또한 서언에서 "삽화를 많이 삽입하여 직관적 교육의 재료"[20]로 사용하도록 한 서술에서 알 수 있듯이, 삽화와 연관시킨 직접교수법에 의해 수업 전개를 하고 있는데 일부를 나타내보면 아래와 같다.

---

19) 앞 권에 이미 제시된 반복적인 문법 표현은 지면상 생략하고 새로운 표현들만 기재하였으나 제시 수에는 포함되어 있음.
20) 六、插畫ハ特ニ之ヲ多クシ、直觀的教授ノ材料トナセリ。而シテ、便宜、生徒ヲシテ臨寫セシムベキ樣、略畫トナセルモノ少ナカラズ。『普通學校國語讀本』권1 서언 6.

テ　ヲ　アゲ　ナサイ。
テ　ヲ　アゲマシタ。
テ　ヲ
オロシ　ナサイ。
テ　ヲ　オロシマシタ。〈K I -1-9〉

　위의 인용을 보면 아동들이 손을 들고 있는 모습의 삽화와 함께 제시된 본문은 "손을 드세요", "손을 들었습니다", "손을 내리세요", "손을 내렸습니다"와 같이 손을 들고 내리는 전체적인 동작으로 연결시키고 있다. 또한 동사의 기본형이 아닌 상황에 맞춘 활용형으로 교수하고 있다. 특정된 하나의 문법에 중심을 둔 것이 아니라, 여러 가지 문법이 혼재되어 있는 양상을 보이고 있는데, 이는 회화에 중심을 둔 직접교수법의 양상이라 할 수 있다. 연관된 일련의 동작을 연결하여 제시함으로써 상황을 통해 습득하도록 유도하고 있다. 그러나 문법에 대한 규칙을 설명하거나 서술하고 있지는 않지만, 하나의 문법 표현에 있어서 같은 단원에서 반복적으로 표현하거나 혹은 다른 단원에서도 계속하여 제시함으로써 연계적인 교육을 통해 귀납적 방법을 추구하고 있음을 알 수 있다. 그러한 예를 들어보면 다음과 같다.

アナタ、　コレ　ガ　ワカリマス　カ。
　ハイ、　ワカリマス。
アナタ、　コレ　ガ　ワカリマス　カ。
　イイエ、　ワカリマセン。
［練習］

アナタ、　コレ　ガ　ヨメマス　カ。
　ハイ、　　ヨメマス。
アナタ、　コレ　ガ　ヨメマス　カ。
　イイエ、　　ヨメマセン。〈KⅠ-1-10〉

　인용된 단원의 본문을 살펴보면 "알겠습니까?"라는 의문문에 가능의 대
상을 나타낼 때 조사 'ガ'를 반복적으로 사용하고 있으며, 연습에서도 "읽
을 수 있습니까?"라는 질문에 'ガ'를 제시함으로써 가능의 대상을 나타내
는 경우 'ガ'를 쓴다는 문법을 자연스럽게 인지하게 하는 것이다.
　권4까지는 이러한 방법을 사용하여 문장구성을 충분히 숙지시킨 뒤, 권5
부터는 띄어쓰기를 하지 않은 자연스런 일본어 문장으로 유도하고 있다.

3.4 『普通學校國語讀本』의 말하기 지도

　앞에 언급한 것처럼 연습에서는 字形比較를 통한 문자지도 뿐만 아니
라, 읽고 쓰고 말하기를 각각 배정해 놓고 있다. 특히 문자의 발음연습과
더불어 'ス/ズ', 'テ/デ'와 같이 청음과 탁음의 차이를 연습시키고 있으며,
권2에서는 や, ゆ, よ와 같은 요음(拗音)을 제시하고 있다. 또한 그에 해당
하는 단어를 제시하여 읽게 함으로써 발음을 지도하고 있으며, 문형을 반
복한 구두연습을 설정하여 말하기를 지도하고 있다.

　[練習]
　一、次 の こと を お話し なさい。又 文 に お書き なさい。
　　　よく 泳げる 人 は、 どこ に 居ます か。
　　　よく 泳げない 人 は、 どこ に 居ます か。
　二、海 や 川 で 泳ぐ 時 の こころえ を お話し なさい。
　　　　　　　　　　　　　〈KⅠ-3-18〉 「수영(すいえい)」

위는 권3의 18과 [練習]을 제시한 것이다. 많은 사람들이 바다에서 수영하는 본문을 제시한 후 [練習]에서 일본어의 문답을 통해 일본어를 교수하고 있다. 수영과 관련한 구체적인 사물이나 상황은 본문에서 일본어의 다양한 문장을 통해 그 표현들을 익히게 한 후 삽화를 통해 이해력을 보충시키는 등 조선어 사용이나 조선어 번역을 사용하지 않고 목표언어인 일본어의 언어형식으로 그 의미를 직접 연결시키고 있다. 더욱이 마지막에 본문에서 익힌 어휘나 문법을 사용하여 상황을 설명하고 답하는 연습과정을 연결해 배치시킴으로써 문답을 중심으로 한 의사소통 능력까지 키우고 있다.

그런가 하면 본문 또한 직접 교수법의 상황에 맞춘 대화문 형태로 제시하고 있다.

> 一郎　ノ　ウチ　ノ　ゲンカン　エ　オ客　ガ　來テ、
> 　　「ゴメン　クダサイ。」ト　イイマシタ。
> 一郎　ハ　トリツギ　ニ　出テ、オ客　ノ　前　ニ　手　ヲ　ツイテ
> 禮　ヲ　シマシタ。
> オ客「私　ハ　山田　春吉　ト　申シマス。オトウサン　ハ　オウチ
> 　　　ニ　イラッシャイマス　カ。」
> 一郎「ハイ、　ウチ　ニ　居マス。チョット　オ待チ　クダサイ。」
> 一郎　ハ　父　ノ　所　エ　行ッテ、
> 　　「オトウサン、山田　サン　ト　イウ　オ　方　ガ　イラッシャイマ
> 　　シタ。」ト　イイマシタ。
> 父　「ソウ　カ、　コチラ　エ　オ通シ　申　セ。」
> 一郎　ハ　マタ　オ客　ノ　前　エ　來テ、手　ヲ　ツイテ、
> 　　「ドウゾ　オ上リ　クダサイ。」ト　イイマシタ。
> オ客　ハ　ザシキ　エ　通ッテ、一郎　ノ　父　ト　話　ヲ　始メマシタ。
> 　　　　　　　　　　　〈KⅠ-4-3〉「응대(トリツギ)」

이처럼 대화문과 지문을 같이 병기하여 서술함으로써 조선어의 해석과
설명이 없이 아동들이 상황을 이해하고 언어를 습득할 수 있도록 유도하
고 있다. 이는 사회적 맥락에 초점을 맞춘 사회언어적 능력을 의식한 부분
으로 전체 담화에서 발화자의 위치가 어떤 위치에 있는 가를 파악하게
하여 학습자가 적절한 발화를 할 수 있도록 유도하는 담화 능력에 중점을
둔 것이라 할 수 있다.

한편 구어체의 경우를 살펴보면 권1에서부터 권6까지는 정중체의 문형
을 계속 제시하고 있다. 정중체 문장은 일상에서 사용되는 가장 일반적인
형태이고, 실제 상황에 그대로 적용할 수 있기 때문에 가장 먼저 제시된
것이라 할 수 있다. 이후 평서문체가 등장하기 시작하는 것은 권7의 1과부
터이다. 권7에서는 평서문체와 정중체 그리고 존경어 등을 비교하며 연습
시키고 있다.

大層、景色のよい所が三つ { ある。   **常 體**
                                   あります。 **崇敬體**

〈KⅠ-7-1〉「우리나라 경치(我が國の景色(一))」

米ハ我ガ國ノ主ナ農産物 { デゴザイマス。
                                   デアリマス。
                                   デス。
                                   デアル。

〈KⅠ-7-5〉「우리나라 산물 1(我ガ國ノ産物(一))」

위의 인용문에서 엿볼 수 있듯이 다양한 문말 형식을 비교 대조함으로
써 문체 사용의 다양성을 조선아동 학습자에게 인지하도록 제시하고 있
다. 또한 일상 언어에는 쓰이는 구어체와 편지문과 같은 문장에서 쓰이는

문어체를 비교하여 제시하고 있기도 하다.

信吉の叔父は商人であります。
信吉の叔父は商人でございます。
信吉の叔父は商人である。
信吉の叔父は商人だ。
} 口 語 體

信吉の叔父は商人なり。
渡邊は和田の親類なり。
これは火事見舞の電報なり。
} 文 語 體

〈K I -7-23〉「전보(電報)」

위의 인용문은 전보에 관련된 사항들을 설명하는 단원의 연습 부분으로, 문어체를 구어체와 함께 서술함으로써 그 차이를 인지시키고 있으며, 사회에서 사용되는 문어체의 실제 예를 전보를 통해 지각시키고 있음을 알 수 있다.

4. 과거와 현재를 잇는 일본어교육의 효율성 제고

100년 전 일제는 조선의 초등학교 국어 시간에 직접법을 사용하여 '國語'교육으로 일본어 교육을 실시하였다. 직접교수법으로 시행된 일본어 교육은 모국어이자 사용언어였던 조선어를 유명무실케 하고 일본어를 모국어화 하기위한 교육이었다고 할 수 있다.

당시 사용된 교과서인『普通學校國語讀本』은 개, 병아리, 달팽이와 같은 자연물을 의미하는 단어를 제시하는 등 친숙하고 밀접한 내용들로 아동들에게 접근하고 있으며, 이를 삽화와 함께 배치함으로써 일본어에 대한 친근감과 학습효과를 높이고 있었다. 또한 일상의 기본적인 생활 활동을 중심으로 기술하는 것을 통해 아동학습자로 하여금 일상생활에서 사용하는 언어로서 일본어를 적극적으로 수용하도록 유도하고 있었다.

특히 『普通學校國語讀本』은 야마구치 기이치로가 주장한 직접교수법에 맞추어 편찬된 책으로, 그 구성을 살펴보면 텍스트 본문은 조선어의 해석이 필요 없도록 대화문 형식 혹은 상황에 맞춘 문장 구성을 하고 있으며, 문체도 구어체를 사용하였다. 이러한 구성은 다른 사람과의 상호작용 안에서 성립되는 언어의 기본 틀을 익히게 하는 것으로, 사회 안에서 학습자가 일본어 활용을 보다 용이하도록 하기위한 구성이라 하겠다.

학습을 시작하는 저학년에서는 가타카나에 포인트를 맞추어 집중교육시킨 후 점차적으로 히라가나와 한자 교육을 덧붙여 교수하고 있었다. 제시된 단어 어휘는 명사가 다수를 차지하고 있으며, 동사의 경우는 일상에서 사용하는 활용 형태로 제시함으로써 바로 회화가 가능하도록 유도하고 있었다. 또한 띄어쓰기를 통해 반복적으로 시각화함으로써 문법의 변화를 귀납적으로 인지시키고 있었다.

이상에서 살펴본 것처럼 근대에 國語로서 교육된 일본어 교육은 모국어인 조선어를 사용하지 않은 일본어만을 사용하는 직접교수법과 교과서를 중심으로 교육시킴으로써 더욱 철저히 일본어를 습득시키고 있음을 알 수 있었다. 또한 학교에서의 일본어 사용 환경을 조성한 것은 물론 가정과 사회에서 상용화환경을 조성함으로써 일본어를 상실하지 않고 유지하여 국어화 할 수 있도록 유도하였던 것이다.

본 연구를 통해 살펴보았을 때 근대 일본어 교육은 내용면에서 황국신민화 교육임에는 틀림없지만, 조선인의 특성을 고려해 편찬되었던 근대일본어 교과서 『普通學校國語讀本』에 사용된 字形比較를 통한 문자의 인식과 본문의 띄어쓰기를 통한 귀납식 문법 설명 그리고 본문과 연계한 문답식 회화연습은 현대의 일본어 교육에 응용해도 충분한 효과를 기대할 수 있을 것이라 사료된다.

II. 일제말기 『國語讀本』의
교화로 변용된 '어린이'*

1. 민족의 장래로서 조명된 '어린이'

본고는 1920년대에 하나의 인격체로, 또 장래 조선의 일군으로서 '어린이'라는 이름으로 재발견되었던 조선아동이 일제의 식민지교육정책에 따라 어떻게 변용되어갔는지를 고찰함에 있다.

동서양을 불문하고 국가차원에서의 공교육이란 그 시대에 바람직하다고 인정되는 인간상을 구현하고자하는 목적을 지니고 있다. 일찍이 서구에서는 교과를 깊이 이해한다는 것을 '관념적 실제를 깨달아 아는 것'이라 하여, 특히 초등학교 교육을 계획할 때 학교가 아니면 가르칠 수 없는 '그 무엇'에 대해서 많은 고민을 해왔다. 이러한 교육목적과 함께 '그 무엇'에

* 이 글은 2011년 11월 일본어문학회 『日本語文學』(ISSN : 1226-9301) 제55집, pp.547~566 에 실렸던 논문 「일제말기 『國語讀本』의 교화로 변용된 '어린이'」를 수정 보완한 것임.

대한 고민을 체계적으로 정리해 놓은 것이 바로 공교육을 위한 교과서일 것이다.

공교육 제도의 정착은 시기 및 형식에 있어서 나라마다 제각각 차이를 보이는데, 근대 한국의 경우 〈교육입국조서〉에 따른 공교육이 미처 정착되기도 전에 일제가 제정한 교육법령에 의해 공교육이 주도되면서 본의와는 달리 상당한 왜곡과 굴절을 거치게 되었다. 일제가 제정한 교육법령이란 〈敎育勅語〉에 근거한 근대 일본식 교육, 즉 '皇祖 皇宗의 遺訓을 동서고금의 正道로 받들어 엄수하고, 유사시 義 · 勇 · 公의 정신으로 天皇과 天皇家에 멸사봉공'해야 함을 기조로 하고 있어, '智 · 德 · 體의 조화로운 전인발달을 통하여 부국강병을 도모'하였던 한국 공교육의 이상과 본의는 실현시킬 기회마저 상실한 채 기형적 모습으로 출발하게 되었다.

이러한 교육이 한일합병 이후부터는 특히 초등교육을 중심으로 강화되어 가다가 3 · 1운동 이후 거국적인 민족주의론의 주창에 의하여 표면상으로나마 다소 완화되게 된다. 이시기는 조선아동이 방정환에 의하여 하나의 인격체로서의 '어린이'로 재발견, 재조명되는 시기이기도 하다. 민족주의론과 함께 아동인권운동을 주창하던 방정환은 무한한 가능성을 지닌 '어린이'에게서 민족의 장래와 국가의 미래를 찾고자 하였다. 그러나 식민지 초등교육의 본질을 '국가(천황)를 위해 멸사봉공하는 小國民의 양육'에 두었던 〈3차 조선교육령〉 이후의 교육정책에 의하여 소멸되기에 이른다.

이에 본고는 아동인권과 민족주의 차원에서 재조명되었던 '어린이'가 지배국의 유용성에 따라 어떻게 변용되어갔는지를 조선총독부 편찬 일본어교과서 『國語讀本』[1]을 중심으로 고찰해보려고 한다.

---

1) 본 논문의 텍스트인 식민지기 〈일본어교과서〉는 시기에 따라『普通學校國語讀本』, 『初等國語讀本』,『初等國語』 등 약간의 변화가 있으나, 총칭하여 『國語讀本』으로 하고, 발간 시기는 기수로 구분하였다.(〈표 1〉참조) 이후의 서지사항은 〈기수-권수-과〉

2. '어린이'의 발견과 소멸

어린이의 생성이 하나의 사건으로 간주될 수 있는 것은 '어린이'라는 단어가 그 이전에 존재했던 '영아(嬰兒), 유아(乳兒), 유아(幼兒), 아이' 라는 단어와 축자적으로 대응되지 않는다는 사실에서 비롯된다. '어린이'는 이러한 기존의 단어들을 음성학적으로 대체하는 것이라기보다는 의미론적으로 배격함으로써 '어린이'에 대한 새로운 사회적 의미를 요청하기 때문이다.[2] 이처럼 출발부터 차별성을 의식하고 있었던 '어린이'라는 용어는 18세기 『동몽선습언해(童蒙先習諺解)』에서,[3] 또 1914년 11월 육당 최남선이 발간한 잡지 「靑春」의 창간호 '시가난'에서 발견할 수 있지만, 그것이 사회적으로 보편적인 설득력을 갖게 된 것은 1920년대 어린이 인권운동을 주창하였던 소파 방정환에 의한다. 여기서 '어린이'라는 용어는 아동의 존대어로 인식되고 있는데, 이 점에 대해서 소파 방정환은 "'애녀석', '어린애', '아해놈'이란 말을 없애고 '늙은이', '젊은이'라는 말처럼 '어린이'라는 새 말이 생긴 것"[4]이라 하여 '어린이'를 '애녀석', '어린애', '아해놈' 등의 卑稱에 대한 尊稱의 호칭으로 사용하였음을 알 수 있다.

'어린이'의 발견은 한일 아동문학의 흐름과 그 맥을 같이 한다. 일본 근대교육제도의 정착과정에서 이와야 사자나미(巖谷小波)는 '아이들을 10년 키우면 나라를 책임진다.'는 생각을 가지고 시대정신에 부응하는 '오토기 바나시(お伽噺)'라는 장르의 이야깃거리를 만들어내었다. 따라서 이시기

「단원명」으로 표기한다.

2) 최기숙(2001), 『어린이 이야기, 그 거세된 꿈』, 책세상, p.17 참조
3) 『童蒙先習諺解』를 보면 "얼운과 어린이 츠례이시며..." 또는 "얼운과 어린이는 텬륜의 츠례라." 는 글이 있어 '어린이'라는 용어가 어른으로의 과정 혹은 대칭으로 사용되고 있다. (이기문(1997), 「어원탐구-어린이」, 「새국어생활」, 국립국어연구원, 1997년 여름호, pp.107~114 참조)
4) 방정환(1930), 「7周年記念을 맞으면서」, 「어린이」, 개벽사, 1930.3, pp.2~3

이야기의 내용은 대부분 충효와 연계한 입신출세, 나아가서는 '국가에 유용한 國民되기'가 주류를 이룬다. 그것이 다이쇼(大正)시대에 들어서면서 결정적인 변화를 보인다. 「빨간새(赤い鳥)」5)로 대표되는 어린이잡지에는 과거에 없었던 '순진' '무구' '순수' 라는 '어린이'에 대한 새로운 이미지가 생성되고, '童心'을 지향하는 문학풍조가 활성화된다. 일본의 아동문학에서는 어린이를 교도의 대상으로 삼았던 '오토기바나시' 흐름의 단절과 「빨간새」의 등장에서 어린이를 특별한 존재, 즉 하나의 인격체로 보는 새로운 아동관이 탄생했음을 알 수 있다.

한국 초기 아동문학은 일본 유학중 이와야 사자나미(岩谷小波)의 글을 다량으로 접하고 그의 아동문학에 감화되었던 육당 최남선과 소파 방정환으로 대표된다6)고 할 수 있다. 방정환은 이와야 사자나미의 사상과 「빨간새」의 아동관을 접목하여 3·1운동 이후 민족주의와 아동인권운동을 주창하였다. 그리고 그것을 자신이 발간한 잡지 「어린이」7)를 매개로 확산시켜 나아갔다. 이러한 과정에서 조선아동은 순수한 인격체로서, 또 무한한 가능성과 함께 국가의 미래를 품고 있는 존재, 즉 '어린이'로 재조명된 것이다. 여기에는 유교문화에 억눌린 아이들의 인권을 옹호한다는 의미와 함께 식민치하에서 자라나는 아이들에게 민족의식을 심어주고, 나아가 민

---

5) 이러한 문학풍조의 주도는 스즈키 미에키치(鈴木三重吉), 오가와 미메이(小川未明), 기타하라 하쿠슈(北原白秋) 등으로 구성된 「赤い鳥」 동인이다.

6) 최남선의 「소년」은 이와야 사자나미의 「少年世界」를 닮았고, 방정환의 「어린이」는 일본의 「신소년」, 「별나라」, 「아이생활」 등 일제시기에 발간된 일본의 아동잡지와 체계 및 구성이 닮아있다. 이러한 외형적 모방에도 불구하고 그 내용을 보면 한국의 옛이야기, 역사, 지리, 위인이야기를 실어 민족의식을 고취하고자 노력한 흔적이 보인다. (이재철(1996), 「친일아동문학의 청산과 새로운 아동문학의 건설」, 「민족문제연구」 제10집, 민족문제연구소, pp.23~24 참조)

7) 방정환이 발간한 아동문예잡지 「어린이」(1923~1934)는 1923년 3·1운동을 기념하여 3월 1일자로 발행하려 하였으나 검열관계로 인하여 3월 20일에야 첫 호가 발행되어 한국 근대아동문학의 새로운 기폭제가 되었다.

족의 장래를 '어린이'에게서 찾고자 하는 의미도 포함되어 있었다. 당시만해도 낯설었던 '어린이'라는 용어와 아동인권사상은 '어린이날'이 제정되고, 이를 위한 각종 행사가 범민족적으로 전개되면서 점차 세인의 관심을끌게 되었다. 이광수 역시 '어린이'를 '민족의 장래', '민족의 생명'을 이어가는 무한한 가능성의 존재로 규정하고, 당시 민족회복을 위한 가능성을 '어린이'에게서 찾고자 하였다.

> 어린이를 집안의 꽃, 父母의 기쁨이라 하는 생각은 케케묵은 생각이다.
> <u>어린이는 民族의 將來, 民族의 生命</u>, 넓게 말하면 人類의 希望이요, 敎主
> 라고 생각하는 것이 오늘날 사람이 가진 當然한 생각이다.[8]

조선아동이 이러한 의미를 지닌 '어린이'로 재조명된 시점은 일제가 문화정치를 표방하였던 〈2차 조선교육령〉 시기에 해당한다. 그러나 〈3차 조선교육령〉 시기에 접어들면서 방정환이나 이광수가 추구하였던 '인격체로서의 어린이', '조선의 미래를 염두에 둔 어린이' 의 의미는 소멸되어 가는양상을 보인다. 그 까닭은 봉건적 충효관념과 국가주의가 주조를 이루는이와야 사자나미 식의 일본 국정교과서와 일맥상통한 식민지 초등교과서와 무관하지 않다.

이와야 사자나미의 국가주의에 의한 아동문학이 국정교과서에 채택된것에 비해, 식민지 어린이에게 민족의식을 심어주고 거기서 민족의 장래를 찾고자 했던 방정환식 아동문학은 늘 검열의 대상에서 벗어나지 못했다. 때문에 방정환식 아동문학은 학교교육과는 전혀 무관한 외적차원의문학에 그치고 만 것이다. 식민치하에서 어렵사리 재조명되었던 '어린이'의 의미는 일제의 이같은 교육정책에 의하여 점차 퇴색되어가다가 마침내

---

8) 이광수(1962), 「誤解된 子女觀念」, 『이광수 전집』13, 삼중당, p.447

소멸되기에 이른 것이다.

3. 변용되어가는 '어린이'

3.1 황민화를 위한 교과내용 편성

만주사변을 기화로 1932년 만주국에 괴뢰정권을 수립한 일제는 앞으로 있을 전쟁에 대비하여 조선을 대륙진출을 위한 병참기지로 규정하고, 이를 위한 물적 인적자원 양성을 위하여 교육령의 전면적인 개정을 시도하기에 이른다. 1938년 3월 〈3차 조선교육령〉에 이은 1943년 4월의 〈4차 조선교육령〉이 그것이다. 이시기 초등교육은 '국가(천황)를 위한 소국민의 양육', 나아가서는 '국민의 기초적 연성'에 그 본질을 두고 모든 교과내용을 편성하였다. 이를 살펴보기 위해서는 먼저 교육령시기별 초등교육목적에 따라 발간된 『國語讀本』의 편찬사항을 살펴볼 필요가 있을 것이다.

〈표 1〉 조선교육령과 『國語讀本』 편찬사항

조선교육령 (공포일)	교육령 시기	『國語讀本』 편찬사항		
		기수별 교과서명(수업년한)	편찬년도(卷數)	편 찬 처
제1차 (1911.8.23)	1911~1922	I期 普通學校國語讀本(4)	1912~15(全8卷)	朝鮮總督府
제2차 (1922.2.4)	1922~1938	II期 普通學校國語讀本(6)	1923~24(全12卷)	朝鮮總督府(1~8) 日本文部省(9~12)
		III期 普通學校國語讀本(6)	1930~35(全12卷)	朝鮮總督府
제3차 (1938.3.3)	1938~1943	IV期 初等國語讀本(6)	1939~41(全12卷)	朝鮮總督府(1~6) 日本文部省(7~12)
제4차 (1943.4.1)	1943~1945	V期 ヨミカタ(2)	1942(1~4卷)	朝鮮總督府
		初等國語(4)	1942~44(5~12卷)	

일제강점기 내내 주요 교과서로서 상당한 시수를 차지하며 교육되었던 『國語讀本』 중에서도 특히 〈3차 교육령〉의 취지에 맞게 편찬되어 교육된 IV기 『國語讀本』을 보면 국가관이나 전쟁관련 내용이 대부분을 차지하고 있으며, 〈4차 교육령〉에 의한 V期 『國語讀本』의 교과내용도 크게 다를 바 없다. 그 중 3학년 과정의 교과내용을 예로 들어보겠다.[9]

〈표 2〉 IV, V期 『國語讀本』의 교과내용 편성(3학년과정)

교육령시기	기수	교과서명 / 학년-학기		단 원 수 (%)		
				국가관, 전쟁관련내용	일반적인내용	계
3차 교육령	IV期	初等國語讀本	3-1	14(58.4%)	10(41.6%)	24
			3-2	16(76.2%)	5(23.8%)	21
4차 교육령	V期	初等國語	3-1	15(62.5%)	9(37.5%)	24
			3-2	17(70.8%)	7(29.2%)	24
계				62(66.7%)	31(33.3%)	93(100%)

〈표 2〉에서 보듯 이 시기 『國語讀本』은 어린이가 초등교육 과정에서 습득해야할 일반적인 교과내용은 33.3%에 불과하며, 천황제 이데올로기 혹은 전쟁관련 단원이 66.7%로 압도적이다. 일상적인 단원인 〈IV-5-10〉 「소풍(遠足)」의 경우에도 행선지를 비행장으로 하여 그 곳을 견학하는 내용을 서술하여, 훗날 공군병사로 꿈을 키워가는 어린이를 서사하였고, 〈IV-5-18〉 「일기(日記)」에서도 장차 병사가 되기 위하여 체력단련 할 것을 다짐하는 묘사로, 훗날 병사가 되리라는 꿈을 꾸게 하고 있다. 또 〈IV

---

9) 필자가 3학년 과정을 예로 든 것은, IV기 『國語讀本』의 경우 1~3학년(6권)까지만 조선 총독부 발간의 교과서로, 4~6학년(6권)까지의 교과서는 일본 문부성 발간 교과서를 그대로 사용하였기 때문이다. V期 『國語讀本』의 경우 1~6학년(12권)까지 전권이 조선총독부 발간 교과서이나, IV期 V期 공통의 조선총독부 발간 『國語讀本』에서 3학년 분에 해당되는 교과서가 교육상황을 실제적으로 제시하고 있기 때문이다.

-5-19) 「영화(映畵)」에서는 방공훈련과정을 영화로 관람케 하여, 전시에 임하는 바람직한 마음가짐과 행동강령 등을 교화시키고 있다. 어린이들에게 황국신민의 이데올로기를 교화하는 도구로는 동시, 동화, 영화, 연극, 그림, 음악, 무용 등 다양한 장르가 사용되고 있었는데, 특히 영화나 사진 등의 시청각 보조자료를 사용하는 상황의 서술은, 가정에 의한 상상과 현실의 세계가 오버랩 되는, 피교육자에게 학습효과를 극대화 할 수 있었던 것이다. 〈V-5-18〉 「영화(映畵)」는 남태평양에서 전쟁의 승리를 소재로 한 영화로, 승승장구하는 일본의 위상을, 〈V-6-9〉의 「남태평양(南洋)」에서는 남국의 환상적이면서도 이국적인 사진으로 남태평양 진출의 상상을 유도하는가 하면, 〈V-6-10〉 「영화(映畵)」는 한 편의 詩로서 영화의 화면에 보이는 전차와 군함 등을 미화하여 전쟁의 당위성과 일본의 연전연승을 암시하고 있다.

한편 어린이에게 미래의 꿈을 불어넣어줄 위인에 관련된 내용에서도, 〈IV-6-14〉 「지하야성(千早城)」에서는 구스노키 마사시게(楠木正成)의 전쟁담, 〈IV-6-15〉 「세쓰단(雪舟)」에서는 일본 제일의 화가 셋슈(雪舟)의 전기를, 〈IV-6-2〉 「도고 원수(東鄕元帥)」는 도고 원수의 충성심을 미화 극대화시킴으로, 전쟁영웅이나 일본혼을 불어넣을만한 인물을 찬양하고 있다. 이는 이 시기 초등교육이 '어린이'의 지적향상보다는 전쟁수행을 위한 '國民敎化'에 훨씬 비중을 두었음을 단적으로 보여주는 예라 할 것이다.

3.2 어린이의 '國民'으로의 편입

1937년 중일전쟁 발발 후부터 1945년까지의 일제말기는 일제의 전시통제와 동원정책이 본격화되고, 모든 일상을 準전시체제화 하면서, 일제의 천황제 이데올로기가 쇼비니시즘으로 작용하던 때였다. 1936년 육군대장과 관동군 사령관을 역임한 미나미 지로(南次郎)는 제7대 조선총독으로 부임하자마자 앞으로의 전쟁에 대비하여 조선을 병참기지화 하고, 조선인을 병력과 노동력의 자원으로 강제동원 하고자 하였다. 이에 따른 인적자원 양산을 위하여 발포된 〈3차 교육령〉의 교육강령은 국체명징, 내선일체, 인고단련으로 하였는데, 그 실현의 구체적인 내용은 전쟁수행을 목적으로 한 황국신민화 교육이었다.

황국신민화를 추구하는 데 있어서 남녀노소의 구분은 없지만, 그 방식에 있어서는 어린이와 어린이 이외의 조선인이 확연히 구분되고 있다는 점에서 주목된다. 일본어 상용과 더불어 가장 기초적인 실천사항으로 암송이 강행된 「황국신민서사」 자체가 아동용(초등학교 및 유소년단체용)10)과 일반용(중등학교 이상 및 청년단체와 동등 이상의 유사단체용)11)으로 구분되어 있다는 점이 이를 뒷받침하고 있다. 당장의 실천적 측면에 있는 일반용에 비해 아동용 「황국신민서사」는 '장차 천황폐하께 충의를 다하는 훌륭하고 강한 '國民'이 될 것.'이라는 미래지향적 속성을 지니고

---

10) 皇國臣民ノ誓詞 其一(황국신민서사 1 : 초등학교 및 유소년 단체용)
　　一 私共ハ大日本帝國ノ臣民デアリマス。(우리는 대 일본제국의 신민입니다.)
　　一 私共ハ心ヲ合セテ天皇陛下ニ忠義ヲ盡シマス。(우리는 마음을 합하여 천황폐하께 충의를 다하겠습니다.)
　　一 私共ハ忍苦鍛鍊シテ立派ナ强イ國民トナリマス。(우리는 인고단련하여 훌륭하고 강한 국민이 되겠습니다.)
11) 皇國臣民ノ誓詞 其二(황국신민서사 2 : 중학교 이상 및 청년단체와 동등 이상의 유사단체용)
　　一 我等ハ皇國臣民ナリ忠誠以テ君國ニ報セン。(우리는 황국신민이 되어 충성으로 천황의 나라에 보답한다.)
　　一 我等皇國臣民ハ互ニ信愛協力シ以テ團結ヲ固クセン。(우리들 황국신민은 서로 신애 협력하여 굳게 단결한다.)
　　一 我等皇國臣民ハ忍苦鍛鍊力以テ皇道ヲ宣揚セン。(우리들 황국신민은 인고단련 힘을 길러 황도를 선양한다.) (각주 10, 11의 출처 : 잡지 「東洋之光」 1939년 3월호 목차 뒷면 참조.)

있어 그에 따른 맞춤형 교육을 의도하고 있다. 따라서 이시기 초등교육은 조선 어린이의 마음속까지 철저히 황민화 시키는 것을 목표로 하는 공식적인 일과표에 의하여 진행되어 갔다.

〈표 3〉〈제3차 조선교육령〉에 의한 학교에서의 日課[12]

훈 련 요 목	실 시 일	지 도 요 항
神前조회	매주 月, 土	조국정신 선양, 정좌, 황국신민서사제창과 훈화 등
교련조회	매주 水	규율엄정, 복종심 함양, 용맹심 환기 등
보통조회	매주 火, 水, 金	궁성요배, 황국신민서사제창과 훈화, 조회체조 등
신사참배	매월 1, 15일	숭경심 함양, 미화작업, 근로단련, 국민된 자각, 奉公赤誠실천 등
조서봉독	매월 10일	「국민정신작흥에 관한 조서」 봉독식 거행, 국민정신작흥강조 등
국기게양식	4대절과 매월 1, 10, 15일	황국신민 관념강화 등
일본어사용철저	常時	국어사용에 의한 국체관념, 황국신민자각, 일본정신감정순화 등
시국강화	每朝會10분 이내	시국인식, 국민정신작흥철저 등
式道	매주 水, 土	일본정신함양, 보건위생향상 등
황국신민체조	每朝會時	황국신민자각, 일본정신함양, 體位向上 등
복장검사	매주 水, 수시	복장 및 규율, 준법정신함양, 교칙엄수 등
국방헌금및황군위문	매월 1일	황국신민의 책무수행, 인고단련 위문문발송, 출정군인 가족위문 등
회식	매週 月, 土	전직원 기숙사식당의 생활개선, 사회적 교양 등
숙제	월 2회	황국신민으로서의 반성 등
주훈(週訓)	매주 월, 발표	학생기풍진작, 德操함양, 생활개선, 규율철저 등

황민화 교육은 위의 일과표에 그치지 않고 각 과목별 수업시간에도 연속되었다. 國史(일본사)수업을 통해서 신국(神國) 일본의 숭배관념 특히 국체명징에 의한 의식화와 왜곡된 역사를 통해서 내선일체를 주입시켰다.

---

12) 嵯峨敏全(1993), 『皇國史觀と國定敎科書』, かもやま出版, p.229 참조

地理에서는 일본의 지위가 강조되고, 대동아 공영권의 맹주로서의 인식, 타국에 대한 지하자원의 약탈, 식민지의 문화에 대한 억제 등이 정당화되었으며, 唱歌에서는 기미가요를 비롯한 천황숭배, 군국 일본을 예찬하는 노래가 강요되어 조선신민의 황국에 대한 충성의 念을 불러일으키게 하였다. 또한 體操 수업에서는 주로 군사훈련이 실시되었는데, 특히 무사도(武士道)를 강조하여 일본과 일본국민은 결코 패하지 않는다는 것을 각인[13]시키는 한편, 철저한 위생과 체련 등으로 신체를 단련시켜나갔다.

이렇게 단련된 조선 어린이들을 일제는 '小國民' 또는 '第二世國民'으로 규정하여 미래의 충량한 내지(內地)의 '國民'으로 삼고자 하였던 것이다. 그렇다면 조선아동들이 '小國民' 또는 '第二世國民'이 되어서 필수적으로 해야 할 일은 무엇이었을까? 이는 궁극적으로 천황이 통솔하는 병사(神兵)의 육성에 있었다. 다시 말하면 이렇게 교육된 조선 어린이는 일제의 의도에 따라 병사가 되어야 할 존재로서 그 가치가 인정되었고, 철저한 국가주의 논리 하에서 장차 일본의 병사가 될 존재라는 점에서만 '國民'의 영역에 편입되어 존재의 의미를 획득할 수 있었던 것이다.

3.3 실전을 위한 리허설

태평양전쟁에서 일본의 전세가 불리해져감에 따라 일제의 식민지교육은 조선 어린이를 전쟁목적으로 동원하는 쪽으로 선회한다. 따라서 황민화 교육으로 조선민족성을 말살시키는 정도에서 한걸음 더 나아가 군국주의적 국가체제에 따른 군사력 배양에 중점을 두게 된다. 따라서 〈4차 조선교육령〉의 주목적은 '황국의 도에 따른 전시적응을 위한 국민연성'에 있었다.

〈4차 조선교육령〉의 개정 골자인 전시체제의 교육은 1941년 3월1일

---

13) 嵯峨敏全(1993), 앞의 책, pp.230~231 참조

〈국민학교령〉과 동년 3월 31일 〈국민학교규정〉이 공포됨으로써 사실상 진행되고 있었다. 전시체제교육으로 후방에서 대단히 중요하게 실시되었던 것은 방공훈련이었다. 다음은 공습경보에 의한 등화관제 훈련을 묘사한 내용이다.

> 사이렌이 요란하게 울리기 시작했다. "자, 공습경보다." 형이 이렇게 말하자 모두 서둘러 검은 휘장을 둘러쳤다. 어머니가 "이정도면 괜찮을려나? 밖에 나가보렴." 이라 말씀하셨다. 형과 함께 나가보니 한군데서 빛이 새어나왔다. 내가 "여기 안돼요."하며 창 쪽을 두드리자 곧바로 안에서 막았다. 하늘은 캄캄하고 별 하나 보이지 않는다. 마을 쪽에서 뭔가 큰소리로 외치는 소리가 들린다. 캄캄한 하늘에 휙하고 띠같은 하얀빛이 흘렀다. 탐조등이었다. 고사포가 심하게 울리기 시작했다. 계속해서 "타타타 타타타...." 콩 볶는듯한 기관총소리. 비행기가 뭔가 떨어뜨리는가 하는 순간 '확-'하며 벌겋게 타올랐다. 형이 "앗! 조명탄이다!"라며 외쳤다.
> 〈IV-6-10〉「방공훈련(防空訓練)」

실제상황을 방불케 하는 이러한 방공훈련의 서사는 어린이에게, 공습경보의 발령에서 해제되기까지 실제상황에 대비한 본격적인 훈련이 되기도 한다. 또한 황국정신의 현양과 내선일체의 완성, 생활혁신과 전시 경제정책에의 협력, 근로보국 및 생업보국, 후방국민의 후원, 방범방첩 및 실천망의 조직 및 지도의 철저를 강령으로 한 〈국민정신총동원운동〉의 일환으로써 후방국민에게 주어진 임무는 〈V-8-13〉「대연습(大練習)」이라는 단원에서 보다 구체적으로 제시한다.

이러한 〈국민정신총동원운동〉은 후방의 어린이에게 전지의 군인들에게 위문대를 보내는 열의 있는 행동을 종용하는 형태로 나타나기도 하고, 물자절약과 저축의 생활화는 물론, 나아가 생산력 확충을 위해 어른의 몫까지 거뜬히 해내는 근로보국에 충실한 국가의 일군이 될 것을 요구하는 형태로 까지 서술한다.

전쟁에 대비한 훈련으로는 실제상황에 근접할수록 효과적일 것이다. 따라서 교과서에 실린 「전쟁놀이(戰爭ごっこ)」는 거의 실전을 방불케 한다. 초등학교의 아동이 교과서에서 다뤄지는 「전쟁놀이」를 통하여 전시체제를 일상화 하고 일상에서 전쟁을 자연스럽게 체득하게 하는 효과를 얻고자 한 것이다. 놀이를 통한 전쟁경험은 특히 저학년 아동에게 유용하였을 것이다. 이는 '전쟁놀이'를 묘사한 글에서 살펴볼 수 있다.

① 뒷산 소나무 숲에서 전쟁놀이를 하였습니다. '다케'와 '다이겐'이 부대장이 되었습니다. 솔방울 폭탄을 던지며 싸웠습니다. '다케'의 동생 '마사'가 폭탄을 맞았습니다. '마사'는 "전사!"라며 쓰러졌습니다. '에이시'가 "정신 차려!" 하며 일으켜 세웠습니다. '다이겐'이 "돌격!"이라 하였습니다. 나는 일장기를 흔들면서 적진으로 뛰어들었습니다.

〈IV-2-5〉「전쟁놀이(戰爭ごっこ)」

② 우리들은 매일 학교에서 돌아오는 산기슭에서 전쟁연습을 합니다. (중략) 전에는 「닛뽕」과 「지나」라는 파로 갈라서 싸웠는데, 선생님이 영국과 미국에 선전포고를 하엿다고 하야 우리들은 「지나」를 떼여버리고 「양코」라는 일흠으로 고첫습니다.[14]

인용문 ①은 교과서에 실린 내용으로, '부대장', '폭탄', '전사' 라는 거의 실전을 방불케 하는 군대용어의 사용이나 대화체에서 이미 놀이의 수준을 벗어나 있음을 실감할 수 있다. 인용문 ②는 당시의 아동문학에 실린 내용인데, 선생님의 설명이 있은 후 아이들의 전쟁놀이는 선전포고 한 것만으

---

14) 김효식(1941), 「전쟁노름」, 〈매일신보〉, 1941.12.21 일자

로도 적군은 당장 예전의 '지나(중국)'에서 '양코(미국 영국)'로 바뀐다는 내용이다. 태평양전쟁 발발 후 일본이 싸워야 할 상대가 이제는 미국, 영국이라는 것이다. 이러한 점에서 더욱더 생생한 현실에서의 선전 선동으로 다가오는 것이다.

교과서에 실린 삽화(〈IV-2-5〉「전쟁놀이」)는 더욱 그렇다.

날렵해 보이는 개(군견)가 등장하고, 아이들이 들고 있는 무기와 또 그것을 다루는 동작은 사뭇 진지하기만 하다. 이러한 전쟁놀이는 초등학교 1학년 교과서의 내용 치고는 군대 교범 같은 대단히 과격함을 띤다고 할 수 있다. 특히 "일장기를 흔들면서 적진으로 뛰어들었습니다."라는 내용은 '아군=일본'이라는 국가관을 심어줌은 물론, 장차 일본을 위해 그러한 병사로 성장하는 것이 바람직하다고 암시하는 일제의 교과서 편찬의도를 엿보게 한다.

한편 아이들이 전쟁놀이로 사용하는 주된 장소는 산기슭이나 뒷산 숲이다. 적당한 장애물이나 지형은 모의전쟁을 방불케 할 정도의 자연조건을 갖추고 있어 전쟁에 대한 현실감을 고양시킨다. 때문에 당시 교과서나 아동문학에서 묘사하는 전쟁놀이는, 아이들이 일상에서 자연스럽게 어울리는 놀이가 아니라, 실제로 전쟁의 리허설 즉 유사시에 실전에 대비한 훈련의 성격을 띠고 있다 하겠다.

전쟁이 장기화 되면서 병력부족을 절감한 일제는 조선 어린이를 실제로 전장에 투입하여야 할 병력으로 육성시키길 의도하게 되었다. 이는 부모나 교육자들의 교화를 전제로, 연령에 상관없이 언제라도 직접 전쟁에 투입될 수 있을 정도의 요건을 가진 병력을 초등교육과정에서부터 기획 실현될 것을 요구한다는 의미일 것이다. 따라서 〈4차 조선교육령〉 이후 발간된 Ⅴ기 『國語讀本』에서는 분야별로 임무가 주어지는 보다 전문적이고 세분화된 「병정놀이(兵タイゴッコ)」를 편입 수록하였다.

> 이사무(勇)는 장난감 총을 들고 "나는 보병이다."고 하였습니다. 마사오(正男)는 죽마를 타고 "나는 기병이다."라 하였습니다. 타로(太郎)는 대나무 통을 들고 "나는 포병이다."라 했습니다. 타로의 동생 지로(次郎)는 작은 삽을 들고 "나는 공병이다."라 하였습니다. 이사무의 동생 마사지(正次)는 삼륜차를 타고 "나는 전차병이다."라 하였습니다. 유리코(ユリ子)의 동생 아키오(秋男)는 종이글라이더를 가지고 "나는 항공병이다."라 했습니다. 하나코(花子)의 동생 이치로(一郎)는 장난감 자동차를 가지고 "나는 수송병이다."라 했습니다. 하나코와 유리코는 "우리는 간호병이 되자."라 하였습니다. 〈Ⅴ-2-12〉 「병정놀이(兵タイゴッコ)」

「병정놀이」는 비록 장난감 장비로 하는 놀이 수준이지만, 포병, 기병, 공병, 전차병, 항공병은 물론 간호병까지 설정하여, 각자 임무에 따른 다양한 병사의 역할을 제시하고 있어 전쟁을 체득하게 한다. 이렇듯 실전에 가까운 전쟁관련 서술이 저학년과정에 수록되어 있었다는 점은 조선 어린이를 내선일체를 위한 '小國民'이나 '第二世國民'으로 동화시킨 다음단계로, 유사시 실제 투입 가능한 병력으로서의 교육을 의도하였기 때문이라 할 것이다.

3.4 '童心'을 창공(공군)으로

아시아 나아가 세계의 맹주를 꿈꾸며 대동아공영권을 캐치프레이즈로 내세운 일제가 지리적 여건을 감안할 때, 싱가포르를 비롯한 동남아 진출을 위해서 해군과 공군력은 필수였다. 특히 공군은 갈수록 치열해지는 전쟁 속에서 시간을 다투는 인적 물적 자원의 신속한 공급은 물론 제공권을 위한 전투에서도 큰 비중을 차지하게 되었다. 따라서 대륙으로의 진출이 관건이었던 〈3차 교육령〉 시기의 군사교육에 비해 〈4차 교육령〉 시기의 교과서는 하늘에 대한 동경, 즉 공군에 관련된 단원이 상당부분 차지한다.

글라이더 제작법은 그 기초라 할 수 있다. 〈IV-6-5〉「글라이더(滑空機)」에서는 지난학기에 만들었던 글라이더를 해체하여 다시 만들어서 날려보는 과정에서 부속품을 하나하나 익혀가는 것은 물론 기체가 하늘을 나는 원리를 깨닫고 직접 날려보는 것으로 공군에 대한 동경을 유발한다. 이러한 글라이더 만들기는 〈V-8-12〉「글라이더 일본호(グライダー日本號)」에서도 반복되는데, 학교 수업을 통하여 선생님의 지도하에 더욱 정교한 글라이더 만들기에 들어간다.

"오늘부터 글라이더를 만든다."고 선생님이 말씀하셔서, 모두들 소리 지르며 기뻐했다. 도구는 작은칼, 가위, 자, 각도기 등이다. 먼저 선생님께서 완성된 글라이더를 보여주셨다. (중략) 그리고 글라이더의 부품 하나하나의 이름을 가르쳐 주셨다. 동체, 그 끝에 붙어있는 코뚜레, 가장 큰 주날개, 그리고 수평꼬리날개, 수직꼬리날개 등이다. (중략) 제대로 만들려면 설계도가 필요하다. 그래서 우리들은 제일 먼저 설계도를 그리기로 했다. 그것은 매우 어려워서 선생님이 작은 구멍으로 표시해 주신 종이에 그리기로 했다. 구멍과 구멍을 연결해서 선을 그어가니 어느새 멋진 설계도가 완성되었다. 선을 그으면서도 내 마음에 떠오른 것은 푸른 하늘에

날고 있는 새하얀 글라이더였다.

〈V-8-12〉「글라이더 일본호(グライダ―日本號)」

먼저 설계도를 완성한 후 선생님으로부터 재료를 받아 드디어 제작에 착수한 아이들이 설계도에 따라 글라이더를 만들어 가는 모습은 매우 진지하다. 이렇게 한 치의 오차도 없이 꼼꼼하게 글라이더를 만들어가는 동안 창공을 향한 어린이의 꿈은 점점 커져갈 것이다. 완성된 글라이더에 '일본호(日本號)'라는 이름을 붙이기까지 전 과정을 거치는 동안 하늘을 향한 어린이의 꿈은 어느덧 '일장기'가 부착된 비행기에 타고 있는 멋진 일본 공군 병사가 되어 있는 자신을 오버랩 시켜 연상할 수 있는 것이다.

하늘에 대한 동경과 비행기에 대한 관심 그리고 비행사가 되려는 꿈에 대한 글은 공군에 대한 관심을 높이기 위한 일제의 의도된 기획에서 기인한다. 이 시기 하늘을 나는 비행기에 관한 어린이 대상의 창작 열기가 고조되었다는 사실과 관련하여 볼 때, 대동아공영권을 향한 전쟁이라는 상황을 익숙한 것으로 받아들이고 좀 더 일찍 공군병사가 되고자 각오하는 어린이상을 강조하는 의도가 담겨있다 하겠다.

그러나 정작 식민지 아동에게는 그 비행기와 함께 하늘을 나는 꿈을 이루기에 앞서 선행되어야 할 일이 비행기 정비, 혹은 비행기 헌납을 위한 후방 지원 활동일 것이다. 당시 후방에서 빈번하게 이루어졌던 방공비행대회는 후방의 전쟁지원행위 중 하나였는데, 일제는 '비행기헌납운동'이나 '항공일'과 연계한 이같은 행사를 통하여 일상화를 꾀하였던 것이다. 비행기 정비의 중요성이나 비행기 헌납에 관한 단원도 찾아볼 수 있다.

"…잘 생각해봐라. 비행기의 정비 없이는 공중전도 적지폭격도 있을 수 없단다. 그래서 항공부대의 일과 정비와는 하나로 생각하지 않으면 안

된다. 정비는 전투라는 것을 우리들은 굳게 믿고 있단다."

〈V-9-17〉「비행기의 정비(飛行機の整備)」

장내는 조용하여 기침소리 하나 내는 사람이 없습니다. "우리 학동호를
타고 멀리 태평양 파도를 넘어 격전지로 나가시는 용사의 무운장구를 마
음속으로 기원합니다. 비상하라! 우리의 학동호여!" 굳건하게 헌납사가
끝났습니다. 드디어 命名입니다. 陸軍大臣을 대신한 분이 훈장을 번뜩이
면서 단상에 오르셔서, "애국기(愛國機) 제칠백칠십학동호."라 힘찬 목소
리로 봉독하셨습니다. (중략) 끝으로 만세삼창을 하였습니다. "천황폐하
만세." 소리가 봄 하늘로 울려 퍼졌습니다.

〈V-7-7〉「영광의 명명식(はれの命名式)」

비행기의 정비가 전투와 비견될 정도로 중요함을 일깨우는 내용과 칠백
칠십 명의 어린이가 학용품값을 절약하고 이삭줍기를 하여 모은 돈으로
비행기 한 대를 헌납하면서 군부와 함께 명명식을 하였다는 내용은 비행기
에 대한 애착심과 아울러 군대와의 유대감을 극대화하기 위함일 것이다.

학년이 높아질수록 공군의 활약상을 부각하여 창공을 향한 어린이의
꿈을 공군병사로 유도한다. 항공모함 2척, 적함 2척, 순양함 1척을 격침하
여 〈하와이해전〉을 대승리로 이끈 공군수색기의 활약상을 그린 〈V-6-24〉
「장하다 준위기(あっぱれ兵曹長機)」, 인도네시아 파렌반(パレンバン)비
행장 점령에 성공한 용감무쌍한 공군 낙하산부대의 활약상을 그린 〈V
-7-23〉「하늘의 신병(空の神兵)」이 그렇다. 더욱이 소년시절부터 공군에
대한 포부를 지니고 끊임없이 노력한 끝에 그 꿈을 실현한 가토 다테오(加
藤建夫) 소장의 무공은 어린이들에게 반드시 공군병사가 되어 혁혁한 공
을 세우겠다는 굳은 결의를 이끌어 내는데 부족함이 없다. 이어서 소년비
행학교의 일과를 묘사한 「소년비행학교 소식(少年飛行學校だより)」에서

는 그 꿈을 향한 실제 훈련과정을 일깨운다.

> 소년비행학교의 하루는 兵舍에 가득 울려 퍼지는 기상나팔로 시작됩니
> 다. 연신 울리는 나팔소리와 함께 연병장으로 뛰어나와서 점호를 받는데,
> 일어나면 바로 모포를 개고 복장을 가다듬습니다. (중략) 그리고 나서
> 바로 세수합니다. 차가운 물로 심신을 정화하고 정중하게 궁성과 황대신
> 궁에 요배하고, 이어서 고향 하늘을 향해 부모님을 비롯하여 형제의 건강
> 을 빌고, 나아가 오늘하루의 노력을 맹세합니다. 아침식사 후에는 일동
> 군인칙유를 봉독합니다. (중략) 오전은 학과, 오후는 교련이나 체조. 이
> 것이 우리들의 일과입니다.
>
> 〈V-12-6〉「소년비행학교 소식(少年飛行學校だより)」

소년비행학교는 비행병이 되기 위해 군인으로서의 기초훈련을 다지는
곳이다. 여기서 1년 이내에 중학 3학년정도의 실력을 갖추지 못하면 상급
학교에 진학할 수 없다. 이러한 모든 훈련을 마치면 조종, 통신, 정비를
배우는 학교에 진학하여 다시 2년간의 본격적인 교육과 훈련을 받고 나서
야 비로소 소년비행병이 될 수 있는 것이다. 이것으로 창공을 향한 동심은
비로소 현실화 되는 것이다. 이는 머잖아 상급학교 진학을 앞둔 6학년 어
린이들에게 하늘을 향한 꿈을 예비 공군병사의 길로 독려하는 내용이라
할 수 있을 것이다.

4. 제국주의 논리의 희생양이 되어

이상 식민치하에서 뒤늦게나마 하나의 인격체로서, 민족의 장래로서 재
조명되었던 '어린이'가 일제의 식민지교육정책에 따라 어떻게 변용되어갔

는지를 『國語讀本』을 중심으로 살펴보았다.

존재자체에 그다지 관심을 두지 않았던 조선아동을 방정환을 비롯한 선각자들이 하나의 인격체로서의 '어린이'로 재조명 하였던 것은 무한한 가능성을 지닌 '어린이'에게서 민족의 장래를 찾고자 함이었다. 그러나 이러한 의미를 지닌 '어린이'용 문예물이 일제가 추구하는 공교육과는 상반될 수밖에 없었던 까닭에 오히려 탄압의 대상이 되어 공교육으로의 연결이 무산되었다. 이에 따라 식민지 조선의 '어린이'는 「敎育勅語」에 준거한 일본어교과서인 『國語讀本』의 교화대상자가 될 수밖에 없었다.

특히 〈3차 조선교육령〉 이후 개편된 『國語讀本』은 황민화를 위한 정신교육, 그리고 식민지조선의 '어린이'를 침략 전쟁의 병사로 활용하기 위한 서사로 일관하고 있음이 파악되었다. '일장기'를 앞세워 일찍부터 국체를 인식하게 하는 의도적 교육이었으며, 놀이를 통하여 실전에 가까운 전쟁체험을 유도하는 교육이었다. 또한 하늘을 향한 어린이의 동심을 공군병사의 꿈으로 연결시키는 단원에서는 지리적 여건상 공군력에 큰 비중을 두었던 일제가 '가미카제(神風)특공대' 성격의 공군병사를 식민지 조선의 인력으로 보충하고자 하였음을 짐작케 하는 교육내용으로 일관한다.

이는 초등학교 학령의 어린이가 그 기간에 마땅히 습득해야 할 사고방식의 종합적인 훈련과 문제에 직면하여 비판력이나 해결능력 습득과는 거리가 먼, 천황을 정점으로 한 제국주의 집단이데올로기에 의한 로봇 양성을 위한 교육 장치였음을 말해준다.

이같은 내용의 『國語讀本』의 교화 대상자였던 조선의 '어린이'가 일제가 표방하는 제국주의 논리의 희생양일 수밖에 없었던 것은 지극히 당연한 결과였을 것이다.

Ⅲ. 『國語讀本』에 含意된 身體敎育*

유 철

1. 서론

흔히 교육은 국가의 百年之大系라고 말한다. 그만큼 교육은 오랫동안 영향을 미치는 것이며, 미래의 초석이 되는 것이다. 그런데 조선인들은 일제강점기 동안 기존의 교육방식이 아닌 일본에 의해 강제적인 교육을 강요받았다. 이 시기 일본이 펼쳤던 조선에서의 교육은 인도적인 입장의 교육 방식이 아닌 일본의 이데올로기를 전달하는 수단으로 변질되었다. 일반적으로 교육은 빈부의 격차 없이 누구에게나 평등하게 제공받을 권리가 있지만 그 이면에는 이데올로기가 숨어 있다. 특히 식민지 국가였던 조선에서 일제의 교육은 교과서 교과과정에 이데올로기가 들어 있었다. 그 중에서 가장 많은 수업시간이 배정된 과목의 교과서 『普通學校國語讀

---

* 이 글은 2010년 9월 한국일본어문학회 「일어일문학」(ISSN : 1226-0576) 제46집, pp.305~324에 실렸던 논문 「日帝强占期 『國語讀本』에 含意된 身體敎育 考察」을 수정 보완한 것임.

本』[1]은 교사와 아동을 연결해 주는 매개체일 뿐만 아니라 일제의 식민정책을 선전하고 동화하는데 매우 중요한 역할을 담당하였다.

예를 들어 『國語讀本』의 「운동회」단원의 배경그림에는 만국기, 홍백전, 기마전 등의 모습이 그려져 있다. 이러한 모습은 100년이 지난 오늘날 학교 운동회의 모습과 비교해도 별반 다르지 않다. 여전히 만국기가 휘날리고, 홍백전 대신 청백전으로 바뀌었을 뿐이다. 즉 우리가 관념적으로 생각하고 있는 운동회의 모습은 일제에 의해 만들어진 것으로 운동회의 모습을 그대로 차용하고 있지만 이러한 사실에 대해 지적하고 있는 이는 거의 없다.[2]

본 글에서는 이와 같은 문제의식에 기초하여 『國語讀本』을 대상으로 신체활동과 관련 기술을 통해 일제강점기 식민지 교육의 구체적인 실상을 파악하고 일제에 의해서 조정되어가는 학교교육의 문제점을 재조명하는데 있다.

---

1) 『普通學校國語讀本』은 1912-1945까지 34년간 조선 아동이 다니는 보통학교에서 사용한 '국어' 교과서이며 모두 일본어로 되어 있다. I 기부터 V기까지 모두 조선총독부에 의해 편찬되었으며, 주 교육시간 총36시간 중 10시간을 차지할 만큼 중요한 교과서이다. 조선총독부 편찬 국어교과서명은 I~Ⅲ기 『普通學校國語讀本』, Ⅳ기 『初等國語讀本』, Ⅴ기 『ヨミカタ』 『初等國語』이나 본 글에서는 총괄하여 I~Ⅴ기까지의 교과서 명칭을 『國語讀本』으로 통일한다.

2) 일제강점기간 '보통학교 체조(체육)'의 선행연구는 고타로(弓消幸太郎)(1923)의 『朝鮮の教育』, 다카노 로쿠로(高野六郎)(1926, 1929)의 『學校體操教授要目の改正に就けて』, 『朝鮮初等教育に於ける學校體操の将来』 등이 있으며, 최근에는 니시오 다쓰오(西尾達雄)(2003)의 『日本植民地下朝鮮における学校体育政策』를 통해 실질적이고, 조선인과 일본인과의 차등된 체육에 대한 재검토 및 평가가 이루어지기도 하였다. 국내에서는 유근직·김재우(1999)의 「초등학교 체육수업과정의 변천과정에 관한 역사적 고찰」, 이병담·구희성(2010)의 『일제강점기 아동의 체육활동과 식민』이라는 연구를 통해서 초등체육의 성립과정, 정책 및 제도, 그리고 국정교과서속에서 나타난 체육활동들을 전반적으로 다루고 있었다.

2. 일제강점기 신체교육

개화기 조선의 신체교육의 출발은 1895년 2월 2일, 고종이 조칙(詔勅)으로 발포한 교육에 관한 특별조서인 〈敎育立國詔書〉에서부터이다. 교육의 3대강령으로 德育・體育・智育 등의 全人敎育의 방향을 내세워 혁신적인 교육풍토를 세우고, 사회를 향상시키며, 근로와 力行의 정신과 습성을 기르고, 사물의 연구를 철저히 하여 국가중흥의 강력한 힘이 될 것을 역설함으로써, 한국 근대교육 설립에 결정적인 영향을 주었다. 이를 계기로 1895년 공포한 〈소학교령〉에 의해 규정된 교육과정 중에 '신체교육(체조)'이 포함되기 시작하면서 자리매김 한다.[3]

그러나 법령상에 '보통체조(일반체육)', '병식체조(군대체육)'라는 부분이 명시되었지만, 명시만 되어 있을 뿐 실질적으로는 행해지지 못했다. 따라서 조선의 교육은 기존의 『四書五經』을 중심으로 한 유교식 교육방식에서 서양식 〈신체론〉에 입각한 교과과목으로 편성하나, 당시의 신체교육은 선언적인 의미일 뿐, 실제로 통감부기의 학교수업까지는 소외되었다고 할 수 있다.

조선총독부에서는 한일합방 이후인 1911년 〈1차 조선교육령〉의 발포와 더불어 본격적으로 조선인 아동을 대상으로 한 교과서 편찬 작업에 착수한다. 이래 처음으로 간행된 제Ⅰ기 『國語讀本』의 편찬을 시작으로 해방이전까지 지속적으로 치밀한 정치적 목적으로 철저한 교육이 이루어진다. 이렇게 조선총독부는 통제의 수단으로 편찬된 교과서를 가지고 조선아동들에게 교육을 하였으며, 『國語讀本』은 그 증거물이라 할 수 있다.

제Ⅰ기부터 제Ⅴ기까지의 『國語讀本』의 편찬은 「體操敎授要目(이하

---

3) 유근직・김재우(1999), 「초등학교 체육수업과정의 변천과정에 관한 역사적 고찰」, 한국체육학회, p.1

교수요목)」, 〈조선교육령〉등의 공포 시기와 연계성 있게 변화되고 있는데, 이 관계를 표로 나타내면 아래와 같다.

〈표 1〉『國語讀本』, 〈조선교육령〉, 〈교수요목〉의 관계

國語讀本	體操敎授要目	年度	朝鮮敎育令	適用學校	編纂處
一期(1912)	朝鮮總督府官報 號外	1914.6.10	1911. 8.22		
	朝鮮總督府官報 第2595號	1921.4.8			
二期(1923)	朝鮮總督府官報 號外	1927.4.1	1922. 2.4	官立學校 / 普通學校	朝鮮總督府 訓令
	朝鮮總督府官報 第522號	1928.9.21			
三期(1930)					
四期(1939)	朝鮮總督府官報 號外	1937.5.29	1938. 3.3		
	朝鮮總督府官報 第3358號	1938.3.30			
五期(1942)			1943. 4.1		

〈표 1〉에서 알 수 있듯이『國語讀本』과「교수요목」은 총 5차례에 걸쳐 변화된다. 이는 당시 학교교육에 있어서 신체활동의 중요성은 인지하고 있다는 것이다. 그리고 시기적으로 볼 때, 각각 비슷한 시기에 〈조선교육령〉 개정 직후의 후속조치 식으로 이루어진 점으로 보아, '무단정치', '문화정치', '일선동조론', '황국신민화' 등 조선인들을 원활하게 통제하기 위한 각종 수단으로써, 국가정책과 학교교육 속에 치밀하게 계획되어 있었음을 엿볼 수 있다.

3. 『國語讀本』에 나타난 각 기수별 아동의 신체활동

3.1 제Ⅰ기 - 단순한 통제를 위한 신체활동(1912~1922)

1910년 8월 29일 일제에 의해 강제 합병된 조선은 모든 주권을 빼앗기

고, 조선총독부, 그리고 모든 일본인들에게 협력하거나 협력하는 척이라도 하지 않으면 불이익을 당하는 상황에 처하게 되었다. 대부분의 지역에 현병경찰이 배치되었고, 주민들은 모든 행동을 철저히 감시당했으며, 예컨대 일본인이 교장으로 지내는 학교에서는 교원 전원이 검을 찬 채 수업을 하는 등 무단정치가 단행되었다. 기존 서당에서의 가르침을 받고 배우던 조선의 아동들은 학교교육이라는 새로운 제도에 적응하지 못하거나, 일본인이 다니는 학교와 달리 보통학교에 입학하는 아동의 나이는 천차만별이었다.

〈표 2〉 公立普通學校生徒 平均年齡[4]

學年	1			2			3			4		
年度	1916	1917	1918	1916	1917	1918	1916	1917	1918	1916	1917	1918
平均	11.5	11.7	11.4	13.1	13.1	12.1	14.3	14.2	14.1	15.3	15.5	15.3
最大	23.2	24.5	12.7	26.2	27.5	13.8	26.7	27.2	15.3	33.1	27.1	19.9
最小	7.0	7.1	10.4	8.0	7.6	11.7	8.1	8.7	13.1	9.6	10.0	12.7

〈표 2〉와 같이, 당시 학교에 입학하게 되는 아동들의 나이를 현재 초등학생과 같다고 생각하면 곤란하다. 1학년 입학자 중 최대 나이는 23.2세, 최소 나이는 7.0세로 무려 16세까지 차이가 났다. 따라서 일본아동들이 다니는 학교와 동등한 교육이 행해졌다고 보기 어렵다. 이러한 여건을 감안하여, 식민지교육방침을 내비친 것이 1911년 8월 24일 제정된 〈제1차 조선교육령〉이었다. 이 교육령은 무단정치를 꾀하고, 통치자로서 조선인들을 교화하기 위한 근본방침이 명백히 드러나 있었다.

이러한 분위기 속에서 편찬된 제 I 기 『國語讀本』에서는 신체교육과 관

---

4) 西尾達雄(2003), 『日本植民地下朝鮮における学校体育教育政策』, 「朝鮮總督府統計年報」, 明石書房, p.277

련된 단원은 총 12단원이 들어 있었다. 구체적으로 살펴보면, 신체활동과 관련된 단원(3단원), 보건과 위생에 관련된 단원(7단원), 제식훈련과 관련된 단원(2단원)으로 구성되어 있는데 관련된 단원의 내용은 다음과 같다.

〈표 3〉 제Ⅰ기『國語讀本』에 나타난 신체교육관련 단원5)

권(학년)-과	단원명	내　　용
1(1)-12	없음	남자아이 여자아이 모두들 밖에서 놀고 있습니다.
1(1)-32	없음	빗자루로 쓸었습니다. 걸레로 닦았습니다.
1(1)-35	없음	지금 체조를 하고 있습니다. 바르게 서서 앞을 보고 있습니다.
2(1)-2	아침인사	여기는 학교 운동장입니다.(운동장에서 뛰어노는 모습)
2(1)-23	얼음판	얼음 위에는 많은 아이들이 있습니다.
2(1)-25	손수건	손수건은 참 편안합니다. 얼굴이 더러워지면 씻어 낼 수 있습니다.
3(2)-18	수영	많은 사람들이 바닷가에서 헤엄을 치고 있습니다. 어린아이들은 얕은 곳에서 놀고 있습니다.
4(2)-12	대청소	연말이 되었기 때문에 청소를 합시다. 우리 집에서도 어제 청소를 했습니다.
6(3)-11	인체 1	사람의 겉을 감싸고 있는 것은 피부입니다. 피부는 예를 들면 집의 벽과 비슷한 것입니다.
6(3)-12	인체 2	몸에는 가슴과 배가 있어서, 가슴은 위쪽, 배는 아래쪽에 있습니다.
6(3)-13	음식물	사람은 몸을 움직이거나, 뇌를 사용하기 때문에 자연이나 체력이나 뇌력이 있습니다.
7(4)-14	병	병에 걸리면 빠르게 치료하는 것이 소중합니다. 치료가 늦어지면 병이 점점 심해집니다.

---

5) 본 글에서의 '체육'은 오늘날 학교교육에서 사용하는 교과과목인 체육을 뜻하지 않고 知, 德, 體에서 智育, 德育, 體育의 신체활동을 의미한다. 1895년 2월 고종은 〈教育詔書〉에서 몸(體)을 기를지니, 근로와 역행을 주로 하며, 게으름과 평안함을 탐하지 말고, 괴롭고 어려운 일을 피하지 말며, 너희의 근육을 굳게 하고 뼈를 튼튼히 하여 강장하고 병 없는 낙(樂)을 누려 받을지어다. 이는 교육의 강기(綱紀)이니라."라 하여 智育, 德育, 體育이 국가를 보존하는 근본 방침으로 정하였다. 따라서 각 단원의 〈표〉에서는 신체활동만이 아닌, 건강, 위생 부분까지 포함하였다.　오천석(1964),『한국신교육사』, 현대교육총서출판사, p.83

〈표 3〉을 통해서 알 수 있듯이 먼저 제 I 기 『國語讀本』에 나타난 신체 교육과 관련된 단원은 1학년에서 교수하는 단원이 가장 많으며(6단원), 고학년이 될수록 단원 수는 점점 감소하고 있음을 알 수 있다(4학년 1단원). 제 I 기가 무단정치기라는 점을 감안하면, 일제는 조선인들을 원활하게 통치하기 위함이 주목적이었으므로, 우선 국어(일본어)를 가장 중요시하였고, 이에 반해 신체활동 영역에 대한 관심은 매우 낮았던 것으로 생각된다. 그러나 신체활동적인 측면에서는 소외되었으나, 통제하기 위한 수단으로써 명백히 드러내고 있었는데 그 내용은 다음과 같다.

쉬는 시간이 끝났습니다. 학생들이 줄을 맞추어서 들어갑니다. 수업이 시작됩니다. 〈 I -1-31〉「제목없음」

지금 체조를 하고 있습니다. 올바르게 서서 앞을 보고 있습니다. 뒤는 돌아보지 않습니다. 엉뚱한 곳도 보지 않습니다. 오른쪽 다리를 올립니다. 내립니다. 왼쪽 다리를 올립니다. 내립니다. 〈 I -1-35〉「제목없음」

위 두 단원은 모두 1학년 1학기에 가르치는 단원이다. 당시 강점초기에는 보통학교에서 교련교과가 존재하지 않았음에도 군대의 제식훈련을 연상케 할 만한 삽화가 그려져 있는데, 삽화를 보면 알 수 있듯이 당시 학교

분위기가 어떠하였는지 엿볼 수 있다.

다음은 위생과 관련된 단원이다. 이와 관련된 단원이 많은 이유는 당시 조선의 실정이 비위생적인 측면이 많이 존재하였기 때문에 개인위생이나 청결을 강조하여 조선인의 낙후성을 극복하려는 의도가 포함된 것으로 볼 수 있다.

제I기 『國語讀本』의 특징은 소위 무단정치기에 편찬되었기 때문에 조선아동의 동화정책에 초점을 맞추기 위한 목적으로서 일본어 습득이 가장 우선적인 교육목표 중의 하나였다. 그러함에도 위생을 강조하고자 교과서 속에서 많은 지문을 할애하였고 학교교육의 규율을 몸에 익히기 위해 제식교육도 철저히 가르쳤다.

3.2 제II기 - 遊戱로서의 신체활동(1923~1929)

일제는 1919년 3·1독립운동 이후 새롭게 문화정책을 실시하였다. 그러나 그것은 동화정책 범위 내에서의 것으로, 관리등용이나 각종 회유책에 의해 오히려 적극적인 친일파를 육성하고, 조선인 중에서 지배기반을 육성하려고 하는 정책에 불과하였다.

제II기 『國語讀本』에서는 신체활동과 관련하여 '유희'에 대한 언급이 나타나면서 변화가 일어나기 시작한다. 보통학교 과정 〈교수시수표〉에도 체조에 대해 주당 3시간으로 배당하면서, 본격적인 신체교육이 시작된다.

3·1운동이 일어난 같은 해 12월에 총독부는 각종 학교 규칙을 전면적으로 개정하고, 이때부터 체육을 필수로 하였고, 기존의 교육내용을 '인문주의적 교육내용'으로 변경하여, 조선인들의 불만을 완화시키는 조치를 취했다.

교육정책의 변화 속에서 같은 해 11월에는 〈조선교육령〉의 일부를 개정하고, 4년제 보통학교의 수업 연한을 6년으로 연장하고, 그와 더불어 보통학교규칙 또한 개정되면서 과목수를 늘리고, 체조를 필수과목으로 지정하였다.[6] 그리고 조선인과 일본인과의 학제를 동일시 한다는 명목으로 학교를 대거 설립하였으며, 이 시기부터 학력에 따라 취업의 진로가 달라지고 보통학교에 다니게 되는 학생들이 대폭 증가하게 된다.

이와 더불어 〈2차 조선교육령〉에서 교육제도의 변화와 함께 개정된 부분을 자세히 살펴보면 한 가지 특징이 있다. 그 내용은 조선인과 일본인을 명백히 구분지은 것이다. "일본어가 능통한 자"와 "일본어를 배워야 하는 자"라는 문구인데, 전자에 해당되는 아동은 소학교로, 후자에 해당되는 아동은 보통학교로 진학하게 한 것이다.[7]

이러한 시기에 편찬된 제II기 『國語讀本』에서는 '유희'적인 단원이 증가했다는 점이 I기와 다른 점이라 할 수 있다. 이전과 달리 놀이문화를 통한 신체활동에까지 영역을 넓혀 나갔다. 그리고 남여 간의 차별적인 신체활동에 따른 유희가 나타나기 시작하였으며, 특히 공놀이, 운동회 등의 삽화에 나타난 아동들은 모두 男兒이고, 그네, 널뛰기, 술래잡기 등은 모두 女兒로 그려져 있었다. 또한 조선의 전통적인 놀이문화를 소개하는 것은 I기에 비해서 훨씬 유연한 태도를 보이고 있다. 그러함에도 내선일체를 강조하기에 「스케이트(スケート)」라는 단원에서는 조선인·일본인, 남여 구분 없이 등장시켜 조선아동과 일본아동이 함께 어울리는 모습을 그려냈다는 점이 가장 큰 특징으로 볼 수 있다. 이와 같은 변화는 3·1운동에 따른 조선인의 반발을 크게 의식한 일제의 회유정책이라 할 수 있는데, 단원의 내용을 보면 다음과 같다.

---

6) 〈朝鮮敎育令〉 1922年 2月 4日 勅令 第19號 官報 第2852號 p.109
7) 오천석 저 외 2명(1979), 『韓國近代敎育史』, 高麗書林, pp.279~280

〈표 4〉 제II기 『國語讀本』에 나타난 신체활동관련 단원

권(학년)-과	단원명	내 용
1(1)-	없음	아침인사를 교육하는 단원(삽화는 공놀이)
1(1)-	없음	그네야, 그네야, 더 높이 더 높이
1(1)-	없음	술래잡기 할 사람 여기 모여라
2(1)-1	운동회	지금 1학년의 달리기 경기입니다. "준비 하나 둘 셋"
2(1)-3	체조놀이	체조놀이를 합니다. 차렷, 앞으로 나란히, 앞으로 전진
2(1)-20	널뛰기	널뛰기
2(1)-28	감사	저는 학교를 다니게 되면서 한 번도 병에 걸린 적이 없습니다.
3(2)-26	여름방학	밤에는 일찍 잠자리에 듭시다. 아침에 시원한 시간에 운동을 합시다.
4(2)-2	약속	운동회 경기를 보다 약속시간을 지나버렸습니다.
4(2)-17	줄다리기	줄다리기가 시작됐습니다. 굵은 줄입니다.
4(2)-18	장갑	저는 춥다고 해서 온돌 속에 틀어박혀 있지 않습니다.
4(2)-19	스케이트	어제 아버지와 스케이트를 보러 갔습니다.
4(2)-25	나의 다짐	아침에 6시에 일어나고 저녁 8시에 잠이 들었습니다.
5(3)-1	조회	매일아침 수업 전에 운동장에 정렬합니다.
5(3)-10	병	저는 장기간 병에 걸려서 학교를 쉬게 되었습니다.
6(3)-12	남동의 체조	학교에 체조를 보러 갑니다. 그리고 집에 와서 그 체조를 따라 합니다.

그리고 「감사(アリガタイ)」, 「여름방학(夏休)」, 「나의 다짐(私のきまり)」, 「조회(朝會)」, 「병(病気)」등의 단원에서는 일상생활에서 지켜야 할 규칙적인 생활, 건강, 등을 I기에 이어 강조하고 있었다.

나는 학교에 다니게 되면서부터, 병에 걸려본 적이 없습니다. 튼튼해져서 그럴 겁니다. 〈II-2-28〉「감사(アリガタイ)」

여름방학이 되면 무엇을 할까요. 아침에는 일찍 일어납시다. 저녁에는 일찍 잠자도록 합시다. 아침에 시원할 때 복습을 하거나, 운동을 하도록 합시다. 〈II-3-26〉「여름방학(夏休)」

모든 교과는 아동의 심신발달 정도에 따른 지도의 필요성을 강조하였고, 특히 신체의 건전한 발달을 적극적으로 강조하였다는 점이 큰 특징이다(규칙적인 생활, 여름방학의 생활, 겨울철 동상 방지). 규칙적인 생활의 대한 내용이 바로 이러한 내용을 뒷받침할 수 있다. 그리고 아동의 심신일체는 생리적, 심리적, 사회적인 측면에서 통합적으로 교육이 이루어져야 한다는 점인데, 신체교육은 국민체력 연성을 위한 필요성에 따라 필수과목으로서 그 중요성을 인정하였다는 점과, 매주 교수시수는 종전 Ⅰ기와 같은 3시간으로 되어 있으나, 수업 연한의 연장에 따라 자동적으로 일부 개정될 수 밖에 없었던 시기라 할 수 있다.

3.3 제Ⅲ기 - 변화되어 가는 신체활동교육(1930~1937)

제Ⅲ기 『國語讀本』이 편찬되는 배경은 앞서 언급한 독립운동과 같은 조선인들의 저항에 의해서가 아닌 제1차 세계대전 이후 각국으로부터의 압박과 일본 국내 군사정권의 개입이 있었다. 일제는 〈제2차 조선교육령〉을 통해, 교육적인 측면에서 크고 작은 변화를 이루어 '문화정치'라는 명목으로 이미지 개선에 나섰으나, 그 기간도 잠시 '군사정권의 개입'이 대두되면서 또 다른 변화가 시작된다. 이러한 조짐은 1923년부터 시작되는데, 동년 2월 5일 《東京朝日新聞》에서는 「兵役短縮に関する国民軍事教育方案 - 陸軍海文內四省連合会議」라는 陸軍省이 발표한 것인데, 그 내용은 〈陸軍現役将校学校配属令〉과 〈靑年訓練所令〉 등에 따른 군사교육정책의 원형이라고 할 수 있다.8) 1925년 칙령135호 「陸軍現役将校学校配属令」이 공포되면서 이러한 내용들이 언론을 통해 공개적으로 언급되기 시작하는데, 1923년 7월《동아일보》는 "조선인학생에게 병식교수 시행, 군용 총

---

8) 遠藤芳信(1984), 「武官學校配屬構想」(1980.3), 北海道大學敎育部紀要 360号, p.327

150정 씩 지급한다."⁹⁾라는 기사와, 《조선일보》는 "병식교련을 과연 시
행?"¹⁰⁾이라는 기사로서 조선인 학생들에게 병식체조를 시행하게 되는 것
을 보도하곤 했다.

제Ⅲ기 『國語讀本』은 총독부의 실용주의 정책과 1920년대 말 확산된
동맹휴학 때문에 아동에게 정신무장을 강화하기 위해 지금까지 내제되어
있던 정책적인 부분을 교과서에 드러낸다.

제Ⅲ기 『國語讀本』에서 신체교육과 관련된 단원의 수는 총 11단원으로
Ⅱ기에 비해서 다소 축소되었다. 그러나 Ⅰ·Ⅱ기 『國語讀本』에서 소개
된 것에 비해 '유희'적인 부분이 대거 나타나기 시작했다. 먼저 제Ⅲ기 『국
어독본』에서 확인된 신체활동과 관련된 단원을 정리하면 다음과 같다.

〈표 5〉 제Ⅲ기 『國語讀本』에 나타난 신체활동관련 단원

권(학년)-과	단 원 명	내 용
2(1)-1	운동회	오늘은 운동회, 여러 나라 국기들이 바람에 휘날립니다.
2(1)-3	체조놀이	체조놀이를 합시다. 차렷, 앞으로 나란히, 앞으로 전진(제식동작)
2(1)-6	등산	어제는 날씨가 좋았습니다. 나는 김군이랑 뒷산을 등산하러 올라갔습니다.
2(1)-9	아침이슬	유키치에 이끌려 집을 나와 학교까지 구령에 맞춰 구보로 달려갔습니다.(군대식 대열에 의한 구보)
2(1)-24	숨바꼭질	숨바꼭질을 해서 놀아보자
3(2)-6	그네	오른다 내린다 제비도 날아간다.
3(2)-21	좌 우	연을 날릴 때 실타래를 쥐는 손은 왼손(삽화는 정구)
4(2)-13	내 다리	내 다리는 굵지는 않지만 힘은 쎕니다.(삽화는 축구)
5(3)-13	기마전	체조를 마치고, 선생님께서 띠를 잔뜩 가지고 나옵니다.
6(3)-19	스케이트	어제 오후 형이랑 같이 스케이트를 하러 갔다.
12(6)-9	올림픽대회	자국의 명예를 위해 전력을 다하여 경쟁하는 올림픽대회

---

9) 《東亞日報》(1923년 7월 7일)
10) 《朝鮮日報》(1923년 7월 10일)

제III기에서는 교련에서 행해지는 제식 동작과 관련된 두 단원이 등장하는데, 「체조놀이」, 「좌우」라는 단원이다. 여기서 "タイソウ"라는 는 말 그대로 '체조'를 연상할 수 있으나, 그 내용을 보면 '체조'도 아닌 '교련'의 일부분인 제식훈련을 의미하고 있다.

체조놀이를 합시다. "차렷", "앞으로 나란히", "바로", "앞으로 갓" "하나 둘 하나 둘", "뛰어 갓", "하나 둘 하나 둘", "전체 제자리 서", "쉬 엇" "이번에는 누가 선생님을 해 볼까요?" 〈III-2-3〉「체조놀이」

1934년(5학년), 1935(6학년)의 교과서는 만주사변 이후에 출판되었기 때문에 당시의 상황을 반영한 반면, 1918년 출판된 일본인 아동이 배운 『심상소학국어독본』은 기존의 교과서를 그대로 활용하였기 군사정권의 개입과 군사교육에 대한 내용이 배제되어 있어 조선인과 일본인 간의 교육 내용이 상당히 대조된다고 할 수 있다.

3.4 제IV기 – 미래 전투병사로서의 신체육성(1937~1942)

제IV기 『國語讀本』이 편찬되기 이전 1935년경부터 조선인 '지원병제도' 확립의 전제로서 학교체육, 교련의 전면 시행문제가 등장하고 있었다. 이러한 움직임은 1931년을 시작으로 관립학교에서 먼저 시작하였고, 1936년 1월부터는 사립학교까지 미치기 시작하였다. 이렇듯 조선인이 다니는 사립학교까지 학교 교련이 전면 실시됨으로써, 지원병제도 확립을 유도해 나가기 시작했다. 그리고 1937년 6월에 총독부에서는 중일전쟁 직전 조선군에 대해서 거론하게 되는데 그 내용은 살펴보면,

최근 당국에서 인정하는 兵員자원의 부족으로 해당 군은 조선인 장정을

징집하는 것에 대해 병력자원을 확대할 수 있다는 것이 당연하다.[11]

라고 기술하고 있어, 군사자원 즉 병력부족을 채우기 위해서 조선인을 징집할 것을 이미 생각하고 있었다는 것을 의미한다.

이러한 흐름 속에서 「교수요목」도 부분 개정된다. 1937년[12] 1차, 1938년[13]에 2차로 1년이 채 못되 개정되었다. 특히 개정된 내용 중에서 "제4항 교재 배당에 관한 주의 제5호"에서 "황국신민체조를 실시할 것"이라는 부분이 강조되는데, 이는 〈조선교육령〉, 미나미 지로(南次郞) 총독의 논고문 내용과 더불어 '황국신민화'에 대한 부분을 교과서 안에서 신체교육과 접목시키고 있음을 나타내고 있어 신체교육 뿐만 아니라, 이 시기의 모든 학교교육에서는 '황국신민의 자각', '내선일체 신념 확립', '단련주의 교육의 철저'가 강조되었음을 알 수 있다

제Ⅳ기 『國語讀本』에서는 미래 전투자원인 조선아동에게 군에 대한 친근감을 유도하기 위한 군 홍보물처럼 아주 자세하게 묘사되어 있다. 그리고 이러한 군과 관련된 부분을 '유희'와 일치시켜 아동들의 흥미를 유발하고자 하였다. 단원의 내용을 보면 다음과 같다.

---

11) 最近当局ニ於テ認定スル兵員資源ノ不足ニタイシ当軍ハ鮮人壯丁ヲモ徵集スルコトニ寄リ、兵員資源ヲ拡大シ得ヘキハ理ノ当然。(久保義三(1979),『天皇帝国国家の教育政策』, pp.344~345 재인용)

12) 朝鮮總督府官報(1937.5.29) 號外,〈朝鮮總督府訓令〉體操敎授要目 第36號

13) 朝鮮總督府官報(1938.3.30) 第3358號,〈朝鮮總督府訓令〉體操敎授要目 第8號

〈표 6〉 제Ⅳ기 『國語讀本』에 나타난 신체활동관련 단원

권(학년)-과	단원명	내 용
1(1)-	없음	붉은 공, 백색 공, 붉은 이겨라, 백색 이겨라
1(1)-	없음	아침체조는 기분이 좋아, 팔을 뻗으면 좋은 기분
1(1)-	없음	구니오와 유키치는 공던지기를 하고 있습니다.
1(1)-	없음	전진 전진 병사들 전진 천황폐하 만세
1(1)-	없음	수업을 알리는 종소리입니다. 자 모입시다.
2(1)-4	운동회	어제는 운동회였다. 달리기할 때 가슴이 두근거렸다.
2(1)-5	전쟁놀이	뒷산에서 전쟁놀이를 했습니다.
2(1)-19	널뛰기	널뛰기
3(2)-6	줄넘기	1단 2단 줄을 넘었다. 넘었다.
3(2)-21	스모	고이치 등과 스모를 하면서 놀았습니다.
5(3)-11	그네	흔들흔들 그네 놀이
5(3)-18	일기	7월24일 목요일 라디오 체조를 하러 갔다.
5(3)-20	형의 입소	오늘은 형이 군에 입소하는 날입니다.
6(3)-10	방공훈련	사이렌소리가 요란하게 울립니다. "자 공습경보다"
7(4)-12	병영소식	아침에 교련을 하고 일과 후에도 교련을 실시

특히 이 단원들 중에서 군사정권의 개입이 '유희'적으로 아동들에게 아주 흥미롭게 묘사된 단원이 있는데, 그 내용은 아래와 같다.

뒷산 소나무 숲에서 전쟁놀이를 하였습니다. 다케와 다이겐이 부대장이 되었습니다. 솔방울 폭탄을 던지며 싸웠습니다. 다케의 동생 마사가 폭탄에 맞았습니다. 마사는 "전사!"라고 말하며 쓰러졌습니다. 에이시가 "정신차려!"라며 일으켜 세웠습니다. "돌격"이라고 말했습니다. 나는 히노마루를 흔들면서 적진지로 뛰어들었습니다. 저녁이 되어서 모두 끝내고 돌아왔습니다. 〈Ⅳ-2-5〉「전쟁놀이」

내용상으로는 '놀이' 또는 '신체교육'이라 하기에 다소 벗어났다고 할 수도 있으나, 자세히 보면 명백히 병식체조의 일부이므로 필자는 신체교육

으로 판단하였다. 그리고 용어상으로 군 식책의 상징인 '부대장'을 비롯하여, '폭탄', '전사', '진지' 등 군대용어가 대거 나타나는데, 이러한 용어들이 과연 초등 1학년 아동들에게 필요한 용어인지 의문이 들 정도이다. 이 단원 이외에도 「방공훈련」, 「병영훈련장에서」, 「아침이슬」이라는 단원들을 통해 모든 신체활동들을 군과 결부시켜 군사적인 신체교육을 교수하고 있었다.

3.5 제Ⅴ기 - 實戰투입을 위한 신체활동(1943~1945)

〈제4차 조선교육령〉은 1943년 3월 8일 〈칙령 제 113호〉에 의해서 개정되면서부터, 모든 교육정책에 있어서 궁극적인 목표가 군사적으로 전환되는 시기라고 할 수 있다. 이 시기 오노 겐이치(大野謙一)는 이러한 교육제도 변화에 대해서 아래와 같이 논하고 있다.

> 금번 內地(일본)에서는 우리나라 교육의 본의에 입각하여, 대동아전쟁 완수와, 필히 대동아건설 요청에 응해서, 초등학교제도와 대응하여, 황국의 길에 따르는 국민연성의 일관적인 체제를 완성하여, 그 와 더불어 교육내용의 쇄신충실과 수업연한의 단축을 시행하여, 교육의 국방체제를 정비할 수 있는 학제의 획기적인 개혁을 단행하게 되었는데, 조선에서도 결전에 임한 반도의 중대사명과 교육에 대한 국가의 요청을 깊게 성찰하여, 동포의 황민연성을 완수하는 內地와 보조를 맞추어, 학제의 광범위한 개혁을 시행하게 된 것이다. 그리하여 금번 개정에 대해, 청년학교를 제외하고는 모든 분야에 대해서 일본의 여러 학교령에 순응하는 원칙을 지키도록 하며, 일본 조선 모두 동일한 체제하에 국민연성의 완수를 기하게 되었다.[14]

---

14) 今般内地に於ては我が国教育の本義に基き、大東亞戦争完遂と、大東亞建設必成の
    要請に応へて、国民学校制度と照応し、皇国の道に国民錬成の一貫的体制を完整

이 내용은 일본의 교육개혁과 조선교육의 근본정신을 일치시켜, 하나로서 실시하려고 하는 교육개혁이라 할 수 있다. 이로 인하여 조선에서는 조선인들의 황국신민화를 굳히기 위해서 일본인 이상으로 천황을 위해서 목숨을 바치기 위한 교육을 강력하게 추진하고 있다는 것을 주지시키고 있다.

이렇게 제Ⅴ기『國語讀本』은 태평양전쟁의 발발과 함께 전시분위기에 따른 군의 교육통제의 의해서 편찬 되었는데, 먼저 신체활동과 관련된 단원의 내용을 보면 다음과 같다.

〈표 7〉 제Ⅴ기『國語讀本』신체활동 관련 단원

권(학년)-과	단원명	내　　　　　　　용
1(1)-1	운동회	어제는 운동회였다. 달리기를 할 때 가슴이 두근거렸다.
1(1)-11	아침이슬	마사오상이 "이제 다 모였구나. 출발"이라며 선두에 선다.
1(1)-12	병정놀이	장난감 총을 가지고 있습니다.
1(1)-22	널뛰기	널뛰기
2(1)-7	그네	흔들흔들 그네 놀이(Ⅳ기와 동일하나 일장기, 전투기그림 추가)
5(3)-16	수중전	첨벙첨벙 자 수중전이다. 일제히 사격이다. 공격이다.
6(3)-18	군인아저씨에게	오늘밤 8시 학교에서 영화상영이 있단다.(군인의 일상 배경)
6(3)-15	大詔奉戴日의 아침	아침 일찍 일어나 일장기를 걸고 음악소리에 체조를 한다.
6(3)-17	스케이트	어제 점심을 먹고 저수지에 스케이트 하러 갔습니다.
6(3)-18	다이빙대	저기 다이빙대 까지 헤엄치고 가서 연습한다.

し、併せて教育内容の刷新充実及び授業年限の短縮を実施して、教育の国防体制を整備すべく学制の画期的改革を断行することとなったが、朝鮮に於ても決戦下半島の重大使命と教育に対する国家不断の要請とを深く省察し、期域同胞の皇民鍊成を完うせんが為内地と歩調を一にして、学制の広範囲なる改革を実施することとなったのである。而して今回の改正に依り、青年学校を除いては学校教育のあらゆる部分に亘り、内地諸学校令に順応するの健前を執るに至り、内地朝鮮共に一貫した体制の下に国民鍊成の完遂を期することとなった。（大野謙一(1943)、『朝鮮教育令の改正とその実施に就いて』、「文教の朝鮮」二百十号 p.4）

6(3)-21	삼용사	엄청난 대포소리와 함께 땅이 솟아오른다.(군 돌격조대의 이야기)
6(3)-23	하늘의 신병	12월8일 말레이 반도에 적진 앞에 상륙한 우리 일본군
7(4)-19	병영소식	아침 저녁으로 교련을 실시한다고 하는 내용
8(4)-22	방공감시훈련	비가오나 바람이부나 여름태양이 뜨거우나 여기에 항상 (대공관측소)
8(4)-24	하늘의 군신	육군특별 연습이 행해졌다. 신입생은 교관을 따라 견학
10(5)-10	농촌의 가을	조용한 아침의 공기를 마시며, 북소리와 함께. "청년대의 훈련"이 시작됨.

〈표 5〉에서 알 수 있듯이, 제Ⅴ기는 대부분 군사적인 성향이 강하다는 것을 알 수 있다. 유희적인 측면은 사라지고 위생과 보건에 관한 단원이 단 한 차례도 등장하지 않았으며, 특히 1학년 아동들을 교수하는 단원에서는 아동들의 이상과 꿈을 모두 군인으로 만들기 위해 '놀이'라는 유희적 신체활동으로 과장하여 군인의 각 역할을 아래와 같이 주지시키고 있다.

이사무는 장난감 총을 쥐고 "난 보병이야"라고 말했습니다. 마사오는 죽마를 타며 "난 기병이야"라고 말했습니다. 다로는 대나무 가지를 쥐고 "난 포병이야"라고 말했습니다. 다로의 남동생 지로는 작은 삽을 쥐고 "난 공병이야"라고 말했습니다. 이사무의 동생 마사지는 세발자전거를 타고 "난 전차병이야"라고 말했습니다. 유리코의 남동생 아키오는 종이 비행기를 쥐고 "나는 공군이야"라고 말했습니다. 하나코의 남동생 이치로는 장난감 자동차를 쥐고 "나는 수송병이야"라고 말했습니다. 하나코랑 유리코는 "우리들은 간호사가 되자"라고 말했습니다. 다다다다 탕탕, 풍풍 병사놀이 〈Ⅴ-2-12〉「병정놀이」

위 내용에서 男兒는 각 군사 병과별로 보병, 포병, 기병, 공병, 전차병, 항공병, 수송병 등 명확하게 개인별로 각각의 병과를 구분 지었으며, 여학생에게는 간호사(의무병)로서 명확한 임무를 부여하고 있다. 이 묘사들은 아동들끼리 뛰어노는 모습을 그린 삽화에서도 서로 다른 장난감으로 비유하는데, '총=대나무, 전투기=종이비행기, 전차=세발자전거, 기마=죽마' 여학생에게는 역시 팔뚝에 십자가 띠를 둘러 간호로서의 임무를 수행하게끔 하고 있다. 이는 아동심리를 자극하고, 군인의 위상을 높이 심어주면서 부족한 병력 난을 해소시키기 위해 부단한 노력을 기울이고 있는 것이다.

이러한 단원은 저학년 아동들에게 군인이라는 위상을 드높이고, 참으로 대단하다는 생각을 갖게 할 것이다. 그리고 고학년으로 갈수록 제3국의 영웅이야기, 전쟁담은 거론되기 하나 이처럼 구체적이고 현장감이 넘치는 내용은 더 이상 볼 수 없었다. 따라서 최 단시간에 최대한 아동들의 마음을 사로잡아 고학년으로 갈수록 이 모든 교과의 내용들이 당연하다는 인식을 심어주기 위해 저학년 아동들에게 더욱 강조하지 않았나 싶다. 이렇듯 제Ⅴ기『國語讀本』에서는 '조선아동을 향후 활용할 병사'를 충당하려는 정책적인 편찬의도가 드러나 있었다.

4. 결론

『國語讀本』에서는 신체교육과 관련된 단원에서 현 체육교육과 같은 운동 경기 종목을 가르치는 단원은 극히 일부였다. 「스케이트」, 「수영」이 두 단원을 제외하면 모든 단원들은 조선총독부의 편찬의도와 시기적인 정책에 따라 일맥상통하였으며, 이를 뒷받침하는 「교수요목」, 『체조교수서』에서 강조하는 내용들과도 같이 변해가는 것을 알 수 있었다.

특히 일제강점 초기에는 보통학교에서 조선아동의 위생교육을 통해 봉건적인 상태를 학교교육을 통해서 교육시키려고 하는 순수한 목적도 있으나, 기술방법에 있어서는 그 시기 조선인에 대하여 야만적인 서술 형태를 취함으로써 조선인의 식민지성을 나타내는 측면도 볼 수 있었다. 따라서 조선인과 일본인과의 신체교육(체육)은 결코 동일하다고 볼 수는 없다. 이는 〈조선교육령〉, 「교수요목」, 「체조교수서」는 모두 조선인 학교, 일본인 학교를 명확하게 구분지어 교육에 관한 법령들을 공포하였기 때문이다.

일제의 체육교육, 즉 신체교육은 조선아동의 신체활동을 통해서 철저히 분석하여, 교육목적이 신체발달이 아닌 육체적 통제를 기반으로 정신적인 부분까지 원활하게 통제하기 위한 수단으로써의 교육이었음을 알 수 있다.

각 기수별『國語讀本』에서 신체활동과 관련된 단원의 비율은 전체 대비 약 5% 수준도 채 못되나, 일시동인, 충량한 국민의 양성, 그리고 일본을 위해 목숨을 담보할 전투병사로 만들기 위해 크고 작은 역할을 했다는 것을 알 수 있었다.

이상과 같이『國語讀本』에서 나타난 신체활동들을 분석한 결과 일제는 일제강점기 이전부터 조선인들의 반발을 우려하여 신체적인 부분을 소외시키면서 일본인들과 차등교육을 실시하였다. 일제의 이러한 정책은 학교교육을 통해 이루어졌고, 그 중 매개체로써 활용된 교과서가『국어독본』이었다. 교과서의 신체활동과 관련된 단원의 기술에서 일제는 가장 기초적인 지식만을 전달하고 신체활동을 철저히 통제하였으며, 결국 이는 전시체제기에 접어든 일본군의 병력동원을 위한 수단으로서 진정한 신체교육의 의미는 사라져 버렸다. 특히『國語讀本』에서는 신체활동과 관련된 단원들도 조선의 상황에 맞게 재구성하여 조선인을 동화시키는데 주도면밀하게 교육하였다는 것을 알 수 있었다.

Ⅳ. 식민지 경제형 인간 육성*

김서은 · 김순전

1. 식민지 경제형 인간 만들기

식민교육은 식민국가가 그 통치하에 있는 피지배 국민들의 순화와 본토 국가의 통치 목적 달성을 위해 실시하는 일련의 교육활동이다. 식민지의 역사는 인류의 정치사와 함께 시작되지만, 식민국가가 그 지배하에 있는 피식민지국가 국민들에게 조직적인 목적을 가지고 교육정책을 수립한 것은 19세말 이후에 해당된다.

교육사의 관점에서 보면 실은 식민지제도 및 그것에 이르는 정복과정은 무엇보다도 피식민지 국가가 쌓아올린 문화와 교육전통 · 유산을 파괴하고, 다른 한편으로는 식민지 민중을 공동체적 풍습 속에 고착시킴으로서 전체적으로 생활 · 문화 · 교육을 내재적으로 개혁하려는 기회와 노력을

---

* 이 글은 2012년 2월 29일 대한일어일문학회 「日語日文學」(ISSN : 1226-4660) 제53집, pp.331~349에 실렸던 논문 「『普通學校國語讀本』을 통해 본 시기별 실업교육 양상」을 수정 보완한 것임.

가능한 한 박탈하는 것이었다.

이러한 서양의 교육을 받아들인 일제의 식민지 교육의 최종 목적은 경제블록 구축과 경제 통제를 통해 본국의 경제난을 극복하고 국가독점자본주의 이행을 위한 자원수탈과 물자동원체제를 확립하는 것이었다.

일본은 효율적인 수탈을 위해 식민지 사회의 경제체제의 정비에 돌입하였으며 특히 아동 교육을 통해 식민지적 자본주의화 과정에서 동화되는 식민지경제형 인간 만들기에 힘을 쏟는다. 『普通學校國語讀本』에 제시된 식민지경제형 인간상을 배우고 자란 아동들은 실업교육을 이상으로 삼고 충량한 노동자로써 성장해 나간다.

따라서 식민지주의 교육정책을 수행함에 있어 조선총독은 조선인으로 하여금 소위 "天子의 恩澤을 입게 하여 文明의 民으로 함이 第一의 목적이며", 그러기 위해서는 "日本의 事物을 移入하여 조선의 開發을 돕는 것이 순서"라고 말했다.[1]

또한 일제는 조선을 병합하면서 그것이 '동양 평화와 조선인의 복지를 증진하기 위한 것'이라고 선전하였고 1910년대 내내 자신의 치적을 칭송하고 선전하기에 여념이 없었다. 그것을 그들은 한마디로 '문명화'(=근대화)라 불렀다.

즉 일본은 식민정책을 무리 없이 조선에 정착시키기 위한 방편으로 소위 '문명화', '근대화'라는 그럴듯한 논리를 앞세워, 실업을 강조하며 이러한 실업의 발달이 조선의 경제를 발달시키고 부흥시킨다고 주장한다. 노동력 착취와 수탈로 이어진 식민지 정책의 실체가 아동을 교육하는 교과서에서는 마을의 발전과 국가를 위한 이익창출 등을 이룩하는 이상적인 경제형인간상이라는 명분으로 제시되고 있는 것이다.

---

1) 정재철(1985), 『日帝의 對韓國植民地敎育政策史』, 일지사, p.290

지금까지 일제의 실업교육이나 정책에 관한 연구는 대부분 개화기나 특정시기가 주를 이루고 있으며 한일간 실업교육의 비교 등이 있었다. 실업교육연구의 대표적인 논문으로는 홍덕창(1996)의 「일제시대 실업교육에 관한 연구 -제2,3차 조선교육령을 중심으로」를 들 수 있는데, 주로 농·상·공학교를 중심으로 한 실업학교 교육이 당시 교육령의 변화에 따라 어떠한 양상을 띠고 있는지를 살펴볼 수 있는 구체적인 자료를 제시하고 있다.

그리고 최근 들어 실증적 교과분석을 통한 이데올로기의 비교 연구들이 발표되고 있는데 특히 조선총독부편찬『修身書』를 총체적으로 연구한 김순전 외(2008)의『제국의 식민지 수신』이 주목할 만 하다. 이 책에는『실업학교수신서』를 근거로 하여 당시 조선의 실업교육 양상을 파악하고, 실업 수신 교과서 속에 들어 있는 근대일본의 '수양'의 수용에 대해 논하고 있다. 이 외에도 수신교과서 연구로 이병담(2006)의 「근대일본의 실업교육양상과 근로주의」가 있으며, 지호원(1997)의 「일제하 수신과 교육 연구」가 있다.

그러나 4번의 교육령을 통해 5기에 걸쳐 조선의 아동들이 실제 교육을 받았던 텍스트인『普通學校國語讀本』전체를 통한 실업교육의 실증적 탐구는 아직 이루어지지 못하고 있다.[2] 본 연구를 통해 일본의 식민지 지배 이데올로기의 최종 목표인 '식민지경제형 인간' 만들기가 어떻게 교과서에

---

2) 본 논문은 일제 강점기에 아동들의 교과서로 쓰인 조선총독부 발행『普通學校國語讀本』Ⅰ기(1910)부터 Ⅴ기(1941)까지의 국어독본 전체에 제시된 실업 관련과를 중심으로 고찰했으며, 부득이하게 아직 입수하지 못한 Ⅳ기(1939~41)의 4권은 제외하였다. 또한 Ⅳ기의『初等國語讀本』은 1~3학년용(卷1~6)까지는 조선총독부에서 발행했으나 4~6학년용(卷7~12)은 문부성 발간『심상소학독본』을 사용하였기에 조선총독부 발행 3학년까지 만을 논의의 대상으로 삼았음을 미리 밝혀둔다. 또한 방대한 텍스트 량으로 인해 편의상 이후 〈기수-권수과〉의 형식으로 표기하겠다.

제시되었으며 이를 통해 강조되고 있는 농업을 필두로 한 실업교육과 납세의 의무, 근면 근로와 저축을 통한 노동력 착취 등의 관계를 『普通學校國語讀本』(이하 『國語讀本』)의 내용을 통해 시대별로 분석 고찰해 보고자 한다.

2. 식민지적 인간형 창출을 위한 Ⅰ기

『國語讀本』의 Ⅰ기가 시작되는 1910년대는 조선이 일본제국의 완전한 식민지로 전락한 후 제1차 세계대전(1914~1918)을 치르는 시기로, 경제적으로는 토지조사사업의 실시, 근대적 운수시설의 건설, 금융 화폐제도의 정비 등 일본경제의 본격적인 침략을 위한 작업이 진행되어 일본자본에 의한 경영의 기초가 확립되고 또한 일본 경제를 위한 식량 및 원료의 병합지, 그리고 상품판매시장으로서의 편성 등 일본자본주의 경제의 일환으로서 조선경제가 식민지경제로 전락된 시기였다.

조선이 일제의 경제권에 편입되고, 일본이 한반도에서 경제적으로 완전한 주도권을 차지하게 되면 군사적 지배도 함께 강화되는 것은 당연한 결과인 것이다. 조선의 경제적 안정은 군사기지의 가치를 높이는 상승효과를 보는 것이었다. 군사와 경제는 동전의 양면과 같은 것이기 때문이다. 조선의 낮은 경제력은 후발 자본주의 주자인 일본에게는 안전한 독점시장이자 원료공급지로서 가치를 지니고 있었다.

따라서 일본은 조선을 '보호국'화 하자마자 일본 상업자본의 진출을 원활히 하고 군사기지로서의 기틀을 잡기 위해 이러한 경제적 조치들을 서둘렀던 것이다. 이러한 목적을 바탕으로 아동 교육에서부터 실업을 강조하며 근면한 일꾼이 되기를 강조하고 있다. 그러면 『國語讀本』에서의 실업교육이 어떠한 형태로 제시되고 있는지 〈표 1〉에서 살펴보겠다.

〈표 1〉 I 기에 제시된 실업 관련 단원

기수·권·과	제 목	내 용	삽 화
I -2-24	돼지(ブタ)	돼지에 대한 설명과 이익	돼지 세 마리
I -3-1	나무심기(木ウエ)	홍수를 막는 나무심기 중요성	한복을 입고 일함
I -3-10	대나무(たけ)	대나무의 쓰임	기모노를 입은 男兒
I -3-12	여름(なつ)	바쁜 농가의 모습과 근로 강조	한복 입은 농촌풍경
I -3-15	모심기(田うえ)	모내기 모습을 노래로 설명	일본인들의 모내기
I -3-27	새벽 시장(あさのいち)	새벽 장터의 모습 설명	붐비는 조선시장
I -4-2	버섯(キノコ)	버섯에 대한 설명	일본인2 조선인1
I -4-6	곡물(穀物)	곡물의 종류와 쓰임	각 곡물의 그림
I -4-9	짚(ワラ)	볏짚과 밀짚의 쓰임새	짚으로 만든 가마니
I -4-11	정동의 저금(貞童のちょきん)	통장에 대한 설명과 저축 강조	통장이 삽화로 수록
I -4-19	10전 은화 이야기(十錢銀貨ノモノガタリ)	화폐에 대한 설명	동전과 지폐
I -4-20	장사 놀이(あきないの 遊)	직물가게 장사 놀이	일본 여자아이2
I -5-6	차와 뽕(茶ト桑)	차 재배와 양잠 설명	일하는 일본 차밭
I -5-9	옷감(織物)	삼베, 비단 등 옷감 설명	한복 입은 사람들
I -5-10	도로공사(道ブシン)	협동을 강조	한복을 입은 노동자
I -5-17	오이꽃(胡瓜ノ花)	오이꽃 모종에 대한 설명	한복을 입은 남자
I -5-24	물과 불(水と火)	수돗물과 성냥을 설명	펌프를 이용하는 女
I -5-25	숯과 기름(炭と油)	석탄, 기름, 석유를 설명	석유 유전의 모습
I -6-2	벼베기(稻刈)	벼베기 후 백미로 만들기	일본인 벼베기
I -6-7	고구마(甘藷)	고구마의 전래	고구마
I -6-23	도시와 시골(都会と田舎)	시골에서 농사짓는 중요성	

Ⅰ-6-24	사람의 직업(人の職業)	농업, 공업, 상업의 설명과 중요성	
Ⅰ-7-5	우리나라의 산물1(我が国の産物一)	조선의 농산물 소개	인삼, 옥수수
Ⅰ-7-6	우리나라의 산물2(我が国の産物二)	조선의 양잠, 목축업, 공업 등	소를 끌고 일하는 모습, 직물
Ⅰ-7-7	도자기와 칠기(燒物ト塗物)	내지의 도자기와 칠기의 우수성	만드는 모습과 상품
Ⅰ-7-11	회사와 은행(会社と銀行)	회사와 은행에 대한 설명	적금통장 삽화
Ⅰ-7-13	조합(組合)	조합을 형성해 큰 이익을 봄	
Ⅰ-7-24	끊임없이 노력하며	근면을 위한 천황의 말씀	
Ⅰ-7-26	삼림(森林)	삼림의 필요성	숲
Ⅰ-7-27	재목(材木)	나무의 종류를 설명	나뭇잎
Ⅰ-8-13	이나하시 마을의 미풍(稻橋村の美風)	이나하시 마을의 근면, 저축을 칭송함	
Ⅰ-8-14	지방금융조합(地方金融組合)	조합과 조합원의 조건과 혜택 설명	
Ⅰ-8-15	확실한 보증(慥ナ保証)	성실하고 바른 품행 강조	
Ⅰ-8-18	분업과 공동(分業ト共同)	분업과 공동 강조	
Ⅰ-8-19	도로(道路)	도로개설의 필요성과 보호	
Ⅰ-8-26	노동(労働)	노동의 기쁨 강조	
Ⅰ-8-31	대일본제국2 (大日本帝国二)	일본의 교육제도, 군사력, 경제력 설명	

〈표 1〉에서 알 수 있듯이 조선총독부는 당시 일본사회가 해결하지 않으면 안 되었던 사회적 문제들, 특히 쌀의 부족이나 도시 과잉인구문제, 상품 판매의 시장 확보 등의 과제를 식민지 경영을 통해 해결하려고 했다. 특히 일제의 식민지 농정에서 보이는 두드러진 특징 가운데 첫 번째로 꼽을 수 있는 것은 쌀의 상품화를 증진시키는 여러 가지 노력들이었다.[3]

---

3) 박명규(1997), 『한국근대국가형성과 농민』, 문학과 지성사, p.319

이를 위한 첫 사업이 바로 일본 종자와 농법을 통한 품종개량이었다. Ⅰ기 교과서에서는 이러한 일제의 의도에 발맞추어 '모심기'나 '벼베기' 등 농사를 설명하는 단원에서는 일본의 농사법이 조선보다 앞서 있다는 인식을 심어주기 위한 장치로 삽화에서 농사일을 하는 일본인들의 모습을 싣고 있다.

이와 같이 농사와 관련된 부분은 일본의 앞 선 기술을 자세히 기술하고 있지는 않지만 삽화를 통해 일본의 농법의 우수성을 자연스럽게 암시하고 있는 것이다. 이는 일본인 상인의 입장에서 볼 때 당시 조선의 재래종이 품종이 많은데다 표준화되어 있지 않았기 때문에 쌀의 상품성을 높이려는 목적이 있었기 때문이다.

〈Ⅰ-3-15〉「모심기(田うえ)」　　　〈Ⅰ-6-2〉「벼베기(稲刈)」

1911,12년 조선총독부의 조사에 의하면 재래종의 수는 논과 밭벼를 합쳐서 1,451종에 달했고 더구나 같은 논에도 여러 종자가 혼식되어 있었다.[4] 일제는 이러한 재래종을 모두 일본 품종으로 바꾸는 것이 중요하다고 판단하였다. 그것은 일본 상인이나 지주들의 이익을 확보해 주는 것이면서 동시에 일본 자본주의가 요구하는 값싼 쌀의 공급을 가능케 해주는 것이기 때문이었다. 따라서 일제는 한국에서 생산되는 쌀을 일본 시장에

---

4) 小早川九郎(1944), 『朝鮮農業發達史 : 發達篇』, 京城朝鮮農會, pp.212~213

서 요구하는 상품으로 만들기 위해 품종·조제 등의 전 과정에 걸친 '개량'을 추진하였던 것이다.[5]

또한 1912년 데라우치(寺内正毅) 총독이 각 도 장관 및 권업모범장[6]에게 내린 훈시를 보면 "미작, 면작, 양잠, 축우의 개량, 증식에 관한" 내용이 중점을 이루고 있었는데 이는 농업 생산에 대한 통제가 식민지적 질서 확립에 중요한 관건이 된다는 것을 보여주는 것이었다.[7] Ⅰ기에서도 이러한 계획 하에 양잠의 중요성을 피력한다.

> 나뭇잎 중에서 아주 쓸모 있는 것은 찻잎과 뽕잎입니다. 찻잎으로는 차를 만들고 뽕잎으로는 누에를 키웁니다. (중략) 누에고치에서는 생사를 얻을 수 있습니다. 일본에서는 양잠이 성하여 외국에도 많은 생사를 수출합니다. 조선에서는 아직 양잠이 성하지 않습니다만, 앞으로 점점 성해 지겠지요. 조선의 토지와 기후는 뽕에도 양잠에도 아주 적합합니다.[8]
> 〈Ⅰ-5-6〉「차와 뽕(茶卜桑)」

이처럼 농정의 발달을 내세운 일본의 정책은 조선 아동들에게 일본을 조선보다 우월하게 여길 수 있는 이데올로기적인 효과를 가져다주었다. 총독부 스스로 말하고 있듯이 "통감정치 이래 조선 농법의 발달을 촉진하는 최접경으로 채택되어진 신 출발점이 실질적으로는 내지(內地) 농업의 조선 이식이었"[9]던 까닭에 일본 농업체계의 이식은 일본 농업 및 일본 정책을 발전적인 것, 긍정적인 것, 바람직한 것으로 인식하고 한국 농업과

---

5) 박명규, 앞의 책, p.320
6) 1906년 통감부는 권업모범장을 설치, 품종 개량에 최우선의 목표를 두고 보급하는데 힘썼다.
7) 小早川九郎, 앞의 책, pp.183, 232
8) 김순전 외(2009), 『조선총독부 제Ⅰ기 초등학교 일본어독본3』, 제이앤씨, pp.78~81
9) 小早川九郎, 앞의 책, p.9

조선 왕조에 대하여 낙후되고 수탈적이고 비과학적인 것으로 인식하게 만드는 이데올로기적 효과를 갖는 것이었다. 일제는 각종 농업 관계 조사 자료에서 조선의 농업은 극히 비과학적이고 낙후되어 있으며 농구는 조잡하여 조선왕조의 농정은 농업을 중시한다는 말뿐이며 실질적인 생산력은 높이지 못한 채 수탈을 강화해 오히려 농민들의 의욕을 떨어뜨렸다고 주장하였다.[10] 이러한 농업의 일본화가 곧 근대화라는 일본식의 주장은 식민지 시기 아동용 일본어교과서인『國語讀本』에 장치화 되었던 것이다. 어린 아동들은 일제의 무단 통치 아래에서 이러한 교육을 받아 충량한 식민지의 인간형 창출을 위한 숨은 그림의 장치로 교육되었던 것이다.

따라서 한일합방 이후 처음으로 편찬된 Ⅰ기『國語讀本』에는 식민지적 인간창출의 기틀을 마련하기 위한 발판으로 곳곳에 일본 농법의 우수성과 그에 따른 일본에 대한 우월 의식을 갖게 하는 장치로서의 이데올로기가 숨겨져 있다. 이것은 나무를 심거나 도로를 공사하는 등의 단순 노동의 중요성을 강조하는 단원에서는 반대로 남루한 한복을 입은 일꾼들의 모습을 대비적으로 보여주는 부분에서도 여실히 드러난다.

3. 근면 · 절약하는 인간형 창출을 위한 Ⅱ기

제Ⅰ기인 1910년대를 지나 1920년대에 들어서면 일본은 본격적인 경제적인 수탈을 감행하기 위해 산미증식계획(産米增殖計劃)을 전면적으로 내세운다. 이 산미증식계획은 많은 자금을 투자하여 토지와 농사를 개량하기 위한 사업이었기 때문에 토지생산성에는 어느 정도 효과를 거두었으나

---

10) 박명규, 앞의 책, p.333

오히려 직접 생산자인 농민의 경제적 지위는 더욱 낮아졌고, 새로 늘어난 금융 부담과 부채로 고통을 겪는 이중적 모순 구조를 떠안고 있었다.

따라서 Ⅰ기에서 일본의 경제력이 앞서고 있다는 우월성을 교육했던 일제는 Ⅱ기에서는 산미증식계획에 발맞추어 농법을 자세히 설명하고 근면주의에 바탕을 둔 근면·절약하는 인간형 창출에 포커스를 맞추고 있다.

〈표 2〉 Ⅱ기에 제시된 실업 관련 단원

기수·권·과	제 목	내 용	삽 화
Ⅱ-3-22	오일할아범 (五一じいさん)	오일할아범을 통한 근로 강조	물레방아와 일본인3
Ⅱ-4-7	논(田)	농법에 대한 설명	한복 입은 父子
Ⅱ-4-8	일 잘하는 사람 (よく はたらく 人)	노동의 기쁨을 표현함.	쟁이질 하는 근육질 남성
Ⅱ-4-23	전신주 수리공 (でんしん工夫)	위험한 일도 열심히 하는 근로 강조	전봇대 위 수리공
Ⅱ-5-2	조선(朝鮮)	조선의 생산물 설명	지도
Ⅱ-5-7	양잠(蠶)	양잠의 중요성 강조	누에고치의 그림
Ⅱ-5-14	모내기(田植)	정조식 모내기법 소개	정조식 논
Ⅱ-5-18	사람의 힘(人の力)	소나무 심기	
Ⅱ-5-20	검은 풍뎅이(黒こがね)	해충을 피해 뽕밭을 지키는 방법을 이야기함	검은 풍뎅이
Ⅱ-6-7	귤 장사(みかんや)	자본주의에 대한 설명	한복 입은 男兒와 귤장수
Ⅱ-6-25	절약(節約)	절약의 방법 제시	
Ⅱ-7-8	조선의 소(朝鮮牛)	조선소의 특질과 중요성	조선의 소
Ⅱ-7-9	소를 살 때까지 (牛を買ふまで)	금융조합에 저축과 근면	
Ⅱ-8-2	일요일(日曜日)	수확한 볏짚 나르기	복동과 소
Ⅱ-8-9	농산품평회(農産品評会)	아버지를 따라 농산품 품평회에 간 광경	
Ⅱ-8-10	조선인삼(朝鮮人参)	조선인삼의 우수성과 재배법,	인삼, 한복입은 여인
Ⅱ-8-11	시장(市)	남대문시장에 대해 설명	시장 풍경
Ⅱ-8-15	면사무소(面事務所)	면사무소에 대한 설명	

II-8-19	큰 심림(大森林)	조선의 심림에 대한 소개	나무베는 모습
II-8-21	신포의 명태어장 (新浦の明太漁場)	신포의 명태어장의 어업시기와 풍경을 설명함.	명태를 작업하는 모습 이 삽화로 제시됨.
II-8-22	분업(分業)	성냥 제조 과정	

〈표 2〉와 같이 II기에서는 주로 근면과 절약을 강조하는 단원이 눈에 띄게 제시되고 있다. 1910년대에 농업을 식민지의 근본으로 삼은 일제는 한국 농업을 장악하기 위한 선결 과제로 합방 전부터 금융 주권을 뺏는데 전념하였고 마침내 지방 금융까지 자신들의 손에 쥐게 된다. 그리고 금융 조합을 중심으로 농촌지역의 경제를 통제하게 된다. 금융조합을 통해 농민들의 물적, 정신적인 통제 네트워크를 구축한 일제는 조합원들에게 자금 운용을 하면서 물질적인 지배 뿐 만이 아니라 정신적인 통제로 식민지 지배 이데올로기를 확산시키는 핵심적인 역할을 수행하게 된다. 그 중에서 대표적인 것이 바로 '모범부락'의 선정이다.

모범부락은 1920년을 전후하여 일본의 모범 부락·우량부락을 모방하여 사상선도·지방개량 등을 목적으로 등장, 총독부는 이런 모범부락 혹은 단체 중 '지방의 교화에 공헌하여 성적이 우수해 일반 농촌의 모범이 될 만한 곳에 1927년부터 보조금을 지급하여 촌락, 또는 단체의 발달을 장려하고 있었다.[11] 이러한 '모범부락'의 일본 측 모델은 제 I 기 〈 I -8-13〉 「이나하시 마을의 미풍(稻橋村の美風)」에서 제시되고 있으며, 1920년대 조선에서 본격적인 실시를 거쳐 1930년대 전국의 모범부락이 257개에 달하게 되는 시기인 제III기 〈III-8-25〉 「납세미담(納稅美談)」 등에 '모범부락'이라는 이름으로 실제로 제시되고 있다.

이는 관의 선전, 장려만으로 농민의 근로의식을 고취할 수 없는 실정을 타계하고자 산업진흥·미풍양속의 유치쇄신·생활개선·근검저축 등을

11) 김영희(2003), 『일제시대 농촌통제정책 연구』, 경인출판사, pp.47~48참조

목적으로 부락개량조합이 개설되면서 본격적인 활동을 펼친다. 이러한 시기적인 영향 아래 1920년대의 II기교과서에서는 I기보다 자세히 일본의 농법을 설명하고 있으며, 조합을 통한 근로주의와 저축 등 생활 전반에 걸친 개선을 실업교육의 주된 방향으로 삼고 있음을 알 수 있다.

〈II-4-8〉「일 잘하는 사람(よくは   〈II-8-2〉「일요일(日曜日)」
　　　　　 たらく人)」

위의 이 두 삽화는 근로와 노동을 강조한 대표적인 단원이다. 〈II-4-8〉「일 잘하는 사람(よくはたらく人)」은 시종일관 노동의 가치와 즐거움을 칭송하고 있다.

　제 팔을 보세요. 구부리면 볼록하게 솟아오릅니다. 손가락 관절은 딱딱하게 굳어 있습니다. 저는 이 손으로 괭이를 쥐고 논을 경작합니다. 낫을 들고 풀을 뱁니다. 제 다리를 보십시오. 장딴지에는 근육이 불거져 나와 탄탄합니다. 길을 걸어도 조금도 힘들지 않습니다. 저는 이 다리로 높은 언덕에 지게를 지고 올라갑니다. 소를 끌고 먼 밭에 갑니다. 제 얼굴을 보세요. 햇볕에 그을려 새까맣게 되었습니다. 저는 여름에도 겨울에도 밖에 나가 일을 합니다. 아침부터 밤까지 일합니다. 그 날의 땀을 닦고 저녁을 먹는 맛은 각별합니다. 〈II-4-8〉「일 잘하는 사람(よくはたらく人)」

인용문을 보면 알 수 있듯이 팔의 알통과 장딴지 근육, 그리고 아침, 저녁 쉬지 않고 밭일을 해 검게 그을린 얼굴을 자랑삼아 말하며 노동의 기쁨을 표현하며 밭을 가는 조선인 남성의 삽화를 넣어 노동하는 모습을 미화시켜 서사하고 있다. 또한 〈II-8-2〉「일요일(日曜日)」에서는 일요일에도 쉬지 않고 지게를 지고 일하는 어린 복동의 모습을 삽화로 제시하고, 어린이도 노동에 힘써야 할 것을 강조하고 있다.

지금까지 II기 교과서를 통해, 1910년대에 실시한 일본의 신품종 등 농업개량을 바탕으로 일본의 우월성을 아동들에게 심어주었다면 1920년대에 이르러 산미증식계획을 세운 일제가 아동들에게 노동하는 인간상을 창출하는 교육에 힘썼음을 살펴 볼 수 있었다. 그러나 불행하게도 당시 조선에서는 혹독한 농민 수탈과 과대한 소작세로 인한 부채로 인해 농촌의 황폐화가 급속도로 진행된다.

4. 순종하는 인간형 창출을 위한 III기

1929년에 시작된 '세계경제공황'은 일본 뿐 아니라 조선에도 심각한 농업 공황을 가져와 농민생활은 점점 피폐해져간다. 1930년에는 쌀값이 그 전년에 비해 44%나 폭락, 그 밖에도 면화, 고치 등 모든 농산물 하락으로 이어졌다. 일본에 대량으로 이입되던 조선 쌀은 일본의 쌀값을 안정시켜 일시적으로 일본자본주의 활성화에 공헌하기도 했으나 한편으로는 일본의 쌀값 하락을 촉진시켜 일본 농업을 압박하는 현상이 일어나게 되자 일본 지주와 농민의 저항으로 1930년대 초부터 조선 쌀의 일본 유입이 제한되기에 이른다. 경제공황, 쌀값하락, 조선 쌀의 일본이출제한 등으로 말미암아 10년 동안 실시되어 온 산미증식계획이 1934년에 불가피하게 중단된다.[12) 이렇게 일제에 의한 혹독한 농민수탈과 농업공황으로 조선의 농촌이 해체되고 공황으로 인해 심각한 위기에 봉착한 일본자본주의는 위기를 타개하기 위해 중국침략을 감행하기에 이른다. 1931년 만주사변을 계기로 대륙 침략을 개시한 일제는 조선을 병참기지화하여 침략전쟁 수행을 위한 식량과 광물 등 자원 약탈을 더욱 강화하고 전시 강제노동으로 노동력 착취의 강화 뿐 아니라 금속·화학 등의 군수공업을 육성하였고 또한 전략 물자와 인력운송을 위해 철도, 항만 등의 교통운수시설을 확충한다.

한편 1931년 6월 조선총독으로 부임한 우가키 가즈시게(宇垣一成)는 1920년대의 문화정치의 파행을 직시하고 농촌쟁의와 소작쟁의 등 민중운동을 막기 위해 농촌의 '소부르주아' 창출을 제시한다.

> 금일 전기공업시대에 들어 동력을 각지에 분산하기 용이해짐에 따라 각 지방의 분업적 공업의 발흥기운이 높아지고 농공혼육의 현상을 보이기에 이른다. 따라서 소부르주아를 생성시킴으로써 계급투쟁 같은 것을 파할 수 있으리란 예상이다. 조선에서도 지주와 소작인간의 조화를 이루고 자작농을 창설하고 각 지방에 부업적 소공업을 수력발전의 동력으로 진흥시킬 때 당면한 사회적 문제가 대체적으로 해결되어지리라 여겨진다.[13)

그는 조선인들에게 농촌의 소공업 및 겸업장려 등에 의한 소부르주아 창출의 꿈을 심어주어 농민 봉기를 불식시키고 실제로 남면북양, 조선 공업화 및 농촌진흥운동의 형태로 실행해 옮겼다.

---

12) 김옥근(1994), 『日帝下朝鮮財政史論攷』, 일조각, p.149
13) 김인호(2000), 『식민지 조선경제의 종말』, 신서원, p.54 재인용

이러한 시대적인 상황에서 『國語讀本』 Ⅲ기에는 소부르주아 창출의 희망과 함께 광업, 임업, 수산업, 공업 등에 대해 소개하고 있으며, 서술방식은 조선총독부의 통치로 인해 조선의 경제가 발전하고 있으며 조선의 노동자들은 이러한 발전에 박차를 가하기 위해 더더욱 노동에 힘써야 할 것을 계속하여 강조하면서 일제의 정책에 순종하는 인간형 창출의 의도를 드러내고 있다. 이러한 특징을 띤 Ⅲ기 『國語讀本』의 실업관련 단원을 〈표 3〉에서 살펴보겠다.

〈표 3〉 Ⅲ기에 제시된 실업 관련 단원[14]

기수·권·과	제 목	내 용	삽 화
Ⅲ-2-4	잡화점(ザッカヤ)	이웃에 있는 잡화점을 소개	잡화점에 한복입은 女
Ⅲ-2-5	물건사기(カイモノ)	물건 사는 법을 자세히 설명	물건사는 모습
Ⅲ-3-9	송충이(松ケムシ)	송충이를 잡아 소나무 보호	송충이를 잡는 父子
Ⅲ-3-11	일손돕기(お手つだい)	밭일을 하는 어머니와 누이를 도움	한복을 입은 여성과 아이가 일하는 모습
Ⅲ-5-3	대장장이(カジ屋サン)	대장간에서 작업하는 모습	분업해 일하는 모습
Ⅲ-5-13	누에(かいこ)	누에가 뽕잎을 먹는 과정	일하는 삽화
Ⅲ-5-17	흙을 나르는 사람(土を運ぶ人)	인부가 흙을 마차에 옮김	인부와 마차, 아이
Ⅲ-6-5	과수원(りんご園)	사과 과수원에 대해 설명	사과가 열린 나무
Ⅲ-6-9	조선 쌀(朝鮮米)	전라북도 출신의 쌀이 의인화	항구 가득한 쌀가마
Ⅲ-7-4	세금(税)	납입기간 준수와 세금의 종류	
Ⅲ-7-22	벼의명충(稲の螟虫)	조선에서 발생하는 벼의 명충	벼 명충의 그림
Ⅲ-7-24	금융조합과 계(金融組合と契)	조합의 하는 일과 조합원의 조건 등이 설명	
Ⅲ-8-25	납세미담(納税美談)	납세모범부락 이야기	
Ⅲ-8-26	조선의 농업(朝鮮の農業)	총독부가 농업개량 발달에 힘써 조선이 황금물결이 됨	

III-9-14	조선의 무역(朝鮮の貿易)	조선의 무역을 설명.	그래프로 성장 제시
III-9-15	주안의 염전(朱安の鹽田)	천일염전의 구조를 설명하며 천일염 생산방식 등을 가르침.	한복차림의 노동자들
III-9-17	가다랑어 잡이(鰹つり)	창가로 아이가 가다랑어잡이가 되기를 기대하는 내용	가다랑어잡이의 모습
III-9-21	조선의 광업(朝鮮の鑛業)	조선의 광물의 종류와 내지로 수출하는 양을 설명	금채취선의 모습
III-10-4	노동의 빛(勞働の光)	개량농법을 잘 시행한 부락	
III-10-5	저금(貯金)	저금의 중요성과 통장 관리	
III-10-6	농업실습생의 편지(農業實習生の手紙)	가족의 노동이 농가 제일의 자본이며 농사개량에 힘씀	
III-10-18	청어그물(鰊網)	쉬지 않고 작업하는 어부들의 노고를 설명	그물로 청어를 잡는 풍경
III-10-19	조선의 임업(朝鮮の林業)	총독부의 보호와 노력으로 임업이 발달했다고 설명함.	울창하고 키 높은 나무숲
III-11-17	조선의 수산업(朝鮮の水産業)	조선해의 해류와 조업량, 물고기의 종류 등이 설명	바닷가 가득 찬 어선과 어선 안 물고기
III-11-19	대구의 약령시(大邱の藥令市)	전국의 한약상이 모인 대구의 약령시 설명	시장의 풍경
III-12-20	제지공장을 보다(製紙工場を見る)	제지공장 기계와 내부 모습 등을 상세히 기술	윤전기 같은 큰 기계
III-12-22	조선의 공업朝鮮の工業	조선총독부는 공업교육기관을 설치해 지식을 전수했다는 설명	조선의 주요 공장 분포도 지도

〈표 3〉을 보면 알 수 있듯이 III기의 두드러진 특징은 국민의 의무로 납세의 의무를 강조하는 것이다. 대표적인 단원인 〈III-8-25〉「납세미담」

---

14) II기와 III기의 몇몇 중복되는 부분인 〈II-3-22, III-4-4〉「오일할아범(五一じいさん)」, 〈II-4-7, III-4-8〉「논(田)」, 〈II-4-23, III-4-21〉「전신주 수리공(でんしん工夫)」, 〈II-5-7, III-9-13〉「양잠(蠶)」, 〈II-5-18, III-5-23〉「사람의 힘(人の力)」, 〈II-7-8, III-7-19〉「조선의 소(朝鮮牛)」, 〈II-7-9, III-7-20〉「소를 살 때까지(牛を買ふまで)」, 〈II-8-21, III-8-16〉「신포의 명태어장(新浦の明太漁場)」 이상 8개 단원은 II기에 이어 근면과 농업을 강조하는 부분으로 이 표에서는 언급하지 않기로 함.

에서는 춘식을 비롯한 아동들을 세금을 내는 주체로 내세워 훌륭한 국민 상의 모습으로 미화하고 있다. 그러나 7~8세의 어린 아동에게까지 직접 나서서 근로정책이나 저축장려운동을 실천하라고 가르친 실업교육에서 당시 얼마나 가혹한 착취[15]를 했는지 유추해 볼 수 있는 대목이기도 하다.

> 납기가 가까워짐에 따라 춘식(春植)이 아버지의 얼굴에는 근심의 빛이 늘어갔다. 찾아오는 마을의 사람들도 힘이 없었다. 이 일신동(一新洞)은 40 가구 남짓 모든 집이 간신히 소작으로 근근이 생활을 이어가는 가난한 부락이었다. 그래서 납세의 실적은 도달하기 어려워 납기 때마다 면에서 5~6회 독촉하지 않을 때가 없었다. 춘식은 이러한 형편에 어린 마음이 상했다. 아버지를 시작으로 마을 사람들이 세금을 밀리지 않고 납부할 수 있는 좋은 궁리가 없을까 밤낮으로 고심했다. 어느 날 드디어 결의를 다진 춘식은 부락의 어린이들을 빠짐없이 모았다. 그리고 "납기일이 다 가온 이맘때쯤 우리들의 부모께서는 얼마나 걱정하고 계시겠어. 납세는 국민의 중요한 의무로, 그것을 소홀히 하는 것은 국민으로써 이보다 더한 수치는 없을 거야. 한번 서로 힘을 모아 부모님들을 돕고 납세의 의무를 훌륭히 다하도록 해봐야하지 않겠어?"하고 상담했다. (중략) 그래서 일신 동의 30여명의 소년들은 춘식을 회장으로 받들고 아동납세신흥회를 만들었다. 당시 회장 춘식은 16세였으며 회원 가운데에는 7~8세의 아이도 있었다. 〈Ⅲ-8-25〉「납세미담(納稅美談)」

---

15) 식민지 공업화가 진행되면서 1930년대에 나타나는 노동력 구성의 특징 가운데 하나는 유년노동자의 수가 크게 늘었다는 것이다. 당시 유년 노동자가 늘어난 이유로는 첫째, 대공황 때 일제의 '산업합리화'정책으로 임금이 싼 유년노동자를 이용했기 때문이다. 특히 방직공장을 중심으로 기계화된 분야에서 많이 고용했다. 둘째, 1930년대 일본 독점 자본이 조선에 들어옴에 따라 기계제 대공업이 뿌리를 내리기 시작했기 때문이다. 자본가들은 유년 노동자를 고용하여 저임금 구조를 유지시키는 밑바탕을 마련했으며, 자신의 노동통제정책을 쉽게 관철시킬 수 있는 지렛대로 삼았다. (강만길 외 (2004), 『일본과 서구의 식민지 통치 비교』, 선인, pp.373~374)

이렇게 〈아동납세신흥회〉를 조직한, 괭이와 낫도 든 적이 없던 어린 아이들은 산에 올라 땔감을 구하고 논밭에 나가 농사를 돕는 등 열심히 일을 한다. 아이들의 노동의 결실은 3년 후부터 효과를 보고 드디어 납세를 완납하기에 이른다. 마을은 이후에 아침 일찍부터 밤늦도록 노동하는 미풍이 몸에 베어 가난하던 마을은 풍족하게 되었다. 그리고 일신동이 납세모범부락으로 선정되었다는 훈훈한 이야기로 서사하고 있다.

이 '납세미담'을 자세히 들여다보면 앞서 기술했던 우가키 조선총독이 민심을 잡기 위해 주장한 '소부르주아'창출의 의도가 여실히 드러내고 있음을 알 수 있다. 1930년대의 이러한 '소부르주아'창출이라는 허상의 꿈을 제시하는 것과 함께 일제는 어린 아동들에게 근로와 저축주의, 납세의 의무를 다하면 삶의 질을 높일 수 있다는 일방적인 희망을 심어주며 순종하는 인간형 창출을 시도하는 암시적 장치로 볼 수 있을 것이다.

또한 이러한 납세를 위해 일제는 금융조합 등을 통한 저축을 강조하고 있는데『國語讀本』의 서사에서는 모두 성공하여 마을과 국가를 위해 이바지하는 모습으로 미화하여 선전하고 있지만 1930년대 후반부터 조선민중에 대한 강제 저축이 다양한 형태로 이루어졌다. 조선총독부는 물가 억제와 군수생산력 증강에 소요되는 자금을 구하기 위해 저축을 강조했으며 1938년부터 '저축장려위원회'를 조직하여 강제저축을 본격화했다.[16] 강제저축을 통해 공장에서는 임금을 인하하고, 노동이동을 방지하는데 일정한 효과를 거두었다.[17]

또, 일제하의 자금흐름은 재정·금융·기업 등 크게 세 부분을 매개로 이루어졌다. 흔히 식민지 개화론의 근거로 제시되는 대표적인 논리로서 일제가 조선에 상당한 자금을 투여했기 때문에 한국의 발전에 기여했다는

---

16) 차기벽(1985), 『일제의 한국 식민통치』, 정음사, p.246
17) 곽건홍(2001), 『일제의 노동정책과 조선노동자』, 신서원, p.297

주장을 들 수 있다. 이러한 일제의 주장은 〈Ⅲ-9-21〉「조선의 광업」, 〈Ⅲ-10-19〉「조선의 임업」, 〈Ⅲ-11-17〉「조선의 수산업」, 〈Ⅲ-12-22〉「조선의 공업」에서 "조선이 발전하게 된 것은 조선총독부가 많은 자금을 투자했기 때문"이라는 유사한 서사를 되풀이하고 있다.

그렇지만 이 시기 조선의 공업화는 전쟁경제와 일본경제의 보완을 위해 만들어진 것이었고 조선인이 주체적으로 나서서 '공업화'를 추진하지 못한 상황이었기에 일본의 필요에 따라 침략 전쟁에 나서서 부를 축적할 수밖에 없었다. 따라서 외관상 그럴듯하게 공업이 양적으로 팽창하고는 있었지만, 한쪽에서는 격렬한 배급통제·소비제한·소비금지 등이 자행되어 대부분의 조선인들은 생존권 아래의 매우 고달픈 일상생활을 해야 했고, 그 과정에서 자본의 국내적 순환을 촉진하는 내부시장이나 공산품의 내부 소화능력은 완전히 붕괴되고 말았다.[18]

실제로 패전될 때까지 일본에서 조선으로 유입된 자금은 총 60~70여억 엔이나 되었다. 그러나 일본으로-일본인(관리)에게 유출된 자금은 거시적으로 드러난 통계만 재구성하더라도 300여억 엔이 넘었고 물자유출분 140여억 엔을 합하면 인력수탈이나 통계에서 검출하지 못한 부문을 제외하더라도 총 440여억 엔이 넘어 유입 자금의 6.3~7.4배나 되었다. 결국 식민지 전 기간의 추정 GDP 550여억 엔의 80%이상이 고스란히 유출, 또는 파괴된 셈이었다.[19]

이처럼 일제가 진행해온 실업교육을 바탕으로 한 식민지경제형 인간상은 실제 조선의 경제 상황을 통해 검증해 보면 마치 해피엔딩으로만 끝나는 동화와 같은 허구성을 지니고 있음을 확인 할 수 있었다. 그리고 Ⅲ기의 실업교육 목표는 1920년대 산미증식계획에 반발하는 조선인들을 포섭

---

18) 김인호, 전게서, p.79
19) 정태헌(1996), 『일제의 경제정책과 조선사회』, 역사비평사, p.25

하기 위해 '소부르주아' 창출을 조장한 우가키 총독의 경제정책 아래 어린 아동들에게까지 일제의 정책에 순응하고 순종하는 자만이 삶의 질을 높일 수 있다는 암시를 하고 있음을 알 수 있었다.

5. 황국산업전사 창출을 위한 Ⅳ, Ⅴ기

일제는 1937년 중일전쟁을 목전에 두고 식민지 조선을 인적·물적인 전쟁 자원의 기지로 삼고 전시 총동원체제를 구축하기에 이른다. 이 시기에 일제는 조선인들을 戰場으로 내몰기 위해 '내선일체(内鮮一體)'를 구체화하며 소위 말하는 민족말살정책을 단행한다.

당시 물적 자원의 수탈을 차치하고 인적자원의 경우만 보더라도 어린이와 노약자를 제외한 전 조선인을 대상으로 하여 일본·남방·사할린에 강제 동원된 노동력만 73만여 명, 군인·군속 37만여 명, 군위안부 10~20만여 명이 동원되었다. 동시에 일제는 조선어 사용금지·신사참배·황국서사·황국요배 등을 통하여 정신적 동화를 획책하였으며 창씨개명을 단행하였다. 일본어 습득과 황국정신 함양, 실업교육과 체육단련을 목적으로 하여 소학교를 확충하고 교과서 내용을 개편하는 교육개혁을 단행하였으며, 심지어 조선인과 일본인의 결혼장려책이라는 미명하에 혼혈 정책까지도 추진하였다.[20]

이러한 황민화정책의 목표는 징병을 통해 조선민중을 전장으로 동원하는 것이었다. 중일전쟁 이후 1938년 2월 조선에서 실시한 '지원병제도'의 목표는 "조선 민족이 가급적 빨리 皇國臣民으로서 천황을 도울 정신적 존

---

20) 강창일(1995), 『일제식민지정책연구논문집』중에서 「일제의 조선지배정책과 군사동원」, 광복50주년기념사업위원회, 학술진흥재단, p.137

재가 되는 것"이었다. 또한 일본은 1941년 12월 태평양전쟁을 도발하고, 조선인의 황민화 정도를 판가름할 겨를도 없이 '징병제' 실시를 위해 '호적 정비, 징병에 대한 계발·선전, 조선인 鍊成[21] 일본어 보급'을 강도 높게 추진했다. 그리고 이 시기 노동통제이데올로기는 '皇國勞動觀-國家主義 的 勞動觀'으로 표현되었다. 皇國勞動觀이란 바로 황국신민화였으며 이를 바탕으로 전쟁터, 공장, 광산에서 국가에 '봉사'하는 것으로 노동통제 이데올로기의 요체였다. '노동'은 수단이 아니라 목적이고 신성하며 노동의 신성함은 곧 국가에 봉사하기 때문이라고 규정했다. 이러한 노동통제 이데올로기는 공장, 광산의 군대화를 가져와 노동자를 '황국산업전사'로 개조해 전쟁물자를 증산하려는 의도를 지니고 있었다.[22]

이러한 시대적 소용돌이 속에서 일제는 1938년 제3차 조선교육령을 공포하였다. 그것은 물론 중일전쟁에 필요한 인적, 물적 공급을 위한 조치였다. 그리고 1941년 일제는 미국과 영국에 선전포고를 하며 태평양전쟁을 유발하기에 이른다. 태평양전쟁으로 인해 전시체제에 돌입한 일제는 1941년 4월 1일에는 한국에서의 교육을 폐지하는 것과 다름없는 제4차 조선교육령을 공포한다.[23] 이에 따른 IV, V기 『初等國語讀本』은 교육을 위한 교과서라기보다는 황국신민화를 위한 내선일체 사상 주입식 교육을 지향하고 있다. 따라서 I기~III기까지 정책에 따라 실업교육의 방향을 조금씩 바꾸면서도 상당 부분을 차지하고 있던 실업교육의 비중도 많이 줄어든 것을 알 수 있다.

---

21) 鍊成이라는 용어는 '皇國臣民으로서의 자질을 鍊磨育成하는 것'을 뜻하며 1935년 文部省 문서에서 처음 사용했다. 이것은 종래의 교육에 대한 비판, 革新원리를 내포하는 것으로 文部省이 새롭게 만든 말이었다.

22) 곽건홍(2001), 『日帝의 勞動政策과 朝鮮勞動者』, 신서원, pp.218~220

23) 홍덕창(1997), 「해방이후의 실업교육에 관한 연구(1949~1960)-5·16 이전까지의 실업교육의 발전을 중심으로」, 『총신대논총』 vol.16, p.18

〈표 4〉 IV, V 기에 제시된 실업 관련 단원

기수-권-과	제 목	내 용	삽 화
IV-2-3 V-1-4	벼 베기(イネカリ)	가족들이 벼 베는 풍경	벼 베는 가족들, 학교에서 본 논
IV-2-14	물건사기(カイモノ)	물건을 사고파는 회화	
IV-3-23	일전 저금(一錢チョキン)	일해서 받은 1전을 저축, 작은 돈이라도 저축하는 습관	가족들과 얘기하는 여자 아이
IV-6-4	조선 쌀(朝鮮米)	일본 수출용 쌀의 의인화	농촌 풍경
IV-6-9 V-6-5	정어리잡기 (いわしりりょう)	정어리 잡는 모습과 쓰임	그물에 꽉 찬 정어리
V-2-13	석탄(石炭)	석탄이 만들어지는 과정	숲과 화석
V-4-2	벼 이삭(稲の穂)	일본쌀의 우수성	농사짓는 사진
V-4-6	귤(みかん)	귤 재배에 대해 설명	귤 농장
V-4-9	남양(南洋)	일본의 지배권에 놓인 남양에대한 설명	일장기가 걸린 남양군도의 사진
V-5-10	모내기 무렵(苗代のころ)	못자리 만드는 과정 설명	소를 이용한 그림
V-6-22	이른 봄의 만주(早春の満州)	만주의 이른 봄의 풍경 농부들이 일을 시작함	만주의 풍경
V-7-11	감자 캐기(いもほり)	부지런히 감자 캐는 풍경	감자 캐는 가족들
V-7-12	나의 망아지(ぼくの子馬)	망아지를 길러 군용말로 판매	들판의 망아지
V-9-14	기타치시마 어장 (北千島の漁場)	홋가이도에 있는 지시마(千島)에 대한 설명	
V-9-15	자바 풍경(ジャワ風景)	인도네시아 자바 섬의 풍경	자바에서 나는 열매
V-10-5	탄광을 보다(炭坑をみる)	탄광에서 일하는 인부들의 일상을 설명함	인부들의 인사하는 모습, 일하는 모습

〈표 4〉에서 보듯이 IV, V기 교과서에서 실업에 관련한 과목은 이전 시기에 비해 상당 부분 축소되었으며, 만주, 지시마열도, 인도네시아 자바섬, 남양군도 등 일본이 새로 개척한 지역에 관한 설명이 주를 이루고 있으며 이 새로운 식민지에서 펄럭이는 일장기를 내세워 일본과 내선일체를 이룬

조선아동들에게 일본인으로써의 자긍심을 고취시키려는 의도가 숨어 있음을 알 수 있다. 이 시기 가장 대표적인 실업교육 성향을 알 수 있는 부분이 바로 〈Ⅴ-7-12〉「나의 망아지(ぼくの子馬)」부분이다.

> 망아지의 이름은 북두(北斗)로 정했습니다. 일주일정도 지나 말 모자를 마구간 밖으로 내모니 북두는 겁에 질린 듯한 눈으로 처음 접한 세계를 매우 신기한 듯 바라보았습니다. 큰 개 정도의 크기로 다리는 바보처럼 가늘고 길게 보입니다. (중략) 어느덧 북두는 젖을 떼게 되었습니다. 몸의 손질을 하고 운동을 시키는 등 나의 일이 늘어 바빠진 것은 그 무렵부터입니다. 그러나 그 만큼 북두를 예뻐하는 마음도 더욱 깊어져 갔습니다. 추운 겨울날에도 하루에 한번 씩은 반드시 북두를 데리고 운동을 나섰습니다. (중략) 1년 반 동안 공들여 키운 북두와 함께 있는 것도 이제 얼마 남지 않았다고 생각하면 나는 눈물이 날 만큼 괴롭습니다. 그렇지만 북두는 반드시 군마로 팔릴 것이 틀림없습니다. 그리고 훌륭한 승마용 말이 되어 군인을 태우고 당당히 걷겠지요. 그 용맹스러운 모습을 떠올리면 나는 북두를 위해서 기뻐해 주고 싶습니다.
>
> 〈Ⅴ-7-12〉「나의 망아지(ぼくの子馬)」

이전 시기의 실업교육에서 부업으로써 가축 등의 사육을 권장하는데 그쳤다면, 전시체제에 들어선 Ⅴ기 『國語讀本』은 이러한 실업에 관한 단원조차도 전쟁과 연결 지어 직접 전장에 나가지 않더라도 후방에서 전쟁터에 공급할 군마를 기르는 아동을 황국신민의 바른 모범 사례로 제시함으로써 총 뒤의 전사 창출을 위한 교과서임을 여실히 보여주고 있다.

또한 Ⅳ,Ⅴ기 교과서는 전반적인 내용이 일본의 외국침략의 역사적 당위성과 내선일체에 초점을 맞추고 전쟁을 미화하는 내용들로 일관하고 있어 일본어 교과서라기보다는 오히려 사상교과서라고 보아도 손색이 없을 정도이다. 따라서 내선일체 사상을 주입하기 위한 IV, V기 교과서는 아직 전장에 나가지 않은 조선 아동들을 언제든지 전장에 나갈 수 있는 예비전 사로 양성하였고, 교육에서는 학생 근로동원을 통해 전시노동력 보완을 위한 노동력 착취로 변질되어 갔다.[24] 1938년 이후 학생들을 동원한 근로 노동력 착취는 제3차 조선교육령 개정이후 정책뿐만 아니라 교육현장도 전쟁과 결부되어 가고 있음을 총독부 반포를 통해서도 확인할 수 있다.

이 가운데 국민정신총동원운동은 중일전쟁 발발을 계기로 1937년 10월 일본 본토에서 시작된 관제운동으로 조선총독부가 1938년 7월 7일 국민총 동원조선연맹을 발족시켜 핵심적인 활동 가운데 근로보국운동을 전개해 조선에서도 실행되었다. 이러한 학교에서의 근로보국운동은 1938년 6월 11일 정무통감 통첩으로 하달된 〈학생생도의 근로봉사 작업실시에 관한 건〉으로 민간부문보다 빨리 시작되었다. 시오바라 도키자부로(鹽原時三郎)학무국장은 학교 근로보국대를 조직하도록 요강을 발표하면서 학교근 로보국대의 목적 및 의의를,

학생생도로 하여금 엄격한 규율 통제 하에서 공익에 관한 집단노동을 함 으로써 근육노동에 대한 존중의 념(念)을 함양함과 동시에 인고지구(忍

---

24) 1938년 조선교육령 개정을 전후하여 조선총독부는 조선육군지원령의 공포(2938.2), 국가동원법의 적용(1938.5), 학생근로보국대 실시요항의 발표(1938.6), 국민정신총동 원 조선연맹의 창설(1938.7), 조선학생정신연맹의 결성(1939.7), 국민징용령의 실시 (1939.10), 학도정신대의 조직(1941.3), 국민학교규정 공포(1941.3), 학교총력대의 결성 (1941.9), 조선청년특별연성령의 공포(1942.10), 보국정신대의 조직(1943.1.17)등을 추 진하였다. 학도군사교육요강 및 학도동원비상조치요강의 발표(1944.3.18), 학도동원 체제 정비에 관한 훈령의 공포(1944.4), 학도동원본부규정의 공포(1944.4.28), 학도근 로령의 공포(1944.8.23) 및 시행규칙의 제정(1944.10.30), 긴급학도근로동원방책요강 의 시달(1945.1.18), 학도군사교육강화요강의 시달(1945.2.4), 결전비상조치요강에 근 거한 학도동원실시요강의 시달(1945.3.7), 결전조치교육요강의 시달(1945.3), 전시교 육령의 공포(1945.5.22)등을 추진하였다. (정재철(1985), 『일제의 대한식민지교육정책 사』, 일지사, pp.413~415, 463~464 참조)

苦持久)의 체력을 연마하여 애국봉사의 정신을 실천으로 체득시킴으로써 국가경제에 기여함과 동시에 강건한 황국신민을 육성하고자 한다. (중략) 이러한 집단적 노동운동은 국민의 자각운동, 교화 내지 교육활동으로서 큰 의의를 지닌다.[25]

고 말하고 있다. 그러나 일제는 이러한 학교근로보국대 조직을 통해 학생들의 노동력을 통제하기 시작하였으며 전시 막바지에 다다른 1944년부터는 학교수업을 중지하고 모든 학생들을 식량증산, 군수생산 등 황국산업전사로 양성했다.

3학년 2학기에 학교수업이 반으로 줄었다. 오전반 수업을 하고 각 학과마다 해당하는 분야의 군수품을 생산하는 것이다. 전기과인 나와 우리학급은 군수용 건전지와 건진지용 야전등을 생산했다. (중략) 1944년 1학기에 '학도군사동원령'이 발포되어 고등학교, 전문학교 학생은 학도병이 아니면 근로동원으로 나가버리고 학교는 사실상 문을 닫은 거나 다름없게 되었다. (중략) 특별한 기술이 없는 인문계 중학생들은 비행장 닦기, 도로공사, 군수화물 나르기, 방공호 파기, 소개할 건물·주택 부수기, 군복세탁 등에 동원되었다. 우리학교 학생들은 전공에 따라 총포탄 생산, 비행기 제조, 토목설계, 군수 주물공장, 화학공장 등으로 흩어졌다.[26]

인용문은 1942년부터 1945년 해방까지 경성공업보통학교에 다녔던 이영희의 회고기록이다. 인용문에서 볼 수 있듯이 식민지 말기의 실업교육은 직접 전장에 나가지 못하는 학생들을 황국산업전사라는 타이틀 아래 전쟁을 위한 물자공급을 원활히 하기 위한 생산 활동에 중점을 두고 있었

25) 鹽原時三郎, 「學生生徒の愛国労働奉仕作業実施」, 『文教の朝鮮』1938년 7월호, pp.89~94
26) 이영희(1988), 『역정-나의 청년시대』, 창작과비평사, pp.79~81참조.

음을 알 수 있다.

6. 제국의 이상형 인간像 창출

지금까지 시대에 따라 조선에 대한 일본의 식민지 정책이 달라지면서 함께 변화의 길을 걸어온 일제의 실업교육을, 일본어 교과서인『普通學校 國語讀本』을 통해 고찰해 보았다. 일제는 한일합방 직후인 Ⅰ기교과서 (1910년대)에서는 揷畵 등을 통해 일제의 우월함을 알려 조선의 아동으로 하여금 식민지적 인간형 창출을 위한 裝置를 설치했음을 알 수 있었다. 그리고 이어서 산미증식정책을 펼친 1920년대의 Ⅱ기『國語讀本』에서는 실업 중에서도 농업중심으로 한 근면, 절약하는 인간형 창출을 교육정책 에 내세운다. 이어서 Ⅲ기에 들어서면서 시작된 농공병진정책의 영향으로 농업을 비롯한 광업, 임업, 수산업, 공업 등의 분야를 강조하여, '소부르주 아' 육성을 시작하는데, 이러한 농공병진정책은 조선개발을 중심으로 장 기적인 입장에서 총력전체제를 구축하려는 정치적 목적을 띠고 있었다. 이후 본격적인 전시기인 Ⅳ,Ⅴ기의 일본어교과서『國語讀本』은 백지의 영 혼에 순수한 아동을 육성해야 하는 교육의 기능을 상실하고, 예비전사인 아동에게 이데올로기를 주입하여 전장으로 내몰기 위한 선전 도구로 전락 하고 만다. 이 시기의 아동들은 비록 전쟁터에 나가지 않지만 후방에서 노동력 동원을 통해 군수물자를 만들어내는 황국산업전사와 예비전사로 육성되고 있었다.

지금까지 고찰해 본 결과 이러한 총독부의 경제 통제 하에서 제Ⅰ기부 터 Ⅴ기까지『國語讀本』에 나타난 일제의 실업교육이 '식민지경제형 인간 만들기' 프로젝트로 진행된 교육이었음을 알 수 있었다.

일제는 아동 교육에서부터 반복적으로 소처럼 부지런히 일하는 근로주의를 강조해 노동력 착취를 정당화했다. 또 어린 아동들에게 노동을 통해 금융조합에 저축하기만 하면 부를 가져다준다는 해피엔딩 식의 童話를 반복적으로 들려줌으로써 1930년 말 강제 저축을 통한 경제 통제를 가능하게 하였다. 또한 일본의 거대 자본 유입을 통해 비약적으로 성장했다고 주장한 조선의 산업화는 실제로는 납세의 의무화를 내세워 착취의 형태를 드러냈고, 농업을 지배하기 위해 농촌사회에 자본주의화가 전개되면서 오히려 지주제가 강화되고, 금융조합을 통한 판매 사업은 독점자본의 수탈로 이어져 현실적으로는 농민들을 착취하는 총독부 정책의 기구로 전락한 것을 알 수 있다.

일본은 이러한 자신들의 식민지 정책을 정당화하고 조선인의 반발을 최소화하기 위해 어린 아동들에게 실업교육이라는 명분으로 교과서에서부터 당연히 찾아야할 권리는 버리고 밤낮없이 노동하고 저축을 하면 '소부르주아'가 되어 국가와 지역, 부모를 위한 길이라고 미화하였으나, 실제로는 저임금의 충량한 노동자를 양성하는 식민지경제형 인간상을 만들기 위한 동화정책에 지나지 않았다.

따라서 일제의 실업교육 하에 만들어진 이러한 식민지경제형 인간은 올바른 가치관의 함양이나 인간성을 토대로 한 근대적인 인간상과는 다른 식민지 노동자로써의 자동화된 인간상이며 일제가 요구하는 이상적인 인간상이었음을 알 수 있다.

제4장 국가윤리와 전쟁

I. 제국 확대를 위한 '皇軍' 養成*

사희영 · 김순전

1. 序論

'國語'란 국민이 공통적으로 사용하는 언어를 의미하는 것으로, '國語教育'은 國語에 대한 의사소통 능력을 키워주는 것을 의미한다. 즉, '國語教育'은 그 나라 국민이 공통적으로 사용하는 언어에 의한 말하기 · 듣기 · 읽기 · 쓰기의 능력을 가르치는 것으로 생각할 수 있다. 그러나 한국 근대의 '國語教育'은 일제의 식민지라는 특수 상황아래 다른 양상을 보인다.

일제는 한국을 식민지화 한 이후 1911년 〈제1차 조선교육령〉을 공포하면서 한국어 대신 일본어를 '國語'자리에 배치하였다. 종속적인 식민지어로 전락한 한국어는 1938년 〈제3차 교육령〉과 국어전해(國語全解) 운동으로 인해 그 자리를 더욱 잃어갔고, 결국 일본어 常用化 정책으로 인해 교

---

* 이 글은 2011년 8월 高麗大學校 일본연구센터 『日本研究』(ISSN : 1598-4990) 제16집, pp.223~249에 실렸던 논문 「1940년대 '皇軍養成'을 위한 한일 『國語』교과서」를 수정 보완한 것임.

과목에서도 사라지고 만다. 그러므로 일제 식민지기의 '國語[1]'는 일본어를 뜻하므로, '國語敎育'은 '日本語敎育'을 의미한다.

그렇다면 일본에서나 조선에서나 '國語'로 명명되었던 일본어교육은 어떤 유사성(類似性)을 가지고 있을까?

이러한 식민지하 교육 연구에서 괄목할만한 교과서 연구로는 조선총독부에서 발간된 초등학교 수신서를 원문 및 번역 출판과 더불어 다양한 관점에서 접근한 김순전의 『제국의 식민지수신』을 들 수 있다.[2] 한편 국어교육에 관한 연구는 종적인 연구[3]에 머물러 〈國語〉 교과서에 대한 심층적 고찰 연구가 아쉬웠다. 더욱이 같은 시기에 발행되어 일본에서 사용된 일본의 문부성 발행 〈國語〉 교과서와 조선에서 사용된 조선 총독부 발행 〈國語〉 교과서에 관한 비교연구는 전혀 이루어져 있지 않다. 동시기에 일본과 조선에서 이뤄진 일본어 교육이 종주국과 식민지에서 어떠한 차이를 나타내고 있는지, 또 시행된 일본어교육의 내용과 목적을 보다 명확하게 파악하기 위해서는 두 교과서의 비교연구는 필요불가결하다고 사료된다.

따라서 본고에서는 당시 일본과 조선에서 사용된 〈國語〉 교과서 중에서, 일본이 총력전체제 강화의 일환으로 조선인을 동원하기 위해 식민지인 교육에 힘을 다했던 1940년대 〈國語〉 교과서를 텍스트로 선정하고자 한다. 이 시기는 다른 기수에 비해 공통단원이 가장 큰 비중을 차지하고 있음으로 일제가 의도한 교육의 목적을 보다 명확하게 파악할 수 있으리라 여겨지기 때문이다. 이 시기의 교과서에 나타난 동일단원이 차지하는 비율과 그 내용을 비교함으로서 일제 말 자국과 식민지에서 이뤄진 일본

---

1) 윤여탁(2006), 『국어교육 100년사II』, 서울대학교 출판부 pp.223~229 참조.
2) 김순전외 10인(2008), 『제국의 식민지수신』, 제이앤씨.
3) 이승구·박붕배공저(2001), 『한말 및 일제강점기의 교과서 목록 수집 조사』, 한국교과서 연구재단 변성희(1993), 「개화기와 일제강점기의 국어교육연구」, 경희대학교 교육대학원 석사논문.

어교육의 실상을 고찰하고자 한다. 텍스트는 조선총독부 발행 제Ⅴ기『ヨ
ミカタ』2권,『初等國語』8권과 일본 문부성 발행의 제Ⅴ기『ヨミカタ』
4권과『初等科國語』8권으로 하였다.

2. 1940년대 한일 〈國語〉의 단원 구성

조선총독부 편찬 제Ⅴ기 〈國語〉 교과서는 1942년부터 1944년에 걸쳐
발행되었으며 총 12권[4]으로 구성되어 있다.

일본 문부성 편찬 제Ⅴ기 〈國語〉 교과서는 1941년부터 1943년도에 걸
쳐 발행되었으며 총 16권[5]으로 구성되어 있다. 일본 〈國語〉 교과서가『コ
トバ ノ オケイコ』(一)~(四) 4권이 더 많은 것을 볼 수 있는데, 이는 각
단원의 목차가 같은 것으로 보아『よみかた』(一~四)의 보조적 자료로서
읽기에 말하기를 더하여 일본아동을 학습시켰음을 알 수 있다. 그러나 식
민지 조선에서는 말하기를 뺀 읽기 교과서만으로 활용하였는데, 이는 전
시하 물자부족[6]과 말하기 보다는 보고 듣고 이해하는 것에 역점을 둠으로
써 식민 지배에 순응하는 수동적인 조선인상을 목표로 한 일본어교육으로
보인다.

단원 구성을 살펴보면[7] 조선총독부 〈國語〉는 총 228단원[8]으로 구성되

---

4) 『よみかた』一年(上·下), 二年(上·下) 4권과『初等國語』三年~六年(上·下) 8권 등
   총 12권
5) 『コトバ ノ オケイコ』(一~四) 4권,『よみかた』(一~四) 4권,『初等科國語』(一~八) 8권
   등 총 16권
6) 태평양전쟁 시점에 연합군의 금수(禁輸)로 일본내 물자가 부족해지자 조선내에서
   생산력 확충이 실시되었고, 이로인해 조선내에서도 물자가 격심하게 부족하게 되자
   조선내에 중소기업의 휴폐업이 속출했는데 인쇄업 종이제조업 등도 포함되어 있었
   다. 한국민족운동사학회(2003),『1930년대 예술문화운동』, 국학자료원, p.206

어 있고, 문부성 〈國語〉는 총 255단원[9]으로 구성되어있다. 그중 공통된 단원은 총 155단원으로,[10] 전체 단원의 약 64%를 점유하고 있다.

〈표 1〉 조선총독부와 문부성 제Ⅴ기 〈國語〉의 동일단원[11]

K-V	一年(下) よみかた (1942)	二年(下) よみかた (1942)	三年(上) (1943)	三年(下) (1944)	四年(上) (1943)	四年(下) (1943)	五年(上) (1944)	五年(下) (1944)	六年(上) (1944)	六年(下) (1944)
J-V	よみかた (二)	よみかた (四)	初等科國語(一)	初等科國語(二)	初等科國語(三)	初等科國語(四)	初等科國語(五)	初等科國語(六)	初等科國語(七)	初等科國語(八)
1	山ノ上	富士山	天の岩屋	神の劍	朝の海べ	船は帆船よ	大八洲	明治神宮	御旗の影	玉のひびき
2	ウサギトカメ	早鳥	參宮だより	祭に招く	日本武尊	燕はどこへ行く	弟橘媛	水兵の母	永久王	ダバオへ
3	西ハタヤケ	かぐやひめ	光は空から	村祭	君が代少年	早春の滿洲	木曾の御料林	姿なき入城	御民われ	太平洋
4	ラジオノコトバ	支那の子ども	支那の春	軍旗	夏	大砲のできるまで	戰地の父稲から	むらの火	敬語の使ひ方	孔子と顔回
5	花サカヂヂイ	おひな様	おたまじゃくし	田道間守	靖國神社	觀艦式	ことばと文字	病院船	見わたせば	奈良の四季
6	日本のしるし	北風と南風	八岐のをろち	みかん	光明皇后	くりから谷	海底を行く	月の世界	源氏物語	萬葉集

---

7) 다른 시기에 발행된 교과서를 기준으로 볼 경우 一年(上)은 목차가 없이 삽화가 곁들어진 가나(仮名) 입문서로 추정되나 입수하지 못했고, 二(上)도 누락된 상태이며, 『コトバ ノ オケイコ』(一~四)는 『よみかた』(一~四)의 보조적 자료로 쓰여 각 단원의 목차가 같기에 비교대상에서 제외하였음.

8) 『よみかた』一年(下) 25단원, 二年(下) 25단원, 『初等國語』三年(上) 24단원, (下) 24단원, 四年(上) 23단원, (下) 24단원, 五年(上) 20단원, (下) 21단원, 六年(上) 20단원, (下) 22단원 등

9) 『よみかた』(二) 26단원, (三) 26단원, (四) 25단원 그리고 『初等科國語』(一) 24단원, (二) 24단원, (三) 24단원, (四) 24단원, (五) 20단원, (六) 20단원, (七) 21단원, (八) 21단원 등

10) 두 교과서명이 다르므로 함께 표기할 때는 알기 쉽게 학년과 학기로 표기. 一年(2) 12단원, 二年(2) 13단원, 三年(1) 16단원, 三年(2) 18단원, 四年(1) 5단원, 四年(2) 18단원, 五年(1) 14단원, 五年(2) 17단원, 六年(1) 17단원, 六年(2) 15단원 등 총155단원. 필자 작성.

11) 조선총독부의 Ⅴ기 교과서는 KV로, 문부성의 Ⅴ기는 JV로 표기한다. 단원명이 약간 상이하지만 같은 내용일 경우 동일단원으로 간주하여 단원명에 밑줄 표기함.

7	お正月	羽衣	夏の午後	潜水艦	苗代のころ	ひよどり越	秋のおとづれ	柿の色	姉	修行者と羅利
8	オチバ	豆まき	ふなつり	南洋	東郷元師	萬壽姫	飛行機の整備	ひとさしの舞	日本海海戰	末廣がり
9	カゲエ	白兎	川をくだる	聖德太子	笛の名人	林の中	軍艦生活の朝	十二月八日	古事記	菊水の流れ
10	コモリウタ	金しくんしゃう	少彦名神	養老	機械	グライダー「日本號」	武士のおもかげ	不深艦の最期	晴れ間	マライを進む
11	兵タイゴッコ	新年	つりばりの行くへ	ぼくの望遠鏡	濱田彌兵衛	大演習	かんこ島	世界一の織機	雲のさまざま	もののふの情
12	ネズミノヨメイリ	神だな	にいさんの愛馬	菅原道真	千早城	小さな傳令師	遠泳	水師營	山の朝	太陽
13		にいさんの入營	ににぎのみこと	梅	錦の御旗	扇の的	ぼくの小馬	元日や	朝顔に	梅が香
14			月と雲	雪舟	とびこみ臺	弓流し	星の話	源氏と平家	北千島の漁場	シンガポール陷落の夜
15			軍犬利根	三勇士	秋の空	廣瀬中佐		漢字の音と訓	われは海の子	國語の力
16			秋	春の雨		水族館		敵前上陸	ゆかしい心	
17				東京		大阪		ばらの芽	いけ花	
18				映畵		防空監視哨				

이상과 같이 전체 단원의 약 64%가 같거나 비슷한 제목과 내용으로 되어있다. 완전히 동일한 교과서를 만들지 않은 것은 자국과 식민지의 사정과 인간적 정서 등의 문제를 고려했겠지만, 절반이 넘는 부분이 같은 단원명과 내용으로 서술되어 있다는 것은, 일본 아동과 조선 아동의 교육이념이 대동소이한 것을 알 수 있다. 동일 단원과 내용을 통해 일제가 자국과 식민지에서 의도한 공통적 교육목표를 보다 명확하게 파악하기 위해, 동일단원을 주제별, 문체별로 분류해 보았다.

2.1 동일단원의 주제와 문체

각 단원의 중심이 되는 주제들을 일반적으로 제시되는 내용색인에 의거해 철학(학문, 윤리), 역사(위인전기전), 지리, 국민, 사회·도덕, 학교, 가정, 전쟁, 자연·과학 등으로 분류하였다.

〈표 2〉 조선총독부와 문부성 제Ⅴ기 「國語」 공통단원의 주제 분류표[12]

학년 \ 주제	해 당 단 원										합계
	1-2	2-2	3-1	3-2	4-1	4-2	5-1	5-2	6-1	6-2	
철학	ウサギトカメ, 花サカヂヂイ, ネズミノヨメイリ	早鳥	川をくだる					稲むらの火		修行者と羅利, 末廣がり	8
역사·위인·인물		白兎, かぐやひめ, 羽衣	天の岩屋, 八岐のをろち, 少彦名神, つりばりの行くへ, ににぎのみこと	雪舟, 神剣, 田道間守, 聖徳太子, 養老, 菅原道真	日本武尊, 明智云, 名人, 濡田臑, 兵衛, 千早城, 錦の御旗, 東郷元師	ひよどり越, 扇の的, 弓流しく, から谷, 萬壽姫	弟橘媛, 武士のおもかげ	ひとさしの舞, 源氏と平家	御旗の影, 永久王, 古事記, 萬葉集, 源氏物語	孔子と顔, 回, 菊水の流れ	37
세계·지리	西ハタヤケ	支那の子ども, 富士山	支那の春	東京		大阪, 早春の満州, 船は卸船よ	海底を行く			太平洋, 奈良の四季	11
국가·국민	ラジオノコトバ, 日本ノシルシ		參宮だより		君が代少年, 靖國神社	大八洲, ことばと文字	明治神宮, 漢字の音と訓	御民われ, われは海の子, 敬語の使ひ方	玉のひびき, 國語の力		14
경제·실업				みかん	苗代のころ, 機械	ぼくの小馬	柿の色, 世界一の織機		北千島の漁場		7
학교생활					グライダー「日本號」	遠泳					2
가정생활	コモリウタ								姉, いけ花		3

---

12) 原田種雄·德山正人(1988), 『戰前戰後の教科書比較』, 株式会社行政 p.53 에 의한 국립교육연구소 부속도서관편 『國定讀本內容索引(尋常科修身·國語·唱歌篇)』중 「國語件名分類一覧表」 및 「國語件名分類索引」에 기준에 의거하여 필자가 분류 작성한

전쟁관련	兵タイ ゴッコ	金しくん しゃう, に いさんの 入営	にいさん の愛馬, 軍 犬利根	軍旗, 南羊, 三勇士, 潜 水艦, 映畫		大砲ので きるまで, 艦隊式, 大 演習, 小さ な傳令師, 廣瀬中佐, 防空監視 哨	戰地の兄 から, 飛行 機の整備, 軍艦生活 の朝	水兵の母, 姿なき入 城, 病蔭船, 不深艦の 最期, 水師 營, 巌前上 陸, 十二月 八日	日本海海 戰, ゆかし い心,	ダバオへ, マライを 進む, もの のふの情, シンガポー ル陥落の 夜	32
자연 · 과학		北風と 南 風	おたま じゃくし の日記, 夏月 の午後, と雲 秋	ぼくの望 遠鏡, 梅, 春の雨	朝の海へ, 秋の空	燕はどこ へ行く, 林 の中, 水族 館	秋のおと づれ, かん こ鳥, 星の 話	月の世界, 元日や, ば らの芽	見わたせ ば, 晴れ間, 雲のさま ざま, 山の 朝, 朝顔に	太陽, 梅が 香	27
놀이	オチバ カ ゲコ		ふなつり		とびこみ臺						4
풍속	オ正月, 山 ノ上	おひな様, 神だな, 新 年, 豆まき	光は空か ら	祭に招く, 村祭			木會の御 料林				10
합계	12개과	13개과	16개과	18개과	15개과	18개과	14개과	17개과	17개과	15개과	155

가장 많은 단원을 차지한 주제는 역사 및 설화와 관련된 위인과 인물로 3학년부터 6학년에 걸쳐 37단원이다. 고묘황후(光明皇后)를 비롯한 일본의 천황, 무사, 학자 그리고 화가에 이르기까지 조선인은 등장시키지 않은 채 일본의 유명한 인물들만을 다양하게 제시함으로써 일본문화와 일본인의 우월함을 나타내고 있다.

두 번째로 많은 주제는 전쟁과 관련된 32단원이다. 1학년 전쟁놀이를 시작으로 전 학년에 걸쳐 분포되어 있으며, 저학년에서 고학년에 갈수록 단원이 많아지고 그 내용도 구체적인 전시상황 묘사로 채워져 있다. 다음으로는 자연 · 과학에 관련한 주제가 27단원에 걸쳐 나타나있다. 일상에서 흔히 볼 수 있는 자연과학 분야를 소재로 하여 기술함으로써 상식적인 자연 · 과학 분야를 대신하고 있음을 알 수 있다.

국가 · 국민에 관련된 주제는 14개 단원을 차지하고 있으며, 세계 · 지

것임.

리에 관한 주제는 11개 단원으로 일제가 전투중인 곳을 중심으로 전시상
황과 더불어 묘사하고 있다. 또 풍속에 관한 주제도 10개 단원을 차지하고
있는데, 일본의 풍속을 자세하게 소개하고 있다. 그 외 철학, 경제, 놀이
등의 주제도 분포되어 있기도 하지만, 실제 아동들에게 중요한 학교생활
과 가정생활에 관한 부분은 소수의 단원만이 차지하고 있을 뿐이다. 또한
공통되는 단원을 문장 형태로 구분하여 보면 〈표 3〉과 같다.13)

〈표 3〉 조선총독부와 문부성 제Ⅴ기 〈國語〉 공통단원 장르 분류표

장르분류		해 당 단 원	합계
문학적 문장	전기·위인	(3-2)田道間守, 聖德太子, 菅原道眞,雪舟 (4-1)東鄕元師, 笛の名人, 濱田彌兵衛, 千早城, 錦の御旗, 光明皇后 (4-2)くりから谷, ひよどり越, 萬壽姬, 扇の的. 弓流し (5-1)武士のおもかげ (5-2)ひとさしの舞. 源氏と平家 (6-1)永久王. 御旗の影. 古事記. (6-2)孔子と顔回. 菊水の流れ	23
	전설·동화	(1-2)ウサギトカメ, 花サカヂヂイ, ネズミノ ヨメイリ (2-2)早鳥, かぐやひめ, 羽衣 (3-2)養老 (6-2)末廣がり (6-2)修行者と羅利	9
	신화	(2-2)白兎 (3-1) 天の岩屋, 八岐のをろち, 少彦名神, つりばりの行くへ, ににぎのみこと (3-2)神の劍 (4-1)日本武尊 (5-1)弟橘媛	9
	서경·기행·수필	(1-2)山ノ上, (3-1)支那の春 (4-2)早春の滿洲 (5-1)秋のおとづれ	4
	허구상상문	(2-2)北風と 南風	1
	시	(1-2)ラジオノ コトバ, 日本ノ シルシ, オ正月,コモリウタ (2-2)富士山, おひな様, 金しくんしゃう, 新年 (3-1)光は空から, 秋 (3-2)村祭, 軍旗, 映畵, 梅 (4-1)朝の海へ, 夏, 靖國神社, 機械, 秋の空 (4-2)廣瀬中佐, 船は帆船よ, 觀艦式, 林の中, 防空監視哨 (5-1)大八洲, 海底を行く, かんこ島 (5-2)姿なき入城, (6-1)われは海の子 (6-2)シンガポール陷落, 太平洋	31
	와카·하이쿠	(5-2)元日や, ばらの芽 (6-1)見わたせば, 晴れ間, 朝顔に (6-2)玉のひびき, 梅が香	7
설명문	설명·	(3-1)軍犬利根 (3-2) みかん, 東京 (4-1)苗代のころ (4-2)燕はどこへ行く,	25

13) 문장 형식의 분류는 原田種雄·德山正人(1988), 『戰前戰後の敎科書比較』, 株式会社
行政 p.67의 교과서 분류법을 적용하여 필자가 분류 작성함. (학년-단원)으로 표시
함.

	해설	大砲のできるまで, 大演習, 大阪 (5-1)木會の御料林, ことばと文字, 飛行機の整備, 星の話 (5-2)明治神宮, 稻むらの火, 柿の色, 世界一の織機, 漢字の音と訓 (6-1) 敬語の使ひ方, 御民われ, 雲のさまざま, 源氏物語 (6-2) 奈良, 萬葉集, 太陽, 國語の力	
	보고·관찰	(2-2)支那の 子ども, にいさんの 入営 (3-1)おたまじゃくしの日記, にいさんの愛馬 (3-2)ぼくの望遠鏡, 三勇士, 春の雨 (4-2)君が代少年, とびこみ臺, 小さな傳令師, 水族館 (5-1)軍艦生活の朝, 遠泳, ぼくの小馬 (5-2) 水兵の母, 月の世界, 不深艦の最期, 水師營, 敵前上陸 (6-1)日本海海戰, 山の朝, 北千島の漁場, ゆかしい心 (6-2)ダバオへ, マライを進む, もののふの情	26
생활문	서간·일기·대화	(1-2)カゲエ (3-1)參宮だより, 川をくだる (3-2)祭に招く, 南洋, 潛水艦 (5-1)戰地の兄から (5-2) 病院船,(6-1)いけ花	9
	생활문	(1-2) 兵タイゴッコ, 西ハ タヤケ, オチバ (2-2)豆まき, 神だな (3-1)夏の午後, ふなつり, 月と雲 (4-2)グライダー「日本號」 (5-2) 十二月八日, (6-1)姉	11

주제 외에 문학형식으로 공통되는 단원을 구분하여 보면, 가장 많은 단원을 차지한 장르는 〈시〉 부문으로 저학년에서 고학년에 걸쳐 31단원으로 배치되어있다. 시가 가지고 있는 특징들을 이용하여 압축된 함축성 있는 단어를 사용하여 의식 깊숙이 각인 시키고자 하였으며, 다양한 표현방법과 언어의 리듬감을 살린 운율로 아동들에게 친숙함을 줌으로써 교육의 효과를 증폭시키고자 함을 엿볼 수 있다.

두 번째로 많은 문장 형태로는 〈보고·관찰문〉이 배치되어있다. 보고문 형식에 가장 많이 응용된 것은 전쟁관련 주제이다. 보고문이 객관성과 정확성에 근거하여 작성하는 것을 특징으로 함에도 불구하고 보고문 형식을 빌려 과장되고 격앙된 어조로 서사함으로서 전쟁에 임하는 일본군을 미화하여, 읽는 아동들로 하여금 미래에 천황을 위한 군인이 되고 싶다는 환상을 심어주고 있다.

다음으로 많은 부분을 점유한 문장형식은 〈설명·해설문〉으로, 1·2학년에는 나타나지 않고 3학년부터 6학년에 이르러 25단원이나 집중 배치되어 있다.

〈전기・위인전〉 형식의 문장은 3학년부터 6학년까지 23단원이 서술되어 있으며, 자기 자신의 생활을 그려낸 생활문은 주변생활을 쉽게 서술한 때문인지 1, 2, 3학년을 중심으로 11단원이 실려 있다.

〈서간・일기・대화문〉은 9개 단원으로 3학년에 치중되어 있으며, 〈전설과 동화〉는 익숙한 이야기들을 실어 아동들로 하여금 텍스트에 친숙함을 느끼도록 설정해 놓고 있다.

〈와카・하이쿠〉는 계어(季語)와 기레지(切字)같은 형식적 제약과 고어의 사용 때문인지 고학년인 5・6학년에 집중되어 있는 것이 특징이며, 〈서경・기행・수필〉로는 중국이나 만주의 풍경을 묘사하여 일본군의 위상을 암시하는 묘사를 하고 있다.

아이들에게 상상력을 키워주는 〈허구 상상문〉은 계절에 따른 바람의 변화를 힘겨루기로 묘사한 〈KV-2-2-24〉, 〈JV-2-2-24〉「북풍과 남풍(北風と南風)」이 있을 뿐이다.

일본과 조선의 〈國語〉 공통단원은 황국신민으로서의 마음가짐, 행동강령 등을 다양한 형식을 이용해 교화시키고 있으며, 천황찬미와 전쟁미화 담론에 이용되고 있음을 알 수 있다.

3. 1940년대 한일 〈國語〉의 동일 keyword

3.1. 창출된 일본제국의 이미지

서구문명을 일찍 받아들이고 정착시킨 일본은 내적으로 인민(人民) 개개인을 결속시켜 국민(國民)을 탄생시켰고, 외적으로 조선을 비롯한 식민지의 지배를 위해 일본제국을 창출하였다. 그리고 만들어진 제국의 이미지를 일본과 식민지 조선의 교과서에 담아 주입시켜나갔다.

1940년대에 간행된 〈國語〉의 공통단원으로, '일장기(日の丸)', '후지산', '기미가요(君ガ代)' 등에 일본제국의 상징성을 부여하고 있음을 알 수 있다. 1학년 〈KV-1-2-19〉, 〈JV-1-2-20〉「일본의 상징(日本ノシルシ)」에서는 학교를 갓 입학한 1학년 아동에게 자신이 속한 국가는 일본임을 주입시키는 '일본의 상징'이라는 시로 표현하고 있다.

일본의 상징인 깃발이 있다. 아침 해를 넣은 일장기. 일본의 상징인 산이 있다. 모습도 훌륭한 후지산. 일본의 상징인 노래가 있다. 고마운 노래 기미가요.[14] 〈KV-1-1-12〉〈JV-1-1-20〉「일본의 상징(日本ノシルシ)」[15]

떠오르는 아침 해에 비유한 일장기는 새로운 미래를 여는 일본을 암시하고 있으며, 멋진 모습으로 비유한 후지산은 훌륭한 일본을, 고마운 노래로 나타낸 기미가요는 일본의 대표인 천황을 부각시켜 상징적으로 제시함으로써 어린 아동들에게 일본제국의 이미지를 심어주고 있다. 또 〈KV-2-2-7〉, 〈JV-2-2-1〉「후지산(富士山)」에서는 짧고 함축성 있는 시로 일본의 후지산을 아름답게 읊고 있으며, 후지산의 소나무 벌판을 태평양 물결에 비유하고 있다. 후지산을 부드럽고 용감한데다 존엄함까지 띠는 신령한 산이며 이것이 일본인의 인성(人性)이라는 암시를 덧붙여 세계의 중심

---

14) 〈國語〉 교과서의 한국어 번역은 필자, 이하 동.

15) 이후 학년중심으로 분류하여 『よみかた』一年(下)과 『よみかた』(二)는 1-2(1학년 2학기를 의미함), 『よみかた』二年(下)과 『よみかた』(四)는 2-2, 『初等國語』三年(上)과 『初等科國語』(一)는 3-1, 『初等國語』三年(下)과 『初等科國語』(二)는 3-2, 표기하기로 한다. 『初等國語』四年(上)과 『初等科國語』(三)는 4-1, 『初等國語』四年(下)과 『初等科國語』(四)는 4-2, 『初等國語』五年(上)과 『初等科國語』(五)는 5-1, 『初等國語』五年(下)과 『初等科國語』(六)는 5-2, 『初等國語』六年(上)과 『初等科國語』(七)는 6-1, 『初等國語』六年(下)과 『初等科國語』(八)는 6-2로 표기하기로 한다.

에서 모든 사람들을 이끌어가는 일본제국을 제시하고 있다.

나아가 일본제국의 이미지로서 우수한 일본만들기를 시도하고 있다. 〈KV-4-2-12〉, 〈JV-4-2-10〉「글라이더 일본호(グライダ−日本號)」에서는 글라이더를 만드는 과정과 날리는 모습까지를 서술하고 있는데, 반 급우들이 만든 글라이더 중에서 가장 멀리 날아간 글라이더를 '일본호'라 명명함으로써 최고의 자리에 일본을 위치시키고 있다. 또 〈KV-5-1-15〉 〈JV-5-1-16〉「해저를 가다(海底を行く)」에서는 혼슈(本州)와 규슈(九州)사이 해저터널이 완공된 것을 시의 형식을 빌려 일본 기술의 우수함을 과시하고 있으며, 〈KV-5-2-11〉, 〈JV-5-2-11〉「세계 제일의 직기(世界一の織機)」에서는 온갖 실패에도 좌절하지 않고 끈기 있게 연구에 전념해 세계 제일의 직기를 만들어낸 사키치(佐吉)의 인내를 '애국심'으로 에스컬레이트업하여 개인의 취향을 '애국주의'와 '국가주의'로 승화시키고 있다.

또한 〈KV-5-1-1〉, 〈JV-5-1-1〉「일본국(大八洲)」에서는 다음과 같이 일본을 서술하고 있다.

> 이 나라를 신이 만드시고, 이 나라를 신이 다스리며, 이 나라를 신이 지켜주십니다. (중략) 엄숙히 동해에 있다. 해가 뜨는 나라이며, 해의 근원으로 칭송한다. (중략) 평화로운 태평함으로 천지와 함께 끝이 없다. 정교한 무기로 충분히 준비된 나라. 〈KV-5-1-1〉, 〈JV-5-1-1〉「일본국(大八洲)」

위와 같이 '일본'의 다른 여러 미칭을 사용하며 신이 만들어 보호해주는 인간 이상의 힘을 가진, "해의 근원"인 세상의 중심이 되는, 풍요롭고 안정되어 있으면서도 전투력으로 무장된 튼튼한 국가임을 피력한다.

한편 〈KV-2-2-12〉, 〈JV-2-2-16〉「중국의 아이들(支那の子ども)」에서는 중국 사람들이 일본병사에게 친절한 태도와 중국아이들이 일본 창가를

부르며 일본어를 사용하는 모습을 그려, 일본을 종주국으로 인지하여 일본인에게 친절한 중국 사람들을 통해 세계로부터 환영받는 일본제국의 이미지를 아래와 같이 창출하고 있다.

갑자기 한 아이가 큰 소리로 "파란 하늘 높이 일장기를 올려라"하며 노래하기 시작했다. 그것을 따라 아이들은 모두 다함께 노래하였다. "파란하늘 높이 일장기를 올려라, 아-아름다워라, 일본의 깃발은"
〈KV-2-2-12〉, 〈JV-2-2-22〉「중국의 아이들(支那の子ども)」

또 〈KV-3-2-23〉, 〈JV-3-2-24〉「도쿄」에서는 14페이지에 걸쳐 무사시노(武蔵野)를 비롯한 번화한 일본 수도 이곳저곳을 소개하고 있으며, 4학년 2학기에는 오사카(大阪)에 대해 상술함으로서 친근한 일본 만들기도 병행하고 있다.

그리고 〈KV-4-2-2〉, 〈JV-4-2-2〉「제비는 어디로 가나(燕はどこへ行く)」에서는 계절에 따라 서식지를 이동하는 철새인 제비를 설명하면서도 국가와 연관시켜 서술하고 있다.

그 작은 몸으로 긴 여행을 계속한 때문인지 도중에 죽어서 돌아오지 못하는 제비도 꽤 많다고 합니다. 일본에서 오스트리아까지는 만 킬로 이상 되지만, 제비는 결코 자신의 나라를 잊지 않습니다. 일본에 봄이 찾아오는가 싶으면 더 이상 견딜 수가 없어서 북쪽을 향해 나아가는 것입니다. 그 작은 가슴에는 새잎이 무성한 일본 봄의 아름다움을 떠올리는 것이겠지요. 파랗디 파랗게 심어진 여름 논을 떠올리는 것이겠지요.
〈KV-4-2-2〉, 〈JV-4-2-2〉「제비는 어디로 가나(燕はどこへ行く)」

철새가 이동하는 생태계의 현상조차도 "일본 봄의 아름다움"에 이끌려

"죽어서 돌아오지 못하는" 경우까지 감수하면서도 "자신의 나라"로 돌이오는 것이라는 표현을 사용하여, 제비의 귀소본능을 이용하여 세계 속에 일본은 본향이며 고국이라는 이미지를 창출하고 있다.

나랏말과 관련해서, 〈KV-1-2-7〉, 〈JV-1-2-4〉「라디오의 언어(ラジオノコトバ)」에서는 라디오에서 흘러나오는 일본어는 바르고 아름다운 말로, 만주나 중국을 비롯해 세계에 울려 퍼진다고 하며, 국력이 신장되어 세계로 뻗어가는 강력한 일본의 이미지를 새겨 넣고 있다. 또 〈KV-6-1-3〉, 〈JV-6-1-4〉「경어 사용법(敬語の使い方)」에서는 경어사용 의미와 방법을,

> 문화가 발달한 나라, 교양이 높은 국민에게 있어서 예의를 중시하고 언어사용을 정중히 하는 것은 매우 중요한 것으로 되어있다. 특히 우리 국어에는 경어라는 것이 있어, 그 사용법이 특별히 발달해 있어서 (중략) 경어사용법에 의해 존경이나 겸손의 마음을 세밀하게 나타낼 수 있는 것은 실로 우리 국어의 큰 특색이고, 세계 각국 언어에서 그 예를 볼 수 없는 것이다. 〈KV-6-1-3〉, 〈JV-6-1-4〉「경어 사용법(敬語の使い方)」

라고 서술하여, 경어를 사용하는 일본인은 세계 어느 나라에서도 찾아볼 수 없는 선진된 민족으로, 최상의 언어인 일본어를 '國語'로 사용하는 민족적 자긍심을 불러일으켜 선민의식을 확인시킨다.

〈KV-6-2-21〉, 〈JV-6-2-20〉「국어의 힘(國語の力)」에서는 만세일계의 천황을 모시고 뛰어난 국체를 완성한 오늘이 있기까지 '國語'가 이어져 왔음을 서술하며 선조의 정신과 얼이 담겨있는 '國語'를 존중하고 사랑하자고 교화하고 있다. 또한 국가와의 연관성을 다음과 같이 서술하고 있다.

> 국가(國歌)를 봉창하는 때 우리 일본인은 자신도 모르게 옷깃을 바로하

고 영예로우신 우리 황실의 만세를 마음속으로 기도한다. 이 국가에 읊어진 언어도 바로 國語인 것이다. (중략) 국가와 국민은 뗄 수 없는 것이다. 國語를 잊은 국민은 국민이 아니라고까지 한다. 國語를 존중하라. 國語를 사랑하라. 國語야 말로 국민의 혼이 깃든 것이다.

〈KV-6-2-21〉, 〈JV-6-2-20〉「국어의 힘(國語の力)」

윗글은 국가를 형성하는 3대 요소로서 '國土'와 '國民' 그리고 국민들의 의사소통의 기본인 언어로서 '國語'를 이야기하고 있다. 국가와 국민 그리고 '國語'를 연관 지음으로써 국가의 기본 틀을 완성하고 있는 부분이라 할 수 있다.

3.2. 신성불가침의 國體

강력한 중앙집권적인 민족국가를 만드는데 그 핵심이 필요했던 근대일본은 밀려오는 외래사상과 세력에 대해 국가와 민족의 분열을 억제하는 방법으로 천황을 선택하였다. 일본은 메이지유신과 더불어 정치·사회적 변혁을 거쳐 천황을 중심으로 한 가족국가형태로 근대화를 이루어 갔다. 천황을 국가의 중심핵으로 놓고 현인신(現人神)으로 추앙하며 일본의 국체로서 상징성을 부여하고 자리매김하기위해 노력하였다.

이러한 노력은 1940년대 〈國語〉 교과서에서도 잘 나타난다.[16] 공통되는 2학년 2학기에서는 「흰 토끼(白兎)」의 고사기(古事記) 설화를 비롯하여, 아마테라스오미카미(天照大神), 야마타노오로치(八岐のおろち), 천손강림의 니니기노미코토(ににぎのみこと)와 그의 아들인 호데리(ほでり)와 호오리(ほおり)의 설화를 수록해 놓았다. 그리고 건국신화에 등장하는

---

16) イヨンスク(1996), 『「国語」という思想』, 岩波書店, pp.231~234를 살펴보면 식민지 아동으로서 충군애국관념을 왕성하게 하기위한 목적으로 천황과 관련한 내용을 포함한 부분을 언급하고 있다.

스쿠나히코나노카미(小彦名神)등을 등장시켜 놓고, 고대부터 연결된 천황가의 설명과 함께 천황의 신격화를 도모하고 있다.

〈KV-6-1-1〉, 〈JV-6-1-2〉「나가히사오(永久王)」에서는 나가히사가 육군포병학교와 육군대학을 졸업하고 만주 주몽군(駐蒙軍) 참모로 부임한 때부터 사망할 때까지의 에피소드를 엮고 있다. 효심이 지극하고, 자신보다 국민을 염려하며 몽고 주민들까지 돌보아 주었고, 직접 전황(戰況)을 정찰하고 작전지휘를 통해 군인들에게 용기를 준 일화를 묘사하여 일심으로 국민을 위하는 천황가를 서사, 천황가에 대한 존경심을 유발시키고 있다. 또한 〈KV-3-2-12〉, 〈JV-3-2-11〉「요로(養老)」에서는 나이든 아버지에게 효행하는 아이를 보고 감탄한 천황이 연호를 '요로'로 바꾸었다는 일화로, 신격화와 자상함을 오버랩시켜 가족국가의 가장(家長)이기도 한 천황의 이미지를 아동 때부터 주입시키고 있다.

한편 천황에 이어 황후에 대해서도 언급하는데 〈KV-4-1-6〉, 〈JV-4-1-6〉「고묘황후(光明皇后)」에서는 쇼무(聖武) 천황의 황후인 고묘황후에 얽힌 일화를 다음과 같이 소개하고 있다.

> 고묘황후는 이 약탕에도 오셔서 한 사람 한 사람 시중을 들으셨습니다. 그렇게 천 번째 병자의 수발을 들어주셨을 때 갑자기 병자 몸에서 광채가 비치면서 근처가 금색으로 구석까지 반짝였다고 합니다.
>
> 〈KV-4-1-6〉, 〈JV-4-1-6〉「고묘황후(光明皇后)」

이처럼 천황뿐만 아니라 황후까지도 국민을 위해 헌신하는 모습으로 미화시킴으로써 자애로운 어머니로서의 황후의 이미지를 구축하여 가족국가 틀을 굳혀가고 있음을 알 수 있다.

뿐만 아니라 4학년 1학기에서는 야마토타케루노미코토(日本武尊), 지하야성(千早城) 전투에서 천황에게 충성을 다하고 전쟁에서 자결한 무사 구스노키 마사시게(楠木正成), 다이토노미야(大塔宮)에게 충성한 히코시로 요시테루(彦四郎義光)등 천황에게 충성한 무사들을 모범인물로 제시하고 있다. 또 기소 요시나카(木曽義仲)와 다이라노코레모리(平維盛)와의 전투, 헤이케(平家)와 겐지(源氏)家의 전투 등을 담고 있으며, 오토다치바나히메(弟橘媛)가 다케루노미코토(武尊)를 위해 바다에 몸을 바쳐 海神을 진정시켜 皇軍을 구했다고 서술함으로써, 모든 국민들이 충성해야 할 대상, 즉 국체로서 천황을 제시하면서 충군애국의 사례를 제시하고 있다.

또한 〈KV-3-2-5〉, 〈JV-3-2-5〉「다지마모리(田道間守)」에서는 조선에서 일본에 건너온 조선인의 자손인 다지마모리가 스이닌(垂仁)천황의 명을 받아 외국에 귤을 찾아 나선지 십년 만에 뜻을 이루어 일본에 돌아오지만 천황은 이미 죽은 후로, 다지마모리는 귤을 가지고 천황의 묘에 가져다 바치고 슬퍼하다가 죽었다는 이야기이다.

다지마모리는 옛날 조선에서 일본으로 건너온 사람의 자손이었습니다. 그러나 누구에게도 지지 않을 충의의 마음을 가지고 있었습니다. 울고 또 울고 한없이 울다가 다지마모리는 천황의 묘 앞에 엎드린 채로 어느새 싸늘하게 식어있었습니다. 〈KV-3-2-5〉〈JV-3-2-5〉「다지마모리(田道間守)」

이 글을 통해 일본 아동에게는 조선인조차 일본천황에 충성한다는 국체 보존의 애국심을 심어주고 있고, 조선 아동에게는 선조들의 충의를 본보기로 보임으로써 일본천황에게 충성하는 것이 당연하다는 개념을 심어주고 있다.

특히 〈KV-4-1-4〉〈JV-4-1-4〉「기미가요 소년(君が代少年)」에서는 일본 소년이 아닌 대만 소년을 주인공으로 하여, 지진이 발생해 무너진 건물

기왓장에 깔려 큰 상처를 입은 소년이 고통 속에서도 일본어를 사용한 것을 서사하여 본받아야 할 모범아동으로 제시하고 있다.

이처럼 고통스런 치료 속에서도 소년은 결코 대만어를 입 밖에 내지 않았습니다. 일본인은 '國語(일본어)'를 사용하는 것이라고 학교에서 배웠기 때문에 도쿠콘(德坤)은 아무리 불편해도 '國語'를 끝까지 사용한 것입니다. (중략) "아버지, 제가 기미가요(君が代)를 부르겠어요" 소년은 잠깐 눈을 감고 무엇인가 생각에 잠긴 듯하였으나 드디어 숨을 깊게 들이마시고 조용히 노래하기 시작했습니다. (중략) 마지막까지 훌륭하게 노래를 마쳤습니다. 기미가요를 다 부른 도쿠콘은 그날 아침 아버지와 어머니, 그리고 사람들이 눈물로 지켜보는 가운데 편안하게 긴 잠에 빠졌습니다.
〈KV-4-1-4〉, 〈JV-4-1-4〉「기미가요 소년(君が代少年)」

학교에서 배운 것을 그대로 실천하며 죽는 순간까지 기미가요를 부르는 대만 소년을 통해 조선아동에게도 학교에서 배운 데로 황국신민으로서 죽는 순간까지 충성할 것을 본보기로 제시하고, 그리고 더 나아가 일본과 조선뿐만 아니라 일본어로 천황을 찬양하고 일상생활을 하는 대만까지도 같은 일본의 조직에 넣어 대동아공영권으로 확장시켜나가고 있음을 알 수 있다.

이와 같은 천황 묘사는 〈國語〉 교과서 곳곳에 나타나게 되는데, 〈KV-2-2-14〉, 〈JV-2-2-13〉「신년(新年)」에서는 신년을 맞아 왕실의 조상이나 신을 모신 신사에 가는 모습이나, 천황을 칭송하는 기미가요를 부르는 모습을 서사함으로써 일상에서 항상 함께 존재하는 천황의 이미지를 심어주고 있다. 또 〈KV-2-2-14〉, 〈JV-2-2-13〉「신사참배소식(參宮だより)」에서는 이세(伊勢)신궁을 참배한 것을 시작으로 진무천황을 제신으로 섬기는 가시와라(橿原)신궁을 참배하러 가는 모습을 담고 있다. 또한 〈KV

-5-2-1〉, 〈JV-5-2-1〉「메이지신궁(明治神宮)」에서는 메이지 신궁의 구조와 정경 등을 자세히 묘사하고 있다. 신궁참배모습을 반복 기술하는 것을 통해 참배하면서 느끼는 감정을 "뭐라 할 수 없는 감사의 마음"과 "진정 성스러워서 자연히 머리가 숙여지는" 곳으로 표현하여, 아동들에게 천황에 대한 감사의 마음과 존엄성을 새기도록 유도한다.

한편 〈KV-6-1-3〉, 〈JV-6-1-4〉「경어 사용법(敬語の使い方)」에서는 경어사용법과 의미를 구체적으로 피력하고 있다.

> 고대부터 우리 국민은 황실을 중심으로 해 지성의 마음을 나타내기 위해 최상의 경어를 사용하는 것을 관례로 하고 있다. (중략) 우리 '國語'에 경어가 이정도로 발달한 것은 즉 우리나라 국체의 존엄함과 옛날부터 내려온 미풍이 언어에 반영된 것이다.
>
> 〈KV-6-1-3〉, 〈JV-6-1-4〉「경어 사용법(敬語の使い方)」

천황에게 충성의 마음을 표현하기 위해 경어가 사용되었다며, 경어를 황실과 연관하여 언급하면서 천황은 곧 존엄한 국체임을 역설하고 있으며, 1937년 3월『국체의 본의(國體の本義)』라는 책이 문부성에서 편찬되어 발간하기도 한다. 또 〈國民精神文化〉 연구소 교수 기히라 다다요시(紀平 正美)의 강연을 살펴보면 "국체라는 것은 우리들 일본인의 신념속에 있는 것이며, 지적으로는 정의할 수 있는 것이 아니다."라고 말하고 있듯이[17] 합리적 사고로 이해할 수 없는 국체를 경어와 연관지어 '존엄함'과 '미풍'이라는 용어로 미화하며 세뇌시키고 있는 것이다.

천황에 대한 찬미는 천황에 대한 일화에서 문학작품으로도 확장되는데,

---

17) 와카쓰키 야스오著 · 김광식譯(1996), 『일본 군국주의를 벗긴다』, 화산문화 p.285 재인용

〈KV-6-2-11〉, 〈JV-6-2-6〉「만엽집(萬葉集)」에서는 천황에 대한 충의의
의지를 읊은 와카(和歌)를 인용하고 있다.

"바다로 진군하면, 물에 잠기는 죽음이 되어라, 산으로 진군하면 풀이 무
성한 죽음이 되어라. 대군의 곁에서 죽으면 이 몸은 어떻게 되어도 상관
없다"고 하는 의미로 정말로 용감한 정신을 전하고, 충용의 마음이 흘러
넘친다. 만엽집의 시에는 이런 국민적 감격이 차고 넘치는 것이 많다.
〈KV-6-2-11〉, 〈JV-6-2-6〉「만엽집(萬葉集)」

충의의 마음을 읊은 와카를 소개하여, 건국 이래 일본을 통치해온 황통
에 대한 '忠'의 불변성과 연속성을 강조하고 있다. 또한 〈KV-6-1-20〉, 〈JV
-6-1-21〉「신민 우리들(御民われ)」에서도 천황의 신민(臣民)으로 태어난
우리들은 사는 보람을 느낀다는 글로 시작하여 충의를 나타내는 충신들의
와카들로 엮음으로써 천황에 대한 충의의 마음을 나타내고 있다. 마지막
과인 〈KV-6-2-21〉, 〈JV-6-2-20〉「국어의 힘(國語の力)」에서는 "국가(國
歌)를 부를 때 황실 만세를 마음속으로 기원한다"거나, "우리나라는 신대
(神代)이후 만세일계 천황을 모셔, 세계에서 비길 데 없는 국체(國體)를
이루어 오늘에 이르렀다."는 설명과 곁들여, 국가와 국민 그리고 국체인
천황과의 연결고리로 관계 짓고 있다. 고대로부터 현재 또 조선성인에서
부터 대만아동에 이르기까지 시공간(時空間)을 초월한 충성을 예시하면서
천황에 대한 충성심으로 귀결시키고 있다.

3.3. 일본제국의 '皇軍誕生'

1930년대 일본에서 이뤄진 천황의 지위 문제에 대한 언급[18]중 당시 육

---

18) 일본국가는 법인이고, 천황은 그 최고 기관이라고 보는 '천황기관설'이 등장하기도

군대장 혼조 시게루(本庄繁)의 발언을 살펴보면 왜 '皇國軍人'을 양성하려 했는지 그 이유를 명확히 파악할 수 있다.

군에서는 천황을 살아 있는 신으로 믿고 있으며, 이것을 기관설로 인간처럼 취급한다면 군대교육과 군 통수에 있어 매우 어렵습니다.[19]

인간이 내린 명령이라면 비판이나 저항할 수 있기에 이를 배제하기 위해, 인간이 아닌 신격화된 천황의 명령에 절대복종케 함으로써 일본군대를 유지하기 위함이었던 것이다. 일제는 1937년 중일전쟁 발발로 인해 일본은 물론 조선의 물자와 인력까지 총동원체제로 전력화하게 된다. 이러한 전시상황에 따라 아동을 가르치는 1940년대 〈國語〉 교과서에도 皇國軍人에 관한 내용과, 전쟁 관련 내용을 많이 삽입하여 전장에서 필요한 전투인력 양성[20]을 위한 초등교육을 시도하였다.

중일전쟁 이후 〈國語〉 교과서에는 1학년 아동들에게 전쟁을 재밌는 놀이로서 접목시키고 있다. 〈KV-1-2-12〉, 〈JV-1-2-16〉 「병사놀이(兵タイゴッコ)」에서 놀이를 통해 보병, 기병, 포병, 공병, 전차병, 항공병, 수송병, 간호병 등 다양한 역할을 제시하면서, 미래 전쟁에 참여할 병사로서의 역할극을 통해 간접적으로 군대를 익히고 훈련하고 있다.

적극적인 전쟁찬미로, 〈KV-6-2-15〉, 〈JV-6-2-13〉 「말레이 진군(マライを進む)」에서는 포탄이 떨어지는 와중에도 용감하게 지뢰제거작업을 하는 일본 공병부대의 활약상을 묘사하고 있다. 또 시의 형식을 이용하여 싱가포르 함락, 미얀마 진군, 지뢰가 터지는 적진에 용감하게 돌진하는

─────────────

하였다. 그러나 이는 '국체를 파괴하는 학설'로서 탄핵되어지고 만다. 가라타니 코오진외(2002), 『근대 일본의 비평』, 소명출판, p.169 참조
19) 와카쓰키 야스오著ㆍ김광식譯(1996), 『일본 군국주의를 벗긴다』, 화산문화 p.158 인용
20) 이계학외(2004), 『근대와 교육 사이의 파열음』, 아이필드, pp.29-32 참조

모습 등 목숨을 걸고 전투에 임하는 '황군'을 찬양을 하고 있다. 〈KV -6-1-7〉, 〈JV-6-1-8〉「일본해 해전(日本海海戰)」에서는 러시아군과 맞붙은 해전에서 승리한 일본 함대를 천황의 연합함대로써 자랑스레 서술하고 있다.

한편 〈KV-5-2-7〉, 〈JV-5-2-9〉「12월 8일(十二月八日)」에서는 1941년 태평양전쟁 발발의 연유와 함께 자랑스러운 황국민으로서의 자부심 등을 묘사하고 있다. 특히 태평양전쟁을 다음과 같이 피력하고 있다.

> 동아시아에 있어서 우리나라의 지위를 인정하지 않고, 언제까지나 억지를 부리려하는 미국 또 영국에 대해서 일본은 과감하게 나선 것입니다. 드디어 올 것이 온 것입니다. 우리들은 벌써 예전부터 각오가 돼 있었던 것입니다. (중략) 그렇다 우리들 국민은 천황폐하의 대명령을 받들어 모시고 지금이야말로 나라를 새로이 만들어 내는 일에 급히 달려가고 있는 것이다. 용감한 황군은 물론 국민전체가 하나의 불덩어리가 되어 나아갈 때인 것이다. 우리들 소국민도 이 영광스런 커다란 시대에 살고 있는 것이다. (중략) 나는 오늘 정말로 일본이 훌륭하다는 것을 알았다.
>
> 〈KV-5-2-7〉, 〈JV-5-2-9〉「12월 8일(十二月八日)」

일본은 태평양 전쟁을 미국과 영국이 일본을 인정하지 않았기 때문에 발발한 전쟁이라고 역설하고 있다. 게다가 어린 아동들에게도 일본의 소국민으로서 천황의 명령에 따라 영광스런 전투에 참가할 수 있다고 강조하고 있다.

또한 〈KV-5-2-7〉, 〈JV-5-2-9〉「가라앉지 않는 함대의 최후(不沈艦の最期)」에서는 영국의 무적함대로 알려진 프린스 오브 웨일즈의 함대들과 만나 전투를 벌이는 장면을 15페이지에 걸쳐 설명하고 있다. 특히 "죽어서 돌아오겠습니다"라는 고별사와 함께 출정한 일본군이 뇌격기와 함께 적의

함대로 정면충돌하여 자폭하는 장면들을 자세하게 묘사함으로써 목숨을 걸고 전투에 임하는 황군을 영웅화하여, 아무리 무적함대라 할지라도 황군 앞에서는 전멸한다는 영웅화된 황군의 이미지를 아동들에게 각인시키고 있다. 〈KV-5-2-12〉, 〈JV-5-2-12〉「수사영(水師營)」 또한 15페이지의 이면을 할애하여 일본군이 여순(旅順)을 점령한 후 이뤄진 러시아군 사령관과 일본군 노기(乃木) 대장과의 회견을 그리고 있다. 이 단원에서도 적군인 러시아 사령관이 일본 천황에게 감사해하거나 일본 병사를 칭송하는 언사, 노기 대장에게 말을 헌사 하는 장면 그리고 러시아군 전사자들의 사후처리 등의 묘사를 통해 존경 받는 황군 모습을 표현함으로써 어린 아동들에게 황군에 대한 동경심을 유발하고 있다.

〈KV-3-2-21〉, 〈JV-3-2-21〉「삼용사(三勇士)」에서도 죽을 각오로 철조망을 뚫고 적군을 섬멸한 공병(工兵)을 소개하고, 죽음을 불사한 병사들을 영웅화하여 아동들에게 '병사가 되고 싶다'는 천황에 대한 굴절된 절대적 충성심을 심어주고 있다.

한편 아동들에게 친숙함을 주기 위해 가족 중에서도 연령대가 아동들과 가까운 형을 화자로 설정한, 〈KV-5-1-4〉, 〈JV-5-1-4〉「전쟁터의 형에게서(戰地の兄から)」는 전쟁터에 참전하고 있는 형에게서 온 서간문 형식으로, 가족들의 안부와 더불어 황군으로서 천황에게 충성하자는 직접메시지를 담고 있다.

우리들은 얼마나 고마운 나라에 태어난 것 입니까. 나라를 위해, 천황폐하의 은혜를 위해 전선(戰線)도 후방도 하나가 되어 고마운 그 마음에 보답하지 않으면 안 됩니다. (중략) 주민들은 한사람도 남김없이 고마운 황실의 은혜에 감격하여 마음에서부터 일본군이 되어 대동아건설에 협력하고 있습니다. (중략) 저희들은 모두 형의 뒤를 이을 사람이라는 것을 절실히 느낍니다.

〈KV-5-1-4〉, 〈JV-5-1-4〉「전쟁터의 형에게서(戰地の兄から)」

일본에 태어난 것에 대한 고마움을 피력하면서 천황의 은혜에 보답하기 위해 노력할 것을 당부하고 있다. 게다가 일본인뿐만이 아닌 필리핀 주민들까지 대동아건설에 협력하고 있다면서 어린 아동들에게도 천황의 은혜에 보답하기위해 입영하여 참전할 것을 독려하고 있다. 또 〈KV-2-2-16〉, 〈JV-2-2-15〉「형의 입영(にいさんの入營)」에서는 형의 입영을 통해 나라를 위해 전쟁터에 나가는 것이 축하받을 일이며, 멋진 것이라는 분위기를 만들어 냄으로써, 장차 군인으로 전쟁터에 출전할 마음의 준비를 시킴과 동시에 기쁜 마음으로 기꺼이 맞아들일 수 있도록 미화시키고 있다.

한편 〈KV-2-2-18〉, 〈JV-2-2-20〉「금치훈장(金しくんしゃう)」에서는 전쟁에 참가 한 후 얻어지는 결과물로서 천황이 하사하는 금빛 솔개모양의 훈장을 시로써 묘사하고 있다.

군인들의 가슴에는 금치훈장으로 가득합니다. 꽃 같은 훈장. 해처럼 둥근 훈장. 금 솔개의 금치 훈장. 옛날 진무천황의 활에 앉았던 그 금빛 솔개가, 지금 군인들의 가슴에 빛나며, 훌륭한 공적을 나타내고 있는 것입니다. 〈KV-2-2-18〉, 〈JV-2-2-20〉「금치훈장(金しくんしゃう)」

함축적 의미가 담긴 시의 형식을 이용하여 전쟁터에 나가서 많은 공적을 세우면 천황으로부터 금치훈장을 받을 수 있다는 꿈을 어린 아동들에게 심어주며 군인을 찬양하고 있다.

그런가 하면 〈KV-6-2-17〉, 〈JV-6-2-16〉「무사의 정(もののふの情)」에서는 침몰해가는 그리스 상선의 국기에 대해 예를 갖추고, 적의 병원선을

공격하지 않으며, 야전병원에서 부상당한 미군병사를 돌보는 일본 병사의 젠틀한 모습을 무사도와 연결시켜 미화시키고 있다. 특히 부상당한 미군병사와의 대화에서는,

> "나는 지금의 내 입장을 슬퍼해서 울고 있는 것이 아닙니다. 당신들이 나에게 표해준 친절과 동지로서 우정의 따스함이 마음속 깊이 느껴져 울고 있는 것입니다. 이렇게 따뜻한 마음은 미국군대에는 결코 없습니다. 나는 일본군대가 정말로 부럽습니다."
>
> 〈KV-6-2-17〉, 〈JV-6-2-16〉「무사의 정(もののふの情)」

라고 서사하여 적군인 미군조차도 황군을 칭찬하는 장면을 통해 충(忠), 의(義), 용(勇), 인(仁), 예(禮), 성(誠)을 근간으로 한 무사도를 완성하는 완벽한 황국군인을 창출하고 있다.

한편 〈KV-6-1-17〉, 〈JV-6-1-18〉「품위있는 마음(ゆかしい心)」에서는 태평양전쟁에 참전하고 있는 일본 해군의 눈부신 전투 활약과 더불어 잠두콩을 나눠먹는 전우애, 고양이를 돌봐주는 동물애호, 꽃을 사랑하는 식물애, 하이쿠를 짓는 문학애 등을 소개하며 용맹하면서도 품위 있는 황국군을 형상화하고 있다.

황군찬양은 인간만이 아닌 생물체를 통해서 애니미즘으로도 표현되고 있다. 〈KV-3-1-22〉, 〈JV-3-1-22〉「군견도네(軍犬利根)」에서는 아야코(文子)가, 어미개가 군견인 강아지를 얻어와 키워서 군견으로 보내는, 즉 부모에게 임시로 맡겨진 아동이 성장한 후에 황군으로 되돌아가는 내용을 담고 있다. 훈련을 받은 도네가 군견 반에 들어간 후, 상처를 불사하며 적의 진지를 뚫고 목에 넣은 통신을 전달하여 아군을 승리로 이끄는 스토리로 서사하고 있다. 또 〈KV-4-2-14〉, 〈JV-4-2-12〉「작은 전령사(小さな

傳令使」에서는 비둘기가 통신병의 역할을 다하기 위해 다리와 배에 총상을 입으면서도 끝까지 임무를 완수하고 죽은 스토리이다. 또한 입영한 형이 군마를 돌보는 이야기를 서술함으로써 하찮은 동물들도 전쟁에 참여하여 제 몫을 하고 있는 모습을 통해 아동들에게 충성심을 종용하고 있으며, 전쟁에 참여하는 방법은 여러 가지가 있음을 제시하고 있기도 하다.

그런가하면 〈KV-3-2-14〉, 〈JV-3-2-14〉「군기(軍旗)」에서는 군기에 대한 느낌을 시의 형식으로 다음과 같이 노래하고 있다.

> 군기- 군기. 천황폐하께서 손수 하사해주신 소중한 군기. 우리육군의 징표 군기. 군기- 군기. 천황폐하의 말씀을 마음에 새기고 우리나라를 지킨다. 우리육군의 생명 군기. 군기- 군기. 천황폐하 어전에 죽을 각오로 적지에 나아간다. 우리 육군의 영광 군기. 군기- 군기 천황폐하의 전투에, 언제라도 이겨서 공을 세운다. 우리 육군의 명예로운 군기.
>
> 〈KV-3-2-14〉, 〈JV-3-2-14〉「군기(軍旗)」

천황의 군대로서 천황이 하사한 군기를 들고 죽을 각오로 싸움에 임하는 모습을 서술함으로써 천황에게 목숨을 바쳐 충성할 것을 피력하며, 천황의 군인이라는 '황군'이미지를 각인시키고 있다.

전쟁터에서의 황군이미지를 심어주는 것에서 더 나아가 각종 무기들에 대해 자세하게 설명함으로써 군인에게 필수인 무기에 대한 관심까지 유도하고 있다. 특히 〈KV-4-2-21〉, 〈JV-4-2-19〉「대포가 만들어지기까지(大砲のできるまで)」에서는 대포가 만들어지기까지의 과정을 자세하게 설명하고 있다.

비행기를 쏘아 떨어뜨리는 고사포, 전차의 두꺼운 강철판을 쏘아 뚫어 관통하는 대전차포, 말이나 견인차로 끌고 가는 야포나 중포-이러한 여러 가지 대포는 어떻게 해서 제조되는 것일까요?

〈KV-4-2-21〉, 〈JV-4-2-19〉「대포가 만들어지기까지(大砲のできるまで)」

위에서 알 수 있듯이 어린 아동들에게 대포의 종류를 장황하게 설명하며 그러한 대포들이 만들어 지는 과정을 자세하게 서술하고 있다. 또 그것을 어린 아동들이 더위나 추위를 이겨내고 몸과 마음을 닦는 것과 같다고 비유하며, 여러 가지 대포가 만들어져 일본을 지켜주게 된다고 무력의 힘을 역설하고 있다.

한편 〈KV-5-2-2〉, 〈JV-5-2-2〉「수병의 어머니(水兵の母)」에서는 해병의 어머니가 아들에게 "목숨을 아까워말고 천황의 은혜에 보답하라"는 내용의 편지를 소개함으로써 황군의 어머니가 취해야 할 마음가짐 등을 제시하고 있기도 하다.

일제는 전쟁에 필요한 군인을 양성하기 위한 기초 작업으로서 아동을 교육시키는 〈國語〉 교과서에, 전쟁터를 배경으로 하여 활약을 펼치고 있는 천황의 군인들을 전투상황과 더불어 구체적으로 서사했다. 그리고 결국 무사도와 연결하여 완벽한 황군이미지를 창조하고 있음을 알 수 있다.

4. 結論

근대일본은 제국주의에 대한 비판이나 저항을 법이나 제도로 억누르는 것 보다 그러한 사상 자체가 처음부터 존재하지 않도록 하기위해 근대 국민국가에서 필요로 하는 내용의 균질교육을 통해 일본국민과 식민지 조선인을 세뇌시켜 황국국민을 양성하려고 하였다. 특히 아동들을 교육하는 초등학교 〈國語〉에서도 황국군인 양성의 장치로 응용되었음을 알 수 있다.

한일 양국의 제Ⅴ기 〈國語〉 교과서를 살펴보면, 1941년부터 발행된 문부성 〈國語〉 교과서를 참조하여 조선총독부 〈國語〉 교과서가 1년의 차이를 두고 발행되었는데, 조선의 일본어 교과서는 일본 문부성의 교과서에서 말하기를 뺀 〈國語〉 교과서를 편찬함으로써, 자신의 의견을 표현할 수 있는 능력보다 식민자의 통치를 수용하는데 필요한 일본어 이해, 특히 듣기 능력에 치중하였음을 알 수 있었다.

조선총독부와 문부성 제Ⅴ기 〈國語〉 교과서의 공통된 단원은 155단원(64%)으로, 공통단원을 주제별로 살펴본 결과 천황과 관련된 역사·위인이 37단원으로 가장 많았고 천황과 결부시킨 전쟁 관련이 32단원으로, 전체 공통단원의 약 45%나 차지하고 있었다. 그 외의 주제들도 황국신민으로서의 마음가짐, 행동강령 등 황군양성을 위한 교화가 주를 이루고 있어 어린 아동들에게 필요한 인성, 교양 등은 극히 소수 단원에 불과했다.

또 공통단원을 장르별로 분류해 보면 시, 보고·관찰문, 설명·해설문의 문장형식을 가장 많이 사용하여 잠수함이나 대포가 만들어지는 과정 혹은 비행기 정비 등 전쟁을 미화시키고 있다. 또 전기·위인문 형식을 빌려 일본의 천황, 무사, 학자, 화가에 이르기까지 다양한 일본인을 설정하여 일본인과 일본문화의 우수성을 시사하고, 생활문 형식을 이용해 일본의 문화행사를 조선인에게 이입시켜 일본인으로 동화시키는 장치로 이용함으로써 천황의 신민이자 황군으로 양성시키고자 한 것을 확인할 수 있었다.

단원 주제와 형식 분류를 통해 알 수 있었던 것은 천황을 중심으로 일장기나 기미가요 등 일본의 상징들을 반복 기술함으로써, 일본인의 우수함을 제시하고 나아가 국력을 신장하여 세계의 중심에서 강력한 일본제국의 이미지를 창출 암시하고 있었다.

또한 여러 신화와 설화 등의 장치로 천황의 신격화를 도모하고, 천황에게 충성하다 죽은 무사들이 야스쿠니신사에 모셔 영웅화하는 일화를 통해 궁극적 충성의 목표를 제시하여 왜곡된 사후세계를 암시하고 있으며, 일상에서 신사참배와 기미가요를 부르고 황실과 관련하여 극존칭을 사용하는 아동들의 모습을 통해 신성불가침의 국체로써의 천황을 그려내고 있었다.

더욱이 아동들에게 전쟁을 놀이로써 접목시키고, 잠수함을 비롯한 무기 분류 제조 조종 등에 대한 장황한 설명으로 전쟁에 대한 거부감을 없애고 전쟁훈련을 통하여 예비전력을 양성하고 있었으며, 이와 같은 것들을 곳곳에서 삽화로 보충 심화시키고 있다.

1940년대 양국의 일본어 교과서인 〈國語〉는 국가에서 의도하는 천황의 신민이자 군인으로 양성시키는 교육을 일본아동뿐만 아니라 조선아동에게까지 지속적으로 시행하고 있었음을 알 수 있다.

II. 『國語讀本』에 投影된 軍事教育*

유 철 · 김순전

1. 서론

일제는 1937년 7월 중일전쟁에 이어 1941년 12월에 태평양전쟁을 일으켜 전선을 확대시켰음에도 불구하고 작전이 계획대로 진척되지 않았다. 두 전선에서의 戰況은 새로운 병력과 노동력을 요구하게 되자 이를 타개하기 위한 방책의 하나로 추진된 정책이 조선인을 동원하는 것이었다. 그래서 1942년 5월에는 조선에서 징병제를 실시하겠다고 발표한 이후 1944년 4월 1일부터 8월 20일까지 무려 222,295명이 징병을 위해 수검하였다. 전체 徵兵對象者의 94.5%[1]라는 매우 높은 검사율을 기록하였는데, 그 중 4만 5천명이 1944년 9월 1일부터 1945년 5월 사이에 일본군으로서 징병[2]되었다. 당시 시대상황이 일제강점기라서 이러한 결과가 나올 수밖에 없

---

* 이 글은 2012년 2월 일본어문학회 「日本語文學」(ISSN : 1226-9301) 제56집, pp.335~354에 실렸던 논문 「日帝强占期『國語讀本』에 投影된 軍事敎育」을 수정 보완한 것임.
1) 水野直樹(1998), 『戰時期 植民地統治資料4』, 伯書房, pp.212~213
2) 辛珠柏(1993), 『제86회 제국의회설명자료(1944): 警務局關係』, 高麗書林, pp.59~64

었다고는 하나, 언어, 문자, 정신적인 문제 등 여러 가지의 장애요인에도 불구하고 이에 대한 일제의 사전에 계획된 철저한 교육이 있었기 때문에 전체 수검자 중, 20% 이상의 징병율달성이 가능했으리라 생각된다.

이는 1931년 만주사변 이후부터 조선에서는 조선총독 권력기구 말단에 있는 조선인들을 대상으로 그저 '조선방위상'뿐만 아니라, '조선통치상'의 중대한 문제로서 거론하여, '조선인의 병역문제에 대해' 신중하고 깊은 연구가 이루어지고 있었다. 그리고 총독부에서는 1937년 6월에 중일전쟁 직전에 조선군에 대해서 거론하게 되는데 그 내용을 살펴보면,

> 최근 당극에서 인정하는 병력자원의 부족으로 해당 군은 조선인 장정을 징집 하는 것에 대해 병력자원을 확대할 수 있다는 것이 당연하다.[3]

라고 기술하고 있어, 군사자원 즉 병력부족을 채우기 위해서 조선인을 징집할 것을 이때부터 생각하고 있다는 것을 의미한다.

따라서 조선총독부는 모든 교과서를 세밀한 계획과 철저한 감독아래 편찬하였는데, 이는 일본의 충실한 식민지인으로 교화시키기 위해 식민교육정책을 철저하게 시행한 것이었다. 그 대표적인 매개 고리는 아직 '국가의식'이 전무한 백지의 영혼이라 할 수 있는 어린 아동들을 대상으로 한 초등교육이 될 것이며, 이 아동들에게 이데올로기를 주입시키기 위해 수단과 방법을 세밀하게 디자인하였던 것이다.

본고에서는 아직 국가의식이 확립되지 않은 아동들에게, 1910년 한일합방 직후부터 초등학교에서 가장 많은 수업시수를 배정하여 일본어교육에

---

3) 最近当局ニ於テ認定スル兵員資源ノ不足ニタイシ当軍ハ　鮮人壯丁ヲモ徵集スルコトニ寄リ、兵員資源ヲ拡大シ得ヘキハ理ノ当然。久保義三(1979),『天皇帝国国家の教育政策』, pp.344~345 재인용

전력을 기울인 『國語讀本[4]』을 통해, 아동들을 병사양성을 위한 발판으로 삼기 위하여 『國語讀本』은 동심에 작용시키기 위해 어떻게 편재되었고 어떠한 장치를 어떻게 교육하였으며, 또한 군사교육정책이 일제의 영역팽창 장치로 조선인을 '천황을 위해', '일본을 위해' 목숨을 바칠 수 있는 皇軍化 작업을 위해 『國語讀本』을 어떻게 활용 하였는지를 고찰해보고자 한다.

2. 일제강점기 학교교육과 군사교육의 접목

1910년 한일합방 이후 일제는 조선의 모든 권한을 빼앗아가면서 조선총독부의 철저한 감시와 통제 속에 교육이 진행되었으나, 일제강점 초기에 조선인의 군인화 추진은 거론대상에 올릴 생각도 없었다.[5] 무단정권의 학교교육에 대한 개입은 3·1운동 이후 〈2차 조선교육령〉에 의해 변화되는 학제와 문화정치라는 다소 완화된 분위기 속에 1920년대 중반부터 서서히 나타나게 되는데, 조선인들에게 일본어를 단기간에 보급해야하는 부담감과 군사교육에 투자해야할 시간과 노력 그리고 총을 구매해야하는 경

---

4) 『國語讀本』은 1912년부터 해방에 이르기까지 조선인 아동이 다니는 초등기관을 위해 조선총독부에서 편찬한 일본어교과서인 '國語讀本'이다. 당시 일본어는 초등교육 중 가장 많은 시수(주당 10시간)를 할애하였으며, I 기(1912) II기(1923), III기(1930), IV기(1939), V기(1942)에 〈조선교육령〉의 개정과 함께 각각 개정되었다. 일부 학제의 변화로 인해 정식 교과서명칭은 『國語讀本』→『初等國語讀本』→『初等國語』 등으로 변하였는데, 본고에서는 교과서 명칭을 『國語讀本』으로 통일하기로 한다.

5) 〈1·2차 조선교육령〉에 의해 채택 된 조선인이 다니는 초등학교 교과목 중 체조(체육)는 선택과목이었으며, 과목의 중요성은 매우 낮았다. 여기서 체조(체육)교과목을 언급하는 이유는 당시 일제가 체육을 소홀이 다루게 된 이유를 들 수 있는데, 조선인 아동들의 신체를 강건하게 단련하게 되면 그 몸으로 일본에 대한 반항세력을 키우는 힘이 될 수도 있다고 우려했기 때문이다.

西尾達雄(2003), 『日本植民地下朝鮮における学校体育教育政策』, 明石書房, p.561

비부담을 이유로 일본인 학교 교장들이 적극적으로 나서 비판하거나 저지했다.6)

그러나 1928년 공포된 「體操敎授要目」의 내용을 보면 '체육수업시간에 학교 인근에 군부대가 있다면 군사 훈련 또는 연습의 견학은 적당하게 행하도록 할 것7)'이라고 명시되어 있어, 학교현장에서의 군사교육이 점차 활발해져가고 있음을 암시하고 있다. 이는 1929년 세계대공황과 맞물려 있는데, 서구국가들이 위기를 맞이하자 일본자본주의 역시 위기를 맞이하면서, 1930년에는 실업자가 약 300만 명에 이르렀다. 이러한 경제적·정치적 위기는 군사정권이 주도하는 국가개정 즉 중국대륙 진출로 활로를 모색하면서 침략 확대정책이 거론되게 된다. 정책적인 변화는 곧바로 학교교육에서도 국체명징과 일본정신을 강조하면서, 일본인 아동이 다니는 소학교에서 男兒에게는 검도를, 女兒에게는 나기나타(薙刀)8)를 가르치는 학교가 일부 주목받았기 때문이다.9)

이때부터 점차 조선에서도 강력하게 전시체제가 구축되면서 총독부에 의해 강행되어 1945년 해방에 이르기까지 이러한 체제가 줄곧 강화되어, 1935년 조선인 지원병제도 확립의 전제조건으로 학교체육 및 교련 전면 시행문제 대두, 1936년 학교 체육시간에 '황국신민화 체조' 시행, 1938년 〈3차 조선교육령〉 개정, 1943년 〈4차 조선교육령〉 개정 등이 진행된다.

특히 이러한 과정에는 조선인 초등교육 의무화 역시 포함되어 있는데, 조선인을 징병하는 데는 근본적으로 부족한 것이 있었다. 소통능력인 일

---

6) 《朝鮮日報》 1925.12.22
7) 朝鮮總督府 官報 第522號(1928.9.21), 「體操敎授要目」, 六, 軍事二關スル諸設備各種演習ノ見学ハ適宜之ヲ行フ
8) 긴 자루 끝에 휘어진 칼이 달린 무기. 고대 중국의 연월도 비슷하며, 에도시대에는 武家의 여인들이 사용했음.
9) 西尾達雄(2003), 『日本植民地下朝鮮における学校体育教育政策』, 明石書房, p.561

본어, 즉 당시 조선인의 국어 이해능력문제가 바로 그것이다.[10] 군대에서 언어문제는 내무생활에서부터 전투에 이르기까지 가장 기본적인 문제였다. 예를 들어 조선총독부는 1944년 징병검사를 받은 조선인 청년 222,295명 가운데 미취학자가 102,954명이었으며, 그 가운데 국어(일본어)를 이해하지 못하는 초등학교 사람이 41,827명이라고 파악하였다.[11] 초등학교 초등과 중퇴자(42,285명)나 미취학자 가운데 국어를 이해한다고 판정 받은 사람도 군대생활을 하기에 충분할 정도로 국어를 이해하고 있다고 낙관할 수도 없었으며, 바로 이러한 불안요소를 우려하여 조선총독부가 예정에 없었던 초등학교의 의무교육제도를 1936년부터 서둘러 실시하려는 이유도 여기에 있었다. 더구나 일본은 3·1운동으로 조선인의 단결력과 반발에 놀란 경험이 있어, 조선인 청년들의 충성도를 더더욱 신뢰할 수 없었다.

물론 1938년부터 실시한 육군특별지원병제를 통해 병사로서의 조선인 청년들의 자질에 대해 몇 차례 검증을 했기 때문에 무엇이 부족한지 일본 스스로도 잘 알고 있었다. 하지만 징병제 실시를 발표한 이후에도 일본이 조선인의 충성심을 신뢰하지 않았음은 육군성 병무국장의 발언을 통해 일부 확인할 수 있다.

조선인의 사상성격의 약점은 放縱不覇하여 內地人처럼 일관된 肇國의 本義를 基調로 하는 道義觀이 缺如되고 精神的인 依據를 갖지 않고 있어, 적절히 그 교육지도의 기조를 정신요소의 함양, 특히 황민 및 황군의식의 투철에 두어야 한다. 즉, 민족적 대립관을 근저로부터 불식하고 국가 관념 특히 충군애국의 정신을 계몽 배양하여 確固한 일본인적 신념을 把握하도록 함과 동시에 建軍의 本義 특히 皇軍 軍紀의 眞髓를 이해시켜 군인

10) 신주백(2004), 「일제말기 조선인 군사교육 -1942.12~1945-」, 한일민족문제연구 No.9, p.158

11) 水野直樹(1998), 『戰時期 植民地統治資料4』, 伯書房, pp.212~213

으로서의 자질을 완성시키는데 全幅의 노력을 기울어야 한다.[12]

위 내용은 1939년에 일본군 관련 부대에 배포된 문서의 내용 중 하나로서, 1943년 8월 사단참모장 등의 회동 때 병무국장이 구두로 연설한 요지이다. 「조선출신병사교육의 참고」라는 제목의 문서는 육군특별지원병에 대한 교육경험 등을 참조로 작성된 것이며, 조선인 특별지원병이 입대한 부대에 교육용 참고자료로 보내졌다.

이는 白兵戰을 기본으로 하는 일본 육군의 전투방식에서는 천황을 향한 충성심이 우러나는 병사만이 육탄돌격전에서 목숨을 내놓을 수 있다고 판단하였기 때문에 더욱 학교교육을 통해서 어린 아동들에게 조기교육을 실시해야만 했고 강조할 수밖에 없었다.[13]

3. 『國語讀本』에 나타난 군사교육의 유형별 분류

3.1 군대친화를 위한 동기유발

백지의 영혼을 대상으로 하는 모든 교육에서는 흥미와 재미를 연결시켜 동기유발로 연결시키기 위해서 최대한의 노력을 기울여야 한다. 모든 아동들이 '놀이'라고 해서 무조건적으로 흥미와 재미를 느끼는 것은 아니지만, 단순한 이론식 교육방법 보다는 편안한 수업분위기 속에서 내용을 보다 쉽게 전달 받을 수 있을 것이다.[14]

---

12) 「陸密」 第2848號 朝鮮出身兵取扱教育ノ参考資料送付二関スル件陸軍一般ヘ通牒 (1943.8.14), p.484
13) 「陸密」 第2848號(1943.8.14) 朝鮮出身兵取扱教育ノ参考資料送付二関スル件陸軍一般ヘ通牒
14) 김기웅, 곽은정(1998), 『유아 및 아동체육』, 서울 : 보경문화사 p.82

일제는 이미 100년 전 초등학교 일본어 시간에, 이와 같은 방법으로 아동들이 흔히 즐길 수 있는 '놀이' 속에서 두 가지의 형태로 내·외적인 군사교육을 실시하고 있었다. 이러한 내용은 교과서를 통해서 확인할 수 있는데 그 내용은 다음과 같다.

첨벙 첨벙 슈슈 수중 전. 일제히 사격이다. 전진이다. 파도의 방어진지, 빗발치는 총알을 뚫고 잠수하여 돌격이다. 적들은 강하다. 방심하지마라. 총 공격이다. 육탄이다. 무적일본의 바다의 아이들, 힘차게 오늘도 수중 전. 〈V-6-16〉「수중전(水がっせん)」

이 단원 「수중전(水がっせん)」에서는 삽화를 통해 알 수 있듯이 물놀이에서 '사격', '전진', '방어진지(トーチカ)', '빗발치는 총알', '돌격', '육탄' 등 3학년 학생들에게 애써 교육할 필요도 없는 군사용어들을 활용하여 서사하고 있다.[15]

이 단원뿐만 아니라 〈V-1-11〉「아침이슬(シモ ノ アサ)」에서는 학교 등굣길에서 아동들의 모습을 묘사하고 있는데, 이 역시 아동들의 물놀이 서술을 통해서 미래의 군인들에게 예행연습의 장치로서 서사하고 있는데,

---

15) 유철(2010), 「日帝强占期『國語讀本』을 통해본 身體教育 考察」, 전남대학교 석사학위 논문, p.66

그 내용은 다음과 같다.

고쇼쿠가, "모두들 다 모였네. 자! 출발하자"(중략) "자 달려가자"라고 말
하며 달리기 시작했습니다. 우리들은 뒤 따랐습니다. 어느덧 학교가 보
이기 시작했습니다. 모두들 "하나 둘, 하나 둘"라며 구호를 외치면서 힘차
게 달렸습니다. 〈IV-2-9〉「아침이슬(シモノアサ)」

〈군 제식훈련 및 구보하는 모습을 영상 시키는 삽화〉

이 단원의 내용은 학교 등굣길에 어린아동들이 열을 맞추어 인솔자가
가장 선두에 서서 구호를 외치면서 학교까지 구보하는 모습을 묘사하고
있는데, 앞서 언급한 단원과 같이 '재미'라는 부분을 강조하기 보다는 '절
도'있는 모습에 포인트를 맞추고, 자세히 보면 아동들의 신체를 단련시키
는 '건강'을 핑계 삼아 향후 군인으로서의 기초적인 체력은 물론이거니와
군대식의 소집단으로서의 바람직한 양상을 아동들에게 암시하는 서사장
치임을 알 수 있다.
〈IV-2-5〉「전쟁놀이(センソウゴッコ)」에서는 여러 아동들이 신나게
즐기고 있는 전쟁놀이, 〈V-1-11〉,「병사놀이(兵タイゴッ コ)」에서는 아
동들이 군의 병과별로 장래희망을 나타내어 '나는 전차병이 될 거야'라는
식의 표현을 구사하는 등 다양한 놀이로서 눈길을 끌었는데, 이는 조선아

동들이 일본어교과서인 『國語讀本』을 통해 군에 대한 인식을, 평소에 어린이 놀이를 통해 유희화하여, 거부감을 최소화시킴으로서 기본적인 일본식 군사용어를 습득케 하고 군대생활을 일상화시키기 위한 목적으로 활용하고 있기 때문이다.

이와 반대로 「그네(ぶらんこ)」는 최초 편찬된 I 기부터 V 기에 이르는 『國語讀本』에 단 한 번도 누락되지 않고 수록되어있다. 매 기수 마다 女兒가 그네를 타는 삽화가 실려 있는데, 전시체제기인 IV기 V기에 접어들면서 내용과 삽화의 일부가 교묘하게 바뀌어 있는 것을 확인할 수 있었다. 문장에 '일장기'와 '비행기'라는 단어를, 삽화에 전투기와 일장기를 넣어, '그네'라는 단원에서 아동들의 놀이문화에도 '황국병사' 양성의 상징을 서사하는 기재장치로 『國語讀本』은 이용되고 있었던 것이다. 이 내용은 다음 아래와 같다.

그네야 그네야! 높이 높이! 그네야! 산도 강도 움직인다. 그네야 그네야! 높이 높이! 그네야! 아직 해는 있어. 〈II-1-〉「제목없음」

슝슝 오른다. 슝슝 내려온다. 획 획 제비도 날고 있어. 꽃피는 정원에서 언니와 나, 슝슝 흔들린다 흔들려! 〈III-3-6〉「그네(ブランコ)」

흔들흔들 그네놀이, 쓰윽 오른다 지붕 위까지! 저 멀리 숲쪽에 히노마루가 살랑살랑 바람을 탄다. 흔들흔들 그네놀이! 쓰윽 오른다 지붕 위까지! 저 멀리 산쪽에 비행기가 잠자리처럼 날아간다.

〈IV-5-11〉, 〈V-2-7〉「그네(ぶらんこ)」

 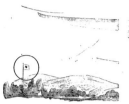 

〈Ⅱ-1-〉「제목없음」 〈Ⅳ-5-11〉「ぶらんこ」 〈Ⅴ-2-7〉「ぶらんこ」

위와 같이 군대놀이가 실린 단원이 1910~1934년까지 편찬된 『國語讀本』 (Ⅰ~Ⅲ기)에서는 나타나지 않았는데, 1938년부터 군대놀이의 내용과 삽화로 변형되어 있다. 이는 1930년대 후반부터 일제의 군사교육정책이 초등교육정책에 상당한 영향을 미쳤음을 추량해볼 수 있는 부분이라 하겠다.

3.2 전쟁영웅의 이상적 인간상

'영웅주의'는 어떤 사회나 집단 구성원이 위험이나 해결이 어려운 상황에 처했을 때 이를 해결해 줄 수 있는 '영웅'을 갈망하는 심리 속에서 기인하였다고 볼 수 있다.16) 현재는 절대적으로 정의되었던 많은 것들의 의미가 다양화되었기 때문에 진정한 '영웅'이라는 뜻과 해석은 사회적으로나 문화적으로 다양하게 해석되지만 일제강점기의 시대적 양상으로 볼 때, 가장 각광받을 수밖에 없는 '영웅'은 전장에서 승리를 안기게 해주는 전쟁영웅을 들 수 있을 것이다. 그 중에서도 일제가 조선인에게 가장 이상적으로 바라는 상은 바로 '천황을 위해 목숨을 바칠 수 있는 忠', 목숨까지 내놓을 수 있는 진정한 '충량한 황국신민'으로 만드는 것이다.

현재 대한민국에 존재하는 모든 군사교육기관에서도 이와 비슷하며 국

---

16) 임재구(2009), 「체육철학:스포츠미디어를 통한 헤게모니와 영웅주의」, 한국체육철학학회지, p.1

가에 대한 국가관, 충성심 등을 군인들에게 단 기간에 함양시키기 위해 군가 교육 시 동작과 구절별 목소리 톤을 유효적절하게 조절하도록 교육하고 있으며, 전우애를 최대한 극대화시키기 위해 '연평해전', '서해교전', '천안함침몰사건' 등의 영상물을 교육받는 동안 주기적으로 시청하게 하여, 당시 희생했던 장병들을 영웅화함과 동시에, 자기 자신이 국가의 일원으로서 필요한 존재임을 깨닫게 하도록 지도하고, 올바른 사생관을 심어주고자 지속적으로 교육을 실시하고 있다. 이러한 교육은 일제강점기에도 마찬가지라 할 수 있으나, 특히 이 시기는 최고조에 달한 시기였음으로 현재의 교육방식보다 더 집중적으로 주입했을 것으로 생각된다. 참고로 전시체제기 일제가 징병된 조선인에게 심고자 하였던 사생관은 다음 내용과 같다.

> 사생을 꿰뚫는 것은 숭고한 **獻身奉公**의 정신이다. 생사를 초월하고 일념의 의무완수에 매진하도록 할 것. 심신의 모든 힘을 다하여 받아들이고 유구한 대의를 살리는 것을 기뻐하라[17]

위 내용은 『朝鮮人徵兵讀本』 서론에 명시되어 있는 내용 중 일부로서, 조선인이 갖춰야 할 바람직한 사생관으로, 조선인 군인도 전쟁에 임하여 죽음을 두려워말라는 것을 분명히 하고 있다. 따라서 일제는 어린학생들에게 또한 이러한 사생관을 심어주기 위해 교과서에 이와 관련된 단원들을 자연스럽게 실어, 단기간에 주입시키고자 치밀하고 조직적으로 어린 학생들을 세뇌하고 있는 것이다.

---

17) 死生観 死生を貫くものは崇高なる**獻身奉公**の精神なり。生死を超越し一意任務の完遂に邁進すべし。心身一切の力を尽し従容として悠久の代議に生くることを悦びとすべし。朝鮮**總督府**(1944), 『朝鮮徵兵讀本』, p.10

따라서 이러한 시대적 압박 속에서 편찬된 『國語讀本』에는 다양한 전쟁영웅들이 나타나 있음을 확인 할 수 있었다. 물론 본고에서는 일본신화에 나오는 전쟁영웅(고대 천황)들은 모두 배제하였다. 이는 당시 아동들에게 허구적이고 '神'적인 존재보다는 '실질'적인 존재의 전쟁담 및 영웅담을 통한 교육이 아동들에게 직접적으로 전해지는 파급효과가 매우 클 것이기 때문이다. 그 중에서 대표적인 단원으로 〈V-4-22〉「군견도네(軍犬利根)」와 〈V-6-7〉「潛水艦」, 〈V-6-8〉「レキシトン撃沈」, 〈V-6-21〉「三勇士」, 〈V-6- 21〉「하늘의 신병(空の神兵)」〈V-7-18〉「히로세 중령(広瀬中佐)」〈V-7-24〉「하늘의 군신(空の軍神)」 등의 단원을 들 수 있는데 먼저 「군견도네」의 내용을 보면 다음과 같다.

도네는 어릴 적 후미코의 집에서 자랐습니다. 용감한 군견입니다. 후미코가 어느덧 3학년이 되었을 무렵, 삼촌댁에서 강아지를 한 마리 얻어왔습니다. 그 어미가 군견으로서 전장에서 일하고 있다고 전해들은 후미코는 얻어온 강아지도 훌륭한 군견으로 키우고 싶다고 생각했습니다. 강아지에게 도네라는 이름을 붙여주었습니다. 이유는 삼촌댁 근처에 흐르고 있는 크나큰 강의 이름을 본을 따서 아버지께서 붙여주셨기 때문입니다. (중략) 후미코가 4학년이 된 가을, 군인아저씨에게 다음과 같은 편지를 받았습니다. "도네는 매우 훌륭한 군견이 되었습니다. 높은 장애물도 거뜬하게 뛰어넘습니다. 그대가 예뻐한 것과 마찬가지의 기분으로 저도 열성적으로 돌보고 있습니다. 그러니 안심하시길 바랍니다." (중략) 그 후로부터 반 년 정도 지나 어느덧 후미코가 5학년이 되었을 무렵, 도네는 용맹하게 북만주(北支那)로 출정했습니다. 영리한 도네는 전장에서 적의 위치를 찾거나, 밤에 접근하려고 하는 적을 감시하거나, 부대와 부대의 전령역할을 하는 등 어떠한 일을 맡겨도 매우 훌륭히 일했습니다. (중략) 도네는 부대 앞 100미터 부근에 다다랐습니다. 때마침 그때 적의 총알이 빗방울처럼 날아왔습니다. 도네는 털썩 쓰러졌습니다. "옳지 오너라 도네, 옳지 오너라 도네"라며 담당하는 군인아저씨는 필사적으로 계속 불렀습니다.(중략) "도네는 다리만 다쳤을 뿐이니 곧 회복될 것으로 생각됩니다. 도네는 머지않아 甲號功章[18]을 받게 됨이 틀림없습니다."라고 쓰여 있었습니다. 이 편지를 보고 후미코는 "어쩜 도네가"라며 울컥하여 울고 말았습니다. 〈Ⅴ-4-22〉「군견도네(軍犬利根)」

〈2장 도네의 훈련하는 모습과 甲號功章을 수여받은 목걸이의 삽화〉

위 내용을 보면 어린 여자아이가 강아지를 분양받게 되면서 이야기가 시작된다. 그리고 가정에서 자라는 도네에 대한 전반적인 성장기를 다룸과 동시에 점차 군견훈련소에서 훈련을 받는 모습, 그리고 전장에 나아가 임무를 훌륭히 수행하는 모습을 담아내는 등, 1장부터 4장까지 각각의 테마로 이야기가 전개된다. 특히 이 이야기 속에 나오는 여자아이 후미코는 자신이 분양받은 강아지의 어미가 군견이라는 이유 하나만으로 후에 도네 또한 군견으로서 되어주길 바라는 간절한 바람을 내비치면서 스토리가 시

---

18) 제2차 세계 대전 때까지 무공이 뛰어난 군인에게는 金鵄勳章을 수여하고, 황군의 용사로서 수훈갑을 세우면 말 못하는 개일지라도 교육받은 내용을 잊지 않고 나라를 위해 맡은 바 임무를 훌륭히 수행한 군견에게는 甲號功章(훈장)수여하여 목걸이에 매달아 주었다. 일본이 전쟁을 치르면서 훈장을 수여받은 군견은 총 12마리이다. (「軍犬の歷史」 http://kiriken.web9.jp/ gunken/history_of_md.html 2011.6.21. 검색)

작되고 있다는 것은, 여자아이일지라도 나라를 위해 무언가 할 수 있다는 것을 암시함과 동시에 내적으로는 '강아지도 훌륭히 자라 전장에서 나라를 위해 몸을 아끼지 않는다'라는 황군으로서의 충성심을 강조하고 있는 것을 알 수 있다.

원래 일본군이 군견을 활용하기 시작하게 된 유래는 그리 길지 않다. 1914년 제1차 대전 때 영국과의 동맹으로서 독일군의 점령지인 중국 산동지방의 靑島를 공략하면서 독일군이 남기고간 군견을 전리품으로 입수하면서 시작된다. 그러나 이때부터 군부대에 즉시 투입된 것은 아니며 본격적으로 투입되기 시작한 것은 만주사변을 기점으로 군부대에 250마리의 군견이 배속되면서 두각을 나타내기 시작하며 전장에서 매우 유효하게 활용되어 1930년 중반, 일본 각지에 군견연구소, 군견훈련소가 속속히 특설되면서 부터이다.

따라서 전시체제기에 접어들면서 군부가 군견에 대한 각별한 관심을 가졌던 일제는 아동들에게 누구나 거리낌 없이 좋아할 수 있고, 평소 흔히 접할 수 있는 '개'라는 연결고리를 통해 군을 홍보함과 동시에 주인공인 '도네'에게 황군의 용사를 나타내는 훈장까지 수여하면서 도네를 영웅화하여 아동들의 동심을 자극시키기 위한 하나의 도구로서 교과서 속에서 자세히 기술했을 것으로 생각된다.

다음은 「三勇士」라는 단원이다. 먼저 이 단원의 내용을 살펴보면 다음과 같다.

이 철조망에 파괴통을 던져서 우리 보병들을 위해 돌격할 수 있는 길을 만들라고 하십니다. (중략) 우리 보병도 거세게 기관총을 쏘아 댔습니다. 그리하여 적전 앞에 모락모락 연막을 쳤습니다. 전진! (중략) 이제 도망칠 곳도 없었습니다. 세 명은 하나의 폭탄이 되어 곧바로 돌진했습니다.

노리는 철조망에 파괴통을 던져 넣었습니다. 폭음은 하늘과 땅에 울리며 엄청나게 울려 퍼졌습니다. 이 틈을 놓치지 않고 우리의 보병 부대는 돌격하였습니다. 반장님도 부하들을 지휘하며 나아갔습니다. 거기에 사쿠에가 쓰러져 있었습니다. "사쿠에 잘해주었다. 남기고 싶은 말은 없나" 사쿠에는 답했습니다. "아무것도 없습니다. 성공은 했습니까?" 반장님은 격파된 철조망을 향해 사쿠에를 부추기며, "대대는 너희들이 격파한 곳을 통해서 돌격하고 있다."라고 외쳤습니다. "천황폐하만세" 사쿠에는 이 말을 남기며 조용히 눈을 감았습니다. 〈V-6-21〉「삼용사(三勇士)」

〈삼용사에 대한 삽화와 거의 흡사한 현재 東京 靑松寺에 위치한 銅像〉

위 단원의 내용은 1932년 2월 22일 만주사변에서 일본육군 제18공병대대가 적진을 무력화시키기 위해서 적 방어선을 세 공병의 이등병이 파괴통을 들고 자신을 희생하며 돌격하는 모습을 묘사하고 있는 단원이다. 이 단원 역시 '철조망', '파괴통', '보병', '기관총', '전진', '폭탄', '돌격', '격파', '대대' 등 군사 용어들을 많이 구사하고 있다. 또한 이 단원에서의 주된 내용은 국가관, 충성관, 전우애 등을 노골적으로 강조하며, 아군을 위해서라면 자기 자신은 얼마든지 희생할 수 있다는 바람직한 임전태세를 서사하고 있다.

본고에서는 지문 할애 상 두 단원에 대한 설명만을 자세히 기술하였지만 이러한 단원을 통해서 초등학교 3학년 아동들에게 군인이라는 존재

자체를 영웅화하고, 이들을 통해서 전투에 임하는 황군(皇軍)을 양성하려 했던 것이다.

3.3 군사교육의 생활화

인간은 사회 공동체의 규범에 따라 자연스레 기본적인 생활습관을 가지고 행동하게 된다. 일제는 학교교육을 통해서 이렇게 일상적인 생활부분에도 많은 감독과 철저한 감시가 이루어져 왔다는 것은 주지의 사실이다. 그러나 일반적인 가정에 실질적으로 언제 어떻게 교육을 하였는지 여부에 대해 정확히 아는 이는 거의 전무하다. 그런데 『國語讀本』에서 일상생활 속에서 어떠한 방식으로 훈련을 하는지 여부에 대해 자세히 기술되어 있는 단원은 〈IV-6-10〉「防空訓練」이다.

사이렌이 요란하게 울리기 시작했습니다. "자, 공습경보다!" 형이 이렇게 말하자 모두들 황급히 검은 암막을 둘러쳤다. 어머니가 "이정도면 괜찮으려나? 밖에 나가보렴."이라 말씀하셨다. 형과 함께 밖으로 나가보니 한 군데서 빛이 새어나왔다. 내가 "여기 안 돼요."라며 창 쪽을 두드리자 곧바로 안에서 막았다. 하늘은 캄캄하고 별 하나 보이지 않았다. 마을 쪽에서 무언가 부르는 소리가 크게 들린다. 순간 새카만 하늘에 띠 같은 하얀 빛이 흘렀다. 탐조등이다. 연이어 2대 3대가 사방에서 나타났다. 어두운 하늘을 기분 나쁘게 움직인다. 비행기를 찾고 있을 거야. 저 멀리 비행기의 폭음이 들려왔다. 탐조등의 빛이 좌우로 바삐 움직이기 시작했다. 곧이어 탐조등 빛줄기 속에 장난감같은 비행기가 하얗게 떠올랐다. 비행기는 필사적으로 빛줄기 속에서 벗어나려고 하고 있다. 탐조등은 "놓칠 것 같으냐?"라는 식으로 끈질기게 쫓는다. 드디어 비행기는 두 줄기 빛 속에 갇혀버리고 말았다. 「빵 빵」고사포가 세차게 울렸다. 이어서 "다다다다 다다…" 콩 볶는 듯한 기관총소리. 비행기가 무언가 떨어뜨리는가 싶더니 순식간에 벌겋게 피어올랐다. 형이 "아 조명탄이다." 라고 외쳤다.

〈IV-6-10〉「防空訓練」

이 단원의 내용은 공습경보가 울림과 동시에 상황조치를 실시하는 아이, 그리고 그 아이에게 확인을 요하는 어머니 등 각자의 임무가 명확히 나뉘어져있으며, 질서정연하게 일사천리로 행동하고 있다. 이렇게 행동하기에는 사전에 철저한 교육과 훈련을 거쳤을 것이며, 형이 '조명탄'을 식별할 줄 알 정도라면, 평소에 기본적인 식별법을 가르쳤을 가능성이 있다고 본다.

다음 내용도 마찬가지로 일상생활 속을 그려낸 단원의 일부이다.

너는 군인을 좋아하기 때문에, 오늘은 병영생활에 대해서 조금 알려주도록 하지. (중략) 오전과 오후에는 교련을 합니다만, 때로는 아침 일찍부터 훈련으로 나갈 때도 있습니다. (중략) 저녁 식사 후, 우리들이 가장 즐거워하는 시간으로, 목욕을 하거나, 군가 연습을 하고, 팥죽과 오복떡(大福餠)을 먹으면서, 나라 자랑에 대한 이야기꽃을 피우고하거나 합니다. 오후 8시에는 야간 點呼가 있으므로 각자가 방에서 정렬하여, 주관 사관님이 오시는 것을 기다립니다. 주 사관님이 보이면, 반장님께서 "제일 반, 총원 30명 사고 무!"라고 하시며 인원보고를 실시합니다. 그리고 우리들에게 "번호!" 라는 말씀하십니다. 우리들은 "오늘도 덕분에 무사히 마쳤습니다"라는 마음가짐으로 "하나, 둘, 셋, 넷, 다섯, 여섯"라며 큰 소리로, 차례차례로 번호를 복창합니다. (중략) 병영생활에 대해 말하자면 하나의 대가족으로서, 그 일상생활 속에서 군인정신을 가다듬을 곳이기도 한다네. 중대장님이 아버지, 반장님은 어머니, 우리들은 자식들로서 형제처럼 사이좋게 서로 도우며, 공부하고 교련을 합니다.

〈IV-7-12〉「병영소식(兵營だより)」

어제는 학교에서 영화상영이 있었습니다. 특별공격대의 아키에다 중령이나 주마 중령 등 십용사 사진이 보일 때는 모두들 눈물을 흘렸습니다. 그리고 전쟁의 사진들이 여럿 보였습니다. (중략) 군인아저씨, 얼마 전 방공훈련이 있었습니다. 애국반 사람들이 소이탄을 방어하고 상처를 치료하고 있는 훈련을 했습니다. (중략) 군인아저씨 오늘은 선생님께서 "일본이 전쟁을 치루고 있는데 매일 차분히 공부할 수 있는 것은 모두 천황폐하의 은혜와 군인아저씨들 덕분입니다."라고 말씀해주셨습니다.

〈Ⅴ-5-18〉「영화(映畵)」

곧이어 라디오에서 명랑한 노래가 들려옵니다. 드디어 상회가 시작됩니다. 우리들은 마당으로 나와 궁성요배를 했습니다. 그리고 필승기원의 묵념을 하였습니다. "자 힘차게 체조를 합시다."라고 말하면서 형은 상의를 벗었습니다. 나도 남동생도 벗었습니다.

〈Ⅴ-6-15〉「대조봉대일의 아침(大詔奉戴日の朝)」

〈학생들이 오와 열을 정렬하여 라디오 체조를 실시하는 모습〉

이밖에도 〈Ⅳ-5-20〉「형의 입소(兄さんの入所)」, 〈Ⅳ-7-12〉「병영소식(兵營だより)」, 〈Ⅴ-5-18〉「映畵」, 〈Ⅴ-8-19〉「병영소식(兵營だより)」, 〈Ⅴ-8-22〉「防空監視哨」, 〈Ⅴ-10-10〉「농촌의 가을(農村の秋)」 등 형이 군에 입대하는 과정에 대한 묘사와 입대하는 자는 가족에 있어 큰 영광을 나타

내고 있으며, 군부대 속 병영생활은 또 하나의 패밀리를 형성한다는 서사, 학교운동장에 마을사람들이 모여 일본이 승리하는 전쟁영화를 관람하는 서사, 평소 황국신민체조[19]를 실시하는 모습, 방공감시소의 일상, 가을에 농촌에서 청년대의 특별훈련을 실시하는 내용 등 후방에 있어서 군과 관련된 내용이 다양한 서사로 조선인의 일상생활 속 깊은 곳 까지 스며들었거나 작용하고 있음을 『國語讀本』을 통해 간접적으로나마 확인할 수 있다.

4. 결론

이상으로 일제강점 말기 학교교육에 관여한 조선인에게 투영된 군사교육정책을 주목하여 당시 국어교과목 시간에 활용한 『國語讀本』에 나타난 단원을 통해서 당시 교육의 실상을 살펴보았다.

일제의 황국신민화정책은 타 교과와 더불어 세부적이고 자세한 내용을 언급함과 동시에 학교에서 가장 많은 시수를 할애한 '일본어(국어)교과서'를 통해, 조선인에게 주입하고자하는 이데올로기적 의미를 내용을 통해 전달하고 있었으며, 이는 일제의 교육정책이 얼마나 치밀했는가를 다시 한 번 일깨워 주는 부분이라 할 수 있다. 그리고 철저히 준비된 군인양성을 위한 징병정책 속에서 수업을 받은 학생들의 정서를 사로잡기에는 군부대 그리고 전투에 임하는 군인들을 동경대상으로 삼아 아동들의 정서를 고려하여 다양한 교수방법을 통해 영웅화 되어져 아동들에게 천황 다음의 제2의 찬양대상자로 여겨질 정도로 인식되었는지도 모른다.

---

19) 皇國臣民體操는 〈3차 조선교육령〉이 개정되면서 황국신민화를 강조하기 위해 라디오체조를 통해 실시하도록 하였다. 朝鮮總督府官報(1938.3.30) 第3358號, 〈朝鮮總督府訓令〉 體操教授要目 第8號

조선총독부의 학교교육은 예비 병사양성을 위한 군사교육은 물론 제3차, 4차 〈조선교육령〉이 제정되면서 많은 영향을 끼쳤다. 후방인 학교에서 일본어시간에 『國語讀本』을 통하여 작은 예비사관학교이자 군무예비훈련소의 역할을 하였으며, 학생들은 미래의 전투병사로서 교육받았던 것이다. 조선의 어린 아동들에게 정식 군사교육기관으로 입소하기 전에 『國語讀本』을 통하여 기초적인 군사교육을 통과시키는 총독부의 치밀함을 엿볼 수 있는 부분이다.

물론 강점초기의 무단정치기부터 3 · 1운동시기의 문화정치기까지는 조선인들의 반감을 우려해 시스템 도입단계에 치중했으나, 만주사변 이후 태평양전시체제기에 접어들면서 『國語讀本』의 내용은 급격하게 병사양성을 위한 군사교육과 관련된 서사가 늘었으며, 천황을 정점으로 하는 '충량한 국민'으로서의 역할과 책임을 다하기 위해 벚꽃처럼 산화되어 靖国神社에 제사 모셔지는 영광된 일본의 조선인이 되자는 서사로 점증되고 있음을 알 수 있다.

Ⅲ. 교과서에 서사된 戰爭과 映畵[*]

김서은 · 김순전

1. 전쟁과 미디어

히틀러는 1934년 레니 리펜슈탈(Leni Riefenstahl)에게 나치전당대회를 다큐멘터리로 만들어줄 것을 주문했고 이렇게 탄생한 것이 바로 그 유명한 〈의지의 승리(Triumph des Willens, 1935)〉이다. 많은 자금과 기술이 동원된 이 영화로 인해 독특한 파시즘 영상미학이 탄생되었고 정치적 의도를 떠나 이 영화는 역사상 가장 훌륭한 다큐멘터리 중 하나로 인정받고 있다. 이 영화에서 리펜슈탈은 히틀러의 연단 주변에 레일을 깔고 촬영함으로써 히틀러를 하늘 아래 우뚝 선 영웅처럼 표현하여 그에게 신성함과 긴장감을 부여했다. 그리고 교차편집을 통해 수많은 군중을 찍은 장면과 로우앵글과 클로즈업으로 찍은 히틀러를 보여줌으로써 히틀러를 신과 같

---

[*] 이 글은 2010년 11월 30일 대한일어일문학회 『日語日文學』(ISSN : 1226-4660) 제48집 pp.321~339에 실렸던 논문 「일제강점기 〈초등교과서〉에 서사된 영화 考察-조선총독부 편찬 〈일본어교과서〉를 中心으로-」를 수정 보완한 것임.

은 존재로 부각시켰다. 이러한 영상을 통해 히틀러는 군중을 구원하는 구세주와 같은 존재이며 국민에게 그를 절대복종해야하는 존재로 만들어냈다. 이러한 파시즘적 영상은 이를 보는 국민에게 엄청난 심리적인 영향을 끼쳤고 히틀러는 이러한 영상매체를 적절히 활용하여 국민들을 선동하는데 이용했다. 그리고 이러한 독일나치영화사를 고스란히 본받은 일본[1]을 통해 지구 반대편에 위치한 식민지 조선에까지 영향을 주게 된다.

불과 얼마 전까지도 한국영화사의 초창기가 일제강점기와 맞물려 있다는 이유로 한국영화사를 논할 때 일제강점기는 그 범주에 속하지 못했었다. 우리나라 최초의 영화 〈의리적 구토〉가 1919년에, 최초의 극영화 〈월하의 맹세〉가 1923년에, 한국인만의 제작으로 만들어진 〈장화홍련전〉이 1924년에 각각 상영되기도 했으나, 당시 식민지 한국의 영화산업은 일본의 제작인력과 자본 등이 유입되어 거의 일본영화에 편입되어 있었기 때문이었다. 그러나 2004년부터 한국영상자료원이 일제강점기 조선영화를 발굴해내면서 이 시기에 대한 연구가 활발해지고 있다. 특히 발굴된 영화가 집중되어 있는 중일전쟁 이후가 더욱 그러하다.[2] 선행논문들을 살펴보

---

1) 이미 오래전부터 독일의 법체계를 따르고 있던 일본은 나치의 영화정책을 본받아 1935년 11월 대규모 제작사들로 구성된 〈대일본영화협회〉를 조직했다. 이 협회의 원래 목적은 풍속과 도덕을 새롭게 하고 영화의 합리적인 발전을 촉진하는데 있었지만, 몇 년 후 시행될 새로운 영화법을 적극적으로 찬성하는 어용단체로 변했다.(김금동(2007), 「일제강점기 친일영화에 나타난 독일나치영화의 영향」, 「문학과 영상」8권2호, 문학과 영상학회, p.34)

2) 이 시기를 중심으로 연구한 선행연구를 살펴보면 김려실(2005) 「태평양 전쟁기 일제의 선전영화와 아동동원」, 「영화언어」 여름호, 김수남(2005) 「일제말기 어용영화에 대한 논의」 「영화연구」 26호, 한국영화학회, 문재철(2006) 「일제말기 국책영화의 스타일에 대한 일 연구」, 「영화연구」 30호, 한국영화학회, 김금동(2007) 「일제강점기 친일영화에 나타난 독일나치영화의 영향」, 「문학과 영상」 8권2호, 문학과 영상학회. 조혜정(2008) 「일제강점말기 "영화신체제"와 조선영화(인)의 상호작용 연구」, 「영화연구」 35호 등이 있다. 그리고 최근 중일전쟁부터 태평양전쟁까지 조선영화와 일본영화가 어떻게 기획, 제작, 상영되었는지 파악하고 조선영화와 일본영화의 상호작용에

면 주로 당시의 신문이나 잡지에 실려 있던 내용과 새롭게 발굴된 영화분석에 초점을 맞추고 있다. 따라서 본고는 전시체제기 아동들에게 직접 교육되었던 교과서에 실린 영화관련 내용을 토대로 하여, 당시의 국책을 위한 영화정책이 교육에 어떻게 투영되어 있는지 살펴봄으로써 교육자료를 통해 국책영화의 또 다른 관점을 구명(究明)하고자 한다.

1936년 조선총독으로 부임한 미나미 지로(南次郎)는 앞으로 있을 병력자원부족에 대처하기 위해서 조선의 교육에 대해 보다 강경한 조치를 취하게 된다. 당시 학무국장 시오바라 도키사부로(塩原時三朗)에 의해 國體明徵, 內鮮一體, 忍苦鍛鍊이라는 3대 교육방침이 발표되었고, 1937년 10월 2일에 「황국신민서사」를 제정 공포하여 초·중학생들에게 외우게 하고 이를 실천하게 하였다. 1938년 3월3일에 공포된 〈제3차 조선교육령〉의 취지에 의하여 조선총독부는 1939년 9월 신교육 추진을 위한 Ⅳ기 『初等國語讀本』(1939~1941)을 발간한다. 그리고 이어서 태평양전쟁이 발발한 〈제4차 조선교육령〉 이후의 교육정책은 태평양전쟁이 아시아를 서구세력으로부터 지키기 위한 성스러운 攘夷의 전쟁임을 주지시키는 전시체제하의 교과서로 이끌고 간다. 이 시기 발행된 Ⅴ기 『初等國語』(1942~1945)에는 일본이 아시아 지배의 거점으로서 일선동조를 정당화하기 위한 주도면밀함을 보여주는 기술이 양적으로 대폭 늘어난다.[3]

따라서 일제의 전시체제기인 1940~1945년 사이에 제작된 영화는 일본의 전쟁 확대로 일본뿐만 아니라 조선 청소년들을 전쟁터로 끌어들여야 할 필요성이 절실했었다. 교육과 연계해 일제는 '영화'라는 매체를 정책적

대해 분석 연구한 함충범(2009), 「전시체제하의 조선영화, 일본영화 연구(1937~1945)」, 한양대학교 박사논문을 들 수 있겠다.
3) 박경수·김순전(2008), 「『普通學校國語讀本』의 神話에 應用된 〈日鮮同祖論〉 導入樣相」, 일본어문학 第42輯, p.404

으로 활용하여 지원병이 될 수 있는 연령대를 겨냥한 청소년 영화를 제작하기 시작했다. 이러한 시대적인 흐름에 부흥하여 당시 조선총독부에서 편찬한 조선아동들의 국어(일본어) 교과서였던 IV기『初等國語讀本』과 V기『初等國語』에는 이러한 국책을 반영한「영화(映畵)」라는 단원이 교과서 내에서도 등장하고 있다. 본고에서는 실제 아동들에게 교육되었던 교과서의 영화관련 단원 고찰을 통해 전쟁을 위한 영화정책이 교육에 어떠한 양상으로 투영되는지 살펴보고자 한다.

2. 전시체제하의 영화정책

총력전으로 치닫고 있던 일제의 '영화 무기화'의 선언문이라 할 수 있는 1940년 〈조선영화령〉(이하 영화령)에 근거하여 제작된 영화들을 그동안 각각 '친일영화', '군국주의 영화', '국책영화'라는 명칭으로 한국영화 또는 일본영화의 범주 안에 취급되어 왔다.

먼저 친일영화란 일반적으로 일제에 협력하거나 동원되어 만들어진 영화를 의미하나, 그 범위에 대해서는 연구자에 따라 차이를 보인다. 이효인은『한국영화역사강의1』에서 영화령 이후의 노골적인 친일영화 뿐만 아니라 그 이전에 만들어진 정훈공작영화인 〈군용열차〉, 〈남편은 경비대로〉 (1938)는 물론 1923년 조선총독부 체신국이 제작한 저축 계몽영화 〈월하의 맹세〉까지도 소극적인 일본영화로 규정할 수 있다고 주장한다. 이준식은 논문「일제파시즘기 선전영화와 전쟁동원 이데올로기」에서 영화령이 조선영화에서 친일이 노골화된 기제장치로 작용했음을 지적하면서 영화령 이후의 친일영화를 그 기능에 주목하여 "일제 파시즘기 선전영화"라는 용어로 규정하고 있다. 반면 강성률은 「친일영화의 재고와 자발성」에서 기존의 친일영화의 범주가 모호했음을 지적하고, 일제의 선전영화 제작에 자발적 참여를 친일의 기준으로 하자고 주장하면서, 영화령이 공포된 1940년 이후에 만들어진 총력전 체제하의 전쟁동원 영화만을 친일영화로 규정했다. 그러나 뒤에 쓰인 「진정 친일영화란 무엇인가」, 「친일영화연구 -친일영화 정의와 작품분석을 중심으로」, 「일장기 휘날리며 동양평화를 위해! -최근 발굴된 친일영화의 내적논리」에서는 친일영화의 시기를 1937년 중일전쟁으로 앞당겨, 황국신민화와 내선일체를 자발적으로 묘사한 것이 친일영화라고 주장했다. 그리고 김종원은 「일제말기의 군국주의 어용영화」에서 "일본인의 입장에서는 친일이라는 말 자체가 성립될 수 없기 때문에" 조선인이 만든 친일영화와 일본인이 주도한 어용영화를 어우르기 위해 '군국주의영화'라는 용어를 쓰고 있다.

일본영화사에서는 일본영화뿐만이 아니라 조선, 대만, 만주 등의 식민지에서 피식민지인을 동원하여 만든 영화와 전의앙양을 위해 만들어진 합작영화들까지 통틀어 '국책영화'로 명명하고 있다.[4]

본고에서는 이러한 명칭 가운데 당시 일본 아동들의 교육과 국책에 의해 제작된 영화와 상영제도 등을 고려하여 일본영화사에서 쓰이고 있는 '국책영화'라는 명칭을 사용하도록 하겠다.

2.1 국책영화의 발달

일제가 한국 침략 당시 영화를 이용해 어떻게 문화침략을 했는지 밝혀준 1939년 조선총독부간행 「조선총독부키네마」라는 문서를 보면 조선총독부는 1920년에 총독관방문서과 내에 〈활동사진반〉을 설치하고 영화제

---

4) 김려실(2005), 「일제말기 합작선전영화의 분석」, 「영화연구」26호, 한국영화학회, pp.60~61 참조

작, 배급, 영사활동을 전개하기 시작했다. 활동사진반은 "활동사진을 통해 최근 조선의 모습을 널리 해외에 소개하고 조선에 관한 올바른 이해를 구하며, 또한 내지(일본 본토)의 풍물을 소개, 모국(일본)에 대한 친근감을 갖도록 노력한다."는 명분을 내세웠지만 실제로는 영화를 식민통치에 필요한 효과적인 수단으로 활용하기 위한 것이었다.

초기에는 조선의 풍경, 풍속, 관광 등을 담은 다큐멘터리도 나왔으나 차차 식민지교화, 황국신민화, 내선일체를 목적으로 하는 영화를 만들기 시작했으며 일제말기에는 청소년들을 전쟁터로 몰아내는 이른바 징병, 징용, 정신대사업의 도구로 활용했다.

이러한 조선총독부의 활동사진반은 1930년대부터 일반 상설극장에도 진출해 '황국신민서사'를 영화화하여 조선 116개 상영관에서 강제 상영토록 하고 국민정신 총동원 운동에 크게 기여했다고 평가했다. 활동사진반은 시사뉴스, 문화영화의 1차적인 촬영대상을 일본 황실의 동정에 두었다. 1921~1939년까지 일본 황족의 조선 시찰기록을 포함하여 26편, 총 필름 62권을 만들어 배포하고 일본 황실에 헌상하였다. 이를 통해 조선인들에게 황실에 대한 존엄과 외경심을 심어주려 했으며 히틀러가 그러했듯이 만세일계 천황주의에 대한 신앙을 심어주고자 했다. 1920~1938년까지 제작, 배포한 영화(주로 다큐멘터리)는 716권이며, 이것은 연평균 37권이나 되는 분량이다. 이것들을 영사하기 위해 본청에 150명을 수용하는 시사실을 마련하고 전국의 호텔(조선호텔), 학교, 교회당 등 공공기관에 출장영사를 하는 한편 창경원 등 고궁 유원지에서 옥외 시사회도 빈번하게 개최하였다. 일반 민중에 대한 정서 교육이라는 명목으로 매주 일요일, 공휴일을 특별상영일로 정하고 영화 사이사이에 뉴스영화를 삽입하였다. 또한 농어촌에 이르기까지 조선 전역에서 순회상영을 하였다. 1921~1938년까

지 본부직영으로 운영한 활동사진 상영 횟수는 5025회이며, 연평균 265회나 된다.[5]

이러한 조선총독부 영화정책이 식민지 문화와 산업에 대한 전반적 관리와 통제를 목표로 한 것이라고 했을 때 1926년 〈활동사진필름검열규칙〉제정이 갖는 중요한 의미는, 그것이 조선에서 상영되는 영화의 현황을 전면적으로 파악하고 관리할 필요성을 충족시켰다는데 있다. 이 규칙을 보면 개인이 소유하고 있는 필름조차도 '상영'을 위해서는 검열을 받아야한다고 규정하고 있으며, 이는 조선에서 상영되는 모든 영화가 중앙의 관리체계로 들어간다는 것을 의미했다. 일원화된 검열체계의 등장으로 시작된 상영부문에 대한 국가의 전일적 관리는 일제 말 제작회사 통폐합, 영화인 등록제, 단일 배급회사 설립 등을 통해 제작과 배급부문으로까지 확대되었다.[6]

그리고 자본, 기술, 인력 등으로 조선영화를 독점하고 초창기부터 영화 제작 배급 등 유통체제를 지배하다시피 해왔다. 총독부는 이러한 조건과 통제적인 정책의 힘을 바탕으로 전시체제에 대비하여 먼저 문단과 음악계를 움직였고 이와 같은 개인예술의 친일 행위가 집단예술인 영화로까지 확대되었다.[7] 이러한 시대적 흐름을 반영하여 창씨개명 등 국가정책을 계몽하고 급기야 조선 청소년들을 전쟁터로 향할 것을 독려하는 국책영화들이 쏟아져 나온다. 스크린에서도 더 이상 한국어는 찾아볼 수 없었음은 물론이다.

『우리말본』이 최현배 박사에 의해 편찬되었던 1938년 토키영화가 만들

---

5) 호현찬(2000), 『한국영화 100년』, 문학사상사, pp.71~73
6) 한국영상자료원(2009), 『식민지시대의 영화검열 1921~1934』, 한국영상자료원, p.33
7) 김수남(2005), 「일제말기 어용영화에 대한 논의」, 『영화연구』26호, 한국영화학회, p.144

어지면서 조선총독부는 한국의 언어표현법을 금지하고 일상생활에서의 언어사용은 물론 언론계 문화계 전반에 걸쳐 일본어 사용을 강요했다. 그 해 독일이 오스트리아를 병합시켰고 일본은 즉시 뮌헨에서 '일독문화협정'을 체결하고 동남아시아에서 군국주의를 팽창시켜야한다는 명목으로 상해, 남경, 북경 등을 기록영화로 찍어 일본과 한국에 공개했다.[8] 이 시기에는 선동·선전 등의 국책영화 외에 다른 영화는 더 이상 존재하지 못하게 되었다.

따라서 1942년 사단법인 〈조선영화제작주식회사〉가 설립된 이후로 나오는 국책영화들은 노골적으로 식민지 이데올로기를 전파하고 일제의 전쟁수행에 동참할 것을 권하는 선전·선동영화가 주를 이룬다. 이 영화들에서 조선민족은 완전히 지워지고 오직 일본이라는 국가만이 존재한다. 이러한 영화의 본질은 일제의 식민정책에 우호적이고 협조적이며 나아가 이를 옹호하고 전파하는 메시지를 담은 영화들이다. 영화를 통해 대동아공영권의 완성을 위한 죽음이 최고의 덕목이나 가치라고 설파한다. '지원병'[9]이나 '군국처녀'[10], '銃後婦人'은 일제강점 말기 최고의 영화적 아이콘이었다.[11]

---

8) 유현목(1980), 『韓國映畫發達史』, 한진출판사, p.205
9) 지원병에 대한 영화는 〈지원병〉(안석영감독, 1941), 〈조선해협〉(박기채, 1941), 〈국기 하에 죽으리라〉(이익, 1939), 〈승리의 뜰〉(방한준, 1940), 〈그대와 나〉(허영, 1941), 〈이 제 나는 간다〉(박기채, 1942), 〈병정님〉(방한준, 1941)등이 있다.
10) 군국처녀의 대표주자는 〈지원병〉에서 문예봉이 연기한 분옥일 것이다. 그는 약혼자 를 장엄하게 전쟁터로 떠나보낸다. 문예봉은 〈조선해협〉에서도 역시 남편을 전선에 보내고 후방에서 근로보국에 동참하는 의연한 전쟁협력 후방부인의 역할을 충실히 수행한다.
11) 조혜정(2009), 「친일영화에 새겨진 친일담론의 양상과 '국민통합' 이데올로기 연구」, 「한국민족운동사연구」 58호, pp.373~374

2.2 조선과 일본의 영화통제

앞서 설명한 1926년 〈활동사진영화검열규칙〉과 같은 규정은 외국영화 상영 등에 관한 흥행규제안으로 조선인에 있어서 반일감정과 서구지향적 정서를 막기 위해 제정되어 일본과 일제식민지 국가 중 조선에서만 유일하게 시행되었다. 이러한 조선총독부의 영화통제 시행과정은 각 도(道)에서 흥행장 규제를 통한 초기 단계부터 일본영화법과 동일한 조선총독부의 영화령에 의한 국책적인 이용에 이르기까지 시국의 변화와 함께 단계적으로 진행되어 왔다. 일제에 의한 영화검열은 한일합방 이전인 통감부 시대부터 실시되어, 총독부가 설치된 이후에는 경무총감부 산하 경무계통 보안경찰 주관으로 시행되었다.[12] 그러나 이 시기의 검열은 1937년 이후에 등장하는 영화령에 비하면 비교적 소극적인 정책이라고 할 수 있겠다.

1939년 3월 15일자 조선일보 '朝鮮映畵를 全面的으로 統制'에는, "조선영화령(朝鮮映畵令)을 발포하야 종래 활동사진 '필름'검열취체규칙과 영화취체규칙으로써 소극적으로 취체하엿던 것을 적극적으로 우량영화의 제작 배급과 상영 방책을 강구하게 되엇다"고 쓰여 있다. 영화령에 의한 일제의 적극적인 조선영화지배정책은 1937년 〈만주영화령〉 통과에서 시작되었다고 볼 수 있다. 중국과의 전쟁을 시작하면서 중국과 가까운 만주를 먼저 통제해야한다는 필요성을 느낀 일제는 만주에서 먼저 영화령을 발포했다.

한편 일본에서의 영화법 출현은 1933년 2월 8일 제 64회 의회에 제출된 '영화국책 수립에 관한 건의(映画国策樹立に関する建議)'에 의해 시작되었다. 이것은 국가의 영화행정이 소극적인 보안행정에서 적극적인 영화국책의 지도와 통제로 전환된 것을 나타낸 것이었다. 또한 영화문화가 사

---

12) 복환모(2009), 「일제강점기하 영화통제정책의 초기형성과정에 관한 고찰」, 『현대영화
   연구』7호, pp.5~6

회적 지위를 획득한 증거이기도 했다. 국가의 이러한 전환은 독일이나 이탈리아가 영화기업의 국가통제를 법제화한 것에 대한 영향을 받은 것이기도 했다. 당시 해외 각국에서는 일찍이 전쟁 중 선전미디어로써 영화의 영향력에 주목하고 있었기 때문이다. 실제로 당시 영화법 건의안 이유서를 보면 "영화가 관중을 부지불식간에 유치하는 힘은 학교교육에 뒤지지 않을 정도이니 일본에도 신속히 대책기관을 특설하여 문화사업의 발달을 도모해야 한다."[13]고 명시하고 있다. 이렇게 대두된 일본 내의 영화 법안은 1939년 3월 9일 전문 26조로 제 74회 의회에 상정되었다. 그리고 그해 4월 5일 법률 제 66호로 공포되었다.

일본의 영화법과 연동해서 1940년 8월 조선영화령이 시행되었다. 영화령은 일본영화법에서 주무대신(主務大臣)이라는 표현을 조선총독으로 바꾸었으며 대부분 영화법의 틀을 기초로 했다. 조선영화령은 본법 26조와 방대한 분량의 시행규칙을 포함하고 있었다. 여기에는 영화제작 · 배급업에 대한 조선총독의 허가, 영화인 등록 및 등록취소, 제작신고, 외국영화 배급제한 및 외화 흥행 종류 및 수량제한, 사전검열, 국책영화의 의무상영, 제작 · 상영에 관한 포괄적 제한규정 등 대단히 강력한 통제규정들이 포함되었다.[14]

영화에서 군국주의를 강화하고 총동원체제의 안착을 지원하기 위한 움직임은 이른바 '영화신체제(映畵新體制)'로 나타난다. 일본에서 먼저 추진된 영화신체제는 전시체제하 일본 및 조선 영화산업을 효율적으로 재편하기 위한 일련의 통제정책, 법률 및 개혁구상을 모두 포괄하는 개념이다.[15]

1939년 영화법을 공포한 일본에서는 영화제작사를 도호(東宝), 다이에

---

13) 桜本冨雄(1993), 『大東亜戦争と日本映画』, 青木書店, pp.6~7참조
14) 김동호 외(2005), 『한국영화정책사』, 나남출판, p.86 참조
15) 한국영상자료원(2007), 『고려영화협회와 영화신체제』, 한국영상자료원, p.23

일제강점기 일본어교과서 『國語讀本』을 통해 본 식민지조선 만들기

이(大映), 쇼치쿠(松竹)로 통합하였고, 조선에도 이식되어 시행된다. 총독부는 이미 영화령을 안착시키기 위하여 1939년 8월 16일 어용단체인 조선영화협회를 결성, 영화인 등록 제도를 실시하는 등 준비 작업에 돌입했다. 이후 영화령의 시행으로 인해 영화신체제는 가속화되면서 '통제회사'의 출현으로 절정에 이르게 된다. 통제회사란 말 그대로 영화산업에 대한 강력한 통제수단을 현실화할 수 있는 회사로서 사단법인 조선영화제작주식회사(1942)를 일컫는다. 일본과는 다르게 배급과 제작에서 하나의 회사만을 남기고 통폐합된 조선영화계는 일제의 식민정책, 군국주의 정책을 홍보하고 지원하는 정책적 하수인으로 전락하게 된다.16)

　살펴보았듯이 영화령은 일본영화법을 토대로 하고 있으나 일본의 영화통제와는 다른 식민지 조선만의 특수성을 가지고 있다.17) 위에서 잠깐 언급하였듯이 일본영화법에 의해 일본의 영화제작사는 소규모 기업을 통폐합하여 대규모 영화제작회사로 정리되었고 제작, 배급, 흥행이 분리되었던 반면 조선에서는 강제통폐합을 통해 제작과 배급이 일원화되어 총독부의 감독 아래에 놓이게 된 점이다. 또한 '내선일체'를 주제로 한 영화가 일본에서는 제작되지 않은 반면 조선에서만 제작되었다는 것도 특수성으로 들 수 있겠다. 식민지 조선의 청년들이 거부감 없이 전쟁터에 나설 수 있게 하기 위해서는 내선일체 이데올로기는 필수적인 것이었기 때문이다.

---

16) 조혜정(2008), 앞의 논문, pp.375~376 참조
17) 일본 영화법과 조선영화령의 차이점을 자세히 살펴보면 영화령에는 영화법 제19조(영화위원회 설치), 영화법시행규칙 제13조(16세 미만, 여성노동자의 심야노동원칙 금지) 등은 포함되지 않았다. 또 일본영화법 시행규칙 제214조에는 시사영화에 대해서 지방장관의 검열을 인정하고 있다. 이것은 지방으로부터 중앙에 옮겨와 검열을 하면 시간이 걸리기 때문에 속보성을 중시하는 시사영화에는 예외를 둔 것으로 지방장관의 검열을 인정한 것이다. 그러나 영화령에서는 검열주체가 조선총독부로 일임되어 있었다. 게다가 일본영화법 시행규칙 제216조, 제217조의 검열금지항목에 '조선통치상 지장이 있는 것'이라는 항목이 추가되었다. (加藤厚子(2003), 『總動員体制と映画』, 新曜社, pp.216~217)

이외에도 눈에 띄는 것은 외국영화의 수입제한 즉 수입 영화 쿼터제의 도입이다. 그런데 그 비율은 고정된 것이 아니라 일제가 마음대로 정하는 형식을 취하고 있었다. 또 정해진 비율도 언제든지 바꿀 수 있었다. 결국 대외관계의 추이 특히 대미관계에 따라 외화수입을 조정하겠다는 것이었는데 태평양전쟁이 발발하면서 주로 독일영화만 수입 쿼터제의 적용을 받았다. 이는 곧 조선 영화관은 주로 일본에서 수입된 영화로 채워졌다는 의미이기도 하다. 이러한 쿼터제 실시를 통해 국책영화의 보급을 늘려 반일감정을 줄이고 전쟁의 당위성을 역설하는 한편 서구지향적인 사상의 통제 목적을 달성할 수 있었다.

또한 검열에서도 식민지적 특수성이 반영되어 있었다. 당시 조선에서는 정오의 사이렌에 맞추어 '전몰용사의 영령에 감사하고 皇軍의 무운을 비는' 묵도를 하는 것이 관례적으로 의무화 되어 있었다. ≪每日申報≫ 1940년 8월 17일자를 보면, "정오의 묵도는 1940년 8월 국민정신총동원연맹 경성연맹에서 시작되었으며 급속하게 확산되어 정오에 사이렌이 울리면 차량도 보행자도 정지하고 차렷 자세로 사이렌 소리가 끝날 때까지 묵도를 해야만 했다. 그러나 일본에는 정오의 묵도라는 제도 자체가 존재하지 않았으므로 일본에서 제작된 영화에는 정오에 국민들이 묵도하는 장면도 나오지 않았다. 이 경우 비록 국책선전영화라고 할지라도 정오의 장면만은 조선 통치의 방침에 어긋난다는 이유로 모두 삭제되었다.[18] 이처럼 일본과는 다르게 조선에서 시행된 영화령은 기존의 영화통제를 강화하기 위한 목적이 아닌 전쟁의 선전 및 합리화의 도구로서 이용하기 위해 제정되었던 법률이었던 만큼 영화령 이후의 일제의 국책선전영화는 식민지배 정책을 홍보하는 수준을 넘어서 적극적으로 전쟁동원 이데올로기를 주입하

---

18) 桜本富雄(1993), 전게서, p.184

는 형태로 바뀌게 된다.[19]

3. 국책영화와 아동교육

〈조선영화령〉에는 우수영화 장려제도가 있었다. 그리고 우수영화 장려
제도와 함께 추천영화 이외에 연소자의 영화관 출입을 제한한다는 제도가
실제로 밀접하게 연관된 것이었다. 우수영화란 전시동원정책을 잘 선전하
는 영화를 의미했다. 일제는 원활한 동원정책 실시를 위해 이러한 선전영
화를 많은 조선인들이 보도록 한다는 기본 방침을 가지고 있었다. 조선인
가운데에서도 선전영화를 보여주고자 한 대상은 전쟁에 동원될 청소년층
이었다. 따라서 일제는 추천영화를 적극 활용하여 연소자들도 영화관에서
단체로 선전영화를 관람하도록 하는 정책을 취했다. 영화추천의 주체는
문부성, 조선총독부, 總力聯盟 등이었으며 여기에 조선학무국이 별도로
아동생도용 영화[20]를 지정했다. 특히 〈그대와 나〉[21]의 경우 모든 학교에

---

19) 김려실(2005), 「일제말기 합작선전영화의 분석」, 「영화연구」26호, p.63

20) 1941년의 경우 〈하늘의 소년병〉, 〈조선농업보국청년대〉 등 문화영화 26편, 〈그대와
    나〉 등 극영화 20편, 그리고 1942년의 경우 〈하와이 말레이 해전〉, 〈장군과 참모와
    병사〉, 〈영국이 붕괴되는 날〉 등 극영화 18편, 〈말레이 전기〉, 〈하늘의 신병〉 등 문화
    영화 19편이 지정되었다.(日本映畵雜誌協會(1942), 『昭和十七年映畵年鑑』, 日本映畵
    雜誌協会, pp.7-5~7-6, 日本映畵雜誌協会(1943), 『昭和十八年映畵年鑑』, 日本映畵雜
    誌協会, p.575)

21) 〈그대와 나〉는 조선인 지원병의 죽음 자체가 영화의 모티브가 되었고, 실제로 훈련소
    의 지원병들이 이인석의 전사 소식을 듣고 감격하는 것으로 그려진다. 조선인 지원병,
    징병 선전 영화는 모두 이미 전사한 또는 기꺼이 전사하려고 하는 조선인을 그리고
    있다. 조선인은 죽음을 각오하고 전선에 나감으로써 그리고 궁극적으로는 전사함으
    로써 완전한 일본인이 되고 나아가서는 일제 파시즘의 상징인 야스쿠니 신사에 모셔
    지게 된다. 이렇듯 평범한 조선인도 국가에 대한 의무를 성실히 수행하기만 하면 영웅
    이 될 수 있다는 사실을 보여줌으로써 현실 속에서는 아무런 출세의 수단도 갖고

이 영화의 감상을 의무화해 대규모 관객동원이 이루어졌다.

이렇듯 전시체제에서 지원병 제도와 징병제와 관련해 청소년층이 선전의 주요 대상으로 부상함에 따라 학생을 국책선전영화 관람에 동원하는 것이 중요시 되었다. 이러한 학생의 단체관람에는 크게 세 가지 형태가 있었는데, 첫 번째 형태는 앞에 서술한 추천영화의 경우 특별히 날을 지정해 학생들이 단체 관람하도록 하는 방식이 널리 쓰이고 있었다. 두 번째 형태는 경성에 국한된 것이기는 하지만 〈경성학우 영화회〉가 부민관에서 학생들을 대상으로 정기적으로 영화를 상영하는 것이었다. 세 번째는 영화관 출입이 원칙적으로 규제되어 있는 연령층에 해당하는 초등학생의 경우 학교 안에서 별도로 영화를 상영하는 것이었다. 물론 상영되는 영화는 모두 국책선전영화였으며 조선총독부에서는 1941년 무렵이면 아동 영화 교육을 전국적으로 확대한다는 방침을 세우고 있었다.[22]

일제의 정책에 따라 학교의 단체관람과 교내 행사에 동원된 어린이들에게 선전영화는 어른들과는 다른 의미로 다가왔다. 태어났을 때부터 식민지였으며 이미 일본문화가 스며든 조선에서 초등학교를 다니면서 전 교과를 일본어로 교육받아 한글보다 일본어가 익숙한 황국신민화 시대의 조선 아동들에게 '민족'보다는 '국민'이라는 단어가 더 익숙했을 것이다. 더구나 이러한 아동들의 눈높이에 맞추어 만들어진 프로파간다식 아동용 영화는 아직 어려서 판단력과 인식이 부족한 아동들에게 학교교육보다도 강력한 효과를 거둘 수 있었던 것이다.

따라서 1943년 발족한 조선영화제작주식회사는 〈우러르라 창공〉(1943), 〈태양의 아이들〉(1944), 〈가미카제 아이들〉(1945), 〈사랑의 맹세〉(1945)

있지 않던 조선의 젊은이들을 기꺼이 전쟁으로 몰아넣으려고 했던 것이다. (이준식 (2004), 앞의 논문, p.727)

22) 이준식(2004), 앞의 논문, pp.732~733 참조

등 조선아동에게 소년병 지원을 선전하는 아동용 영화를 꾸준히 제작했다. 이러한 국책영화는 아동들에게 큰 영향을 끼쳤다. 1943년 무렵이 되면 한 해에 최소한 2천만 명이 넘는 조선인들이 국책선전영화를 보고 있었다. 일본의 유명한 영화 평론가 사토 다다오(佐藤忠男)가 "나는 초등학교 때 〈하늘의 소년병〉을 보고 수년 후에 소년병에 지원입대한 사람"이라고 회상하고 있듯이 국책영화를 통한 아동교육은 꽤 성공적이었다고 할 수 있겠다. 실제로 〈하늘의 소년병〉은 징병 연령에 해당하지 않는 소년들을 대상으로 하는 해군 비행예과 연습생이 일본 군국 소년들 사이에서 폭발적인 인기를 끄는데 결정적인 영향을 미쳤다고 한다. 이렇게 일본에서 선풍적인 인기를 끌던 〈하늘의 소년병〉은 학무국 선정 아동생도용 영화로 선정되어 조선에서도 학생들이 단체로 관람하던 영화 가운데 하나였다.

이러한 일련의 모습을 볼 때 당시 문화선전정책을 맡고 있던 일본 혁신 관료들이 영화를 사상전의 가장 강력한 무기로 간주한 것도 무리는 아니었던 듯하다. 영화는 대중선전매체로서 그 역할을 충실히 이행하였으며, 단체영화 관람과 이동식 영화 상영 등을 통해 초창기 영화 도래기에 오락으로 즐기던 영화를 조선에서의 황민화 정책과 함께 남녀노소 할 것 없이 국책에 순응하는 국민교육도 도맡아 하게 되었다.

당시 일본식 교육을 받고 자란 아동들은 이러한 국책선전영화를 통해 일본인으로서 자긍심을 높이고 한국인의 정체성을 상실한 채 황국의 '병사'가 되기를, 그리고 태평양전쟁기에 아동교육용으로 보여준 영화에서처럼 해군 특별 지원병에 지원해 돌아올 수 없는 특공대[23]가 되어도 좋다는

---

23) 〈사랑의 맹세〉는 이전의 징병제 영화와는 달리 해군 특별 지원병 문제를 다루고 있다. 일제는 1943년 8월부터 조선에서 해군 특별 지원병 제도를 시행했다. 이 무렵 일제는 미군 해군과의 전투에서 계속 밀리고 있었고 태평양 일대의 섬에서는 일본군의 '옥쇄'가 빈발하고 있었다. 따라서 일제로서는 특공대의 성격을 띤 해군병력을 보충하는 일이 시급할 수밖에 없었다. 당시 일본 영화계에서 이 영화에 대해 "특공대

꿈을 꾸었을 것이다.

　제국주의 국가들이 식민지 국가에게 가장 먼저 시행했던 교육제도의 개혁과 그에 따른 식민지 교육은 '영화'라는 새로운 문화의 도입으로 또 다른 전환기를 맞이하게 되었다. 국책을 선전하고 홍보하는 영화를 통해 일본인 뿐 만 아니라 조선인들도 일본국민으로서 멸사봉공하고 근면성실하게 일하며 충군 애국할 것을 교육받는다.

　학교교육이 언어통제와 함께 제도 안에서 순응하는 충량한 신민 만들기 교육에 힘썼다면 문화교육의 일환인 영화를 통해 청소년들에게 일본을 위해 목숨도 아깝지 않다는 일본 파시즘 정신 교육을 행했다고 볼 수 있겠다.

4. Ⅳ, Ⅴ기 〈일본어교과서〉에 투영된 국책영화

　전쟁에 따라 급박해진 시대적인 변화양상과 1940년 〈조선영화령〉 공포 이후에 조선아동들에게 교육된 조선총독부 편찬 국어(일본어)교과서 Ⅳ기 (1941) 『初等國語讀本』와 Ⅴ기(1942) 『初等國語』는 황국신민화를 위한 내선일체 사상이 주로 반영되어 있는데 이러한 의도를 가장 여실히 보여 주는 것이 바로 〈Ⅳ-5-19〉와 〈Ⅴ-5-18〉의 「영화(映画)」라는 단원이다.

　이 시기 일제가 전쟁 동원 이데올로기를 담은 선전영화를 더 많은 조선 관객에게 보여주기 위해 강력하게 추진한 정책 중의 하나가 바로 이동영

를 지원하는 조선인의 결의, 조선인 대상의 해군 징병모집용 영화"라고 평가한 데서 알 수 있듯이 해군 특별 지원병이란 한번 떠나면 다시는 돌아 올 수 없는 특공대의 성격을 띠고 있었다. 이 영화에는 주인공 영규를 비롯해 여러 조선 젊은이들이 지원 병으로 떠나는 모습이 등장한다. 이러한 장면이 나올 때마다 어른도 아이도 목이 터지도록 군가를 부른다. 지원병을 보내는 마을은 축제 분위기이다. (이준식(2004), 앞의 논문, pp.726~727)

사였다. 이동영사란 영사기를 가지고 영화관이 없는 지역을 순회하면서 지역 주민들에게 영화를 보여주는 활동을 가리키며 이를 순회영화라고 불렀다. 이동영사와 관련해 일제는 첫 번째로 생산현장에서 일하는 농민, 노동자에게 '건전한 오락'을 제공함으로써 생산력을 증강하는 것을 명분으로 내세웠다. '건전한 오락'의 요체는 전쟁 수행을 위해 자기를 희생하며 땀 흘려 일하는 '후방국민'을 담은 국책선전영화였다. 일제가 1943년에 접어들면서 "금후 새 영화의 배급은 먼저 공장 광산 등의 생산 부문"을 중심으로 하고 "도시의 기설 영화관은 부차적"으로 한다는 방침을 정한 데서도 알 수 있듯이 전쟁의 확대에 따른 생산력 확충을 위해 국책선전영화의 상영도 생산 현장에 초점을 맞추고 있었다.

또 다른 하나는 징병제를 효율적으로 선전하는 것이었다. 이와 관련하여 일제가 이동영사에서 특히 중시한 것은 농촌이었다. 징병제의 실시는 도시 청년뿐만 아니라 농촌 청년까지 동원 대상에 포함된다는 것을 의미했다. 따라서 일제는 농촌 청년들이 자발적으로 징병 응모를 하도록 하기 위해서는 내선일체 이데올로기를 주입하는 것이 시급했다. 그러나 일제가 아무리 전쟁동원 이데올로기를 선전하려고 해도 신문, 라디오는 고사하고 영화는 꿈도 못 꾸는 매스컴과는 거리가 먼 열악한 환경에서 생활하고 있는 대다수의 농민에게 접근할 수 있는 효과적인 통로가 없다는 것이 문제였다. 따라서 이와 같은 상황에서 가장 효과적인 수단으로 일제가 선택한 것이 바로 많은 주민들을 모아 놓고 국책선전영화를 상영하는 방법이었다. 전쟁으로 인한 물자 부족으로 영화관을 짓기는 역부족이었기 때문에 이동 영사단을 조직하여 영화관 없는 농촌 주민들을 찾아다니면서 선전 영화를 무료로 상영한 것이다.

이러한 영화를 통한 선전활동의 중요성이 커지면서 이동영사 활동을 체계화하고 조선총독부의 영화반을 중심으로 1941년 12월 총독부 안에 조선영화계발협회를 설치해 지방행정관청 및 공공단체, 광산연맹, 국책 회사, 금융조합연합회, 애국 부인회 등을 회원으로 두었다. 그 결과 1942 년 12월 한 달동안만 십오만여 명을 대상으로 224차례의 영사회를 개최했 다. 이는 한 회 영사회 당 평균 관람인원이 700~800명이며 1년에 약 240만 명이 순회 영화에 동원된 것으로 가정할 수 있다. 실제로 映配 이동 영사 반의 활동은 기록으로 확인되는 1943년 4월까지도 계속 활기를 띠어 관람 인원이 월 평균 22만 명 이상이었다.[24] 이러한 이동 영사반의 활동으로 영화를 관람하는 모습이 당시의 일본어교과서 「영화(映画)」라는 단원에 소개되어 있다.

> 어젯밤 어머니와 학교에 영화를 보러 갔습니다. 이웃에 사는 신키치도 함께 갔습니다. 벌써 많은 사람들이 모여 운동장은 사람으로 꽉 찼습니 다. 교코와 다미지도 와있었습니다. 〈IV-5-19〉[25] 「영화(映画)」

> 마당에 들어가니 회람판이 돌고 있었습니다. 아버지가 보시고는 "이사무, 오늘저녁 8시부터 학교에서 영화상영이 있다고 한다. 아버지가 집에 있 을 테니 어머니랑 보고오렴."하셨습니다. 일찍 저녁을 먹고 나섰습니다. 운동장은 벌써 사람들로 꽉 차있었습니다. 히로시와 마사오도 와있었습 니다. 〈V-5-18〉「영화(映画)」

교과서의 인용문은 당시 이동영사가 이미 대중들에게 익숙해져있음을 시사하고 있다. 특히 〈V-5-18〉의 인용에 이어서 "지난번에 본 산호해대해

---

24) 이준식(2004), 앞의 논문, pp.733~736 참조
25) 인용문은 필자번역 이하 동, 당시 일본어교과서의 기수와 권수 단원명을 알기 쉽게 〈기수-권수-단원명〉으로 표시하였음.

전(珊瑚海大海戰)의 영상이 떠올라 '일본은 위대하구나!'라 생각하고 있는데 갑자기 바나나가 있는 풍경이 비쳤습니다."라는 부분이 나오는데 밑줄친 부분에서도 순회영사의 활발한 활동이 반영되어 있다.

이러한 이동영사에 대한 조선인의 호응은 상당히 뜨거웠던 것으로 보이는데, "촌락을 방문하면 20리, 30리 떨어진 부락으로부터 많은 조선 부인들이 아이를 등에 업고 도시락을 지참해 도보로 참가"했다는 기록에서도 그러한 정황을 찾을 수 있다.[26]

교과서에도 영화를 상영하는 운동장이 이른 저녁을 먹고 나섰는데도 꽉 차 있었다는 묘사로, 이동영사의 동원력이 상당했다는 점을 암시하고 있다. 문화 혜택이 풍요롭지 못한 마을에 이동영사가 와서 비행기, 탱크 등의 근대 문명을 보여 주고 저 멀리 있는 다른 나라의 모습까지도 보여주니 영화는 호기심과 오락의 대상이기에 충분했을 것이다.

또한 「영화(映画)」 단원 이외에도 「일기(日記)」라는 단원에서도 주말에는 학교에서 이동영사를 통한 영화 상영이 있었음을 보여준다.

7월 26일 토요일 맑음 (중략) 밤에는 학교에 영화를 보러 갔다.
〈Ⅳ-5-18〉 「일기(日記)」

7월 12일 일요일 흐림 (중략) 밤에는 어머니와 학교에 영화를 보러 갔다.
〈Ⅴ-5-17〉 「일기(日記)」

인용문에서도 알 수 있듯이 주로 노동이 끝나고 한가한 주말의 저녁시간을 이용해 아동과 주민들을 동원해 학교에서 국책 선전영화를 상영하였다. 아동들은 하루일과를 소개하는 일기문을 통해서도 이동영사에 적극

---

26) 이준식(2004), 앞의 논문, p.736

참여해야한다는 교육을 받았던 것이다.

한편 전시체제하에서 유행한 전쟁영화는 전장에서 군인들의 '숭고한' 죽음 및 그 이면의 희생정신을 다룸으로써 관객에게 또한 국민에게 모든 삶을 전쟁으로 집중할 것을 가르쳤다. 아울러 전투묘사와 영웅주의 등을 강조하는 영상을 통해 국책영화의 선전 기능을 강화하였다.

> 마지막은 일본 군사들이 돌격하는 사진이었습니다. 적은 펑펑 폭탄을 던집니다. 용감한 일본군은 폭탄 아래로 빠져 나와 마침내 성벽을 타고 올라갔습니다. 가장 먼저 올라간 병사가 일장기를 흔들면서 "만세! 만세!"하고 외쳤습니다. 저도 모르게 "만세!"를 외쳤습니다.
>
> 〈IV-5-19〉「영화(映画)」

> 처음에 황군의 용사가 알류샨 열도를 공격하고 있는 장면이 보였습니다. 들도 산도 온통 눈입니다. 군함기를 선두로 하여 깊은 눈 속을 척척 앞으로 나아갔습니다. 모두들 일제히 박수를 쳤습니다.
>
> 〈V-5-18〉「영화(映画)」

교과서의 인용문을 통해서 알 수 있듯이 전쟁 영화를 통해 아동들은 대동아공영권을 구축해 가는 강한 나라 일본의 국민임을 자랑스럽게 여겨 박수를 치고, '만세!'를 외치는 모습을 보인다. 그리고 아동들에게 일본은 군인정신이 강하고 용맹하며 전쟁기술이 뛰어나 '일본은 반드시 승리'할 것이라는 확신을 심어준다. 이러한 국책영화를 접한 어린 아동들은 전쟁을 두렵고 무섭게 여기지 않으며 오히려 자신들이 용맹스럽게 일본을 위해 싸우는 모습을 상상한다.

이러한 기술은 특히 V기(1942)『初等國語』의 서간문「군인아저씨께(兵隊さんへ)」라는 단원에 잘 나타나 있다.「영화」단원에서는 영화를 보면

서 나오는 장면 설명 위주로 상황 묘사를 하는 반면 서간문의 특성상 어린이의 심정을 대변하여 전쟁의식을 고취시키고 미화시키는 문장들이 눈에 띈다.

군인아저씨! 건강히 잘 계신지요? 선생님 말씀으로는 남쪽의 전쟁터는 일 년 내내 덥다고 하더군요. 눈은 조금도 오지 않나요? (중략) 군인아저씨! 요즘 우리 교실에는 일본의 군함이 흰 물보라를 일으키며 당당하게 나아가는 사진과 밀림 속에서 활약하는 우리 전차부대의 사진 등이 가득 붙여져 있습니다. 그것을 보며 "나는 해군이 좋아."라고 하거나 "나는 소년비행사가 될거야."라고 서로 이야기하고 있습니다. 군인아저씨! 일본군의 용맹스러운 공적은 항상 라디오나 아버지께 듣고 있습니다. 어제는 학교에서 영화상영회가 있었습니다. 특별공격대인 아사에다 중령이나 추만 중령 등 십용사의 사진이 비쳤을 때는 모두들 눈물을 흘렸습니다. 그리고 여러 전쟁 사진이 보였습니다. 적의 군사령관 퍼시발이 커다란 백기를 들고 나올 때는 모두 일제히 박수를 쳤습니다. 저녁을 먹고 그 이야기를 하며 "나도 군인이 되고 싶은데."라고 말하자 아버지께서 "이사무는 건강하고 몸도 튼튼하니까 훌륭한 군인이 될 수 있을 거야."하고 말씀하셨습니다. 〈Ⅴ-6-16〉「군인아저씨께(兵隊さんへ)」

이처럼 어린이들이 사진과 영화와 같은 문화적 접촉을 통해 전쟁을 동경하고 일본 국민으로서의 자부심을 느끼며 눈물을 흘리고 박수를 치며 자랑스러워하는 모습을 교과서에서 서사하고 있다.

또한 일본어 교과서에는 짧은 한 단원에 이러한 일제 파시즘적인 사상과 함께 전쟁을 꿈꾸고 일본을 자랑스럽게 만드는 국책영화와 이동영사에 대해 자세히 기술하고 있다. 그리고 전쟁터에서 용감하게 싸우는 군인들을 위해 후방 지원을 아끼지 말아야하며 근면 성실한 태도를 길러야 한다고 가르치고 있다.

대여섯 명의 학생들이 수레를 끌고 빈병이나 빈 깡통을 모으고 있습니다. 어머니께 "저런 걸 모아서 어떻게 하나요?"하고 묻자 "팔아서 전쟁터에 있는 병사들에게 위문품을 보내는 거겠지"라고 가르쳐 주셨습니다.

〈IV-5-19〉「영화(映画)」

이처럼 교과서에서 나이가 어려 일본을 위해 전장에 나가지 못하더라도 후방에서 아동들이 해야 할 일들이 있음을 어머니와의 대화를 통해 암시하고 있다.

한편 1943년 일본 다이에이에서 제작한 〈싱가포르 총공격〉은 태평양전쟁 발발과 동시에 싱가포르 점령을 목표로 남하하는 대대장, 중대장, 소대장을 비롯하여 일반병사에 이르는 근위보병 제5연대에 관한 이야기를 다루었다. 이 영화는 '동양의 아성'인 싱가포르를 점령하는 약 2개월간의 기록을 생생하게 전달한다.

싱가포르는 마침내 함락되었다. 앵글로색슨의 동양 침략의 최대 아성(牙城)인 싱가포르는 황군의 수중으로 돌아와, 찬란한 일장기는 적도(赤道)의 일광에 빛나며, 밀림지대와 남쪽 바다로부터 불어오는 시원한 바람에 힘차게 펄럭이고 있다. 이보다 더 기쁜 일이 무엇이겠는가? (중략) 싱가포르의 푸른 하늘에는 찬란한 일장기, 싱가포르의 푸른 하늘에는 높이 울리는 승전의 나팔소리, 그건 내 눈과 귀에 똑똑히 보이고 들린다. 희열의 가슴과 감격의 가슴은 약동한다. (중략) 우리 황국은 새로운 대동아를 건설하고, 세계의 질서를 확립하고, 새로운 세기를 건설하는 것이다.[27]

---

27) 현제명(1942),「新嘉坡陷落感想」,「東洋之光」, 3월호, p.48

인용문은 당시 작곡가 현제명이 영화 〈싱가포르 함락〉을 보고 감상문을 잡지에 기고한 것이다. 영화는 이처럼 많은 사람들에게 전쟁에 대한 환상과 영웅주의를 주입시켰다.

따라서 일제는 일본이 전쟁의 주도권을 잡고 있던 1942년을 중심으로 다수의 카메라맨들을 전장에 종군시켜 이들로 하여금 승전의 장면을 촬영하게 하였고 이것이 기록영화로 만들어져 이처럼 국민의식을 고취시키는 국책영화로 상영되었다. 이 시기와 맞물리는 Ⅴ기 『初等國語』에도 이러한 기록영화를 보는 장면이 서사되어 있다.

> 갑자기 바나나가 열려있는 풍경이 비쳤습니다. 남태평양의 모습입니다. 형편없이 부서진 길을 많은 사람들이 열심히 복구하고 있습니다. 어머니께서 "이사무, 저기는 싱가포르란다. 일하고 있는 사람들은 모두 영국군 포로란다."하고 말씀해 주셨습니다. 다음에 비친 것은 야자나무 그늘에서 군인이 많은 아이들에게 일본어를 가르치고 있는 모습이었습니다. 이번에는 남자나 여자들이 숲속에서 일하고 있는 모습이 비쳤습니다. 양동이를 들고 있는 사람도 있습니다. 나뭇가지에 밥공기 같은 것을 대고 있는 사람도 있습니다. 그 그릇 속에는 하얀 것이 흐르고 있습니다. 누군가가 "야아, 고무를 받고 있는 것이구나!"하고 혼잣말처럼 했습니다. 그러고 나서 남태평양의 여러 풍경이 비쳤습니다. 모두 신기한 것뿐이었습니다.
> 〈Ⅴ-5-18〉「영화(映画)」

지난 2003년 미국의 이라크전쟁을 전 세계에 생중계하여 실시간으로 전쟁의 참상을 확인할 수 있었다. 이처럼 일본은 이미 1940년대에 전쟁을 위한 국민의 전쟁의식 고취를 위해 전쟁 가운데서도 발 빠르게 기록영화를 찍어 국민들에게 보도록 했다. 이는 아동교육용 교과서를 통해서도 확인할 수 있는 부분이었다.

망망한 인도양을 건너 기선은 말레이 반도의 남쪽 해안을 가까이 스쳐지나 갔다. 바닷가에는 야자수의 삼림이 우거져 있는데 나무줄기는 죽죽 뻗어있고 그 꼭지에 푸른 잎을 얹은 무성한 남국의 하늘가는 남국의 환상을 분수같이 품고 있었다. (중략) 영국의 동양침략의 심장 싱가폴은 이미 황군의 칼에 수술을 받게 되었으니 이제부터 말레이 반도는 참된 이웃이 되어 공영권 수립에 큰 역할을 할 줄 안다. 싱가폴 하(河)에 가득 찬 무수한 정크선도 미소를 띄우면서 남국의 보배를 싣고 올 날도 멀지 않을 것이다. 고무도 석유도 넉넉할 것이고 그리고 용안육(龍眼肉)도 몽(檬레몬)도 우리의 밥상에 오를 수 있고 진어(珍魚)를 유리 항아리에 넣어 서재를 꾸밀 것도 꿈이 아니다.[28]

인용문은 시인이자 평론가인 정인섭이 싱가포르함락 이후 말레이 반도를 방문하고 ≪매일신보≫에 투고한 글이다. 전쟁이 발발한 이래 각 신문사는 앞 다투어 우수한 카메라맨들을 현지에 파견하여 제일선에서 생생한 전황을 촬영하였으며, 모든 희생과 노력을 감수하고서라도 재빨리 일반인들에게 공개하도록 힘썼다. 당시 이렇게 촬영된 뉴스 및 시국을 삽입한 영화 건수는 822건에 달하고 그중 대다수는 전쟁을 생생하게 기록한 기록영화이다. 총독부도 영화가 갖는 이러한 강력한 영향을 고려한 결과, 영화가 나오는대로 시국영화를 대중들에게 보이기 위해 뉴스상영을 장려하였다.[29] 더불어 총독부 편찬교과서에서도 고무와 여러 가지 산물들이 풍부하다며 말레이 반도의 풍경을 소개하는 기록영화를 상세히 서사하고 있으며 정인섭의 글과 유사한 소개가 Ⅴ기『初等國語』의「남양(南洋)」이라는 단원에 묘사되어 있다.

---

28) 정인섭(1942),「新嘉坡陷落과 文化人의 感激」, ≪매일신보≫ 2월 20일자
29) 한국영상자료원(2009),『식민지시대의 영화검열 1921~1934』, 한국영상자료원, p.339

오늘은 일요일로, 어린이회가 있는 날입니다. 이사무의 집에서 영화상영이 있는 날입니다. (중략) 이사무의 아버지는 싱글벙글 웃으시면서 "오늘은 재미있는 남양의 사진을 보여 주겠어요"하고 말씀하셨습니다. 검은 종이를 쳐서 방을 어둡게 하였습니다. 벽에는 하얀 천이 걸려있어 거기에 남양의 모습이 차례차례 비춰졌습니다. 맨 처음 아름다운 일장기가 펄럭이는 싱가포르의 풍경이 비쳤습니다. 〈V-6-9〉「남양(南洋)」

　이사무의 아버지는 이러한 영상을 보여주면서 영국이 절대로 뺏기지 않으려 했던 싱가포르를 일본이 함락시켜 일장기가 남양의 하늘을 펄럭이게 되었다고 설명한다. 아이들이 영화를 보면서 일본의 승리에 기뻐 어쩔 줄 모르는 장면 서술을 삽입하여 강한 나라 일본국민으로서의 자긍심을 심어주고 있다. 이 단원에는 영상에 비친 풍경과 함께 싱가포르의 기후와 생태, 산물 등을 소개하고 있다.
　이처럼 IV기 교과서에서는 아동들에게 친숙하고 무조건적인 신뢰의 대상인 어머니를 내세워 후방에서 빈 병과 빈 깡통을 주워 군인들에게 위문품 보내는 것을 묘사하고, V기에서는 아버지를 내세워 일본의 강인함을 피력하고 있다. '아버지께서 "대동아공영권이 건설되면 아시아인을 위한 아시아, 밝은 아시아가 되는 것도 얼마 남지 않았구나!"라고 말씀하셨다'고 서사하여, 아동들에게 전시체제의 정당성과 승리의 확신을 암시한다. 그러나 동 시기 일본 국정교과서인 문부성 발간『初等科國語』의「영화(映畵)」단원에서는, 조선총독부 일본어교과서의 직접적이고 강요에 가까운 묘사와는 달리, 전쟁독려의 선전 선동이 훨씬 미미하며 간접적인 방법으로 서사되어 있어 대조적이다.

영화의 막은
저렇게 작은데도
산이 비치고, 강이 비친다.

영화의 막은
저렇게 작은데도
5층, 6층 집이 나온다.

영화의 막은
저렇게 작은데도
수 십대의 탱크(전차)가 지나간다.

영화의 막은
저렇게 작은데도
몇 만 톤의 자, 군함이다.

조선아동들을 위한 교과서에서는 국책영화 보급을 위한 순회영사의 모습과 전쟁 당시의 기록영화 등이 자세하게 서사되어 있는 것과는 대조적으로, 일본아동을 위한 교과서에서는 같은 제목이지만 영화의 특징을 시로 표현하여 영화를 문화적인 관점에서 바라보게 하며 선동의 의미가 훨씬 감춰진 느낌이 든다.

이를 통해서도 알 수 있듯이 당시 조선총독부의 강경한 정책 아래 만들어진 교과서를 통해 같은 제목의 단원도 피교육 대상자에 따라 달라짐을 알 수 있다. 이는 영화법 시행과정에서도 〈조선영화령〉이 일본의 영화법을 따르는 듯 보이지만 강제통폐합을 통한 제작과 배급의 일원화, '내선일체' 주제의 영화 상영, 국책영화의 안정적 보급을 위한 쿼터제 도입, 검열의 차이 등에서 식민지적 특수성을 지니고 있음을 알 수 있듯이 전반적으로 식민지 조선에서는 영화가, 문화가 아닌 국책 수행의 안정적 기반으로서의 역할에 충실했음을 알 수 있다. 이러한 양상은 교과서의 동일한 단원의 비교를 통해서도 드러나듯이 교육에서도 확연한 차이를 지니고 있었던 것이다.

5. 전쟁을 위한 미디어

독일 파시즘 영화 제도를 모델로 한 일본은 전시체제기 〈조선영화령〉의 제정과 영화 신체제의 확립을 통해 조선민중의 사상과 의식을 통제하여 내선일체를 통한 조선 청년들의 전쟁 동원에 목적을 두고 있었다.

중일전쟁 이후 전시체제하의 영화통제정책에 의한 국책영화를 통해 식민지 특성상 일본과는 다른 여러 가지 항목이 존재함을 알 수 있었다. 특히 문화적 측면인 영화를 통해 일본에 대한 거부감을 줄이고 내선일체로 전시 총동원체제에 조응하여 순조롭게 징병을 집행하기 위한 계산된 의도가 반영되었음을 알 수 있었다.

이는 당시 아동들에게 교육된 〈일본어교과서〉 IV기 『初等國語讀本』와 V기 『初等國語』를 통해서도 확인할 수 있었는데, 동일한 「映畵」라는 단원에서도 일본에서는 문화적인 측면이 강조되어 있으며 간접적인 방식으로 서술되어 있는 반면, 조선에서는 직접 전쟁독려를 위한 선전 선동하는 교육을 시행한 것이다.

이는 일제가 전시체제기 영화령의 제정과 영화 신체제의 확립을 통해 조선민중의 사상과 의식을 통제하여 내선일체를 통한 조선 청년들의 전쟁

동원에 목적을 두고 있었기 때문이다. 즉 전시체제하 일제의 국책영화는 시대적인 특성상 주요 대상을 아동과 청소년에 두고 있었으며 선전매체로서 영화가 가진 잠재력을 정치선전과 전쟁수행의 수단으로 활용하였던 것이다.

특히 전쟁동원과 후방지원을 합리화하기위해 국책영화를 지방 순회 상영하는데 그치지 않고 교육의 장에서 사용되는 교과서에까지 적극 활용하여 아동들에게 국책영화에 대해 자세히 설명하고 순회 영화 상영에도 필히 참석해야 한다는 홍보를 하고 있다.

아동들은 교육을 통해 국책영화에 거부감 없이 순응하고 전쟁에 대한 동경과 꿈을 키웠으며 영화라는 파급력 있는 문화와 교육을 접목시켜 선전, 선동을 극대화하여 전시체제기 전장의 병력과 후방의 전력보강을 위한 국민양성에 주력했음을 알 수 있었다.

Ⅳ. 제국의 팽창욕구와 방어의 변증법*

박경수 · 김순전

1. 동북아 국제질서 재편의 시도

동서고금을 막론하고 전쟁이란 반드시 승패가 전제되어 있어 막대한 손익을 담보하고 있다. 그것이 승전국의 경우 국익에 큰 도움이 될 수 있지만, 반대로 패전국이 될 경우 막대한 손실과 함께 국가의 존폐를 가름하는 원인이 되기도 한다. 때문에 전쟁을 계획하는 국가는 승리를 목표로 다년간에 걸쳐 갖가지 치밀한 전략을 세우게 마련일 것이다.

일본의 근대는 메이지 신정부의 안착을 위한 內戰으로부터 제국으로의 부상 및 이의 확장을 위한 국가간의 굵직한 전쟁에 이르기까지, 크고 작은 전쟁으로 일관한 시대였다. 그 가운데 메이지기는 '국민통합'과 '부국강병'

---

* 이 글은 2012년 9월 한국외국어대학교 「일본연구」(ISSN : 1225-6277) 제52호, pp.31~50 에 실렸던 논문 「제국의 팽창욕구와 방어의 변증법 -강점초기 〈일본어교과서〉의 전쟁서사를 중심으로-」를 수정 보완한 것임.

을 국시로 정치력을 펼쳐나갔는데, 그 전반기가 국민통합에 중점을 두었다면 후반기는 식민지를 거느리고 있는 서양제국과 같은 강국이 되기 위한 대외팽창에 중점을 두고 국민통합과 부국강병을 동시에 추구하는 정책이었다.

섬나라 일본에 있어 이를 위한 일차적 목표는 지정학적 위치상 일본을 대륙과 가장 가까운 거리로 연결할 수 있는 한반도의 확보, 즉 한국을 식민지로 만드는 것이었다. 이의 추진과정에서 치러진 청일전쟁과 러일전쟁은 대단히 큰 국가적 프로젝트였다. 두 전쟁 공히 한국 식민지화를 주된 목적으로 하였던 만큼 이를 기획한 시점에서부터 자국민은 물론 국제사회의 지지를 얻어내기에 합당한 다양한 논리를 창출해 내었다. 그리고 그것을 '조선의 독립', '동양평화의 수호', '동양평화의 확립'이라는 전위적 키워드로 집약하여 마침내 한국침략의 당위성으로 고착시켜 나아갔다.

이러한 일련의 과정이 대륙의 첨단에 위치한 한국을 온전히 영유하기 위한 치밀한 정치적 전략이었음은 말할 나위도 없다. 문제는 침략전쟁이라는 역사적 사실을 일본중심으로 윤색하여 공교육을 위한 교과서에 수록하였고, 또 그것을 식민지교육을 위한 장치로 삼았다는데 있다.

이에 본고는 먼저 19세기 말~20세기 초에 걸쳐 일본 내에서 조성된 여러 논리가 당시 동북아국제질서 재편과정에서 어떠한 작용을 하였는지, 아울러 그것이 청일·러일전쟁을 거쳐 한국병합으로 이어지는 과정에서 어떻게 변용되어갔는지를 한국 공교육 초기단계에서 일제에 의해 발간된 조선아동용 〈일본어교과서〉1)의 전쟁관련단원에서 찾아 면밀히 고찰해보

---

1) 본고는 〈일본어교과서〉, 즉 學部 編纂 『日語讀本』(1907), 朝鮮總督府 編纂 『訂正 普通學校國語讀本』(1911)과 제 I 기 『普通學校國語讀本』(1912~1914)을 주 텍스트로 함에 있어, 본문과 인용문의 서지사항을 표기할 때 『日語讀本』은 ①로, 『訂正 普通學校國語讀本』은 ②로, 『普通學校國語讀本』은 ③으로 약칭하여 〈○-권수-과〉 「단원명」으로 표기하기로 한다. 따라서 『日語讀本』 卷8(4학년 2학기)의 4課일 경우, 〈①-8-4〉 「日清

고자 한다. 이로써 메이지기 양대 전쟁의 당위성 도출을 위한 변증법적 발전과정은 물론 일제강점 초기 식민지초등교육의 실상까지도 파악할 수 있으리라고 본다.

2. 초기 〈일본어교과서〉와 전쟁서사의 변화

러일전쟁의 승리로 한국통치권을 획득한 일제는 〈을사늑약〉에 의하여 통감부를 설치하고, 정치 경제 사회 교육 전반에 걸쳐 식민지화를 위한 기반을 다져나갔다. 특히 교육부문에 있어서는 〈보통학교령〉(1906.8)을 비롯한 각종 교육법령 및 그에 따른 시행규칙[2]을 공포하여 자국의 공교육 제도와 교육이념을 이식하기 시작했다. 이러한 체제 안에서 가장 먼저 사용된 〈일본어교과서〉는 외국어로서 일본어 습득에 주안점을 둔 대한제국 학부 편찬의 『日語讀本』(1907)이다. 그러다가 1910년 8월 합병이 조인되고 조선총독부에 의한 식민통치가 시작되면서 교육 전반에 걸쳐 대대적인 개혁이 이루어지는데, 아동용 교과서문제는 내무부 학무국의 다음과 같은 공지에 의한다.

朝鮮學童의敎科書問題는 〈中略〉 目下內務部學務局編纂課에서編纂ᄒᆞᆫ 者를脫稿되ᄂᆞᆫ딕로文部省에送致ᄒᆞ야來年初學期四月브터普通學校,高等

戰爭」으로 표기하고, 인용문의 번역에 있어서는 ①과 ②는 필자번역으로, ③은 이의 번역본인 '김순전 외(2009) 『초등학교 일본어독본』1~4卷 제이앤씨'로 한다.
2) 보통학교령(1906.8), 보통학교령시행규칙(1906.8), 고등학교령(1906.8), 고등학교령시행규칙(1906.8), 사범학교령(1906.8), 사범학교령시행규칙(1906.8), 외국어학교령(1906.8), 외국어학교령시행규칙(1906.8), 고등여학교령(1908.4), 고등여학교령시행규칙(1908.4), 사립학교령(1908.8), 사립학교령시행규정(1908.8), 교과용도서검정규정(1908.8), 학부편찬교과용도서발매규정(1908.9), 실업학교령(1909.4), 실업학교령시행규칙(1909.7)

學校에對ㅎ야改正敎科書를用케ㅎ터이라<u>從來의日語讀本은國語讀本이라</u>
<u>ㅎ고國語讀本은諺文讀本이나朝鮮語讀本이라改稱ㅎ음은勿論이오其內容도</u>
<u>此際에根柢브터改訂ㅎ야</u>.....3) (밑줄필자, 이하 동)

합병직후 일본어가 본격적인 '國語'로서의 위치를 차지하게 됨에 따라
공교육용 교과서 명칭은 물론 이의 전면 개편이 시급한 문제로 부상하였
다. 이에 따라 교과서 명칭은 종래의 『日語讀本』을 『國語讀本』으로 개칭
하고, 내용에 있어서는 급한 대로 당시의 상황에 적합하지 않은 敎材語句
를 수정하거나 필요한 사항을 첨삭하여 이듬해 초부터 사용케 하였는데,
그것이 『訂正 普通學校學徒用國語讀本』이다. 그리고 1911년 8월 〈敎育勅
語〉의 취지에 기초한 〈제1차 조선교육령〉이 발포됨에 따라 전면 개편된
교과서가 바로 第Ⅰ期 『普通學校國語讀本』이다. 이의 편찬사항을 해당법
령과 대비하여 살펴보겠다.

〈표 1〉 日帝强占 初期에 사용된 日本語敎科書

시기	관련교육법령 (공포 시행일)	敎科書名 (편찬년도)	권수	사용기간	편찬처
통감 부기	普通學校令 (1906. 8. 27)	① 日語讀本 (1907~1908)	全8卷	1907~1911.2	大韓帝國 學部
식민 지기		② 訂正普通學校學徒用國語讀本 (1911.3.15)	全8卷	1911.3~1914	朝鮮總督府
	第1次 朝鮮敎育令 (1911. 8. 23)	③ 第Ⅰ期 普通學校國語讀本 (1912~15)	全8卷	1912.3~1923.2	朝鮮總督府

〈표 1〉에서 보듯 ①은 〈보통학교령〉에 기초하여 대한제국 학부에서 발
간한 '외국어'로서의 『日語讀本』이었으나, 합병 이후 발간한 ②와 ③은
명실공히 '國語'로서의 『國語讀本』이다. (이하 기호만 표기)

---

3) 매일신보사(1910), 「朝鮮學童과 敎科書」, 〈매일신보〉 1910.11.2일자

무엇보다도 가장 큰 변화는 용어의 변화일 것이다. 종래 외국어로서의 '일본어'가 '國語'의 위치를 차지하게 됨에 따라 "從來의日語讀本이 國語讀本"으로 바뀌었으며, 國名의 개념 또한 '韓國(대한제국)'에서 일본의 한 지역임을 명시하는 '朝鮮'으로 바뀌어 ② 부터는 이와 관련된 모든 용어가 정정 발간되었다. 특히 본고 관련 청일 러일전쟁을 서사한 단원에서 이러한 변화양상이 두드러진다. 전쟁관련주요단원의 변화양상을 〈표 2〉로 정리하였다.

〈표 2〉초기 〈일본어교과서〉의 청일 러일전쟁 관련단원의 변화

교과서 \ 주요사건	①『日語讀本』		②『訂正普通學校學徒用國語讀本』		③『普通學校國語讀本』	
	권-과	단원명	권-과	단원명	권-과	단원명
청일전쟁	8-3	天津條約	8-3	天津條約		
					6-18	九州卜臺灣
	8-4	日淸戰爭	8-4	日淸戰爭	6-22	明治二十七八年戰役(一)
					6-22	明治二十七八年戰役(二)
러일전쟁	8-5	隣國	8-5	隣國	6-20	隣國
					6-19	北海道卜樺太
	8-15	日露戰爭	8-15	日露戰爭	6-27	明治三十七八年戰役(一)
					6-28	明治三十七八年戰役(二)
	8-16	運のよかつた人	8-16	日露戰爭後の日本	6-29	朝鮮總督府

앞서 살핀 대로 1910년 8월 일제에 합병된 이후 조선에서 '國語(일본어)' 교과목의 교과서로 사용된 ②는 ①의 정정본이다. 그런 까닭에 ②는 〈①-7-4〉「조선과 일본과의 교통(朝鮮と日本との交通)」, 〈①-7-4〉「일본과 중국과의 교통(日本と支那との交通)」이라는 단원이 전면 삭제되었다는 것 외에는 ①의 구성을 그대로 유지하면서 내용의 첨삭 형태를 취하고 있다. 그러나 용어, 명칭이나 변화된 내용면에서 볼 때 ①과 ②는 큰 차이

를 보인다.

　무엇보다도 '韓國'이'朝鮮'으로, '日本'이 '我國'으로, '日本軍'이 '我軍' 또
는 '我日本軍'으로, '淸國'이 '支那'로, '韓國'이 '我國' 또는 '朝鮮'으로의 개칭
과, 대한제국을 일본의 한 지역임을 명시하는 '조선(朝鮮)'으로, 또 중국을
시대적 국명인 '청국(淸國)' 혹은 '지나(支那)'로 변경 사용하고 있는데서
현격한 차이를 보여주고 있다. 내용면에서는 전쟁후의 이권을 중심으로
변경 혹은 추가 서술하고 있다. 예를 들면,

　　　청나라에서는 이제 어쩔 수 없다고 여기고, 강화를 하였습니다. 그리고나
　　　서 "한국은 속국이 아니다. 독립국이다"는 것을 청나라도 승인하게 되었
　　　습니다. 〈①-8-4〉「청일전쟁(日淸戰爭)」

　　　청나라에서는 이제 어쩔 수 없다고 여기고, 많은 배상금을 내고, 대만을
　　　우리나라에 양도하고, 강화를 하였습니다. 그리고 조선은 자기의 속국이
　　　아니라는 것을 승인하게 되었습니다. 이때부터 우리나라에서는 대만에
　　　총독을 두어 다스리게 되었습니다. 〈②-8-4〉「청일전쟁(日淸戰爭)」

라 하여, 청일전쟁 승리의 대가로 조선의 종주국 자격 박탈은 물론, 대만
을 식민지로 두게 되었음을 추가 기술하였다. 또 청일전쟁 직후 〈삼국간
섭〉을 주도한 러시아가 일본을 배격하고 淸으로부터의 旅順 조차기간과
관련된 부분을 보면, ①에서는 99년이었던 것이 ②에서는 25년으로 바뀌
어 있다. 이는 청일전쟁 이후 러시아를 중심으로 이루어진 삼국간섭에 대
한 일본의 불만과 동북아 질서재편에 대한 세계적 역학관계에 따른 조치
가 합병직후 즉각 교과서에 반영된 것으로 볼 수 있다. 다음은「러일전쟁」
의 전쟁종결 부분이다.

지금까지 러시아가 조차하였던 旅順과 그 부근은 일본이 청나라로부터 조차하게 되었습니다. 〈①-8-15〉「러일전쟁(日露戰爭)」

지금까지 러시아가 조차하였던 旅順과 그 부근은 우리나라가 청나라로부터 조차하게 되었는데, 이를 관동주라고 합니다. 가라후토에는 가라후토청이 있고, 관동주에는 관동도독부가 있어서 다스리고 있습니다.
〈②-8-15〉「러일전쟁(日露戰爭)」

이전까지 러시아가 조차하여 다스리던 천혜의 요충지 旅順과 그 주변지역을 러일전쟁의 승리로 말미암아 일본이 다스리게 되었다는 부분을 추가 서사하고 있음을 알 수 있다.

종전 이후의 단원 배치도 흥미롭다. ①에서는 「운 좋은 사람(運のよかつた人)」이라는 전쟁 당시의 에피소드를 수록하여 시류에 따를 것을 교훈하는 것에 비해, ②에서는 「러일전쟁후의 일본(日露戰爭後の日本)」이라는 단원을 배치하여 러일전쟁 이후 일본중심으로 재편된 동북아 국제질서와 한국병합의 당위성을 홍보하고 있다.

① ② ③ 공히 수록되어 있는 「이웃나라(隣國)」도 눈여겨 볼 단원이다. 동 시기에 기획되었지만 일본의 전력 및 국제관계상 순차적으로 진행되었던 청일전쟁과 러일전쟁이었기에 ①과 ②가 청일전쟁의 다음 단원에 배치하여 일본이 문명국임을 과시하면서 청일전쟁 이후 러시아의 야욕을 언급하고 있는 것에 비해, ③은 「청일전쟁」 바로 앞 단원에 배치하여 러일전쟁 이후 재편된 동아시아 구도를 자국 소유의 철도 교통망을 중심으로 서술하고 있다.

간과할 수 없는 것은 ① ②에서는 4학년 과정에 수록되었던 이러한 단원들이 ③에서는 3학년 과정에 수록하였다는 점이다. 이는 당시 3년 안에 초등교육과정을 마칠 것을 감안한 것으로, 위의 단원들은 반드시 초등교과과정에서 학습해야 할 중요한 단원임을 말해주는 예라 하겠다.

3. 한국병합을 향한 변증법적 발전론

서양열강을 모델로 부국강병을 꿈꾸었던 메이지기 일본에 있어 대외정책의 기본은 여러 식민지를 확보하여 제국의 반열에 오르는 것이었다. 제국을 향한 일본의 대외정책에 있어 맨 먼저 거론된 것은 일본을 대륙과 가장 가까운 거리로 연결할 수 있는 한반도의 확보, 즉 '조선침략'이었다.

메이지정부의 본격적인 팽창욕구에 대한 일차적 타깃이 되었던 한반도 문제는 내부적인 정치 불안과 불평세력들의 불만이 가세하여 1880년대 들어서면서 '조선침략론'으로 불거져 일본 정국을 뜨겁게 달구었다. 정치인들 사이에서는 사이고 다카모리(西鄕降盛)를 비롯한 강경파의 '정한론(1873, 征韓論)'과 메이지유신을 성공적으로 이끈 근대화 관료세력인 이와쿠라 도모미(岩倉具視), 이토 히로부미(伊藤博文) 등 조슈파(長州派)의 서양열강과 동등한 강병을 이룬 다음 정벌해도 늦지 않다는 '신중론'이 팽팽히 맞서고 있었다. 그러나 이러한 논쟁은 단지 시기의 적정성과 방법에 관한 논쟁이었을 뿐, 조선침략이란 당시 위정자들의 공통분모이자 동일한 과제였다.

지식인들 역시 조선침략을 정당화하고 합리화하기 위해 갖가지 이론을 내세웠는데, 그 중 후쿠자와 유키치(福澤諭吉)의 '탈아론(脫亞論, 1885)'과 다루이 도키치(樽井藤吉)의 '대동합방론(大東合邦論, 1885)'이 상당한 설득력을 얻고 있었다. 여기에 1890년 야마카타 아리토모(山縣有朋)의 "일본의 독립 자위의 길은 '주권선(主權線)'과 '이익선(利益線)'을 정해 이를 방어하는데 있다"는 견해를 표명[4]하면서 시작된 '이익선론(1890)'은 방어를 위한 공격의 논리를 도출하는 근거로 작용하였다. 이를 면밀히 살펴보면 당시 정치인이나 지식인 모두가 일본의 우월성·예외성이란 인식하에 아시아에서의 지도자적 역할을 사명감으로 여기고 있었음이 파악된다. 본 장에서는 이를 위하여 만들어낸 논리들이 침략과 간섭을 거쳐 마침내 한국병합에 이르기까지 어떻게 변용 적용되어갔는지에 역점을 두고 진행할 것이다.

3.1 '조선의 독립'과 청일전쟁

19세기 후반 미국, 영국, 프랑스, 러시아 등 서구열강이 진출하기까지 동북아 국제질서는 중국에 의해 운영되었음은 주지의 사실이다. 이러한 질서가 서구에 의해 차츰 붕괴되어 가는 시점에서 '탈아(脱亞)'를 추구하였던 일본은 동북아의 새로운 패권국가로 부상하기 위한 다각적인 행보를 시도하였다.

지정학상 한반도는 동북아질서의 판도를 바꿀 수 있는 중요한 요충지였다. 때문에 기존의 이권을 수호하려는 淸과, 새롭게 동북아 패권국가로 부상하려는 일본 사이에서 끊임없는 분쟁이 야기되었다. 어떻게든 조선을 식민지로 확보하려는 일본에 있어 당시 가장 큰 걸림돌은 종주국으로서 기존의 이권을 내놓지 않으려는 淸이었다.

따라서 일본은 먼저 淸과의 속국관계를 단절시킬 것을 대조선정책의 기본방향으로 세우고 이를 위한 전략을 확대해나갔다. 이 과정에서 무엇보다 우선할 것은 '조선은 淸의 속국이 아니라는 것'을 만방에 선포하는

---

4) 田中彰 著·강진아 譯(2002), 『소일본주의-일본의 근대를 다시 읽는다』, 도서출판 소화, p.102

일이었다. 〈조일수호조약〉(1876) 제1조에 "조선은 자주국"임을 명시하였다는 것은 그 일환으로, 조선에 대한 淸의 종주권을 배격하기 위함이었다. 이 규정이 훗날 〈天津條約〉의 빌미가 되었고 청일전쟁의 발단이 되었음은 교과서 관련단원에서 살펴볼 수 있다.

조선은 예로부터 청국의 속국처럼 되어 있었습니다만, 지금으로부터 30년 정도 전에, 우리나라가 최초로 "朝鮮은 淸의 속국이 아니다" 라 말하기 시작했습니다. 세계 각국에서도 모두 그렇게 여기게 되었는데도 청나라에서는 역시나 옛날 그대로 생각하고 있었습니다. 한쪽에서는 속국이 아니라고 생각하고 있는데 다른 한쪽에서는 속국으로 여기고 있어 우리나라와 청나라는 서로 좋지 않게 생각하였습니다.

〈②-8-3〉「텐진조약(天津條約)」

우리나라에서는 "조선은 청국의 속국이 아니다. 그런데도 청국은 함부로 군대를 보내면 우리나라에서도 군대를 보내어 조선에 거주하고 있는 우리나라 사람을 보호할 것이다"라 말하고 군대를 보냈습니다.

〈②-8-4〉「청일전쟁(日淸戰爭)」

〈임오군란〉(1882), 〈갑신정변〉(1884)으로 이어지는 일련의 사건에까지 개입한 일본은 "청일 양국 군사는 조선에서 철수한다. 만약 출병할 때에는 사전에 통지한다."를 주 내용으로 하는 〈텐진조약〉(1885)을 체결하면서 조선에 대한 영향력을 계속 확보해나갔다. 그러던 중 발생한 〈동학농민봉기〉(1894.5)는 일본에게 결정적인 침략동기를 제공했다. 조선침략의 기회를 엿보고 있던 일본은 조선정부의 차병(借兵)요청을 받은 淸이 조선농민군의 진압을 위하여 파병한 것, 즉 〈텐진조약〉 위반을 구실삼아 즉각 조선에 침입하여 청일전쟁을 촉발하였다.

청일전쟁은 당시 서구와의 조약개정을 둘러싸고 의회와의 대립 및 탄핵안 발의 등으로 정권붕괴의 위기에 처한 이토 히로부미 내각에게 해외파병을 통해 국내 불만세력을 잠재울 수 있는 절호의 기회[5]이기도 했다. 여기에 당시 주청(駐淸)공사관 야나기와라 사키미쓰(柳原前光)가 이와쿠라 토모미(岩倉具視)에게 보낸 "조선은 북만주와 연결되어 있고, 청국과 접해있어서 조선을 정복하면 황실 안전의 기초가 되고 후년 만국을 경영하는데 기본이 된다."[6]는 내용의 의견서는 당시 위정자들에게 '조선침략'에 대한 필연성을 제공했다.

"황실 안전의 기초"와 훗날의 "만국 경영의 기본"이 되는 조선침략이란 당시 지식인들에게도 큰 이슈가 되었다. 그 중에서도 특히 후쿠자와 유기치의 '탈아론'은 "중국·조선과의 관계를 단절하고 서양 문명국과 진퇴를 같이할 것'과, 장차 이들 국가와의 교섭도 '서양제국이 했던 방법을 취해야 한다."[7]는 것으로 요약되는데, 이것이 주변국(특히 중국, 한국)에 대한 문명화, 근대화를 앞세운 침략론으로 발전해갔다. 이러한 논리는 식민지교과서에 서사되어 조선침략의 당위성으로 교육되었다.

> 中國은 넓을 뿐만 아니라 기후도 좋고, 토지도 비옥하여 산물이 많아 사람들도 일을 잘 합니다. 그렇지만 옛 것만 좋다고 여기며 새로운 학문을 하는 사람이 적었기 때문에 비교적 강하지 못한 것입니다.
>
> 〈②-8-5〉「이웃나라(隣國)」

"학문은 동양의 학문이면 된다. 서양의 학문 따위를 하는 것은 나라를

---

5) 문정인 김명섭 외(2007), 『동아시아의 전쟁과 평화』, 도서출판 오름, p.31
6) 최장근(2006), 「영토정책의 관점에서 본 '日韓倂合'의 재고찰」, 「일본어문학」 제35집, 일본어문학회 p.622에서 재인용.
7) 福沢諭吉(1885), 「脱亞論」, 〈時事新報〉, 1885.3.16일자 사설 참조

위하여 해서는 안 된다."며 무엇이든 외국 것을 좋아하지 않는 사람이
朝鮮에 많이 있었습니다. 〈②-8-4〉「청일전쟁(日清戦争)」

중화사상에 빠져 헤어나지 못한 중국이나, 중국 것만을 추종하던 한국
을 '미개국' 혹은 '야만국'으로 격하하는 이러한 내용은 일찍이 서양학문을
수용하여 문명국으로 부상한 일본이 동북아질서 재편의 주도국이어야 한
다는 정당성이 함축되어 있다 하겠다. 이는 합병이전에 발간된 『日語讀本』
의 중국과 백제로부터 앞선 문명의 유입을 내용으로 한 「조선과 일본과의
교통(朝鮮と日本との交通)」(〈①-7-4〉)이나, 「일본과 중국과의 교통(日本
と支那との交通)」(〈①-7-4〉)이라는 단원을 합병직후 수정 발간한 『訂正
國語讀本』에는 전면 삭제해버린 것과 같은 맥락일 것이다.
　어쨌든 메이지 초기부터 치밀하게 준비하여 총력전을 펼쳐나갔던 청일
전쟁은 일본의 승리로, 〈시모노세키강화조약〉(1895.4.17)에 의하여 세계
열강이 주시하는 가운데 '淸韓종속관계의 단절'이 만방에 선포되었다.

　청나라는 매우 두려워하여 사신을 일본에 파견해서 많은 배상을 하고,
대만을 우리나라에 할양하여 강화를 했습니다. 그리고 청나라는 朝鮮이
자신의 속국이 아니라는 것을 인정하였습니다.
　　　　　　　　〈③-6-22〉「청일전쟁(明治二十七八年戰役(二))」

　이로써 일본은 한국에 대한 유리한 위치 선점을 국제사회로부터의 인정
받게 됨과 아울러 동북아 신질서의 주도국으로 급부상하게 되었다.
　청일전쟁의 가장 큰 명분은 淸으로부터 '조선의 독립'이었다. 이는 일본
지도층이 만들어낸 다양한 논리의 집약으로, 대륙진출의 야망을 달성하기
위하여 조선을 침략하여 자국의 식민지로 만들기 위한 장치였음은 말할

나위도 없다. 그럼에도 교과서는 이웃나라 '조선의 독립'을 위해 자국의 정치력을 총동원하는 나라, 전쟁도 불사하는 의리의 나라, 미개한 주변국에 선진문물을 제공하는 나라 등등 자국중심적인 내용으로 일관하였으며, 공교육을 통하여 식민지 조선아동에게 그것을 각인시키고 있었던 것이다.

3.2 '동양평화의 수호'와 러일전쟁

청일전쟁의 戰線이 조선을 거처 중국으로 확장되어갈 즈음부터 지식인과 정치가들 사이에서는 청일전쟁의 성격에 대한 정당화 논리가 확산되기 시작하였다.

이토 히로부미는 1894년 10월 20일 임시의회(중의원)에서 청일전쟁은 '동양 평화를 유지'할 목적으로 치러지는 것임을 언급하였으며, 외무대신 무쓰 무네미쓰(陸奧宗光)는 '서구적 신문명과 동아적 구문명간의 충돌'로 성격 규정하였다. 한편 우치무라 간조(內村鑑三)의 경우 '평화와 진보'를 위한 적극적 목적이었다는 것과, 신문명을 대표하는 소국(日本)과 구문명을 대표하는 대국(淸)간의 의로운 전쟁으로 규정[8]하면서 청일전쟁을 정당화 하였다. 이러한 논리는 점차 자국 지배체제하의 새로운 동북아질서 재편에 시시각각 위협적으로 다가오는 러시아를 대처하기 위한 당위성으로 변용되어 갔다.

그 전략적 시설을 한반도에 확보하고자 하려는 시점에서 러시아가 프랑스 독일 등과 연합하여 내민 〈삼국간섭〉이라는 카드는 일본의 경계심을 곤추세우게 하였다. 여기에는 일본의 독주를 제지하려는 연합국의 의도와 극동지역에 부동항을 구축하려는 러시아의 야심이 내포되어있었기 때문이다. 이러한 과정을 서사한 내용을 보면 러시아를 '강하고 惡한나라', 일

---

8) 이성환(2001), 「근대 일본의 전쟁과 아시아 인식」, 『국제학논총』 제6집, 계명대국제학 연구소, pp.216~217

본은 '약하고 善한나라'라는 이미지로 적개심을 유도하려 하였음을 알 수 있다.

청일전쟁이 끝나고 우리나라와 청국이 강화했을 때, 청국은 요동반도를 우리나라에 양도하였습니다. 요동반도는 旅順이 있는 곳입니다. 旅順은 대단히 좋은 항구이기 때문에 러시아는 이것을 빼앗고 싶다는 생각을 하였습니다. 우리나라가 旅順을 차지하고 있으면 빼앗기 어려워지기 때문에 러시아는 독일, 프랑스와 동맹을 맺고 우리나라에게 권유하여 요동반도를 청국에 반환케 하였습니다. 우리나라 사람들은 몹시 분노하였지만 세 나라를 상대로 전쟁하는 것은 불이익이기 때문에 러시아의 말을 듣고 반환하였습니다. 바로 그 후에 러시아는 25년간의 약속으로 청나라로부터 여순을 조차하여 포대를 배치하기도 하고 군함을 집결시키기도 하였습니다. 그리고 또 러시아는 많은 병사를 만주에 보내와서 만주도 요동반도도 뺏으려고 했습니다. 조선의 남쪽에도 군함이 들어올 항을 조성하려고 하였습니다. <u>그렇게 되면 만주도 조선도 러시아의 것이 되고……</u>

〈②-8-15〉「러일전쟁(日露戦争)」

이는 시시각각으로 세력을 뻗쳐오는 러시아의 진출을 차단하지 않으면 동북아질서에 대한 주도권마저도 러시아로 넘어갈지도 모른다는 위기감을 표현하고자 함이었을 것이다. 만주권 문제도 그렇지만 무엇보다도 한반도 문제만큼은 한 치의 양보도 허용할 수 없는 중대한 사안이었기에 '동양평화의 수호'라는 슬로건을 내걸고 전쟁준비에 착수하였음을 교과서는 서사하고 있다.

러시아는 먼저 관동주를 청나라로부터 조차하여 여순의 전력을 엄중하게 하고 있었는데, 그 후 청나라에 소동(의화단사건)이 일어났을 때 많은 병사를 만주에 보내어 마침내 이를 점령하려고 했습니다. 그뿐 아니라 더 나아가 조선까지도 세력을 뻗쳐 왔습니다. 만약 조선이 러시아에 점령되면 동양의 평화가 무너지므로 우리나라는 이를 보고 있을 수만은 없습니다. 그래서 우리나라는 러시아의 야심을 막기 위하여 여러 차례 담판 지으려고 했습니다만, 전혀 효과가 없었습니다.

〈I-6-27〉「러일전쟁(明治三十七八年戰役(一))」

러시아가 한국 문제에서 손을 떼지 않을 경우 전쟁도 불사한다는 각오로 일본은 내부적으로는 군비확충에, 대외적으로는 대러교섭에 심혈을 기울였다. 1903년 4월 21일 열린 긴급대책회의에서는 "어떠한 경우에라도 한국은 절대로 양보할 수 없으며 개전도 불사한다."는 각오로 러시아와 담판을 짓기로 합의하였다. 수뇌부의 구상은 급기야 '대러 교섭방침'(1903.4.23.) 4개 항목[9]으로 결정되어 공개되었다. 이어서 1903년 6월 23일 어전회의에서 의결된 〈만한에 관한 러일협상의 건(滿韓に關する日露協商の件)〉에서도 "조선은 마치 예리한 칼처럼 대륙에서 제국의 수도를 향해 돌출해있는 반도로서……. 다른 강국에 반도를 점유당하면 제국의 안전은 항상 위협적이다."[10] 하여 본토의 안위와 밀접하게 관계되는 한반도는 반드시 일본이 점유해야 함을 강조하였다. 여기에 야마가타 아리토모의 '주권선론'과 '이익선론'이 재차 거론되면서 그 필연성을 더하였다.

1903년 8월부터 개전에 이르기까지 약 6개월 동안 고무라(小村壽太郎) 외상과 주일 러시아 공사 로젠(R.R.Rosen)은 수차례에 걸쳐 만한문제에

---

9) 일본의 '대러교섭방침' 4개 항목은 이른바 ①러시아가 만주에서 철병하지 않은 것에 대해 엄중 항의한다. ②만주문제를 기화로 조선 문제의 해결을 기한다. ③조선에서 일본의 우월권을 러시아에게 인정시킨다. ④만주에서 러시아의 우월권을 일본이 인정한다. 는 내용이다. (中塚 明(1984)『近代日本と朝鮮』新版 三省堂 p.59 참조)
10) 外務省 編(2001),「滿韓に關する日露協商の件」,『日本外交年並主要文書(上) 明治百年双書1』, p.210

관한 공식 교섭[11]을 가졌다. 그러나 러시아가 끝내 '자국의 만주 독점권' '대동강에서 원산만 이북에 이르는 중립지대 설정' '한국 영토의 전략적 사용불가' 입장을 내세우고, 일본은 '러시아의 만주철병' '일본의 한국독점' '기회균등에 입각한 만주 중립화'를 고수한 나머지 결렬되고 말았다.

마침내 어전회의에서는 러시아와의 개전을 결정(1904.2.4 오후)하고, 다음날 러시아공사관에 국교단절을 통고한 후, 선전포고도 없이 사세보항을 출발하여(1904.2.6) 인천앞바다 팔미도 부근에 정박 중이던 러시아 함대에 포격을 가함(1904.2.8)으로써 러일전쟁은 시작되었다. 그리고 1년여 크고 작은 교전을 거쳐 마침내 승리를 얻어내었다. 전승국이 된 일본은 1905년 7월과 8월 미국과 영국으로부터 각각 한국에 대한 독점적 지배권을 인정받았으며, 9월에는 〈포츠머스조약〉에 의하여 급기야 러시아로부터 한국의 독적 지배를 확인받게 되었다.

> 그러는 사이에 양국은 강화했습니다만, 이 때 러시아는 사할린의 남쪽 절반을 일본에 떼어 주고, 또한 중국 관동주의 조차권과 만주에 부설한 철도의 남부를 우리나라에 양보하고 <u>남만주 및 조선에서 완전히 손을 떼었습니다</u>. 〈 I -6-28〉「러일전쟁(明治三十七八年戰役(二)」

이로써 일본은 사할린 남부, 랴오둥 반도, 만주 남부로 세력을 넓히게

---

11) 8월 12일 일본이 러시아 측에 제시한 1차 협상안은 '청한 양국의 독립보전과 상업상의 기회균등', '한국과 만주에서의 러일 상호 이익보장' 등을 골자로 하였고, 이에 대해 러시아는 10월 3일 '일본의 세력범위에서 만주제외', '한국에서 일본의 군사활동 제한', '39도 이북의 중립지대 설정'을 주장했다. 이에 10월 14일 고무라 외상이 제시한 1차 수정안은 '일본의 對韓파병권', '한만국경에 중립지대 설치' 등 만한교환론을 더욱 분명히 했다. 그러나 12월 중순에야 제시된 러시아의 반대제안은 만주에 관해서는 아무런 언급 없이 '한국 북부의 중립지대 설정' 및 '한국영토의 군략적 사용불가'라는 한국 문제에만 국한되어 있었다.(문정인 김명섭 외(2007), 앞의 책 pp.165~166)

되었고, 한국에 대한 지배권을 확립함으로써 대륙진출의 교두보를 마련함은 물론 제국으로서 지위를 확립하게 되었다. 러시아와 같은 강대국을 상대로 싸워 얻은 승리는 일본에게 무한한 자부심을 안겨주었다.

'부국강병'에 기조를 두고 근대를 열었던 메이지 일본이 추구하였던 것은 정작 자국의 실리와 동북아의 주도권의 획득이었으며, 서양인을 배제한 자국중심의 동북아질서 재편이었다. 이를 위하여 '동양평화의 수호'라는 당위성을 내세워 러일전쟁을 감행하였고 마침내 승전국으로 부상하였다. 그런데 정작 러시아가 인정하지 않는 승리의 대가, 즉 굴욕적인 강화에 의하여 "사할린의 절반", "관동주의 조차권", "남만주철도 및 한국지배권"을 명시하여 승전국의 영광을 서사하였다는 것은 근대 일본이 그토록 열망하던 한국 지배권 문제가 해결되었다는 점에서였으리라 생각된다. 이로써 일제는 한국병합을 향한 발빠른 행보를 펼칠 수 있게 되었던 것이다.

3.3 '동양평화의 확립' – 보호국에서 합병으로

일제의 한국 식민지화에 대한 욕망은 오래전부터 있었지만 이에 대한 구체적인 행보는 청일전쟁과 러일전쟁을 통하여 본격화되었다.

러일전쟁의 조짐이 보이던 1904년 1월 한국정부의 러일교전에 대한 중립을 선언이 있었음에도, 일본은 이를 무시하고 한반도와 그 주변을 자국의 전쟁터로 무단 사용하였으며, 그로부터 2주후인 1904년 2월 23일 〈한일의정서〉를 강제 조인케 하여 식민지화를 위한 기초를 다져나갔다. 그리고 동년 8월 〈제1차 韓日協約〉, 이듬해 11월 〈을사늑약〉을 조인하면서 본격적인 한국 식민지화에 박차를 가하였다. 이에 한국측의 반발은 급기야 세계만방에 일본의 부당함을 고발하는 '헤이그 밀사사건'으로 표출되었다. 이에 일본정부는 '대한제국 독립을 지원한다.'는 입장[12]으로 선회하였다. 세계열강이 주시하는 가운데 한국병합의 신속한 완성과 이에 대한 국제사회의 지지를 얻어내기 위한 일본의 대외전략은 메이지천황이 외치는 '동양평화의 확립'이었다.

> 메이지천황은 항시 동양의 평화를 확립하는 것을 염려하여 어떻게든 조선도 일본과 마찬가지로 안전해야 한다고 생각하셨습니다.
> 〈②-8-16〉「러일전쟁 후의 일본(日露戰争後の日本)」

이같은 내용은 합병을 위한 회유나 설득의 방법 중 대표적인 케이스로, 그동안 수많은 지도자급 인사들의 어떠한 열변보다 유효하였을 것이다. 여기에 부응하는 이론이 이토 히로부미(伊藤博文)의 '공동운명론', '공동이익론'을 앞세운 '韓日一家說', '연방설'의 주장[13]이며, 또다시 불거진 다루이 도키치의 '순치보거(脣齒輔車)의 공동운명체론'에 의한 '대동합방론'이다.

> 일본과 조선은 인종도 같아서 태고적부터 교통을 하고 있었기 때문에 그동안은 마치 이(齒)와 입술(脣)과도 같은 관계였습니다. 조선은 언제나 서쪽과 북쪽으로부터 외침을 받고 있어서 국력이 쇄하였고 평안한 때가 드물었기 때문에 때때로 동양에 전쟁이 일어났습니다.
> 〈②-8-16〉「러일전쟁 후의 일본(日露戰争後の日本)」

> 우리나라는 조선을 위해서 청나라나 러시아와 2번이나 전쟁을 하여 수많은 사람을 죽게 하고 많은 돈을 소비하였습니다. 그런데 이 때문에 조선뿐만 아니라 만주까지도 평화롭게 된 것은 진정 메이지천황의 은덕이라 아니할 수 없습니다. 〈②-8-16〉「러일전쟁 후의 일본(日露戰争後の日本)」

---

12) 本間千景(2010), 『韓國「倂合」前後の教育政策と日本』, 思文閣出版, pp.60~61 참조
13) 정성화 외(2005), 『러일전쟁과 동북아의 변화』, 선인, p.98

대륙의 첨단에 위치하여 일본의 안위와 직결되어 있는 한반도를 온전히 영유해야만 하는 상황을 '순치보거의 공동운명체'임을 내세우고, 급기야 전쟁의 책임까지 한국에 전가하려는 듯한 지극히 일본 중심적인 서사로 일관하고 있다. 더욱이 "메이지천황의 은덕"임을 내세우는 지극히 자의적 발상으로 교육적 효과를 유도하는 것이나, 한국 황제가 스스로 합병을 요청하였다는 내용을 삽입한 것은 점입가경이라 할 것이다.

그리고 일정기간 조선은 일본의 보호를 받아 정치를 개선하는 것으로 하고 일본에서는 조선에 통감을 두어 그것을 지도하도록 하였습니다. 하지만 조선에서는 몇백년 동안이나 정치가 해이해졌기 때문에 마치 오랜 세월 중병으로 누워 있는 사람이 쉽게 건강한 몸이 될 가망이 없을 것 같은 상태였습니다. 그 때문에 <u>조선을 이대로 두는 것은 또다시 동양평화가 와해되는 불씨가 되지 않으리라는 가망은 도저히 없었습니다. 韓國황제는 일찍이 이 일을 알아차리고 만민행복을 위해서는 조선을 대일본제국에 병합하여 영구히 안녕을 유지하고 동양의 평화를 견고히 하는 것 외에는 없다고 생각하셨습니다.</u> 그래서 메이지천황에게 이 일을 부탁하셨기 때문에 천황은 그것을 승낙하게 되었고, 1910년 8월부터 조선은 대일본제국의 일부가 된 것입니다.

〈②-8-16〉「러일전쟁 후의 일본(日露戦争後の日本)」

교과서의 이같은 서사는 통감부를 설치하여 보호국 체제를 유지하고 있으면서도 급변하는 세계정세 속에서 일본이 한국을 공식적으로 합병하기까지 얼마나 조바심을 내었는지, 또한 이를 위한 물밑작업이 얼마나 치밀하게 진행되고 있었는지를 여실히 말해주는 부분이라 할 것이다.

전쟁으로 얻은 막대한 이권이나, 또 대륙에 근거지를 두기 위하여 한국을 식민지화 하려 하였다는 것은 일본의 정치적 목적이 우선한 것이라는 것은 어느 누구도 알 수 있는 부분이다. 그런데 자국의 정치적 목적은 은폐하고 거국적인 참여의식 하에 막대한 국가적 손실을 감수하면서까지 '조선의 독립'이나 '동양평화의 수호'를 위하여 두 번의 큰 전쟁을 치렀다는 식의 서사는 지나친 자국 중심적이라 할 것이다. 때문에 한국병합을 위한 이 모든 이론은 결국 자기모순을 지양하면서 이루어가는 변증법적 발전론을 응용한 서사였음을 말해주는 것이라 하겠다.

4. 왜곡된 전쟁서사가 주는 메시지

메이지천황의 등극과 함께 시작된 근대 일본이 '부국강병'이라는 국가적 목표를 내걸고 서양열강과 어깨를 나란히 할 제국을 열망하였음은, 조선아동을 상대로 한 조선총독부 편찬 〈일본어교과서〉의 전쟁서사에서도 확연히 드러나 있음이 파악되었다.

동아시아 제국을 꿈꾸는 일본의 동북아질서재편을 위한 일차적 행보가 한국의 식민지화였기에 일본의 지도층 인사들은 이를 위한 갖가지 이론을 만들어 내었다. 그것이 변증법적 발전을 거쳐 마침내 '조선의 독립'과 '동양평화의 수호'라는 당위성으로 변용되어 청일 러일전쟁을 촉발하기에 이르렀다.

문제는 전쟁의 목적에 대한 왜곡된 서사이다. 분명 일본중심의 동북아질서 재편과 식민지 획득 외에도 전쟁으로 얻게 될 막대한 이권을 위한 정치적 목적이 우선한 것이었음에도, 교과서는 일본이 막대한 손해를 감수하고 전쟁을 치러낸 까닭을 스스로 독립할 수 없는 이웃나라의 독립과 안위를 위한 것으로 일관되어 있다는 것이다. 게다가 아무런 실권이 없는 한국 황제(순종)가 자국의 안녕유지와 만민행복, 나아가 "동양평화를 견고히"하기 위해서 스스로 일본에 합병을 요청하였고, 일본천황이 이를 승낙하여 합병이 이루어졌다는 식의 서사는 더욱 그러하다.

일제의 식민지초등교육이 메이지기 장치화 된 초등교육에 근거하여 이 같은 방식으로 이루어지고 있었음을 생각할 때, 또 그 안에 내포된 이데올로기와 교육을 통하여 반복되는 언어적 메커니즘에 의해 당시 조선아동의 영혼이 서서히 동화되어가고 있었음을 생각할 때, 오늘날 독도문제를 비롯한 한일간의 수많은 미해결 난제 또한 이러한 교과서문제를 방치하고 있는데서 기인하고 있는 것은 아닐까 여겨지는 것이다.

제5장 '동화'와 '차별'의 교육 프레임

I. 〈國語〉에 창출된 帝國民의 樣相*

1. 국가 이데올로기 이식장치 國語교육

인간이 사회집단에 소속되어, 그 사회조직과 소통하기 위한 가장 중요한 커뮤니케이션 매개체는 언어이다. 언어는 민족 구성의 통일성을 나타내는 가장 중요한 요소이며, 언어를 통해 그 나라의 문화가 형성되고 정착되어 전달되게 된다. 이러한 언어를 국가에서는 '國語'라 정의하고 학교 교육과정의 중요 교과목으로 배치시켜 국가가 필요로 하는 기본 소양들을 교육시켜왔다.

일반적으로 교육이란 지식의 기억, 이해, 사고, 창의성, 가치관, 동기, 성격, 자아개념 등의 계획적 변화[1]를 의미하는 것으로 교육을 통해 아동들의 사고와 가치관을 형성시키고 개인의 행동양상을 결정짓게 한다. 특

---

* 이 글은 2011년 11월 大韓日語日文學會『日語日文學』(ISSN : 1226-0576) 제52집, pp.315~335에 실렸던 논문「한일 교과서를 통해 본 〈國語〉교육 비교 考察」을 수정 보완한 것임.
1) 정범모(1971), 『교육과 교육학』, 신교육전서, 배영사 pp.20~22

〈國語〉에 창출된 帝國民의 樣相 *405*

히 國語교육은 언어기능을 익힘은 물론 문자를 매체로 하여 사회전반에 대한 이해와 개인의 민족정체성 확립에 관여하는 중요한 교육이라 할 수 있다.

그런데 1900년도에 실시된 國語교육은 개인을 국민으로 편입시키기 위한 일방적 주입식 교육이었던 것을 볼 수 있다. 특히 한일병합 이후 조선에서 이뤄진 國語교육은 일제의 주도하에 조선어 대신 일본어를 교수하였다. 따라서 이시기의 國語교육이란 단순히 언어습득 차원을 넘어 일본에 대한 융화친선의 감정을 함양시키는 동화(同化)작업이자 일본문화와 일본적 아이덴티티를 이식하는 교화의 장치였다.[2]

이 시기 초등교육에 사용된 양국의 〈國語〉 교과서는 내선일체를 전제한 동화교육을 지향했기 때문에 상당부분(약 64%)이 동일단원으로 구성되는 등 비슷한 내용을 담고 있다. 그러나 약 36%는 상이 단원을 배치하고 있어 본국과 식민지의 교육내용이 차이를 나타내고 있으므로, 양 교과서에 나타난 이러한 차이를 살펴봄으로써 본국과 식민지의 초등교육의 궁극적 의도를 보다 명확히 파악할 수 있으리라 생각된다.

근대교육에 관해 이뤄진 지금까지의 연구를 살펴보면, 주로 교육제도를 통사적으로 다룬 것[3]들로, 식민지 교육정책에 대한 연구와 교육령 중심의 연구[4] 그리고 식민지 교육정책에 대항해 이루어진 민족 민중교육 연구[5]

---

2) 1940년대 한일 〈國語〉 교과서는 총155단원 64%가 공통된 단원으로, 공통된 단원은 조선인을 동화시키기위해 '일장기', '후지산', '기미가요' 등과 같은 단원을 넣어 일본적 아이덴티티를 이식하고 있는가 하면, '히나마쓰리', '가미다나', '마메마키' 등과 같은 단원을 통해 일본의 문화를 조선아동에게 가르치고 있다. 사희영·김순전(2011), 「1940년대 '皇軍 養成을 위한 한일 「國語」교과서, 日本硏究 제16집 pp.228~241

3) 김봉수(1984), 「한국 근대학교 성립이후 초등교원 양성 교육과정 변천에 관한 연구」, 서울교육대학 및 박인규(1993), 「근대적 초등교원양성제도의 연구」, 경성대학교 교육대학원 석사논문 외 다수.

4) 김재우(1987), 「조선총독부의 교육정책에 관한 분석적 연구」, 한양대학교 대학원 박사논문 및 박건영(1990), 「일제 식민지하의 초등교육정책에 관한 연구」, 부산대학교 교

가 주를 이루고 있다. 그중 초등 국어 교과서에 관한 연구로는 박영숙의
「植民地時代における日本語教育政策と普通学校教科書の研究」[6],石松慶
子의 「統監府治下大韓帝國의 修身敎科書・國語讀本分析」[7] 등을 들 수
있다.

그러나 국어교육을 중심으로 한 연구는 개화기에 영웅이 중심이 되었던
내용이 천황중심의 내용으로 바뀌었음을 지적하는 종적인 연구에 머물러
〈國語〉교과서에 대한 심층적 고찰 연구가 이루어졌다고 할 수 없었다.
더욱이 1940년대에 발행되어 한국과 일본에서 각각 사용된 일본의 문부성
〈國語〉 교과서와 조선 총독부 〈國語〉 교과서에 관한 비교 분석 연구는
제대로 이뤄져 있지 않아, 같은 언어를 교수함에 있어 본국과 식민지 〈國
語〉 교육의 목적을 파악하는데 미흡한 점이 많다고 사료된다.

이에 본고에서는 1940년대에 발간된 한・일 〈國語〉 교과서를 동일선상에
두고 본국과 식민지에서 행해진 〈國語〉 교과서의 상이한 단원을 분석 정리
한 것이다. 이러한 작업을 통해 일제가 본국에 실시한 교육과 식민지 조선
아동에게 실시한 교육의 실체를 보다 명확히 파악해 볼 수 있을 것이다.

텍스트는 조선총독부 발행 제V기 『ヨミカタ』2권과 『初等國語』8권
그리고 일본 문부성 발행 제V기 『ヨミカタ』4권과 『初等科國語』8권으

육대학원 석사논문 외 다수.

5) 김응수(1990), 「일제식민지 교육정책과 민족교육운동 연구」, 인천대학교 교육대학원
   석사 청구.
6) 박영숙(1999), 「植民地時代における日本語教育政策と普通学校教科書の研究」, 일본
   문화학보 제6집. 본 논문은 조선총독부편찬 국어 교과서와 문부성 교과서를 비교한
   논문으로 교육령시기에 따른 변화와 문부성 국어 교과서의 외형적 형식면을 비교하
   고 있다.
7) 石松慶子(2004), 「統監府治下大韓帝國의 修身敎科書・國語讀本分析」, 연세대학교 대
   학원 석사논문. 학부편찬과 문부성 편찬의 보통학교 학도용 수신서 및 국어독본과
   심상소학 수신서 및 심상소학독본을 비교하여 학부편찬 교과서에 위생관념을 내세운
   서구적 가치관과 유교적 관념이 더 많이 내포되어 있음을 추출하였다.

로 하였다.[8]

2. '소모형 皇民' 양성의 조선총독부 〈國語〉 교과서

선행연구에서 조선총독부와 문부성 제Ⅴ기 〈國語〉 교과서의 공통부분은 그들이 정책상 외치는 내선일체처럼, 일본의 아동들에게 교육한 것과 마찬가지로, 조선아동에게도 동화교육을 시행하여 황국신민으로 양성하고자 했음을 알 수 있었다.[9] 그렇다면 공통된 단원이 아닌 제Ⅴ기 조선총독부 〈國語〉 교과서에만 실린 단원들은 어떤 내용을 담고 있는 것일까? 그 세부적인 내용을 살펴보기 위해 상이단원을 도표화 해 보았다. 조선총독부 제Ⅴ기 〈國語〉 교과서에만 실린 단원을 살펴보면, 〈표 1〉과 같다.

---

8) 다른 시기에 발행된 교과서를 기준으로 볼 경우 조선총독부 편찬 제Ⅴ기 〈國語〉 一年(上)은 목차가 없이 삽화가 곁들어진 가나 입문 교과서일 것으로 추정되나 수합하지 못한 상태이고, 二(上)도 누락된 상태이며,『コトバ ノ オケイコ』(一)~(四)는『よみかた』(一)~(四)의 보조적 자료로 쓰여 각 단원의 목차가 같기에 비교 연구대상에서 제외하였음. 조선총독부 편찬 제Ⅴ기 〈國語〉는 1942년부터 1944년에 걸쳐 발행되었으며,『よみかた』一年・二年(上)(下) 4권과『初等國語』三年~六年(上)(下) 8권 등 모두 12권으로 총228단원으로 구성되어있다. 일본 문부성 편찬 제Ⅴ기 〈國語〉교과서는 1941년부터 1943년도에 걸쳐 발행되었으며,『コトバ ノ オケイコ』(一)~(四) 4권과『よみかた』(一)~(四) 4권 그리고『初等科國語』(一)~(八) 8권 등 모두 16권으로 총255단원으로 구성되어 있다.
9) 사희영・김순전(2011),「1940년대 '皇軍 養成'을 위한 한일「國語」교과서, 日本硏究 제16집 참조바람.

〈표 1〉 조선총독부 〈國語〉 교과서 상이 단원10)

KV	一年(下)(1942)	二年(下)(1942)	三年(上)(1943)	三年(下)(1943)	四年(上)(1943)	四年(下)(1943)	五年(上)(1944)	五年(下)(1944)	六年(上)(1944)	六年(下)(1944)
1	イネカリ	ことり	私の工夫	レキシントン撃沈	空の神兵	兵営だより	戦線だより	足ぶみ	關 孝和	金剛山
2	ガン	こほろぎ	水がっせん	稲の穂	植樹記念日	空の軍神	かしこみて	農村の秋	鴨緑江	國字四書
3	シリトリ	こすもす	映畫	大詔奉戴日の朝	五作ぢいさん	昭南から	兄弟の對面	支那の印象	ジャワ風景	特別攻撃隊
4	シモノアサ	石炭	マレー沖の戰	兵隊さんへ	朝顔の日記	海流の話	いもほり	命をすてて		西山荘の秋
5	コブトリ	でんわ	海	氷すべり	朱安の塩田	いわしれふ	みことのり			炭坑をみる
6	オキャクアソビ	おまゐり	太郎さんへ	あっぱれ兵曹長機	空中戰	日章旗	大地を開く			少年飛行兵學校だより
7	モチノマト	栗のきやうだい	ぶらんこ		はれの命名式					日本魂
8	トラトホシガキ	をばさんの うち								
9	ユキダルマ	まどのこほり								
10	イタトビ	お池のふな								
11	コウチャン	をばさんの 勉強								
12		ゐもんぶくろ								

　　조선총독부 제V기 〈國語〉 교과서에는, 『よみかた』一年(下) 11단원을 비롯하여 총 67단원11)의 상이단원이 실려 있다. 조선총독부 〈國語〉 교과서의 구체적인 상이단원 분석을 위해, 주제별로 분류하면 〈표 2〉와 같다.

---

10) 조선총독부 5기 교과서는 KV로, 문부성 5기 교과서는 JV로 약자 표기하기로 한다. 단원명이 단어의 첨가 혹은 삭제 등으로 약간 상이하지만 같은 내용일 경우 공통단원 으로 간주하여 정리하였음. 이후 단원명은 〈한일교과서 기수·학년·학기·과〉로 표기하 고, 밑줄 단원은 문부성 국어교과서에서 부록인 단원을 표시한 것임.

11) 『よみかた』一年(下) 11단원, 『よみかた』二年(下) 12단원, 『初等國語』三年(上) 7단원, (下) 6단원, 四年(上) 7단원, (下) 6단원, 五年(上) 5단원, (下) 4단원, 六年(上) 2단원, (下) 7단원 등

〈표 2〉 조선총독부 〈國語〉교과서 상이단원 주제 분류표12)

주제 \ 학년	해당 단원						
	1학년	2학년	3학년	4학년	5학년	6학년	합계
철학	モチノ マト	をばさんの勉強, 栗のきやうだい					3
문학	シリトリ, コブトリ, トラトホシガキ	ことり, こほろぎ, こすもす	(1)海				7
역사・위인					(1)兄弟の對面	(1)關 孝和, (2)國字四書, 西山荘の秋	4
세계・지리			(2)映畫, 稲の穗		(2)支那の印象	(2)金剛山	4
국가・국민		おまゐり		(1)五作ぢいさん (2)日章旗	(2)足ぶみ	(2)日本魂	5
경제・실업	イネカリ			(1)朱安の塩田 (2)いわしれふ	(1)いもほり (2)農村の秋	(1)鴨綠江 (2)炭坑をみる	7
학교 생활	シモノ アサ			(1)植樹記念日, はれの命名式			3
가정 생활	オキャクアソビ, コウチャン	でんわ, をばさんのうち					4
전쟁 관련		ゐもんぶくろ	(1)マレー沖の戰 (2)レキシントン撃沈, 兵隊さんへ, あっぱれ兵曹長機	(1)空中戰, 空の神兵 (2)昭南から, 兵営だより, 空の軍神	(1)みことのり, 戰線だより, かしこみて (2)命をすてて	(2)少年飛行兵學校だより, 特別攻擊隊	16
자연・과학	ガン	石炭, まどのこほり, お池のふな	(1)私の工夫	(1)朝顔の日記 (2)海流の話			7
놀이	ユキダルマ, イタトビ		(1)ぶらんこ, 水がっせん (2)氷すべり				5
풍속			(1)太郎さんへ (2)大詔奉戴日の朝				2
합계	11	12	13	13	9	9	67

상이단원을 주제별로 분류해보면 전쟁관련 단원이 16단원으로 가장 많으며, 문학과 경제·실업 및 자연·과학이 7단원, 그리고 국가·국민 및 놀이가 5단원을 차지하고 있다.

교과목이 〈國民科〉의 〈國語〉이므로 어떠한 장르의 문장들로 구성되어 있는지 파악하기 위해 상이단원을 문장 형식으로 분류해보면 〈표 3〉과 같다.

〈표 3〉 조선총독부 〈國語〉 교과서 상이단원의 문체 분류표[13]

쟝르분류		해당 단원	합계
문학적 문장	전기·위인	(4-2)空の軍神 (5-1)兄弟の對面 (6-1)關 孝和 (6-2)國字四書, 西山荘の秋	5
	전설·민화	(1-2)コブトリ, モチノマト, トラトホシガキ	3
	서경·기행·수필	(2-2)をばさんのうち (3-1)海 (5-2)農村の秋, 支那の印象 (6-1)鴨緑江 (6-2)金剛山	6
	허구 상상문	(2-2)栗のきやうだい, お池の ふな	2
	시	(1-2)ガン, イタトビ (2-2)ことり, こほろぎ, こすもす (3-1)ぶらんこ, 水がっせん (4-2)日章旗 (5-2)足ぶみ(6-2)特別攻撃隊	10
	와카·하이쿠	(5-1)みことのり, かしこみて (6-2) 日本魂	3
설명문	설명·해설	(2-2)石炭 (3-1)私の工夫 (4-1)朝顔の日記, 朱安の塩田 (4-2)海流の話, いわしれふ	6
	보고·관찰	(3-1)マレー沖の戰 (3-2)レキシントン撃沈, あっぱれ兵曹長機 (4-1)はれの命名式, 空の神兵 (5-1)戰線だより (5-2)命をすてて (6-2)炭坑をみる	8
생활문	서간·일기·대화	(1-2)シリトリ (2-2)でんわ (3-1)太郎さんへ (3-2)兵隊さんへ, 稲の穂 (4-1)五作ぢいさん (4-2)昭南から, 兵営だより (6-2)少年飛行兵學校だより	9
	생활문	(1-2)イネカリ, オキャクアソビ, シモノアサ, ユキダルマ, コウチャン (2-2)おまゐり, をばさんの勉強, ゐもんぶくろ, まどのこほり (3-1)映畵 (3-2)大詔奉戴日の朝, 氷すべり (4-1)植樹記念日, 空中戰 (5-1)いもほり	15
합 계			67

12) 原田種雄·德山正人(1988),『戰前戰後の敎科書比較』, 株式会社行政 p.53 에 의하면 국립교육연구소 부속도서관편『國定讀本内容索引(尋常科修身·國語·唱歌篇)』중「國語件名分類一覽表」및「國語件名分類索引」에 기준하여 각 단원을 주제별로 분류하여 필자가 작성한 것임.

공통단원에서 가장 많은 형식이 시였던 것에 비해[14] 상이단원에서 가장 큰 비중을 차지한 문장형식은 생활문으로 1학년 5단원, 2학년 4단원, 3학년에 3단원을 차지하고 4, 5학년에 한 단원씩 배치되어있다. 주제 또한 실업에서 학교, 가정생활, 전쟁, 놀이에 이르기까지 다양한 주제를 생활문 형식으로 엮고 있다. 두 번째로 많은 문장형식은 시로 10단원을 차지하고 있는데, 1학년과 2학년에 배치된 시는 주변에서 접할 수 있는 자연 소재 및 정경을 노래한 시로 아이들에게 친숙함을 더해주고 있지만, 3학년 2편과 4·5학년의 각 1편의 시는 모두 전쟁이데올로기를 소재로 한 시로 구성되어있다. 설명 해설문을 살펴보면 2학년에서 4학년까지 분포되어 있는데 특히 4학년에 편중되어 있는 것이 특징으로, 주제는 실업과 자연과학에 관련된 서술에 이용되고 있다. 보고·관찰문은 3, 4, 5학년에 분포되어 있으며, 이 또한 전쟁관련 주제의 서술에 많이 응용되고 있음을 알 수 있다. 반면 전기·위인전의 문학형식은 4, 5, 6학년에 편중되어 배치되어 있다.

조선총독부 제Ⅴ기 〈國語〉 교과서 상이단원은 생활문 15단원→ 시 10단원→서간·일기·대화문이 9단원→보고·관찰 8단원→설명·해설문, 서경·기행·수필은 6단원→전기·위인 5단원→와카·하이쿠, 전설·민화 3단원→허구·상상문 2단원 순으로 구성되어 있었다.

지금까지 살펴본 외적 문장 구성과 내적 내용 분류를 바탕으로 〈國語〉 교과서를 분석해 보자.

---

13) 문장 형식의 분류는 原田種雄·德山正人(1988), 『戰前戰後の教科書比較』, 株式会社 行政 p.67의 교과서 분류에 적용된 방법으로 분류하여 필자가 작성함.
14) 공통단원을 장르별로 분류했을 때 시(31), 보고·관찰(26), 설명·해설(25), 전기·위인(23), 생활문(11), 전설·동화(9), 신화(9), 서간·일기·대화문(9), 와카·하이쿠(7), 서경·기행·수필(4), 허구상상문(1) 등이다. 사희영·김순전(2011), 앞의 논문, P.231

2.1 일본적 아이덴티티 주입

일본은 근대 국민국가를 형성한 후 천황제 가족국가를 이룩하기 위해 국민통합 이념으로 천황지배의 정당성을 구축하며, 천황중심의 일본 내셔널리즘을 정착시키기 위해 주력하였다. 그리고 이러한 천황중심의 일본적 아이덴티티의 이식을 위해 식민지 제도권 교육의 〈國語〉를 이용하였다.

일제는 먼저 일본적 정체성을 이식하기 위해 식민지 조선아동과 조선국토를 황국신민이자 일본국토로 소속시키고 있는데, 예를 들면 〈KV-6-1-12〉 「압록강(鴨綠江)」이 조선을 일본으로 예속시킨 단원이라 할 수 있다.

> "지금 배가 달리고 있는 근처가 원래 압록강 한 가운데입니다."하고 야나기씨가 가르쳐 주었지만, 지금은 어디에도 강의 모습을 볼 수 없었다. 듣고 보니 이 수풍댐 외에도 새로운 댐 구축이 착착 진행되고 있다고 한다. 이윽고 공사가 완공된 때에는 일본 제일의 대하 압록강도 결국 흐르지 않는 강이 되어 그 물은 모두 전력으로 바뀌고 마는 까닭이다.
>
> 〈KV-6-1-12〉「압록강(鴨綠江)」

위의 인용은 압록강에 대한 설명과 함께 조선에 가설된 일본철도를 자랑스레 서술하며 수풍(水豊)댐에 대해 기술한 부분으로, 조선과 만주를 잇는 교통연결 요충지에 철교가설을 가능케 한 일본의 기술을 자랑하고 있으며 압록강에 수력발전소를 건설한 일본 국력의 위상을 조선 아동들에게 인지시키고 있다. 또 압록강을 "일본 제일의 강"으로 자연스럽게 일본에 편입시킴으로써 조선의 국토가 아닌 일본의 국토임을 확인시키고 있다. 또한 〈KV-5-2-8〉「제자리걸음(足ぶみ)」은 조선총독부의 〈國語〉에만 실린 단원으로 제자리걸음을 하고 있는 교정(校庭)을 일본 땅으로 부각시켜 서술하고 있다.

우리들은 제자리걸음을 한다. 추운 아침의 교정에서, 모두 착착 보조를
맞추어 일본 땅을 밟는다. …
우리들의 국기가 높이 게양되었다. 우리들은 제자리걸음을 한다. 여자애
도, 1학년도, 모두 팔짱을 끼고, 착착 일본땅을 밟는다. …
우리들의 일장기가 높이 게양되었다.
12월 8일, 우리들의 독수리가 태평양을 건너 날아간 아침도, 우리들은
여기에서 제자리걸음을 한다. 착착 발맞추어 일본 땅을 밟는다.

〈KV-5-2-8〉「제자리걸음(足ぶみ)」

아이들이 밟고 있는 교정은 '일본땅'으로 강조되어져 조선아동에게 조
선의 국토 또한 일본의 국토로서 인지시키고 있다. 그리고 '일장기'의 깃발
아래 태평양전쟁에 동참할 것을 세뇌시키고 있다.

이외에도 서경·기행·수필문의 형식을 통해 흔히 볼 수 있는 농촌의
자연풍경, 할머니 댁에 가는 차창 밖의 풍경 등을 서술을 통해 조선국토를
일본국토로, 금강산의 내금강을 비롯한 비로봉 등에서 궁성요배를 하는
장면을 삽입하여 일본화하고 있으며, '東海' 역시 '日本海'로 표기하여 일본
에 종속 시키고 있다.

외적인 부분에서 조선영토를 일본공간으로 포함시키고 있는가 하면, 내
적인 부분으로는 조선인에게 일본정신을 끊임없이 세뇌시키고 있다. 가령
〈KV-2-2-5〉「전화(電話)」에서는 가정에서 전화예절을 가르치는 듯한 장
면이지만, 친구간의 통화에서 "내일 메이지절(明治節) 의례가 끝나면 조선
신궁에 참배하고 과학관에 가자"고 제안하여 아동에게 신궁 참배를 생활
화 시키는가하면, 국체(國體)로서 받들어야 할 존재로서 천황을 내세우며
숭배하게 하고 있다. 또 2학년 〈KV-2-2-6〉「참배(おまゐり)」에서도 메이
지절을 맞아 조선신궁을 참배하는 등 황국신민으로 바람직한 의식을 서사

하고 있다. 더불어 〈KV-3-2-2〉「벼 이삭(稲の穗)」에서는 모자간의 대화를 통해 일본을 '미즈호의 나라(瑞穗の國)'라고 칭하는 부분을 거론하며 아마테라스오미카미의 설화와 함께 '쌀을 주식으로 삼고 있는 것'을 아시아의 공통점으로 꼽으며 '대동아공영권'을 이끌어내고 있다. 태양신이자 일본의 시조신인 아마테라스오미카미(天照大神)를 천황과 연결시켜 서술하는가 하면, 4학년 1학기에서는 진무천황제를 맞아 실시된 기념식수 의식을 서술하는 등 생활과 연관 지은 천황에 관한 서술을 여러 단원에서 확인할 수 있다.

이외에 일본어와 관련된 단원을 살펴보면 〈KV-2-2-11〉「숙모의 공부(をばさんの勉強)」로 학교에서 실시하는 일본어 야학교를 숙모가 열심히 다녀서 일본어를 능숙하게 말할 수 있게 되었다는 내용으로, '일본어를 열심히 하면 잘 할 수 있다'는 일본어 공부의 본보기로서 저학년에게 제시하고 있다. 인용해보면 다음과 같다.

> 9월초였습니다. 어머니들이 학교에서 국어 공부를 하시게 되었습니다. 어머니의 권유로 숙모도 같이 야학교에 다니시게 되었습니다. 그로부터 숙모는 열심히 다니시고 있습니다. 여직 하룻밤도 쉬지 않았습니다. 요즘은 꽤 능숙하게 되어 대부분의 일은 국어로 이야기하십니다.
> 〈KV-2-2-11〉「숙모의 공부(をばさんの勉強)」

이 단원에는 하루도 빠지지 않고 열심히 공부하면 누구나 일본어를 잘할 수 있고, 國語인 日本語를 잘하게 되면 충량한 일본국 신민이 될 수 있다는 논리적 세뇌장면이 담겨있다.

〈國語〉 교과서에는 언어뿐만 아니라 문화와 관련된 부분도 담고 있다. 교육사회학 연구가 이영자는 「문화와 교육」에서 외부로부터 들어오는 문

화의 충격 때문에 나타나는 현상에 대해 언급하고 있는데, "자주성과 주체성이 상실되어진 상태에서의 문화이식은 곧 문화 동화이자 자기문화소멸을 의미하는 것이며, 그것은 결과적으로 우리의 전통, 한국적인 것, 나의 멋과 맛은 모두 전근대적이며 무가치한 것이라는 자기비하와 열등감에 빠지는 결과를 가져오게 되는 것이다"[15]고 지적하고 있다. 즉, 주체성이 상실된 문화이식은 자기정체성 상실과 연결되는 것을 언급한 것이다. 이러한 문화의 중요성을 인지하고 있었던 일제는 아동들의 교과서 단원에 조선문화가 아닌 일본문화를 '우리문화'로 서사하여 조선아동에게 강제적으로 주입시켰던 것이다. 그 대표적인 것이 3학년 1학기 〈KV-3-1-6〉「타로에게(太郎さんへ)」의 고이노보리(鯉のぼり) 행사이다.

> 어머니가 "우리 집도 내년부터 명절 때 축하행사를 하지 않을래요?"하고 말씀하셨다. 아버지가 "꼭 그러자. 큰 잉어를 달아 줄 테니까 유(勇)도 마사지(正次)도 잉어에게 감화되어 더욱 건강해지는 거야."하고 말씀하셨다. 타로야! 내년에는 위세 좋은 고이노보리가 우리 집 마당에도 세워진다 생각하니 기쁘기 짝이 없다. 〈KV-3-1-6〉「타로에게(太郎さんへ)」

조선의 가정에서 고이노보리(鯉のぼり)를 집안의 행사로 기쁘게 받아들이는 이러한 장면의 서술은, 일본의 명절의식을 '조선문화'로 인식시켜 조선문화를 일본문화로 대치(代置)하고자 한 일제의 의도라고 할 수 있다.

국민의 의무에 대해 언급한 〈KV-4-1-12〉「오작 아저씨(五作ぢいさん)」에서도 세금 징수서가 나오지 않아 관청에 찾아간 오작이 자신의 어려운 처지를 생각해주어 납세면제가 되었다는 이야기를 듣고 감사해하면서 조금이라도 더 납부하려는 모습을 그려냄으로써 납세의무에 최선을 다 하는

---

15) 이영자・진규철 共著(2000), 『교육 사회학』, 학문사 p.47

모범적인 국민의 모습을 조선인에게 제시하고 있음을 알 수 있다.

2.2 육체적 하급노동에 배치된 조선아동

일제는 일본적 아이덴티티를 주입시키는 단원과 함께 경제·실업 단원을 〈國語〉에 담고 있는데, 이는 현재 혹은 미래에 생산 활동을 담당할 노동인구로 육성하기 위한 것으로 농어업을 비롯해 염전업과 광산업에 이르기까지 다양한 직업들을 포괄적으로 담고 있다.

전시체제하에 노동력이 부족해진 일제는 부족한 노동력을 보충하기 위해 어린 아동까지 동원하였는데, 당시의 아동 노동에 대한 한국역사연구회의 연구결과를 살펴보면,

> 1920년대 이후 아동노동자 수는 급증하였으며, 아동노동자는 장시간 노동과 노동재해, 질병, 저임금 등에 시달려야 했다. 조선의 공장 아동노동자는 1920년대 방직공장을 중심으로 형성되기 시작하여, 1930년대 일제의 식민지 '공업화'정책 이후 증가했다 (중략) 1943년 6월 현재 노동자 30인 이상을 고용하는 공장에서 아동노동자의 비율은 무려 약24.1퍼센트에 달했다. 실제로는 절대다수의 어린이가 '교육받고 즐거이 노는' 대신에 각종 노동에 시달려야만 했던 것이 당시의 현실이었다.[16)]

고 서술하고 있다. 이는 공장에서의 아동노동자 비율이 높아진 것을 의미하는 것으로, 공장뿐만 아니라 여러 분야에서 생산과 관련한 노동을 아동이 담당하였던 당대의 사회적 일면을 보여주는 것이다. 그러므로 〈國語〉 교과서에 노동과 관련한 단원들이 담겨진 것은 조선아동을 노동자로 성장시키는 것과 전혀 무관하다고 할 수 없을 것이다.

---

16) 한국역사연구회(1998), 『우리는 지난 100년 동안 어떻게 살았을까』, 역사비평사

농업에 사용된 아동의 노동을 살펴보면 〈KV-1-2-4〉「벼 베기(イネカリ)」
에서는 학교에서 돌아온 아동이 부모가 베어놓은 벼를 나르는 장면이 있
는데, 이는 전쟁으로 부족한 노동력을 보충하기 위해 후방의 아동을 농사
일에 동원하기 위함이다. 또 〈KV-5-1-11〉「감자 캐기(いもほり)」에서는
아동들이 밭을 개간하는 작업은 물론, 뜨거운 햇살아래 감자수확에 동원
되는 모습을 담고 있다.

> 황색이 된 감자밭을 오후해가 쨍쨍 내리쬐었다. "조심해. 감자에 상처내
> 지 않도록"하고 어머니가 여동생에게 말했다. 모두 일제히 감자 캐기를
> 시작했다. (중략) 여기는 풀이 난 채로 버려두었는데, 작년 가을 한 톨의
> 쌀이라도 소중한 때이라, 밭으로 만들어 식량 증산에 기여하고자 온가족
> 이 함께 개간한 것이다. 돌이 많은데다가 풀뿌리가 사방으로 뻗어있어서
> 꽤 고생을 하였다. 손에는 물집이 몇 개나 생겼다. 그러나 모두 건강하게
> 일요일마다 일을 계속해 추워질 때에는 20평 남짓의 훌륭한 밭이 만들어
> 진 것이다. 태양은 타들어 갈 듯이 덥다. 닦아도 닦아도 땀이 흐른다.
> 모두는 열심히 캐고 있다. 밭이랑에는 감자산이 차례대로 만들어져 갔다.
> 〈KV-5-1-11〉「감자 캐기(いもほり)」

아동들이 손에 물집이 잡히도록 밭을 개간하고 수확하는 등 노동에 힘
쓰는 모습을 생생하게 그려냄으로써 어린 아동에게 노동을 장려하고 있
다. 이외에도 〈KV-5-2-10〉「농촌의 가을(農村の秋)」에서는 추수가 끝난
후 탈곡하는 어른들 틈에서 일하는 아동의 모습을 묘사하고 있으며,
〈KV-2-2-8〉「숙모댁(をばさんのうち)」에서도 어린동생과 사촌들이 함께
밤을 따고, 벼를 나르는 등 어린아동들이 노동하는 장면을 담아내고 있다.
일상생활에서 부족한 노동인력을 식민지 아동으로 충원하고 있는 이러
한 장면들의 서술은, 어린 아동조차 미래노동자로 양성시키는 것은 물론

이고 현재의 노동자로서도 사용하고자 하는 일제의 식민지 아동교육의 단면을 엿볼 수 있는 부분이라 하겠다.

어린 아동의 일하는 모습 이외에 어른들의 노동 장면을 서술한 것으로는 〈KV-6-2-5〉「탄광을 보다(炭坑をみる)」와 〈KV-4-2-5〉「정어리잡이(いわしれふ)」가 있다. 「정어리 잡이」에서는 어부들의 정어리 잡이의 과정을 자세하게 서술할 뿐만 아니라 정어리의 용도까지를 설명하고 있으며, 「탄광을 보다」는 오전 6시에 기상하여 국민의례와 신사참배를 하고 다이너마이트가 터지는 위험한 갱내에 들어가 증산을 위해 최선을 다하는 광부를 진지하게 묘사하고 있다.

일제는 태평양전쟁을 치루며 석탄의 필요성에 따라 탄광사업을 추진하였고 이에 따라 광부를 필요로 하였다. 1939년부터 1945년 까지 조선에서 34만 명이 집단적으로 동원[17]된 것과 연관지어본다면, 일제가 초등학교 〈國語〉 시간에 광부와 관련된 단원을 설정한 것은 조선인을 동원하기 위한 사전교육으로 볼 수 있을 것이다. 특히 조선아동에게는 목숨을 건 위험한 하급 노동자로 양성하기 위한 교육을 시행한 것이라 할 수 있는데, 비슷한 주제를 다룬 일본 문부성단원과의 차이에서 확인할 수 있다.

탄광과 관련된 문부성 〈J5-6-2-2〉「산속 생활 두가지(山の生活二題)」를 살펴보면, '동산(銅山)'과 '석산(石山)'이라는 두가지 주제를 한 단원에 담은 것으로 국민의례를 시작으로 광부들의 7시간 일과와 광산풍경을 그리고 있다. 또 석공들의 장인정신에 대해 적는 등 직업의 다양성 측면에서 광부와 석공을 제시하고 있다. 그러나 조선총독부 〈國語〉 단원의 탄광은 외형적으로 볼 때도 광산 관련 단원을 별도로 한 개의 단원으로 설정하여 자세하게 적고 있다. 또 내용적으로 살펴보아도 광산의 주변 풍경을 묘사

---

17) 한국민족운동사학회(2002), 『일제강점기의 민족운동과 종교』, 국학자료원 p.352

하기보다 "산에 있는 신사"에 참배하는 천황중심의 묘사나, 광부의 군대식 복장과 동작 등을 강조하고 있다. 이는 조선아동이 장차 징용되어 광산에서 일하게 될 것을 염두에 둔 교육으로 호된 광부생활을 피해 도망가거나 파업과 같은 집단행동을 하지 못하도록 군대식으로 통제하기 위한 세뇌교육이라 할 수 있다.[18]

2.3 소모형 병사 양성

앞서 살펴본 것처럼 일제는 태평양전쟁으로 부족한 노동력 동원을 위해 조선인을 강제로 동원해 감은 물론, 일본에서의 군사동원이 한계에 다다르자 〈육군특별지원병령〉을 실시하여 조선인을 병사로 징집하였다. 그리고 이러한 정치적 분위기는 조선아동의 교육에도 영향을 미쳐 장차 병사가 될 조선아동들을 교육시키기 위해, 〈國語〉의 많은 단원에 전쟁 혹은 군대와 관련한 내용을 설정해놓고 장차 참여해야 할 전투상황을 선행 학습케 하는 병사양성 교육을 시행하고 있었다.

〈國語〉에서 전쟁이나 병사에 대해 묘사한 단원들을 살펴보면 〈KV-2-2-19〉 「창문의 얼음(まどのこほり)」에서는 추운 겨울날 창에 생긴 얼음 결정체를 "병사들의 가슴에 빛나는 훈장"이나 "비행기가 서로 얽혀 공중전"을 하고 있는 모습으로 비유하고 있다. 이것은 전쟁을 미화함으로써 조선아동에게 전쟁에 대한 기대와 상상력을 불어넣기 위한 것이라 할 수 있다. 또 〈KV-3-1-16〉 「수중전(水がっせん)」에서는 아동들의 놀이를 '사격', '토치카', '돌격', '육탄전' 등과 같은 군대용어로 표현하고 있다.

---

18) 식민지시대 강제 연행 실태를 살펴보면, 광산에서 군대식 훈련 및 기미가요 봉창과 신사참배 강요 등 다양한 훈련이 실시되었음을 알 수 있다. 한국민족운동사학회 (2002), 위의 책 p.361

철썩 철썩, 쫘악쫘악 / 물싸움 / 일제히 사격이다 / 전진이다.

파도 토치카 / 총알 비 / 뚫고 나가 숨어들고 / 돌격이다.

적은 강하단다 / 방심하지 마라 / 총공격이다 / 육탄이다

무적 일본의 / 바다의 사내들이여 / 기운차게 오늘도 / 물싸움.

〈KV-3-1-16〉「수중전(水がっせん)」

　　3학년 1학기에 설정된 이 단원은 문부성 〈國語〉에 수록된 〈JV-3- 2-16〉「눈싸움(雪合戰)」과는 상당히 대조적이다. '물'대신 '눈'을 소재로 한 「눈싸움」에서는 체육시간에 적군 아군으로 나누어 눈싸움을 하는 장면과 끝난 후에 서로 격려해주는 모습을 그리고 있는 반면, 조선총독부 〈國語〉에서는 아동의 놀이에 다양한 전투 용어를 삽입하고 있는데, 이는 미래 병사의 이미지를 조선아동들에게 각인시키기 위한 것이라 할 수 있다.

　　이외에도 전시하 후방에서의 역할을 묘사한 단원으로 〈KV-4-1 -7〉「영광스런 명명식(はれの命名式)」이 있다. 「영광스런 명명식」은 아동들이 학용품값을 절약하거나 이삭을 주어모아 헌납한 돈으로 마련한 전투기의 명명식 장면을 서술하고 있다. 식장에 학생들을 모아 제례를 지내거나 궁성요배를 하고, 전투기를 장만하기 위해 아동에게 돈을 갹출하고, 명명식에 육군대신 대변인이 참가하는 모습은 일제의 일본문화 강요와 더불어 어린아동에게 군수물자 구입까지 협조를 강요하였던 당시 상황을 여실히 보여주는 것이라 할 수 있다. 더욱이 이 단원은 명명식이 끝난 후 "천황폐하 만세"를 외치는 것으로 마무리하여 어린 아동들에게 감동의 여운을 더 크게 함으로써 군수물자 헌납금에 대해 긍지를 가지도록 유도하고 있다.

　　한편 전쟁 상황을 직접적으로 묘사한 단원으로 〈KV-5-2-20〉「목숨을 버리고(命をすてて)」가 있다. 말레이시아 전투에서 통신망이 끊어져 전선 수리를 하다가 전사한 병사, 바탄 반도에서 병사들의 식수를 운반하다

중상을 입지만 임무를 완수하고 '천황폐하 만세'를 외치며 전사하는 병사,
인도 작전 때 어뢰를 향해 폭격기를 몰고 돌진하여 죽음으로써 승리로
이끈 병사의 모습들을 서사하고 있다. 인용해보면 아래와 같다.

막 연결한 전선을 쥔 두 사람의 모습은 빛나는 태양빛 속에서 흡사 신의
모습처럼 우러러 보였다. 전우는 일제히 자세를 바로잡고 정중하게 거수
의 경례를 올렸다. (중략) '앗하는 순간에 병장은 훅 몸을 일으켜 "천황폐
하 만세"를 외쳤다. 그 소리는 너무나 희미하였다. 그러나 얼굴에는 언제
까지나 조용한 미소가 사라지지 않았다. (중략) 이시가와가 탄 비행기는
용감하게 어뢰를 겨냥하여 돌진하였다. 굉장한 폭음과 함께 굉장한 물기
둥이 올랐다. 어뢰가 폭발한 것이다. 이시가와 비행기의 목숨을 건 희생
에 의해 선단은 위험을 벗어나 귀중한 인명과 많은 군사자재는 다행히
무사하였다. 〈KV-5-2- 20〉「목숨을 버리고(命をすてて)」

일제는 조선아동들에게 황국신민으로서의 교육은 물론 황국군인으로
서 죽음까지 각오하고 싸우라는 메시지를 입력시키기 위해 장렬하게 전사
한 병사를 등장시킴으로써 그들이 원하는 일본군을 대신할 소모형 황군양
성을 꾀하고 있다.

이외에도 말레이해협 전투에서의 일본군 활약묘사와 황국군인을 소재
로 한 홍보영화의 내용을 수록하여 일본군의 우월함과 전쟁의 당위성을
설파하며 황군에 대한 선망의 마음을 심어주고 있다.

지금까지 조선총독부 제Ⅴ기 〈國語〉의 상이한 단원을 살펴보면, 그 내
용 중 황민화나 황국군인 교육 부분은, 『よみかた』一年(下) 4/11(11단원
중 4단원), 二年(下) 5/12, 『初等國語』三年(上) 6/7, 『初等國語』三年(下)
5/6, 『初等國語』四年(上) 5/6, 『初等國語』四年(下) 4/6, 『初等國語』五年
(上) 2/4, 『初等國語』五年(下) 2/4, 『初等國語』六年(上) 2/2, 『初等國語』

六年(下) 6/7단원 등 총 65단원 중 41단원(63%)으로, 황군 찬미와 더불어 즐겁고 영광스런 군대생활 내용으로 가득 채워져 있어 군대잡지를 연상케 하였다. 그 외의 단원은 벼 베기나, 밤 줍기, 감자 캐기, 탄광작업 등을 실어 미래 혹은 현재의 부족한 노동력 보충원으로 육성을 도모하고 있는 것을 확인할 수 있었다.

3. '近代 國民' 양성의 문부성 〈國語〉 교과서

조선총독부의 〈國語〉교육이 조선아동을 일본정신으로 무장해 일제를 위한 보충노동원 혹은 소모형병사로 양성하기 위한 장치였다면, 본국의 일본아동에게 실시한 〈國語〉교육은 무엇이었을까?

일본 문부성발행 제Ⅴ기 〈國語〉교과서의 상이단원을 도표화 해보면 아래와 같다.

〈표 4〉 문부성 〈國語〉 교과서 상이 목차

J5	よみかた(二)	よみかた(四)	初等科國語(一)	初等科國語(二)	初等科國語(三)	初等科國語(四)	初等科國語(五)	初等科國語(六)	初等科國語(七)	初等科國語(八)
1	オイシャサマ	雪の日	カッターの競争	大れふ	地鎮祭	川土手	炭焼小屋	塗り物の話	黒龍江の解氷	國法と大慈悲
2	デンシャゴッコ	たこあげ	夏やすみ	稲刈	潮干狩	山のスキー場	動員	朝鮮のゐなか	鎮西八郎為朝	山の生活二題
3	冬	海軍のにいさん	田植	火事	出航	バナナ	三日月の影	初冬二題	燕岳に登る	母の力
4	シャシン	乗合自動車	電車	ゐもん袋	國旗掲揚臺	大連から	海の幸		月光の曲	鎌倉

5	イモヤキ	菊の花	こども八百屋	雪合戦	母馬子馬	振子時計	スレンバンの少女			静寛院官
6	カマキリヂイサン	かけっこ	かひこ	小さな温床	兵営だより	母の日	晴れたる山			雪国の春
7	サルトカニ	たぬきの腹つづみ	おさかな		油蟬の一生					
8	ユメ	金の牛			くものす					
9	机とこしかけ	満洲の冬			夕日					
10	ウグヒス	鏡								
11	つくし	いうびん								
12	ケンチャン	病院の兵たいさん								

　　문부성 편찬 제Ⅴ기 〈國語〉 교과서 상이단원은 『よみかた』(二) 12단원을 시작으로 총 71단원[19]이다.

〈표 5〉 문부성 〈國語〉 교과서 상이단원의 주제 분류표

주제 \ 학년	해당 단원						합계
	1학년	2학년	3학년	4학년	5학년	6학년	
철학	サルトカニ, ケンチャン, 机と こしかけ,	たぬきの腹つづみ, 金の牛,	(1)電車 (2)火事	(2)振子時計, 母の日		(1)月光の曲 (2)母の力	11
문학	ユメ	鏡, 雪の日	(1)おさかな	(1)母馬子馬, 夕日 (2)川土手	(2)初冬二題		8
역사·위인						(1)鎮西八郎為朝 (2)國法と大慈悲, 静寛院官	3
세계·지리		滿洲の冬		(2)大連から	(2)朝鮮のゐなか	(1)黑龍江の解水, 燕岳に登る (2)鎌倉	6
국가·국민		菊の花		(1)國旗揭揚臺			2
경제·실업	カマキリヂイサン, イモヤキ		(1)田植, こども八百屋 (2)稲刈, 大れふ		(1)海の幸, 炭燒小屋 (2)塗り物の話	(2)山の生活二題	10
학교 생활		かけっこ	(1)夏やすみ	(1)地鎮祭			3
가정 생활	ウグヒス						1
전쟁 관련		海軍のにいさん, 病院の兵たいさん	(1)カッターの競争 (2)ゐもん袋	(1)兵営だより	(1)スレンバンの少女, 晴れたる山, 動員, 三日月の影		9
자연·과학	冬, シャシン, つくし	乗合自動車	(1)かひこ (2)小さな温床	(1)潮干狩, 出航, 油鱓の一生, くものす (2)バナナ		(2)雪国の春	12
놀이	オイシャサマ, デンシャゴッコ	いうびん, たこあげ	(2)雪合戦	(2)山のスキー場			6
합계	12	12	13	15	9	10	71

상이단원을 주제별로 분류해보면 자연·과학 관련 단원이 12단원으로 가장 많으며, 철학이 11단원, 그리고 경제·실업이 10단원을 차지하고 있다.

교과목이 〈國語〉이므로 어떠한 장르의 문장들로 구성되어 있는지 파악하기 위해 이를 문장형식으로 분류해보면 〈표 6〉과 같다.

〈표 6〉 문부성 〈國語〉 교과서 상이단원의 문체 분류표

장르분류		해당 단원	계
문학적 문장	전기・위인	(4-2)振子時計 (5-1)スレンバンの少女, 三日月の影 (6-1)鎮西八郎爲朝, 月光の曲 (6-2)國法と大慈悲, 母の力, 静寛院官	8
	전설・민화	(1-2)サルトカニ (2-2)金の 牛, 鏡	3
	서경・기행・수필	(2-2)乗合自動車, 満洲の 冬 (3-1)電車 (4-1)夕日 (4-2)大連から (5-1)海の幸 (5-2)朝鮮のゐなか (6-1)燕岳に登る (6-2)雪国の春	9
	허구 상상문	(1-2)ユメ	1
	시	(1-2)カマキリヂイサン, デンシャゴッコ, つくし (2-2)たぬきの 腹つづみ, 菊の 花, 雪の 日 (3-1)おさかな, 田植, 夏やすみ (4-1)母馬子馬 (4-2)川土手 (5-2)初冬二題 (6-1)黒龍江の解氷 (6-2)鎌倉	14
	와카・하이쿠	(5-1)晴れたる山, 動員	2
설명문	설명・해설	(1-2)机と こしかけ (4-1)地鎮祭, 出航 (4-2)バナナ (5-1)炭焼小屋 (5-2)塗り物の話	6
	보고・관찰	(3-1)かひこ, カッターの競争 (3-2)小さな温床, 大れふ (4-1)潮干狩, 油蟬の一生, くものす (6-2)山の生活二題	8
생활문	서간・일기・대화	(1-2)冬, シャシン (2-2)海軍の にいさん, かけっこ, たこあげ (4-1)兵営だより, 國旗揭揚臺※ (3-2)ゐもん袋	7(1)
	생활문	(1-2)イモヤキ, オイシャサマ, ケンチャン, ウグヒス (2-2)いうびん, 病院の兵たいさん (3-1)こども八百屋 (3-2)稲刈, 火事, ゐもん袋, 雪合戦 (4-2)山のスキー場, 母の日	13
합계			71

문부성 제Ⅴ기 〈國語〉의 71개 상이단원을 문장 형식으로 분류해 보면, 시 14단원→ 생활문 13단원→ 서경・기행・수필은 9단원→ 보고・관찰, 전기・위인 8단원→ 서간・일기・대화문이 7단원→ 설명・해설문 6단원→ 전설・민화 3단원→ 와카・하이쿠 2단원→ 허구・상상문 1단원 순

으로 구성되어 있음을 알 수 있다.

가장 큰 비중을 차지한 문장형식은 시로 1학년에서 6학년까지 고루 분포되어 있으며, 두 번째로 많은 부분을 차지한 문장 형식은 실업, 가정생활, 전쟁관련, 놀이에 이르는 다양한 주제로 1학년부터 4학년까지 분포되어있는 생활문이다. 보고 관찰문은 71단원 중 8단원으로 3학년과 4학년에 치중되어있으며, 자연에 관련된 단원이 많다. 서간·일기·대화문은 7단원이 배치되어 있고, 전설·민화 형식은 1,2학년에 4단원이 실려 있으며, 와카·하이쿠 형식은 5학년에 2단원으로 배치되어 있다.

장르에서는 문부성의 〈國語〉가 조선총독부의 〈國語〉와 비슷하지만, 단원별 주제에서는 자연·과학과 철학 분야의 단원이 13단원이나 더 비중을 차지하고 있다.

3.1 近代國民國家의 敎養人 양성

조선총독부 〈國語〉에서는 아동이 노동에 직접 노출되는 내용들을 설정해서 각 학년에 배치시켜 놓은 것을 살펴보았다. 그러나 문부성 〈國語〉에서 약간 다른 양상을 보이는 것을 주제 분류를 통해서 발견하였다. 일제는 본국의 일본아동을, 보충노동력이나 소모형 병력으로 양성하려했던 조선아동과는 달리, 일본의 근대국민국가에 필요한 교양인 양성에 역점을 두고 있었다. 이를 위해 근대국가의 국민으로서 필요한 국가인식은 물론이고 과학적 사고를 길러주기 위한 과학영역과 삶의 질을 향상시키고 예술적 가치를 알게 하는 예술영역 교육 등 근대 국민국가의 교양인으로서 지녀야할 과학적이고 창의적인 교육을 시도하고 있었다.

예를 들면 〈國語〉에서 나타난 과학교육으로는 〈JV-4-2-20〉「진자시계(振子時計)」를 들 수 있다. 18살이었던 갈릴레오가 이탈리아 피사의 사탑을 방문하여 진자시간을 발견한 것과, 네덜란드 호이겐스(Christiaan Huygens)가 진자시계를 발명한 것에 대해 언급하고 있다. 이 단원은 첨단 근대문물인 시계발명과 관련된 일화를 소개하며 발명가의 꿈을 키워주며 아동들을 과학 분야로 유도하고 있다.

> 갈릴레오라는 학생이 이 마을의 유명한 큰 사원에 참배를 했습니다. (중략) 갈릴레오가 이상하게 생각한 것은 그 램프의 움직임이었습니다. 왼쪽에서 오른쪽으로, 오른쪽에서 왼쪽으로, 왔다 갔다 하는데 한 번씩의 시간이 어쩐지 같은 것처럼 느껴지는 것입니다. (중략) 갈릴레오는 서둘러 집에 돌아왔습니다. 그리고 실에 추를 매달아 같은 일을 몇 번이고 해보았습니다. (중략) 18살의 학생인 갈릴레오는 이러한 발견을 한 것입니다. 그것은 지금부터 360년쯤 전의 일입니다.
>
> 〈JV-4-2-20〉「진자시계(振子時計)」

작은 일상 속에서 관찰을 통해 새로운 발견을 해내는 갈릴레오를 묘사하며, 끊임없는 노력 속에 진자시계의 원리를 발견한 갈릴레오가 18살의 어린 학생신분이었음을 강조하고 있다.

그런가하면 광원과 물체와의 위치에 따른 변화를 담은 단원도 있다. 〈JV-4-1-14〉「국기게양대(國旗揭揚臺)」는 국기게양대 그림자의 '길이'가 시간에 따라 변해가는 것을 대화문 형식으로 서술하는 것을 통해 과학적 사고로 유도하는 교육을 실시하는 것과 함께 단원의 素材를 일장기로 삼아 국가(천황)에 대한 충의 교육을 편승하고 있다.

> 국기게양대 근처에 勇, 正男, 春枝 세 명이 모여 있다. 세 사람 모두 깃대 끝을 올려다보고 있다. (중략)
> 花子 : 모두들 여기에서 뭐하고 있는 거야?

春枝 : 저 국기게양대의 높이를 맞추고 있어.

花子도 깃대 끝을 올려다본다.

春枝 : 花子는 어느정도라고 생각해?

花子 : 11미터는 된다고 생각해.

春枝 : 어머 모두 다르군요. 누가 가장 정확할까? (중략)

勇 : 正男의 키와 그림자 길이가 같아지는 시간은 저 국기게양대의 높이
　　와 그림자의 높이가 같아지는 거잖아.

正男 : 응. 그래.

春枝 : 그래서 그 시간에 저 국기게양대의 그림자 길이를 재는 거로구나.

正男: 맞아. 〈JV-4-1-14〉「국기게양대(國旗揭揚臺)」

　「국기게양대(國旗揭揚臺)」는 국기를 매달아 놓은 게양대를 중심으로
아이들을 배치시켜 놓았다. 세워져 있는 국기게양대의 길이는 얼마일까를
서두에 제시하여 어린 아동들에게 호기심을 자극하고 있고, 각각의 아동
들이 서로 다른 대답을 함으로써 더욱 몰입할 수 있는 효과를 나타내고
있다. 그리고 이러한 의문들을 통해 시간변화에 따른 그림자 변화를 깨닫
게 하고 이것을 과학적 사고와 연결시켜 국기게양대의 길이를 알아내도록
유도하고 있다. 이는 비슷한 소재를 다루면서도 일장기를 반복하며 일본
정신을 강조하고 있어 〈태평양전쟁〉에 동참할 것을 강조하였던 조선총독
부 편찬 〈國語〉의 〈KV-4-2-15〉「일장기(日章旗)」와는 큰 차이가 있다.
　이외에도 누에의 성장과정, 온상을 만들어 꽃을 재배하는 과정, 바다
속에 사는 생물 관찰, 유지매미의 일생 관찰, 거미의 줄치는 모습 등으로
생활에 필요한 기초 과학지식을 게재하여 과학인력 양성에도 주력하고 있
다. 과학영역 뿐만 아니라 예술을 경험하는 활동을 통해 자신의 생각과
느낌을 능동적이고 자유롭게 표현할 수 있는 예술영역 단원도 배치해 놓
고 있는데 예를 들면 〈JV-6-1-16〉「월광곡(月光の曲)」이다. 독일의 유명한

음악가 베토벤이 '월광곡'을 만든 일화를 소개하여, 아동들에게 예술적 소양을 주입하고 있기도 하다.

그 뿐만 아니라 게를 괴롭히는 원숭이를 게의 친구들이 혼을 내준 이야기나 거울에 관련된 우화 등을 설정함으로써 아동의 창조적 사고의 배양과 상상력 확장을 유도하고 있다. 문부성에만 수록된 이러한 단원들은 일상 혹은 놀이를 통해 교양을 겸비한 제국국민으로 육성시키는 단원이라 하겠다.

3.2 경제활동을 담당할 일본아동

앞서 조선아동을 교육시키기 위해 육체적 노동력 보충원으로서 경제실업 단원을 설정하고 있었음을 언급하였듯이, 문부성 〈國語〉 또한 장차 경제를 담당할 국민으로서의 실업교육을 시행하고 있었다. 특히 농업과 관련하여 〈JV-1-2-6〉「사마귀아저씨(カマキリヂイサン)」를 비롯해 네 개 단원을 편재하고 있었다. 그러나 그 내용면에서는 조선총독부의 〈國語〉와는 다른 내용을 담고 있는 것을 확인할 수 있다.

예를 들면 「사마귀아저씨」는 사마귀가 벼베기하러 낫을 들고 논두렁길을 따라 논으로 가는 모습을 노래한 단원으로 사마귀를 통해 무르익은 가을을 상징적으로 그려내고 있다. 그리고 〈JV-3-1-12〉「모내기(田植)」에서는 나라를 위해 보물같은 볏모를 준비하여 모내기를 하자고 노래하고 있다. 이는 조선총독부 〈國語〉 단원에서 강조된 농업에 필요한 노동력으로서가 아닌 자연물이나 이상적인 농업경제에 대해 서술하고 있는 것이다.

같은 소재의 단원들이라 할지라도 〈KV-5-1-11〉「감자 캐기(いもほり)」에서는 조선아동이 땡볕아래에서 힘겹게 감자를 캐는 노동 장면이 서술된 반면, 〈JV-1-2-9〉「감자 굽기(イモヤキ)」에서의 일본아동은 밭에 있는 낙

엽이나 풀을 모아서 불을 피우는 간단한 작업에 동참하면서도 그 보상으로 어머니가 준 감자를 구워서 맛있게 먹는 장면을 설정하고 있다.

> 이쪽저쪽에 떨어져 있는 나뭇가지나 마른풀 등을 한곳에 모았습니다. 아버지께서 거기에 불을 붙이셨습니다. (중략) "연막이다. 연막이다"하고 기뻐하였습니다. 어머니께서 큰 감자를 두 개 가지고 와서 재 안에 넣으셨습니다. 〈JV-1-2-9〉「감자 굽기(イモヤキ)」

놀이를 하듯이 부모를 돕는 아동들의 모습과 이웃집 토끼를 구경하는 아동들의 천진난만한 모습을 묘사하고 있다. '감자'라는 같은 소재의 단원이지만, 조선아동은 손에 물집이 잡히도록 감자밭을 개간하고 캐내는데 필요한 노동력을 충당하는 노동형 인간으로 제시하고 있는 반면, 일본아동은 나이에 맞는 적당한 노동활동과 그에 대한 보상까지 제시함으로써 성취감을 키워주는 등 장차 경제활동을 담당할 인력으로 양성하고자 한 일제의 의도를 추정할 수 있는 부분이다.

뿐만 아니라 〈JV-3-2-2〉「벼 베기(稻刈)」에서는 가을이 되어 벼를 수확하는 풍경을 그리고 있는데,

> 찐 고구마를 바구니에서 꺼내어 남동생과 함께 먹었습니다. (중략) 어머니는 베는 것을 멈추고 벼 다발을 모아서 볏가리로 옮기고 계셨습니다. 나도 조금씩 들고 옮겼습니다. 외톨이가 되어 놀고 있던 남동생이 심심했는지 "앙-"하고 소리를 내었습니다. 어머니가 "너 가서 놀아주어라"하고 말씀하셔서 나는 다시 남동생 쪽으로 갔습니다. 그리고 저녁까지 남동생과 함께 놀았습니다. 〈JV-3-2-2〉「벼 베기(稻刈)」

라고 서술되어 있다. 위의 인용문에서 알 수 있듯이 벼 베기를 하는 날

학교를 다녀 온 아동이 부모를 도와 동생을 돌봐주는 내용이다. 이 단원 또한 실질적인 노동이라고는 볏단을 조금씩 나누어 나르는 것에 불과하며 그 또한 어머니에 의해 제지되고 동생과 놀아주는 일에 국한되어진다. 찐 고구마를 먹고 메뚜기를 잡으며 어린 동생과 놀아주는 것이 농업과 관련해 일본 〈國語〉에 표현 된 아동의 모습이다.

이러한 묘사들은 농업과 관련한 단원뿐만이 아니라 어업과 관련한 단원들에서도 찾아볼 수 있다. 조선총독부의 〈KV-4-2-5〉「정어리 잡이(いわしれふ)」에서 정어리를 잡기위한 구체적인 작업순서의 제시와 더불어 정어리의 활용까지를 자세하게 적고 있는 것과는 달리, 〈J5-3-2-23〉「풍어(大れふ)」에서는 어업과 관련하여 다른 배들과 협조하여 그물을 걷어 올리며 정어리 잡는 모습을 아름다운 풍경으로서 묘사하고 있다.

이외에도 〈JV-V-1-12〉「숯가마(炭燒小屋)」에서는 숯불을 굽는 과정을 설명하면서 삼십년 이상 좋은 숯을 만들기 위해 애쓰는 源作 아저씨의 장인 정신에 대해 묘사하고 있다. 또한 〈JV-5-2-16〉「칠기 이야기(塗り物の話)」에서도 칠기 만드는 장인을 주인공으로, 오랜 세월 지속해온 일에 대한 긍지와 자부심을 서사함으로써 다양한 직업과 함께 바람직한 직업관을 제시하고 있다.

3.3 병역의무를 이행하는 병사

근대에 들어서자 영토와 민족을 기준으로 하는 근대국가가 형성됨에 따라 국가를 지키고 그 세력을 확장해 가기위해 서구 열강들은 근대식 군대양성에 힘을 썼다. 군대양성에 필요한 군인을 확보하기 위해 근대적 징병제를 처음 실시한 나라는 프랑스로 1793년이다. 이후 일본에서는 1873년 징병제도를 채택하였다. 그러나 징병 면제자의 증가에 따른 불만과 병역대상자들의 기피현상이 심각하였다. 이후 1889년에는 징병제도를 크게 개정하여 모든 일본 남성들에게 병역의무를 부여하였고, 태평양전쟁에는 700만에 이르는 인원이 징병되었다. 특히 태평양전쟁 이후 일제는 군대에 필요한 인원을 안정적으로 확보하기 위해 초등학교 〈國語〉에도 군대입영을 소재로 한 단원을 설정하고 있다.

한국과 일본 〈國語〉의 공통단원에 전쟁을 소재로 한 서술이 많았고, 그 외에도 조선총독부 〈國語〉에만 실려 있는 전쟁관련 단원을 살펴보면 전투장면에 대한 구체적 묘사가 난무했음을 앞에서 이미 언급한바 있다. 이를 문부성 〈國語〉에 나타난 전쟁 단원과 비교해 보았을 때 문부성 〈國語〉에는 황군이나 전쟁찬미에 관한 단원이 8단원(11%)에 불과하였으며 그 강도도 극히 미미한 것을 확인할 수 있었다.

가령 병사를 소재로 한 단원인 〈J5-2-2-21〉「병원의 병사아저씨(病院の 兵たいさん)」를 살펴보면 부상병들이 입원해 있는 병원에 꽃을 들고 병문안을 간 내용을 담고 있다.

저번 일요일에 군인병원에 위문하러갔습니다. 전쟁에서 상처를 입거나 병이 난 병사들이 많이 있었습니다. 그분들에게 꽃을 드렸습니다. 그리고 학교일이나 집안 일등 여러 가지를 이야기하였습니다. 병사아저씨들은 매우 기뻐해 주셨습니다. (중략) 이번에는 이전번처럼 수줍어하지 말고 꼭 유희를 보여줘요. 그때보다 상처도 점점 아프지 않게 되었습니다. 이다음에 만날 때에는 전쟁 이야기나 중국의 아이들의 이야기를 해줄게요. 〈JV-2-2-21〉「병원의 병사아저씨(病院の兵たいさん)」

이 단원은 전쟁의 상황이나 병사들의 전투 소식이 아닌 아동의 눈높이에 맞추어, 병원에 있는 병사들을 찾아가 위문하는 내용으로 아동들의 병문안에 기뻐하는 병사들의 모습을 제시하고 있다. 그리고 병사들 또한 아동들에게 앞으로 병사로서 성장할 것을 요구하는 서술이 아닌 초등학교에서 배운 유희를 보여줄 것을 요구 하고 있는데 이는 조선총독부 〈國語〉 교과서에 나타난 전쟁단원과는 크게 차이를 나타내는 부분이다.

또한 〈JV-3-2-15〉「위문대(ゐもん袋)」도 저녁식사 후 가족들이 자신이 준비할 수 있는 위문품을 준비해 보낸 내용이다. 그리고 이후 위문품을 받은 병사로부터 감사의 답례편지를 받은 내용이 서술되어 있는 등 직접적인 전쟁묘사는 없다. 또 〈J5-1-2-18〉「사진(シャシン)」에서는 서간문 형식으로 전장에 있는 형에게 소식을 전하는 내용이다. 그러나 이 또한 가족들이 사진을 찍으면서 형을 그리워하는 내용일 뿐이다.

이외에도 〈JV-2-2-3〉「해군의 형(海軍のにいさん)은 해군에 입대한 형이 휴가를 받아 집에 돌아온 내용이다.

> 내가 책을 읽고 있으려니 누군가 구두소리를 내며 집에 들어왔습니다. 나가보니 해군에 입대한 형이었습니다. (중략) 형은 시종 싱글벙글하면서 군함이나 비행기의 재밌는 이야기를 여러 가지 해 주었습니다. 형이 타고 있는 加賀는 항공모함으로 많은 비행기가 넓은 간판에서 용맹스럽게 날아간다고 합니다. 〈JV-2-2-3〉「해군의 형(海軍のにいさん)」

해군에 입대한 형이 휴가를 받아 집에 돌아와 해준 이야기는 목숨을 내걸은 처절한 전투장에서의 활약이 아닌 "군함이나 비행기의 재밌는 이야기"이다. 또한 〈JV-4-1-16〉「병영소식(兵営だより)도 전쟁 관련단원이지만 입영한 사촌형이 병영생활을 즐겁고 편안하게 하고 있다는 내용의 병영생활을 담은 편지일 뿐이다.

당시의 해외 전시상황을 배경으로 전투를 소재로 한 단원을 제시해보면

〈JV-5-1-5〉「세렘반 소녀(スレンバンの少女)」라는 한 단원뿐이다. 이 단원은 구체적인 전투장면은 없지만 잡화상을 하는 인도인 아버지와 일본인 어머니를 둔 혼혈소녀가 어머니가 인도순사에게 끌려간 뒤 세렘반에 살면서 황군(皇軍)의 통역을 담당하며 천황과 일본을 위해 눈부신 활약을 하고 있다는 내용을 담고 있다.

이처럼 전쟁이나 병사를 소재로 한 단원에서도 조선총독부 〈國語〉와는 달리 휴가를 나온 병사들의 이야기나 병영 생활 등을 간략하게 서술하고 있을 뿐으로, 이러한 서술은 일본아동에게 전쟁에 대한 처참한 상황을 인식시키기 보다는 아동들의 눈높이에 맞추어 병역의무를 다하는 병사들의 밝은 모습을 각인시키고자 한 것임을 엿볼 수 있다.

4. 차별화된 한일의 國語교육 실태

1940년대 한일 양국에서 사용된 국어 교과서를 비교해보면 조선총독부 제Ⅴ기 〈國語〉에만 등장하는 67단원 중 가장 많은 단원을 차지한 것은 전쟁 소재의 16단원이고, 전쟁과 연관된 내용까지를 포함한다면 41단원으로, 군대잡지를 연상케 하는 군대생활과 전투장면으로 가득 채워져 있음을 확인할 수 있었다. 상이단원을 문장 형식으로 구분해 보았을 때 가장 많은 장르는 생활문이다. 일상에서 쉽게 얻을 수 있는 소재를 통해 천황에게 충성할 것을 강조하며 태평양전쟁의 당위성을 서술하였고, 詩歌를 통해 '천황폐하 만세'를 외치면서전사하는 충성스런 황군을, 또 서간문을 통해 순종적이고 모범적인 식민지인의 모습 등을 제시하고 있었다. 게다가 전쟁에 승리하기 위해 전방에서 목숨을 버리는 병사의 모습과 후방에서 군수품 구입자금을 모금하기 위해 노력하는 아동의 모습까지 담고 있었다. 즉, 조선아동에게는 어릴 때부터 노동에 동참하도록 유도하여 현재 노동력 보충원이자 미래 육체적 노동을 담당할 하급노동자로, 또 전쟁에 투입할 소모형 병사로 양성하기 위한 〈國語〉 교육을 직접적이고 직관적인 방법으로 실시하고 있었던 것이다.

그러나 문부성 제Ⅴ기 〈國語〉는 상이단원 71단원에서 21단원을 일본제국과 관련된 내용을 담아 일본아동을 근대 국민국가의 국민으로 소속시키고 있다. 상이단원도 전쟁과 관련한 단원들은 일본 무사들의 일화를 제외하면 8단원에 불과하였고, 전쟁과 관련한 묘사도 극히 미약하였다. 문장 형태를 분석해보면 가장 많은 장르인 詩歌는 주로 자연이나 사계절의 아름다움을 읊고, 보고·관찰문은 일상에서 볼 수 있는 자연 생물들을 구체적으로 묘사하는 등 아동의 정서함양에 맞춘 교육을 실시했다고 할 수 있을 것이다.

조선총독부 편찬 〈國語〉교과서를 사용한 식민지 조선아동 교육은 아동에게 자발적으로 사고하고 판단하는 힘을 길러주기보다 일본어를 매개체로 한 言語 同化를 바탕으로 하여 조선인의 정체성보다는 일본인의 정체성을 이식하여 황국신민으로 양성시키는 교육이었음을 알 수 있었다. 조선아동들의 정서 함양은 무시한 채 심각한 전투상황에 관한 내용을 가득 채워, 조선아동을 일본 천황의 소모형 병사로 육성하고자 한 차별된 교육을 시행하고 있었음을 부정할 수 없을 것이다.

이에 비해 문부성에서 편찬된 〈國語〉교과서를 통해 이뤄진 일본아동 교육은 천황파시즘 체제아래 국가가 필요로 하는 근대국민교육을 시행하는 한편 아이들의 호기심을 자극하여 동심을 길러주고 감성을 일깨워주고 있었다. 뿐만 아니라 기초 지식을 습득시키며 과학적 사고를 길러줌으로써 아동들의 흥미와 호기심에 맞추어 상상력을 키워주는 교양인 양성교육을 병행하고 있었음을 확인할 수 있었다.

일본과 한국에서 시행된 근대 국어교육은 외형상 〈日本語〉라는 공통언어를 교수하였지만, 그 이면을 바라볼 때 이처럼 식민지 본국과 식민지라는 인식하에 차별화된 국가이데올로기를 이식시키는 교육이 시행되고 있었던 것이다.

II. 일제의 차별교육에 의한 식민지아동 육성*

박제홍

1. 머리말

    1930년은 일제에 의해서 강제 합병된 지 20년이 되는 시기이고, 일제가 조선에서의 동화정책을 어느 정도 완성시킨 시기이기도 하다. 그러나 실제로 조선에서 행해졌던 학교 교육 현장에서는 피지배자인 조선아동과 지배자인 일본아동을 위한 교육의 질과 차이는 더욱 벌어져 있었다. 즉 학교시설, 학교예산, 학교교사 등에서 조선아동이 다니는 보통학교와는 많은 차이가 존재하였다. 그 중에서도 교과서의 차이는 매운 큰 것이었다. 조선아동의 차별교육이 3.1운동을 일으키는 원인 중의 하나라고 인식한 일제는 '일시동인'이라는 구호로 강점이후 조선에서 실시한 자신들의 식민지

---

* 이 글은 2011년 12월 30일 한국일본어교육학회 「日本語教育」(ISSN : 2005-7016) 제58집, pp.231~245에 실렸던 논문 「일제의 차별교육을 통한 식민지아동 만들기」를 수정 보완한 것임.

차별교육의 문제점을 보완할 필요성이 요구되었다. 따라서 조선총독부는 새롭게 6학년으로 편성된 보통학교에서 사용할 12권의 보통학교용『普通學校國語讀本』(이하『國語讀本』)을 편찬하기에 이른다. 그러나 1930년 권 1・2가 출판된 지 1년도 채 되지 않는 시기에 만주사변이 발발하자 다음에 편찬된 교과서부터는 전쟁이라는 시대사항에 알맞게 수정되어 편찬 되었다. 이와 같은 시대사항을 반영하여 편찬된 제Ⅲ기『國語讀本』은 당시 일제의 조선 통치 정책과 조선총독부의 교육정책을 알 수 있는 중요한 단서라고 할 수 있다.

따라서 본고에서는 1930년부터 1935년도까지 조선총독부에서 편찬되어 보통학교에서 사용한 제Ⅲ『國語讀本』의 내용을 통해 일제가 조선아동을 어떠한 목적으로 육성하고자 했고, 조선아동에 대한 차별교육은 구체적으로 무엇이었는가를 고찰해보고자 한다.

2. 일제강점기『國語讀本』의 편찬과 배경

일제는 강점 이후 조선아동이 다니는 보통학교에서 사용한『國語讀本』은 5기에 걸쳐 편찬했다. 제1차 〈조선교육령〉(1911)의 발포에 따라 조선총독부는 조선교육령의 취지에 알맞게 교과서 편찬 작업에 착수하여 1913년부터『國語讀本』8권(1913년 권1・2, 1914년 권3・4, 1915년 권5・6, 1916년 권7・8)을 차례로 편찬하였는데 이것이 제Ⅰ기이다. 그러나 1919년 3.1운동으로 말미암아 무단통치의 기반이 되었던 제1차 〈조선교육령〉을 대신하여 1920년 11월 9일 〈조선교육령〉의 일부를 개정하여 보통학교의 수업연한을 2년 연장하여 6년으로 하였다. 그러나 조선총독부는 2년

연장에 따른 교과서의 편찬에 준비가 되지 않아서『國語讀本』권9・10・11・12를 출판 할 수 없게 되자, 일본 문무성편찬의『尋常小學國語讀本』(이하『小學國語讀本』)을 임시로 사용하였다. 조선총독부는 1921년 '교과서조사위원회'를 설치하여 교과서 개편작업에 착수하였다. 마침내 조선총독부는 1922년 제2차 〈조선교육령〉의 '일시동인'에 의한 내지연장주의 교육 방침이 확정됨에 따라 제II기『國語讀本』8권(1922년 권1・2, 1923년 권3・4, 1924년 권5・6, 1925년 권7・8)을 편찬하고 나머지 권9・10・11・12는 문부성편찬『小學國語讀本』을 그대로 들여와 사용하였다.

1920년대 중반 조선에서는 세계 경제대공황에 따른 농촌의 궁핍화, 사회주의 사상의 유행, 민족주의 고조 등의 원인으로 촉발된 조선학생들의 동맹휴교가 계속되었다. 이에 대한 대책으로 조선총독부는 1928년 8월 '임시교과서 조사위원회'를 소집하여 교과서 개정작업에 들어가 실용주의, 근로애호의 함양, 실천도덕을 목표[1]로 1930년 제III기『國語讀本』12권(1930년 권1・2, 1931년 권3・4, 1932년 권5・6, 1933년 권7・8, 1934년 권9・10, 1935년 권11・12)을 차례로 편찬하였다.

1937년 중일전쟁이 발발하자 일제는 기존의 제III기 교과서를 단어 표기의 수정과 어휘 교체를 주안점으로 개정번각 출판하였으나 각과의 제목 및 그 주요 내용 그리고 페이지까지 동일하였다. 그러나 조선인의 민족정신을 희석시키고자 '색의장려'운동을 적극홍보하기 위해서 삽화에 나와 있는 흰색의 옷들은 모두 색상을 넣어 편찬하였다. 당시 일본에서는 1934년

---

1) 이혜영(1997),『한국근대 학교교육 100년사 연구(II)』, 한국교육개발원, p.217 조선총독부의 교과서개정 방침은 다음과 같다. ①수신, 국어, 역사 등 교과서에서는 황실, 국가에 대한 교재를 풍부하게 채택하여 충군애국의 정심을 함양한다. ②한일병합의 정신을 이해시키며 '내선융화'의 열매를 거둘 수 있도록 유의한다. ③권학애호, 흥업치산의 정신을 함양하는데 기여하는 교재를 많이 넣어 교과서 전체의 풍조를 실제화한다. ④동양도덕에 배태된 조선의 미풍양속을 진작하기 위한 교재를 늘린다.

편찬된 제Ⅳ기 『小學國語讀本』부터 삽화에 새롭게 빨강, 노랑, 파랑, 검정의 4색의 컬러인쇄로 편찬되었다. 이는 이와 같은 영향을 받았을 것으로 판단된다. 일제는 제3차 〈조선교육령〉의 3대 교육 목표인 '국체명징', '내선일체', '인고단련'이라는 교육 방침에 따라 1939년 제Ⅳ기 『初等國語讀本』 6권(1939년 권1·2, 1940년 권3·4, 1941년 권5·6)을 편찬하였다. 다음해 권7·8을 편찬할 계획이었으나 1941년 3월 〈국민학교령〉²⁾의 발포와 12월 태평양전쟁의 발발에 따라 교과서 편찬을 일시에 중지하고 당시 일본에서 사용하고 있던 문부성편찬 『小學國語讀本』(권7·8·9·10·11·12 : 1933-35)을 사용하였다. 제Ⅴ기는 일본에서 발행하는 제Ⅴ기 교과서를 참고한 후 1942년 제Ⅴ기 『요미가타』 1년 상·하, 2년 상·하, 『初等國語』 3학년 상, 1943년 3학년 하, 4학년 상·하, 1944년 5학년 상·하, 6학년 상·하를 편찬하였다.

일제는 겉으로 '일시동인'이라고 하면서 실제로는 조선아동과 일본아동을 분리하여 수용하는 이원적인 교육제도를 실시했다. 학교 시설이나 교사 구성에서도 차이가 있었으나, 가장 큰 차이는 조선아동과 일본아동이 사용하는 교과서를 다르게 사용하여 가르쳤다는 것이다.

---

2) 〈국민학교령〉 제1조 "국민학교는 황국의 길에 따라서 초등보통교육을 실시하여 국민의 기초적인 연성을 행한다." 國民學校ハ皇國ノ道ニ則リテ初等普通教育ヲ施シ國民ノ基礎的ノ鍊成ヲ爲ス。

3. 『國語讀本』에 그려진 조선아동

3.1 내선(內鮮)융화의 허구성

일제는 강점이후 표면적으로는 '동조동근'을 내세우며 조선인과 일본인은 원래 한 뿌리임을 강조하였다. 그러나 실제로 많은 차별이 존재하였다. 특히 초등학교의 학제로써 조선인이 다니는 학교는 '보통학교'로 칭하고 4학년 과정이었지만 일본아동이 다니는 학교는 '소학교'로 칭하면서 6학년 과정으로 운영하였다. 교과서 또한 『國語讀本』과 『小學國語讀本』으로 나누어 사용했다. 이와 같은 이유에 대해 일제는 '시세 민도의 차'가 현저하고 '국어를 상용하지 않은 자'를 '상용하는 자'와 동등하게 교육시키는 것은 무리라고 판단하여 분리시켜 교육하였다고 강변하고 있다. 그러나 의무는 조선아동이 일본아동과 똑같이 지면서, 권리는 전혀 부여하지 않은 일제의 일방적이고 차별적인 식민지교육 정책의 발상이라 판단된다.

일제는 제 I 기 『國語讀本』부터 내선의 융화를 위해 의도적으로 내선간의 사이좋은 모습을 삽화나 설명으로 가르치고 있다. 특히 제III기 『國語讀本』에서는 아래와 같이 내선융화에 관계된 단원을 많이 삽입하여 조선인과 일본인이 사이좋고 평등하게 생활하고 있다는 것을 강조하고 있다.

〈표 1〉 내선융화 관련 단원

권(학년)	단 원 명	횟수
1(1-1)	1쪽 삽화(국민복차림), 6쪽 삽화(국민복), 27쪽 삽화(국민복)	3
2(1-2)	2.「기차」(국민복), 3.체조놀이(국민복), 10.「국화」, 15.「친구」(기모노)	4
3(2-1)	20.「동물원의 여우」(국민복)	1
4(2-2)	4.「五一할아버지」(기모노), 5. 버섯따기」(기모노), 13. 나의 발」(국민복)	3
5(3-1)	15.「기마전」(운동복), 26.「삼성혈」	2
6(3-2)	8.「석탈해」, 9.「조선쌀」, 17.「오사카」	3
7(4-1)	2.「아마노히보코」, 3.「동경구경」, 17.「연락선을 탄 아이의 편지」, 21.「새국어」, 23.「금관」	5
8(4-2)	2.「편지」, 22.「일본해」	2
9(5-1)	9.「조선의 무역」, 15.「주안의 염전」, 17.「조선의 수산업」	3
12(6-2)	25.「부여」, 26.「조선통치」	2
27		

권1에는 삽화를 통해 한복을 입은 조선아동과 짧은 바지의 국민복차림의 일본아동이 서로 사이좋게 놀고 있는 모습을 보여주고 있다. 〈III-2-15〉「친구(トモダチ)」에서는 구체적인 지문과 삽화를 통해 내선간의 융화를 아래와 같이 강조하고 있다.

우리 집 부근에는 김군의 집이고 그 부근에는 이시다(石田)군의 집입니다. 우리는 항상 가까운 공터에서 함께 놉니다. 팽이를 돌리거나 숨바꼭질을 합니다. 바람이 부는 날에는 연을 날립니다. 어제는 비가 와서 이시다상의 집에서 내지(일본)의 그림엽서를 보았습니다.

〈III-2-15〉「친구(トモダチ)」

〈Ⅲ-2-15〉「친구(トモダチ)」

위의 삽화처럼 오래전부터 조선아동과 일본아동이 매우 사이좋게 지내는 관계로 보이기 위해 팽이 놀이를 함께하는 모습으로 묘사하고 있다. 김군이 이시다의 집으로 놀러가는 모습은 내선융화의 결정판이라 할 수 있다. 이시다가 내지(일본)에서 온 그림엽서를 보여주었다는 설정에서 식민자와 피식민자의 문명의 차이를 극명하게 나타내주고 있는 표현이기도 하다. 이것은 남자아동의 관계이지만 여자아동의 경우도 줄넘기나 마리(공)던지기 등의 적절한 놀이를 이용하여 가르쳤을 것으로 판단된다.

저학년(1·2)에서는 가상인물 위주로 내선융화를 가르치고 있는데 반해 중학년(3·4)에서는 신화나 역사를 통해서 일제의 내선융화를 가르치고 있다. 〈Ⅲ-5-26〉「삼성혈(三姓穴)」, 〈Ⅲ-6-8〉「석탈해(昔脫解)」, 〈Ⅲ-7-2〉「아메노히보코(天日槍)」, 〈Ⅲ-7-23〉「금관(金の冠)」 등이다. 〈Ⅲ-5-26〉「삼성혈(三姓穴)」에서는 제주도의 탄생설화의 시작을 내선인과 악수에서 시작된다고 기술하고 있다. 〈Ⅲ-6-8〉「석탈해(昔脫解)」에서는 신라의 4번째 왕인 석탈해의 아버지가 다바나(多婆那)國의 왕으로 묘사하여 조선융화는 오래전부터 이루어지고 있음을 아래와 같이 묘사하고 있다.

신라의 왕인 석탈해라는 분이 계십니다. 아버지는 먼 동쪽의 다바나라는 나라의 왕이십니다. 〈Ⅲ-6-8〉「석탈해(昔脫解)」

'삼국사기'에 나와 있는 東國이라는 것을 일제는 과거 동쪽에 있는 왜로 확대 해석하여 오래전부터 조선인과는 같은 뿌리 즉 동조동근이라는 인식을 주입시키고 있다.

또한 과거뿐만 아니라 현재에도 〈Ⅲ-6-17〉「오사카(大阪)」, 〈Ⅲ-7-3〉「도쿄구경(東京見物)」, 〈Ⅲ-8-22〉「일본해(日本海)」등 일본사정을 소개하는 단원을 편성하여 과거의 내선관계에 못지않게 현재에도 조선과 일본은 많이 왕래가 계속 이루어지고 있음을 아동에게 주지시키고 있다.

지금으로부터 350년 정도 전에 도요토미 히데요시가 이곳에 성을 쌓고 나서 점점 번성해서 지금은 우리나라 제1의 상업지가 되었다. (중략) 오사카와 경성사이에는 항공로가 열려져서, 불과 6시간이면 연결됩니다. 오사카에는 조선 사람이 많이 살고 있고 여러 가지 일을 하고 있습니다. 〈Ⅲ-6-17〉「오사카(大阪)」

일본의 제2도시인 오사카는 경성을 오가는 항공노선이 있고, 조선인이 많이 거주하는 것으로 묘사하여 내선간의 융화가 많이 진척되고 있음을 기술하고 있다. 또 도요토미 히데요시(豊臣秀吉)가 이곳에 성을 쌓고 나서 계속 번성하여 일본 제1의 상업도시로 발전되었다고 하고 있다. 일제는 강점 이후 조선인의 반발을 살 우려가 있는 과거 조선인과 불편한 관계의 인물들을 의도적으로 조선총독부편찬 교과서에서 배제하였다. 이와 같은 방침은 제Ⅱ기까지 계속되었다. 그러나 만주사변(1931)이후 1932년 9월에 편찬된 〈Ⅲ-6-17〉「오사카(大阪)」에서는 이와 같은 염려보다 충군애국을 강조하기 위해『小學國語讀本』에서 많이 등장하는 일본의 영웅인 도요토미 히데요시[3]를 등장시켜 전쟁의 중요성을 아동에게 깨닫게 하려는 의도로 볼 수 있다. 또한 일제강점이후 20년이 지난 지금에는 이미 동화가 진행되어 조선인이 가장 싫어하는 도요토미 히데요시도 문제시되지 않는다는 것을 의미하기도 한다. 〈Ⅲ-6-3〉「전화(電話)」에서는 明吉과 正植의 전화예절을 가르치는 설명문이지만, 내용에서는 朝鮮神宮을 참배하러 가는 약속을 하는 것으로 설정하여 다음과 같이 가르치고 있다.

"이군. 내일은 간나메사이(神嘗祭)입니다만 어디에 갑니까?"
"아니오. 아무데도 가지 않습니다."
"그렇다면 우리 집에 오지 않겠습니까? 함께 朝鮮神宮에 참배하고 그리고 나서 두 사람이 함께 놉시다." 〈Ⅲ-6-3〉「전화(電話)」

제Ⅰ·Ⅱ기에 비해서 많은 조선의 풍습과 놀이 조선의 전래동화 등을 싣고 있지만 일제가 추구하고자 하는 것은 충량한 국민을 양성하기 위함임을 여실이 나타내주고 있는 문장이다. 특히 1·2학년 교과서에서는 아동의 정서수준에 맞게 일상의 체험과 환경에서 소재를 선택하여 조선아동에게 공감할 수 있도록 표현하고 있는 점이 특징이라 할 수 있다.

---

3) 唐澤富太郞(1969),『敎科書の歷史』, 創文社, p.702 도요토미 히데요시(豊臣秀吉)가 등장하는 일본 문부성 편찬『심상소학국어독본』은 〈Ⅰ-6-9〉「豊臣秀吉(一)」,〈Ⅰ-6-10〉「豊臣秀吉(二)」,〈Ⅰ-11-12〉「秀吉의 일화」,〈Ⅱ-6-17〉「豊臣秀吉(一)」,〈Ⅱ-6-18〉「豊臣秀吉(二)」,〈Ⅲ-7-18〉「木下藤吉郎」,〈Ⅳ-7-16〉「木下藤吉郎」 등 4기에 걸쳐 총 7번 등장하였다. 이는『尋常小學國語讀本』에 등장하는 주요 인물중에서 4번째로 많이 등장하는 인물이다.

교과서 안에 '국화' '친구' 등 내선융화를 취급한 교재를 도입하였다. 내선
융화의 정신은 가능한 아동기에 배양하고, 그 성과를 장래에 기대해야
할 것이다.[4)]

특히 저학년 때부터 아동에게 길러주는 것이 바람직하다는 논리로 권1
・2의 삽화를 통해서도 자연스럽게 유도하고 있다. 〈Ⅲ-2-10〉「국화(キ
ク)」에서 일본인 야마다씨로부터 모종을 받아서 천황을 상징하는 국화를
잘 키워내는 조선아동의 모습은 일본정신을 이식하는 아동의 모습을 연상
시키게 하고 있다.

국화꽃이 피었습니다. 하얀 것도 빨간 것도 노란 것도 있습니다. 봄이
시작하자 아버지가 이웃의 야마다(山田)씨로부터 모종을 받아서 심었던
것입니다. 여름에 더운 날에도 아버지는 매일 물을 주었습니다. 나도 때
때로 도와주었습니다. 〈Ⅲ-2-10〉「국화(キク)」

특히 국화에 대한 상징성을 생각하면 일제가 조선아동에게 국화를 적극
장려하는 사상을 심어주려는 의도를 나타낸 것으로 볼 수 있다. 그리고
국화 모종을 정성을 다해 가꾼 나머지 꽃을 피우게 하는 것은 아동에게
감동을 주어 국화의 중요성을 인식시키고 있다. 따라서 일제는 내선간의
융화주의를 강조하기 위해서 저학년에서는 삽화와 일상생활을 통해서, 중
학년에서는 학교생활이나 사회활동의 관계로 확대시켰다.

---

4) "卷中「キク」「トモダチ」等內鮮融和を取扱った敎材を取り入れた。內鮮融和の精神は
なるべく兒童期に於て培養し、成果を將來に期するべきである。" 朝鮮總督府(1930),
「普通學校國語讀本卷二編纂趣意書」, 조선총독부, p.3

3.2 통제된 청결교육

일제가 조선인의 불결함을 강점초기부터 내세운 데는 조선인의 문명을 비하시키려는 의도로 볼 수 있다. 물론 당시 조선의 경제나 사회를 단순히 일본과 비교해 볼 때 상당한 차이가 존재하는 것도 사실이다. 그러나 문제는 이와 같은 차이를 학교교육을 통해서 문명적인 행위로 치부하면서 일제의 조선통치 수단의 정당성으로 활용하고 있다는 점이다. 제III기 『國語讀本』에서 청결과 관계있는 단원은 아래의 〈표 2〉와 같이 총 7회 등장하고 있다. 대부분 저학년에서 집중적으로 다루고 있다. 고학년에서는 조선 최초의 종두법을 발견한 지석영의 헌신적인 희생정신을 통해서 병에 대한 관심을 유도하고 있는 〈III-10-14〉「제생의 고심(濟生の苦心)」만 유일하게 등장한다.

〈표 2〉 청결 관련 단원

권(학년)	단원명	횟수
1(1-1)	2쪽 삽화(청소하는 모습)	1
3(2-1)	3.「아침」, 4.「세탁」, 13.「파리」	3
5(3-1)	5.「대청소」	1
6(3-2)	16.「손톱과 이」	1
10(5-2)	14.「제생의 고심」	1
7		

위의 〈표 2〉와 같은 청결에 대한 단원명은 청소를 소재한 것이 대부분이었다. 특히 저학년에서는 이와 같은 경향이 현저하였다. 1학년 2쪽의 삽화에서는 청소하는 주체가 아동자신으로 설정되어 있다. 부모님은 마루에서 쉬고, 오빠와 여동생이 물통의 바가지와 빗자루를 들고 열심히 마당을 청소하는 장면에서 집안의 청소는 아동들이 해야 함을 인식시키고 있

다. 〈Ⅲ-3-3〉「세탁(センタク)」에서 5명의 아낙네들이 시냇가에서 각기 다른 행동으로 빨래하는 모습을 매우 생생하게 나타내고 있다. 세탁물을 돌 위에 놓고서 빨래방망이로 두드리고 있는 모습과, 시냇물에 세탁물을 헹구는 사람, 세탁물을 주무르는 사람, 세탁물을 풀 위에 올려놓고 햇볕에 말리는 사람, 완료된 세탁을 바구니에 넣어 머리로 이고 가는 사람들의 모습을 통해 청결한 의복의 중요성을 가르쳐 위생관념을 배양시키고 있다. 특히 이 과에서 일제는 흰색으로 이루어진 조선한복의 단점을 부각시켜 가르칠 수 있는 장면중의 하나이다. 〈Ⅲ-3-13〉「파리(はえ)」에서는 남자아동이 방에서 파리채를 들고 파리를 잡는 장면의 삽화와 함께 파리에 대한 경계심을 아래와 같이 기술하고 있다.

> 파리는 더러운 곤충입니다. 매우 더러운 곳에도 있습니다. 쓰레기통 속에나 변소 속에도 태연하게 걸어 다닙니다. 파리는 무서운 곤충입니다. 더러운 곳을 지나간 후 음식위에 앉습니다. 우리는 그 음식을 모르고 먹고 나쁜 병에 걸립니다. 〈Ⅲ-3-13〉「파리(はえ)」

이와 같은 개인위생에 대해 일제가 교과서를 통해 아동들에게 교육시킨 것은 당연한 일이라 할 수 있다. 그러나 이와 같은 청결사상을 일제가 집안 전체의 행사로 확대시킨 것은 다음의 경우라 할 수 있다.

〈Ⅲ-5-5〉「대청소(大そうじ)」에서는 면(面) 전체가 청소하는 날로 정해서 가족 구성원 모두가 열심히 청소하는 장면의 삽화가 등장한다. 가재도구를 모두 마당에 내놓고 빗자루와 양동이를 이용하여 질서정연하게 각자가 열심히 청소하는 장면은 일제에 의해서 집안 청소하는 습관이 어느 정도 정착되어진 것처럼 보인다. 그러나 이와 같은 장면도 일제의 통제에 의해서 반 강제적으로 행해지고 있다는 것은 다음의 문장에서 확인 할 수 있다.

집안과 밖에 대부분 대청소가 끝날 쯤 순사가 순찰하러 왔습니다. 아버지
가 인사를 하자 "꽤 깨끗하게 됐습니다."고 말하고 검사필의 표찰을 주었
습니다. 〈Ⅲ-5-5〉「대청소(大そうじ)」

물론 조선의 모든 가정이 이와 같은 행정력에 의하여 반강제적으로 청
소를 실시하였다고는 볼 수 없으나 반강제적으로 청소를 실시하고 검사하
는 시스템이 실제로 존재하고 있다는 사실은 아래 잡지의 기사처럼 면
시책의 수립으로 확인 할 수 있다.

1. 위생 강화회 개최
   매년 1회 이상 위생강화회를 개최하여 면민에 대해서 위생사상 보급
   에 진력한 것
2. 공동 목욕탕 설치
   각 부락에 간이 공동 목욕탕을 설치하여 부락민의 보건상 유감없게
   기할 것
3. 가정의 청결 정돈
   가정내 항상 청결정돈을 기하게 할 것
4. 부락의 정화
   부락하수구 주변을 항상 청소하고 또한 도로에 가로수 등을 식재하여
   부락을 정화를 기할 것
5. 공동 우물의 청결
   각 부락의 공동 우물을 완비하여 위생상 깨끗하게 기할 것
6. 변소의 개량
   재래의 변소를 일제히 개량식으로 바꿀 것
7. 화재 예방 관념의 고취

화재 예방 관념을 고취하여 화재의 미연 방지에 노력할 것5)

이상과 같이 행정력을 동원한 일제의 청결교육은 아동들의 학교교육을 통해 제도화 되고 있음을 알 수 있다.

3.3 차별화된 근로애호교육

일제가 아동들에게 근로애호사상을 고취하는 의도는 전술한 바와 같이 조선에서의 실업교육 강조와 궤를 같이 하고 있다. 1920년대 중반 이후 조선의 농촌에도 화폐경제가 점차 침투되어 농민의 계층분화가 심화되고 이로 말미암아 이농현상이 매우 심각하였다. 이를 타개하기위해서 조선총독부에서는 농촌진흥운동을 장려 보급하였다. 일제는 농촌갱생운동을 통하여 농촌을 다시 부흥시키고 근로애욕을 고취시키기 위해서 자립자영과 치산흥업에 관한 단원을 제Ⅲ기 『國語讀本』에 가장 많이 삽입하였다. 이들의 예화를 통해 미래의 산업 일꾼인 아동들에게 농촌의 경제의 필요성을 깨닫게 하기 위함이었다. 특히 저학년부터 일하는 모습을 아름답게 묘사하여 아동이 자연스럽게 습득하기 위해서 아래 〈표 3〉과 같이 매 학년마다 근로애호에 관한 단원을 고루 분포시켰고 횟수에서도 50회로 가장 많이 기술하고 있다.

---

5) 任珀鎬(1933), 「府邑面誌 9」 '면 시책의 수립에 관해서', 全南康津郡, p.8

〈표 3〉 근로애호 관련 단원

권(학년)	단 원 명	횟수
1(1-1)	3쪽 삽화(일하는 모습), 18쪽 「일하는 모습」	2
2(1-2)	6. 「산에 오르기」, 7. 「밤 줍기」, 9. 「저녁놀」, 12. 「돌 줍기」	4
3(2-1)	9. 「송충이」, 11. 「도와줌」, 24. 「허수아비」	3
4(2-2)	1. 「시골의 아침」, 3. 「심부름」, 5. 「버섯채취」, 6. 「낙엽」, 8. 「논」, 15. 「겨울밤」, 21. 「전신주인부」	7
5(3-1)	3. 「대장장이」, 13 「누에치기」, 17 「흙을 나르는 사람」, 23 「사람의 힘」	4
6(3-2)	22. 「석공」, 23. 「손」	2
7(4-1)	1. 「식수기념일」, 10. 「땅속의 보물」, 19. 「조선소」, 20. 「소를 살 때까지」, 24. 「금융조합과 계」, 25. 「압록강의 뗏목」	6
8(4-2)	5. 「벼이삭 줍기」(학교에서 공동작업), 9. 「가로수」, 12. 「면사무소」, 16. 「신포의 명태잡이」, 25. 「납세미담」, 26. 「조선의 농업」	6
9(5-1)	11. 「일기」, 21. 「조선의 광업」	2
10(5-2)	1. 「가을」, 4. 「근로의 영광」, 6. 「농업실습생의 편지」, 8. 「도공 가키에몬」, 11. 「믿을 만한 보증」, 13. 「야학회」, 18. 「청어그물」, 15. 「수해위문편지」	8
11(6-1)	22. 「北鮮旅行」	1
12(6-2)	4. 「밀감산」, 10. 「유럽 여행(3 베를린에서)」, 12 .강연회안내, 16. 「파란 동굴」, 20. 「곤충의 활동」	5
	50	

특히 제Ⅲ기 『國語讀本』에서는 저학년 아동이 부모나 어른들의 일을 거두러주는 보조적인 위치에서 직접 일을 하는 주체적인 모습으로 변했다는 것이다. 이와 같은 원인은 일제의 근로애호 교육의 강조와 맥을 같이하고 있다. 〈Ⅲ-2-7〉「밤 줍기(クリヒロイ)」를 통해서 아이들이 노동의 주체적인 인물로 삽화와 함께 다음과 같이 기술되어 있다.

"지난밤에 바람이 불었기 때문에 반드시 밤이 떨어졌겠지. 이제부터 주

우러 가지 않을래."

"바구니를 들고 갈 테니 잠시 기다려 줘."

"아니, 이미 다른 사람이 주웠는지 전혀 없다."

"그렇다면 저쪽의 큰 나무 있는 곳에 가보자"

"아, 여기에는 많이 떨어져 있다."

"자 누가 많이 주운가 시합하자."〈Ⅲ-2-7〉「밤 줍기(クリヒロイ)」

"이 산에는 밤나무가 많이 있습니다. 지난밤에 바람이 불어서 반드시 밤이 떨어져 있습니다. 찾아볼까요."

"이미 다른 사람이 주웠는지 전혀 없었습니다.

"그렇다면 저 쪽에 큰 나무가 있으니 저 나무 밑에 가봅시다."

『심상소학국어독본』〈Ⅲ-2-9〉「밤 줍기(クリヒロイ)」

〈KⅢ-2-7〉「밤 줍기(クリヒロイ)」

〈JⅢ-2-9〉「밤 줍기(クリヒロイ)」

위의 문장에서 알 수 있듯이 두 아동은 단순한 밤 줍기를 뛰어 넘어서 동무와의 시합을 통해 경쟁심을 불러일으키고 있다. 이처럼 일제는 경쟁을 통해 수확 양을 배가 시킬 수 있는 방법으로 조선아동을 장차 노동의 일꾼으로 양성할 목적이 숨어 있다.

그러나 같은 시기 동일한 제목으로 일본에서 사용한 제Ⅲ기 『尋常小學國語讀本』 <Ⅲ-2-9> 「밤 줍기(クリヒロイ)」에서는 일본아동들에게 밤을 줍는 노동에 적극적으로 중점을 두지 않고, 과학시간의 배운 것을 방과수업에 자연관찰 하는데 소극적인 학습자에 머물고 있다는 것이다. 일본의 아동은 조선아동처럼 바구니를 들고 가지도 않고 삽화에서도 노동하는 장면은 전혀 나오지 않고 밤나무 모습과 밤 열매를 클로즈업해서 보여주고 있다. 이처럼 동일한 단원명에서도 일제는 조선아동과 일본아동을 다른 목적으로 가르치고 있다는 근거를 확인 할 수 있다.

일제의 이와 같은 조선아동의 노동 장려 정책을 통해 일제는 국가의 정책이라는 미명아래 아동에게 노동을 자연스럽게 일상화 되도록 참여를 유도하고 있다. <Ⅲ-3-9> 「송충이(松ケムシ)」에서는 아동들이 학교에서 돌아오면 바로 송충이 잡이를 위해 산으로 가는 모습에서 아동들의 노동이 일상화되고 있음을 알 수 있다.

> 대식은 아버지와 힘을 합하여 송충이퇴치를 시작했습니다. 매일 학교에서 돌아오면 젓가락과 함석통을 들고 송충이 잡으러 갑니다. 그렇게 잡은 것은 모두 땅속에 묻습니다. 〈Ⅲ-3-9〉 「송충이(松ケムシ)」

대식의 송충이 잡이는 당시 조선에서 많이 심어진 소나무에 많이 기생하여 솔잎을 까먹는 등 많은 피해를 초래하였다. 이것은 조선의 삼림정책에 있어서 매우 중요한 문제였다. 따라서 대식이와 같이 총독부의 정책에 직접 순응하면서 일을 열심히 하는 어린이는 근로애호 사상을 실천하는 모범인물의 표상이었다. 이처럼 일제는 근로애호사상이라는 포장된 정책을 통해 조선아동들에게는 어렸을 때부터 노동에 종사해야하는 고통을 담당해야 했다.

　중학년(3・4학년)이 되면 〈Ⅲ-7-1〉「식수기념일(植樹記念日)」, 〈Ⅲ-7-24〉
「금융조합과 계(金融組合と契)」와 같이 국가정책과 연동되어 근로가 직
접 경제활동에 영향을 미치게 되었다. 〈Ⅲ-7-10〉「땅속의 보물(地中のた
から物)」에서는 아동들에게 감성적으로 근로애호와 자력갱생의 정신을
함양하고 있다. 평소에 게으른 세 아들의 행동에 걱정한 아버지는 죽기직
전 아들에게 너희에게 줄 보물이 땅속에 있는데 내가 죽은 후에 파보도록
하라고 유언했다. 이 말을 듣고 3형제는 열심히 땅을 팠다. 그 결과 다음해
농작물이 평소보다 많이 수확하여 창고에 가득 찼다. 마침내 형제들은 아
버지 말씀하신 의미를 비로소 깨닫게 된다는 내용이다. 〈Ⅲ-8-5〉「벼이삭
줍기(落穗ひろひ)」에서는 아동들이 선생님과 함께 이삭줍기를 하는 장면
에서 아동들의 근로와 일제의 벼 한 톨의 중요성을 일깨워주고 있다.

　　어린이들은 또 사방으로 흩어져　벼이삭을 계속 주웠다. 어느 사이 해는
　　서쪽으로 기울고 학교의 유리창이 번쩍번쩍 빛나고 있었다. 젖은 논 위에
　　벼이삭 줍는 그림자가 길게 움직인다.
　　　　　　　　　　　　　　　　　　　　〈Ⅲ-8-5〉「벼이삭 줍기(落穗ひろひ)」

　아동들의 벼이삭 줍기의 모습을 서정적으로 그리고 있다. 또한 아동들
이 해가 기울어 질 때까지 열심히 일에 집중하는 모습을 통해 고단한 노동
을 풍성한 가을의 수확의 기쁨으로 치환시켜 가르치고 있었다.

3.4 전쟁에 대비한 충군애국 교육
　제Ⅲ기『國語讀本』에서는 조선총독부의 실용주의 정책과 1920년대 말
에 확산된 동맹휴학 때문에 아동들에게 정신무장을 강화하기 위해 지금까

지 내제되어 있던 '충군애국'과 관계있는 단원명이 나오고 있다. 그리고
천황을 위해 충성을 다하는 인물의 예화를 통해서 충군애국의 정신을 함
양하고자 했다. 특히 특징은 〈III-9-22〉「楠公父子」에서 '충효'의 대표적인
인물인 구스노키 마시시게(楠木正成)와 마사쓰라(正行)를 최초로 『國語讀
本』에 삽입되었다는 점이라 할 수 있다. 이는 1931년 만주사변으로 인한
일제의 야욕을 충군애국 정신으로 난국을 정면으로 돌파하려는 일제의 의
도가 숨어있는 것으로 볼 수 있다.

〈표 4〉 만주와 전쟁관련 단원

권(학년)	단원명	횟수
5(3-1)	12. 「부모마음」	1
6(3-2)	13. 「노기씨의 국기」	
7(4-1)	6. 「우리나라」, 13. 「神風」, 15. 「압록강 철교」,	3
8(4-2)	13. 「봉천」, 19. 「평양」, 21. 「娘々廟」	3
9(5-1)	6. 「양자강」, 22. 「楠公父子」, 20. 「수병의 어머니」, 23. 「애국조선호」, 24. 「爾靈山」,	5
10(5-2)	10. 「아버지의 마음」, 15. 「수사영의 회견」, 17. 「타이완소식」, 22. 「비둘기 전령」, 24. 「磐石의 승리」	5
11(6-1)	6. 「비행기」, 9. 「군 출동」, 10. 「그 一戰」, 14. 「작은 새의 전우」, 20. 「만주」	5
12(6-2)	2. 「일장기」, 7. 「우리 南洋」, 8. 「태평양」, 18. 「국경소식」, 24. 「육탄 3용사의 노래」, 27. 「東鄕元帥」, 28. 「신일본」	7
	30	

〈표 4〉와 같이 제III기 『國語讀本』에 전쟁관련 단원은 대부분 권7(3학
년)이후에 나타난다. 권7이 1932년에 편찬된 것을 감안한다면 당시 조선
총독부에서는 매우 빠르게 만주사변에 대응하는 모습을 나타내주고 있다.
이에 반해 문부성에서는 1918년 제III기가 출판된 후 개정작업이 이루어지

고 있지 않아서 현재의 사건들을 교과서에서 수용하지 못하였다. 이와 같은 현상이 발생하게 원인은 일본의 교과서개편은 문부성의 교육 방침에 대한 의회의 동의가 반드시 필요한 절차였기에 일본에서는 조선총독부처럼 쉽게 교과서를 개편하기 힘든 체제를 가지고 있지 않았기 때문이다.

〈Ⅲ-5-12〉「부모의 마음(親心)」에서는 아들을 기다리다 끝내 숨을 거둔 어머니의 모성애를 서정적으로 묘사해 궁극적으로는 만주라는 지역과 공통점인 관심을 사기위한 일제의 숨은 뜻이 담겨져 있다. 이와 같이 만주를 떠올리게 하는 단원을 살펴보면 일제가 '鮮滿一如' 정신을 기르기 위해서 만주 진출의 관문인 압록강 철교의 상징성을 부각시켜 만주를 아동에게 각인시키고 있는 〈Ⅲ-7-15〉「압록강 철교(鴨綠江の鐵橋)」와 구체적으로 만주의 최대도시 봉천을 소개하는 〈Ⅲ-8-13〉「봉천(奉天)」, 〈Ⅲ-8-21〉「娘々廟」〈Ⅲ-8-19〉「평양(平壤)」 등이 있다. 특히 〈Ⅲ-8-19〉「평양(平壤)」에서는 장차 평양이 북중국과 만주의 무역의 요충지로 될 것이라고 다음과 같이 기술하고 있다.

> 장래, 북중국 및 만주국과의 거래가 성행하게 되면 평양의 상업은 더욱더 활기에 넘칠 것이다. 평양은 수륙 교통의 매우 편리한 곳이다. (중략) 모란대의 건너 강가에는 큰비행장이 있어서 內·鮮·滿을 이어주는 항공의 요충지가 될 것이다. 〈Ⅲ-8-19〉「평양(平壤)」

만주사변이후 만주와 북중국에 대한 일제의 관심을 장밋빛 계획으로 포장하여 조선아동들에게 주입시키고 있다. 교과서뿐만 아니라 잡지의 기사를 통해서도 "교통량으로 말하는 「內鮮滿一體, 만주사변 직전의 10배 증가"6) 라고 교육시키고 있다. 또한 만주에 대한 이해와 인식을 직접적으로

---

6) 朝鮮通信社(1938), 「朝鮮通信」 '交通量の語る內鮮一体 滿洲事變直前の十倍增!'

심어주기 위해서 〈Ⅲ-11-20〉「만주(滿洲)」에서는 "만주국과 우리나라의 관계는 차의 바퀴, 새의 양 날개와 같이 매우 밀접하다."며 만주를 형제국처럼 인식시키고 있다.

한편 과거의 청일전쟁과 러일전쟁을 상기시켜 만주를 연상시키는 단원은 러일전쟁의 영웅인 노기 마레스케(乃木希典)대장이 러시아 장군과 회의를 한 장소를 부각시킨 〈Ⅲ-10-15〉「수사영의 회견(水師營の會見)」이 있다. 직접 만주사변의 전쟁체험을 기록한 〈Ⅲ-10-24〉「반석의 승리(磐石の勳)」는 조선인 전령으로 참여한 고원성, 이성관, 박경학 등의 활동에 의해서 일본군이 큰 승리를 하였다고 자랑스럽게 기술하여 조선아동들에게 전쟁의 두려움을 희석시키고 있다.

> 멀리 길림 서쪽에서 출동하는 기병본대도 당당하게 입성하고, 이어서 보병 구원부대도 도착하자마자 적군은 싸우지 못하고 사분오열. 그토록 대단한 포위망도 저절로 풀어지고 위험에 빠진 삼천의 생명은 마침내 무사할 수 있었다. 아 우리 삼용사의 결사적인 행위 혁혁한 그 공적은 황군의 무위와 함께 오랫동안 우리 전투사를 빛낼 것이다.
>
> 〈Ⅲ-10-24〉「반석의 승리(磐石の勳)」

일제는 1932년 8월에 일어난 생생한 전쟁이야기를 아주 생생하게 그려서 아동들에게 잔잔한 감동을 주고 있다. 더구나 조선인을 주인공으로 등장시켜 만주사변을 정당화하고 미화시키며 조선이 만주사변에 적극적으로 참여하고 있음을 인식시키고 있다.

한편 1935년이 되자 일제는 전쟁의 중심이 만주에서 태평양으로 관심이 이동되고 있는 특징을 〈Ⅲ-12-7〉「우리 남양(我が南洋)」, 〈Ⅲ-12-8〉「태평양(太平洋)」을 통해서 일제의 전쟁 야욕의 한 단면을 여실히 보여주고 있다.

또한 일제는 학교교육을 통해서 아동들에게 철저한 애국심의 교육을 구체적으로 실시하였다. 애국심교육의 제재는 주로 일본의 국기인 일장기였다. 구체적인 단원을 살펴보면 국기에 대한 숭경심을 함양하여 애국심을 배양한 〈Ⅲ-6-13〉「노기씨의 국기(乃木さんの國旗)」와 〈Ⅲ-7-7〉「피로 물든 일장기(血染の日章旗)」가 있다. 〈Ⅲ-7-3〉「도쿄구경(東京見物)」에서는 야스쿠니신사에 참배하는 장면을 삽입하여 충군애국을 강조하고, 〈Ⅲ-8-15〉「이탄지(李坦之)」에서는 죽은 시체를 화장하는 장면으로 연출하여 일본의 화장풍습을 간접적이고 우회적으로 아동들에게 가르치고 있다. 식민지의 나쁜 악풍을 일소하기 위해 '고호(吳鳳)'의 용의주도한 희생정신으로 대대로 이어온 대만의 야만적인 풍습을 일소하였다는 〈Ⅲ-8-17〉「고호(吳鳳)」가 있다.

4. 맺음말

제Ⅲ기『國語讀本』이 편찬될 때에는 일제가 조선을 강점한 지 만 20년이 되는 해로, 강점 초기의 불안함을 지속적인 동화정치로 겉으로는 어느 정도 성공하여 조선통치의 자신감으로 가득 찬 시기이기도 하다. 다만 1920년대 중반 세계 경제대공황에 따른 농촌의 궁핍화, 사회주의 사상의 유행, 민족주의 고조 등으로 조선학생들의 동맹휴교가 계속되자, 조선총독부는 1928년 8월 '임시교과서 조사위원회'를 소집하여 실용주의, 근로애호의 함양, 실천도덕을 목표로 한 교과서 개정작업에 들어갔다. 그러나 예상치 못했던 만주사변이 발발하자 교과서의 내용에서 변화를 나타낸다. 저학년(1·2) 교과서에서는 주로 삽화와 다양한 문학 장르를 통해 간접적으로 정서에 호소하는 경향이 뚜렷하였다. 중학년(3·4)에는 만주와 근로 애호를 중심으로 아동에게 장차 실업의 역군으로 자랄 것을 가르치고 있었다. 특히 4학년 과정은 신설 농촌학교의 대부분이 4년제 단기 학교임을 고려하여, 이 정도에서 끝마쳐도 농촌의 역군을 양성하는데 지장이 없도록 교과서를 편찬하였다. 그러나 대부분 도시학교와 학생 수가 많은 학교의 아동들은 상급학교로 진학하는 숫자가 많았고 또한 일본아동과 경쟁을 해야 하기에 고학년(5·6)에는 글로벌적인 내용이 들어 있다. 그러나 조선아동에게는 조선총독부의 교육 방침에 따라 전쟁, 만주, 충군애국과 같은 특수한 단원을 포함시켜 일본아동이 배운 교과서와 다른 직접적인 현실 문제까지 교수하고 있었다.

이러한 일제의 치밀한 식민지교육정책에 맞게 구성된 제III기『國語讀本』은 첫째 표면적인 내선융화를 강조하고 있으나 실제적으로는 조선적인 것을 모두 버리고 일본인화 해야 한다는 동화주의가 숨어 있다고 할 수 있다. 둘째 조선아동의 불결을 청결교육이라는 구호아래 조선통치의 정당성으로 이용하고 있다. 셋째 농촌갱생운동을 위한 구실로 조선아동의 노동력을 동원하려는 의도로 일본아동과는 다른 차별화된 근로애호 교육이었다. 넷째로 조선아동들을 장차 다가올 전쟁의 역군으로 양성하기 위해 충군애국을 강조하고 있다. 결국 일제는 제III기『國語讀本』을 통해 조선아동들을 충군애국과 근로애호를 충실하게 수행할 수 있는 일본 소국민의 식민지아동으로 양성하려했음을 확인 할 수 있었다.

Ⅲ. 朝鮮『國語讀本』과 臺灣『國民讀本』에 나타난 식민지교육*

장미경

1. 조선과 대만의 식민지 교육

日帝는 대만에서 50년, 조선에서 36년 간의 통치기간 동안 다른 문화, 다른 언어의 식민지 아동을 식민지인으로 육성하려 하였다. 교육 전달에서 가장 중요한 언어는 지식기능을 습득하는 데 불가결한 것이므로 일제는 교과과정은 물론 교재내용까지 관여하였고, 특히 교과서를 통하여 지배국 일본의 언어를 피지배국인 조선과 대만에 강화하였다.

본고에서 다루는 텍스트는 1912~1915년 조선총독부 편찬『普通學校國語讀本』(이하:『國語讀本』)과 1913~1915년 대만총독부 편찬『公學校用國民讀本』(이하:『國民讀本』)은 식민지 아동을 대상으로 일제에 의해 편찬

---

* 이 글은 2011년 3월 한국일본어문학회『日本語文學』(ISSN : 1226-0576) 제48집, pp.201~220에 실렸던 논문「〈일본어교과서〉로 본 植民地 교육 - 朝鮮『普通學校國語讀本』과 臺灣『公學校用國民讀本』을 중심으로-」를 수정 보완한 것임.

된 초등교육과정 '일본어교과서'이다. 두 '일본어교과서'는 식민지인을 천황의 신민답게 동화시키는데 중요한 역할을 하였고, 일제의 교육목표에 맞게 편찬되었으며 일본어뿐만이 아니라 역사, 과학, 지리, 상업, 실업 등이 포함된 종합교과서라 할 수 있다.

대만은 일본인이 일본어를 외국인에게 처음으로 지도하는 일본어교육의 실험장소였다. 조선에서는 일본어 실험장인 대만에서의 시행착오와 다양한 일본어 교육 경험을 참고하여 교과서를 편찬하였다. 따라서 두 '일본어교과서'에 어떤 내용이 선정되었고 어떻게 변용 서술되었나를 살펴보는 것도 각각의 식민지에서 식민지인에게 강조하는 교육정책이 무엇인가 알 수 있을 것이다. 그리하여 식민지국가에서 '식민지인 만들기'에 '일본어교과서'가 어떤 역할을 하였는지 파악해보도록 하겠다.

2. 『普通學校國語讀本』과 『公學校用國民讀本』의 편찬

일제의 식민지 지배 첫번째 실험장이었던 대만에서는 교육정책으로서 국어(일본어)교육만 실시하는 데에 머물러 있었다. 초기의 대만에서는 일본어교육을 중심으로, 일본과 대만 사이의 통역을 하기 위하여 1895년 9월에 대만인 21명을 국어(일어)연습생으로 출발하였다.[1] 1898년 7월에 〈대만공

---

1) 제 1기는 랑령군사특별통치시대에 해당되는 교육정책 기간이고, 영국식 통치주의에 입각한 차별교육이 그 특징이었다. 이후 당시 1898년에는 일본의 소학교가 4년제였기 때문에 (1907년에 6년제가 됨) 교육연한만으로 대만에서 차별교육이라고 할 수는 없다. 대만의 경우도 1904년 인가되어 1910년까지 사용된 『일본어독본』에서는 일본민족주의가 서술되어 있고, 1910년에서 1918년까지 사용된 『일본어독본』에서는 군사력이나 국가의 통제와 관련된 내용이 더욱 강조되어 나타난다. (호사카 유지(2002), 『일본제국주의의 민족동화정책 분석』, 제이앤씨. p.323)

학교령〉이 제정되었고 대만에서의 초등교육이 정비되기 시작됐으며 이 〈공학교령〉으로 초등교육의 교육연한을 6학년으로 했다. 여기에서는 교육을 떠나서, 무엇보다 대만을 일본화 하는 것이 급선무라는 생각으로[2] 피교육자의 대만인을 식민지인으로 바꾼다는 생각에 입각하고 있다.[3]

조선에서는 학부의 학정참정관으로 시데하라 다이라(幣原坦)의 지휘 아래 〈교과서편찬위원회〉를 설치하고 1905년 『日語讀本』의 편찬에 착수하였다. 1906년 2월에 통감부가 설치되고 〈보통학교령〉이 발포됨에 따라 조선에 대한 일제의 교육정책은 더욱 박차를 가하게 된다. 종래의 『日語讀本』을 『國語讀本』이라 하고 병합 직후 교과용 도서를 『普通學校學徒用國語讀本』이라고 했으며, 『國語讀本』은 일제강점기가 시작된 후에 제1차 조선교육령 발포 이후 편찬되었다.[4]

다음은 조선과 대만에서의 일본어 주당 수업시수이다.

〈표 1〉 조선과 대만에서의 '일본어' 수업 시수

학년	朝鮮(1912)			臺灣(1913)		
	수신	국어(일어)	조선어(한문)	수신	국어(일어)	대만어(한문)
1	1	10	6	1	12	5
2	1	10	6	1	12	5
3	1	10	5	1	12	4
4	1	10	5	1	12	4
5				1	10	男 4
6				1	10	男 4
계	4	40	22	6	68	男 26 / 女 18

---

2) 蔡錦雀, 『公學校用國民讀本』について p.689
3) 대만에 대한 교육정책은 1895년부터 1919년까지를 제1차, 1919년부터 1941년까지를 제2차, 1941년부터 1945년까지를 제3차로 나눌 수 있다.
4) 조선총독부의 교육정책은 제1차 조선교육령(1911), 제2차(1922), 제3차(1938), 제4차(1943)로 4차례에 걸쳐서 개정되었다.

매주 수업시수를 살펴보아도 조선에서는 1학년부터 4학년까지 10시간 씩 배정하여, 전 학년을 통틀어 총 수업시간의 약 38%를 차지하고 있다. 또한 대만에서는 1학년~4학년까지 12시간, 5학년~6학년까지는 10시간으로 조선보다 더 많은 일본어 수업을 하였지만 역시 총 수업시간은 약 38%로,[5] 일본어 수업의 비중이 조선과 대만이 같았다. 『國語讀本』과 『國民讀本』을 텍스트로 사용한 국어(일본어)시간이 다른 과목보다 많이 배정된 것을 감안하면 당시 교육정책이 일본어교육에 보다 역점을 두고 가능한 한 일본어를 많이 사용하게 하였음을 알 수 있다. 대만에서는 처음에 수신과 일본어, 사서오경이 주된 교육과목이었으며, 다른 과목은 거의 설치되지 않았기에 일본어는 그만큼 중요한 교과였던 것이다.

아래의 인용에서 일제가 대만 국어교육의 중심인 초등학교 교과서 『公學校用國民讀本』을 중요시하였음을 알 수 있다.

> 公學校 교육의 중심은 國語(일본어)와 국민정신의 보급에 있다. 그 국어 교육의 중심이라 할 수 있는 것은 『公學校用國民讀本』이다.[6]

『公學校用國民讀本』은 『臺灣敎科用書國民讀本』을 러일전쟁 이후의 시세의 변천과 대만 통치시대의 일본어교육이 외국인에게 가르치는 최초의 경험이었기에 시행착오를 참고로 편찬되었다.[7] 하지만, 가장 중요한 개정의 목적은 일본인적 사고를 갖게 하는 데에 초점이 맞춰져 있었다.

조선에서는 조선 아동의 학습단계를 고려하여 편찬하였기에 『國語讀本』에서는 3학년 교재인 5~6권이, 4학년 교재인 7~8권에 비해서 초출한자가

---

5) 1학년을 예로 들면 수신(1시간), 산수(2시간), 한문(5시간), 미술(2시간), 창가·체조(3 시간)를 비교해 보아도 일본어의 수업 시간의 비중이 높음을 알 수 있다.
6) 本莊太郎(1910. 1월) 「臺灣敎育會雜誌」第94號, 1項
7) 蔡錦雀 「公學校用國民讀本」について p.700

많았는데 이것은 3학년을 마치고 그만둔 학생들을 고려하였기 때문이다.[8]
다음은 『普通學校國語讀本』을 편찬하려고 하였을 때의 이야기다.

새 독본의 새로운 지도야말로 새로운 정신이 싹트고 있는 요즈음, 더욱더
기대되고 있다. 그러나 조선의 아동을 대상으로 하는 국어교육은 완전히
험난한 길이다. 유난히 언어교육을 많이 하는 저학년의 국어교육에 있어
서는 더더욱 그러하다.[9]

위 인용문에서 당시 교육실무자들은, 새 독본이 새로운 정신이 싹트고
있는 상황에서 만들어진 것에 대해 자평하지만 이면에는 조선인 아동에
대한 일본어 교육이 쉽지 않다는 인식이 있었음을 알 수 있다.

3. '일본어교과서'로 植民地人 만들기

청일전쟁에 승리한 일본은 시모노세키(下關)조약에 의해 1895년 대만
을 영유하게 되었다. 청국으로부터 대만을 할양(割讓)받은 일본은 1895년
6월에 타이페이(臺北)에서 대만총독부 始政式을 거행하였고, 이후로는 정
식으로 식민지통치에 들어갔다. 대한제국은 1910년 「한일병합조약」으로
조선의 지배가 시작되었다.
'일본어교과서'에서는 일제가 식민지를 감행하였던 합리성을 각각 이렇
게 기술하여 놓았다.

---

8) 김순전 외(2009), 『초등학교 일본어독본』, 제이앤씨, p.41
9) 久保次助·和田重則(1940), 『初等國語讀本實踐指導精設券1』, 朝鮮公民敎育會, pp.226~237

메이지천황은 항상 동양의 평화를 확립하시려는 마음을 갖고 계셔서, 어떻게 하던지 조선을 일본과 같이 편안하게 하지 않으면 안 된다고 생각하셨습니다. 그로부터 조선은 일본의 보호를 받고 정치를 개선하게 되었고 일본에서는 통감부를 조선에 설치하여 그들을 지도하게 되었습니다. (중략) 한국 황제는 빨리 그 일을 깨닫고, 만민의 행복을 위해서 조선을 일본제국에 병합하여 영구히 안녕을 지키고, 동양의 평화를 지켜야한다 생각하셨습니다. (『國語』 〈8-16〉 「러일전쟁 후의 日本(日露戰爭後の日本)」)

대만은 지금에는 잘 다스려지고 있습니다만, 이삼십 년 전까지는 아직 개방이 되어 있지 않았고 여기에는 나쁜 무리들이 있었습니다. 그래서 明治 28년 白川宮能久親王이 天皇의 명령으로 그 섬을 평정하였습니다. 나쁜 무리들은 처음에는 강하게 저항했으나 위세에 눌려 곧 항복하였습니다. (『國民』 〈8-2〉 「요시히사친왕(能久親王)」)

일본이 식민지 국민들에게 식민지 감행을 설명하는 것이 급선무이기에 매일 접하는 교과서에 그 당위성을 실은 것은 어쩌면 당연할 것이다. 『國語讀本』과 『國民讀本』에는 동양의 평화를 확립하고자 하는 마음에 식민지를 만민의 행복을 위한 사명감으로 하게 되었음을 강조하였다. 하지만 '동양의 평화'라는 말 속에는 대외적인 평화뿐만이 아니라 대내적인 치안문제까지를 포함하고 있었다.

또한 조선의 식민지화 배경이 『國民讀本』에, 대만을 식민지해야만 했던 당위성이 『國語讀本』에도 실려 있어 일본의 식민지의 범위 확장을 설명하려 하였다. 특히 『國語讀本』에서는 더 많은 부분을 할애하여 대만의 식민지 과정을 설명하고 있다.

淸國은 무척 두려워하며, 사신을 우리에게 보내, 많은 상금을 주고, 대만을 우리에게 넘기며 화친을 청했습니다. 그리고 청국은, 조선이 자신들의 속국이 아닌 것을 인정하였습니다.

(『國語』〈6-22〉「청일전쟁(明治二十七八年戰爭)」)

특히 두 '일본어교과서'에는 청국이 자신들의 속국이 아닌 것을 인정한 점과 대만까지 일본의 속국이 된 내용, 대만에 이어서 조선까지 연결된 식민지 접근의 순서가 제시되었다. 사실상 청일전쟁은 조선을 일본의 지배하에 둘 것을 목적으로 진행되었으며, 이 전쟁으로 일본은 조선을 영유하여 대륙진출의 발판으로 삼아 대만을 먼저 식민지로 하게 된 것이다. 이처럼 일본이 대만을 소유하게 된 배경의 강조로 조선 아이들에게 대만까지 식민지화하고 있다는 것을 교과서에서 주입시키려 하였던 것이다. (『國語讀本』〈4-28〉「금상천황폐하(今上天皇陛下)」)에서는 천황폐하가 조선, 대만의 백성을 모두 자식처럼 어여삐 여기심을 감사해야 한다는 내용이 기술되어 있었다.

일본은 식민통치를 시작하면서 을사늑약 때 만들어진 통감부를 총독부로 개칭하면서 조선을 지배하였다. 조선을 합병한 다음달에 朝鮮總督府官制가 제정되었으며, 이 制令布權을 가지고 조선의 입법, 사법, 행정의 삼권을 한손에 장악하게 되었는데, 이 점은 대만총독부도 마찬가지였다. 이렇게 총독부는 식민지 국가의 최고권력으로 부상하면서 식민지인들을 통치하기 시작하였다.

조선은 오랫동안 정치가 혼란하여 백성은 편안하게 지낼 수 없고 또, 때때로 외국에게 침략당해 항상 동양의 화근이 되었습니다. 그래서 메이지 천황은 동양 평화를 유지하고 백성의 행복을 진작시키기 위해 1910(明治43)년 8월에 총독을 두시어 조선을 통치하게 하시고 정무총감(政務總監)

을 두시어 총독을 보좌하게 하셨습니다.

(『國語』〈6-29〉「조선총독부(朝鮮總督府)」)

대만총독부는 대만 전체의 정사를 하는 기관으로서, 총독이 이것을 통치하고 있습니다. 총독부의 중심에는 민정부 외에 육군부와 해군, 막료 등이 있습니다. 법원. 철도부. 공사부. 전매국 세관. 의원. 연구소. 작업소. 국어학교. 중학교. 고등여학교 등의 기관과 학교도 총독부에 속해 있습니다. (『國民』〈12-2〉「대만총독부(臺灣總督府)」)

총독은 위임된 범위 내에서 육해군을 통솔하고 일체의 정무를 통괄하며 식민지의 모든 일을 관장하였다. (『國語讀本』〈8-30〉「대일본제국」)에서는 "조선과 대만에는 총독을 두고"라는 설명으로 일본 행정상 조선과 대만에 총독부 설치에 대한 당위성과 영향력을 강력히 교육시키려 하였다. 『國民讀本』에서는 총독이 하는 일과 총독부에 속해 있는 기관을 학생들에게 설명하려는 것에 주력하고 있음을 알 수 있다.

천황이나 천황국가에 대한 내용이 『國語讀本』에는 21단원이나 있었는데 권5만 해도 천황에 관련되어 4단원이나 차지하고 있었다. 『國民讀本』에도 25회나 수록되어 있었던 것처럼 많은 비중을 차지하고 있었다.

역시 (『國語讀本』〈3-20〉〈6-3〉「明治天皇」)에 천황의 치세로 조선이 세계 일등국의 하나가 되었음을 강조하였다. 결국은 메이지천황의 은덕으로 조선과 대만이 힘들고 어려움에서 벗어나 살기 좋은 나라로 만들어진 것을 강조 하였다

메이지천황은 정말로 훌륭하신 분으로 재위 46년 간의 긴 세월동안 나라를 위해 백성을 위해 오로지 정치에 힘쓰셨습니다. 그 덕분에 천황의 치세 중에 우리나라는 모든 것이 진보하여 세계 일등국의 하나가 되었습니

다. 1910(明治43)년에는 조선의 백성에 대하여 조세의 일부를 면제하시고, 또 대사면을 명하셨습니다.(『國語』〈6-3〉「메이지천황(明治天皇)」)

메이지천황은 정말로 훌륭하신 분이었습니다. 이 천황의 시대에 우리나라는 굉장히 번성하게 되었습니다. 우리들이 이 은혜를 받은 것은 셀 수 없을 정도입니다. (『國民』〈6-1〉「메이지천황(明治天皇)」)

메이지천황은 다른 천황보다 훨씬 강도 높게 설명을 했는데 그것은 메이지천황 때 식민지가 되었기 때문일 것이다. 메이지천황은 조선과 대만을 식민지화하여 조선인과 대만인들에게 평화를 안겨준 고마운 분으로 결론을 짓고 있다. 그 중 『國語讀本』에서는 본문 뒤에 나온 연습문제에서 "메이지천황은 1910년에 조선에 대해 어떤 일을 하셨습니까?"로 묻는 질문으로 한일합병에 대한 설명을 상기시키도록 하였다.

다이쇼천황폐하가 일본의 백성도 조선 대만 등의 백성도 모두 이를 자식처럼 생각하시어 똑같이 어여삐 여기시는 것은 진심으로 감사한 일입니다. (『國語』〈5-20〉「다이쇼천황(大正天皇)」)

메이지천황의 뒤를 이은 다이쇼천황에 대한 설명으로 일제는 天皇家를 학생들에게 자연스럽게 습득하게 하였다.
다음은 『國語讀本』과 『國民讀本』에 같은 목차로 나온 「대일본제국」으로 일본을 설명하고 있는 부분이다.

이것은 우리 대일본제국의 지도입니다. 보세요! 많은 섬들이 있습니다. 또한 하나의 반도가 있습니다. 섬들 중에서 가장 큰 것이 혼슈이고 그 북쪽에 있는 것이 홋카이도이며 남쪽에 있는 것이 시코쿠와 규슈입니다.

대만은 훨씬 남쪽의 섬이고 사할린은 홋카이도의 북쪽에 있는 섬입니다. 조선은 한쪽만 육지로 이어져 있으므로 반도입니다. 그리고 남쪽 끝에서 일본과는 가깝습니다. 우리나라 주변에는 태평양 일본해 황해 오호츠크 해 중국해 등이 있습니다.

(『國語』〈3-19〉「대일본제국(たいにっぽんていこく)」)

우리 대일본제국은 동북에서 서남으로 활모양으로 연결되어 있습니다. 많은 섬과 조선이라는 반도로 되어 있습니다. 섬 중앙에는 가장 큰 것은 혼슈이고, 그 북쪽에 있는 것이 홋카이도와 사할린입니다. 혼슈의 남쪽에 있는 것이 시코쿠와 규슈이고 거기에서 죽 이어져 있는 것이 우리가 살고 있는 대만입니다. (중략) 산과 바다에서 나오는 많은 산물도 적지 않습니다. 그뿐만 아니라 위에는 만세일계의 천황폐하가 있고 인민을 잘 다스리고 계십니다. (『國民』〈8-15〉「대일본제국(大日本帝國)」)

『國語』「대일본제국(たいにっぽ
んていこく)」

『國民』
「대일본제국(大日本帝國)」

　조선 / 대만을 설명하는 부분에서는『國語讀本』에서는 '하나의 반 도' / '훨씬 남쪽에 있는 섬'으로『國民讀本』에서는 '조선이라는 반

도' / '우리가 살고 있는 대만'이라고 설명하고 있다. 두 교과서에서
는 일본의 한 지역으로 인식시키기 위하여 사할린, 혼슈, 시코쿠,
규슈 등의 영토도 같이 나열하였다.

위의 삽화에 나온 것처럼 일본을 설명하는 부분에서 『國語讀本』
에서 음양의 처리와 영토의 설명으로 『國民讀本』보다 더 상세히 알
리고 있음을 알 수 있다. 또한 『國語讀本』에서는 주변의 좋은 환경
을, 『國民讀本』에서는 천황폐하를 내세운 점이 달랐다.

> 우리나라는 행정상 1도 3부 43현으로 나눠지며 그 외에 조선, 대만 및
> 사할린이 있다. (『國語』〈7-29〉「지방행정(地方ノ行政)」)

두 '일본어교과서'에 나온 것처럼 일본은 언제나 조선과 대만이 일본에
속해 있는 하나의 행정구역으로 대만과 조선은 일본의 한 지역임을 강조
하려 하였다. 두 교과서에 실려 있는 와카를 비교해 보기로 한다.

'『國語讀本』〈7-4〉「日本ㅑ国」'	'『國民讀本』〈10-4〉「日本の国」'
日本ㅑ国は松ㅑ国。	日本の国は松の国。
見上げる峯ㅑ一つ松、	見上げる峯の一つ松、
濱べはつづ𛀁松原ㅑ	はまべはつづく松原の
枝ぶ𛀁すべてたも𠮷ろや。	枝ぶりすべておもしろや。
わけて名𛀁負う松島ㅑ	わけて名におふ松島の、
大島・小島、𛀁ㅑ中戉	大島・小島、その中を、
通う白帆ㅑ美𠮷や。	通ふ白帆の美しや。 10)

---

10) 일본이란 나라는 소나무 나라 / 우러르면 산봉우리 소나무 한 그루 / 바닷가에 연이어
   진 소나무 숲의 / 가지 모양 모두가 멋스럽구나. / 그 중에도 소문난 마쓰시마의 /
   큰 섬과 작은 섬의 사이사이를 / 오가는 흰 돛단배 아름답도다.

둘 다 일본을 찬미하는 내용은 같았지만『國語讀本』에서는 헨타이(變
體) 가나를 사용하고 있었는데,『國民讀本』에서는 전혀 사용하지 않았다.
헨타이가나는『國語讀本』에는 이후에도 나와 있지만『國民讀本』에는 수
록되지 않았다. 또한 본문만이 수록된『國民讀本』에 비해 연습문제, 신출
단어까지 나온『國語讀本』을 보아도 다양한 일본어교수법을 조선에서 시
행하려는 것을 알 수 있었다.

초등학생들을 대상으로 하는 교과서이기에 시각적인 효과로 삽화가 많
이 있는데 그 중에서 조선, 일본, 대만을 상징하는 것(복장. 주택. 국기.
건물 등이 포함)을 조사해 보면 〈표 2〉와 같다.

〈표 2〉 '일본어교과서'의 삽화로 본 조선 / 일본 / 대만의 모습

	1(권)	2	3	4	5	6	7	8	9	10	11	12	총
『國語讀本』 조선 / 일본	24/8	14/12	5/14	3/14	10/9	1/13	2/5	0/2					59/67
『國民讀本』 대만 / 일본	9/2	17/3	9/1	10/4	3/6	2/4	2/4	2/4	0/5	1/5	1/5	3/2	59/45

삽화 중에서『國語讀本』에서는 권1부터 일본 헌병이 6번이나 등장하며,
권2부터는 기모노를 입은 모습으로 등장하였고, 조선인과 일본인이 함께
그려진 삽화에 일장기까지 나온다. 또한 권4부터는 엄마는 한복으로, 아버
지는 양복을 입은 모습으로 등장한다.『國民讀本』에서는 권1부터 권3까
지는 대만 전통의상을 입은 사람이 나오고 권4부터 기모노를 입은 삽화로
복장에 대한 규제가 조선보다 약했음을 알 수 있다.

일장기는 우리 대일본제국의 국기입니다. 이 기는 완전히 하얀 지면에
한 가운데 붉은 태양을 그렸던 것으로 이 정도로 훌륭한 기는 어디에도
없습니다. 축제나 제일에는 도시나 시골에서 이 기를 겁니다. (중략) 지

금 세계의 중요한 항구에는 이 일장기를 꽂은 배가 가지 않는 나라는 없습니다. (『國民』〈7-2〉「일장기(日章旗)」)

일장기의 삽화는 『國語讀本』보다 더 많았는데 1학년 첫 과부터 두 장이나 차지하고 있었다. 〈8-11〉「新年」에는 기모노를 입은 사람들이 새해를 축하하며 일장기를 들며 덕담을 나누는데, 한 삽화에 일장기가 무려 6개가 그려져 있었다. 이처럼 일장기에 대한 설명과 삽화가 유난히도 많아 일장기가 일본의 國旗임을 강조하였다. 위의 〈표 2〉를 보아도 학년이 올라갈수록 일본을 상징하는 삽화가 많아졌으며 『國民讀本』보다 『國語讀本』에서 일본을 나타내는 부분이 더욱 많이 있음을 알 수 있다.

4. '日本' / '朝鮮' / '臺灣'의 연결고리

'일본어교과서'는 국어교과서의 성격만이 아니고 복합적인 교과목을 담고 있는 종합교과서라고 할 수 있으며, 다양한 과제를 통하여 식민지 아동들에게 일본과 융합동화(融合同化) 하려는 의도를 내비치고 있다. 도시는 그 나라를 나타내는 중요한 설명적인 역할을 하고 있기에, '일본어교과서'에서 지명을 내세운 목차가 자주 등장함을 알 수가 있다. 그중 일본의 수도인 도쿄를 유난히도 강조함을 알 수가 있다.

도쿄는 천황폐하가 계신 곳으로, 우리나라의 수도입니다. 인구는 대략 2백만입니다. 궁성 이외에, 관청·학교·회사·공장·상점 등, 큰 건물이 많이 있습니다. 시내에는, 대부분, 어느 곳에도, 전차가 다니고 있어, 교통은 매우 편리합니다. (중략) 조선에서 기선으로 시모노세키에 건너가 그곳에서 기차를 타고 가면 신바시(新橋) 정거장에 도착합니다.

(『國語』〈5-18〉「동경(東京)」)

도쿄는 우리나라의 수도입니다. 도쿄만에 걸쳐 있고, 그 넓이는 오만리이고, 인구는 약 2백만입니다. 궁성은 도시 한가운데 있습니다. 여러 관서와 참모본부 이외에 대사관, 공사관 등이 그 주변에 있습니다. 또 제국대학을 비롯하여 여러 학교 박물관 도서관 등이 있습니다. (중략) 도쿄는 원래 에도(江戸)라 하였는데, 지금부터 3백 년 전에는 굉장히 적적한 곳이었습니다만 도쿠가와(德川) 가문이 이곳에 계신 후부터 점점 번성하게 되었고 1868(明治元年)에 이름을 도쿄(東京)이라 고치고 皇居를 이곳으로 옮긴 후에 더욱 번성하여 드디어 오늘날에는 세계에서도 손꼽히는 대도시가 되었습니다. (『國民』〈10-1〉「동경(東京)」)

두 교과서에는 모두 목차로 나온 도쿄는 인구 2백만의 대도시라는 것, 여러 관청과 학교, 전차가 다니고 은행이 있는 우리나라의 수도라는 설명은 같았지만, 『國語讀本』에서는 조선에서 일본으로의 이동경로가 첨가되었고, 『國民讀本』에서는 지명이 도쿄로 바뀜을 설명하고 있었다. 도쿄에 대한 소개는 (『國語讀本』〈7-12〉〈7-14〉)에도 나오는데 천황폐하가 계신 우리나라의 수도라고 더욱 확대하여 설명하였다. 도쿄에 대한 비중보다는 작지만 두 독본에는 경성과 타이페이에 대한 설명도 있었다.

경성은 조선총독부가 있는 곳으로 인구는 약 30만 정도입니다. 시가지 주변에는 옛날 성벽이 있어 지금도 문이 몇 개인가 남아 있습니다. (중략) 본정통(本町) 거리는 주로 일본인이 거주하는 곳으로 매우 번화합니다. 시내에는 조선총독부를 비롯하여 관공서, 학교, 병원, 은행, 회사 등 커다란 건물이 있습니다. (『國語』〈5-27〉「경성(京城)」)

대만의 북쪽에는 산이 높은 곳이 많습니다. 淡水河의 주변에는 넓은 평야가 있고 그 중간부근에는 타이페이가 있습니다. 타이페이는 인구 약 10만 정도이고, 城內 大稻埕·艋舺의 세 개의 시가로 나뉘어져 있습니다. 성내는 한적한 곳이었으나 총독부가 있기 때문에 총독관저를 중심으로 기관, 학교, 은행, 회사 등이 많이 있습니다. 지금은 인구가 넘쳐 동문, 남문 밖까지 마을이 확장되었습니다. (『國民』〈8-3〉「타이페이(臺北)」)

도쿄는 수도로, 서울과 타이페이는 하나의 도시로만 서술하였지만 반드시 총독부의 소재지라는 것을 확실히 하였다. 도쿄 인구는 2백만, 경성은 30만, 타이페이는 10만이라는 數로서 도시 규모를 짐작하게 하며 학생들에게 비교를 유도하여 상대적으로 도쿄(東京)에 대한 동경(憧憬)을 유발하였다. 또한 "경성은 우리 일본 대도시의 하나로 반도의 거의 중간쯤에 있습니다."(『國語』〈4-16〉「조선(朝鮮)」)라는 내용으로 도쿄, 경성, 타이페이는 일본 안에 자리 잡은 하나의 큰 도시라는 것을 주입하려 하였다.

『國語讀本』에는 대만에 관해 기술된 단원이 유난히 많았는데 (〈6-18〉「규슈와 대만(九州卜臺灣)」)에서는 대만이 목차로 나오기까지 하였으며 대만 지도와 대만인들의 생활상까지 삽화로 나오기까지 하였다. 특히 농산물에 대해서 많은 비중을 차지하고 있다.

일본이나 대만에는 대나무가 많이 있습니다. 한국에는 적습니다만 남쪽에는 잘 자라는 곳도 있습니다. (『國語』〈3-10〉「대나무(たけ)」)

쌀은 농산물 중 가장 중요한 것으로서, 매년의 생산액이 6천만 석 남짓된다. 내지, 조선, 대만 어디에서나 생산이 잘 되는데, 특히 대만은 기후가 따뜻하므로 일 년에 두 번이나 수확된다. (중략) 감자는 내지와 대만에서 많이 나며, 내지의 어떤 지방이나 대만에서는 쌀 다음으로 중요한

먹거리로 되어 있다. (『國語』〈7-5〉「우리나라의 산물(我ガ國ノ産物)」)

樟腦는 녹나무에서 만드는 것으로 우리나라의 특산물입니다. 세계에서 만들 수 있는 장뇌의 9할은 우리나라에서 만드는데 특히 대만은 중요한 산지입니다. (『國民』〈11-22〉「장뇌(樟腦)」)

『國語讀本』이나 『國民讀本』에 농업에 대한 이야기가 많은 것은 당시 대부분이 농업에 종사하고도 있었지만, 식민지인을 저급한 노동 능력 양성의 목적으로 소극적인 정책을 펼친 데도 관련이 있다. 특산물에 대한 설명은 "차는 대만의 유명한 산물입니다."(『國民讀本』〈8-5〉「茶」)처럼 대만 쪽을 설명하는 부분이 많았지만 조선의 특산물을 설명하는 것은 없었다. 이처럼 『國民讀本』에서는 조선을 설명하는 비중은 『國語讀本』에서 대만을 설명하는 것에 비해 훨씬 적었음이 확인되었다. 물론 여기에는 대만이 조선보다 먼저 식민지가 된 이유도 있겠지만 조선인들에게 대만을 인식시키려는 의도가 있기 때문이 아닌가 싶다.

일제가 제시한 보통학교 교과서 편찬 일반 방침을 보아도 "조선은 내지 대만 등과 同樣으로 우리 국가의 일부인 것을 명백히 알려서 알게 할 것"[11]을 주의하라고 나와 있다.

대만은 오키나와보다도 더 먼 남쪽에 있어 중국과는 꽤 가까운 섬입니다. 기후는 오키나와보다도 더욱 따뜻하고 남쪽으로 가면 매우 덥습니다. 눈은 내리지 않지만 비는 많이 내립니다. 철도는 남북으로 관통되어 있고 일본과의 사이에는 커다란 기선이 왕래하고 있습니다. 대만의 니이타카산은 일본에서 가장 높은 산입니다. (『國語』〈6-18〉「규슈와 대만(九州ト臺灣)」)

---

11) 조선의 교과서(3)〈每日申報〉 1917. 06. 03면.

일본의 제일 높은 산은 대만의 니이타카산입니다. 니이타카라는 이름은
황송하게도 메이지천황이 지어주신 것으로, (중략) 일본의 가장 긴 강은
조선의 압록강입니다. 백두산에서 시작하여 많은 강을 거쳐, 우리나라와
중국의 경계를 지나 황해로 흘러 들어갑니다.

(『國民』〈11-2〉「일본의 제일(日本一の物)」)

대만은 우리나라의 남서쪽에 있는 큰 섬으로 길이는 백리 정도이고, 폭이
넓은 곳은 30리 정도나 됩니다. (『國民』〈7-18〉「대만(臺灣)」)

대만의 니이타카산은 일본에서 가장 높은 산이라는 것은 두 교과서에서
공통으로 나오고 후지산, 금강산은 아름다운 산으로만 나와 있다. 대만의
자연은『國語讀本』에도 여러 편 수록되어 있는데『國民讀本』에는 유일하
게 조선의 자연으로 압록강만 설명되고 있다. 대만과 조선에 있는 자연도
결국 일본에 속해 있는 한 부분으로 설명하려 하였다.

5. 대만과 조선에서의 일본어교과서 역할

일제는 식민지인에게 일본정신을 갖게 하기 위한 수단으로 수업시수
중에서 가장 많은 일본어시간을 배정하였으며, 국가주의에 의한 일본식
교육, 일본어 중심 위주의 교육을 하고 있었다. 종합교과서의 성격을 갖고
있는『國語讀本』은 8권,『國民讀本』은 12권으로 전학년에 걸쳐서 상당히
많은 분량을 학습하게 되어 있어 이 두 '일본어교과서'의 역할은 아주 중요
하다고 할 수 있다.

『國語讀本』은 먼저 식민지가 된 대만총독부의『國民讀本』의 시행착오

를 적용시켰으며 어느 정도 검증된 상태에서 출판되었다. 『國民讀本』에서는 단원에 내용만 나왔지만 『國語讀本』에서는 단원이 끝날 때마다 연습문제, 어휘풀이 등 그 과에 대한 이해와 헨타이(變體)가나 등 다양한 교수법을 시도하려는 것을 알 수 있었다.

『國民讀本』에서는 서구제국들을 의식하여 모범적 식민지 경영을 하기 위해 교육, 의료 등에 각별한 강조점을 두었고 일본 알리기에 중점을 두고 있음이 파악되었다. 『國語讀本』에서는 '식민지 대만과 일본 알리기'에 중점을 두어, 대만인에게 조선을 설명하는 비중보다 조선인에게 대만을 더 설명하여, 조선뿐만 아니라 대만도 일본의 식민지라는 것을 교육하려 하였다.

또한 일본과 조선, 그리고 대만을 한 연결선상에 놓고 모두가 일본을 중심으로, 조선과 대만을 일본의 부속으로만 취급하였다. 3개의 국가가 병합하여 일본이 된 '일본 알리기'에 힘을 기울인 것이다. 식민지인에 대한 교육은 단순한 교육만이 아닌 식민지인을 일본인으로 동화시키려는 의도가 숨겨져 있는데, 거기에 '일본어교과서'가 큰 역할을 하였음을 파악할 수 있었다.

参 考 文 献

① 텍스트

大韓帝國 學部(1907~1908), 『日語讀本』(全八卷)
朝鮮總督府(1911), 『訂正普通學校學徒用國語讀本』(全八卷)
_____(1912~1915), 第Ⅰ期 『普通學校國語讀本』(全八卷)
_____(1923~1924), 第Ⅱ期 『普通學校國語讀本』(全八卷)
日本文部省(1921~1923), 第Ⅲ期 『尋常小學國語讀本』(全四卷)
朝鮮總督府(1930~1935), 第Ⅲ期 『普通學校國語讀本』(全十二卷)
_____(1939~1941), 第Ⅳ期 『初等國語讀本』(全六卷)
日本文部省(1933~1940), 第Ⅳ期 『尋常小學國語讀本』(全六卷)
朝鮮總督府(1942), 第Ⅴ期 『ヨミカタ』(全二卷)
_____(1942), 第Ⅴ期 『よみかた』(全二卷)
_____(1942~1944), 第Ⅴ期 『初等國語』(全八卷)

② 한국논문 (가나다순)

권오엽(2006), 「『三國史記』의 박혁거세신화」, 「일본문화학보」 제31집, 한국일본
　　　　　문화학회 편
金廷學(1982), 「神功皇后 新羅征伐設의 虛構」, 「신라문화재학술발표회논문집」 제
　　　　　3집, 신라문화선양회 편
김금동(2007), 「일제강점기 친일영화에 나타난 독일나치영화의 영향」, 「문학과 영

상」8권2호, 문학과 영상학회

김대래 외(2005), 「일제강점기 부산지역 인구통계의 정비와 분석」,『한국민족문화』

김동식(2002), 「철도의 근대성」,「돈암어문학」제15집, 돈암어문학회

김려실(2005), 「일제말기 합작 선전영화의 분석」,「영화연구」26호, 한국영화학회

김수남(2005), 「일제말기 어용영화에 대한 논의」,「영화연구」26호, 한국영화학회

魯成煥(2000) 「신화와 일제의 식민지교육」,「한국문학논총」제26집, 한국문학회

민병찬·박희라(2007), 「일제강점기 일본어 교과서 속의 모모타로」,『日語教育』
　　　　　　제41집, 한국일본어교육학회

박경수·김순전(2007), 「동화장치로서『普通學校修身書』의 '祝祭日' 서사」,「일본
　　　　　　연구」33호, 한국외국어대학교 일본연구소

朴英淑(2000), 「解題 第一期『普通學校國語讀本』について」

박화리(2006), 「일제강점기하 조선에 있어서의 언어문제 고찰」,「同日語文研究」
　　　　　　제21집

保坂祐二(1999), 「日帝の同化政策に利用された神話」,「일어일문학연구」제35집,
　　　　　　한국일어일문학회

＿＿＿＿(2000), 「최남선의 不咸文化圈과 日鮮同祖論」,「한일관계사연구」제12집,
　　　　　　한일관계사학회 편

복환모(2009), 「일제강점기하 영화통제정책의 초기형성과정에 관한 고찰」,「현대
　　　　　　영화연구」7호

사희영·김순전(2011), 「1940년대 '皇軍 養成'을 위한 한일「國語」교과서」,「日本
　　　　　　研究」제16집, 고려대학교 일본연구소

三ツ井 崇(2004), 「'일선동조론'의 학문적 기반에 관한 시론」,「한국문화」제33집,
　　　　　　서울대 규장각 한국학연구원

위태진(2005), 「동화읽기를 통한 상상력 향상지도방법연구」, 부산대학교 대학원
　　　　　　석사논문

유근직·김재우(1999), 「초등학교 체육수업과정의 변천과정에 관한 역사적 고찰」,
　　　　　　한국체육학회

유 철(2010), 「日帝强占期『國語讀本』에 含意된 身體教育 考察」,「일본어문학」
　　　　　　제46집, 한국일본어문학회

＿＿＿＿(2010), 「日帝强占期『國語讀本』을 통해본 身體教育 考察」, 전남대학교 석
　　　　　　사학위논문

윤수영(1990), 「한국근대 서간체소설 연구」, 이화여대 석사논문

尹 順(2004), 「古代中國과『三國遺事』의 卵生神話 研究」,「청대학술논집」제2집,

　　　청주대 학술연구소

尹徹重(1998), 「建國神話의 神母」, 「인문과학」제28집, 성균관대 인문과학연구소

이민원(1988), 「칭제논의의 전개와 대한제국의 성립, 「청계사학」5, 청계사학회

이성환(2001), 「근대 일본의 전쟁과 아시아 인식, 「국제학논총」제6집, 계명대 국
　　　제학연구소

이준식(2004), 「일제 파시즘 선전영화와 전쟁 동원 이데올로기」, 「동방학지」124호

_____(2008), 「일제의 영화통제정책과 만주영화협회-순회영사를 중심으로」, 연
　　　세대학교국학연구원 동방학지 vol.143

임재구(2009), 「체육철학: 스포츠미디어를 통한 헤게모니와 영웅주의」, 한국체육
　　　철학회지

정덕기 외(2005), 「일제식민지시대의 사회경제사 연구 - 농민과 노동자의 생활사
　　　를 중심으로」

정상우(2000), 「개항 이후 시간관념의 변화」, 「역사와 현실」, 한국역사연구회

_____(2001), 「1910년대 일제의 지배논리와 지식인층의 인식」, 「한국사론」46집,
　　　서울대 국사학과 편

정성희(2003), 「대한제국기 太陽曆의 시행과 曆書의 변화」, 「國史館論叢」제103
　　　집, 국사편찬위원회

정재정(2000), 「20세기 초 한국문학인의 철도인식과 근대문명의 수용태도」, 「서울
　　　시립대 인문과학」제7집

정창석(1999), 「'戰爭文學'에서 '받들어 모시는 文學'까지」, 「일어일문학연구」제35
　　　집, 한국일어일문학회

정태준(2003), 「국민학교탄생에 나타난 천황제 사상교육」, 「日本語敎育」23輯

정혜정·배영희(2004), 「일제강점기 보통학교 교육정책연구」, 『교육사학연구』제
　　　14집, 서울대 교육사학회

조현범(1999), 「한말 태양력과 요일주기의 도입에 관한 연구」, 「종교연구」제17집,
　　　한국종교학회

조혜정(2008), 「일제강점말기 '영화신체제'와 조선영화(인)의 상호작용 연구」, 「영
　　　화연구」35호, 한국영화학회

최장근(2006), 「영토정책의 관점에서 본 '日韓倂合'의 재고찰」 일본어문학회

최진성(2006), 「日帝强占期 朝鮮神社의 場所와 勸力: 全州神社를 事例로」, 「한국
　　　지역지리학회」제12권 1호

한규원(1989), 「日帝末期 基督敎에 대한 神社崇拜의 强要에 관한 硏究」, 「한국교
　　　육사학」vol.16

함충범(2009),「전시체제하의 조선영화, 일본영화 연구(1937~1945)」, 한양대학교
　　　　대학원 박사학위논문
홍덕창(1997),「해방이후의 실업교육에 관한 연구(1949~1960)-5·16 이전까지의
　　　　실업교육의 발전을 중심으로」,「총신대논총」vol.16

③ 한국참고서 (가나다순)

가라타니 코진 외(2002),『근대 일본의 비평』, 소명출판
강만길 외(2004),『일본과 서구의 식민지 통치 비교』, 선인
강만길(2000),『한국자본주의의 역사』, 역사비평사
강문희(1997),『아동문학교육』, 학지사
姜昌基(1939),『내선일체론』, 국민평론사
강창동(2002),『한국의 교육 문화사』, 문음사
강창일(1995),「일제의 조선지배정책과 군사동원」,『일제식민지정책연구논문집』
　　　　광복50주년기념사업위원회, 학술진흥재단
건국대학교 동화와 번역연구소(2003),『동화와 설화』, 새미
고마고메 다케시(2008),『식민지제국 일본의 문화통합』, 역사비평사
高橋濱吉(1927),『朝鮮敎育史考』, 京城, 帝國地方行政學會
小林ミナ(2004), 이해하기 쉬운『敎授法』, 語文學社
공제욱·정근식편(2006),『식민지의 일상과 지배와 균열』, 문화과학사
곽건홍(2001),『일제의 노동정책과 조선노동자』, 신서원
권태억 외(2005),『한국근대사회와 문화II』, 서울대학교출판부
김경자 외 공저(2005),『한국근대초등교육의 좌절』, 교육과학사
김기웅, 곽은정(1998),『유아 및 아동체육』, 보경문화사
김동노(1998),「식민지시대의 근대적 수탈과 수탈을 통한 근대화」,『창작과 비평』, 봄
김동호 외(2005),『한국영화정책사』, 나남출판
김상욱(2006),『어린이 문학의 재발견』, 창비
김순전 외 공역(2007),『조선총독부 초등학교수신서』I-III, 제이엔씨
　　　　　　　　(2009),『초등학교 일본어독본』I-IV, 제이엔씨
김순전 외(2004),『수신하는 제국』, 제이엔씨,
　　　　　(2008),『제국의 식민지 수신』, 제이앤씨
　　　　　(2009),『초등학교 일본어독본』, 제이앤씨
　　　　　(2011),『普通學校國語讀本 原文(上)』, 제이앤씨
金烈圭(1982),『韓國神話와 巫俗硏究』, 일조각

김영기(1994), 『교과목 편제를 통한 일제식민지 교육연구』, 한국교원대학교

김영우(1999), 『한국초등교육사』, 한국교육사학회

김영희(2003), 『일제시대 농촌통제정책 연구』, 경인출판사

김옥근(1994), 『日帝下朝鮮財政史論攷』, 일조각

김인호(2000), 『식민지 조선경제의 종말』, 신서원

김정의(1999), 『한국의 소년운동』, 혜안

나일성(2000), 『한국천문학사』, 서울대학교 출판부

다카하시 데쓰야 저·이목 옮김(2008), 『국가와 희생』, 책과함께

문정인 김명섭 외(2007), 『동아시아의 전쟁과 평화』 도서출판 오름

박명규(1997), 『한국근대국가형성과 농민』, 문학과 지성

朴鵬培(1982), 「日帝侵略期의 敎科書」, 『한국의 교과서편천사』, 한국교육개발원

박영숙(2000), 「解題」, 『普通學校國語讀本』, 粒粒舍

박진우(2004), 『근대 일본 형성기의 국가와 민중』, 제이앤씨

박천홍(2003), 『매혹의 질주, 근대의 횡단』, 산처럼

방기중(2004), 『일제파시즘지배정책과 민중생활』, 연세국학총서

_____(2006), 『식민지파시즘의 역사와 극복의 과제』, 혜안

볼프강 쉬벨부쉬·박진희 옮김(1999), 『철도여행의 역사』, 궁리

小田省吾(1917), 「朝鮮總督府編纂敎科書槪要」, 朝鮮總督府

신기욱·마이클로빈슨(2006), 『한국의 식민지 근대성』, 삼인

신용하(1977), 『한국 근대사론 1』, 지식산업사

辛珠柏(1993), 『제86회 제국의회설명자료(1944): 警務局關係』, 高麗書林

安秉坤(1986), 『日本語敎授法』, 學文社

御手洗辰雄(1939), 「내선일체론」, 『일본잡지 모던일본과조선 1939』, 어문학사

오세은(2006), 『어린이 문학과 문화론』, 새미

오천석 저 외 2명(1979), 『韓國近代敎育史』, 高麗書林

오타케 키요미(2006), 『한일 아동문학 관계사 서설』, 청운

와카쓰키 야스오著·김광식譯(1996), 『일본 군국주의를 벗긴다』, 화산문화

요시노 마코토·한철호 옮김(2004), 「동아시아속의 한일 2천년사」, 책과 함께

유영진(2008), 『몸의 상상력과 동화』, 문학동네

유현목(1980), 『韓國映畵發達史』, 한진출판사

윤여탁(2006), 『국어교육 100년사 Ⅱ』, 서울대학교 출판부

이경란(2002), 『일제하 금융조합연구』, 혜안

이계학외(2004), 『근대와 교육 사이의 파열음』, 아이필드

이광수(1962), 「誤解된 子女觀念」, 『이광수 전집』13, 삼중당

이승원 외 공저(2004), 『국민국가의 정치적 상상력』, 소명출판

이연희(1974), 『한국사대계 8, 일제강점기』, 삼진사

이영자·진규철 共著(2000), 『교육 사회학』, 학문사

이영희(1988), 『역정-나의 청년시대』, 창작과비평사

李在銑(1977), 『韓國短篇小說의 硏究』

이종국(2002), 『한국의 교과서 변천에 관한 연구』, 일진사

이지호(2006), 『옛이야기와 어린이문학』, 집문당

이태준(1947), 『서간문강화』, 박문출판사

이효인(1992), 『한국영화역사강의』, 이론과 실천

田中彰 著·강진아 譯(2002), 『소일본주의-일본의 근대를 다시 읽는다』, 도서출판
　　　　소화

정범모(1971), 『교육과 교육학』, 신교육전서, 배영사

정상우(2000), 「개항 이후 시간관념의 변화」, 『역사비평』 2000.2

정성화 외(2005), 『러일전쟁과 동북아의 변화』 선인

정재정(1999), 『일제침략과 한국철도』, 서울대출판부

정재철(1985), 『日帝의 對韓國植民地敎育政策史』, 일지사

정태헌(1996), 『일제의 경제정책과 조선사회』, 역사비평사

조병순(1984), 「三國本紀一」, 『增修補注三國史記』, 誠庵古書博物館

조연순 외(2002), 『한국근대초등교육의 발전』, 교육과학사

차기벽(1985), 『일제의 한국 식민통치』, 정음사

차석기(1989), 『식민지 교육정책 비교연구 -20세기 열강국을 중심으로-』, 집문당

최기숙(2001), 『어린이 이야기, 그 거세된 꿈』, 책세상

한국민족운동사학회(2002), 『일제강점기의 민족운동과 종교』, 국학자료원,

　　　　　　　　(2003), 『1930년대 예술문화운동』, 국학자료원

한국역사연구회(1998), 『우리는 지난 100년 동안 어떻게 살았을까』, 역사비평사

한국영상자료원(2007), 『고려영화협회와 영화신체제』, 한국영상자료원

　　　　　　(2009), 『식민지시대의 영화검열 1921~1934』, 한국영상자료원

한기언, 이계학공저(1996), 『한국교육사료집성』敎科書篇 ⅩⅦ, 한국정신문화연구원

호사카 유지(2002), 일본제국주의의 민족동화정책 분석」, 제이앤씨

호현찬(2000), 『한국영화 100년』, 문학사상사

④ 일본참고서 (アイウ순)

石田雄外15人(1969), 『近代教育史』 教育学全集3, 小学館

井上赳・古田東朔(1984), 『国定教科書編集二十五年』, 武蔵野書院

井上秀雄(1991), 『古代日本人の外国観』, 学生社

イヨンスク(1996), 『「国語」という思想』, 岩波書店

入江曜子(20001), 『日本が「神の國」だった時代』, 岩波新書

岩井良雄(1926), 『國語讀本 國文學敎材の解説』, 東京目黒書店

遠藤織枝 編(2006), 『日本語教育を学ぶ』, 三修社

尾形裕康 외 3인 著(1994), 『日本敎育史』, 教育出版社

海後宗臣 編(1969), 『近代日本敎科書總説』, 講談社

外務省 編(1974), 『日本外交年表並主要文書(上) - 明治百年双書1』, 原書房

加藤厚子(2003), 『總動員体制と映画』, 新曜社

神島二郎(1975), 『天皇制論集』, 三一書房

金富子(2005), 『植民地期朝鮮の教育とゼンダー』, 世織書房

久保義三(1979), 『天皇帝国国家の教育政策』, 勁草書房

久保次助・和田重則(1940), 『初等國語讀本 實践指導精設 券1』, 朝鮮公民教育會

久保田優子(2005), 『植民地朝鮮の日本語教育』, 九州大学出版会

嵯峨敏全(1993), 『皇國史觀と國定敎科書』, かもがわ出版

桜本冨雄(1993), 『大東亜戦争と日本映画』, 青木書店

芝原拓自(1988), 「朝鮮政略意見書」, 『対外観(日本近代思想大系)』 岩波書店

鈴木文四郎(1944), 「進歩する朝鮮-小磯總督に訴く」, 『朝鮮同胞に告ぐ』, 京城大
　　　　　　東亞社

中塚 明(1984), 『近代日本と朝鮮』 新版, 三省堂

西尾達雄(2003), 『日本植民地下朝鮮における学校体育教育政策』, 明石書房

日本語教育学会 編(2004), 『日本語教育ハンドブック』, 大修館書店

日笠 護(1930), 「神功皇后以前の内鮮關係の考察」, 「文教の朝鮮」 第2集, 朝鮮教育
　　　　　　會 編

林建彦(1982), 『近い国ほどゆがんで見える』, サイマル出版者

原田種雄・徳山正人(1988), 『戦前戦後の教科書比較』, 株式会社行政

水野直樹(1998), 『戰時期 植民地統治資料4』, 伯書房

宗像誠也・國分一太郎(1962), 『日本の教育』, 岩波書店

本間千景(2010), 『韓國「併合」前後の教育政策と日本』, 思文閣出版

森田良行(1990), 『日本語学と日本語教育』, 凡人社

山田不二雄(1934), 「犬の話」, 「朝鮮及滿洲」 第314號, 朝鮮及滿洲社

吉田東伍(1893), 『日韓古史斷』, 富山房

綠旗聯盟 編(1944), 『徵兵の兄さんへ』, 興亞文化出版

李淑子(1985), 『教科書に描かれた朝鮮と日本』, ほるぷ出版

⑤ 한국 잡지 및 신문(가나다순)

「陸密」第2848號朝鮮出身兵取扱教育ノ參考資料送付ニ關スル件陸軍一般へ通牒
　　　　(1943.8.14.)

김효식(1941), 「전쟁노름」, 《每日申報》, 1941.12.21

대한매일신보사(1904), 「요양후사계획,」《대한매일신보》 1904.9.15 논설

독립신문사(1899), 「화륜거왕래시간」, 《독립신문》 1899.9.16, 3면

매일신보사(1910), 「朝鮮學童과 敎科書」, 《每日申報》 1910.11.2

_____(1911), 「標準時의 改正」, 《每日申報》 1911.9.26, 3면

_____(1918), 「我國史와 國體」, 《每日申報》 1918.1.12~1918. 1.19.

방정환(1929), 「아동문제 강연자료」, 「학생」 제2권 7호, 개벽사, p.10

小早川九郎(1944), 『朝鮮農業發達史 : 發達篇』, 京城朝鮮農會

신주백(2004), 「일제말기 조선인 군사교육 -1942.12~1945-」

원종찬(2001), 『아동문학과 비평정신』, 창작과 비평사

이광수(1940), 「心的新體制와 朝鮮文化의進路」, 《매일신보》

____(1941), 「新體制下의藝術의方向」, 「삼천리」, 1941.1

이기문(1997), 「어원탐구-어린이」, 「새국어생활」, 국립국어연구원, 1997년 여름호

이원수(1942), 「農村兒童과 兒童文化」, 「半島の光」, 조선금융조합연합회, 1943. 1
　　　　　월호

이재철(1996), 「친일아동문학의 청산과 새로운 아동문학의 건설」, 「민족문제연구」
　　　　　제10집, 민족문제연구소

朝鮮總督府 官報 第522號(1928.9.21), 「體操敎授要目」

朝鮮總督府(1927), 「朝鮮神社造營誌」

_____(1933), 「普通學校國語讀本編纂趣意書」

_____(1934), 「神社と朝鮮」

_____(1939), 『初等國語讀本』 全12卷

_____(1942), 『ヨミカタ』, 『初等國語』 全12卷

_____(1944), 「朝鮮徵兵讀本」

朝鮮總督府官報 第1449號(1917.6.4), 〈神社ニ對スル寄附褒賞ニ關スル件〉 朝鮮總

督府

朝鮮總督府官報 第3358號(1938.3.30),「〈朝鮮總督府訓令〉 體操敎授要目 第8號」

朝鮮總督府官報 第911號, 朝鮮總督府令 第82號(1915.8.16),〈神社寺院規則〉 朝鮮
　　　　　總督府

朝鮮總督府官報(1938.3.30), 第3358號,〈朝鮮總督府訓令〉 體操敎授要目 第8號

朝鮮總督府官報號外(1914.6.10),「〈朝鮮總督府訓令〉 體操敎授要目 第 27號」第
　　　　　2595號(1921.4.8), 第21號, 號外(1927.4.1), 第35號, 第522號(1928.
　　　　　9.21), 第24號, 號外(1937.5.29), 第36號, 第3358號(1938.3.30), 第8
　　　　　號

최재서(1942),「文學者と世界觀の問題」「國民文學」 1942.10

⑥ 일본 잡지 및 신문(アイウ순)

《朝日新聞》外地版, 南朝鮮A(1939.5.18), (1939.5.30), (1939.5.30), (1939.6.11)

岩下傳四郎(1941),「大陸神社大觀」, 大陸神社聯盟

遠藤芳信(1984),「武官學校配屬構想」(1980. 3), 北海道大學敎育部紀要 360号

大野謙一(1943),『朝鮮敎育令の改正とその実施に就いて』,「文敎の朝鮮」二百十号

小山文雄(1941),「大陸神社大觀」, 大陸神社聯盟

鹽原時三郎(1938),「学生生徒の愛国労働奉仕作業実施」,『文敎の朝鮮』1938년 7월

福沢諭吉(1885),「脱亞論」〈時事新報〉 1885.3.16일자 사설

本莊太郎(1910. 1),「臺灣敎育會雜誌」 第94號, 1項

⑦ 기타

『三國史記』卷一 新羅本紀一, 朴赫居世元年.

『三國遺事』卷一「紀異・新羅始祖 赫居世王」條 및 感通篇,

外務省 編(2001),「滿韓に關する日露協商の件」,『日本外交年表並主要文書(上)明
　　　　　治百年双書1 』

Ian Watt(1974),「The rise of the novel」, University of California Press

〈曆자료〉

「大韓光武○明時曆」(光武4년-10년)

學部 編纂「大韓隆熙○曆」(隆熙2년-4년)

朝鮮總督府 編纂「明治○朝鮮民曆」(明治44년-45년)

朝鮮總督府 編纂「大正○朝鮮民曆」(大正2년-16년)

朝鮮總督府 編纂「昭和○朝鮮民曆」(昭和3년-13년)
朝鮮總督府 編纂「昭和○略曆」(昭和14년~20년)

찾아보기

필자소개

김순전 金順槇
소속 : 전남대 일문과 교수, 한일비교문학 · 일본근현대문학 전공
대표업적 : ①저서 : 『韓日 近代小說의 比較文學的 研究』, 태학사, 1998년 10월
②저서 : 『일본의 사회와문화』, 제이앤씨, 2006년 9월
③저서 : 『조선인 일본어소설 연구』, 제이앤씨, 2010년 6월

박제홍 朴濟洪
소속 : 전남대 일문과 강사, 일본근현대문학 전공
대표업적 : ①논문 : 「日帝末 문학작품에 서사된 金玉均像」, 『日本語敎育』, 제48집, 한국
일본어교육학회, 2009년 6월
②논문 : 日帝의 朝鮮人 差別敎育政策批判 -이북만의 「帝國主義治下 朝鮮의
敎育狀態」를 중심으로-『日本語文學』 제41집, 韓國日本語文 學會,
2009년 6월
③편저 : 『普通學校國語讀本』, 原文(上下), 제이앤씨, 2011년 7월

장미경 張味京
소속 : 전남대 일문과 강사, 일본근현대문학 전공
대표업적 : ①논문 : 「최정희 일본어소설에 나타난 '여성지식인'고찰」, 『일본어문학』 제42
집, 한국일본어문학회, 2009년 9월
②논문 : 「『국민문학』에 실린 간도소설 고찰」, 『일본연구』 제41호, 한국외국
어대학교, 2009년 9월
③저서 : 『수신하는 제국』, 제이앤씨, 2004년 11월

박경수 朴京洙
소속 : 전남대 일문과 강사, 일본근현대문학 전공
대표업적 : ①논문 : 「임순득, 창씨개명과 「名付親」」, 『日本語文學』 제41집, 韓國日本語
文學會, 2009년 6월
②논문 : 「鄭人澤 小說의 女性人物論」, 『日本研究』 제49호, 한국외국어대학교
일본연구소, 2011년 9월
③저서 : 『정인택, 그 생존의 방정식』, 제이앤씨, 2011년 6월

필자소개

사희영 史希英
소속 : 전남대 일문과 강사, 일본근현대문학 전공
대표업적 : ①논문 : 「일본문단에서 그려진 로컬칼라 조선」, 『日本文化學報』 제41집, 韓
國日本文化學會, 2009년 5월
②저서 : 『「國民文學」과 한일작가들』, 도서출판 문, 2011년 9월
③저서 : 『제국일본의 이동과 동아시아 식민지문학 1』, 도서출판 문, 2011년
11월

김서은 金瑞恩
소속 : 전남대 대학원 박사과정수료 일문근현대문학 전공
대표업적 : ①논문 : 「마스무라 야스조(增村保造)영화로 『치인의 사랑(痴人の愛)』과 『만
지(卍)』 읽기」, 『日本文化學報』 제43집, 韓國日本文化學會, 2009년
11월
②논문 : 「가와바타 야스나리의 영화체험과 『雪国』의 영화적 재해석」, 『日本
語文學』 제53집, 韓國日本語文學會, 2012년 6월

유 철 柳 徹
소속 : 전남대 대학원 박사과정수료 일문근현대문학 전공

일제강점기 일본어교과서 『國語讀本』을 통해 본
식민지조선 만들기

초판인쇄 2012년 11월 20일
초판발행 2012년 11월 26일

편   자 김순전 · 박제홍 · 장미경 · 박경수 · 사희영 · 김서은 · 유 철 공저
발 행 인 윤석현
발 행 처 제이앤씨
등록번호 제7-220호
책임편집 이신

우편주소 132-702 서울시 도봉구 창동 624-1 북한산현대홈시티 102-1206
대표전화 (02) 992-3253(대)
전   송 (02) 991-1285
홈페이지 www.jncbms.co.kr
전자우편 jncbook@daum.net

ISBN 978-89-5668-923-4 93830   **정가** 35,000원